चाँद

फाँसी अंक

चाँद

फाँसी अंक

भूमिका
नरेशचन्द्र चतुर्वेदी

राधाकृष्ण प्रकाशन

ISBN : 978-81-7119-004-1

चाँद

फाँसी अंक

पुस्तकाकार पहला संस्करण : 1988
छठा संस्करण : 2018

मूल्य : ₹ 699

प्रकाशक
राधाकृष्ण प्रकाशन प्राइवेट लिमिटेड
जी-17, जगतपुरी, दिल्ली-110 051

शाखाएँ : अशोक राजपथ, साइंस कॉलेज के सामने, पटना-800 006
पहली मंजिल, दरबारी बिल्डिंग, महात्मा गांधी मार्ग, इलाहाबाद-211 001
36 ए, शेक्सपियर सरणी, कोलकाता-700 017

वेबसाइट : www.radhakrishnaprakashan.com
ई-मेल : info@radhakrishnaprakashan.com

मुद्रक : बी.के. ऑफसेट
नवीन शाहदरा, दिल्ली-110 032

CHAND : PHANSI ANK
Edited by Naresh Chandra Chaturvedi

चाँद

फाँसी अंक

भूमिका

नरेशचन्द्र चतुर्वेदी

राधाकृष्ण प्रकाशन

ISBN : 978-81-7119-004-1

चाँद

फाँसी अंक

पुस्तकाकार पहला संस्करण : 1988

छठा संस्करण : 2018

मूल्य : ₹ 699

प्रकाशक

राधाकृष्ण प्रकाशन प्राइवेट लिमिटेड

जी-17, जगतपुरी, दिल्ली-110 051

शाखाएँ : अशोक राजपथ, साइंस कॉलेज के सामने, पटना-800 006

पहली मंजिल, दरबारी बिल्डिंग, महात्मा गांधी मार्ग, इलाहाबाद-211 001

36 ए, शेक्सपियर सरणी, कोलकाता-700 017

वेबसाइट : www.radhakrishnaprakashan.com

ई-मेल : info@radhakrishnaprakashan.com

मुद्रक : बी.के. ऑफसेट

नवीन शाहदरा, दिल्ली-110 032

CHAND : PHANSI ANK

Edited by Naresh Chandra Chaturvedi

भूमिका

प्यारी बहिनो, माताओ, भाइयो और बुजुर्गो। 'फाँसी अंक' को दिवाली की अमावस्या समझिए। देखिए, इसमें बीसवीं शताब्दी के हुतात्मा के दिए कैसे टिमटिमा रहे हैं, और देखिए, स्थान-स्थान पर कैसी ज्वलंत अग्नि धाँय-धाँय कर जल रही है, और सबके बीच में जाग्रत-ज्योति-मृत्यु-सुन्दरी, कैसा श्रृंगार किए छम छम कर नाच रही है ? पूजो ! भाग्यहीन भारत के राजपाट, अधिकार-सत्ता और शक्तिहीन नर-नारियों, यही तुम्हारी गृहलक्ष्मी है। यही मृत्यु-सुन्दरी, यही अक्षय-यौवना, यही महा महिमामयी, महामाया। तुम इसे प्यार करो, इससे परिचय प्राप्त करो, इसे वरो, तब तुम देखोगे कि ज्यों ही यह तुम्हारे गले का फन्दा होने के स्थान पर हृदय का तारा बनेगी, तुम्हारी सहस्त्रों वर्ष की गुलामी दूर हो जायगी ? जैसे प्रबल रासायनिक के हाथ में आकर काल-कूट विष अमृत के समान प्रभावकारी हो जाता है, उसी प्रकार यह गले का फन्दा बहिनों का सौभाग्य-सिन्दूर और भाइयों की कुमकुम की पिचकारी बनेगी। ओह ! उस फाग का उल्लास कब भारत की 22 करोड़ गोपियों को नसीब होगा। यह अक्षय-सुन्दरी को राधा-पद देकर कब वह कृष्ण-मूर्ति स्फूर्ति की वंशी बजावेगी ? कब ? कब ?? कब ???

निकट ही वह दिन है। कुछ मास व कुछ वर्ष व्यतीत होने दो—एक महान विप्लव की आँधी साँय-साँय करती चली आ रही है, जो पचासों वर्ष तक भारत को दिवाली के दिए न जलाने देगी, परन्तु उसके बाद जो दिए जलेंगे वे क्षुद्र मिट्टी के टिमटिमाते दिए न होंगे—वे होंगे रक्तदीप, और उन्हें साक्षात राज्य-लक्ष्मी अपने हाथों से जलावेगी।

तब तक बहिनो और भाइयो ! इस शुभ दिन में इस वीर-गम्भीर मृत्यु-वाणों से क्रीड़ा करो ! जिन्हें साहस हो वे अभ्यास करें, जिन्हें न हो वे देखें। उदीयमान जातियाँ विशेष अवसरों पर विनोद नहीं करतीं, वेदना-स्थलों की जाँच किया करती हैं। भारत के विनोद और उल्लास के दिन नहीं, भारत के दिन मृत्युवाद के अध्ययन करने के हैं। भारत को निकट भविष्य में उसकी परीक्षा में उत्तीर्ण होना है, और बहिन और भाई को 'मृत्युंजय' की उपाधि प्राप्त करना है। 'चाँद' इस अंक के रूप में उस परीक्षा की प्रथम पुस्तक अपनी बहिनों और भाइयों के हाथ में भेंट करता है।

उपर्युक्त शब्द 'चाँद' के संपादक श्री चतुरसेन शास्त्री ने 'चाँद' के सुप्रसिद्ध 'फाँसी अंक' में कहे थे। यह नवम्बर, 1928 में दीपावली के अवसर पर प्रकाशित हुआ था और चाँद के सातवें वर्ष का प्रथम अंक था। मैं अपनी 'विनयांजलि' के रूप में पाठकों से निवेदन करते हुए लिखता हूँ कि 'चाँद' संपादक ने दीपावली के प्रकाश को गुलामी के अंधकार से श्रेयस्कर न मानकर, दिन के अमावस्या के अंधकार की गुलामी के अंधकार से तुलना करके देश के जीवन पर जो ब्रिटिश सरकार की काली छाया पड़ रही थी उसपर बड़े साहस और निर्भीकता के साथ पाठकों से कुछ निवेदन किया है। इसमें कोई सन्देह नहीं है कि 'चाँद' का फाँसी अंक प्रकाशन-दिवस से एक ऐतिहासिक दस्तावेज ही था और उसकी ख्याति भी सम्पूर्ण हिन्दी-जगत में ही नहीं, बल्कि पूरे देश में बड़ी तीव्रता के साथ हुई थी। 'चाँद' के 'फाँसी अंक' में जो सामग्री प्रकाशित की गयी थी, वह अत्यन्त मूल्यवान थी। फाँसी को एक क्रूर कर्म मानते हुए इस समाज को अमानवीय और असभ्य राज-संस्कारों से जोड़ा गया था। ब्रिटिश सरकार के ख़िलाफ़ इसमें खुला विद्रोह और बग़ावत की बात भले ही न कही गयी हो, परन्तु इस सवा तीन सौ पृष्ठों के अंक में जो सामग्री संकलित की गयी है तथा देश और विदेशों से अनेक प्रामाणिक, ऐतिहासिक और मार्मिक सामग्री

प्रकाशित की गयी है वह प्रकारान्तर से विद्रोह और बग़ावत को बढ़ाने वाली है और इसलिए ब्रिटिश सरकार ने 'चाँद' के इस अंक को ज़ब्त कर लिया था।

यों तो 'चाँद' अपनी विचारोत्तेजक शैली एवं नये भावबोध के कारण सभी से अलग विशिष्ट प्रकार का मासिक पत्र था। देश की राजनीतिक, सामाजिक और आर्थिक सभी प्रकार की सामग्री को इसमें प्रकाशित किया जाता था। अंग्रेज़ी राज के विरुद्ध भी उसका दृष्टिकोण बहुत साफ़ था और मैं समझता हूँ 'फाँसी' अंक उसी की चरम परिणति था। चाँद का फांसी अंक जैसे प्रसिद्ध हुआ था उसी प्रकार चाँद का 'मारवाड़ी' अंक भी बड़ा प्रसिद्ध हुआ था, परन्तु तब अपने ही भाइयों के एक वर्ग और जाति विशेष के विरुद्ध सामग्री होने के कारण उसको वह स्थान नहीं मिल पाया जो फाँसी अंक को मिला।

यों तो हिन्दी-पत्रकारिता अपने आरम्भिक समय से ही स्वदेश-भक्ति और समग्र राष्ट्र की चेतना के साथ जुड़ी रही है। हिन्दी में प्रायः सभी प्रमुख पत्रों के संपादक अपनी निष्ठा और स्वदेशाभिमान के कारण भारतीय जनता के दुख को बराबर अपने समाचार-पत्रों में अपने द्वारा और दूसरे सहयोगी लेखकों के लेख छाप कर इस कार्य को आगे बढ़ाते रहे हैं। यह बात ठीक है कि आरंभिक काल के हिन्दी-पत्रों में कुछ पत्रिकाओं और कुछ पत्रों में अंग्रेज़ी राज्य के प्रति भक्ति-भावना का भी समावेश हुआ और कई लोगों ने देश के तथाकथित विकास के लिए अंग्रेज़ी सरकार की प्रशंसा भी की। जैसा स्वयं भारतेन्दु हरिश्चन्द्र ने भी लिखा था :

> अंग्रेज राज सुख साज सजे बड़ भारी ।
> पै धन विदेस चलि जात यहै अति ख्वारी ॥

इसी प्रकार भारतेन्दु-मण्डल के कई कवियों ने महारानी विक्टोरिया की प्रशंसा में बहुत कुछ लिखा है। परन्तु यह हिन्दी-पत्रकारिता का मूल स्वर नहीं था। हिन्दी का प्रथम पत्र 1826 में 'उद्दन्त मार्तण्ड' कलकत्ता से प्रकाशित हुआ था, जिसे कानपुर के पंडित जुगल किशोर शुक्ल ने निकाला था जो कलकत्ता की दीवानी अदालत में प्रोसीडिंग रीडर पद पर काम करते थे। उसमें भी 'ईस्ट इण्डिया कंपनी' की आलोचना थी जो उस समय भारत के बहुत बड़े भू-भाग पर शासन करने लगी थी। यद्यपि पंडित जुगल किशोर शुक्ल ने 'उद्दन्त मार्तण्ड' के प्रकाशन का कारण हिन्दी में किसी भी समाचार-पत्र का न होना बताया है, परन्तु अंग्रेज शासकों के आर्थिक शोषण की चर्चा उन्होंने भी अपने 'उद्दन्त मार्तण्ड' के कई अंकों में की है। 'लूट की छूट एवं दालचीनी के पौधे' शीर्षक उनकी सबसे पहले की टिप्पणियाँ देखी जा सकती हैं, जिसमें कंपनी-शासन की आलोचना की गयी है और पोल खोली गयी है।

हिन्दी-पत्रकारिता के आरम्भिक दौर में ही राष्ट्रीय दृष्टि, राष्ट्रीय चेतना, राष्ट्रीय कर्तव्य-बोध हिन्दी-साहित्य का मुख्य स्वर रहा है। हिन्दी सदैव भाषा एवं साहित्य के रूप में, क्षेत्रीय की बजाय, राष्ट्रोन्मुखी रही है। आधुनिक हिन्दी की विकास-परम्परा पर अगर हम दृष्टि डालें तो यह स्पष्ट दिखायी पड़ेगा कि हिन्दी-साहित्य की कई ऐसी विधाएँ हैं जिनमें सम्पूर्ण राष्ट्र की भावना और चिन्तन पर बल दिया गया है। चूँकि आधुनिक भारत में हिन्दी-पत्रकारिता ने समाचार और विचार दोनों ही पक्षों को एक साथ निबाहा है, इसलिए उनमें यह दायित्व बहुत कम देखने को मिल सकता है। खड़ी बोली हिन्दी के राष्ट्रभाषा के रूप में प्रतिष्ठित होने से उसका कार्य-क्षेत्र सिर्फ़ हिन्दी ही नहीं, अहिन्दी-क्षेत्र भी रहे और अहिन्दी भाषी लेखकों, कवियों, निबन्धकारों तथा पत्रकारों ने उसको भरने में अपूर्व योगदान किया। जातीयता, क्षेत्रीयता, साम्प्रदायिकता की भावना हिन्दी में कभी भी नहीं पनपी और यह सारा कार्य हिन्दी समाचार-पत्रों के द्वारा ही हुआ है। हिन्दी-पत्रकारिता के आरम्भिक युग को हम भारतेन्दु-युग के नाम से जानते हैं जिसने सम्पूर्ण राष्ट्र पर अपनी छाप छोड़ी है। इस युग में भारतेन्दु से भी अधिक प्रखरता बाल कृष्ण भट्ट के 'हिन्दी प्रदीप' (इलाहाबाद) और पंडित प्रताप नारायण मिश्र के मासिक 'ब्राह्मण' (कानपुर) में हैं। पंडित प्रताप नारायण मिश्र ने लगातार अपने पत्र 'ब्राह्मण' में अंग्रेज़ी राज्य के विरुद्ध संपादकीय टिप्पणी और कविताएँ इत्यादि लिखीं और प्रकाशित कीं। एक टिप्पणी में पंडित प्रताप नारायण मिश्र ने 1884 में लिखा था :

ज़ब से अंग्रेज का राज भयो।
बन आई है नंगन, नंगिन की ।।

बीसवीं शताब्दी के शुरू होने के पूर्व कलकत्ता से और महाराष्ट्र से ऐसे अनेक पत्र प्रकाशित हुए जिन्होंने राष्ट्रीय प्रखरता को बहुत आगे बढ़ाया।

बीसवीं शताब्दी का आरम्भिक दौर राजनीतिक चेतना के विकास का जागरण-काल है। बीसवीं शताब्दी के आरम्भ से हिन्दी-पत्रकारिता ने भी नया मोड़ लिया। लोकमान्य तिलक के राजनीतिक विचारों ने संपूर्ण देश में हलचल पैदा की। बंगाल, महाराष्ट्र तथा पंजाब इस जागरण के केन्द्र बने। संपूर्ण हिन्दी-क्षेत्र इन तीनों ही स्थानों के राष्ट्रीय नेतृत्व से प्रभावित हुआ और हिन्दी-भाषा और साहित्य पर उसने गहरा प्रभाव डाला। बीसवीं शती के आरम्भ से लेकर स्वराज्यपूर्व के गांधी-युग तक हिन्दी-पत्रकारिता का स्वर्णिम काल माना जा सकता है। तिलक-युग में पंडित अम्बिका प्रसाद बाजपेयी, गणेशशंकर विद्यार्थी, कर्मवीर सुन्दरलाल, माधोराव सप्रे, बाबू अमृतलाल चक्रवर्ती, बाबूराव विष्णु पराड़कर इत्यादि का नाम सर्वथा अग्रगण्य है। उपर्युक्त महानुभावों ने स्वयं बड़े साहस और कष्टों के साथ हिन्दी-पत्रकारिता को परवान चढ़ाया और अपने द्वारा पत्रकारों और साहित्यकारों की एक लंबी शृंखला देश को प्रदान की जिन्होंने हिन्दी-पत्रकारिता को और हिन्दी-साहित्य की विभिन्न विधाओं को अपनी प्रतिभा से आलोकित किया।

'चाँद' इसी परम्परा का प्रतिनिधित्व करने वाला पत्र था। इसका प्रकाशन इलाहाबाद से 1922 में दीपावली को श्री राम रिख सहगल ने प्रारम्भ किया। इसमें संपादकों के अलावा देश के अन्यान्य प्रतिभाशाली व्यक्तियों की रचनाएँ प्रकाशित हुआ करती थीं। भारतीय स्वाधीनता के संघर्ष में बीसवीं शताब्दी के आरम्भ में ही ब्रिटिश सरकार के विरुद्ध काम करने वाले क्रांतिकारियों के लिए मृत्य-दण्ड का जो सिलासिला खुदीराम बोस ने शुरू किया था, वह भगतसिंह और उनके साथियों को फाँसी दिये जाने के साथ और तेज़ी के साथ चलता रहा। देश के महान सपूतों को, जो अपनी जवानी के बिलकुल आरंभिक दौर में ही थे, देश की गुलामी के विरुद्ध कार्य करने के कारण फाँसी के फंदे को चूमना पड़ा। यह देखकर भारतीय जन-मानस बहुत ही आंदोलित था और बेचैनी का अनुभव कर रहा था। बंगाल के क्रांतिकारी, बंगाल, पंजाब, महाराष्ट्र एवं संयुक्त प्रान्त (उत्तर प्रदेश) के सैकड़ों क्रांतिकारियों को फाँसी पर झूलना पड़ा था जिससे सारा देश विचलित हो चला था। उसी उबलते हुए वातावरण में 'चाँद' ने अपना फाँसी अंक प्रकाशित किया। दीपावली के प्रकाश में जब समाज हँसी-खुशी के वातावरण में आनंदित होने का सौभाग्य प्राप्त करता है उसी अवसर पर अमावस्या की काली अँधेरी रात का दृश्य सामने रखकर 'चाँद' के संपादक चतुरसेन शास्त्री ने जो कहा था, उसी का कुछ अंश हमने आरंभ में उद्धत किया है।

'चाँद' का फाँसी अंक अपनी सामग्री के लिए आज भी उतना ही महत्वपूर्ण और पठनीय है, जितना वह अपने प्रकाशन के समय आज से 58 वर्ष पहले था। इस अंक में जो महत्वपूर्ण सामग्री है उसे पाठक पढ़ेंगे तो यह भली-भाँति समझ सकेंगे कि देश की आज़ादी के लिए कुर्बान होने वाले जिन अनेक साहसी वीरों ने अपने प्राणों का उत्सर्ग किया, कैसा उनका चरित्र था, कैसे उनके विचार थे और अपने देश के भविष्य को वे कैसा देखते थे। इस अंक में कई ऐसी विशेषताएँ भी हैं जो स्मरण करने योग्य हैं, उस समय तो जिनका नाम भी लेना कठिन था उनके द्वारा किसी तरह से अपने को गोपन रखकर यह प्रामाणिक सामग्री प्रस्तुत करने का काम करना पड़ा, यह कम आश्चर्य की बात नहीं है। और उनके बाद के प्रमाण नहीं हैं और न उनके संबंध में सही जानकारी देने वाले ही अधिक व्यक्ति बचे हैं। शायद ही कोई एक-दो आदमी बचे हों जो उस कार्य में कुछ बता सकें। परन्तु मुझे उन क्रांतिवीरों के कतिपय सहयोगियों से यह मालूम हुआ था कि 'चाँद' के इस फाँसी अंक में जिन आधुनिक फाँसी चढ़ने वाले वीरों का ब्यौरा दिया गया है उनमें से कुछ रेखाचित्र सरदार भगतसिंह ने जेल की काल-कठोरी से लिखकर भेजे थे। उन्होंने डॉ० मथुरासिंह और बलवंत सिंह के छद्म नामों से भी कुछ लेख लिखे थे। 'चाँद' में प्रकाशित इस प्रकार की बहुत-सी सामग्री इस अंक में है। नीचे जो नाम दिये गये हैं, वे छद्म नाम हैं और उनके बारे

में यह कहना कठिन है कि उनमें से कौन-से सरदार भगतसिंह के हैं और कौन-से अन्य व्यक्तियों के हैं। भारतीय बलिदानियों के परिचय के अतिरिक्त फ्रांस की स्त्रियों, स्काटलैण्ड, आस्ट्रिया, रोम, यूरोप के देशों के विश्व-प्रसिद्ध नायक-नायिकाओं के बलिदानों की कहानी से संबंधित सामग्री भी इसमें दी गयी है। फ्रांस की राज्यक्रांति, 1857 का प्रथम भारतीय स्वतंत्रता विद्रोह तथा अनेक ऐसे मार्मिक प्रसंग इसमें पढ़ने को मिलेंगे जिससे प्राणदण्ड की क्रूरता समझी जा सकेगी। संस्कृत-साहित्य को लेकर प्राचीन भारतीय विचारकों के मत एवं उनके कारणों पर पहले ही विचारोत्तेजक सामग्री इस अंक में संग्रहीत है। सुप्रसिद्ध कथाकार श्री विशम्भर नाथ कौशिक, जनार्दन राय नागर, जी. पी. श्रीवास्तव, चतुरसेन शास्त्री जैसे सिद्ध लेखकों की कृतियाँ तथा कई सिद्ध कवियों की कविताएँ हैं। इस अंक की एक विशेषता यह भी है कि इसमें देश-विदेश के अनेक ऐसे व्यक्तियों के चित्रों को भी सम्मिलित कर दिया गया है जो फाँसी अथवा प्राणदण्ड के क्रूर कर्म के द्वारा संसार के रंगमंच से हटाये गये। चाँद के फाँसी अंक में बहुत-सी ऐतिहासिक सामग्री उपलब्ध है और अनेक रचनात्मक कृतियाँ भी इसमें शामिल हैं। साथ ही संपादकीय (में व्यक्त) विचारों के अन्तर्गत एक लंबे लेख में अपराध के कारणों, उनके मनोवैज्ञानिक और ऐतिहासिक विकास पर व्यापक प्रकाश डाला गया है। इस अंक के मूल स्वर में जहाँ एक ओर राष्ट्रीय स्वाधीनता के लिए प्राणों के बलिदान को सहज और आवश्यक मानकर उसका समर्थन किया गया है, वहीं भारत में ही नहीं संपूर्ण दुनिया में प्राणदंड को एक क्रूर कर्म, अमानवीय और पाशविक व्यवहार बताने की चेष्टा की गयी है। इस प्रकार एक ओर यहाँ राष्ट्रीय बलिदान की परम्परा का महत्वपूर्ण दस्तावेज़ प्रस्तुत किया गया है तो दूसरी ओर मानव-समाज में अपराध-वृत्ति के कारणों का विश्लेषण करते हुए दंड-प्रक्रिया और दंड-विधान के बारे में नये दृष्टिकोण की समीक्षा भी की गयी है।

राष्ट्रीय आंदोलन के निरंतर तीव्र होते जाने के कारण विभिन्न पत्र-पत्रिकाओं के बाद के विशेषांक तथा सामान्य अंक भी विशेष सामग्री के कारण संग्रह-योग्य रूप में प्रकाशित होते रहे हैं। परन्तु जो धूम चाँद के फाँसी अंक ने मचायी वह हिन्दी-पत्रकारिता में अद्वितीय ही कही जायेगी। 'फाँसी अंक' के बाद जनवरी, 1930 का 'हिन्दू पंच' कलकत्ता का "बलिदान अंक' प्रकाशित हुआ था और अपनी विषय-वस्तु के कारण उसे भारतीय बलिदानी परम्परा का अद्वितीय दस्तावेज़ कहा जा सकता है! इसे भी सरकार ने ज़ब्त कर लिया था। 'हिन्दू पंच' के 'बलिदान-अंक' में प्राचीन भारत से लेकर आधुनिक भारत तक बलिदानों की लंबी श्रृंखला की बड़ी ही अच्छी और मार्मिक सामग्री का प्रकाशन किया गया था।

मैं समझता हूँ कि हिन्दी के अनेक ऐसे मासिक और साप्ताहिक पत्र-पत्रिकाओं के अंक, विशेषांक एवं कुछ पत्रिकाओं के सम्पूर्ण अंक इसलिए पुनः प्रकाशित होने चाहिए, कि उनमें प्रकाशित उस ऐतिहासिक सामग्री को आज के पाठक पढ़ सकें जो अभी भी सहज उपलब्ध नहीं है।

हिन्दी-पत्रकारिता के उस युग में जब उसके पास साधन कम थे पत्रकारों और साहित्यकारों की निष्ठा, योग्यता, विद्वता तथा देश और समाज के प्रति कर्तव्य-बोध की भावना के कारण जैसी जीवंत और प्रामाणिक सामग्री विशेषकर तिलक और गांधी-युग की पत्रिकाओं में प्रकाशित हुई है वह आज के साधन-सम्पन्न पत्रकारिता के युग में कठिन है। आवश्यकता इस बात की है कि प्रभा, प्रताप, नृसिंह, कर्मयोगी, भविष्य, सुधा, माधुरी, मतवाला, सरस्वती, स्वदेश, या हिन्द केसरी, विशाल भारत जैसे पत्र और पत्रिकाओं की विपुल सामग्री हिन्दी-जगत के सामने लायी जाये ताकि लोग देख और समझ सकें कि हिन्दी-पत्रकारिता किस प्रकार अपने राष्ट्र और समाज के प्रति ही नहीं सम्पूर्ण मानव-समाज के प्रति अपने कर्तव्यों का पालन करती रही है। चाँद के इस फाँसी अंक के प्रकाशन से राधाकृष्ण प्रकाशन ने जो पहल की है, यह उसी दिशा में पहला कदम है जिसकी चर्चा मैंने ऊपर की है। अतः इस पहलकदमी के लिए हिन्दी-जगत की ओर से मैं उन्हें बधाई देता हूँ।

—नरेशचन्द्र चतुर्वेदी

27, नॉर्थ एवेन्यू
नयी दिल्ली

विनयाञ्जलि

"चाँद" की बहिनों, भाइयों और बुज़ुर्गों के हाथ में—दीपावली के शुभ अवसर पर—"फाँसी-अङ्क" जैसा हृदय को दहलाने वाला साहित्य सौंपते हमारा हाथ काँपता है।

परन्तु हम नङ्गे हैं, भूखे हैं, रोगी हैं, निराश्रय हैं; हम थके हुए, मरे हुए और तिरस्कृत हैं; हम स्वार्थी, पापी और भीरु हैं; हम पूर्वजों की अतुल सम्पत्ति को नाश करने वाली सन्तान हैं, बच्चों को भिखारी बनाने वाले माता-पिता हैं! रूढ़ि की वेदी पर स्त्रियों को बलिदान का पशु बनाने वाले पुजारी हैं!! हम ख़ानदानी बाप के कुकर्मी बेटे हैं!!!

तब क्या हमें राज्यलक्ष्मी गँवाकर, गृहलक्ष्मी का थोथा आवाहन अपने शून्य और मलिन गृह में करने की विडम्बना करना, हास्यास्पद नहीं? राहु के समान जिस अनन्त अमावस्या ने हमें पीढ़ियों से काली चादर में गाँठ बाँधकर डाल दिया है, उसकी ग्रन्थियाँ क्या इस क्षुद्र टिमटिमाती पार्थिव दीप-ज्योति से विदीर्ण हो सकेंगी?

फिर हम अँधेरे में ही क्यों न रहें? अँधेरे में ही क्यों न मुँह छिपावें? हमारी ग़ैरत क्या यह नहीं कहती कि हमारे लिए यही ग़नीमत है कि हम अनन्त-काल तक तारागणों से हीन—चैतन्यहीन घोर अन्धकारमयी अमावस्या की रात में मुँह लपेटे पड़े रहें! उस अन्धकार को ग़नीमत समझें जिसने हमारी नग्नता को, हीनता को और मलनिता को छिपा रक्खा है!! और जिसे हमारी मलिन किन्तु, निस्तेज ज्योति सह गई है!!!

प्यारी बहिनो, माताओ, भाइयो और बुज़ुर्गों! "फाँसी-अङ्क" को दिवाली की अमावस्या समझिए! देखिए, इसमें बीसवीं शताब्दी के हुतात्मा के दिए कैसे टिमटिमा रहे हैं, और देखिए, स्थान-स्थान पर कैसी ज्वलन्त अग्नि धायँ-धायँ जल रही है; और सब के बीच में जाग्रत-ज्योति—मृत्यु-सुन्दरी—कैसा शृङ्गार किए छमछमा कर नाच रही है? पूजो! भाग्यहीन भारत के राज्य-पाट, अधिकार-सत्ता और शक्तिहीन नर-नारियो, यही तुम्हारी गृहलक्ष्मी हैं। यही मृत्यु-सुन्दरी, यही अक्षय-यौवना, यही महा महिमामयी!!! महामाया! तुम इसे प्यार करो, इससे परिचय प्राप्त करो, इसे वरो, तब? तुम देखोगे कि ज्योंही यह तुम्हारे गले का फन्दा होने के स्थान पर हृदय का लाल तारा बनेगी, तुम्हारी सहस्रों वर्ष की ग़ुलामी दूर हो जायगी? जैसे प्रबल रासायनिक के हाथ में आकर काल-कूट विष अमृत के समान प्रभावकारी हो जाता है, उसी प्रकार यह गले का फन्दा बहिनों का सौभाग्य-सिन्दूर और भाइयों की कुङ्कुम की पिचकारी बनेगी। ओह! उस फाग का उल्लास कब भारत की २२ करोड़ गोपियों को नसीब होगा! उस अक्षय-सुन्दरी को राधा-पद देकर कब वह कृष्ण-मूर्ति स्फूर्ति की वंशी बजावेगी? कब? कब?? कब???

निकट ही वह दिन है। कुछ मास व कुछ वर्ष व्यतीत होने दो—एक महान् विप्लव की आँधी सायँ-सायँ करती चली आ रही है, जो पचासों वर्ष तक भारत को दिवाली के दिए न जलाने देगी, परन्तु उसके बाद जो दिए जलेंगे वे क्षुद्र मिट्टी के टिमटिमाते दिए न होंगे—वे होंगे रत्नदीप; और उन्हें साक्षात् राज्य-लक्ष्मी अपने हाथों से जलावेगी!

तब तक बहिनो और भाइयो! इस शुभ दिन में इस वीर-गम्भीर, मृत्यु-वाणों से क्रीड़ा करो! जिन्हें साहस हो वे अभ्यास करें, जिन्हें नहीं वे देखें! उदीयमान् जातियाँ विशेष अवसरों पर विनोद नहीं करतीं, वेदना-स्थलों की जाँच किया करती हैं! भारत के विनोद और उल्लास के दिन नहीं, भारत के दिन मृत्युवाद के अध्ययन करने के हैं! भारत को निकट-भविष्य में उसकी परीक्षा में उत्तीर्ण होना है, और बहिन और भाई को "मृत्युञ्जय" की उपाधि प्राप्त करना है। "चाँद" इस अङ्क के रूप में उस परीक्षा की प्रथम पुस्तक अपनी बहिनों और भाइयों की हाथ में भेंट करता है!

निस्सन्देह यह भेंट हमारे मन की अभिलाषाओं के अनुकूल नहीं, परन्तु हिन्दी-साहित्य के वे दिन अभी कहाँ कि मनचाही चीज़ बन सके! कठिनाइयों के नाम पर रोना हम सदैव कायर का काम समझते रहे हैं। हम जानते हैं, ये कठिनाइयाँ हम अपनी रोटियों के लिए नहीं, रोटियों को हराम करके, सिर पर ले रहे हैं! पत्नी की रोग से छटपटाती देह, गुलाब-से पुत्र का हठात् प्राण-त्याग और अपने शरीर के चाहे जब शय्यागत होने में भी जिस

सेवक की क़लम और मस्तिष्क ने विश्राम नहीं लिया, वह केवल इसी आशा के डोरे के सहारे अपनी समस्त वेदनाएँ, कठिनाइयाँ और विकलताएँ भूलकर, उल्लसित होना चाहता है; वह अकेला प्राण इतना छटपटा कर "चाँद" के २ लाख पाठक-पाठिकाओं को एक मनन करने योग्य—कम से कम एक वर्ष तक न भूलने योग्य—बिलकुल अद्भुत और नवीन विषय प्रदान कर रहा है। और वह यह भी आशा करता है कि "चाँद" ने प्रयास के साथ जिस आन्दोलन की नींव डाली है, वह तब तक समाप्त न होगा जब तक भारत से इस कलङ्कित दृश्य को न उठा देगा !!

अब केवल दो बातें रह जाती हैं; उन कृपालु लेखकों और चित्रकारों का आभार मानना, जिन्होंने लेख और चित्र भेजकर हमारे इस प्रयास में आशातीत सहायता प्रदान की है। दूसरे "चाँद" के प्रवर्त्तकों के प्रति कृतज्ञता प्रकट करना, जिन्होंने प्रचुर धन व्यय कर और स्वास्थ्य और जीवन का लोभ छोड़कर इतना बृहत्, आवश्यक और ठोस विशेषाङ्क हिन्दी-संसार की भेंट किया है। पूरे १½ मास तक प्रेस के प्रत्येक कर्मचारी ने सहर्ष और ईमानदारी से "चाँद" की सफलता के लिए अपनी श्रद्धाञ्जलि अर्पित की है और सहगल जी? उन्होंने रात-दिन जागकर तथा स्वास्थ्य की तिल-मात्र भी चिन्ता न कर, जिस मनोयोग से इस अङ्क की सफलता में योग दिया है वह उन्हीं का काम था। १० रोज़ तक उन्हें भयङ्कर ज्वर रहा; उसी हालत में उन्होंने सारा कार्य किया है। इतने बड़े विशेषाङ्क के प्रकाशन में अनेक त्रुटियों का रह जाना सम्भव है और ख़ासकर ऐसी परिस्थिति में, जबकि "चाँद" के प्राण-स्वरूप मित्रवर सहगल जी स्वयं बीमार थे। फिर भी जो कुछ हो सका है, पाठकों के सामने है। पाठकों को आश्चर्य न होना चाहिए, इस अङ्क के १०,००० कॉपियों के प्रकाशन में इतने परिश्रम और दौड़-धूप के अलावा पूरे १२,५००) रु० (साढ़े बारह हज़ार रु०) व्यय हुए हैं जिसका संक्षिप्त ब्योरा नीचे दिया जा रहा है। आशा है, प्रत्येक हिन्दी-प्रेमी "चाँद" की इन ठोस सेवाओं की क़द्र करेगा और इसके प्रचार तथा फूलने-फलने में सहायक होगा :—

हिसाब का ब्योरा

४२० रीम काग़ज़	३,२८०)
कम्पोज़िङ्ग और छपाई	३,३००)
ब्लॉक और डिज़ाइन बनवाई	१,०६८)
तिरङ्गे चित्रों की छपाई	१,२००)
रङ्गीन चित्रों की छपाई	२००)
४० रीम आर्ट पेपर का मूल्य	१,०००)
कवर की बनवाई और छपाई	१५५)
लिफ़ाफ़ों का काग़ज़ और छपाई	२१०)
अतिरिक्त टिकट (पोस्टेज)	८५०)
सम्पादकीय व्यय, पुरस्कार, तार-चिट्ठी आदि	१,०५०)
फुटकर	१८७)
कुल जोड़ ...	१२,५००)

इस ब्योरे में कार्यालय के कर्मचारियों का वेतन, बिजली, किराया-मकान तथा विज्ञापन आदि की छपाई और काग़ज़ आदि का व्यय शामिल नहीं है, इसे स्मरण रखना चाहिए।

एक बात और भी है। शुरू में प्रस्तुत विशेषाङ्क २०० पृष्ठों का प्रकाशित करने का निश्चय किया गया था, किन्तु हम देख रहे हैं, ३२५ पृष्ठ छापकर भी आधे से अधिक लेख तथा कविताएँ प्रकाशित नहीं हो सकीं, जिनमें अनेक विद्वानों के लेख भी देरी से आने के कारण शामिल हैं, इसका हमें वास्तव में बड़ा खेद है। पर निश्चय यह किया गया है कि यदि इस विशेषाङ्क का हिन्दी-संसार ने उचित सत्कार किया तो आगामी मई का "चाँद" भी "फाँसी-अङ्क" के नाम से ही एक दूसरा विशेषाङ्क प्रकाशित किया जाय, पर यह बात सर्वथा पाठकों के सहयोग और सहानुभूति पर अवलम्बित है।

अन्त में हम सर्व-शक्तिमान् परमेश्वर को, जिनकी असीम कृपा से "चाँद" अपने सातवें वर्ष में पदार्पण कर रहा है, तथा अपने उन बहिनों और भाइयों को, जो "चाँद" को सदैव अपना समझकर उसे आँखों पर रक्खे रहे हैं, प्रेम और आदर के दो बूँद आँसुओं के साथ, विनयावनत होकर नव-वर्ष-प्रवेश का प्रणाम करते हैं!

—चतुरसेन शास्त्री

विनयाञ्जलि

"चाँद" की बहिनों, भाइयों और बुज़ुर्गों के हाथ में—दीपावली के शुभ अवसर पर—"फाँसी-अङ्क" जैसा हृदय को दहलाने वाला साहित्य सौंपते हमारा हाथ काँपता है।

परन्तु हम नङ्गे हैं, भूखे हैं, रोगी हैं, निराश्रय हैं; हम थके हुए, मरे हुए और तिरस्कृत हैं; हम स्वार्थी, पापी और भीरु हैं; हम पूर्वजों की अतुल सम्पत्ति को नाश करने वाली सन्तान हैं, बच्चों को भिखारी बनाने वाले माता-पिता हैं! रूढ़ि की वेदी पर स्त्रियों को बलिदान का पशु बनाने वाले पुजारी हैं!! हम ख़ानदानी बाप के कुकर्मी बेटे हैं!!!

तब क्या हमें राज्यलक्ष्मी गँवाकर, गृहलक्ष्मी का थोथा आवाहन अपने शून्य और मलिन गृह में करने की विडम्बना करना, हास्यास्पद नहीं? राहु के समान जिस अनन्त अमावस्या ने हमें पीढ़ियों से काली चादर में गाँठ बाँधकर डाल दिया है, उसकी ग्रन्थियाँ क्या इस क्षुद्र टिमटिमाती पार्थिव दीप-ज्योति से विदीर्ण हो सकेंगी?

फिर हम अँधेरे में ही क्यों न रहें? अँधेरे में ही क्यों न मुँह छिपावें? हमारी ग़ैरत क्या यह नहीं कहती कि हमारे लिए यही ग़नीमत है कि हम अनन्त-काल तक तारागणों से हीन—चैतन्यहीन घोर अन्धकारमयी अमावस्या की रात में मुँह लपेटे पड़े रहें! उस अन्धकार को ग़नीमत समझें जिसने हमारी नग्नता को, हीनता को और मलनिता को छिपा रक्खा है!! और जिसे हमारी मलिन किन्तु, निस्तेज ज्योति सह गई है!!!

प्यारी बहिनो, माताओ, भाइयो और बुज़ुर्गो! "फाँसी-अङ्क" को दिवाली की अमावस्या समझिए! देखिए, इसमें बीसवीं शताब्दी के हुतात्मा के दिए कैसे टिमटिमा रहे हैं, और देखिए, स्थान-स्थान पर कैसी ज्वलन्त अग्नि धायँ-धायँ जल रही है; और सब के बीच में जाग्रत-ज्योति—मृत्यु-सुन्दरी—कैसा शृङ्गार किए छमछमा कर नाच रही है? पूजो! भाग्यहीन भारत के राज्य-पाट, अधिकार-सत्ता और शक्तिहीन नर-नारियो, यही तुम्हारी गृहलक्ष्मी हैं। यही मृत्यु-सुन्दरी, यही अक्षय-यौवना, यही महा महिमामयी!!! महामाया! तुम इसे प्यार करो, इससे परिचय प्राप्त करो, इसे वरो, तब? तुम देखोगे कि ज्योंही यह तुम्हारे गले का फन्दा होने के स्थान पर हृदय का लाल तारा बनेगी, तुम्हारी सहस्रों वर्ष की ग़ुलामी दूर हो जायगी? जैसे प्रबल रासायनिक के हाथ में आकर काल-कूट विष अमृत के समान प्रभावकारी हो जाता है, उसी प्रकार यह गले का फन्दा बहिनों का सौभाग्य-सिन्दूर और भाइयों की कुङ्कुम की पिचकारी बनेगी। ओह! उस फाग का उल्लास कब भारत की २२ करोड़ गोपियों को नसीब होगा! उस अक्षय-सुन्दरी को राधा-पद देकर कब वह कृष्ण-मूर्त्ति स्फूर्ति की वंशी बजावेगी? कब? कब?? कब???

निकट ही वह दिन है। कुछ मास व कुछ वर्ष व्यतीत होने दो—एक महान् विप्लव की आँधी सायँ-सायँ करती चली आ रही है, जो पचासों वर्ष तक भारत को दिवाली के दिए न जलाने देगी, परन्तु उसके बाद जो दिए जलेंगे वे क्षुद्र मिट्टी के टिमटिमाते दिए न होंगे—वे होंगे रत्नदीप; और उन्हें साक्षात् राज्य-लक्ष्मी अपने हाथों से जलावेगी!

तब तक बहिनो और भाइयो! इस शुभ दिन में इस वीर-गम्भीर, मृत्यु-बाणों से क्रीड़ा करो! जिन्हें साहस हो वे अभ्यास करें, जिन्हें नहीं वे देखें! उदीयमान् जातियाँ विशेष अवसरों पर विनोद नहीं करतीं, वेदना-स्थलों की जाँच किया करती हैं! भारत के विनोद और उल्लास के दिन नहीं, भारत के दिन मृत्युवाद के अध्ययन करने के हैं! भारत को निकट-भविष्य में उसकी परीक्षा में उत्तीर्ण होना है, और बहिन और भाई को "मृत्युञ्जय" की उपाधि प्राप्त करना है। "चाँद" इस अङ्क के रूप में उस परीक्षा की प्रथम पुस्तक अपनी बहिनों और भाइयों की हाथ में भेंट करता है!

निस्सन्देह यह भेंट हमारे मन की अभिलाषाओं के अनुकूल नहीं, परन्तु हिन्दी-साहित्य के वे दिन अभी कहाँ कि मनचाही चीज़ बन सके! कठिनाइयों के नाम पर रोना हम सदैव कायर का काम समझते रहे हैं। हम जानते हैं, ये कठिनाइयाँ हम अपनी रोटियों के लिए नहीं, रोटियों को हराम करके, सिर पर ले रहे हैं! पत्नी की रोग से छटपटाती देह, गुलाब-से पुत्र का हठात् प्राण-त्याग और अपने शरीर के चाहे जब शय्यागत होने में भी जिस

सेवक की क़लम और मस्तिष्क ने विश्राम नहीं लिया, वह केवल इसी आशा के डोरे के सहारे अपनी समस्त वेदनाएँ, कठिनाइयाँ और विकलताएँ भूलकर, उल्लसित होना चाहता है; वह अकेला प्राण इतना छटपटा कर "चाँद" के २ लाख पाठक-पाठिकाओं को एक मनन करने योग्य—कम से कम एक वर्ष तक न भूलने योग्य—बिलकुल अद्भुत और नवीन विषय प्रदान कर रहा है। और वह यह भी आशा करता है कि "चाँद" ने प्रयास के साथ जिस आन्दोलन की नींव डाली है, वह तब तक समाप्त न होगा जब तक भारत से इस कलङ्कित दृश्य को न उठा देगा !!

अब केवल दो बातें रह जाती हैं; उन कृपालु लेखकों और चित्रकारों का आभार मानना, जिन्होंने लेख और चित्र भेजकर हमारे इस प्रयास में आशातीत सहायता प्रदान की है। दूसरे "चाँद" के प्रवर्त्तकों के प्रति कृतज्ञता प्रकट करना, जिन्होंने प्रचुर धन व्यय कर और स्वास्थ्य और जीवन का लोभ छोड़कर इतना बृहत्, आवश्यक और ठोस विशेषाङ्क हिन्दी-संसार की भेंट किया है। पूरे १½ मास तक प्रेस के प्रत्येक कर्मचारी ने सहर्ष और ईमानदारी से "चाँद" की सफलता के लिए अपनी श्रद्धाञ्जलि अर्पित की है और सहगल जी? उन्होंने रात-दिन जागकर तथा स्वास्थ्य की तिल-मात्र भी चिन्ता न कर, जिस मनोयोग से इस अङ्क की सफलता में योग दिया है वह उन्हीं का काम था। १० रोज़ तक उन्हें भयङ्कर ज्वर रहा; उसी हालत में उन्होंने सारा कार्य किया है। इतने बड़े विशेषाङ्क के प्रकाशन में अनेक त्रुटियों का रह जाना सम्भव है और ख़ासकर ऐसी परिस्थिति में, जबकि "चाँद" के प्राण-स्वरूप मित्रवर सहगल जी स्वयं बीमार थे। फिर भी जो कुछ हो सका है, पाठकों के सामने है। पाठकों को आश्चर्य न होना चाहिए, इस अङ्क के १०,००० कॉपियों के प्रकाशन में इतने परिश्रम और दौड़-धूप के अलावा पूरे १२,५००) रु० (साढ़े बारह हज़ार रु०) व्यय हुए हैं जिसका संक्षिप्त व्योरा नीचे दिया जा रहा है। आशा है, प्रत्येक हिन्दी-प्रेमी "चाँद" की इन ठोस सेवाओं की क़द्र करेगा और इसके प्रचार तथा फूलने-फलने में सहायक होगा :—

हिसाब का व्योरा

४२० रीम काग़ज़	३,२८०)
कम्पोज़िङ्ग और छपाई	३,३००)
ब्लॉक और डिज़ाईन बनवाई	१,०६८)
तिरङ्गे चित्रों की छपाई	१,२००)
रङ्गीन चित्रों की छपाई	२००)
४० रीम आर्ट पेपर का मूल्य	१,०००)
कवर की बनवाई और छपाई	१५५)
लिफ़ाफ़ों का काग़ज़ और छपाई	२१०)
अतिरिक्त टिकट (पोस्टेज)	८५०)
सम्पादकीय व्यय, पुरस्कार, तार-चिट्ठी आदि	१,०५०)
फुटकर	१८७)
कुल जोड़ ...	१२,५००)

इस व्योरे में कार्यालय के कर्मचारियों का वेतन, बिजली, किराया-मकान तथा विज्ञापन आदि की छपाई और काग़ज़ आदि का व्यय शामिल नहीं है, इसे स्मरण रखना चाहिए।

एक बात और भी है। शुरू में प्रस्तुत विशेषाङ्क २०० पृष्ठों का प्रकाशित करने का निश्चय किया गया था, किन्तु हम देख रहे हैं, ३२५ पृष्ठ छापकर भी आधे से अधिक लेख तथा कविताएँ प्रकाशित नहीं हो सकीं, जिनमें अनेक विद्वानों के लेख भी देरी से आने के कारण शामिल हैं, इसका हमें वास्तव में बड़ा खेद है। पर निश्चय यह किया गया है कि यदि इस विशेषाङ्क का हिन्दी-संसार ने उचित सत्कार किया तो आगामी मई का "चाँद" भी "फाँसी-अङ्क" के नाम से ही एक दूसरा विशेषाङ्क प्रकाशित किया जाय, पर यह बात सर्वथा पाठकों के सहयोग और सहानुभूति पर अवलम्बित है।

अन्त में हम सर्व-शक्तिमान् परमेश्वर को, जिनकी असीम कृपा से "चाँद" अपने सातवें वर्ष में पदार्पण कर रहा है, तथा अपने उन बहिनों और भाइयों को, जो "चाँद" को सदैव अपना समझकर उसे आँखों पर रक्खे रहे हैं, प्रेम और आदर के दो बूँद आँसुओं के साथ, विनयावनत होकर नव-वर्ष-प्रवेश का प्रणाम करते हैं!

—चतुरसेन शास्त्री

फाँसी-अंक

चाँद

Highly appreciated and recommended for use in Schools and Libraries by
Directors of Public Instruction, Punjab, Central Provinces and
Berar, United Provinces and Kashmir State etc., etc.

वर्ष ७	नवम्बर, १९२८	संख्या १
खण्ड १		पूर्ण संख्या ७३

प्राणदण्ड

[रचयिता—कविवर पं० रामचरित जी उपाध्याय]

(१)

सबको निर्मित किया ईश ने,
देकर सबको सम अधिकार।
जहाँ असमता नहीं फटकती,
वह ईश्वर का है दरबार॥

(२)

जिसने जिसे बनाया उसका,
अधिपति भी है एक वही।
दूजा उसे नष्ट करने का—
रखता है अधिकार नहीं॥

(३)

जिस कूँप को जिसने खोदा,
पाट सकेगा उसे वही।
जिस तरु को है जिसने रोपा,
काट सकेगा उसे वही॥

(४)

प्राणदण्ड देकर ईश्वर की—
घोर शत्रुता करना है।
उच्छृङ्खल हो या निन्दित हो,
अपनी लघुता करना है॥

(५)

ईश-स्वत्व को किसी वीर ने—
क्या बलपूर्वक छीन लिया?
या धन देकर किसी धनी ने,
ईश्वरता को कीन लिया॥

(६)

ईश-विरोधी बनकर जग में,
मिल सकता यश-धाम नहीं।
मन में डरो मनुज होकर के—
करो दनुज के काम नहीं॥

(७)

यदि हम जिला न सकते नर को,
फिर कैसे सकते हैं मार?
न्याय-निरत जो नहीं, उसी के—
जग में जीवन को धिक्कार!!

(८)

अनधिकार के कार्य करे जो,
क्यों न अघी वह कहलाए?
कोई भी हो—पाप-निरत हो,
कैसे नहीं दण्ड पाए?

(९)

स्वाधिकार यदि तुम्हें ईश ने—
दे रक्खा है, कौन प्रमाण?
मनमानी करने वाले के,
होता नहीं प्राण का त्राण॥

(१०)

चाहे नृप हो या भिक्षुक, जो—
चोरी करे, वही है चोर।
हत्यारा भी कोई हो, वह—
कहा जायगा हिंसक घोर॥

(११)

धन हरते यदि नहीं चोर के,
क्यों खूनी के हरते प्राण?
चाहे पर को मिले, न मिलता—
अन्यायी-त्राता को त्राण॥

(१२)

यदि न हमें अधिकार किसी भी,
मानव के बध करने का।
फिर दूजा अधिकारी कैसे—
प्राण हमारे हरने का?

(१३)

जिसने तुम्हें बनाया उसने,
क्या विरचा संसार नहीं?
न्याय-ओट में उसे मिटाना,
क्या है अत्याचार नहीं?

(१४)

खूनी का भी खून न्याय से—
अनुचित है, फिर यदि निर्दोष—
फाँसी पर लटकाया जावे—
क्यों न ईश को होगा रोष?

(१५)

अपनी आत्मा के सम सबको,
यदि न्यायी हो, तो मानो।
जब तक हो स्वार्थान्ध बने तुम,
तब तक नहीं कुशल जानो॥

(१६)

ईश्वरता का यदि ईश्वर से,
पट्टा लिखा लिया तुमने।
लाज नहीं, क्या किसी मृतक को—
जग में जिला दिया तुमने?

(१७)

हिंसक के प्रति हिंसक बनकर,
भूल करो मत होगा शोक।
क्या हिंसा को प्रतिहिंसा से,
कोई भी सकता है रोक?

(१८)

पाप-कर्म से पाप-कर्म का,
हो सकता है दमन नहीं।
कभी ज्वलन से किसी ज्वलन का,
हो सकता है शमन नहीं॥

चाँद

नवम्बर, १६२८

दण्ड का निर्णय

ईसाइयत का एक परम धर्म-सिद्धान्त है 'Judge not'—अर्थात् निर्णय मत कर !!

कोई मनुष्य चाहे जितना भी योग्य विद्वान हो, वह निर्भ्रान्त तो हो ही नहीं सकता । यदि मनुष्य के निर्णय में कहीं पर-माणु बराबर भी भूल हो गई, तो वह उसके हाथ से अन्याय हुआ; और यदि यह अन्याय ऐसे व्यक्ति से और ऐसे स्थान से हुआ कि जिसे समाज और राजसत्ता ने न्यायाधिकार की स्वच्छन्दता दी है, तो यह अक्षम्य अपराध हुआ समझना चाहिए ।

फिर यदि यह मान लिया जाय कि अपराधी की, अपराध करते समय चाहे तो उसी क्षणभर के लिए, और या स्थायी रूप से ही विवेचना-शक्ति लुप्त रहती है, तो अपराध का गुरुत्व और दण्ड की धारणा का आधार बहुत-कुछ लुप्त हो जाता है ।

इसके सिवा हम भयङ्करता को भयङ्करता के अनुरूप ही कार्य को उसका दण्ड नहीं कह सकते । अन्त में हम यह पूछते हैं कि कौन हममें निर्दोष-निष्पाप है और किसे न्यायाधीश बनने और दण्ड देने का अधि-कार है ?

दण्ड देने की प्राचीन धारणा अपराध की घटनाओं पर निर्भर थी । वह यह सिद्धान्त था कि अपराध के लिए दण्ड विधान है । इस सम्बन्ध में अपराधी के लिए कुछ विचारने की आवश्यकता नहीं है ।

परन्तु अपराध-शास्त्र की गहन खोज करने से और उसके साथ-साथ मानव-प्रकृति और शरीर-निर्माण पर अध्ययन करने से हम नीति-विज्ञान और मस्तिष्क-शास्त्र के गम्भीर रहस्यों को स्पष्ट कर सकते हैं । और विवेचना-शक्ति हठात् हमें यह शिक्षा देती है कि हम दण्ड-निर्माण की प्राचीन भावना को नष्ट कर दें और साधारण विचार एवं प्रवाह की परवा न करें ।

जब एक व्यक्ति किसी दूसरे व्यक्ति के अधिकारों पर प्रहार करता है अथवा समाज ही के अधिकारों के विरुद्ध आवाज़ उठाता है, जिसने कि उसे उत्पन्न किया है और जिसका कि वह अङ्ग है, तब निश्चय उस व्यक्ति के विरुद्ध

एक प्रतिक्रिया उदय होती है और समाज उसके आचरण को सहन नहीं करता. और कहता है—"देखो, सावधान! सामाजिक भावनाओं पर या हमारे अधिकारों पर भी हाथ न डालना, वरना हम तुम्हें कुचल डालेंगे!" समाज उसके अनुपात में काम करना शुरू भी कर देता है और उसमें अपनी समस्त योग्यता और बुद्धि का समावेश कर लेता है। अपराधी के विपरीत समस्त क़ानूनी कार्यवाहियों का आधार यही है; योरोप की जङ्गली सभ्यता में यह 'गलाघोट-क़ानून' (Hinch Law) के रूप में था, और आज पृथ्वी-भर में सर्वोच्च सभ्य पद्धति पर अमेरिका के एलमिरा प्रदेश में है।

परन्तु जब हम भद्दे ढङ्ग से पेड़ पर लटकाकर मार डालने को जङ्गली प्रथा कहते हैं, तब अत्यन्त सावधानी और सुन्दरता से मार डालने को कैसे सभ्य पद्धति कह सकते हैं? यदि सभ्य भाषा और सभ्य पद्धति से किसी सम्मान्य व्यक्ति को गाली देना सभ्यता का सुधरा रूप कहला सकता है, तो सभ्य पद्धति पर किसी भी मनुष्य का बध कर डालना भी सभ्यता कही जा सकती है; परन्तु यदि सभ्यता की यही मर्यादा समझी जाय तो सभ्यता निश्चय एक भण्ड-पाखण्ड ही समझी जाने वाली वस्तु होगी। अस्तु—

हमने ऊपर चार स्थिर कारणों पर प्रकाश डाला है:—

१—मनुष्य का ज्ञान भ्रान्त है।

२—अपराधी में अपराध करते समय विवेचना-शक्ति नहीं रहती।

३—भयङ्करता का प्रतिकार भयङ्करता के ठीक अनुरूप ही नहीं रह सकता।

४—सदोष मनुष्य निष्पाप सत्व की तरह न्याय-विचार का स्वाभाविक अधिकारी नहीं।

उपरोक्त चारों कारण स्वाभाविक हैं और इन पर विचार करने पर ईसाई धर्म-तत्व की यह आज्ञा—कि निर्णय मत कर, अति सम्माननीय प्रतीत होती है।

तब क्या मनुष्य-शासन को पशु-जगत की तरह स्वेच्छा-शक्ति पर छोड़ दिया जाय? हम कहते हैं, नहीं; मनुष्य स्वेच्छाचारिता पर नियन्त्रण करें, इस प्रकार कि जिससे समाज के दुर्बल से दुर्बल अङ्ग के विकास और जीवन में असुविधाएँ न उत्पन्न हों। और वह नियन्त्रण ऐसा हो कि जिससे सुधार और सद्व्यवस्था की यथासम्भव अधिकाधिक आशा हो।

यदि दण्ड-निर्णय का यही दृष्टिकोण हो तो वह अधार्मिक नहीं, असामाजिक भी नहीं और अप्राकृत भी नहीं।

* * *

अपराध का विकास

अब हम इस बात पर विचार करना चाहते हैं कि अपराध किस प्रकार विकास प्राप्त करता है। इस प्रश्न पर विचार करने से हमारा अभिप्राय यह है कि हम इस सिद्धान्त पर पहुँचें कि बहुधा अपराध का गुरुत्व उतना नहीं होता, जितना कि क़ानून समझता है।

एक प्रकार के अपराधी सनकी होते हैं। इनके दिमाग़ में कुछ ख़लल होता ही है। ऐसे लोग भ्रमपूर्ण धारणाओं में अपराध किया करते हैं और उस समय वे बिलकुल झोंक में होते हैं। इस श्रेणी के लोग बहुत करके फाँसी पा बैठते हैं। जर्मनी के डॉक्टर रिशर ऐसे १४४ अपराधियों की बात कहते हैं, जिन्होंने झोंक में अपराध किए। उनमें सिर्फ़ ३८ छोड़े गए और १०६ दण्ड पा गए। इस श्रेणी के लोग उसी दर्जे तक अपराधी होते हैं, जिस दर्जे तक एक पशु या बालक अपराध कर जाता है। इसमें सन्देह नहीं कि अपराध का एक मूल कारण होता है, जो प्रायः सबको नहीं दीखता। फिर भी ऐसे अपराधी को पूर्ण दण्ड देना कभी भी किसी सभ्य देश के लिए सभ्य नहीं; क्योंकि ऐसे अपराधी के तो एक ही न्यायपूर्ण अर्थ हैं कि वह झोंक में काम करने वाला है।

दूसरे प्रकार के अपराधी ऐसे होते हैं जिन्हें 'साहसी अपराधी' कहा जा सकता है। ये लोग प्रायः उच्च वंश के होते हैं और इनमें विचार-शक्ति की कोमल कल्पना तथा आत्म-सम्मान का उच्च भाव होता है। ये लोग अत्याचार सहन की गम्भीरता और दृढ़ता नहीं रखते, स्वयं ही उसका प्रतिकार कर डालते हैं। कल्पना कीजिए, ऐसे कमज़ोर दिमाग़ के पुरुष की कन्या या पत्नी का कोई अपमान करे तो वह साहस कर बैठेगा और यही साहस अपराध होगा। परन्तु अपराध-सम्बन्धी जो

भावनाएँ उसमें उदय हुईं वे वास्तव में समाज विरोधिनी नहीं, प्रत्युत समाज की रक्षक हैं। दूसरी महत्वपूर्ण बात यह है कि उसके जीवन से उसका अपराध एक भिन्न वस्तु है और इसलिए वह समाज के लिए अधिक भयानक नहीं। कभी-कभी ऐसे अपराध समाज की भावनाओं से सम्बन्ध रखकर किए जाते हैं। खड्गबहादुर का अपराध इसी श्रेणी का अपराध था।

तीसरे प्रकार के अपराधी नैतिक मूढ़ होते हैं। उनका अपराध समाज-विरोधी और अशुभ कामों में प्रकट होता है। इसमें तो सन्देह नहीं कि इसमें दिमाग़ी ख़लल भी एक कारण है और यह उपरोक्त अपराधी का मध्य श्रेणी का अपराध है। कल्पना कीजिए, एक १२-१४ साल की सीधी लड़की है। उसने एक ३ साल की बच्ची को खेलते देखा। उसके कानों में सुन्दर बालियाँ थीं। उन बालियों को बेचकर मिठाई ख़रीदनी चाहिए, यह भावना लड़की के दिल में पैदा हुई। वह उसे फुसलाकर घर ले गई। दरवाज़ा बन्द कर उसने उसकी बालियाँ उतार लीं। लड़की रोई, उसे चुप करने को उसने उसे खिड़की में बैठाकर डराया कि चुप हो, वरना गिरा दूँगी। वह चुप हो गई। पर वह कह देगी; कह न सकेगी तो इशारा ज़रूर कर देगी, इस भय से उसने उसे खिड़की से नीचे गिरा देने का विचार किया और गिरा दिया। वह तीन मञ्ज़िल नीचे गिर कर मर गई। लड़की ने खिड़की बन्द कर ली। बालियाँ जेब में रख लीं।

पुलिस वाले से उसने पहले कहा—मैं कुछ नहीं जानती, फिर सब स्वीकार किया। जज के सामने भी उसने सब घटना सच-सच बयान कर दी। ठीक उसी तरह, मानों स्कूल में सबक़ सुना रही हो। डॉक्टर ने उसे सनकी कहा, फिर भी जज ने इस सिद्धान्त पर कि उसे सारी घटना ठीक याद है, उसका दिमाग़ ठीक है, उसे दण्ड दिया। परन्तु इस घटना में समझ में आने वाले इरादे नहीं हैं। परन्तु वह वैयक्तिक इच्छा की पूर्ति में इतनी स्थिर रही है, जैसा कि अपराधी को होना चाहिए। अब इससे केवल एक पग बढ़ने ही पर तो प्रकृत-अपराधी हो जाना पड़ता है।

प्रकृत-अपराधी का ठीक उदाहरण प्रसिद्ध अङ्गरेज़ साहित्याचार्य 'टॉमस वेनराइट' है, जिसका वर्णन पाठक अन्यत्र पढ़ेंगे। उसका ढङ्ग-लहज़ा मनोमोहक, गम्भीर और अत्यन्त चरित्रहीन! वह सदैव मित्रों को धोखा देने को उद्यत रहता। वह व्यक्ति अपराधी का पूर्ण चित्र है। अपराध की ओर स्वाभाविक प्रवृत्ति को नैतिक विपर्य्य कहा जा सकता है, पर वास्तव में वह स्वाभाविक अपराधी कहा जाना चाहिए। ऐसा ही अपराधी पूर्ण आवेग में पूर्ण पशु बन सकता है। उसके स्वभाव में स्वस्थ सामाजिक प्रवृत्तियों में स्वार्थ की प्रवृत्तियाँ बैठ जाती हैं। परन्तु वर्त्तमान समाज-सत्ता और क़ानून की पेचीदी गलियों में वह पाप छिप जाता है और उसका ढूँढ़ निकालना एकदम दुरूह हो जाता है। तात्कालिक अपराधी ऐसा होता है कि इसकी विषय-प्रवृत्तियाँ ज़रा भी उत्तेजित हों और नैतिक बल कमज़ोर हो तो यह अपराध करता है। ऐसे अपराधी प्रायः मानसिक दुर्बलता से होते हैं, जब कि परिस्थितियाँ बिलकुल अनुकूल न हों। ऐसे अपराध चाहे जब फूट पड़ते हैं, इनके उत्तरदायित्व के लिए समाज ज़िम्मेदार है।

भूखे आदमी काम की तलाश में घूमते हैं। काम नहीं मिलता, चोरी करते हैं, सिर्फ़ खाने की वस्तुओं की। खाने लगते हैं कि पकड़े जाते हैं। जेल से छूट कर फिर काम खोजते हैं और तब काम मिलता भी है; यदि काम पहले ही मिलता तो वे अपराधी ही न होते। वे सिर्फ़ उसके शिकार हैं। ऐसे अपराधी यदि जेल में अपराध के पक्के अभ्यासी बन जाते हैं तो समाज ही उनका ज़िम्मेदार है। समाज गढ़कर उन्हें अपराधी बनाता है। एक तरफ़ समाज की उपेक्षा, दूसरी ओर जेल का पापमय जीवन, दोनों से वह प्रकृत-अपराधी बन जाता है।

दो अपराधियों के उदाहरण लीजिए:—

(१) किसी की बहू-बेटी से अश्लील व्यवहार करने से नौकरी से छूट जाता है, (२) घर को झूठ-मूठ नौकरी पर बहाल रहने की ख़बर भेजना है (३) सट्टे या जुए से कुछ झटपट कमा लेना चाहता है [यहाँ तक वह अपराधी नहीं] (४) किसी दोस्त या मिलने वाले से पैसा झाँसकर सट्टा या जुआ खेलता है (५) पिता या अन्य सम्बन्धी के नाम से जाल करके कहीं से रुपया उड़ाता है (६) जाली चिट्ठियाँ बनाता है (७) वेश्या के घर जाता और चोरी करता है । (८) किसी

पड़ोसी बूढ़े आदमी को, जिसके पास उसकी बैठक है, मारकर उसकी गड़ी हुई पूँजी लेने की चेष्टा करता है।

दूसरा अपराधी (१) अपनी माँ से अभद्र व्यवहार करता है (२) ग़रीब होने पर भी औरतों से आशनाई करता है (३) नग्न-चित्र संग्रह करता है (४) समय पर काम पर न जाने से नौकरी छूट जाती है (५) सट्टे में पड़ता है, पर नफ़ा लेता है, नुक़सान नहीं देता (६) अपने मित्रों की किताबें चुराकर बेच देता है (७) बग़ैर किराया दिए चुपचाप मकान छोड़ देता है, साथी की चोरी में शामिल होता है (८) बूढ़े की हत्या में भी शरीक होता है। दोनों हत्या की बात साथ सोचते हैं।

इस तरह क्रमबद्ध तात्कालिक अपराधी व्यावसायिक अपराधी बन जाता है। इन दोनों में जो अन्तर है वह नहीं के बराबर है। स्वभाव की श्रेणियों के केन्द्र तो हैं, पर परिधि नहीं है। स्वाभाविक अपराधियों में कूड़-मग़ज़ ज़्यादा होते हैं। उनमें स्वाभाविक अनुदार सत्ता होती है, परन्तु जो होशियार होता है, वह समझकर सावधानी से चलता है। स्वाभाविक अपराधी में प्राकृत उद्वेग इतने प्रबल होते हैं, जैसे दानव के। व्यावसायिक अपराधी आधुनिक परिस्थितियों के अनुकूल ऊँची-नीची प्रतिष्ठा रखते हैं जैसे ठग और डाकू। जिसमें ख़तरे, उसके पुरस्कार और बुद्धि की ख़ूब अधिकता है। गर्म-प्रदेशों में हत्या के अपराध ज़्यादा होते हैं, इसे ईश्वरीय कारण कहेंगे, दूसरे शरीर रचना से सम्बन्धी।

अपराधी का समाज-विज्ञान सामाजिक कारणों और आर्थिक क्रान्तियों से उत्पन्न होता है। बच्चों की हत्या सदैव इसी कारण से सम्बन्धित है। वे सभी कारण, जो शिशु-हत्याओं में बाधक वा सहायक होते हैं, व्यक्ति के शरीर के विरुद्ध और शराब से अधिक सम्बन्धी हैं। जायदादों के सम्बन्ध के अपराध अन्न के मूल्य पर सम्बन्धित हैं।

समाज अपराधों को तैयार करती है। अपराधी उसके यन्त्र हैं, जो उसे पूरा करते हैं। सामाजिक वातावरण अपराध के उगने का क्षेत्र है। अपराधी तो एक बीज-जन्तु है, जो क्षेत्र पाने पर उग पड़ता है। Every Society has the criminal that he desires. अर्थात् प्रत्येक समाज अपने योग्य अपराधी उत्पन्न कर लेता है। अपराध की समस्या में सामाजिक कारणों का व्यक्त करना शक्य नहीं। कुछ हद तक यह और कारणों पर भी प्रबल हो जाती है। किन्तु हम इस अपराध के सामाजिक कारण का विवेचन ठीक-ठीक नहीं कर सकते, जब तक कि हम अपराधी की शरीर-रचना के विषय में न जान लें।

राजनैतिक अपराधियों के विषय में हम अधिक विस्तार और विवेचना से बात करना नहीं चाहते हैं। ये अपराधी निस्सन्देह उच्च श्रेणी के होते हैं और इनके उद्देश्य तात्कालिक समाज-स्थिति के विपरीत होते हैं। परन्तु निस्सन्देह वे समाज-विरोधी नहीं होते, सदैव ही समाज का हृदय उनके साथ रहता है। कोई राजनैतिक अपराधी औरों की दृष्टि में महात्मा हो सकता है। लम्ब्रोज़ो प्रसिद्ध इटालियन अपराध-शास्त्री का कहना है—"राजनैतिक अपराधी मनुष्यता की विकास-प्रगति का सच्चा सन्देश-वाहक है।" सन्त वेनेडिक्स प्रसिद्ध धर्मगुरु का कथन है कि राजनैतिक अपराधी लोकोत्तर सत्व है, जिसका उच्च उदाहरण मसीह या सुक़रात हैं। किसी भी दृष्टि-विन्दु से इन्हें अपराधी कहना भाषा का व्यभिचार है। ऐसी धारणा सरकार की सत्ता के लिए भले ही आवश्यकीय हो, परन्तु जैसे धार्मिक रूढ़ियाँ समाज की नीति के लिए हैं, वैसे ही राजनीति में भी भिन्न-भिन्न विचारों का सक्रिय अवरोध है।

राजनैतिक अपराधी क्रान्तिवाद के प्रवर्तक होते हैं। क्रान्तिवाद की प्रवृत्ति में उनकी उच्च परार्थ-वृत्ति ही अधिक होती है। क्रान्तिवाद के सम्बन्ध में हम और भी गहन विचार करना चाहते हैं।

* * *

क़ानून और उसका विकास

क़ानून और उसके विकास पर भी हम थोड़ी दृष्टि देना चाहते हैं। अत्यन्त प्राचीन काल में मनुष्य-समाज के ऊपर किसी क़ानून का प्रभाव न था, और शक्ति ही समस्त समुदाय पर शासन कर रही थी। जब शक्ति का दुर्बलों पर अत्याचार होने लगा, तब क़ानून की आवश्यकता पड़ी और क़ानून का निर्माण किया गया। क़ानून की व्यवस्था बनाए रखने को राजा

का निर्माण किया गया, और उसे ईश्वर का प्रतिनिधि मानकर उसके दण्ड को स्वीकार किया गया। यही क़ानून का स्वाभाविक विकास है।

इसके बाद विचार और विवेचनाओं द्वारा क़ानून में मर्यादाओं और परिस्थितियों की दृष्टि से परिवर्त्तन किया गया और उन्हें सीमित किया गया। तब क़ानून के तीन विभाग बन गए—(१) राजाज्ञा, (२) व्यवहार-व्यवस्था, (३) दण्ड-धारा। आगे चलकर दूसरे विभाग की तीन उप-शाखाएँ बनीं—(१) क़ानूनी विचार, (२) औचित्य विचार और (३) व्यवस्था-विचार।

क़ानून की इसी परिस्थिति में समाज के दो विभाग हो गए। एक विभाग स्थिर रहा, दूसरा उन्नतिशील हुआ। उन्नतिशील विभाग में सामाजिक व्यवस्था का ध्यान रखते हुए क़ानून में परिवर्त्तन होने लगा। और इस परिवर्त्तन पर तीन बातों का प्रभाव पड़ा (१) लोकमत, (२) औचित्य और (३) व्यवस्था। ग्रीक और रोम एवं भारतवर्ष के क़ानूनों में ऐसे परिवर्त्तन हुए हैं। इङ्गलैण्ड में प्रथम चान्सरी (Chancery) के न्यायालय के विचार का बड़ा औचित्य था। यह अदालत धर्म, रोमन क़ानून और बेलजियम के आसपास के विद्वानों के मत तथा लॉर्ड एल्डन के विचारों के आधार पर थी।

रोम देश में अधिवासियों के लिए एक विशेष नियमबद्ध क़ानून था, जिसे जातीय क़ानून-विधान (Law of Nation) कहते थे। रोमन लोगों में पिता के असाध्य अधिकार थे। यह पितृशासन अब पृथ्वी पर से उठता जाता है, पर उस काल में रोमन पिता का पुत्र के शरीर पर यहाँ तक अधिकार था कि वह पुत्र को मार भी सकता था। परन्तु जब रोम में राष्ट्र-सेनाएँ निर्मित हुईं, तब पुत्र पर से पिता के अधिकार हटा दिए गए और सन्तान राष्ट्र की सम्पत्ति बना ली गई। मालूम होता है, आर्य लोगों में भी प्राचीन काल में पिता के पुत्र पर वैसे ही अधिकार थे। वैदिक काल में शुनःशेप की कथा इसी बात की द्योतक प्रतीत होती है। पिता ने १००) लेकर पुत्र को बध करने के लिए राजा के हाथ बेच दिया था। पुत्रों के देव-मूर्त्तियों पर बलिदान आदि भी इसी बात के द्योतक हैं।

प्राचीन क़ानून के दण्ड-विधान के तीन भाग किए जा सकते हैं (१) व्यक्ति को हानि पहुँचाना, (२) ईश्वर के नियम-विरुद्ध कार्य करना, और (३) राज्य या समाज के प्रतिकूल कार्य करना। व्यक्ति को हानि पहुँचाने पर वह प्रायः बदले में बहुत सा धन क्षति-पूर्त्ति के तौर पर ले लेता था। राज्य या समाज-विरोधी कार्यों का विचार एक पञ्चायत द्वारा किया जाता था। इन सब व्यवस्थाओं में अस्थिर वृत्ति थी। वृत्ति स्थिर होने पर और लेखन-कला तथा मुद्रण-कला प्रचलित होने पर क़ानून बहुत स्थिर हो गया।

भारतवर्ष में जब क़ानून का निर्माण हुआ, उसका आधार नैतिक उत्तरदायित्व था। बहुत से गुरुतर अपराधों के दण्ड-स्वरूप प्रायश्चित्त ही बताए गए हैं, जो वास्तव में आत्म-शोधन हैं। ऐसे अपराधी, जो वास्तव में प्रकृत-अपराधी न होते थे, वे अपने अपराधों के लिए चाहे वे भूल से किए गए हों, चाहे परिस्थिति से विवश होकर, स्वेच्छा से प्रायश्चित्त करते थे, और वे प्रायश्चित्त दण्ड-विधानों की अपेक्षा बहुत ही महत्वपूर्ण हुआ करते थे। इसका कारण यह था कि भारतीय संस्कृति अपराध को पाप-श्रेणी में लगभग मानती थी। दूसरे अति प्राचीन काल में जब राजा और राज्य का निर्माण नहीं हुआ था, तब प्रजापतियों के हाथ में दण्ड और शासन-व्यवस्था थी, और वे अस्त्र-बल और प्रबन्ध-बल पर नहीं, नैतिक उत्तरदायित्व पर ही दण्ड-विधान करते थे, क्योंकि वे स्वयं ऋषि-गण थे, शस्त्र-सेना पास न रखते थे। परन्तु इस प्रकार के जीवन में रहकर हिन्दू-समाज दण्ड-विधान पर कितनी आस्तिक बुद्धि रखता था, यह बात भी अत्यन्त विचारणीय है। एक घटना के उल्लेख से उस जीवन का पता चल जायगा, जो महाभारत में मिलती है :—

"शङ्ख और लिखित दो भाई थे। दोनों ऋषि थे। शङ्ख बड़े थे। दोनों श्रीमन्त थे और दोनों के सुन्दर आश्रम थे, जिनमें नाना प्रकार के फल, फूल और वनस्पतियाँ ऊगी थीं। एक बार लिखित अपने बड़े भाई शङ्ख के आश्रम में उनसे मिलने गए। शङ्ख कहीं बाहर गए हुए थे। लिखित आश्रम में घूमने और आनन्द करने लगे। एक वृक्ष पर एक पका फल देखकर उन्होंने उसे तोड़ लिया और खाने लगे। इतने ही में शङ्ख आ गए। शङ्ख ने उन्हें फल खाते देखकर कहा—तुमने यह फल कहाँ से लिया?

लिखित ने हँसते-हँसते कहा—इसी वृक्ष से !

"यह वृक्ष तो मेरा है, मेरी बिना आज्ञा तुमने क्यों लिया ? तुमने यह चोरी की, तुम चोर हो ?"

लिखित ने सशङ्क होकर पूछा—क्या मैंने चोरी की ?

"निस्सन्देह"

"तब मैं चोर हुआ ?"

"तुम चोर ही हुए।"

"तब आप मुझे दण्ड दीजिए।"

"दण्ड राजा देगा। तुम तत्काल राजा के पास जाकर दण्ड की याचना करो।"

लिखित तत्काल राजा के पास चले। धर्मात्मा सुधन्वा उस समय राज्य कर रहा था। उसके द्वार पर पहुँच कर लिखित ने राजा को अपने आने की सूचना दी। राजा लिखित ऋषि का आगमन सुन सिंहासन त्याग, मन्त्रिवर्ग सहित लिखित का स्वागत करने द्वार तक आए और अर्घ, पाद्य, आचमनीय, मधुपर्क तथा आसन से सत्कार करके हाथ जोड़ कर पूछा—हे ऋषिराज ! इस दास को आपने दर्शनों से कृतार्थ किया, अब कुछ आज्ञा प्रदान कीजिए। ऋषि ने कहा—राजन ! हमने चोरी की है, हमें न्याय से दण्ड दीजिए।

राजा ने पूछा—आपने क्या चोरी की है ?

लिखित ने सारा हाल कह सुनाया।

राजा ने कहा—ब्रह्मन् ! राजा को जैसे दण्ड देने का अधिकार है उसी प्रकार अभियोग सुनकर क्षमा करने का भी अधिकार है। मैंने आपका अभियोग सुन लिया। आपको मैं क्षमा करता हूँ।

लिखित ने कहा—राजन् ! आपको क्षमा का अधिकार नहीं, यदि आप मर्यादा और नीति-न्याय के विपरीत कार्य करेंगे तो धर्म नाश होगा तथा प्रजा-पालन में बाधा आवेगी। भाई ने धर्म से मुझे चोर कहा है, उनका कथन त्रिकाल में भी असत्य नहीं हो सकता है। अतः आप क्षमा नहीं, दण्ड दीजिए।

राजा ने विवश होकर क़ानून के अनुसार लिखित के दोनों हाथ कटवा लिए।

दोनों हाथ कटवाकर ख़ून से भरे हाथों को लिए, ख़ून टपकाते हुए लिखित भाई के पास आए और दोनों कटे हाथ उन्हें दिखाकर कहा—हे भाई ! राजा से मैंने दण्ड प्राप्त किया, अब आप मेरे अपराध को क्षमा करें।"

यह घटना एक अत्यन्त उच्च-कोटि के नैतिक जीवन पर प्रकाश डालती है। जिस काल में मनुष्यों की ऐसी मनोहर मनोभावनाएँ थीं, उस काल में आत्म-सन्तपन या प्रायश्चित्त का विधान यदि दण्ड से कहीं अधिक बाज़ी ले गया हो तो आश्चर्य नहीं। हम आज भी यह देखते हैं कि परिस्थिति-वश लोग ख़ून करके पुलिस के सुपुर्द हो जाते हैं और बचाव की ज़रा भी चेष्टा किए बिना फाँसी प्राप्त करते हैं।

इसका अभिप्राय यही है कि प्रकृत-अपराधी को छोड़कर, अन्य अपराधी न्याय-नीति और क़ानून को ठगना नहीं चाहते। परन्तु हज़ारों वर्षों के सङ्घर्ष से मनुष्य-समाज में पशु-जीवन बन गया है, और इसलिए क़ानून एक फन्दे के रूप में आज समाज के सामने है, जिसके द्वारा अधिकारी-गण अपनी इच्छा और आवश्यकता के अनुसार अपराधी का शासन कर सकें।

यह बात मानी जा सकती है कि क़ानून के निर्माताओं की यह कभी इच्छा न थी कि उसके द्वारा वाक्-छल या नीति-छल का प्रयोग हो। परन्तु अपराध जैसे भयानक विषय का नियन्त्रण करना और अपराधियों को कसके रखना साधारण बात नहीं। यही कारण है कि क़ानून का जाल अति भयानक हो गया है। और ऐसी दशा में यह स्वाभाविक है कि अनधिकारी लोग व्यर्थ दण्ड पावें और क़ानून का दुरुपयोग हो !

अङ्गरेज़ी क़ानून जो भारतवर्ष में प्रचलित है, उसका रूप और न्याय-वितरण का ढङ्ग ऐसा कुत्सित होगया है कि साधारणतया लोगों को विश्वास हो गया है कि सत्य-पक्ष ही हारता है। क़ानून-जैसी गम्भीर नीति का ऐसे अपवाद में ग्रसित होना खेदजनक है।

* * *

क्रान्तिवाद

क्रान्ति एक स्थिर सत्य है। पर यह बात सर्वथा असम्भव है कि सत्य सब अवस्थाओं में मधुर और दर्शनीय हो। भावनाओं का मूल्य वास्तव में विपत्ति

है, और कोई भी सद्भावना उतनी ही ऊँची उतरती है, जितनी कि विपत्तियों में वह स्थायी रहती है। सद्भावनाएँ भी कभी-कभी देखने में कुत्सित और भीषण हो जाती हैं। जैसे खोटे सोने से खोटापन निकालने को जब उसे तेज़ाब में पकाते हैं, तब उसका जैसा वीभत्स, मैला और भीषण रूप बनता है, वैसे ही जब सत्य कलुषित स्वार्थों से पद-दलित होता है तो विशुद्ध होने के लिए सत्य को भीषण बनना पड़ता है। क्रान्ति भी सत्य का एक भीषण रूप है। वह चाहे जैसी भयानक क्यों न हुई हो, सदा सत्य की पवित्रता और शान्ति की पुनारचना के लिए ही होती है।

'क्रान्ति' एक बड़ा डरावना शब्द है। शान्ति-प्रिय लोग, चाहे वे कितने ही सम्पन्न और सशक्त क्यों न हों, क्रान्ति के नाम से डरते हैं। कोई राजसत्ता चाहे कैसी ही उदार क्यों न हो, उसने क्रान्ति को तत्क्षण बल-पूर्वक दबा देने के लिए कड़े से कड़े क़ानून पहले ही से बना रक्खे हैं। मतलब यह कि राजा और प्रजा दोनों ही क्रान्ति के नाम से काँपते हैं और क्रान्ति के बीज को तत्काल नष्ट कर देने में सबसे अधिक व्यग्रता तथा तत्परता दिखाते हैं। इतना सब है, फिर भी संसार के सभी सभ्य राज्यों में—अच्छे से अच्छे ज़मानों में, भारी से भारी शक्ति के सामने समय-समय पर क्रान्ति बराबर हुई, और यद्यपि तत्कालीन सत्ताधारियों ने क्रान्ति के नेताओं को फाँसी देने, सूली पर चढ़ाने, गर्दन काटने, जीता जलाने, विष पिलाने और आजन्म कारावास के निर्दय और चरम-सीमा के दण्ड दिए हैं, परन्तु बाद में इतिहास ने उन्हें मुक्त-कण्ठ से धर्मात्मा और निर्दोष माना है।

क्रान्ति सत्य की सच्ची आवाज़ है; क्रान्ति न्याय का खरा रूप है; क्रान्ति न्याय का निर्दोष मार्ग है, और क्रान्ति ही सामाजिक जीवन का नीरोगीकरण है। वैद्यक परिभाषा में क्रान्ति को जुलाब कह सकते हैं और काव्य की परिभाषा में उसे आँधी कह सकते हैं। जिस तरह इन्द्रियों के पास जिह्वा-लोलुप जन नाना प्रकार के मिर्च-मसाले आदि अप्राकृत पदार्थ खाकर और तरह-तरह के मिथ्या आहार-विहार करके अनेक जाति के रोगोन्मूलक परमाणुओं को शरीर में बसाकर रोगी हो जाते हैं और जुलाब देकर जिस प्रकार उनके शरीर से समस्त दूषित पदार्थ निकाले जाकर शरीर शुद्ध और निर्मल किया जाता है, ठीक उसी प्रकार मनुष्य-समाज ईर्ष्या, द्वेष, अज्ञान और स्वार्थवश जब अनेक बुराइयों से परिपूर्ण हो जाता है, तब क्रान्ति का जुलाब देकर उसे विशुद्ध और सबल बनाकर फिर नए सिरे से व्यवहार जारी किया जाता है; और जैसे भीषण गर्मी से उन्मत्त होकर वायु प्रचण्ड हो, रेत को उड़ा आँधी ले आती है और उसके पीछे चार बूँदें पड़ने से प्रकृति सौम्य बनती है वैसे ही क्रान्ति की आँधी एक भीषण गर्जन-तर्जन करके समाज के समस्त दोषों को उड़ा ले जाती है और समाज को सुश्रृङ्खल बना देती है।

तीसरी परिभाषा में यदि प्रकृति के नियमों को देख कर विचार किया जाय तो ऐसा मालूम होगा, मानो क्रान्ति प्रकृति के दोषों को निकालकर विशुद्धता और पवित्रता उत्पन्न कर देती है और फिर सद्भावनाओं की उत्पत्ति होती है। इस परिभाषा की दृष्टि में एक बात यह भी कही जा सकती है कि इस प्रकार की क्रान्ति कुछ मनुष्य-समाज में आती हो, यही बात नहीं है, जड़-जगत् में भी वैसा ही दिखाई देता है। क्रान्ति की उपमा जो आँधी या तूफ़ान से दी जाती है वह वास्तव में उपमा नहीं है, आँधी और तूफ़ान ही जड़-जगत् की क्रान्ति है। इन सब का अर्थ यह है कि क्रान्ति एक प्राकृत उद्वेग है, वह एक नैसर्गिक हुड़क है, एक सत्य अग्नि है। उसमें पाप, स्वार्थ, अत्याचार और मलिनता भस्म हो जाती है और शान्ति, तृप्ति, नया सङ्गठन और जीवन प्राप्त होता है।

निस्सन्देह क्रान्ति ईश्वरीय विधान है—वह न स्वार्थ है और न पाप। कोई क्रान्तिकारी वेतन के लोभ से, पद-वृद्धि अथवा किसी अन्य स्वार्थ-आकांक्षा से प्रेरित हो, क्रान्ति कभी नहीं करता, प्रत्युत क्रान्ति करके, वह भारी से भारी त्याग करके, भारी से भारी जोखिम अपने सिर पर ले लेता है। संसार का कोई भी स्वार्थी, कपटी और पापिष्ट व्यक्ति कभी इतना आत्मत्याग, परिश्रम और अध्यवसाय नहीं कर सकता, जितना क्रान्ति का साधारण सिपाही स्वेच्छा और आनन्दपूर्वक कर लेता है। पवित्र धर्मात्मा के मुख पर मृत्यु के समय जो आनन्द और शान्ति दीखती है, वही शान्ति और आनन्द देखने में, प्रायः सभी क्रान्तिकारियों के मुख पर मृत्यु-काल में मिला है। बल्कि हम तो यहाँ तक कह सकते हैं कि क्रान्तिकारी और परम वीतराग योगी के सिवाय कोई वैसी शान्तिपूर्वक

मृत्यु और कष्टों का सामना कर ही नहीं सकते और न किसी में इतना प्रभाव और बल ही आ सकता है।

हम सुक़रात, ईसामसीह, श्रीकृष्ण, दयानन्द और ऐसे ही हज़ारों-लाखों महापुरुषों को क्रान्तिकारी के नाम से इस प्रकरण में याद करेंगे। इनकी क्रान्ति मिथ्या विश्वासों के विरुद्ध थी, जिसके कारण समाज का आत्म-बल और विचार-धारा कुण्ठित और प्रभा-शून्य होगई थी और जनता भीरु और मूर्ख बन रही थी। परन्तु कुछ ऐसे वीर भी हैं जो तलवार लेकर राजसत्ताओं के विरोध में आवाज़ उठाकर मर मिटे। अमेरिका, योरोप और एशिया के ऐसे असंख्य वीरों के नाम इतिहास के पृष्ठों में चमक रहे हैं। हम उन्हीं पवित्र नामों में सर्वथा बदनाम सन् १८५७ की भारत-क्रान्ति के नायक धुन्धपन्त, नाना-साहब और पञ्जाब तथा बङ्गाल के फाँसी पाए हुए और कालेपानी की नारकीय यातनाओं को भोगे हुए कुछ नवयुवकों को भी, और जिनकी रस्सी का ख़ून अभी भी गीला है, उन काकोरी के प्यारों को भी गिनेंगे, जिन्होंने आज तक अपने उन भाइयों से कृतज्ञता तथा सहानुभूति नहीं प्राप्त की, जिनके लिए उन्होंने अपना सर्वस्व वीरता-पूर्वक बलिदान किया था।

क़ानून और सामाजिक नियम मनुष्य के बनाए हुए हैं, पर सत्य ईश्वरीय नियम है। ऐसी दशा में अधिकार और स्वार्थ के मद में अन्धे होकर सत्ता वालों की रीतियाँ, जब-जब सत्य-नीति का उल्लङ्घन करेंगी, तब-तब अवश्य क्रान्ति होगी। वेद में क्रान्तियों का उल्लेख है और क्रान्ति की प्रशंसा है। इतना ही नहीं, क्रान्ति करने की आज्ञा भी दी गई है। पुराणों में क्रान्ति की कथाएँ बहुतायत से हैं। राजाओं को राज्य-च्युत करके प्रजातन्त्र की स्थापना की अनेक घटनाएँ देखने को मिलती हैं।

हम कृष्ण को संसार का सबसे बड़ा क्रान्तिकारी समझते हैं। लाखों आदमी उन्हें आज ईश्वर कहकर मानते हैं। हम भी कहते हैं, उनमें ईश्वर का विशिष्ट अंश अवश्य था। बिना ईश्वरीय अंश हुए कोई क्रान्ति करने का दुस्साहस नहीं कर सकता। सत्ता और राजनीति के घोर अनाचार के समय उनका जन्म हुआ। अन्धकारमय कारागार की भीषण दीवारों के बीच में जन्म होने के प्रथम ही मार डालने के प्रबल प्रबन्ध उपस्थित कर दिए गए थे और वे भी साक्षात् राजा के द्वारा! और वह राजा भी उनकी माता का सगा बड़ा भाई था, उसने अपनी निरपराध बहिन के ६ बच्चे पहले मार डाले थे। इससे अधिक अनाचार का और भीषण स्वरूप क्या हो सकता था? बाल-काल में ही जब वे अपने वातावरण को समझे, तो उनकी ईश्वरीय आत्मा को कर्त्तव्य-बोध हुआ। एक बार दिनभर मेंह बरसने के कारण उन्हें अपने साथियों के साथ वन में रहना पड़ा। गोप-बालकों ने जब ऋषियों से अन्न माँगा तो उन्होंने अपना पवित्र यज्ञ-अन्न नीच गोपों को देने से इनकार कर दिया। यह धार्मिक जगत् के अत्याचार का कड़ा उदाहरण था। नीच गोप भूखे मर जायँ, पर ऋषियों का पवित्र अन्न वे नहीं छू सकते, ऐसा उस काल में वातावरण था। यह वह काल था, जब भीष्म, द्रोण-जैसे गुरुजनों के समक्ष क्षमताशाली भारत-सम्राट की आज्ञा से महारानी द्रौपदी बीच सभा में अपमानित की गईं। यह वह काल था, जब स्वेच्छा-चारी राजा (!) मनमानी कर रहे थे। न नीति थी, न मर्यादा थी; न धर्म था, न पद्धति थी; वह क्रान्ति का युग था। कृष्ण उस क्रान्ति के समय अवतार होकर जन्मे। क्रान्ति को बाल्यावस्था से ही उन्होंने अपना व्यक्तित्व बनाया। उन्होंने सबसे प्रथम कंस के विपरीत क्रान्ति की। कंस को मारा, राज-सत्ता का परिवर्त्तन किया। जरासन्ध से बराबर युद्ध किया और अन्त में विराट महाभारत की धधकती आग में समस्त स्वेच्छा-चारी सत्ताओं का विध्वंस किया और रहा-सहा पाप प्रभास-क्षेत्र में भस्म किया। यह कृष्ण का ईश्वरत्व था; यह कृष्ण की उदार क्रान्ति थी। इस कार्य में कृष्ण के सभी छल, सभी झूठ, सभी वञ्चनाएँ अनन्त भविष्य के लिए न केवल क्षमा कर दी गईं, वरन् अनुमोदित की गईं। संसार में कदाचित् ही कोई ऐसा महापुरुष हुआ होगा, जिसने बुराइयों का ऐसा खुला और निर्दोष एवं लाञ्छना-रहित उपयोग किया हो।

प्रचलित धर्म और विश्वासों के विरुद्ध आवाज़ उठाना और खुल्लमखुल्ला उसका खण्डन करना भी क्रान्ति ही है। और इसी कारण हम ईसामसीह, शङ्कर, दयानन्द और सुक़रात को भी क्रान्तिकारी समझते हैं। बात वास्तव में यही है। न्याय और उदारता के आधार पर जो आवाज़ उठाई जाय, वह चाहे राजसत्ता के विप-रीत हो, चाहे धर्म-समाज के विपरीत; वह चाहे किसी

एक व्यक्ति की तरफ़ से हो, चाहे समस्त जन-साधारण की तरफ़ से, वह क्रान्ति है—पाप कदापि नहीं।

अब प्रश्न यह है कि ऐसी क्रान्तियों को राजनीति और राजधर्म क्यों अपराध मानता है? शान्त जनता उनसे क्यों भयभीत होती है? तत्कालीन सत्ताधारी इन महात्माओं को क्यों कष्ट देते हैं? जगद्गुरु ईसामसीह को अपराधी के कटहरे में खड़ा करके एक पुरुष ने गम्भीरतापूर्वक उसे अपराधी कहकर सूली पर चढ़वा दिया। महा तत्त्वदर्शी सुक़रात को सामने खड़ा करके एक विद्वान् न्यायाधिकारी ने उसे विष पीकर मर जाने की आज्ञा दे दी। उस दिन अहमदाबाद में हमारी इन आँखों ने भी ऐसा ही एक वीभत्स दृश्य देखा था। महात्मा गाँधी को सामने खड़ा करके एक विद्वान् अङ्गरेज़ सज्जन—जज ने—बड़े अदब-क़ायदे के साथ उन्हें ६ वर्ष का दण्ड दे दिया। ये सारी घटनाएँ कुछ देर तक एकान्त में विचार करने योग्य हैं। इन पर बारम्बार विचार करने की ज़रूरत है।

ईसामसीह की मिट्टी की मूर्त्ति आज आधे संसार के राजमुकुटों के लिए वन्दनीय और पवित्र है। कदाचित् गाँधी जी भी भविष्य में महापुरुष सिद्ध हों, आज भी लोगों के मन में उनका बड़ा प्रभाव है। इस सम्बन्ध में उदाहरणार्थ एक घटना का उल्लेख किया जा सकता है। १७ नवम्बर सन् १९२१ को इङ्गलैण्ड के युवराज भारत में आए। भारत में पैर रखते ही उनके मित्रों ने उनका चरम-सीमा का सत्कार किया। उनका क्षण-क्षण का प्रोग्राम था। जहाँ जाते थे, महीनों पहले ही से उनके स्वागत की शानदार तैयारियाँ होने लगती थीं। इसी बीच में भारत में बड़े-बड़े उलट-फेर हुए थे। प्रकाण्ड क़ानूनी पण्डित और राजा के समान धनी चितरञ्जनदास तथा पं० मोतीलाल नेहरू और उनका परिवार, जेल में बन्द कर दिए गए थे। पुरुषसिंह लाजपतराय जेल भेज दिए गए, अली भाई और अनेक उत्साही युवक जेल में अपमानित किए जा रहे थे।

अब प्रत्येक विचारशील सज्जन, यदि उसमें खुलकर कहने का साहस नहीं है तो वह मन में यह विचार कर सकता है कि जहाँ एक तरफ़ इङ्गलैण्ड के राजकुमार क्षण-क्षण में आदर, सम्मान, सत्कार और स्वागत पा रहे थे, वहाँ हमारे उदाहरणीय और चुने हुए मनुष्य जेल, त्याय, दमन और अपमान से तङ्ग किए जा रहे थे। इसका कारण क्या है? क्या इङ्गलैण्ड के राजकुमार लाजपतराय से ज़्यादा स्वदेश-भक्त थे? क्या इङ्गलैण्ड के राजकुमार, दास और नेहरू से अधिक विद्वान् और नीतिज्ञ थे? क्या इङ्गलैण्ड के राजकुमार का भारत पर उन युवकों से ज़्यादा अधिकार या प्रेम था, जो जेल के भीतर और बाहर जूतों और बेतों से पीटे जा रहे थे? सब भावनाओं को दबाकर मन में तलमलाहट और क्षोभ उत्पन्न होता है, और यह प्रश्न उठता है कि इङ्गलैण्ड के राजकुमार में इतनी प्रतिष्ठा, सम्मान और आदर पाने की ऐसी क्या योग्यता थी? और इसके पीछे ही यह नया प्रश्न उठता है कि इङ्गलैण्ड के राजकुमार को हमारे घर में ज़बरदस्ती हमसे सम्मान पाने का क्या अधिकार था? विज्ञ पाठक समझ जायँगे कि यही अन्तिम प्रश्न क्रान्ति का प्रश्न है।

यह सच है कि उक्त नेताओं ने अङ्गरेज़ी साम्राज्य की खुलकर निन्दा की है। वे उसके विरोधी हैं; परन्तु क्या वह निन्दा सत्य नहीं है? और यदि सच्ची निन्दा अपराध है तो यह अत्याचार है, और ऐसे अत्याचार ही क्रान्ति के उत्पादक हैं।

यह बात सच है कि रीतियाँ प्रारम्भ में नीति के रूप में निर्मित होती हैं और वे यथाशक्ति निर्दोष निर्मित की जाती हैं; क्योंकि उन पर विचार-विवेचन होता रहता है। किन्तु आगे चलकर वे रीतियाँ रूढ़ियाँ बन जाती हैं और विचार-विवेचन न होने के कारण तथा सत्ताधारियों के हाथ में रहने के कारण उन्हीं के स्वार्थों का पोषण करती हैं। धीरे-धीरे उनमें अनेक अत्याचार, पाप, छल और स्वार्थ उत्पन्न हो जाते हैं और अन्त में क्रान्ति अनिवार्य हो जाती है।

राज्यक्रान्तियों के अधिक होने के कुछ और भी गम्भीर कारण हैं। बात ऐसी है कि राज्यक्रान्तियाँ कभी सिद्धान्तवाद के आधार पर नहीं होतीं, प्रायः अवसर पर निर्मित होती हैं और उनका प्रयोग सदा इस ढङ्ग से किया जाता है कि वे सदा अधिकारी और सत्ताधारियों के ही सुभीते की वस्तु होती हैं। जनता जब तक अपने स्वार्थ या अधिकारों से वञ्चित रहती है, तब तक इस तरह उदासीन रहती है। इससे अधिकारी और भी अवसरवादी हो जाते हैं। परन्तु अन्त में सत्य खुलता है। असन्तोष उत्पन्न होता है और जब जनता में कोई सच्चा महात्मा उत्पन्न हो जाता है, जो इस अन्याय को नहीं सह सकता,

तो वह ईश्वर और धर्म के नाम पर सत्य का पक्ष लेकर लड़ता है। यही क्रान्ति है।

क़ानून जो क्रान्ति से भय खाता और उसकी निन्दा करता है, उसका कारण उपर्युक्त ही है; परन्तु जनता भी क्रान्ति से इतना भय खाती है कि वह चुपचाप बड़े से बड़े अत्याचार सहकर भी क्रान्ति नहीं करना चाहती। हमारी समझ में इसका कारण पुरुषार्थ-हीनता और इन्द्रिय-दासता ही है। जो तेजस्वी हैं, जो मान-धनी हैं, वे अपने झोपड़े में, अपनी ही चटाई पर सुख से सो सकते हैं। उनके पास चाहे लाख चटाइयाँ हों, यदि कोई बलपूर्वक उनकी चटाई को ले लेगा तो वे उसी चटाई पर लड़ मरेंगे, चाहे वह चटाई छीनने वाली कोई जगद्विजयिनी शक्ति ही क्यों न हो।

राज्यक्रान्ति हमेशा राजकीय क़ानूनों के दुष्परिणामों से होती है। अतएव क़ानून की बुराई क्रान्ति की उज्ज्वलता और पवित्रता में कदापि दोषारोपण नहीं कर सकती। जब तक क्रान्तिकारी पुरुष उदार, महान, वीतरागी, वीर, धीर, दृढ़ और सत्यवक्ता है, तब तक क्रान्ति पवित्र, सत्य और अनुकरणीय धर्म है। यह दण्ड पर दण्ड है। जिस प्रकार दण्ड से सब भयभीत होकर नियन्त्रित रहते हैं, उसी प्रकार क्रान्ति से दण्ड भयभीत होकर नियन्त्रित रहता है। जिस देश में सफल-क्रान्ति होती है, उस देश को परम सौभाग्यशाली समझना चाहिए; क्योंकि वह उसके उत्थान की योग्यता का सबसे अधिक दृढ़ प्रमाण है।

यहाँ एक बात ध्यान में रखने योग्य है, वह यह कि सङ्गठन वास्तव में प्रेम और स्वीकृति का ही नाम है, और यह कभी बलपूर्वक नहीं हो सकता। यदि छोटे लोग अपने को छोटा समझने से इनकार कर दें, तो बड़ों का बड़प्पन नहीं रह सकता; और यही क्रान्ति है।

राजा को देखकर हज़ारों सेनाएँ अपनी बन्दूकें नीची कर लेती हैं, हज़ारों सशस्त्र सिपाही सिर झुकाकर भेड़ की तरह अपने सेनानायक की आज्ञा पालते हैं। असंख्य प्रजा राजा को देखकर सिर झुका लेती है। तब क्या वह शक्ति का प्राबल्य है? कदापि नहीं। राजा में प्रजा से अधिक बल नहीं है; सेनापति में सेना से अधिक बल नहीं है; मालिक में नौकर से अधिक बल नहीं है, उनका मान केवल उनकी स्वीकृति से ही है। और वह स्वीकृति प्रेम, सहानुभूति और मनुष्यत्व के गम्भीर प्रदेश को वशीभूत करने से मिलती है। परन्तु यदि वह प्रेम और सहानुभूति किसी कारण से कहीं कम या नष्ट हो जाय और इस कारण से उस आदर-सत्कार में कमी आ जाय, तो जो राजा प्रजा से, नायक सेना से, मालिक नौकर से, द्विज अछूत से बल दिखाकर वह स्वीकृति लेना चाहे तो उससे अधिक मूर्ख कोई नहीं हो सकता। साधारण हड़ताल के समय मालिक और मज़दूरों में जो भाव देखने में आता है, क्रान्ति के समय वही भाव राजा और प्रजा, सेना और सेनापतियों में दीख पड़ता है। हज़ारों वर्ष से जिस राजसत्ता को हम लर्जते कलेजे से देखते थे, जिस राजा ने लाखों को फाँसी पर चढ़ाया था, जो लाखों का भाग्य-विधाता था, उसी को प्रजा ने पागल कुत्ते की तरह गोली मार दी। इतने आपत्ति-ग्रसित होकर भी उन महामहिमान्वित सम्राट ने संसार से इतनी भी सहानुभूति नहीं पाई, जितनी कि किसी तुच्छ अपराधी को प्राण-दण्ड के समय समाज से प्राप्त होती है। अधिकाधिक सत्ता का बल और उसका गर्व इतने ही से बहुत-कुछ प्रकट हो जाता है। एक प्रधान बात और भी है कि क्रान्ति का उद्देश्य उद्धार होना चाहिए, बदला नहीं। बदला लेना एक घोर असभ्य पाप है। बदला लेने वाले की दशा डायन के समान रहती है। वह जब तक जीती है, औरों को सताती है और पीछे स्वयं दुख पाती है।

बदले की तरफ़ मनुष्य की प्रवृत्ति जितनी कम हो, उतना ही अच्छा है, ख़ासकर क्रान्ति के मामले में तो बदले का प्रश्न ऐसी महायातना का दृश्य ला सकता है कि जिसका वर्णन नहीं किया जा सकता। जिनका यह विचार है कि उत्पीड़क से बदला लेने से मनुष्य को सुख और सन्तोष मिलता है, वे भूल करते हैं। न्यायाधीश हत्यारे को प्राणदण्ड देता है, यह तो सत्य है; परन्तु यह प्राण-दण्ड बदला नहीं है—दण्ड है। कहते हैं कि ख़लीफ़ा अली किसी अपराधी को जब क़त्ल करने लगे तो उसने उनके ऊपर थूक दिया और गालियाँ दीं। इससे हज़रत अली को ग़ुस्सा आगया, उन्होंने फ़ौरन तलवार म्यान में रख ली और कहा—"इस वक्त़ मैं इसे क़त्ल नहीं कर सकता, क्योंकि मुझे ग़ुस्सा आ गया है और मैं न्याय करने के योग्य नहीं हूँ।"

एक संस्कृत कवि का कथन है—"भविष्य में अधि-

काधिक उपकार करने वाला, कार्य-सिद्धि के उत्तमोत्तम फल को देने वाला, स्वयं कभी नष्ट न होकर शत्रुओं का नाश करने वाला क्षमा के समान अन्य साधन संसार में नहीं है।" सॉलोमन, जो प्राचीन काल में यूरोप का धर्मात्मा राजा था, कहता है—"दूसरों के अपराध को चित्त में न लाना मनुष्य के लिए अत्यन्त गौरव की बात है।" बुद्धिमान लोग वर्त्तमान और भविष्य की बातों की चिन्ता करते हैं। लॉर्ड बेकन का कथन है—"जो मनुष्य अपने प्रतिपक्षी से बदला लेने के विचार में सदा निमग्न रहता है, वह अपने घाव को—जो योंही छोड़ देने से कुछ दिनों में सूख कर आप ही आप अच्छा हो जाता—ताज़ा बनाए रखता है।" क्रान्ति जैसी पवित्र और कठिन विपत्ति में बदले का विचार कभी आना ही न चाहिए। इसका न्याय तो ईश्वर के लिए ही छोड़ देना चाहिए।

* * *

फाँसी

फाँसी की भयानक और घिनौनी पाप-कथा की चर्चा करते हुए ब्रिटिश-साम्राज्य की एक भाग्यहीन प्रजा होने की हैसियत से अत्यन्त लज्जा और शोक से, हम यह कहने को विवश हैं कि पृथ्वी भर में फाँसियाँ अगर कहीं फली-फूली हैं तो इङ्गलैण्ड में! एलीज़ाबेथ के ज़माने का एक लेखक लिखता है कि ७२ हज़ार चोर और आवारा आदमी अष्टम हेनरी के राज्य-काल में फाँसी पर लटकाए गए थे। अब से कोई सवा सौ वर्ष प्रथम इङ्गलैण्ड में इतने क़ैदी मारे गए थे, जितने योरोप के किसी भी भाग में नहीं मारे गए। अब तक इङ्गलैण्ड में कुछ लोग ज़िन्दा थे, जिन्होंने अन्धाधुन्ध क़तार की क़तार फाँसियाँ आँखों से देखी थीं। यहाँ तक कि उत्पात मचाने के अपराध में एक १८ वर्ष के बालक को भी फाँसी पर लटकाया गया था! सिर्फ़ ५०-६० वर्ष प्रथम ही एक ९ वर्ष का बालक ढाई आने का रङ्ग चुराने के अपराध में फाँसी पर चढ़ाया गया था!! भेड़ें और पोस्ट-ऑफ़िस की चिट्ठियाँ चुराने के अपराध में तो कुछ ही काल पहले तक इङ्गलैण्ड में मनुष्य फाँसी पर लटकाए जाते थे!!!

आज फाँसी की सज़ा मरती जा रही है। फिर भी प्रामाणिक पुरुषों का इस सम्बन्ध में मतभेद है। कुछ प्रामाणिक पुरुषों का समुदाय स्वाभाविक अपराधियों को मार डालने के पक्ष में है; बदले के विचार से नहीं, बल्कि इस विचार से कि वह समाज का एक सड़ा-गला अङ्ग है और उसे नष्ट ही कर देना चाहिए। 'गेरो फ़ेलो' प्रसिद्ध नेपोलिटन वक्ता और क़ानूनी व्यक्ति जो प्राण-दण्ड का शायद सबसे बड़ा पक्षपाती है, कहता है कि प्राणदण्ड ही एक ऐसा दण्ड है जिससे अपराधी भय खाता है। उसने ऐसे अपराधियों का उदाहरण दिया है कि जिन्होंने अपराध इस विचार से किया कि प्राणदण्ड नष्ट हो चुका है और उन्हें अब जीवन भर जेल में खाना और आश्रय मिल सकता है।

सर रॉबर्ट ने कहा था—ख़ूनी को आजीवन जेल-ख़ाने में दण्डित करना तुरन्त मार डालने की अपेक्षा कहीं सख़्त सज़ा है, लेकिन इतनी घबरा देने वाली नहीं।

एक बार ड्यूक-डि-मोन्टोशियर ने एक अपराधी के बारे में, जो अन्त में २० हत्याओं के बाद फाँसी पर लटका था, १४ वें लुई के समक्ष कहा था—इसने सिर्फ़ एक ख़ून किया है—पहली बार—उसी की ज़िम्मेदारी इस पर है, बाक़ी ख़ून के ज़िम्मेदार आप हैं, जिन्होंने उसे रहने देकर १९ हत्याएँ कराई हैं।

यह बात सच हो सकती है, यदि प्राणदण्ड केवल बिलकुल उद्दण्ड, अदम्य और नर-राक्षसों के लिए ही सुरक्षित रहे। लेकिन ऐसे मनुष्यों को यह बहुत कम मिलता है। और यह भी होता ही है कि ग़लतियाँ हो जाती हैं, निरपराध दण्ड पा जाते हैं।

इसमें एक बड़ा दोष तो यह है कि यह फिर लौटाई नहीं जा सकती। पर हम जिस बात के आधार पर प्राण-बध का विरोध करते हैं, वह केवल यहीं नहीं है, उसका आधार यह है कि हम अपराध के साथियों, सहायकों और बुरी सामाजिक परिस्थितियों और त्रुटि-पूर्ण विधानों को नहीं मारते, हम उन सामाजिक झूठी भावनाओं को अछूता रखते हैं, जिनसे भयानक अपराधों की सृष्टि होती है।

एक अविवाहिता कन्या को गर्भ रह जाता है, वह लज्जा और समाज-भय से भ्रूण-हत्या करती है या नव-जात शिशु को मार डालने को लाचार होती है। वह अभागिनी कुमारी माता अपने शिशु का गला घोटते

समय क्या एक आँसू भी न गिराती होगी? यह एक भी आँसू क्यों? उसे प्राण-दण्ड देने वाले विचारक को इस पर विचार भी तो करना चाहिए। अगर समाज में उसे उस शिशु के कारण भय न होता, तो वह उत्फुल्ल होकर उसे गुलाब के पुष्प की तरह अपने वक्षस्थल पर सजाकर समाज को दिखाती।

वैवाहिक बन्धन की भीषण कठोरताएँ पतियों को पत्नि-हत्याओं के लिए विवश करती हैं। इसकी अपेक्षा वह स्त्री को त्याग दे या स्त्री उसे त्याग दे, यह कठिन है।

अमेरिका के न्यूयार्क नगर के गत वर्ष की रिपोर्ट देखने से पता लगता है कि १ लाख २० हज़ार मनुष्यों ने आत्मघात किया। इनमें ७१ करोड़पति, ८८ महाजन, ३८ विद्यार्थी, ५० शिक्षक, ११ धर्म-प्रचारक, ५२ वकील और जज तथा १ सौदागर था। आत्मघात करने वाली स्त्रियों की संख्या ४० हज़ार है।

यह हुआ आत्मघात का हाल। अब ख़ूनों का विवरण देखना चाहिए। वहाँ की बीमा कम्पनियों के विवरणों से प्रतीत होता है कि प्रति वर्ष ११ लाख ख़ून होते हैं। इसी देश में स्वाधीनता के सात वर्षों के युद्ध में सिर्फ़ ४० हज़ार मनुष्य मरे थे। इन ख़ूनों के रहस्यों का नमूना देखिए। एक स्त्री ने अपने पति को इसलिए ज़हर देकर मार डाला कि उसने जीवन का बीमा कराया था और उसके मर जाने से उसकी स्त्री को ३० हज़ार पाउण्ड मिल जाने वाले थे। आकोबा की एक स्त्री ने अपने ३ वर्ष के बच्चे को सिर्फ़ रोने के कारण चाक़ू से काटकर फेंक दिया। एक जवान बेटे ने अपने बूढ़े पिता को छुरा घुसेड़ कर मार दिया, क्योंकि वह उसकी स्वच्छन्दता में बाधक था। श्री० सुधीन्द्र बोस का कथन है कि अमेरिका अमानुषीय और पाशविक अत्याचारों का केन्द्र होता जा रहा है।

ये उदाहरण हमें इस बात पर विचार करने को विवश करते हैं कि हम अपराधों के मूल कारणों पर विचार करें और उनका उन्मूलन करें। यह बात निश्चय जान लेनी चाहिए कि वे हत्यारे, जिन्हें प्रायः फाँसी मिला करती है, बहुधा समाज के अत्यन्त पतित और अत्यन्त भयानक वस्तु नहीं होते।

रूस में, जहाँ कुछ काल से साधारण क़ानून से सुधर जाने योग्य अपराधियों को फाँसी बन्द कर दी गई है, हत्यारे कुछ साल तक के लिए सख़्त मिहनत की सज़ा काटते हैं, इसके बाद वे साइबेरिया में बसा दिए जाते हैं। प्रिन्स क्रोपोटकिन का कहना है, पूर्वी साइबेरिया स्वतन्त्र ख़ूनियों से बसी हुई है। यह ऐसा देश है जहाँ कोई भी मनुष्य निश्चिन्त रह कर नहीं घूम सकता।

मि० डैनिड, जो अपराधियों का ख़ूब ज्ञान रखते हैं, कहते हैं कि पक्का और निष्ठुर तथा दुर्जय अपराधी कभी ख़ून न करेगा।

सबसे घृणित पाप—पूरी तैयारी और स्कीम बना लेने पर किया जाने वाला ख़ून—साधारण तौर पर ईर्ष्या और बदले की भावनाओं से होता है, अथवा सामाजिक और राजनैतिक अन्यायों का परिणाम होता है। यह अपराध मानसिक स्वभाव की शुद्ध सत्ताओं में अनियन्त्रण हो जाने का परिणाम होता है, नीच भावनाओं और वासनाओं का उससे उतना सम्बन्ध नहीं होता। मिस कारपेन्टर अपने 'फ़ीमेल लाइफ़-इन प्रिज़न' नामक पुस्तक में लिखती हैं—"कुछ स्त्रियाँ जङ्गली पशुओं से कम आसानी से पाली जा सकती हैं। फिर भी ये जेल में ज़्यादा घृणित अपराधों के लिए नहीं आतीं। ख़ून की अपराधिनी तो कोई ही होती हैं, वे प्रायः निरन्तर चोरी की अपराधिनी होती हैं।

ख़ूनी प्रायः उत्तेजनावश अपराधी होता है। उसे अपराधियों में सबसे कम नीति-भ्रष्ट समझना चाहिए। वह बहुधा अव्यवस्थित चित्त, सनक और क्रोध का शिकार होता रहता है। समाज पर इस मानसिक विकृति का यदि ठीक प्रकाश पड़े तो प्राणदण्ड के विषय में उसके नियम अवश्य ही शिथिल हो जायँ।

एक नई भावुकता का शिकार, बेचारा त्रस्त और अस्त-व्यस्त जीव किसी राजनैतिक हत्या को करके ख़ुशी से फाँसी के तख़्ते के ऊपर खिंचा चला आता है, अर्थात् कोई अर्द्ध-विक्षिप्त जन्तु बलात्कार का अपराधी होकर देखते-देखते टुकड़े कर डाला जाता है। परन्तु यह समाज का स्वस्थ प्रदर्शन नहीं, विकार है। वह क्षम्य और संशोधनीय है।

परन्तु मृत्यु-दण्ड जब तक न्यायोचित है, तब तक इस पाशविक क्रूरता के लिए ऐसे बहुत बहाने हैं। सभ्यता में जो सुन्दर है, जो आदर्श है, वह आत्म-संयम और मनुष्यता के अधिक से अधिक उपयोग पर निर्भर है।

प्राणबध की आज्ञा देते समय जब क्राइस्ट से पूछा गया कि तू कौन है, तब क्राइस्ट ने कहा—"मैं सत्य के प्रचार के लिए उद्योग करने वाला हूँ।" इससे फिर पूछा गया कि सत्य किसे कहते हैं; परन्तु इस प्रश्न का उत्तर पाने से प्रथम ही अधिकारी न्यायासन को छोड़कर चला गया।

क्या संसार में फिर इन घटनाओं की पुनरुक्तियाँ होंगी? आज अतीत काल का बर्बर जीवन नष्ट हो गया। राज्यशक्तियाँ एक शासक-मस्तिष्क से पतित होकर जन-समूह में रम रही हैं, प्रजा जवान हो रही है और अब वह फिर एक बार जर्जर होने तक स्वाधीन, स्वावलम्बी एवं आत्म-शासन की अभिलाषा रखती है। ऐसी दशा में सारे संसार के सामने हम यह प्रस्ताव रखना चाहते हैं, कि अब न्याय और शान्ति के नाम पर, मनुष्य-बध करने की पाशविक प्रथा उड़ा दी जाय। कोई गवर्नमेण्ट, कोई सरकार, किसी भी हालत में, किसी पुरुष की हत्या न कर सके। क़ानून क्या कहता है, यह बात सुनने की हमें फ़ुर्सत नहीं। अगर वह ऐसी पाप-कथा का, ऐसी जघन्य बात का समर्थन करेगा तो हम उसका नाश कर डालेंगे, हमें इस बात पर तुल जाना चाहिए।

'फाँसी' इतिहास के निष्कलङ्क और श्रद्धास्पद पृष्ठों को कलङ्कित करने वाला भीषण पाप! मनुष्य के द्वारा मनुष्य की हत्या का जघन्य काम! पृथ्वी भर के मनुष्यों की सभ्यता, मनुष्यता और सहृदयता पर कभी न मिटने वाला काला दाग़ है!!

ओ मनुष्यो! दुर्बल अपदार्थ भ्रान्त मनुष्य अपने बेईमान क़ानून के बल पर किसी भी कारण से, किसी जीवित पुरुष की हत्या न कर सके, इस सम्बन्ध में ख़ूब ज़ोर से पुकार उठाने का दिन आगया है। सज्जनो! एक शताब्दी पहले यह प्रश्न कुछ महत्व रखता था, परन्तु अब नहीं। पृथ्वी से प्राणदण्ड नष्ट होता जा रहा है। इटली, स्विज़रलैण्ड, हॉलैण्ड और पोर्चुगाल तथा यूनाईटेड स्टेट्स की कई रियासतों में यह क़तई बन्द कर दिया गया है।

कैसी घृणा, कैसी लज्जा कैसी ग्लानि की और कितनी कमीनी बात है कि कुछ रुपए देकर एक पेशेवर हत्यारे को किराए पर रख लेने में प्रत्येक सरकार को शर्म नहीं आती। उस अपराधी को, प्राणदण्ड देकर भी जज, जो विचारक है, उसे पूरा करने की हिम्मत नहीं रखता। वह किराए का आदमी अपनी नौकरी की ख़ातिर, क़ानून की छत्र-छाया में, कायरतापूर्वक बाँध कर बिलकुल असहायावस्था में एक जीवित आदमी को मार डालता है? बुरा हो इस क़ानून का! इस क़ानून का तिरस्कार होना चाहिए। करोड़ों मनुष्यों की बलि इस क़ानून के हाथों से हो चुकी, अब धर्म, दया, सभ्यता और सार्वजनिक स्वाधीनता के नाम पर इस फाँसी को फाँसी होनी चाहिए!!

फाँसी

[रचयिता—श्री० 'कुमार' बी० ए०]

उमड़ आए आँखों में प्राण,
श्वास में आई अन्तिम वायु।
धूल में मिल जाने को चली,
फूल सी खिल कर मेरी आयु॥

उठा था मन में कभी विचार,
बसूँगा मृत्यु-बधू के द्वार।
और निज रक्त-रङ्ग से सजा,
शत्रु को दूँगा कुछ उपहार......

* * *

बधिक! धिक अधिक न कर अब देर,
चलूँ इस जीवन के उस पार।
गिरा दे तख़्ती, रस्सी खींच,
चखा दे मृत्यु-बधू का प्यार......

फाँसी

[ले० श्री० विश्वभरनाथ जी शर्मा, कौशिक]

बाबू रेवतीशङ्कर तथा पण्डित कामताप्रसाद में बड़ी घनिष्ट मित्रता थी। दोनों एक ही स्कूल तथा एक ही क्लास में वर्षों तक साथ-साथ पढ़े थे। बाबू रेवतीशङ्कर एक धनसम्पन्न व्यक्ति थे। उनके पिता रियासतदार तथा ज़मींदार आदमी थे। पण्डित कामताप्रसाद मध्यम श्रेणी के व्यक्ति थे। उनके केवल दो मकान थे। एक में वह स्वयम् रहते थे, दूसरा तीस रुपए मासिक पर किराए पर उठा हुआ था। पण्डित कामताप्रसाद के परिवार में केवल चार प्राणी थे। एक तो वह स्वयम्, उनक पत्नी, माता तथा पिता। उनके पिता एक बेङ्क में हेड-क्लार्क थे। पण्डित कामताप्रसाद लखनऊ मेडिकल कॉलेज से एल० एम० एस० की परीक्षा पास करके आए थे, और उन्होंने डॉक्टरी करना आरम्भ ही किया था।

पण्डित कामताप्रसाद अपने छोटे से औषधालय में बैठे हुए थे। उनके सामने मेज़ पर सर्जरी (जर्राही) के औज़ारों का एक बक्स खुला हुआ रक्खा था। कामताप्रसाद उसमें की एक-एक वस्तु उठा-उठाकर बड़े ध्यानपूर्वक देख रहे थे। इसी समय उनके मित्र रेवतीशङ्कर आ गए। रेवतीशङ्कर ने कुर्सी पर बैठते हुए पूछा—क्या हो रहा है?

कामताप्रसाद मुस्कराकर बोले—कुछ नहीं, कुछ सर्जरी का सामान मँगाया था। वह आज आया है, वही देख रहा था।

रेवतीशङ्कर भी उन वस्तुओं को देखने लगे। तीन-चार बड़े-बड़े चाक़ुओं को देखकर रेवतीशङ्कर बोले—यह चाक़ू तो यार बड़े सुन्दर हैं। जी चाहता है, इनमें से एक मैं ले लूँ।

कामताप्रसाद हँसकर बोले—तुम क्या करोगे?

"करूँगा क्या, रक्खे रहूँगा।"

"यह तो चीर-फाड़ के क़ाम के हैं।"

"हाँ-हाँ और नहीं क्या, इनसे साग-भाजी थोड़े ही कतरी जायगी।"

"मैंने सोचा कदाचित् तुम इसीलिए चाहते हो।" कामताप्रसाद ने हँसकर कहा।

"अरे नहीं, ऐसा बेवक़ूफ़ मत समझो। मुझे अच्छे मालूम हो रहे हैं, इससे जी ललचा रहा है।"

"तो एक ले लो।"

"तुम्हारा सेट तो ख़राब न होगा?"

"नहीं, सेट ख़राब नहीं होगा। मैंने एक चाक़ू अधिक मँगा लिया था।"

"तब ठीक है!" कहकर रेवतीशङ्कर ने एक चाक़ू ले लिया।

"बड़े तेज़ चाक़ू हैं!" रेवतीशङ्कर ने उक्त चाक़ू की धार पर उँगली फेरकर कहा।

"सर्जरी में तेज़ ही की आवश्यकता होती है। जितना ही तेज़ औज़ार होगा, ऑपरेशन उतना ही शीघ्र तथा अच्छा होगा।" रेवतीशङ्कर चाक़ू को एक काग़ज़ में लपेटकर जेब में रखते हुए बोले—यदि मुड़ने वाला होता तो बड़ा ही सुन्दर होता।

"सर्जरी के चाक़ू मुड़ने वाले बहुत कम होते हैं, इतना बड़ा चाक़ू तो कभी भी मुड़ने वाला नहीं होता।"

"ख़ैर! कुछ रोगी-ओगी आने लगे या नहीं?"

"अभी बैठते हुए दिन ही कितने हुए?"

"एक महीने से अधिक तो हो गया होगा।"

"तो फिर? क्या बहुत दिन हो गए?"

"साल-छः महीने में कुछ प्रेक्टिस चमकेगी, अभी तो केवल हाज़िरी है।"

"कुछ हर्ज न हो तो आओ चलें घूम आवें!"

"मुझे काम ही कौन है, चलो चलें। किधर चलोगे?"

"चलो इधर बाज़ार की ओर चलें।"

"बाज़ार की तरफ़ चल के क्या लोगे? चलना है तो इधर बाहर की ओर चलो। सन्ध्या का समय है, खुली वायु का आनन्द लें।"

"बस, तुम तो वही डॉक्टरी की बातें करने लगे। कौन हम रोगी या दुर्बल हैं। यह शिक्षा आप रोगियों के लिए ही सुरक्षित रखिए।"

"खुली वायु तो सबके लिए लाभदायक है, इसमें रोगी-निरोगी की कौन सी बात है?"

"ख़ैर, इस समय तो बाज़ार की ओर चलो, फिर देखा जायगा।"

"अच्छी बात है, जैसी तुम्हारी इच्छा।"

कामताप्रसाद ने औज़ारों को बक्स में बन्द करके अलमारी में रख दिया और नौकर से बोले—"रामधन, हम घूमने जाते हैं। तुम साढ़े सात बजे बन्द करके चाबी घर पहुँचा देना।" यह कहकर कामताप्रसाद ने अपनी टोपी उठाई और रेवतीशङ्कर से बोले—चलो।

दोनों व्यक्ति चले और घूमते-फिरते चौक पहुँचे। चौक में प्रविष्ट होते ही रेवतीशङ्कर ने कहा—देखिए कितनी रौनक़ है। जङ्गल में यह आनन्द कहाँ?

कामताप्रसाद मुस्कराकर बोले—निस्सन्देह, जङ्गल में तो यह भीड़भाड़ नहीं मिलेगी।

"आदमियों ही की तो रौनक़ होती है; जहाँ आदमी नहीं, वहाँ क्या रौनक़ हो सकती है।"

"अपनी-अपनी रुचि की बात है। किसी को यह पसन्द है, किसी को वह।"

इसी प्रकार की बातें करते हुए ये दोनों व्यक्ति मन्द गति से जा रहे थे। हठात् रेवतीशङ्कर ने कामताप्रसाद का हाथ दबाकर कहा—ज़रा ऊपर तो देखो!

कामताप्रसाद ने ऊपर दृष्टि उठाई। एक छज्जे पर एक वेश्या बैठी हुई थी। वेश्या युवती तथा अत्यन्त सुन्दर थी।

कामताप्रसाद बोले—यह कौन है? पहले तो इसे कभी नहीं देखा।

"जान पड़ता है कहीं बाहर से आई है।"

"अच्छा सौन्दर्य है।"

"क्या बात है! हज़ारों में एक है!"

"परन्तु किस काम का?"

"क्यों?"

"वेश्या का सौन्दर्य तो उस पुष्प के समान है, जो देखने में तो बड़ा सुन्दर है, परन्तु नीरस तथा निर्गन्ध है।"

"अब लगे फ़िलॉसफ़ी बघारने, इन्हीं बातों से मुझे नफ़रत है।"

"झूठ थोड़े ही कहता हूँ।"

"रहने दीजिए, बड़े तत्ववक्ता की दुम बने हैं।"

"अच्छा न सही।"

"बोलो चलते हो! पाँच मिनट बैठकर चले आवेंगे, परिचय हो जायगा।"

"अजी बस रहने भी दो।"

"तुम्हें हमारी क़सम, केवल पाँच मिनट के लिए।"

"इस समय जाने दो, फिर किसी दिन सही।"

रेवतीशङ्कर समझ गए कि कामताप्रसाद की इच्छा तो है, पर ऊपर से साधुता दिखाने के लिए अस्वीकार कर रहे हैं। अतएव उन्होंने कहा—फिर-फिर का झगड़ा मैं नहीं पालता। तुम जानते हो, मेरे जी में जो आता है वह मैं तत्काल करता हूँ।

कामताप्रसाद ने कहा—तो यह कौन अच्छी बात है?

"न सही, पर स्वभाव तो है।"

"कहा मानो, इस समय टाल जाओ।"

"टालने वाले पर लानत है!"

"ओफ़ ओह! इतने मुग्ध हो गए। अच्छा लौटते हुए सही, तब तक ज़रा और अँधेरा हो जायगा।"

"हाँ यह मानी।"

दोनों व्यक्ति आगे बढ़ गए और आध घण्टे तक इधर-उधर फिरने के पश्चात् लौटे। इस समय सात बज चुके थे और यथेष्ट अँधेरा हो चुका था। जब ये दोनों उक्त मकान के नीचे आए तो ठिठक गए। रेवतीशङ्कर ने एक बार इधर-उधर देखा और खट से ज़ीने पर चढ़ गए। कामताप्रसाद ने भी उनका अनुकरण किया!

२

उपरोक्त घटना के पश्चात् एक मास व्यतीत हो गया। रेवतीशङ्कर उक्त वेश्या के यहाँ स्वच्छन्दतापूर्वक आने-जाने लगे। उनके साथ कामताप्रसाद भी कभी-कभी चले जाते थे।

एक दिन सन्ध्या-समय रेवतीशङ्कर वेश्या के यहाँ पहुँचे। वेश्या ने, जिसका नाम सुन्दरबाई था, रेवतीशङ्कर से पूछा—डॉक्टर साहब नहीं आए?

"हाँ, नहीं आए।"

"वह बहुत कम आते हैं, इसका क्या कारण है ?"

"वह मेरे साथ के कारण चले आते हैं। वैसे वह वेश्याओं के यहाँ बहुत कम आते-जाते हैं।"

सुन्दरबाई म्लान मुख होकर मौन हो गई। रेवतीशङ्कर ने पूछा—क्यों, डॉक्टर साहब की याद क्यों आई ?

"डॉक्टर साहब बड़े भले आदमी हैं, मुझे वह बड़े अच्छे लगते हैं।"

रेवतीशङ्कर के हृदय में ईर्ष्या का एक बवण्डर उठा। उन्होंने पूछा—उनके आने से तुम्हें कुछ प्रसन्नता होती है ?

"हाँ, अवश्य होती है।"

"और मेरे आने से ?"

"आपके आने से भी होती है।"

रेवतीशङ्कर ने सुन्दरबाई के मुख का भाव देखकर समझ लिया कि वह मिथ्या बोल रही है। उन्होंने कहा—नहीं, मेरे आने से नहीं होती।

"क्यों, आप मेरा कुछ छीन लेते हैं क्या ?" सुन्दरबाई ने किञ्चित् मुस्कराकर कहा।

रेवतीशङ्कर सुन्दरबाई से एक प्रेमपूर्ण उत्तर सुनना चाहते थे, परन्तु जब उसने केवल उपरोक्त बात कहकर मौन धारण कर लिया तो उन्हें बड़ी निराशा हुई। उनके मन में यह शङ्का उत्पन्न हुई कि कदाचित् सुन्दरबाई डॉक्टर साहब से प्रेम करती है। इस शङ्का के उत्पन्न होते ही कामताप्रसाद के प्रति उनके हृदय में द्वेष उत्पन्न हुआ। रेवतीशङ्कर ने उसी समय निश्चय किया कि इस बात की जाँच करनी चाहिए।

उस दिन वह थोड़ी ही देर बैठ कर चले आए।

दूसरे दिन वह कामताप्रसाद के पास पहुँचे।

उनसे उन्होंने कहा—कल सुन्दरबाई तुम्हें याद कर रही थी।

कामताप्रसाद नेत्र विस्फारित करके मुस्कराते हुए बोले—मुझे याद कर रही थी ?

"जी हाँ।"

"भला मुझे वह क्यों याद करने लगी ? तुम्हारे होते हुए उसका मुझे याद करना आश्चर्य की बात है।"

रेवतीशङ्कर शुष्क हँसी के साथ बोले—क्यों ? मुझमें कौन लाल टँके हैं ?

"लाल क्यों नहीं टँके हैं ? तुमसे उसे चार पैसे की आमदनी है, मेरे पास क्या धरा है ? तुमने अभी तक उसे सौ दो सौ दे ही दिए होंगे, मैंने क्या दिया ?"

"फिर भी वह तुम्हें याद करती थी।"

"इसीलिए याद करती होगी कि उनसे कुछ नहीं मिला, कुछ वसूल करना चाहिए। सो यहाँ वह गुड़ ही नहीं जिसे चींटियाँ खायँ।"

"ख़ैर जो कुछ हो, आज तुम मेरे साथ चलो।"

"क्षमा करो।"

"नहीं, आज तो चलना पड़ेगा।"

"भाई साहब, मेरी इतनी हैसियत नहीं जो वेश्याओं के यहाँ जाऊँ, मैं ग़रीब आदमी हूँ। यह काम तो आप जैसे धनी लोगों का है।"

"तो वह कौन तुमसे रोकड़ माँगती है।"

"माँगे कैसे, जब कुछ गुञ्जायश पावे तब तो माँगे। आपकी तरह मैं भी रोज़ आने-जाने लगूँ तो मुझसे भी सवाल करे।"

"अजी नहीं, यह बात नहीं। अच्छा ख़ैर, आज तो चले चलो।"

"माफ़ करो।"

"अरे तो कुछ आज के जाने से वह तुम्हारी कुर्की न करा लेगी।"

"नहीं, यह बात नहीं।"

"तो फिर ?"

"वैसे ही, जहाँ तक बचूँ अच्छा ही है।"

"आज तो चलना ही पड़ेगा।"

"ख़ैर, तुम ज़िद करते हो तो चला चलूँगा।"

दोनों सुन्दरबाई के मकान पर पहुँचे। डॉक्टर साहब को देखते ही सुन्दरबाई का मुख खिल उठा। उसने बड़े प्रेमपूर्वक उनका स्वागत किया। रेवतीशङ्कर सुन्दरबाई के व्यवहार को बड़े ध्यानपूर्वक देख रहे थे।

सुन्दरबाई ने पूछा—डॉक्टर साहब, आप हमसे कुछ नाराज़ हैं क्या ?

डॉक्टर साहब ने मुस्कराकर कहा—नहीं, नाराज़ होने की कौन सी बात है ?

"तो फिर आते क्यों नहीं ?"

"एक तो फ़ुर्सत नहीं मिलती, दूसरे हम ग़रीबों की पूछ आपके यहाँ कहाँ ?"

सुन्दरबाई कुछ लज्जित होकर बोली—नहीं, आपका यह भ्रम है। हम भी आदमी पहचानते हैं। हर एक आदमी से रण्डीपन का व्यवहार काम नहीं देता।

"आपमें यह विशेषता हो तो मैं कह नहीं सकता, अन्यथा साधारणतया वेश्याओं की यही दशा है कि उनके यहाँ धनी आदमी ही पूछे जाते हैं।"

"नहीं, मेरे सम्बन्ध में आप ऐसा कभी न सोचिएगा।"

ख़ैर, मुझे यह सुनकर प्रसन्नता हुई कि आपमें यह दोष नहीं है।"

जब तक कामताप्रसाद बैठे रहे, तब तक सुन्दरबाई उन्हीं से बातचीत करती रही। रेवतीशङ्कर को उसका यह व्यवहार बहुत ही बुरा लगा। एक घण्टे पश्चात् कामताप्रसाद बोले--अब मुझे आज्ञा दीजिए।

सुन्दरबाई ने कहा—आया कीजिए।

"हाँ, आया करूँगा।" यह कहकर रेवतीशङ्कर से बोले—चलते हो?

"तुम जाओ, मैं तो ज़रा देर बैठूँगा।"

"अच्छी बात है।" कहकर कामताप्रसाद चल दिए। उनके जाने के पश्चात् सुन्दरबाई रेवतीशङ्कर से बोली—बड़े शरीफ़ आदमी हैं।

रेवतीशङ्कर रुखाई से बोले—हाँ, क्यों नहीं?

इसके पश्चात् दोनों कुछ देर तक मौन बैठे रहे। तदुपरान्त रेवतीशङ्कर सुन्दरबाई के कुछ निकट खिसक कर बोले--सुन्दरबाई, मैं तुमसे कितना प्रेम करता हूँ, यह शायद अभी तुम्हें मालूम नहीं हुआ।

सुन्दरबाई ने कहा—यह आपकी कृपा है।

रेवतीशङ्कर ने मुँह बनाकर कहा—केवल इसके कहने से मुझे सन्तोष नहीं हो सकता; प्रेम सदैव प्रेम का प्रतिदान चाहता है।

"चाहता होगा, मुझे तो अभी तक इसका अनुभव नहीं हुआ।"

"अब होना चाहिए!"

"अपने बस की बात थोड़े ही है।"

"मैं तुम्हारी प्रत्येक अभिलाषा, प्रत्येक इच्छा पूर्ण करने को तत्पर रहता हूँ, फिर भी तुम्हें मेरे प्रेम पर सन्देह है?"

"न मुझे सन्देह है और न विश्वास है। आप मेरी ख़ातिर करते हैं तो मैं भी आपकी ख़ातिर करती हूँ।"

"केवल ख़ातिर से मुझे सन्तोष नहीं हो सकता। मैं चाहता हूँ कि जैसे मैं तुमसे प्रेम करता हूँ, वैसे ही तुम भी मुझसे प्रेम करो।"

"यह तो मेरे बस की बात नहीं है।"

"होना चाहिए!"

"चाहिए तो सब कुछ, पर जब हो तब न। वैसे यदि हमारे पेशे की बात पूछिए तो हम हर एक आदमी से यही कहती हैं कि हम जितना तुमसे प्रेम करती हैं उतना किसी से भी नहीं; परन्तु मेरा यह दस्तूर नहीं है। मैं तो साफ़ बात कहती हूँ। आप हमारे ऊपर रुपए ख़र्च करते हैं, हम उसका बदला दूसरे रूप में चुका देती हैं। झगड़ा तय है। रही प्रेम और मुहब्बत की बात, सो यह बात हृदय से सम्बन्ध रखती है। आपका ज़ोर हमारे शरीर पर है, हृदय पर नहीं।"

रेवतीशङ्कर चुप हो गए। उन्होंने मन में सोचा—यह निश्चय कामताप्रसाद से प्रेम करती है, तभी ऐसी स्पष्ट बातें करती है। यह विचार आते ही उनके हृदय में कामताप्रसाद के प्रति हिंसा का भाव उत्पन्न हुआ। उन्होंने कुछ देर पश्चात् कहा शायद तुम्हें आज तक किसी से प्रेम नहीं हुआ।

सुन्दर हँसकर बोली—यदि प्रेम हुआ होता तो हम इस तरह बाज़ार में बैठी होतीं? आप बच्चों की सी बातें करते हैं। हमारे पेशे से और प्रेम से बैर है। जो जिससे प्रेम करता है, वह उसी का होकर रहता है।

रेवतीशङ्कर को सुन्दरबाई के इस उत्तर पर यद्यपि विश्वास नहीं हुआ, परन्तु कुछ सान्त्वना अवश्य मिली। उन्होंने कहा—ख़ैर, मुझसे तो तुम्हें प्रेम करना ही पड़ेगा। सुन्दरबाई ने मुस्कराकर कहा—यदि करना पड़ेगा तो करूँगी; पर जब करूँगी तब हृदय की प्रेरणा से, ज़बरदस्ती कोई किसी से प्रेम नहीं करा सकता।

३

एक दिन सुन्दरबाई की माता को हैज़ा हो गया। सुन्दरबाई ने कामताप्रसाद को बुलवाया। कामताप्रसाद ने बड़े परिश्रम से उसे अच्छा किया। चलते समय सुन्दरबाई ने उन्हें फ़ीस देनी चाही। कामताप्रसाद ने फ़ीस लेना अस्वीकार करते हुए कहा—मैं इतनी बार तुम्हारे यहाँ आया, पान-इलायची खाता रहा, गाना सुनता रहा; मैंने तुम्हें क्या दिया? इसलिए मैं तुमसे फ़ीस नहीं ले सकता।

उस दिन से कामताप्रसाद का आदर और भी अधिक होने लगा। इधर ज्यों-ज्यों कामताप्रसाद का आदर-सम्मान बढ़ता जाता था, त्यों-त्यों रेवतीशङ्कर जल-भुन कर राख होते जा रहे थे। वह सोचते थे, मैं इतना रुपया-पैसा ख़र्च करता हूँ, पर मेरा इतना आदर नहीं होता, जितना कामताप्रसाद का होता है। कामताप्रसाद को देख कर सुन्दरबाई प्रसन्न हो जाती है। मेरे जाने पर भी यद्यपि वह मुस्कराकर मेरा स्वागत करती है, पर वह बात नहीं रहती। मुझसे वह कुछ खिंची सी रहती है।

यह बात वास्तव में सत्य थी। सुन्दरबाई रेवती-शङ्कर से खिंची रहती थी। इसके दो कारण थे--एक तो रेवतीशङ्कर उसे पसन्द नहीं था, इस कारण स्वाभाविक खिंचाव था ; दूसरे व्यवसाय-नीति के कारण भी कुछ खिंचाव था। सुन्दरबाई को अपने रूप-यौवन पर इतना गर्व तथा विश्वास था कि वह उन लोगों से, जो उस पर मुग्ध होते थे कुछ खिंचे रहने में ही अधिक लाभ समझती थी। रेवतीशङ्कर के सम्बन्ध में उसकी यह नीति सर्वथा लाभप्रद निकली। रेवतीशङ्कर उसे प्रसन्न करने तथा उसको अपने ऊपर कृपालु बनाने के लिए—केवल कृपालु बनाने के लिए ही नहीं, वरन् अपने प्रति उसके हृदय में प्रेम उत्पन्न करने के लिए उसकी प्रत्येक आज्ञा शिरोधार्य करने के लिए प्रस्तुत रहते थे। इसके परिणाम-स्वरूप सुन्दरबाई को उनसे यथेष्ट आय थी।

कामताप्रसाद के प्रति सुन्दरबाई का व्यवहार इसके सर्वथा प्रतिकूल था। सुन्दरबाई तो पहले ही से कामता-प्रसाद के सरल स्वभाव, भलमनसाहत, व्यवहार-कुशलता, स्पष्टवादिता आदि गुणों पर मुग्ध थी। कामताप्रसाद सुन्दर भी यथेष्ट थे, उनका पुरुष-सौन्दर्य रेवतीशङ्कर से सैकड़ों गुना अच्छा था। परन्तु सबसे अधिक जिस बात ने सुन्दरबाई पर प्रभाव डाला, वह उसके रूप-यौवन के प्रति कामताप्रसाद की निस्पृहता थी। कामता-प्रसाद के किसी हावभाव से यह कभी प्रकट न हुआ कि वह सुन्दरबाई पर मुग्ध हैं। सुन्दरबाई के लिए यह एक नवीन और अद्भुत बात थी। आज तक जितने पुरुष उसके पास आए, वे सब उसकी रूप-ज्योति पर पतङ्ग की भाँति गिरे; परन्तु कामताप्रसाद पर उसका कोई प्रभाव नहीं पड़ा। अन्य पुरुषों के समक्ष वह अपनी श्रेष्ठता अनुभव करती थी, परन्तु कामताप्रसाद के समक्ष उसे अपनी श्रेष्ठता का अनुभव न होकर, उन्हीं की श्रेष्ठता का अनुभव होता था। श्रेष्ठता सदैव प्रशंसा तथा आदर प्राप्त करती है। यही कारण था कि सुन्दरबाई का व्यवहार कामताप्रसाद के साथ निष्कपट तथा स्नेहपूर्ण था।

इधर रेवतीशङ्कर सुन्दरबाई के प्रेम में प्रेमोन्मत्त-से हो रहे थे। वह यह चाहते थे कि उनके होते हुए सुन्दरबाई किसी भी पुरुष की ओर न देखे। इधर सुन्दरबाई की यह दशा थी कि जब कभी कामताप्रसाद कई दिनों तक उसके यहाँ न पहुँचते, तो वह अस्वस्थ होने का बहाना करके उन्हें बुलवाती थी। उस समय कामताप्रसाद को केवल अपने व्यवसाय की दृष्टि से उसके यहाँ जाना ही पड़ता था।

एक दिन रेवतीशङ्कर सन्ध्या के पश्चात् जब सुन्दरबाई के यहाँ पहुँचे तो उन्होंने देखा कि सुन्दरबाई कामताप्रसाद के घुटने पर सिर रक्खे लेटी है और कामताप्रसाद उसके सिर पर हाथ फेर रहे हैं। यह देखते ही कुछ क्षणों के लिए रेवतीशङ्कर की आँखों के नीचे अँधेरा छा गया।

इधर उन्हें देखते ही कामताप्रसाद ने शीघ्रतापूर्वक उसका सिर अपने घुटने पर से हटा दिया और रेवती-शङ्कर की ओर देखकर कुछ झेंपते हुए से बोले—इनके सिर में बड़े ज़ोर का दर्द था, अतएव इन्होंने मुझे बुलवाया। मैंने दवा लगाई है, अब कुछ कम है।

रेवतीशङ्कर कामताप्रसाद को सिटपिटाते देख ही चुके थे, अतएव उन्होंने समझा कि कामताप्रसाद केवल बात बना रहे हैं। उन्होंने एक शुष्क मुस्कान के साथ कहा—आपके हाथ लगें और दर्द कम न हो। यह तो एक अनहोनी बात है।

यह कहकर रेवतीशङ्कर ने सुन्दरबाई पर एक तीव्र दृष्टि डाली। सुन्दरबाई उस दृष्टि को सहन न कर सकी, उसने अपनी आँखें नीची कर लीं।

कामताप्रसाद खड़े होकर सुन्दरबाई से बोले—तो अब मैं जाता हूँ, तुम थोड़ी देर बाद दवा एक बार और लगा लेना।

"बैठिए-बैठिए, आपकी उपस्थिति दर्द को दूर करने में बहुत बड़ी सहायता देगी।" रेवतीशङ्कर ने स्पष्ट-व्यङ्ग के साथ यह बात कही।

कामताप्रसाद रेवतीशङ्कर के इस व्यङ्ग से कुछ व्यथित होकर बोले—निस्सन्देह! डॉक्टर से लोग ऐसी

ही आशा रखते हैं, यह कोई नई बात नहीं है। इतना कहकर कामताप्रसाद चल दिए।

उनके चले जाने के पश्चात् रेवतीशङ्कर ने सुन्दरबाई से कहा—अब तो साधारण सी बातों में भी डॉक्टर बुलाए जाने लगे।

सुन्दरबाई ने कहा—तो फिर! क्या आप यह चाहते हैं कि जब कोई मृत्यु-शय्या पर पड़ा हो तभी डॉक्टर बुलाया जाय।

"नहीं-नहीं, आप जब चाहिए बुलाइए। मना कौन करता है।"

"मना कर ही कौन सकता है। मेरा जो जी चाहेगा, करूँगी। मैं किसी की लौंडी-बाँदी तो हूँ नहीं।"

रेवतीशङ्कर ओंठ चबाते हुए बोले—ठीक है, कौन मना कर सकता है।

इस वाक्य को रेवतीशङ्कर ने दो-तीन बार कहा।

सहसा रेवतीशङ्कर का मुख रक्तावर्ण होगया, आँखें उबल आईं। उन्होंने हाथ बढ़ाकर सुन्दरबाई की कलाई पकड़ ली और दाँत पीसते हुए बोले—कौन मना कर सकता है? मैं मना कर सकता हूँ, जिसने अपना तन-मन-धन तुम्हारे चरणों पर डाल दिया है।

सुन्दरबाई अपनी कलाई छुड़ाने की चेष्टा करते हुए बोली—अजी बस जाइए, ऐसे यहाँ दिन भर में न जाने कितने आते हैं।

"आते होंगे, परन्तु मैं तुम्हें बता दूँगा कि मैं उन लोगों में नहीं हूँ।"

"सुन्दरबाई ने एक झटका देकर अपनी कलाई छुड़ा ली और कर्कश स्वर में बोली—तुम बेचारे क्या दिखा दोगे। ऐसी धमकी में मैं नहीं आ सकती। चले वहाँ से बड़े वारिस-ख़ाँ बनकर। तुम होते कौन हो? वही कहावत है—'मुँह लगाई डोमनी गावे ताल-बेताल।'

रेवतीशङ्कर ने कुछ नम्र होकर कहा—देखो सुन्दरबाई यह बातें छोड़ दो, इसका परिणाम बुरा होगा।

"क्या बुरा होगा? तुम कर क्या लोगे? ख़ैरियत इसी में है कि चुपचाप यहाँ से चले जाइए, और आज से यहाँ पैर न धरिएगा, नहीं तो पछताइएगा।"

रेवतीशङ्कर अप्रतिभ होकर बोले—अच्छा! यह बात है?

"जी हाँ, यही बात है। मैं आपकी विवाहिता नहीं हूँ। ये बातें वही सहेगी, मैं नहीं सह सकती। हुँह! अच्छे आए! हम लोग ऐसे एक की होकर रहें तो बस हो चुका।"

रेवतीशङ्कर कुछ क्षणों तक चुपचाप बैठे ओठ चबाते रहे, तत्पश्चात् एकदम से उठकर खड़े हो गए और बोले—अच्छी बात है, देखा जायगा!

इतना कहकर रेवतीशङ्कर चल दिए!

४

उपर्युक्त घटना के एक सप्ताह पश्चात् एक दिन प्रातःकाल शौचादि से निवृत्त होकर कामताप्रसाद चाय पी रहे थे। उसी समय सहसा पुलिस ने उनका घर घेर लिया। एक सब-इन्सपेक्टर उनके कमरे में घुस आया। उसने आते ही कामताप्रसाद से पूछा—डॉक्टर कामताप्रसाद आप ही हैं?

कामताप्रसाद ने विस्मित होकर कहा—हाँ, मैं ही हूँ, कहिए?

सब-इन्सपेक्टर ने कहा—मैं आपको सुन्दरबाई का ख़ून करने के जुर्म में गिरफ़्तार करता हूँ।

कामताप्रसाद हतबुद्धि होकर बोले—सुन्दरबाई का ख़ून!

कामताप्रसाद केवल इतना ही कह पाए, आगे उनके मुँह से एक शब्द भी न निकला।

सब-इन्सपेक्टर ने एक कॉन्सटेबिल से कहा—लगाओ हथकड़ी!

इसके पश्चात् इन्सपेक्टर ने उस कमरे की तलाशी ली और एक कोट तथा क़मीज़ बरामद की। क़मीज़ के दाहिने कफ़ में ख़ून का दाग़ लगा हुआ था। इन्सपेक्टर ने उसे देखकर सिर हिलाया। इसके पश्चात् उसने कोट को देखा। कोट के दो बटन ग़ायब थे। इन्सपेक्टर ने अपनी जेब से एक डिबिया निकाली। डिबिया खोलकर दो बटन निकाले उन बटनों को कोट के अन्य बटनों से मिलाकर देखा, दोनों बटन अन्य बटनों से आकार-प्रकार में पूर्णतया मिल गए। इन्सपेक्टर ने कहा, ठीक है!

उसने क़मीज़ तथा कोट अपने अधिकार में किया। इसी समय कामताप्रसाद के पिता भी आ गए। उन्होंने जो पुत्र के हाथों में हथकड़ी लगी देखी तो घबराकर पूछा—क्यों-क्यों, क्या बात है?

इन्सपेक्टर ने कहा—कल रात में सुन्दरबाई नामी

तवायफ़ का क़त्ल हो गया है। वहाँ कुछ ऐसी चीज़ें पाई गई हैं, जिनसे यह साबित होता है कि सुन्दरबाई का ख़ून कामताप्रसाद ने किया है। इसलिए इनकी गिरफ़्तारी की गई है।

कामताप्रसाद के पिता कम्पित स्वर से बोले--नहीं-नहीं, यह असम्भव है। ऐसा कभी नहीं हो सकता। आप ग़लती कर रहे हैं।

सब-इन्सपेक्टर—हमारी ग़लती साबित करने के लिए आपको काफ़ी मौक़ा मिलेगा, घबराइए नहीं!

कामताप्रसाद बोले—निस्सन्देह पिता जी! आप घबराइए नहीं, इसमें कोई विकट रहस्य है। हमें अदालत के सामने काफ़ी मौक़ा मिलेगा।

सब-इन्सपेक्टर ने अधिक बात करने का अवसर न दिया। कामताप्रसाद को साथ लेकर सीधा उनके दवाख़ाने पहुँचा।

कामताप्रसाद ने देखा कि उनके दवाख़ाने पर भी पुलिस का पहरा है।

दवाख़ाने की चाबी सब-इन्सपेक्टर कामताप्रसाद के घर से ले आया था। अतएव दवाख़ाना खोला गया। उसकी तलाशी लेकर वह बक्स निकाला गया, जिसमें सर्जरी के औज़ार थे। वह बक्स भी इन्सपेक्टर ने अपने अधिकार में कर लिया।

* * *

नियत समय पर कामताप्रसाद का मुक़दमा आरम्भ हुआ। पुलिस की ओर से चार वस्तुएँ पेश की गईं। एक तो वह चाक़ू जिससे ख़ून किया गया था, कामताप्रसाद का कोट, क़मीज़ तथा एक रूमाल जिसके कोने पर उनका नाम कढ़ा हुआ था। यह रूमाल ख़ून से रँगा हुआ था। सरकारी वकील ने अदालत को वे दोनों बटन दिखाए। ये बटन जिस कमरे में ख़ून हुआ था उसमें पाए गए थे और दोनों कामताप्रसाद के कोट के बटनों से पूर्णतया मिलते-जुलते थे। रूमाल पर उनका नाम ही कढ़ा हुआ था। क़मीज़ के कफ़ पर ख़ून का दाग़ था। वह चाक़ू जिससे हत्या की गई थी, कामताप्रसाद के सर्जरी के औज़ारों में के अन्य दो चाक़ुओं से पूर्णतया मेल खाता था।

इसके अतिरिक्त पुलिस की ओर से चार गवाह पेश हुए थे, दो मुसलमान दूकानदार जिनकी दूकानें सुन्दरबाई के मकान के नीचे ही थीं, सुन्दरबाई की माता, उनकी एक दासी!

नौकरानी ने बयान दिया—जिस दिन यह वारदात हुई, उस दिन शाम को साढ़े छै बजे के लगभग सुन्दरबाई की माँ नौकर के साथ कहीं गई हुई थीं। मकान पर केवल सुन्दरबाई और मैं रह गई थीं। साढ़े आठ बजे के लगभग डॉक्टर साहब आए। सुन्दरबाई और वह दोनों भीतरी कमरे में बैठे। मैं उस समय भोजन बना रही थी। आध घण्टे बाद मैंने ऐसा शब्द सुना जैसे दो आदमी आपस में लपटा-झपटी कर रहे हों। बीच में एकाध दफ़े मैंने डॉक्टर साहब की आवाज़ सुनी। ऐसा जान पड़ता था कि डॉक्टर साहब सुन्दरबाई को डाँट रहे हैं। इसके थोड़ी देर बाद डॉक्टर साहब बड़ी तेज़ी के साथ कमरे से निकले और ज़ीने से नीचे उतरकर चले गए। मैं खाना बनाती रही। इसके एक घण्टे बाद सुन्दरबाई की माता लौटीं। वह पहले तो अन्दर आईं और मुझसे पूछा—"खाना तैयार है?" मेरे "हाँ" कहने पर वह सुन्दरबाई के कमरे की ओर चली गईं। वहाँ जाते ही उन्होंने हल्ला मचाया, तब मैं दौड़कर गई। नौकर भी दौड़ा। वहाँ जाकर देखा कि सुन्दरबाई का कोई ख़ून कर गया है। मैंने उसी समय सुन्दरबाई की माँ से वह सब कहा, जो मैंने देखा-सुना था।

कामताप्रसाद के वकील के जिरह करने पर उसने कहा—मैं जहाँ खाना बना रही थी वह जगह सुन्दरबाई के कमरे से थोड़ी ही दूर है। मैं जहाँ बैठी थी वहाँ से ज़ीने से कमरे में जाता हुआ आदमी दिखाई नहीं पड़ता था। मैंने केवल आवाज़ से समझा था कि अब डॉक्टर साहब जा रहे हैं। उनकी तेज़ी का अनुमान भी मैंने उनके पैरों के शब्द से तथा ज़ीने में उतरने के शब्द से किया था। जिस समय डॉक्टर साहब आए थे उस समय मैंने उन्हें देखा था। मैं उस समय उधर गई थी। सुन्दरबाई ने एक गिलास पानी माँगा था, वही देने गई थी। डॉक्टर साहब से झगड़ा होने का शब्द सुनकर मैं उधर नहीं गई। हम लोगों को बिना बुलाए जाने की इजाज़त नहीं है। डॉक्टर से लपटा-झपटी और झगड़ा होने का शब्द कोई ऐसी बात नहीं थी, जिससे मैं यह आवश्यक समझती कि मैं जाकर देखूँ कि क्या हो रहा है। वेश्याओं के यहाँ ऐसी बातें बहुधा हुआ करती हैं, मेरे लिए वह एक साधारण बात थी। डॉक्टर साहब के जाने के पश्चात् सुन्दरबाई की माँ के आने के समय तक मैं खाना बनाने में इतनी

मग्न रही कि मुझे और किसी बात का कोई ध्यान न रहा ।

दोनों मुसलमान दूकानदारों ने अपने बयान में कहा—हम लोग दूकान बन्द कर रहे थे। उसी वक़्त ज़ीने में ऐसी आवाज़ हुई जैसे कोई बड़ी तेज़ी से उतरता चला आता हो। इसके बाद हमने डॉक्टर को निकलते देखा। यह बड़ी तेज़ी से एक तरफ़ चले गए। इनके कपड़े भी तितर-बितर-से थे। इसके बाद हम लोग दूकान बन्द करके अपने-अपने घर चले गए।

जिरह में दोनों दूकानदारों ने कहा—हम डॉक्टर को अच्छी तरह पहचानते हैं। यह अक्सर सुन्दरबाई के यहाँ आया-जाया करते थे। बाज़ार की रोशनी इनके ऊपर काफ़ी पड़ रही थी। उसमें हमने इन्हें अच्छी तरह देखा था। इसमें किसी शक व शुबह की गुञ्जायश नहीं है।

सुन्दरबाई की माता ने अपने बयान में कहा—मैं जिस समय लौटकर आई उस समय दस बज चुके थे। मैं एक दूसरी वेश्या को, जिससे मेरी मित्रता है, देखने गई थी। वह कई दिन से बीमार थी। मैंने कमरे में जाकर देखा कि सुन्दर चित पड़ी है और उसकी छाती में चाक़ू घुसा हुआ है। इतना ही देखकर मैं एकदम चिल्ला उठी। घर के नौकर तथा नौकरानी दौड़ पड़े। उन्होंने भी देखकर हल्ला मचाया। बाज़ार में सन्नाटा हो गया था। दो-चार दूकानें खुली थीं। वह भी उस समय बन्द हो रही थीं। हल्ला मचाने के आध घण्टे बाद एक कॉन्सटेबिल आया। वह सब देखकर चला गया। उस एक घण्टे बाद कोई बारह बजे के लगभग दारोग़ा साहब आए थे।

जिरह में उसने कहा—डॉक्टर साहब पहले-पहल हमारे यहाँ अपने एक दोस्त के साथ आए थे। उनका नाम रेवतीशङ्कर है। वह बड़े आदमी हैं। वह बहुत दिनों हमारे यहाँ आते-जाते रहे। इसके बाद उन्होंने आना-जाना बन्द कर दिया। उन्होंने आना-जाना डॉक्टर के कारण बन्द किया था। हमारे यहाँ उनमें और डॉक्टर में कभी कोई झगड़ा नहीं हुआ। सुन्दरबाई ने एक दिन गुस्से में उनसे कह दिया था कि हमारे यहाँ मत आया करो। इसका कारण यह था कि सुन्दरबाई डॉक्टर को कुछ चाहती थी। मेरा विचार है कि डॉक्टर ने ही उससे कहा होगा कि रेवतीशङ्कर को मत आने दो। एक दफ़े डॉक्टर साहब ने मुझे हैज़े से बचाया था तब से हम लोग उन्हीं को बुलाया करते थे। एक बार सुन्दरबाई ने मुझसे कहा था कि डॉक्टर साहब का हृदय बड़ा कठोर है। इनके जी में ज़रा भी रहम नहीं है। मैंने उससे पूछा कि तुझे कैसे मालूम हुआ, तो इसका उत्तर उसने कुछ नहीं दिया था।

कामताप्रसाद ने अपने बयान में कहा—मैं बहुधा सुन्दरबाई के यहाँ जाया करता था। पहले मैं केवल मनोरञ्जन के लिए जाता था, परन्तु बाद को सुन्दरबाई की माता को हैज़े से आराम करने पर मैं उनका फ़ैमिली डॉक्टर हो गया, तब से मैं बहुधा जाता था। कुछ दिनों के बाद मुझे सुन्दरबाई के व्यवहार से यह सन्देह उत्पन्न हुआ कि वह मुझसे प्रेम करती है। तब मैंने आना-जाना कुछ कम कर दिया था। जब मैं उनका फ़ैमिली डॉक्टर हो गया तब मैं बहुधा बुलाया जाता था। उस दशा में मैं जाने के लिए विवश था। बहुधा सुन्दरबाई झूठमूठ अस्वस्थ बन जाती थी और मुझे बुला भेजती थी। इससे मेरा यह सन्देह पक्का हो गया कि सुन्दरबाई मुझसे प्रेम करती है।

जिस दिन की यह घटना है उस दिन मैं आठ बजे के बाद दवाख़ाना बन्द करके घर जाने लगा तो मेरी इच्छा हुई कि सुन्दरबाई के यहाँ होता चलूँ। मैं उसके यहाँ गया। हम दोनों भीतरी कमरे में बैठे। पहले तो थोड़ी देर इधर-उधर की बातें होती रहीं। इसके पश्चात् सुन्दरबाई ने मुझसे प्रेम की बातें करनी आरम्भ कीं। मैंने उससे कहा, मुझसे ऐसी बातें मत करो, परन्तु वह न मानी। मैंने उसे फिर समझाया। मैंने उससे कहा—मैं अपनी पत्नी से प्रेम करता हूँ। उसके अतिरिक्त मैं किसी अन्य स्त्री से प्रेम नहीं कर सकता। यह कहकर मैं उठकर चलने लगा। सुन्दरबाई मुझसे लिपट गई। मैंने उससे डाँटकर छोड़ देने के लिए कहा, पर वह न मानी। उसने उसी समय मेरी पत्नी के सम्बन्ध में कुछ अनुचित शब्द कहे। उन्हें सुनकर मुझे क्रोध आ गया। मैंने उसे अपने से अलग करके ज़ोर से ढकेल दिया। वह पलँग पर गिरी। उसका सिर पलँग के काठ के तकिए से टकरा गया, जिससे उसके सिर से ख़ून बहने लगा। यह देखकर मेरा डॉक्टरी स्वभाव जाग्रत हो उठा। मैंने झट जेब से रूमाल निकालकर ख़ून पोंछा और घाव को देखा। देखने पर मालूम हुआ कि वह बहुत ही साधारण था, केवल चमड़ा फट गया था। जिस समय मैं घाव पोंछ रहा था, उसी

समय सुन्दरबाई पुनः मुझसे लिपट गई। तब मैंने वहाँ ठहरना उचित न समझा और अपने को उससे छुड़ाकर मैं तेज़ी के साथ नीचे सड़क पर आ गया और अपने घर की ओर चला गया।

चाक़ू की बाबत प्रश्न किए जाने पर कामताप्रसाद ने कहा--चाक़ू मेरे चाक़ुओं जैसा अवश्य है। परन्तु वह मेरा नहीं है। मैं उसकी बाबत कुछ नहीं जानता। जितने चाक़ू मेरे बक्स में इस समय मौजूद हैं उतने ही मेरे पास थे, उससे एक भी अधिक नहीं था।

कामताप्रसाद के इतना कहने पर सरकारी वकील ने अदालत के सामने एक काग़ज़ पेश करते हुए कहा —यह उस कम्पनी का इनवायस (बीजक) है, जहाँ से अभियुक्त ने सर्जरी का बक्स मँगाया था। इनवायस में तीन चाक़ू लिखे हुए हैं। अभियुक्त केवल दो का होना स्वीकार करता है। यह तीसरा चाक़ू कहाँ गया? बक्स में इस समय दो ही चाक़ू मौजूद हैं।

अदालत ने इनवायस, बक्स तथा जिस चाक़ू से हत्या की गई थी उसे देखकर कामताप्रसाद से पूछा—इनवायस में लिखा हुआ तीसरा चाक़ू कहाँ है?

कामताप्रसाद का मुँह बन्द हो गया। उन्हें स्वप्न में भी यह ध्यान नहीं आया था कि पुलिस ने दूकान की तलाशी लेते समय इनवायस भी हथिया लिया होगा।

कामताप्रसाद के मुख से केवल इतना निकला--मैं निरपराध हूँ, मैंने हत्या नहीं की।

५

कामताप्रसाद सेशन सुपुर्द कर दिए गए। कामताप्रसाद के पिता ने उन्हें छुड़ाने की बहुत कुछ चेष्टा की। एकलौता बेटा फाँसी पर चढ़ा जाता है, यह विचार उन्हें अपना सर्वस्व तक दे देने के लिए बाध्य किए हुए था। अच्छे से अच्छे वकील जुटाए, परन्तु कोई फल न हुआ। कामताप्रसाद के विरुद्ध ऐसे दृढ़ प्रमाण थे कि वकीलों की बहस और खींचातानी ने कोई लाभ नहीं पहुँचाया। सेशन से कामताप्रसाद को फाँसी का हुक्म हो गया।

हाईकोर्ट में अपील की गई; परन्तु वहाँ से भी फाँसी का हुक्म बहाल रहा। इस समय कामताप्रसाद के माता-पिता की दशा का क्या वर्णन किया जाय! जिसके ऊपर असंख्य आशाएँ निर्भर थीं, जो उनके बुढ़ापे का स्तम्भ था—वह आज उनसे छिना जा रहा है—और सदैव के लिए! उनका घर इस समय श्मशान-तुल्य हो रहा था। कामताप्रसाद की युवती पत्नी, जिसने यौवन में पदार्पण ही किया था, रोते-रोते विक्षिप्त हो गई थी। और क्यों न होती? ऐसे योग्य, सुन्दर, कमाऊ और प्राणों से अधिक प्यारे पति को आँखों के सामने, असमय और ज़बरदस्ती मौत के मुख में ढकेला जाता हुआ देखकर कौन पत्नी अपने हृदय को वश में रख सकती है?

फाँसी होने के दो दिवस पहले कामताप्रसाद के माता-पिता तथा उनकी पत्नी उनसे मिलने गई थीं। उस समय का वर्णन करना असम्भव है। चारों में से प्रत्येक यह चाहता था कि एक-दूसरे की मूर्त्ति सदैव के लिए हृदय में धारण करले, परन्तु आँसुओं की झड़ी ने आँखों पर ऐसा निष्ठुर पर्दा डाल रक्खा था कि परस्पर एक दूसरे को भली-भाँति देख भी न सके। हृदय की प्यास हृदय में हिमशिला की भाँति जमकर रह गई। माता पुत्र को छाती से लगाकर इतना रोई कि बेहोश सी हो गई। उसके बैन सुनकर पाषाण की छाती भी फटती थी। "हाय मेरे लाल, मैंने कैसे-कैसे दुख उठाकर तुझे पाला था! हाय, क्या इसी दिन के लिए पाला था। अरे चाहे मुझे फाँसी दे दो, पर मेरे लाल को छोड़ दो। हाय, मेरा एकलौता बच्चा है, यह मेरी आँखों का तारा, बुढ़ापे का सहारा है। क्या सरकार के घर में दया नहीं है, क्या लाट साहब के कोई बाल-बच्चा नहीं है? अरे कोई मुझे उनके सामने पहुँचा दो। मैं अपने आँसुओं से उनका कलेजा पसीज डालूँगी। अरे मेरा हाथी-सा बच्चा कसाई लिए जाते हैं। अरे कोई ईश्वर के लिए इसे छुड़ाओ। हाय, मेरा बच्चा जवानी का कोई सुख न देख पाया! हाय, जैसा आया था वैसा ही जाता है। हाय, इस अभागी बच्ची (पुत्रवधू) की उमर कैसे टेर होगी? अरे राम! तुम इतने क्यों रूठ गए! मैंने पाप किए थे तो मुझे नरक में भेज देते, मेरा बच्चा क्यों छीने लेते हो? अरे कलेजे में आग लगी है, इसे कोई बुझाओ!"

कहाँ तक लिखा जाय, वह इसी प्रकार की बातों से सुनने वालों का हृदय विदीर्ण कर रही थी। जेलर भी रूमाल से आँखें पोंछ रहा था। पिता सिर झुकाए हुए चुपचाप खड़े थे, परन्तु जिस स्थान पर खड़े थे वह

स्थान आँसुओं से तर हो गया था। और कामताप्रसाद की पत्नी, वह बेचारी लज्जा के मारे कुछ बोल नहीं सकती थी। उसके हृदय की आग ऊपर फूट निकलने का मार्ग न पाकर, भीतर ही भीतर कलेजे में फैलकर तन-मन भस्म किए डाल रही थी। अन्त में जब न रहा गया, जब भीतरी आग की गर्मी सहनशक्ति की सीमा उल्लङ्घन कर गई, तो लज्जा को तिलाञ्जलि देकर वह एकदम दौड़ पड़ी और पति की छाती से चिपक गई। "हाय मेरे प्राण, मुझे छोड़कर कहाँ जाते हो।" केवल यह वाक्य उसके मुख से निकला, इसके पश्चात् वह बेहोश हो गई। उसी बेहोशी की दशा में उसे वहाँ से हटा दिया गया। कामताप्रसाद की आँखों से भी आँसुओं की धारा बह रही थी, परन्तु मुँह बन्द था। मुँह से कोई शब्द न निकले, इसके लिए उन्होंने अपने नीचे के ओंठ इतने ज़ोर से दाबे कि ख़ून बहने लगा।

समय अधिक हो जाने के कारण जेलर ने भेंट की समाप्ति चाही। परन्तु कामताप्रसाद के पिता ने कहा—कृपा कर पाँच मिनट तो और दीजिए, अब तो सदैव के लिए अलग होते हैं।

जेलर ने कहा—मेरा वश चले तो मैं आप लोगों को कभी भी अलग न करूँ; पर क्या करूँ, नियम से विवश हूँ! ख़ैर, पाँच मिनट और सही।

कामताप्रसाद की माता और पत्नी दोनों बेहोश हो जाने के कारण हटा दी गई थीं, केवल उनके पिता रह गए थे। कामताप्रसाद ने उनसे कहा—पिता जी, यह तो आपको विश्वास ही है कि मैं निर्दोष हूँ।

पिता ने कहा—क्या कहूँ बेटा, मेरे लिए तू सदैव निर्दोष था।

कामताप्रसाद—मैं केवल कुसङ्गत का शिकार हो गया। कुसङ्गत में पड़कर न मैं वेश्या के घर जाता, न यह नौबत पहुँचती, ख़ैर भाग्य में यही बदा था। परन्तु इतना मुझे विश्वास हो गया कि समाज न्याय की ओर में अन्याय भी करता रहता है। न्याय के नियमों को इतना अधिक महत्व दिया जाता है कि वह अन्याय की सीमा तक पहुँच जाता है। उन नियमों के लिए एक मनुष्य की सज्जनता, सच्चरित्रता, उसकी नेकनीयती का कोई मूल्य नहीं। बड़े से बड़े आदमी, अच्छे से अच्छे मनुष्य के साथ वह उसकी क्षणिक कमज़ोरी के लिए भी वैसा ही व्यवहार करते हैं, जैसा कि एक अभ्यस्त अपराधी के साथ। यह न्याय है। यह वह न्याय है, जिसके आँखें और कान हैं, पर मस्तिष्क नहीं है। केवल दो-चार आदमियों के कह देने से और मेरी कुछ वस्तुओं को हत्या-स्थल पर देखकर ही न्याय के ठेकेदार मुझे फाँसी पर लटकाए दे रहे हैं। ईश्वर ऐसे न्याय से समाज की रक्षा करे। ख़ैर! अब एक प्रार्थना यह है कि ज़रा रेवतीशङ्कर को मेरे पास भेज देना, उससे भी मिल लूँ। यदि उससे भेंट न होगी तो मेरी आत्मा को शान्ति न मिलेगी।

दूसरे दिन रेवतीशङ्कर भी पहुँचा। रेवतीशङ्कर से बात करते समय कामताप्रसाद ने सबको हटा दिया। जब एकान्त हुआ तो कामताप्रसाद ने रेवतीशङ्कर की आँखों से आँखें मिलाकर कहा—रेवतीशङ्कर, जानते हो मैं किसलिए फाँसी पर चढ़ रहा हूँ?

इतना सुनते ही रेवतीशङ्कर का शरीर काँपने लगा। वह आँखें नीची करके बोला ही नहीं।

कामताप्रसाद ने उसका मुँह ऊपर करके कहा—मेरी ओर देखो, घबराओ नहीं। मैं केवल इसलिए फाँसी पर चढ़ रहा हूँ कि मैंने तुम्हें बचाने की चेष्टा की थी। मैंने अदालत में यह नहीं कहा कि वह तीसरा चाक़ू कहाँ गया। यद्यपि मुझे याद था कि वह चाक़ू तुम ले गए थे। मैंने यह भी नहीं कहा कि सुन्दरबाई से मेरे कारण तुम्हारा कई बार झगड़ा हुआ। तुमने उसे धमकी भी दी थी। रेवतीशङ्कर, मैंने तुम्हें फँसाकर या तुम्हारे ऊपर सन्देह उत्पन्न कराके अपने प्राण बचाना कायरता और मित्रता के प्रति विश्वासघात समझा। यदि मैं पहले ही कह देता कि तीसरा चाक़ू तुम ले गए थे, तो वह इनवायस की शहादत, जो मेरे लिए मौत का फन्दा होगई, कभी उत्पन्न न होती। यह मैं मानता हूँ कि मेरे केवल इतना कह देने से कि चाक़ू तुम ले गए थे, मैं मुक्त न हो जाता। मेरे विरुद्ध अन्य बातें भी थीं; परन्तु फिर भी मैं एक ऐसी परिस्थिति उत्पन्न कर सकता था, जिससे कि यह सम्भव था कि मैं छूट जाता। परन्तु मेरे छूटने का अर्थ था तुम्हारा फँसना। न्याय तो एक बलिदान लेता ही, मेरा न लेता तुम्हारा लेता। हम दो के अतिरिक्त तीसरे की कोई गुञ्जाइश नहीं थी। इसलिए मैं तुम्हारे सम्बन्ध में मौन ही रहा। ख़ैर जो हुआ सो हुआ, पर अब इतना तो बता दो कि मेरा विचार ठीक है या नहीं?

रेवतीशङ्कर कुछ क्षणों तक कामताप्रसाद की ओर देखता रहा, तत्पश्चात् उसने आँखें नीची कर लीं और गर्दन झुकाए हुए, काँपते हुए पैरों से, पिटे हुए कुत्ते की भाँति कामताप्रसाद के सामने से हट आया। कामताप्रसाद ने किञ्चित् मुस्कराते हुए उस पर जो दृष्टि डाली वह, वह दृष्टि थी जो एक महात्मा दया के योग्य एक पापी पर डालता है।

* * *

कामताप्रसाद को फाँसी दे दी गई। फाँसी के एक सप्ताह पश्चात् रेवतीशङ्कर ने विष खाकर आत्म-हत्या कर ली। उसके कमरे में एक बन्द लिफ़ाफ़ा पाया गया।

उस लिफ़ाफ़े में से एक पत्र निकला। यह पत्र किसी के नाम नहीं था, केवल साधारण रूप से लिखा गया था। इस पत्र में लिखा था :—

"सुन्दरबाई की हत्या कामताप्रसाद ने नहीं, मैंने की थी। सुन्दरबाई ने मेरे प्रेम को ठुकराया था, मेरा हृदय छीनकर मुझे दुतकारा था। इसके लिए मैं उसे कभी क्षमा नहीं कर सकता था। मैं उसके प्रेम में पागल था। उसके बिना संसार मेरे लिए शून्य था। जिस दिन उसने मुझे अपने घर आने से रोक दिया, उस दिन से मैं विक्षिप्त-सा हो गया। मैं इस चिन्ता में रहने लगा कि या तो उसे अपना बनाकर छोड़ूँ या फिर उसे दूसरे के लिए इस संसार में न रहने दूँ। मैं उसके मकान का चक्कर काटता रहता था। पर उस दशा में भी मुझमें इतना आत्म-गौरव था कि मैं उसके मकान पर नहीं गया। जिस दिन मैंने उसकी हत्या की, उस दिन रात को नौ बजे के लगभग मैं टहलता हुआ उसके मकान के नीचे से निकला। इस अभिप्राय से कि कदाचित् उसकी एक झलक देखने को मिल जाय, मैं उसके मकान के सामने ज़रा हट कर खड़ा हो गया। मुझे खड़े कुछ ही क्षण हुए थे कि कामताप्रसाद उसके मकान से उतरे। उनका वेष देखकर मेरी आँखों में ख़ून उतर आया। उनके अस्त-व्यस्त कपड़ों से मैंने कुछ और ही समझा। उस विचार के आते ही मेरे शरीर में आग लग गई। मुझे कामताप्रसाद पर ज़रा भी क्रोध नहीं आया; क्योंकि मैं जानता था कि उन्हें सुन्दरबाई की ज़रा भी परवाह नहीं। मुझे क्रोध सुन्दरबाई पर आया, वही उनसे प्रेम करती थी। मैं अपने को सँभाल न सका और बिना परिणाम सोचे मैं चुपचाप चोर की तरह से दबे पैरों सुन्दरबाई के कोठे पर चढ़ गया। ऊपर जाकर मैं बहुत ही दबे पैरों सुन्दरबाई के कमरे में पहुँचा। सुन्दरबाई उस समय अपने पलँग पर लेटी हुई थी। उसके शरीर के वस्त्र अस्त-व्यस्त थे। यह देखकर मैं क्रोधोन्मत्त हो गया। मैंने जाते ही एकदम से उसका मुँह दाब लिया, जिससे वह हल्ला न मचा सके। मेरे पास एक चाक़ू था, यह मैंने कामताप्रसाद से उस समय माँग लिया था, जबकि उनका सर्जरी का सेट आया था। उस सेट का एक चाक़ू मुझे बहुत पसन्द आया था, वह मैंने उनसे माँग लिया। वह चाक़ू मुझे इतना पसन्द था कि मैं उसे हर समय अपने पास रखता था। वह चाक़ू निकालकर मैंने उसकी छाती में घुसेड़ दिया। मैं उसका मुँह दाबे था, इससे वह चिल्ला न सकी। जब वह ठण्ढी हो गई तो मैं उसी प्रकार चुपचाप उतर कर अपने घर चला आया। मुझे किसी ने नहीं देखा था। बाज़ार की अधिकांश दूकानें उस समय बन्द हो चुकी थीं। मैंने घर आकर अपने ख़ून से भरे कपड़े तुरन्त जला दिए और निश्चिन्त हो गया।

"जब मुझे यह ज्ञात हुआ कि कामताप्रसाद फँस गए तो मुझे बड़ा दुख हुआ। मैंने उस समय यह नहीं सोचा था कि हत्या का सन्देह किस पर पड़ेगा। मित्र के फँसने पर मुझे कितना पश्चात्ताप और कितना दुख हुआ, उसे मैं ही जानता हूँ। परन्तु मृत्यु का भय, फाँसी पर लटकने के भयानक विचार ने मुझे इतना कायर बना दिया कि मैं अपना अपराध स्वीकार करके कामताप्रसाद को न बचा सका। मैंने कई बार चेष्टा की कि अदालत में जाकर सब बातें कह दूँ; पर फाँसी के तख़्ते ने मुझे प्रत्येक बार पीछे ढकेल दिया। यदि मुझे यह विश्वास हो जाता कि मैं फाँसी न पाऊँगा, तो मैं निश्चय ही अपना पाप खोल देता। उसके लिए फाँसी के अतिरिक्त आजन्म कारावास अथवा कालेपानी की सज़ा भोगने के लिए मैं सहर्ष प्रस्तुत था, परन्तु मृत्यु! ओफ़! उसके लिए उस समय मैं प्रस्तुत नहीं था। कामताप्रसाद को फाँसी हो गई। मैंने एक हत्या नहीं, दो हत्याएँ कीं।

"कामताप्रसाद को यह रहस्य मालूम था। जेल में अन्तिम भेंट होने पर मुझे यह बात मालूम हुई। उस समय भी मैं इसी फाँसी के भय से अपने मित्र से

अपने इस गुरुतर पाप के लिए क्षमा न माँग सका। भय ने उस समय भी मेरा मुख बन्द कर दिया था।

"अब मेरे लिए संसार शून्य है। मेरी सबसे प्यारी चीज़ सुन्दरबाई भी नहीं रही, दो-दो हत्याओं का मेरे सिर पर भार है। पश्चात्ताप की ज्वाला से तन-मन भस्म हुआ जा रहा है। इस घोर यन्त्रणापूर्ण जीवन से अब मुझे मृत्यु ही भली प्रतीत हो रही है, इसलिए मैं आत्म-हत्या करता हूँ। ईश्वर मेरे अपराधों को क्षमा करके मेरी आत्मा को शान्ति देगा या नहीं, इसमें मुझे सन्देह है; परन्तु फिर भी जीवन से मृत्यु अधिक प्रिय मालूम होती है।

—रेवतीशङ्कर"

* * *

जिस समय कामताप्रसाद के पिता को यह बात मालूम हुई कि कामताप्रसाद निरपराध फाँसी पर चढ़ा, उस समय उन्होंने कहा—उसके भाग्य में यही लिखा था; परन्तु इसके साथ ही यह बात भी है कि न्याय का यह दण्ड-विधान हत्या-विधान है। यदि मेरे लड़के को फाँसी न देकर, आजन्म जेल हुई होती तो वह आज छूट आता। न्यायी को ऐसा कार्य करने का क्या अधिकार है, जिसमें यदि भूल हो तो उसका सुधार उसके वश की बात न रहे। अब यदि न्याय उसे जिला नहीं सकता तो उसे फाँसी देने का क्या अधिकार था? यह न्याय नहीं, बर्बरता है, जङ्गलीपन है, हत्याकाण्ड है। ऐसे न्याय का जितना शीघ्र नाश हो जाय, अच्छा है।

दुखी वृद्ध अपने शोकोन्माद में बैठा बक रहा था; परन्तु वहाँ ईश्वर के अतिरिक्त उसकी बात सुनने वाला और कौन था!

मृत्यु में जीवन

[रचयिता—श्री० विद्याभास्कर जी शुक्ल, साहित्यालङ्कार]

(१)

था सुषुप्ति का सुखमय काल,
किसी ने बरबस दिया ढकेल!
स्वप्न-शय्या पर सहसा डाल,
स्वयं होकर के हृदयासीन!!

(२)

लगा कहने—"जग के सर्वस्व!
चेतना-रहित, ज़रा तो चेत।
अमरता की अन्तस्तल में—
नहीं क्या अभिलाषा भी शेष?

(३)

जाग उठ देख, जाग उठ देख,
पाठ जीवन का पढ़ले शीघ्र।"
सजग हो मैं भागा सोल्लास।
द्वार-पथ पर देखा जय-घोष!

(४)

देश-हित कर न्यौछावर प्राण,
समुद कर फाँसी को आह्वान!
मिलाने उभय लोक सम्बन्ध,
जा रही देव-लोक को क्रान्ति!!

(५)

देखकर हुआ स्तब्ध निस्पन्द,
मौन में अद्भुत वाचा-शक्ति!
मृत्यु में कैसा जीवन-पाठ,
सत्य में ऐसा ध्रुव विश्वास!!

(६)

कहाँ तो वह शूली का काष्ठ,
कहाँ तेरा साहस जल्लाद!
कहाँ वह विश्वमोहिनी राशि—
वीर का जिसमें सदा निवास!!

प्राण-दण्ड

प्राचीन भारतीय विचारकों का मत

[ले० श्री० आचार्य रामदेव जी. एम० ए०]

किसी अपराध पर दण्ड देने के दो अभिप्राय हो सकते हैं—अपराध का बदला लेना और अपराध का सुधार करना। दण्ड द्वारा अपराध का बदला तो चुकाया ही जा सकता है, साथ ही इसमें भी सन्देह नहीं कि किसी विशेष प्रकार के दण्ड द्वारा अपराध करने की प्रवृत्ति दबाई जा सकती है। पाश्चात्य देशों में अठारहवीं सदी तक दण्ड का उद्देश्य अपराध का बदला लेना था। यह बदला भी अत्यन्त कठोरता (कहीं-कहीं तो उसे अमानुषता भी कहा जा सकता है) से लिया जाता था। ज़रा से अपराध पर कोई अङ्ग काट डालना, अथवा कुछ समय के लिए पहिएदार लकड़ी की मशीनों में खड़ा करके अपराधी को असह्य यन्त्रणा देना बिलकुल साधारण बात थी। परन्तु उन्नीसवीं सदी के उत्तरार्द्ध से यह प्रवृत्ति बदलने लगी है। अधिकांश पाश्चात्य देशों ने अपने दण्ड-विधानों के निर्माण में यह बात सिद्धान्त रूप से स्वीकार कर ली है कि दण्ड का उद्देश्य बदला लेना नहीं, अपितु सुधारात्मक है।

दण्ड के सम्बन्ध में यह सिद्धान्त स्वीकार कर लेने पर पश्चिम के देशों में एक समस्या उत्पन्न हुई। यह समस्या प्राणदण्ड के सम्बन्ध में थी। प्राणदण्ड के अतिरिक्त अन्य दण्डों को बड़ी आसानी के साथ सुधारात्मक प्रवृत्ति का सिद्ध किया जा सकता है। परन्तु प्राणदण्ड के सम्बन्ध में यह स्थापना नहीं की जा सकती, क्योंकि प्राणदण्ड दे देने पर अपराधी के भौतिक शरीर का पूर्ण विनाश हो जाता है, इस अवस्था में उसे सुधार का अवसर ही प्राप्त नहीं होता। प्राणदण्ड को उचित और आवश्यक समझने वाले लोगों की यह स्थापना है कि यह दण्ड केवल उसी अवस्था में दिया जाता है, जब क़ानून के अनुसार यह सिद्ध हो जाय कि अमुक व्यक्ति ने जान-बूझकर किसी व्यक्ति की हत्या की है। मनुष्य की हत्या सबसे बड़ा सामाजिक अपराध है। जब इस अपराध के अपराधी को दण्ड-विधान का सबसे बड़ा दण्ड, अर्थात् प्राणदण्ड दिया जाता है तब समाज में इस बात का भय व्याप्त हो जाता है कि कोई मनुष्य किसी अन्य मनुष्य की हत्या न करे। यही कारण है कि बड़े-बड़े नृशंस डाकू तक मौक़ा पड़ने पर भी मनुष्य-हत्या करते हुए कुछ न कुछ असमञ्जस में पड़ जाते हैं। परन्तु इस युक्ति के आधार पर प्राणदण्ड को, समाज में व्यवस्था क़ायम रखने की दृष्टि से, चाहे जितना क़ीमती समझा जा सके, इसके द्वारा प्राणदण्ड को सुधारात्मक सिद्ध नहीं किया जा सकता। यही कारण है कि पश्चिम के कतिपय देशों में अब प्राणदण्ड की प्रथा प्रायः उठा सी दी गई है। जर्मनी के नवीन दण्ड-विधान में मनुष्य-हत्या के अपराधी को भी प्राण-दण्ड देने की व्यवस्था नहीं की गई है। वहाँ क़ानून की दृष्टि से केवल राष्ट्र-द्रोही को ही प्राणदण्ड दिया जा सकता है।

परन्तु पश्चिम के देशों में यह बात सर्वथा

नवीन है। आज से लगभग १५० वर्ष पूर्व उन देशों में ज़रा-ज़रा से अपराधों पर प्राणदण्ड देने की व्यवस्था क़ानून द्वारा की जाती थी। इङ्गलैण्ड में अठारहवीं सदी तक किसी के खेत से चोरी द्वारा मूली उखाड़ने और चोरी के उद्देश्य से किसी के मकान की खिड़की का शीशा तोड़ने तक की क़ानूनी सज़ा प्राणदण्ड थी। यही क़ानून व्यवहार में भी लाया जाता था। दूसरी ओर पूर्व के अनेक देशों में यह प्रथा थी कि किसी मनुष्य का बध कर देने पर सरकार हत्यारे को तो कोई सजा न देती थी, परन्तु मारे गए मनुष्य के रिश्तेदार अपना यह धार्मिक कर्त्तव्य समझते थे कि उसका बदला हत्यारे मनुष्य को—उसके अभाव में उसके वंशज को—मार कर लिया जाय। इसका परिणाम यह होता था कि दोनों कुलों की इन हत्या परम्पराओं की श्रृङ्खला अनन्त लम्बी हो जाती थी। कभी-कभी तङ्ग आकर दोनों कुलों में अपराधी-कुल कुछ धन देकर इस परम्परागत बैर से छुट्टी पा लेता था। भारतवर्ष के उत्तर-पश्चिमीय सीमा-प्रान्त में आज तक भी यही प्रथा प्रचलित है। आज इस लेख में हमें देखना है कि हत्यारे को दण्ड देने के सम्बन्ध में भारतवर्ष के प्राचीन विचारक किस नीति का आश्रय लेते थे।

प्राणदण्ड के सम्बन्ध में प्राचीन भारतीय विचारकों के मत यहाँ उद्धृत करने के पूर्व, एक बात की विवेचना कर लेना आवश्यक होगा। हम पहले ही कह चुके हैं कि पश्चिम के देशों में अठारहवीं सदी तक छोटे-छोटे अपराधों के लिए प्राणदण्ड देने की व्यवस्था थी। इन देशों में अधिकांश प्राचीन विचारक प्राणदण्ड को इतना आवश्यक और अपरिहार्य मानते थे कि इस दण्ड पर अपना दिमाग़ लड़ाना वे व्यर्थ समझते थे। परन्तु भारतवर्ष में यह बात नहीं थी। भारत का जितना प्राचीन साहित्य आज उपलब्ध होता है, उसी से यह बात भली प्रकार सिद्ध हो जाती है कि प्राचीन भारत के बहुत से विचारकों ने इस सम्बन्ध में युक्ति और तर्क के आधार पर, समाज के हित की दृष्टि से विचार किया है; निस्सन्देह इनमें से अनेक विचारक अधिकतम दण्ड के रूप में प्राणदण्ड देने की व्यवस्था भी देते हैं; तथापि उस समय ऐसे विचारकों का भी अभाव नहीं था, जो मृत्यु-दण्ड को बुरा समझते थे। ऐसे विचारकों की सम्मति में भी कुछ ऐसे महान अपराधी हो सकते हैं, जिन्हें मृत्यु-दण्ड दिए बिना समाज में शान्ति अथवा व्यवस्था क़ायम नहीं रह सकती, अर्थात् ये लोग सुधार की सीमा को इतना अधिक लाँघ गए होते हैं कि उन्हें पुनः समाज में रहने लायक़ नहीं बनाया जा सकता। परन्तु कुछ हत्यारे भी इस प्रकार के होते हैं, जिन्हें मृत्यु-दण्ड के अतिरिक्त कतिपय अन्य दण्ड देकर सुधारा जा सकता है। पश्चिम में भी आजकल ऐसे विचारकों का अभाव नहीं जो प्राणदण्ड के सम्बन्ध में पूर्ण रूप से तार्किक होकर समाज-शास्त्र के सिद्धान्तों को दृष्टि में रखते हुए विचार करते हैं। प्राचीन भारतीय विचारकों और इन नए युग के पाश्चात्य विचारकों में किसका मत ठीक है अथवा किसने अधिक युक्तिपूर्वक विचार किया है, इस सम्बन्ध में हमें यहाँ कोई वक्तव्य नहीं है। परन्तु यह बात हम ऐतिहासिक तथ्यों के आधार पर भली प्रकार कह सकते हैं कि प्राणदण्ड के सम्बन्ध में भारत के प्राचीन विचारकों ने जितना अधिक स्वतन्त्र होकर विचार किया है, वैसा विचार नए युग के विचारकों को छोड़कर, यूरोप के किसी विचारक ने नहीं किया। अतः हमें इस सम्बन्ध में पूर्व और पश्चिम के विचारकों के मतों की तुलना करते हुए दोनों ओर के समकालीन विचारकों को ही लेना चाहिए।

प्राचीन भारतीय विचारकों ने अपराध के बदले में दण्ड देने के बजाय, उसके निवारण का एक और उपाय भी ईजाद किया था। यह उपाय

अपराध का प्रायश्चित्त है। दण्ड अपराधी को शारीरिक पीड़ा देता है, और प्रायश्चित्त मानसिक। इस मानसिक पीड़ा को और भी अधिक प्रभावशाली बनाने के लिए उन्होंने प्रायश्चित्त में शारीरिक पीड़ा को भी पर्याप्त स्थान दिया था। इसीलिए इस देश में आज तक किसी बात का प्रायश्चित्त करते हुए ईश्वर-प्रार्थना, जाप आदि के साथ उपवास, जागरण आदि भी करवाए जाते हैं। भारतीय समाज-शास्त्रज्ञों ने इस मानसिक प्रायश्चित्त को राष्ट्र के दण्ड-विधान तक में सम्मिलित करने का व्यवस्था दे दी—यह उनके उन्नत और स्वतन्त्र विचारों का एक प्रबल प्रमाण है। यूरोपियन देशों में अपराध स्वीकार की प्रथा द्वारा, एक प्रकार के प्रायश्चित्त का प्रारम्भ हुआ था, परन्तु इस प्रायश्चित्त का क्षेत्र धार्मिक सीमा तक ही सीमित था, राष्ट्र के दण्ड-विधान में इस हलके प्रायश्चित्त का कोई स्थान नहीं था। सम्भवतः इस प्रकार के नरम प्रायश्चित्त की मौजूदगी में इसे राष्ट्र के दण्ड-विधान का अङ्ग बना देना अत्यधिक भयङ्कर प्रतीत होता। यदि हत्यारे लोग पोप के सम्मुख अपनी हत्या-कृति स्वीकार करके अपराध-मुक्त कर दिए जाते तो रोमन साम्राज्य के विनाश में सदियाँ न लग कर, कुछ महीने ही व्यय होते!

इस देश के समाज-शास्त्र के पण्डितों ने धीरे-धीरे अपना प्रायश्चित्त-विधान इतना अधिक उन्नत कर लिया कि भयङ्कर से भयङ्कर अपराध के लिए भी उन्होंने कठोरतम प्रायश्चित्त की व्यवस्था कर दी। आजकल के दण्ड-विधान की दृष्टि से किसी मनुष्य का ख़ून करना सबसे बड़ा क़ानूनी अपराध है। प्राचीन भारत में भी मनुष्य का बध करना क़ानूनी दृष्टि से गुरुतम अपराध था, परन्तु इस अपराध की गुरुता उस अवस्था में चरम सीमा तक पहुँच जाती थी, जब यह हत्या किसी विद्वान् ब्राह्मण की की गई हो। परन्तु प्राचीन विचारकों ने इस महत्तम अपराध के लिए भी प्रायश्चित्त का विधान किया है। यह हम पहले ही कह चुके हैं, भारतवर्ष का कोई प्राचीन विचारक, जहाँ तक हमें ज्ञात है, यह स्थापना नहीं करता कि किसी अपराधी को किसी भी दशा में प्राणदण्ड न दिया जाय। अनेक घटनाएँ ऐसी भी सम्भव हैं, जिनमें प्राण-दण्ड देना आवश्यक और अपरिहार्य सिद्ध हो; परन्तु ऐसे हत्यारे भी हो सकते हैं, जो किसी ब्राह्मण की हत्या करने पर भी प्रायश्चित्त द्वारा शुद्ध हो सकें।

आचार्य आपस्तम्ब ने अपने सूत्रग्रन्थ में 'अभिशस्त' नाम उस हत्यारे के लिए दिया है, जिसने ब्राह्मण, भ्रूण अथवा गर्भवती स्त्री की हत्या की हो। इन अभिशस्तों के लिए उन्होंने जो प्रायश्चित्त-विधान बताया है, उसका संक्षेप यहाँ उद्धृत कर देना पर्याप्त होगा। हत्या के अतिरिक्त अन्य अपराधों के लिए जो प्रायश्चित्त वहाँ बताए गए हैं, उन्हें यहाँ देने की आवश्यकता नहीं।

उनका कथन है—"अभिशस्त को चाहिए कि वह अपने निवास के लिए जङ्गल में स्वयं एक झोंपड़ी बनाए! वह बहुत कम बोलने का व्रत ले। एक लाठी पर वह सदैव उस मनुष्य की खोपड़ी झण्डी की तरह रक्खे, जिसका उसने बध किया हो। वह नाभी से घुटनों तक के भाग को ढँकने वाला एक सन का बुना हुआ चीथड़ा धारण करे, शेष शरीर नङ्गा रक्खे। जब वह किसी आवश्यक कारण से गाँव को जावे तो गाड़ी के पहियों की लीक के अन्दर ही चले, मार्ग में उसे यदि कोई आर्य मिल जाय तो अभिशस्त उससे दो गज़ परे हट जाय। भिक्षा के लिए गाँव में जाकर, हाथ में किसी रद्दी धातु का टूटा हुआ बर्तन लेकर वह किन्हीं सात घरों से यह कहकर भिक्षा माँगे—"ब्राह्मण-हत्या करने वाले को भिक्षा कौन देगा?" इस प्रकार जो कुछ मिल जाय उसे खा ले। यदि सात घरों से भिक्षा न मिले तो उस दिन भूखा ही रहे। दिन भर वह

गाँव के लोगों की गउएँ चराया करे। गाँव में प्रति दिन वह केवल दो बार ही जाय, एक बार भीख माँगने के लिए और दूसरी बार गाँव की गउओं को गाँव में पहुँचाने के लिए।

"अभिशस्त लगातार बारह वर्षों तक यही प्रायश्चित्त करे। बारह वर्ष के बाद वह आर्यों में प्रविष्ट होने के लिए एक संस्कार करे। अथवा वह बारह बरस के बाद उस स्थान पर चला जाय, जहाँ डाकू रहते हों, उनसे वह लोगों की गउएँ आदि धन छुड़वाने का प्रयत्न करे। तीन बार यह प्रयत्न करने पर उसके पाप का पूर्ण प्रायश्चित्त हो जायगा। परन्तु यदि कोई अभिशस्त ऐसा है कि उसने स्वयं अपने गुरु अथवा वेद-शास्त्रों में पारङ्गत किसी प्रसिद्ध ब्राह्मण की हत्या की है, तो उसे आजीवन यही व्रत रखना चाहिए, इस जीवन में उसे पुनः आर्यों में सम्मिलित होने का अधिकार नहीं।"१

"जिस अभिशस्त ने भ्रूण-हत्या की हो, उसे कुत्ते या गधे का चमड़ा धारण करना चाहिए। इस चमड़े पर से बाल नहीं उतरे होने चाहिए, इस चमड़े के बाल ऊपर की ओर रहें। साथ ही मरे हुए मनुष्य की खोपड़ी को जलपात्र के रूप में बरतना चाहिए।"२

"भ्रूण-हत्या करने वाले अभिशस्त को छड़ी के स्थान पर चारपाई का एक पाया हाथ में लेकर अपने अपराध की घोषणा करते हुए यह कहकर भीख माँगनी चाहिए कि—"भ्रूण-हत्या करने वाले को कौन भीख देगा?" भीख लेकर उस गाँव से दूर किसी वृक्ष अथवा अकेले मकान में रहना चाहिए। आर्य लोग उससे किसी प्रकार का व्यवहार न रक्खेंगे। उसे अपने प्रायश्चित्त के लिए आजीवन यही कार्य करना होगा।"३

"परन्तु ये आजीवन के लिए अभिशस्त लोग गाँव से बाहर झोपड़ियाँ बनाकर एक साथ रह सकते हैं। ये लोग एक दूसरे के लिए यज्ञ भी कर सकते हैं, एक दूसरे को पढ़ा भी सकते हैं। इनमें परस्पर विवाह भी हो सकते हैं। परन्तु इन अभिशस्तों के यहाँ यदि सन्तान उत्पन्न हो तो उन्हें चाहिए कि अपनी सन्तान को यह आदेश दें कि तुम हमसे पृथक् होकर आर्यों में चले जाओ; आर्य लोग तुम्हें अपने में सम्मिलित कर लेंगे। क्योंकि किसी मनुष्य के अपराध का दण्ड उसकी सन्तान को नहीं मिलना चाहिए, जिस प्रकार अन्धे मनुष्य की भी दृष्टि-प्राप्त सन्तान उत्पन्न होती है।"४

आचार्य आपस्तम्ब के उपर्युक्त उद्धरणों द्वारा यह बात भली प्रकार स्पष्ट हो जाती है कि उन्होंने दण्ड का उद्देश्य सुधारात्मक मानकर भयङ्कर से भयङ्कर अपराध के लिए भी प्रायश्चित्त की व्यवस्था की थी। इन उद्धरणों पर टिप्पणी करना व्यर्थ है।

१—आपस्तम्ब सूत्र, प्रश्न १, पटल ९, खण्ड २४, सूत्र ११ से २५ तक।

२—आपस्तम्ब सूत्र, प्रश्न १, पटल १०, खण्ड २८, सूत्र २१

३—आपस्तम्ब सूत्र, प्रश्न १, पटल १०, खण्ड २९, सूत्र १

४—आपस्तम्ब सूत्र, प्रश्न १, पटल १०, खण्ड २९ सूत्र ८ से ११ तक।

फाँसी की सज़ा

[ले० श्री० रायसाहब हरविलास जी शारदा, एम० एल० ए०, रिटायर्ड जज]

मनुष्य को जीवन ईश्वर ने प्रदान किया है, और सच्चे न्याय से उसको वापस भी ले सकता है, तो केवल वही। अन्य किसी प्राणी को जीवन लेने का कोई अधिकार नहीं, क्योंकि ईश्वर के अतिरिक्त कोई दूसरा व्यक्ति जीवन-दान करने की शक्ति ही नहीं रखता। अपराधी को मृत्यु-दण्ड देना न तो न्याय से उपयुक्त कहा जा सकता है और न सद्विचार से। मृत्यु का दण्ड प्रायः हत्याकारी एवं षड्यन्त्र, विप्लव, अथवा राष्ट्र-विद्रोह के अपराधियों को मिला करता है। सेना में इस दण्ड का विधान कायरता दिखाने, युद्धक्षेत्र से पीठ फेरने अथवा सैनिक रहस्यों को प्रकट करने पर होता है। अब यदि हम इन प्रत्येक कारणों पर पक्षपात और स्वार्थ-रहित विचार करें, तो इस अमानुषिक दण्ड का समर्थन न तो न्याय से होगा और न विवेकयुक्त बुद्धि से। जब कभी कोई मनुष्य नर-हत्या करता है उस समय उसकी बुद्धि एक प्रकार के प्रचण्ड क्रोध और मानसिक उद्वेग में डावाँडोल रहती है। उस समय उसकी मनुष्य-संज्ञा नष्ट हो जाती है। दूसरे शब्दों में यों कहिए कि उस समय न तो उसे अपनी विवेक-शक्ति काम देती है और न उसमें इतनी शक्ति रहती है कि वह अपने विचार से स्वयं काम ले सके। हत्या जैसा पापयुक्त और घृणित कर्म करते समय क्रोध, द्वेष और भयङ्कर लोभ द्वारा मनुष्य की बुद्धि अविवेक और अन्यायपूर्ण हो जाती है, न्यायानुकूल शान्तिपूर्वक विचार करना वह भूल जाता है। जिस समय वह हत्या करने बैठता है, उसकी अवस्था उस व्यक्ति से बिलकुल भिन्न होती है, जो न्यायालय में बैठकर अपनी विचार-शक्तियों पर अधिकार रखते हुए शान्तिपूर्वक न्याय पर विचार करता है और अपनी पूर्ण जानकारी में मनुष्य को मृत्यु-दण्ड देता है।

यदि कोई मनुष्य राष्ट्रीय भावों से प्रेरित होकर अथवा देश-प्रेम के अनुराग में या जाति-हित के लगन में दमनकारी के विपक्ष आन्दोलन खड़ा कर दे, स्वतन्त्रता के उच्च भावों को लेकर राज-द्रोह मचा दे, या देश में विप्लव का शङ्ख फूँक दे अथवा अन्यायी शासकों के विरुद्ध युद्ध की घोषणा कर दे तो इन दशाओं में वह व्यक्ति कर्त्तव्य का पालक और उच्च आदर्श का अनुमोदक कहा जा सकता है, न कि अपराधी। फिर भला न्याय और निष्पक्ष विचार के किस आधार पर उस व्यक्ति को फाँसी का दण्ड देना कोई उचित कहेगा? उस मनुष्य को प्राण-दण्ड देने से कौन सी लोक-सेवा, जनोपकारिता या श्रेष्ठ कामना का साधन हो सकता है? अगर कोई आदमी कच्चे दिल का हो और वह ऐसे निरपराध आदमी की जान लेने से मुँह मोड़ ले, जिसने उसका कभी अहित न किया हो, तो बताइए मनुष्य-सृष्टि का वह कौन सा विधान है, जिसके अनुसार उस व्यक्ति को केवल इस कारण पर जान से हाथ धोना पड़े कि उसने दूसरे की आज्ञा का पालन न करके, एक का मस्तक शरीर से पृथक् नहीं किया। मान लीजिए, यदि प्रकृति ने किसी मनुष्य में इतनी दिलेरी नहीं दी, तो क्या इसके परिणाम में उस तनिक अवज्ञा का इतना घोर अपराध माना जाय कि उस दोषी को न्याय से अपना जीवार्पण करना पड़े? वीर अर्जुन ने कुरुक्षेत्र के मैदान में यदि धार्मिक विचार से

अपने शत्रुओं का हनन करना अस्वीकार कर दिया, तो क्या वह सेना के नियमानुसार प्राण-दण्ड के अपराधी ठहराए गए ?

यह स्मरण रहे कि मनुष्य प्राणों का हरण अवश्य कर सकता है, किन्तु इस धरातल पर ऐसा कोई व्यक्ति नहीं जो किसी को प्राणदान भी कर सके। मनुष्य भ्रमशील जीव है, उससे भूलें बहुधा हुआ करती हैं। यह सम्भव है, और प्रायः ऐसा देखा भी जाता है कि सफ़ाई का प्रमाण एकत्रित करने की असमर्थता से या साक्षी देने में भूल होने से या मुख्य घटना पर मिथ्या रूप डालने से या झूठे सुबूतों के कारण अक्सर मनुष्य अपराधी ठहरा दिया जाता है और राज-नियमानुसार उसे प्राण-दण्ड मिलता है! मान लीजिए, यदि वह रस्सी पर झुला दिया गया और बाद को वह निरपराध प्रमाणित हुआ तो फिर उसके बचाने का क्या उपाय किया जा सकता है? क्या दण्ड देने वाला वह जज अथवा कोई अन्य व्यक्ति उसे पुनः जीवित कर सकता है? यदि उसे केवल कारावास (जेल) का दण्ड दिया गया होता तो वह निस्सन्देह ऐसी अवस्था में मुक्त कर दिया जाता। यदि उसकी सम्पत्ति छीन ली गई होती तो वह भी निर्दोष प्रकट होने पर वापस कर दी जाती।

फाँसी की सज़ा का प्रारम्भ बदला लेने की नीयत से हुआ था और वह भाव अब तक अज्ञान और पक्षपात से तथावत् मौजूद है। विवेकपूर्ण विचार का आशय है नरहन्ता मनुष्य के स्वभाव या प्रकृति के उस आवेश को शान्त कर देना, जिसकी प्रेरणा से वह ऐसे पापमय कर्म में प्रवृत्त होता है। और न्याय का उद्देश्य है अपराधी द्वारा [illegible] के दुष्कर्म की पुनरावृत्ति की सम्भावना से जन-साधारण की रक्षा करना। अत[illegible] ऐसे प्रत्येक दण्ड न्यायोचित समझे जायँगे, जिनसे उपरोक्त अभीष्ट की सिद्धि-लाभ हो। परन्तु यदि कोई मनुष्य कुछ अपराध करता है तो उसको एक और अपराध करके दण्ड देना न्याय-सम्मत विषय नहीं। इसी लिए विद्वान् पुरुष सदा से प्राण-दण्ड के प्रतिकूल आक्षेप करते हुए उसके नाश का प्रयत्न करते आ रहे हैं। वर्त्तमान युग में भी इस दण्ड-विधान में उक्त संशोधन के लिए जनता में प्रोत्साहन की परम आवश्यकता है।

अन्तिम भाव

[रचयिता—श्री० आनन्दीप्रसाद जी श्रीवास्तव]

(१)

वह था क्षणिकावेश कि जिसमें—
कर डाला अति भीषण [illegible]!
हो सकता क्या अगणित जग में
जो मुझमें असह्य अनुताप!!

(२)

करते तुम भी दोष, दोष का—
मेरे पाकर के आधार!
मुझे न था, तो तुम्हें कहाँ—
प्रभु-कृति-विनाश का है अधिकार?

(३)

मैं निर्बल हूँ, तुममें बल है,
हर लो चाहे मेरे प्राण!
मुझमें जो कुछ छिपा हुआ है,
उसका तुमको क्या सम्मान?

(४)

पलट कदाचित् सब जग देता,
मेरा एक कृत्य अभिराम!
कहीं छिपे हों मेरे भीतर,
भावी राम या कि घनश्याम!

ताँतिया भील और उसकी फाँसी

[ले० 'एक नीमाड़ी']

इस नर-पुङ्गव का सच्चा नाम टण्ड्रा था, जिसका अपभ्रंश करके ताँतिया कर दिया गया। टण्ड्रा का जन्म नीमाड़ ज़िले के अन्तर्गत विरदा गाँव में एक भाऊसींग नामक भील के यहाँ सन् १८४२ ई० में हुआ। भाऊसींग विरदा गाँव से थोड़ी दूर पर पोखर में मौरूसी ज़मीन का काश्तकार था और खेती करके ही अपना जीवन निर्वाह करता था।

टण्ड्रा छुटपन से ही बड़ा निर्भीक, चपल, बलवान् व दृढ़-निश्चयी स्वभाव का था। तीस वर्ष की उम्र तक इसका जीवन इसके पिता भाऊसींग की देख-रेख में कटा, जिसमें कोई विशेष घटना नहीं घटने पाई। इसके बाद भाऊसींग का देहान्त हो गया और टण्ड्रा स्वतन्त्र हो गया। इसकी माँ का देहान्त बहुत दिन पूर्व ही हो चुका था।

फ़सल की दशा ख़राब हो जाने से भाऊसींग के मरने के समय पोखर के खेतों की लगान बक़ाया रह गई थी, जिसे टण्ड्रा भी नहीं चुका सका। फलस्वरूप मालगुज़ार शिवा पटेल ने बक़ाया लगान की नालिश करके टण्ड्रा को अपनी एकमात्र पैतृक जायदाद से हमेशा के लिए बेदख़ल कर दिया। टण्ड्रा ने मालगुज़ार की बहुत-कुछ स्तुति-प्रार्थना की, परन्तु उसने ज़मीन छुड़ा ही ली।

भील जाति एक तो वैसे ही अशिक्षित जाति, उसे क़ायदे-क़ानून का विशेष ज्ञान नहीं, तिस पर टण्ड्रा निडर वृत्ति का आदमी था। उसको मालगुज़ार की इस बेदख़ली की कार्यवाही में बड़ा भारी अन्याय दिखाई दिया और उसने अपने स्वभाव के अनुसार अन्याय के सामने सिर झुकाना कायरता समझी। अपनी ज़मीन की बेदख़ली का क़ानूनी हुक्म होते हुए भी उसने उसे जोतने का निश्चय कर लिया और विरोध करने वालों को डराने-धमकाने लगा।

पोखर-निवासी टण्ड्रा के स्वभाव से परिचित थे ही। उन्होंने षड्यन्त्र करके भारतीय दण्ड-विधान की १०७ वीं धारा के अनुसार बदमाशी में टण्ड्रा का चालान करवाकर इसे एक वर्ष की सख़्त क़ैद की सज़ा दिला दी!

क़ैद से छुटकारा पाकर टण्ड्रा फिर पोखर पहुँचा। वहाँ लोगों को अपने विरुद्ध पाकर इसने अपना निवास पास ही के हीरापुर गाँव में नियत किया, जहाँ साढ़े सात वर्ष तक निश्चिन्त रूप से मज़दूरी करके उसने जीवन व्यतीत किया। लेकिन पोखर वालों ने इसका पीछा नहीं छोड़ा और इसे फिर चोरी के अपराध के संशय पर गिरफ़्तार करा दिया। बिना क़ुसूर गिरफ़्तार होते देखकर इसने पुलिस वालों से हाथापाई की, लेकिन कुछ वश न चला। चोरी का अभियोग चला, परन्तु प्रत्यक्ष-प्रमाण न होने से अदालत ने इसे छोड़ दिया और पुलिस के साथ हाथापाई करने का जुर्म लगाकर तीन माह की फिर सज़ा दे दी। यह सज़ा इसने बहुत कष्ट के साथ काटी। सज़ा काट कर वापस आया और नीमाड़ ज़िले से लगी हुई महाराज इन्दौर की रियासत में इसने आश्रय लिया। लेकिन फिर भी पोखर-निवासी राजपूतों को शान्ति नहीं हुई और टण्ड्रा को सदा के लिए अपने मार्ग से अलग कर देने की योजना उन्होंने की। सुभान नामक भील के घर चोरी हुई थी। उसका सामान जालम नामक पोखर के एक व्यक्ति के यहाँ निकला। उसने पुलिस में यह बयान लिखवाया कि टण्ड्रा यह माल मेरे यहाँ धर गया है। टण्ड्रा के दो बार सज़ायाफ़्ता होने के कारण पुलिस ने उसे ही चोर समझा और पकड़ने को निकली।

लेकिन टण्ड्रा भी बेख़बर नहीं था। उसे इस षड्यन्त्र का पता चलते ही, वह गाँव से भागकर अपना बचाव करने लगा। अब तक अपने भावी जीवन का उसने कुछ भी निश्चय नहीं किया था। परन्तु पुलिस व परिवार वालों की ज़्यादती व जेल के भयानक कष्टों ने उसके अन्दर बड़ी भारी उथल-पुथल मचा दी और स्वभावतः पोखर-निवासियों से बदला लेने पर वह उतारू हो गया।

अपने आपको अकेले इस निश्चय की पूर्त्ति में असमर्थ पाकर उसने अपनी ही जाति के कुछ साहसी

भीलों को अपने साथ लेने का विचार किया। नीमाड़ ज़िले के खजूरी गाँव में बिजनिया नामी एक भील रहता था—वह स्वभाव से बड़ा क्रूर, देखने में बड़ा भयानक, काले पहाड़ के समान और बड़ा बलवान् था। टण्ड्या की दृष्टि इस पर पड़ी।

हीरापुर की चोरी के अवसर पर बिजनिया भी पुलिस द्वारा गिरफ़्तार किया गया था, मगर अपराध प्रमाणित न होने से रिहा कर दिया गया था। टण्ड्या उससे मिला और दोनों के विचार समान होने से, जो ऐसे ही साथी की तलाश में थे, दोनों बड़े प्रसन्न हुए। बाद में और भी थोड़े से भील इन्होंने इकट्ठे किए और एक मज़बूत टोली बना ली। इस टोली तथा इनके कुटुम्बियों के खाने-पीने की जवाबदारी दोनों सरदारों ने अपने ऊपर ली। इसके लिए चोरी व लूट ही उपयुक्त साधन समझा गया। बस्ती छोड़कर यह टोली अपने दो सरदारों के आश्रय में नीमाड़ ज़िले के पर्वत-राशि व सघन जङ्गल में निवास करने लगी। यह टोली पोखर-निवासियों से बदला लेने के अवसर की ताक में हमेशा रहती थी। इस अवसर तक बिजनिया ने अपना खजूरी गाँव नहीं छोड़ा था, वह अपने बाल-बच्चों सहित वहीं रहता था और समय-समय पर टण्ड्या से जङ्गल में मिल कर परामर्श करता रहता था। समय-समय पर ये लोग पोखर के लोगों के यहाँ चोरी करते थे। कोई पोखर का रहने वाला जङ्गल में सफ़र करता तो उसे रोक लेते। और जब उसका वारिस या और कोई व्यक्ति इनकी माँगी हुई नक़द रक़म इनके पास पहुँचा देता तो ये उसे छोड़ देते थे। यह क्रम बहुत दिनों तक जारी रहा।

एक दिन टण्ड्या बिजनिया, और एक तीसरा भील इनकी टोली का, जिसका नाम दोपिया था, पोखर-निवासियों की झूठी सहानुभूति और मीठे प्रलोभनों के वश में आकर, सरदार पटेल नामक व्यक्ति की कुटिल युक्तियों से तीनों व्यक्ति पोखर में बुलाए जाकर पुलिस द्वारा पकड़वा दिए गए। इन तीनों पर चोरी व सेंध लगाकर द्रव्य हरण करने का अपराध लगाया गया। सन् १८८९ में इन पर केस चला, जिसमें पोखर वाले प्रमुख-प्रमुख व्यक्तियों की गवाहियाँ थीं। फलस्वरूप तीनों को कठोर कारावास की सज़ाएँ दी जाकर खण्डवा के विशाल जेलख़ाने में इन्हें बन्दी कर दिया गया।

अपने प्रति विश्वासघात करने वालों को व झूठी गवाही देने वाले महत्त्वशाली हीमन पटेल नामक राजपुत्र से टण्ड्या ने खुली कचहरी में अपनी मातृभाषा नीमाड़ी में कहा—"पटील दाजी म्हारो नाँव टण्ड्या छे मख पहीचाणी ल्यों। आज तो धोखासी मख फँसाई दीयो पण याद राखजो म्हारो नाँव टण्ड्या छे।' अर्थात् पटेलदाजी मेरा नाम टण्ड्या है, मुझको पहचान लेना। आज तो धोखे से मुझे फँसा दिया, मगर याद रखना मेरा नाम टण्ड्या है।

ताँतिया भील

जेल के अन्दर कुछ दिन रहकर और वहाँ अपनी जाति के अन्य १० भीलों को सज़ा काटते देखकर टण्ड्या ने निकल भागने की युक्ति सोची और दोपिया की सहायता से अपनी कोठरी के ऊपर ही दीवार में छेद

करके एक के बाद एक बाहर निकले। सारे के सारे भील-क़ैदियों को छुड़ाकर, कम्बलों को एक के साथ एक बाँधकर जेल की १५ फ़ुट ऊँची दीवार फाँदकर रात के १२ बजे जेल के बाहर हुए। अपने सब साथियों को सुरक्षित बाहर कर चुकने पर स्वयं टण्ड्या जेल की बुर्ज पर से गम्भीर गर्जना करता हुआ और अपने भागने की सूचना अधिकारियों को देता हुआ धड़ाम से नीचे कूद पड़ा और जङ्गल का रास्ता लिया। अधिकारियों को आवाहन करते हुए टण्ड्या ने कहा था—'देखो टण्ड्या अपने साथियों को लेकर जाता है। जेकी माय ने सोंठ खाई होय ती मख पकड़ि ले।' अर्थात्, जिसकी माँ ने उसे सोंठ पिलाई हो वह मुझे पकड़ ले। इस तरह टण्ड्या को अपने साथियों सहित जेल से भागते देखकर अधिकारियों में बड़ी दौड़-धूप मची। कई आदमी इनके पीछे छोड़े गए, परन्तु कुछ पता नहीं चला। प्रातःकाल होते-होते यह टोली ६० मील की दूरी पर जा पहुँची और पुलिस आदि को कुछ भी पता नहीं लगा।

पता लगाना सहज नहीं था। टण्ड्या का नाम सुनकर पुलिस वालों की धोती ख़राब हो जाती थी और बहुतों के हौसले गुम हो जाते थे। उसके वास्तविक कारनामों से हर कोई भली भाँति परिचित हो चुके थे। यों तो पहले से ही नीमाड़ ज़िले के गाँव-गाँव, घर-घर में टण्ड्या का नाम चिरपरिचित था और लोग नाम सुनते ही काँप उठते थे। तिस पर ब्रिटिश सरकार के सुदृढ़ जेल-ख़ाने से भागकर अपने साथियों सहित टण्ड्या ने बड़ी भारी ख्याति पाई और तब से वह भयानक डाकू गिना जाने लगा।

वास्तव में टण्ड्या डाकू था, परन्तु नीच न था। वह चोर था, परन्तु दरिद्र-पीड़क नहीं था। वह हत्यारा था, परन्तु निर्दयी नहीं। टण्ड्या सारे दोषों से परिपूर्ण था, परन्तु ग़रीबों का आश्रयदाता, अपने भक्तों का दास और गौ एवं ब्राह्मणों का प्रतिपालक था।

जहाँ उसने सैकड़ों चोरियाँ वा डाके डाले वहाँ उसने हज़ारों की तादाद में अनाथ व असहायों की सेवा में अपनी लूट के द्रव्य का सदुपयोग भी किया। वह अपने शत्रु का काल, अङ्गरेज़ों का विरोधी, कञ्जूसों का दुश्मन और पुलिस का पुलिस था। जिस स्थान में उसके दुश्मन रहते थे, जहाँ उसके पकड़ने के लिए षड्यन्त्र रचे जाते थे, जहाँ पुलिस के सहायक रहते थे, वही स्थान टण्ड्या का लीला-स्थल था। उसी स्थल में ख़ून, डाके और घोर सर्वनाश वह उपस्थित कर देता था।

जेल से भागने के बाद उसने अपनी टोली का पुनर्सङ्गठन किया और उसे अपने सरदारों की अधीनता में कई टोलियों में विभक्त कर दिया। वह अपने प्रोग्राम पहले से निश्चित कर लेता था। एक टोली एक स्थान में आज डाका डालती तो दूसरी टोली दूसरे ही दिन उस स्थान से कई मील दूर दूसरे स्थान में, तीसरी तीसरे स्थान में; इस तरह डाका डालकर वह पुलिस को अपनी करतूतों से सदा छकाता रहता था।

अपने दुश्मनों से बदला लेना वह अच्छी तरह जानता था। पोखर-निवासियों की करतूतों को वह भुलाता नहीं था। अवसर पाकर वह एक रोज़ पोखर पहुँचा, सारे गाँव को जलाकर ख़ाक कर दिया और पटेल को पकड़कर बड़ी निर्दयता से उसे उसके पापकर्मों का स्मरण दिलाते हुए, झूठी गवाही के परिणाम-स्वरूप अपनी कष्टमयी वृत्ति का परिचय कराते हुए उसने उसे बध कर दिया। लेकिन उसके स्त्री-बच्चों को उसने कोई कष्ट नहीं पहुँचाया।

इस तरह सन् १८७८ से १८८६ तक उसने नीमाड़, अङ्गरेज़ी व होलकरी में क़रीब-क़रीब चार सौ डाके डाले और एक बार भी पुलिस के पञ्जे में नहीं आया। उसको पकड़ने के लिए होशियार से होशियार नाम पाए हुए कर्मचारी नियुक्त होकर आए, परन्तु उसने किसी को प्रत्यक्ष, किसी को छद्म वेष में अपना परिचय दिया। किसी की नाक काटी, किसी का मान भङ्ग किया, किसी को टण्ड्या के पकड़वाने के बहाने जङ्गल-जङ्गल ले फिरा और बेवक़ूफ़ बनाया, किन्तु उनके पञ्जे में नहीं आया।

सन् १८७९ के बाद टण्ड्या का भयानक कार्य देखकर ब्रिटिश व होलकर स्टेट के राजकर्मचारी त्राहि-त्राहि पुकारने लगे। हर किसी को पकड़कर तङ्ग करने लगे और टण्ड्या की तलाश करने लगे। परन्तु डाकू-श्रेष्ठ टण्ड्या के निशान तक का पता नहीं लगा और पुलिस किंकर्त्तव्य-विमूढ़ होगई। टण्ड्या को पकड़ने के लिए स्पेशल पुलिस नियुक्त की गई और उसका नाम ही टण्ड्या-पुलिस रक्खा गया।

सन् १८८० के प्रारम्भ में टण्ड्या का प्रधान सरदार

दोपिया पकड़ा गया। उसे चोरी, ख़ून व डाके में आजन्म कालेपानी की सज़ा दी जाकर जबलपुर सेन्ट्रल जेल में बन्द कर दिया गया। उसके कुछ ही समय बाद टण्ड्रा-पुलिस ने टण्ड्रा के दूसरे सरदार बिजनिया को गिरफ़्तार किया।

इन दो सरदारों को गिरफ़्तार करके पुलिस-कर्मचारी ख़ुशियाँ मना रहे थे कि इतने में एक रोज़ अचानक दोपिया के जबलपुर सेन्ट्रल जेल से भाग जाने की सूचना मिली। सारे टण्ड्रा-पुलिस के कर्मचारी घबड़ा उठे और बिजनिया पर जेल में सख़्त पहरा बैठा दिया गया। एक प्रत्यक्षदर्शी महाशय, जिन्होंने बिजनिया की गिरफ़्तारी स्वयं अपनी आँखों देखी थी, कहते हैं कि बिजनिया बड़ा वीर आदमी था। वैसा ही महा भयानक शरीर वाला भी था। उसका शरीर नाटा, गठीला और घोर काला था। जिस समय उसे गिरफ़्तार करने एक जङ्गल में पुलिस पहुँची, उसने अपने एकमात्र साथी के साथ सशस्त्र पुलिस के जवानों का जङ्गल में मुक़ाबला किया। प्रायः दो घण्टे तक तलवार के वार करके कई पुलिस वालों को उसने घायल कर डाला। उसके तलवार फिराने के हस्तकौशल को देखकर अच्छे-अच्छे ट्रेनिङ्ग पाए हुओं को भी दाँतों तले उँगली दबानी पड़ती थी। लगभग दो घण्टे स्वतन्त्र रूप से युद्ध करने के बाद वह गिरफ़्तार हुआ। उस समय वह बहुत थका हुआ था। अकेला आदमी चारों तरफ़ से घिरा हुआ होने से ही वह भागकर निकल नहीं सका और गिरफ़्तार हो गया। पुलिस ने गिरफ़्तार करके उसे लोहे की साँकल से बाँधा और एक गाड़ी पर लादकर पुनः गाड़ी को भी उसकी ज़ञ्जीर से कसकर बिलकुल बेबस कर दिया। इस तरह एक जङ्गी गिरोह की ख़ास निगरानी और नङ्गी तलवार के पहरे में वह खण्डवा लाया गया। उसे हज़ारों आदमी देखने के लिए स्टेशन पर पहुँचे। जिस प्रकार एक भयानक सिंह बेबस होकर पिंजरे में क़ैद कर लिया जाने पर लाल-लाल आँखें निकालकर डराता है उसी प्रकार बिजनिया भी दिखाई देता था। उसकी लाल-लाल आँखें और भयानक काली देह देखकर हठात् दर्शक के मन में भय का सञ्चार होता था।

दर्शक यही कहते थे कि जिसका सरदार इस तरह का शूरवीर और भयङ्कर है, वह टण्ड्रा स्वयं कैसा होगा। बिजनिया का मुक़दमा पेश हुआ और उसे विचारोपरान्त हीमन पटेल के ख़ून के जुर्म में फाँसी की सज़ा हुई। जिस रोज़ बिजनिया को फाँसी का हुक्म हुआ, उसी रोज़ रात को टण्ड्रा ने चिचगाठी नामक गाँव के एक धनवान्, परन्तु कन्जूस महाजन के घर में डाका डाला और उसका सर्वस्व हरण करके, जो सरकार और पुलिस बिजनिया को फाँसी का हुक्म दिलाकर कुछ शान्त हो गई थी, उसे चकित कर दिया।

इस घटना के एक महीने पीछे सन् १८८१ की फ़रवरी में बिजनिया को हीमन पटेल के गाँव में एक वृक्ष के साथ उस गाँव के और आसपास के हज़ारों ग्रामीणों की हाज़िरी में उसे फाँसी दे दी गई और उसकी लाश वहीं लटकती छोड़ दी गई, जिससे भील जाति के लोगों पर बड़ा भारी असर हुआ। टण्ड्रा को बिजनिया के इस प्रकार फाँसी पर लटकाए जाने के समाचार सुनकर बहुत भारी धक्का लगा और वह बहुत-कुछ उत्साहहीन होगया। प्रायः दो महीने तक उसने अपने मुख्य सरदार बिजनिया का शोक मनाया। परन्तु बाद में उसकी इस खिन्नता का असर टोली के अन्य सरदारों पर पड़ते देखकर उसने धैर्य से काम लिया। अप्रैल १८८१ में कोदवार नामक गाँव के मालगुज़ार के यहाँ भयानक डाका डाला और अपनी बदला लेने की भयङ्कर प्रवृत्ति का परिचय दिया। कोदवार के पटेल ने पुलिस को टण्ड्रा के विरुद्ध गुप्त सूचनाएँ दी थीं, अतएव उसी का बदला लिया। बिजनिया के वियोग से कातर होकर उसने रौद्र रूप धारण किया और कोदवार के डाके के बाद बागड़ा, आखागाँव, खाम्रा आदि में डाके डाले। सन् १८८१ के अन्त में इसका दूसरा सरदार दोपिया और हीरा पकड़े गए और उन्हें आजन्म कालेपानी की सज़ा हुई।

सन् १८८२ में अपने सरदार दोपिया के मुक़दमे में गवाही देने वाले लोगों के मकानों को टण्ड्रा ने जलाया और इसी मौक़े पर पुलिस से इसकी टोली की मुठभेड़ हो गई। पुलिस ने इसकी टोली पर गोलियाँ छोड़ीं। टण्ड्रा भी पूरी तैयारी करके ही आया था। सो इधर से भी भयानक अग्निवर्षा हुई। पुलिस की सहायता के लिए हथियारबन्द राजपूतों की एक टोली आई और दोनों में भयानक गोलियाँ चलने लगीं। अन्त में टण्ड्रा की विजय हुई। राजपूतों का प्रधान सरदार मारा गया और बाक़ी लोग अपनी जान लेकर भाग गए। टण्ड्रा

भी सारे गाँव को जलाकर राख करता हुआ अपने साथियों सहित चला गया।

इसके बाद, सन् १८८२ में उसने बोरीसराय, मेलघाट, खोरपानी, वीरपुर आदि स्थानों में डाके डाले। ये गाँव एक दूसरे से मीलों के फ़ासले पर थे। सरकार हैरान थी कि इतने फ़ासले पर टण्ड्रा डाके कैसे डालता है। उसे पकड़ने पुलिस किधर रवाना की जाय। एक समय एक नए पुलिस-ऑफ़ीसर मुक़र्रर होकर टण्ड्रा को पकड़ने आए। टण्ड्रा स्वयं कुली का वेष बनाकर स्टेशन पहुँचा और उक्त ऑफ़ीसर का सामान लेकर उसके साथ-साथ थाने पर गया और टण्ड्रा-सम्बन्धी बहुत-कुछ बातचीत करके टण्ड्रा को पकड़वा देने को कहकर उसे एक वनघोर जङ्गल में ले गया। वहाँ पर अपने आपको प्रकट करके बोला—'मैं ही टण्ड्रा हूँ, पकड़ो।' बेचारे ऑफ़ीसर की क्या हालत हुई होगी, यह कल्पना करने का विषय है। वह घबड़ा गया और टण्ड्रा भी उसे जङ्गल में छोड़कर लापता होगया। इसी तरह एक पुलिस-ऑफ़ीसर की हजामत करने नाई के वेष में टण्ड्रा थाने पर पहुँचा। हजामत करते-करते टण्ड्रा को गिरफ़्तार करा देने की बात छेड़ी और कहा—मैं अभी उसकी हजामत करके आया हूँ। वह अमुक जङ्गल में है। पुलिस-इन्स-पेक्टर बहुत ख़ुश हुए और टण्ड्रा को पकड़ने जाने की तैयारी करने लगे। नाई-वेष में टण्ड्रा यह तमाशा देखकर बोला—'महाराज, आप में इतनी हिम्मत है कि आप टण्ड्रा को पकड़ लेंगे? अगर है तो पकड़ो, मैं ही टण्ड्रा हूँ।' ऐसा कहकर फुर्ती से उस पर झपटकर उसकी नाक अपने उस्तरे से काटकर वह देखते-देखते चम्पत हो गया! प्रत्यक्ष पुलिस-थाने में ऐसी वारदात का हो जाना और टण्ड्रा का नहीं पकड़ा जाना बड़ी भारी बात थी। पुलिस वालों ने बहुत दौड़-धूप की, मगर कुछ पता न चला। टण्ड्रा की धाक इतनी ज़बरदस्त थी कि हर कोई अपनी जान बचाने की ही चिन्ता विशेष रूप से करता था।

इस तरह सन् १८८३-८४ में भी पुलिस के हाथ टण्ड्रा नहीं आया। सैकड़ों जगह उसने डाके डाले। हज़ारों चोरियाँ कीं। कई पुलिस-ऑफ़ीसरों को छकाया। सरकार के हज़ारों रूपयों पर पानी फेर दिया, परन्तु टण्ड्रा की गिरफ़्तारी नहीं हुई। पुलिस ने बड़े-बड़े इनाम टण्ड्रा को पकड़वा देने वाले के लिए रक्खे, परन्तु कोई माँ का लाल आगे नहीं आया। टण्ड्रा का काम बराबर चलता रहा। इस तरह सन् १८८६ का साल भी ख़तम हो गया। जिस पटेल के षड्यन्त्रों ने टण्ड्रा को एक किसान की हालत से भयङ्कर डाकू बना दिया था, वह पटेल मर चुका था। उसका लड़का जालम हयात था। सरदार पटेल भी गुज़र चुका था। उसका लड़का मोहन, जिसने विश्वास-घात करके टण्ड्रा को एक वक़्त पकड़वा दिया था, वह भी मर चुका था। पोखर गाँव के इसके पुराने प्रतिद्वन्दी प्रायः सभी मर चुके थे, केवल हीमन पटेल का लड़का गोविन्दा जीवित था। हीमन पटेल के ऊपर का क्रोध इसका अब भी शान्त नहीं हुआ था, इसलिए उसके लड़के के मकान में टण्ड्रा ने फिर एक बार डाका डाला और उसे पथ का भिखारी बना दिया। यह घटना १८८७ में हुई थी। सन् १८८८ में धनागाँव, भोगाँव के मालगुज़ार व पटवारी के घर लूटकर नङ्गाली, रोशनी इत्यादि गाँवों में जनवरी से लगाकर जुलाई तक डाके डाले। आज तक के बड़े-बड़े डाकों की संख्या प्रायः ४०० तक पहुँच चुकी थी। इस समय टण्ड्रा की आयु भी ४५ वर्ष के क़रीब हो गई थी। लगातार ११ वर्ष तक पुलिस, पल्टन, माल-गुज़ार आदि के साथ लोहा लेकर, हज़ारों घरों को फूँक कर, भोजन-निद्रा छोड़कर रात-दिन जङ्गलों की ख़ाक छानते रहने पर उसकी शारीरिक शक्ति क्षीण हो गई थी। पहले जैसा पराक्रम और साहस भी उसमें अब न रह गया था। इसलिए वह सरकार से क्षमा पाने का उपाय ढूँढ़ने लगा। इसके लिए उसने बहुतों से मित्रता कर ली और अपनी ओर से सरकार से दो बात कहने के लिए बहुत सा धन दिया, परन्तु कुछ भी फल नहीं हुआ। वह स्वयं सरकार के सामने उपस्थित होकर माफ़ी माँगने की हिम्मत नहीं करता था। इसी पसोपेश में ६ महीने व्यतीत हो गए। अन्त में गणपत नामक एक राजपूत ने इसे वचन दिया और सरकार से अभय दिलाने का विश्वास दिलाया। मेजर ईश्वरीप्रसाद, जो टण्ड्रा को पकड़ने के लिए नियुक्त थे, उनसे परामर्श लेकर टण्टिया (टण्ड्रा, जिसे अङ्गरेज़ टण्टिया कहते थे) को यह सन्देश भेजा कि वह स्वयं ईश्वरीप्रसाद से मिले और उनसे माफ़ी सम्बन्धी शर्तों पर बातचीत करे। गणपत की योजना से वह ईश्वरीप्रसाद से मिला। उस समय

टण्ट्या एक अगम्य पहाड़ की चोटी पर व ईश्वरीप्रसाद उसी पहाड़ी की तली में अपनी सशस्त्र फ़ौज के साथ खड़े थे। बातचीत होकर तय हुआ कि एक महीना बाद ईश्वरीप्रसाद अपने उच्च अधिकारियों से बातचीत करके अभय-पत्र प्राप्त करेगा, और एक माल बाद गणपत की मारफ़त सूचना भेजने पर टण्ट्या आत्म-समर्पण कर देगा। टण्ड्या राज़ी हो गया।

वह गणपत के घर गया। वह दिन श्रावण शुक्ल १५ का रक्षाबन्धन का दिन था। टण्ट्या अपने मित्र गणपत पर भरोसा रखकर केवल छः साथियों को लेकर उसके घर गया। विश्वास-घात की उसे कल्पना भी नहीं थी। लेकिन जिसकी कल्पना नहीं थी, वही हुआ। गणपत ने मेजर ईश्वरीप्रसाद व उसकी पलटन सशस्त्र जवानों की पहले से ही अपने मकान के भीतरी हिस्से में छिपा रक्खा था। टण्ड्या के गणपत के मकान में प्रवेश करने पर गणपत ने उठकर स्वागत किया और अपने पास बैठाया एवं मीठी-मीठी बातों में उसे अपने प्रति अत्यधिक विश्वास दिलाया। यहाँ तक कि बात-बात में टण्ट्या की बन्दूक़ भी गणपत ने हथियाली। इधर टण्ड्या के हाथ से बन्दूक़ दूर हुई और उधर गण-पत ने गुप्त सन्देश दिया, जिसके सुनते ही ईश्वरीप्रसाद के सिपाही मकान से बाहर आकर टण्ट्या पर—उस टण्ट्या पर, जो वृद्ध, थका हुआ, निशस्त्र और मित्र के विश्वासघाती प्रेम के वशीभूत होकर निश्चिन्त था—टूट पड़े। अचानक इस प्रकार धोखा हुआ जान कर उसके साथियों ने सिपाहियों का मुक़ाबला किया। परन्तु सिपाहियों ने अपना लक्ष्य केवल टण्ड्या की गिरफ़्तारी ही रक्खा था, इसलिए साथियों के आक्रमण की परवाह न कर टण्ट्या को ही चारों ओर से घेरकर बाँध लिया और बाद में उसके साथियों पर अपना मोरचा फेरा। तब तक अवकाश पाकर टण्ट्या के साथी भाग गए थे।

क़ैदी के वेष में ताँतिया भील

इस प्रकार टण्ट्या अपने मित्र के विश्वासघात से निशस्त्र हालत में पकड़ा गया और ता० २६ सितम्बर सन्

१८८८ को जबलपुर के डिप्टी कमिश्नर की अदालत में टण्ट्या पर अभियोग चलाया जाकर उसे फाँसी की सज़ा दे दी गई। टण्ट्या जिस समय गिरफ़्तार हुआ, हथकड़ी-बेड़ियों से बुरी तरह जकड़ लिया गया। उसके दोनों हाथों में दो हथकड़ियाँ डाली गईं और एक-एक हथकड़ी दोनों ओर दो पुलिस के सिपाहियों को भी पहनाई गई थीं। टण्ट्या को जब फाँसी का हुक्म हुआ, तो जबलपुर के वकीलों ने सरकार के पास उसे अभय देकर क्षमा कर देने की प्रार्थना भी की थी। परन्तु सरकार, जोकि एक युग तक उसके अत्याचारों से पीड़ित रही और असंख्य धनराशि के ख़र्च करने के बाद उसे गिरफ़्तार करने में समर्थ हुई, उसे क्षमा प्रदान करना ठीक न समझकर एक दिन, सम्भवतः अक्तूबर या नवम्बर १८८८ में, फाँसी पर लटका दिया। इस तरह एक यद्किञ्चित् भील जाति में पैदा हुए, परन्तु अपने पराक्रम व साहस के बल पर ११ वर्ष तक ब्रिटिश-साम्राज्य जैसी शक्तिशाली सरकार को छकाते रहने वाले डाकू-श्रेष्ठ टण्ट्या का, बड़ी कठिनता से ब्रिटिश-सरकार नाम शेष कर सकी।

स्त्री-जाति से सदा श्रद्धा और प्रेम का बर्ताव रखने के कारण टण्ट्या को अक्सर नीमाड़ ज़िले के लोग 'टण्ट्यामामा' कहा करते थे। और जिसने उसे मामा कहकर पुकारा वह कभी टण्ट्या द्वारा सताया नहीं गया।

टण्ट्या ने डाके डाले, हत्याएँ कीं, गाँव के गाँव जलाकर ख़ाक कर दिए, इस कारण उसे सरकार द्वारा फाँसी की सज़ा हुई। परन्तु टण्ट्या दयावान्, ग़रीबों का आश्रयदाता, स्त्री-जाति तथा ब्राह्मणों का भक्त था, इसलिए जनता ने उसके साथ प्रेम का बर्ताव रक्खा, सरकार से क्षमा कर देने के लिए प्रार्थनाएँ कीं और उसके फाँसी हो जाने पर उसके नाम पर आँसू बहाए। इन्हीं कारणों से टण्ट्या का नाम आज भी मध्यप्रदेश की जनता की ज़बान पर 'टण्ट्यामामा' के नाम से चिर-परिचित है।

सन्देश

[रचयिता—श्री० सूर्यनाथ जी तकरू]

(१)

प्रिये ! आ रहीं आज सन्निकट,
सर्वनाश की घड़ियाँ !
ये क्षण आज गा रहे हैं,
जीवन की अन्तिम कड़ियाँ !!

(२)

फाँसी के इस दुर्गम पथ ने,
दो जग अरी ! मिलाये !
चढ़े अरी ! इस वायुयान पर,
शीघ्र स्वर्ग में जाये !

(३)

सुनो, जगत के कोलाहल से,
आती है आवाज़ !
'मरे बिना भी अमर हुआ क्या—
कोई' ऐ जाँबाज़ !!

(४)

दुःख, विषाद, वेदनामय—
जगती को आज प्रणाम !
तुमसे भी—हाँ, विदा ! जा रहा—
हूँ मैं प्रभु के धाम !!

(५)

इस भूले में भूल-भूल—
गाऊँगा देश मलार !
विस्मृति की फिर अमित गोद में,
सोऊँ पैर पसार !!

(६)

अरी ! बढ़ा आता है देखो,
'फाँसी' का निर्मम फन्दा !
इसके मधुर अङ्क में मिलकर,
पाऊँ राका का चन्दा !!

प्राण-बध

(छायानुवाद)

[मूल-लेखक—अमर कवि विक्टर ह्यूगो; अनुवादक—आचार्य श्री० चतुरसेन जी शास्त्री]

प्राण-बध! पूरे पाँच सप्ताह भर केवल इसी एक विचार में लीन रहा हूँ। प्रति क्षण केवल वह है और मैं हूँ। प्रति क्षण उसकी उपस्थिति से भयभीत और उसके असह्य भार से विदलित।

प्रारम्भ में, यद्यपि कुछ सप्ताह ही व्यतीत हुए थे, परन्तु मानो वर्षों व्यतीत हो गए! प्रति दिन, प्रति घण्टा, प्रति मिनट वही विचार और उसकी वस्तुस्थिति। मेरी मेधाविनी, विकसित और नूतन बुद्धि मानो स्वप्न-जगत् में भटक गई है। मैं एक काल्पनिक, अस्त-व्यस्त और अनन्त जीवन का मानचित्र बनाता हूँ, जिसमें सहस्रों स्वप्न-वासनाएँ और जीवन की कोमल भावनाएँ हैं। उसमें अनिन्द्य सुन्दरियाँ हैं, धर्म-बन्धन हैं, यशस्विनी विजय हैं, जीवन और आलोक से परिपूर्ण रङ्ग-मञ्च हैं, मैं सुन्दरी कुमारियों के झुरमुट में, क्रीडोद्यान में विहार कर रहा हूँ। मैं सदैव एक ऐन्द्रजालिक आनन्द-लोक में हूँ, मेरी विचार-धारा स्वच्छन्द है और मैं भी स्वच्छन्द हूँ।

पर अब तो मैं बन्दी हूँ। मेरा शरीर लोहरज्जु से जकड़ा हुआ है और मैं कालकोठरी में बन्द हूँ। मेरा अन्तःकरण उस एक—केवल एक ही भयानक, वीभत्स, गम्भीर और कृत्तान्त समविचार से काँप उठता है। वह एक ही अटल विचार है, एक ही निश्चय है, एक ही गहन कल्पना है, और वह यही कि मैं प्राण-बध की आज्ञा-प्राप्त क़ैदी हूँ।

मैं करूँ भी क्या? वह थर्रा देने वाला विचार छाया की तरह मेरे साथ है। अकेला और घृणित, वह मेरे सुख के प्रत्येक विचार को तत्क्षण मुझसे दूर भगा देता है। वह मेरे सम्मुख मूर्तिमान उपस्थित है, मैं ज्योंही उसकी ओर से ज़रा आँख बन्द करता हूँ या ज़रा मस्तिष्क में निश्चिन्तता लाता हूँ तो वह अपने ठण्ढे हाथों से मुझे जकड़ लेता है।

उसे भूल जाने से सम्बन्धित मेरे जितने विचार हैं, उन सब पर उसका असाध्य अधिकार है। मुझे सम्बोधित करके जो शब्द कहे गए थे, उन्हें मैंने भय के थपेड़ों की तरह सहा था। इस काल-कोठरी की सीख़चोंदार खिड़की से बाहर मुँह निकालकर ज़रा ही ज्योंही मैं झाँकता हूँ, वह सम्मुख ही खड़ा दीख पड़ता है; जब मैं टहलता हूँ, वह मुझ पर चोट करता है; जब मैं सोता हूँ तब वह मुझे मार डालता है और स्वप्न में बधयन्त्र के भीषण कुठार के रूप में दीख पड़ता है।

और जब मैं हड़बड़ा कर उठ बैठता हूँ, तब वह कहता है—"यह तो स्वप्न-मात्र है!" पर जब मैं सावधान होकर, आँखें फाड़-फाड़ कर अपने चारों तरफ़ के वातावरण को देखता हूँ, तब लैम्प के धुँधले पीले प्रकाश में, जेल की गीली पत्थर की दीवारों पर लिखा देखता हूँ, अपने मलिन वस्त्रों पर लिखा देखता हूँ, खिड़की के पास अचल खड़े दुपहरी की काली आकृति में लिखा देखता हूँ, वही एक शब्द! फिर स्पष्ट शब्दों में धीरे से कोई कहता है "प्राण-बध!"

२

अगस्त का मनोरम प्रभात था।

तीन दिन से मेरा मुक़दमा चल रहा था। लोगों की उत्सुक भीड़ घण्टों पहले कचहरी में जमा हो जाती थी। तीन दिन से जजों, वकीलों, गवाहों और पब्लिक-प्रॉसीक्यूटरों का अद्भुत और दर्शनीय अभिनय हो रहा था। वे कभी-कभी हँस पड़ते थे, पर मूर्तिमान ख़ूनी हत्यारे और यमराज थे।

पहले दो दिनों तक उत्तेजना और बेचैनी से मुझे नींद नहीं आई। तीसरे दिन आधी रात तक तो मुझे जूरी ने ही छोड़ा, मैं अपनी कोठरी में आकर ज़मीन पर ही पड़ गया और शीघ्र ही नींद में बेसुध हो गया। कई दिन बाद यह पहली बार विश्राम था। मैं बेसुध सो रहा था कि उन्होंने मुझे जगा दिया! जेलर को भारी

पदध्वनि और चाबियों के गुच्छे की झनकार से भी मेरी नींद न टूटी, उसने मुझे हिलाया और कान के पास चिल्ला कर कहा—"उठो !"

मैंने आँखें खोलीं, और हड़बड़ा कर उठ बैठा। कोठरी की ऊँची और तङ्ग खिड़की से उदीयमान सूर्य का धुँधला प्रकाश कोठरी में आ रहा था। प्रकाश से मुझे बड़ा प्रेम था। मैंने जेलर से कहा—"कैसा सुन्दर दिन है !"

वह कुछ देर चुप रहा। मानो वह सोच रहा था कि मुझ जैसों को उत्तर देने से क्या लाभ ? फिर उसने कहा—"हाँ, ऐसा ही प्रतीत होता है !"

मैं अविचल बैठा था। मेरी विचार-शक्ति लुप्त हो गई थी। मेरी आँखें उस खिड़की से आती धुँधली सूर्य-किरणों पर अटकी थीं। मैंने फिर कहा—"बहुत सुन्दर दिन है !"

"हाँ, किन्तु वे तुम्हारी प्रतीक्षा कर रहे हैं"—उसने कहा।

इन गिने हुए शब्दों ने मेरी विचार-धारा पलट दी, मैं मकड़ी के जाले में फँसी मक्खी की तरह छटपटाने लगा। मैंने हठात् देखा—वही अदालत, वही जज, जज के सामने मेज़, उस पर रक्त वस्त्र का आवरण, गवाहों की तीन पंक्तियाँ, और उनके भाव-शून्य मुख-मण्डल, द्वार के दोनों तरफ़ सिपाहियों की दो टुकड़ियाँ, कौन्सिलर का हवा में लहराता हुआ काला गाउन, ठसाठस भरे हुए नर-मुण्ड, और बारहों जूरियों की मुझ पर एकटक दृष्टि !

मैं उठ खड़ा हुआ। मेरे दाँत कटकटा रहे थे। मेरे हाथ काँप रहे थे। मुझे वस्त्र पहनना भी दुर्भर था, पैर लड़खड़ा रहे थे। मैं क़दम उठाते ही बोझ से दबे हुए मनुष्य की तरह झुक गया। फिर भी मैंने साहस किया और मैं चला।

दो सन्तरी मेरे लिए बाहर खड़े थे। उन्होंने मुझे हथकड़ी पहनाई और कसकर ताला लगा दिया। मैंने कोई आपत्ति न की, मानो एक यन्त्र दूसरे यन्त्र से संयुक्त कर दिया गया।

हम भीतरी दालान में होकर जा रहे थे। प्रातःकाल की प्राणोत्तेजक वायु ने मुझे शक्ति प्रदान की। मैंने अपना सिर उठाया। आकाश स्वच्छ और नीला था। सूर्य की गर्म किरणें, रोशनदानों को भेदती हुई जेल की ऊँची, काली और मैली दीवारों पर पड़ रही थीं। सचमुच यह बहुत सुन्दर था।

हम एक गोलाकार ज़ीने पर चढ़े। एक-एक करके तीन मञ्ज़िलें पार कीं। दरवाज़ा खुला, भीतर की गर्म हवा और मनुष्यों का कोलाहल मुझे प्रतीत हुआ। मैंने भीतर प्रवेश किया। प्रवेश करते ही मैंने देखा—हथियारबन्द पुलिस का पूरा पहरा है, लोगों की बड़ी भीड़ है और उनमें धक्कमधक्का हो रहा है, शोर भी काफ़ी है। मैं बीच के मार्ग से जाने लगा। दोनों तरफ़ हथियारबन्द सिपाही थे। सभी की दृष्टि मुझ पर थी, मानो मैं मध्य-विन्दु था, जिस पर प्रायः सभी की दृष्टि गड़ रही थी।

अब मेरी हथकड़ी और बेड़ियाँ खोल दी गईं, पर मुझे इसका होश न था।

एकदम सन्नाटा हो गया। मैं नियत स्थान पर जा खड़ा हुआ। निस्तब्धता का अभिप्राय मैं समझ गया। मेरे अन्तिम निर्णय की घड़ी आ पहुँची थी। उसे सुनने ही को मैं लाया गया था।

आपको आश्चर्य होगा, ज्योंही यह विचार मेरे मस्तिष्क में उदय हुआ, मैं ज़रा भी भयभीत न था। अदालत की खिड़कियाँ खुली हुई थीं; स्वच्छ वायु भीतर आ रही थी। नगर की कोलाहल-ध्वनि साफ़ सुन पड़ती थी। अदालत का कमरा इतनी फ़साहत से साफ़ किया गया था मानो कोई विवाह होने वाला हो। धूप का प्रकाश काँच की खिड़कियों में छन-छन कर भीतर आ रहा था। जज एक कोने में अपनी पोशाक पहने गम्भीरता से बैठे थे। उनका कार्य समाप्त हो चुका था। सभापति शान्ति से बैठे थे, किन्तु उनका अर्दली अपने पीछे बैठी एक युवती से हँस हँस कर बातें करता और टोपी से खिलवाड़ कर रहा था। केवल जूरीगण पीले और उदास दीख पड़ते थे। उनमें से कुछ लोग रातभर जागने के कारण जम्हाइयाँ ले रहे थे। उनकी चेष्टाओं से प्रतीत होता था कि अभी सुनाए जाने वाले फ़ैसले पर उनका कोई उत्तरदायित्व ही नहीं है। इन सम्माननीय दूकानदारों को देखने पर यही प्रकट होता था कि ये सोने की इच्छा कर रहे हैं।

ठीक मेरे सामने एक लम्बी खिड़की खुली थी, जिससे विक्रेताओं की हास्य-ध्वनि सुनाई पड़ रही थी।

इस चहल-पहल में कोई कैसे दुखदाई विषयों

पर विचार कर सकता था? स्वच्छ वायु और सुनहरी धूप मेरे चारों ओर अठखेलियाँ कर रही थी, फिर भला मैं स्वतन्त्र होने की आशा कैसे न करता? सूर्य-किरणों की ही तरह आशा की किरणें भी मेरे चारों ओर छितरा रही थीं। मैं जीवन और स्वतन्त्रता की उपासना-सी करता हुआ अपने मुक़दमे के फ़ैसले की प्रतीक्षा कर रहा था। मेरा वकील आया। वह ख़ूब आनन्द से डटकर नाश्ता कर आया था। उसी की प्रतीक्षा हो रही थी। अपने स्थान पर आते ही उसने झुककर धीरे से मुझसे कहा—मुझे अभी आशा है!

"सचमुच" मैंने धीरे से ज़रा मुस्करा कर कहा।

"हाँ" उसने फिर कहा—"यह तो मैं नहीं कह सकता कि किस क़ानूनी नुक़ते पर ज़ोर दिया जायगा, किन्तु यदि वे पूर्व सङ्कल्प साबित न कर सके तो तुम्हें सिर्फ़ आजन्म क़ैद होगी।"

"किस तरह महाशय! इससे हज़ार गुनी अच्छी तो मौत ही है।"

हाँ, मृत्यु, मेरे निकट मेरी आत्मा कह रही थी, इसमें भय क्या है? आधी रात के समय, जब भयानक वर्षा हो रही हो, तीर सी ठण्ढी हवा चल रही हो, ऐसे समय में अन्धकारमय स्थान में किसी का मृत्युदण्ड सुनना सम्भव है? किन्तु अगस्त के मास में, इस सुहावने दिन में, प्रातःकाल के ८ बजे, वे उदार जूरीगण क्या मुझे अपराधी समझ सकेंगे? इस समय मैं खिड़की से बाहर खिले हुए फूलों पर दृष्टि दिए हुए था।

अचानक सभापति ने मुझे खड़े होने की आज्ञा दी। सन्तरी ने सङ्गीन चढ़ा ली। बिजली के धक्के की तरह उपस्थित समूह विचलित हो उठा। एक साधारण से व्यक्ति ने, जो जज की कुर्सी के निकट बैठा था और जो अदालत का मुन्शी था, जूरी का फ़ैसला पढ़ सुनाया। मुझे जैसे काठ मार गया। मैं दीवार के सहारे टिककर खड़ा हो गया। मुझे भय था कि कहीं मैं गिर न पड़ूँ।

इसके बाद प्रेज़िडेण्ट ने मेरे वकील से पूछा—आपको क्या इस दण्डाज्ञा में कुछ आपत्ति है?

मैं बहुत-कुछ कह सकता था, परन्तु मेरी जीभ तालू से सट गई थी और मेरे मुँह से शब्द नहीं निकल सकता था।

मेरा वकील खड़ा हुआ। उसने बहस शुरू की, वह जूरी से दयापूर्ण फ़ैसले का अनुरोध करने का दाव-पेच खेल रहा था। उसका मतलब इससे कुछ हलकी सज़ा दिलाने का था—अर्थात् आजन्म क़ैद। मैं उसकी बातों से घायल हो रहा था। मैंने ज़ोर से फिर यही कहने की चेष्टा की कि मृत्यु हज़ार गुना अच्छी है, पर मैं यही कर सका कि ज़ोर से उसकी बाँहें पकड़ लीं और मेरे मुँह से निकल गया—नहीं, नहीं।

पब्लिक-प्रॉसीक्यूटर ने मेरे वकील का प्रतिवाद किया और मैं मूर्ख की तरह अवाक् होकर उसे सुनता रहा। तब जज लोग विचार के लिए उठ गए और लौट कर उन्होंने फ़ैसला दिया—"प्राण-दण्ड!!"

भीड़ में से एक ध्वनि उठी—'प्राणदण्ड।' सन्तरी मुझे घेर कर ले चले, भीड़ मुझ पर टूटी पड़ती थी, मैं निर्बुद्धि और विमूढ़ की तरह जा रहा था।

क्षण भर में ही मुझमें परिवर्त्तन हो गया। फ़ैसला सुनने से प्रथम मैं समझता था कि मैं अन्य मनुष्यों ही की तरह साँस लेता और जीता हूँ, पर अब ऐसा प्रतीत होता था कि मेरे और उनके बीच में एक दुर्भेद्य दीवार है। अब कुछ भी तो न सुहाता था। वे लम्बी और प्रशस्त खिड़कियाँ, चमकीला सूर्य, स्वच्छ आकाश, सुन्दर पुष्प, मानो पीले और रसहीन हो गए थे। वे स्त्री-पुरुष और बच्चे, जो मेरे चारों ओर फिर रहे थे, मानो हवा के बवण्डर थे।

एक मैली, काली, जङ्गलेदार गाड़ी मेरे लिए तैयार थी। मैं ज्योंही उसमें घुसा, मैंने चारों तरफ़ देखा। "फाँसी का असामी," लोग चिल्ला उठे। मेरे नेत्रों में अँधेरा छा रहा था। उसी अन्धकार में मैंने देखा कि वे युवतियाँ, जिनके साथ बहुधा मैं विनोद किया करता था, मेरी ओर उत्सुकता से देख रही हैं।

"बहुत ठीक" उनमें से एक ने ताली बजा कर कहा—"छः हफ़्ते में फाँसी लगेगी।"

३

'प्राणदण्ड'

क्यों जी, क्या मृत्यु सभी के लिए अनिवार्य नहीं है? तो फिर मेरी दशा में इतना परिवर्त्तन क्यों? जब से मेरे बध की घोषणा की गई है तब से न मालूम कितनों ने, जो अपने भविष्य की सुखद-कल्पना कर रहे थे, अपने

आप मृत्यु-मुख में प्रवेश किया है। जो मुझे रस्सी पर झूलता देखने के अभिलाषी थे और स्वस्थ तथा सुन्दर थे, वे पहले ही चल बसे। और अब भी न मालूम कितने ऐसे हैं, जो मुझे मरते देखना चाह रहे होंगे, पर शायद मुझसे प्रथम ही चल बसें। फिर मैं ही चिरजीवन की अभिलाषा क्यों करूँ ? जेल की अँधेरी कालकोठरी, टीन की प्यालियों का काला गन्दा शोरवा और काली रोटियाँ, प्रति क्षण का अपमान मैं ? जो एक शिक्षित हूँ, तुच्छ पहरेदारों और जेलरों की गालियाँ सुनूँगा ? सभ्य-जगत् के किसी व्यक्ति से मिल भी न सकूँगा ? यही तो जीवन के भोग हैं, जिन्हें जल्लाद मुझसे छीन लेगा ?

पर फिर भी यह बहुत भयानक है।

४

वह काली गाड़ी मुझे यहाँ विसेटर की विशाल जेल में डाल गई। यह बहुत सी ज़मीन को घेरे हुए है और एक पहाड़ी की तलहटी में बनाई गई है। दूर से देखने पर यह इमारत एक भव्य महल जैसी प्रतीत होती है। पर ज्यों-ज्यों निकट आते जाते हैं, त्यों-त्यों साधारण मकान सी लगती जाती है। टूटे हुए बुर्ज नेत्रों में विषाद उत्पन्न कर देते हैं। देखने से घृणा और लज्जा-सी मालूम देती है, मानो पाप और अत्याचार ने इसकी दीवारों को कलुषित कर दिया है।

इसमें न खिड़कियाँ हैं न काँच, सिर्फ़ लोहे के बड़े-बड़े सीख़चे लगे हुए हैं। इनमें से कोई क्या देखने की इच्छा कर सकता है ?

५

यहाँ पहुँचते ही मुझे लोहे के पींजरे में डाल दिया गया। मेरी कड़ी निगरानी रहने लगी। खाने के लिए छुरी-काँटा भी नहीं मिलता था। एक मोटे टाट का लबादा मुझे दे दिया गया था। वे मेरे जीवन के ज़िम्मेदार थे।

मुझे उनके साथ ६ या ७ सप्ताह तक रहना था, और उनका कर्त्तव्य था कि वे मुझे सही-सलामत बधिक के सुपुर्द करें।

शुरू में कुछ दिन उन्होंने मेरे साथ नर्मी का व्यवहार किया, किन्तु मेरे दुर्भाग्य से कुछ दिन बाद उनका व्यवहार बदल गया। वे अन्य क़ैदियों की तरह मेरे साथ अत्याचार करने लगे। इस अत्याचार के सामने मैं अपने भावी बध के कष्ट को भी भूल गया।

मेरा यौवन, मेरा सरल व्यवहार, जेल के पादरी के प्रति मेरा ध्यान, और लैटिन भाषा के एक-दो शब्द, जो समय-समय पर मैं सन्तरी से बोल देता था, पर जिन्हें वह समझ न सकता था, इन सबने उन्हें मेरे प्रति फिर दयावान् बनाया। मुझे अन्य क़ैदियों के साथ अपनी कोठरी से निकलकर टहलने की आज्ञा मिल गई। वह कष्टदायी लबादा भी उतार लिया गया। फिर बहुत-कुछ सोच-विचार के बाद मुझे दावात, क़लम, काग़ज़ और शाम को लैम्प रखने की आज्ञा दे दी गई। प्रति रविवार को मैं प्रार्थना के बाद दालान में क़ैदियों से बहुत देर तक बातें किया करता था। क्यों न करता ? ये अभागे ग़रीब आदमी स्वभाव के नेक थे, ये मुझसे अपना-अपना अपराध बताया करते थे। पहले मैं उनसे डरता था, पर पीछे हिल-मिल गया। उन्होंने मुझे अपनी निजी साङ्केतिक भाषा बोलनी सिखाई। चोरों की भाषा तो बहुत भद्दी थी। सुनते ही घृणा-सी होने लगी।

इन्हीं लोगों ने मुझ पर तरस खाया था। पहरेदार, दारोग़ा, वार्डर, इनकी दया से मुझे घृणा थी। वे मेरे सामने ही मेरी खिल्लियाँ उड़ाया करते थे, उनके लिए तो मैं एक निर्जीव प्राणी था।

६

मैंने सोचा, जब मुझे लिखने की सामग्री मिल ही गई है, तब फिर क्यों न उसका उपयोग करूँ; पर लिखूँ भी क्या ? पत्थर की सीली हुई दीवारों से अवरुद्ध, जहाँ टहलने तक का भी सुभीता नहीं था, कहाँ दृष्टि फैलाकर विचार-कल्पना को दौड़ाता ? खिड़की से जो धुँधला प्रकाश आया करता था और उसका प्रतिविम्ब जो सामने की दीवारों पर पड़ता था, उसी को मैं देखा करता था। प्रतिक्षण एक ही बात मेरे मस्तिष्क के ज्ञान-तन्तु पर दौड़ा करती थी—अपराध और उसका दण्ड—मृत्यु। और मृत्यु की बात अब क्या कहूँ, जब कि अधिक काल तक जीना ही नहीं है ? ऐसे विकृत मस्तिष्क से मैं क्या साहित्य निर्माण कर सकता था ?

पर क्यों नहीं ? यद्यपि मेरा वातावरण मलिन था, पर मेरी प्रतिभा, ओज और भावुकता तो मुझमें अभी

थी। यद्यपि ये विचार, जिन्होंने मुझे जकड़ रक्खा था, क्षण-क्षण में भिन्न-भिन्न अवस्था के नाटक दिखाया करते थे, जो एक से एक बढ़कर भीषण थे। मैंने सोचा, क्यों न मैं अपनी इस भयानक और गुप्त दशा का विवरण लिखूँ? लिखने के लिए यद्यपि यह प्रचुर सामग्री तो नहीं है, पर मेरे जीवन के दिन ही कितने हैं? इन अन्तिम और भयानक दुख के दिनों को अपनी दावात-क़लम के उपयोग में ही क्यों न लाऊँ?

पर किस ढङ्ग से वह दुख प्रकट किया जाय? क्षण-क्षण की विपत्तियों और चिन्ताओं का वास्तविक विवरण लिखूँ, जब तक कि प्रत्येक शक्ति नष्ट न हो जाय। मेरे वे अन्धाधुन्ध उठने वाले तूफ़ानी विचार, जो निरन्तर उठ रहे हैं, यदि मेरे जैसे फाँसी के असामी के हाथ से लिखे जाँय तो क्या उससे प्राणदण्ड की आज्ञा देने वालों को कुछ शिक्षा भी मिलेगी? कदाचित् वे इतना करने लगें कि किसी को बधिक के हाथ सौंपते समय सब बातों पर अच्छी तरह विचार कर लें। हाय! ये इतना भी तो नहीं समझते कि प्राणदण्ड के अपराधी को कैसी पीड़ा होती है।

क्या वे कभी यह भी सोचते होंगे कि उस मनुष्य में, जिसे वे नष्ट करना चाहते हैं, एक तर्क-शक्ति है, जिस पर वह अपना जीवन स्थिर रखना चाहता है? और उसमें एक आत्मा है, जो अमर है। नहीं, वे तो उसे निकृष्ट और पतित ही समझते हैं, जिसका न भूत है न भविष्य।

परन्तु मेरी पंक्तियाँ उन्हें क़ायल करेंगी। कभी वे छपेंगी और फिर जो कोई उन्हें पढ़ेगा, वह कुछ क्षण के लिए तो इस प्रकार मरने वाले के दुख का मनन करेगा। वे गर्व करते हैं कि वे ज़रा सी पीड़ा देकर ही प्राण निकाल सकते हैं, पर यह क्या कुछ अच्छी बात है? मानसिक पीड़ा के सामने शरीर-पीड़ा क्या हैसियत रखती है? क्या कभी वह दिन भी आएगा, जब मुझ-जैसे अभागे व्यक्ति के अन्त समय के हार्दिक उद्गार उन पर प्रभावशाली होंगे?

७

अच्छा, कल्पना करो कि मेरा लेख औरों के लिए हितकर ही सिद्ध हुआ। उसे पढ़कर जज लोग किसी को प्राणदण्ड देते समय आगा-पीछा ही करने लगे, यह भी सम्भव है कि बहुत से अपराधी बच जायँ; पर इससे मुझे क्या? जब मेरा सिर ही कट जायगा, तब दूसरे का कटे या न कटे, मुझसे मतलब? मेरी मृत्यु के बाद यदि फाँसी की टिकटी नष्ट ही कर दी गई तो उससे मेरा क्या लाभ? क्या यह सूरज, यह बहार, फूलों से हरे-भरे बग़ीचे, प्रभात में चहचहाते पक्षिगण, यह उज्ज्वल आकाश, यह प्रकृति, यह स्वतन्त्रता और जीवन सभी मुझसे छूट जावेंगे?

ओह! मुझे अपने को ही बचाना चाहिए। क्या वास्तव में मैं बच नहीं सकता? क्या सचमुच आजकल ही में वे मुझे ले जाकर मार डालेंगे?

मैं अपना सिर इस दीवार से टकराकर चूर कर लूँ तो×××!!

८

गिनकर तो देखूँ, अभी जीवन के कितने दिन बचे हैं।

तीन दिन तो अपील की तैयारी के लिए हैं। आठ दिन कचहरी के दफ़्तर में लग जावेंगे। फिर मिसिल मिनिस्टर के पास भेजी जावेगी। १५ दिन वहाँ लग ही जावेंगे। उसे तो इतना भी होश न होगा कि मेरे पास कोई मिसिल पड़ी है। वह उसे जाँचेगा और जाँच कर अपील-कोर्ट में भेज देगा। फिर उसके विभाग होंगे और नम्बर पड़ेंगे, रजिस्टर में दर्ज होगा; क्योंकि वहाँ तो फाँसियों का हिसाब-किताब ही रहता है, बारी-बारी से ही प्रत्येक की सुनवाई होती है। १५ दिन इसकी प्रतीक्षा में लग जावेंगे।

अपील-कोर्ट बहुत करके बृहस्पतिवार को बैठेगी और बहुधा एकबारगी ही अर्ज़ियों को नामञ्ज़ूर करके मिनिस्टर के पास भेज देगी। वह उन्हें पब्लिक प्रॉसीक्यूटर के पास भेजेगा, वह जल्लाद से सलाह करके दिन नियत करेगा। इस बखेड़े में तीन दिन लग जायँगे।

चौथे दिन पब्लिक प्रॉसीक्यूटर का सहकारी प्रातःकाल ही कपड़े पहनते-पहनते बड़बड़ाएगा—"आज यह मामला भी निबटा!" फिर यदि उसके दोस्तों ने उसका समय नष्ट न किया तो फिर वह फाँसी की आज्ञाएँ निकालेगा, तारीख़ रक्खेगा, रजिस्टर में दर्ज करेगा, फिर काग़ज़ भेजेगा।

दूसरे दिन 'पेलेसडि ग्रेव' में टिकटी खड़ी होगी। नगर में ढिंढोरा पीटकर सूचना दे दी जायगी। यह सब ६ सप्ताह हुआ। युवती ने ठीक ही कहा था!

६

मैं मन्सूबे गाँठ रहा हूँ। किन्तु यह व्यर्थ हैं। मुझे मुक़दमे का तमाम ख़र्च चुका देने की आज्ञा हुई है, पर मेरा सर्वस्व बेच देने पर भी शायद यह सम्भव नहीं। यह फाँसी भी एक महँगा सुख है।

मेरी माता है, पत्नी है और बच्ची है। ३ वर्ष की भोली-भाली बालिका कैसी मधुर, कैसी सुन्दर और कैसी समझदार है। उसकी वे बड़ी-बड़ी काली आँखें और सुनहरे बाल! अन्तिम बार जब मैंने उसे देखा था, तब वह २ वर्ष और १ मास की थी। इस प्रकार मेरी मृत्यु पर तीन अबलाएँ अनाथ होंगी। एक पति से हाथ धोवेगी, एक पुत्र से और एक पिता से। यह क़ानून तीन विधवाओं की सृष्टि करेगा।

मैं मानता हूँ कि मुझे ठीक सज़ा मिली है, पर इन निरपराध प्राणियों ने क्या किया था? नहीं, उनका वास्तव में कोई क़ुसूर नहीं है, वे तो व्यर्थ ही में बर्बाद किए जा रहे हैं। क्या यही न्याय है?

बेचारी बुढ़िया माँ का मुझे ऐसा सोच नहीं, वह ६४ वर्ष की है। इस चोट की मार से वह न बच सकेगी। पर यदि वह कुछ दिन जीवित भी रही तो अपने दिन दुखम-सुखम काट लेगी। और न मैं अपनी अभागिनी पत्नी ही के लिए बेचैन हूँ। वह रोगिणी है, उसका दिमाग़ कमज़ोर है, वह शीघ्र ही मर जायगी, यदि पागल न हो गई। सुना है, पागल लोग जल्दी नहीं मरते। पर यदि उसका सिर फिर जाय तो भी हर्ज नहीं, फिर उसे कुछ दुख न होगा। वह बहुधा सोया करेगी, यह भी तो मृत्यु से कम नहीं।

किन्तु मेरी बच्ची, मेरी भोली बिटिया, मेरी नन्हीं मेरिया! जो केवल हँसना और खेलना ही जानती है, जो गीत गुनगुनाने ही में मग्न है, हाय! उसी की याद तो मेरा कलेजा चीरे डालती है!

१०

मेरी कोठरी की कैफ़ियत सुनिए—

८ फ़ीट मुरब्बा, गड़े हुए पत्थरों की दीवारें, ९० डिग्री के अनुमान से परस्पर मिली हुई हैं। इसका फ़र्श बाहर की ज़मीन से कुछ ऊँचा है। दरवाज़े की दाहिनी ओर एक सूराख़ है, जिसमें से फूस फेंका जाता है। इसी पर क़ैदी आराम करता, सोता और बैठता है, चाहे सर्दी हो या गर्मी। सिर के ऊपर आकाश की जगह गुम्बज़दार छत है। इसमें मकड़ी के अनन्त जाले लटक रहे हैं। खिड़की एक भी नहीं है। दरवाज़े की किवाड़ों में जो जालियाँ हैं, उन्हें लोहे की चादर से ढँक दिया गया है। पर मैं भूल कर रहा हूँ, दरवाज़े के ऊपर ६ इञ्च चौकोर एक खुली जगह है, इसमें कटहरा लगा हुआ है। रात को जेलर इसे भी बन्द कर सकता है।

बाहर की ओर एक लम्बी गलियारी है। जेल के नियम को भङ्ग करने वाले क़ैदी यहाँ रक्खे जाते हैं। प्रारम्भ की ३ कोठरियाँ प्राणदण्ड के असामियों के लिए सुरक्षित हैं, क्योंकि ये जेल के निकट हैं और इन पर निगरानी करने में अधिकारियों को सुभीता रहता है।

यह जेल विसेटर क़िले के पुराने खण्डहर हैं। इसे कार्डिनल ऑफ़ विनचेस्टर ने बनवाया था, जिसने जोन-ऑफ़-आर्क को जलाने का हुक्म दिया था, ऐसा मैंने सुना है। सभी मुझे चिड़ियाख़ाने के जानवर की तरह देखते हैं। सदैव एक सन्तरी मुझ पर तैनात रहता है। जब कभी दरवाज़ा खुलता है, मैं उसी के दो नेत्रों को अपने ऊपर घूरते देखता हूँ। अधिकारीगण इस कोठरी की हवा और रोशनी को काफ़ी समझते हैं।

११

अभी दिन नहीं निकला है। यह रात कैसे काटूँ? मुझे एक बात सूझी, मैं उठ खड़ा हुआ। लैम्प लेकर कमरे की दीवारों को देखने लगा। उनमें लेख, तस्वीर, नमूने, नक़्शे और अनेक प्रकार की विचित्र आकृतियाँ बन रही थीं। इससे प्रतीत होता था कि जो क़ैदी यहाँ रहते रहे हैं, वे इसी प्रकार कोई न कोई अपना स्मृति-चिन्ह छोड़ गए हैं। ये या तो खड़िया से लिखी गई हैं या कोयले से; अथवा पत्थर खोदकर ख़ून से। यदि मेरा चित्त स्थिर होता तो मैं बड़े चाव से जेल के प्रत्येक पत्थर पर अङ्कित इस अद्भुत पुस्तक को, जिसके पृष्ठ सदा खुले रहते थे, बड़े चाव से मनन करता। मेरी इच्छा होती कि विचारों की वह गन्ध, जो इन दीवारों पर छिटकी हुई

है, एक जगह इकट्ठी कर लूँ। प्रत्येक व्यक्ति के अङ्कित भाव चुन-चुनकर रख लूँ और फिर इन अधूरे वाक्यों को, बिखरी हुई पंक्तियों को, अर्थहीन शब्दों को, जो मस्तक-हीन शरीर की तरह पड़े हुए हैं—जैसे कि इनके लेखक—जीवन-पर्यन्त मनन करूँ।

मेरे बिस्तरे से ज़रा ऊपर दो हृदय अङ्कित थे। उनमें तीर मारा गया था और उनमें से रक्त की धार बह रही थी। इसका शीर्षक था "जीवन का प्यार"। किसी अभागे की इच्छा पूरी न हो पाई थी। इसी के पार्श्व में एक तिकोना टोप बना हुआ था, जिसके नीचे एक छोटी-सी सुन्दर तस्वीर क़त्ल की हुई बनाई गई थी। उस पर ये शब्द अङ्कित थे—"सम्राट चिरजीवित रहें, १८२४।"

फिर मैंने जलते हुए हृदय देखे। उन पर आदर्श वाक्य थे। मैं मेथियस, डरविन, फ़्रेक्यूज़ को प्यार करता हूँ, सामने की दीवार पर 'पापा बोइन' लिखा हुआ था। पहला अक्षर कुछ मिट गया था। इसके अलावा एक फ़ोश गीत भी लिखा हुआ था। एक पत्थर में स्वतन्त्रता की टोपी खुदी हुई थी। इसका नाम था "वोविस प्रजा-तन्त्र।" यह लॉरो चेले के अफ़सर का नाम था। हाय! बेचारा वह युवक×××!

राजनैतिक आवश्यकताएँ भी कैसी भयानक हैं, देखो न, मैं भी उस युवक पर तरस खाता हूँ। ओह! मैंने तो सचमुच अपराध किया है और ख़ून बहाया है।

अब आगे मैं न देख सका, क्योंकि सफ़ेद चॉक से आगे फाँसी की टिकटी का स्पष्ट चित्र बना था। कैसा भयानक! कैसा भीषण!! मेरे हाथों से लैम्प छूट गया!!!

१२

मैं लौटकर बिछौने पर जा बैठा, दोनों हाथों से मुँह छिपाकर और घुटनों पर सिर टेक कर। मेरा बाल्य-भय दूर हुआ और मुझे फिर कुछ देखने की उत्कण्ठा हो गई।

पापा बोइन के नाम के पास से मैंने धूल से भरा हुआ एक मकड़ी का जाला तोड़ दिया था। इसके नीचे चार नाम थे। डवटन १८१६, पोलेन १८१८, जेन मारटेन १८२१, कॉस्टेङ्ग १८२३। इन नामों को पढ़ते ही मुझे एक भयानक स्मरण हो आया। डवटन ने अपने भाई को काट डाला था और पैरिस जाते समय उसका सिर कुएँ में फेंक दिया था और शेष भाग नाले में! पोलेन ने अपनी स्त्री को मार डाला था। जेन मारटेन ने अपने बाप को गोली मार दी थी, जबकि वह बाहर खिड़की से झाँक रहा था। कॉस्टेङ्ग एक डॉक्टर था, जिसने अपने मित्र को विष दे दिया था। पापा बोइन एक भयङ्कर पागल था, जिसने छुरे से अपने नन्हें-नन्हें बच्चों को काट डाला था। ये लोग—मैं सोचते-सोचते काँप गया—इस कोठरी में मुझसे पहले रह चुके हैं। यही फ़र्श है, जिस पर बैठकर उन्होंने अन्तिम घड़ियाँ गिनी हैं, इसी छोटे से दरवाज़े पर उनके मस्तक झुके हैं। वे उस समय पशु-तुल्य हो रहे थे। एक के बाद एक तेज़ी से वे आए। यह कोठरी कभी ख़ाली न रही। अब उन्होंने यह कोठरी मुझे दी है। आज मैं भी उन्हीं की श्रेणी में हुआ। मैं कोई देव नहीं हूँ, सिद्ध नहीं हूँ, फिर मुझे भय क्यों न लगे? मुझे ये नाम अग्नि की ज्वाला से लिखे गए दीख रहे थे। मेरे कानों में ध्वनि आ रही थी। आँखें जल रही थीं। ऐसा प्रतीत होता था मानो कोठरी में मनुष्य ही मनुष्य भर गए हैं। उनके बाएँ हाथों में अपने-अपने सिर हैं और मुँह के बल उन्हें पकड़े हुए हैं, क्योंकि उनके बाल तो काट ही डाले गए थे। मेरा रोम-रोम खड़ा हो गया। मैंने आँखें बन्द कर लीं। अब सब कुछ स्पष्ट दीखने लगा।

वह स्वप्न था या नाटक का दृश्य, अथवा भीषण सत्य? मैं ज्ञान-शून्य हो चला था। मैं हिम्मत कर रहा था, पर गिरने ही वाला था। एक ठण्डी चीज़ मेरे पैर पर से फिर गई। यह वही मकड़ी थी, जिसका जाला अभी मैंने तोड़ा था और जो अब बचकर भाग रही थी। इस घटना से मुझे होश हुआ। पर ओह! कैसी भयानक बात थी!

नहीं जी, वह केवल कल्पना थी—मस्तिष्क-विकार मात्र। मरने वाले मर गए और क़ब्र में गाड़ दिए गए। यह जेल थी और इससे छुटकारा मिलना शक्य न था, पर मैं डरा क्यों? क़ब्र का द्वार तो इधर नहीं है?

१३

ओह! यदि मैं भाग जाऊँ? पर खेतों को कैसे पार करूँगा? आह! लेकिन मुझे भागना तो नहीं चाहिए। लोग मेरी ओर देखने और मुझ पर सन्देह करने लगेंगे। मैं धीरे-धीरे चलूँगा। अपने चेहरे पर नीचे की ओर मैं पुराना रूमाल बाँध लूँगा। यही तो मालियों का वेश

है। मैं एक कुञ्ज को जानता हूँ, जो पास ही है; बचपन में मैं वहाँ मछली पकड़ने स्कूल के साथियों के साथ जाया करता था। मैं वहाँ रात तक छिपा रह सकता हूँ।

जब रात हो जायगी तब फिर चलना शुरू कर दूँगा। मैं बिनसेनस जाऊँगा, नहीं जी, बीच में नदी जो पड़ती है, उचित तो यह होगा कि मैं सेन्ट जरेमन होकर जाऊँ। वहाँ से हावरे, हावरे से फिर इङ्गलैण्ड के लिए जहाज़ मिल सकता है। फिर मैं चलकर लौंग जूस्यू आ जाऊँ। यहाँ पुलिसमैन पासपोर्ट माँगेगा, मैं कह दूँगा कि खो गया।

ओ! अरे बदनसीब! पहले पत्थर की इन दीवारों को तो पार कर, जो तुझे चारों ओर से घेरे हुए हैं। मृत्यु! मृत्यु!!

मुझे स्मरण होता है कि जब मैं बिलकुल बच्चा था, तब मुझे यहाँ पागल आदमी दिखाने लाया गया था।

१४

इस समय, जब कि मैं यह लिख रहा हूँ, मेरे लैम्प का प्रकाश धीमा पड़ रहा है। दिन निकल रहा है, लो ६ बज रहे हैं।

परन्तु इसके क्या मानी? वार्डर मेरी कोठरी में आया, उसने टोपी उतारी, और नम्रतापूर्वक कहा—क्या आप नाश्ता करेंगे?

मेरा रक्त थम गया। क्या आज ही अन्त है?

१५

निस्सन्देह आज ही। जेल-गवर्नर आकर मिला। उसने मुझसे कुछ योग्य सेवा पूछी, फिर उसने कहा—मेरी या किसी कर्मचारी की कोई शिकायत तो नहीं? मेरे स्वास्थ्य के सम्बन्ध में भी उसने बड़ी तत्परता दिखाई, रात कैसी कटी, यह भी पूछा। चलती बार उसने मुझे 'श्रीमान्' कहकर पुकारा।

सब आज ही समाप्त है।

१६

जेलर को यह तो विश्वास ही नहीं हो सकता कि मैं उनके विरुद्ध कुछ शिकायत कर भी सकता हूँ। यह ठीक ही है। यह कृतघ्नता होगी, यदि मैं उनकी शिकायत करूँ। वे तो अपना कर्त्तव्य ही पालन करते हैं। उन्होंने मेरी खूब निगरानी की है। क्या मुझे इसी पर न सन्तोष करना चाहिए? यह जेलर, जिसका मन्द हास्य और कोमल शब्द-जाल, सतर्क दृष्टि, लम्बे और बलिष्ट भुजदण्ड, आधा मनुष्य और आधा जेलख़ाना है, मैं इसका शिकार हूँ। यह मुझे जकड़ता है, फन्दे में फँसाता है, इन दीवारों में बन्द करता है, ज़ञ्जीरों से कसता है। हाय, मैं भी कैसा अभागा हूँ? मेरा क्या होना है? मेरे साथ क्या किया जायगा?

१७

मैं स्तब्ध हूँ। सब निपट चुका। होनहार होकर रहेगी। गवर्नर के आने से जो मुझपर चिन्ता का भार था, वह उतर गया। मैं समझ गया, अब कुछ भी आशा नहीं है।

हुआ यह कि ६॥ बजे मेरी कोठरी का दरवाज़ा खुला, एक शुभ्रकेशी वृद्ध ने मेरी कोठरी में प्रवेश किया। उन्होंने अपना लबादा उतारकर रख दिया, मैं पहचान गया कि पादरी हैं।

यह जेल के पादरी न थे। मुझे यह बात अच्छी न लगी। वे मेरे पास बैठ गए। अपने नेत्रों को आकाश की ओर करके उन्होंने कहा—मेरे पुत्र, क्या तुम तैयार हो?

मैंने धीमे स्वर में कहा—मैं तैयार नहीं, तत्पर हूँ।

किन्तु मेरी दृष्टि धुँधली पड़ गई। मुझे ऐसा प्रतीत होता था, मानो एक शोक-गीत मेरे कानों के पास गाया जा रहा है। मैं कुर्सी पर बैठा था, पर मुझे होश न था। पादरी बातें कर रहे थे, उनके होठ, आँखें और हाथ हिलते दीख रहे थे, पर मैं कुछ सुन न रहा था।

दरवाज़ा फिर खुला। मैं चौंक पड़ा। गवर्नर ने कोठरी में प्रवेश किया। इनके साथ एक और व्यक्ति था जो काली पोशाक में था, इसने मुझे झुककर सलाम किया। उसके हाथों में एक काग़ज़ का मुट्ठा था।

उसने कहा—महाशय! मैं कोर्ट ऑफ़ जस्टिस का एक मीर-मुन्शी हूँ और पब्लिक-प्रॉसीक्यूटर से एक समाचार लाया हूँ।

मेरा भय जाता रहा, फिर मुझमें ज्ञान-शक्ति उदय हो गई।

मैंने पूछा—पब्लिक प्रॉसीक्यूटर मेरा सिर चाहते हैं, यही न? यह तो मेरा सौभाग्य है, मैं विश्वास करता हूँ कि मेरी मृत्यु से वे प्रसन्न होंगे।

उसने पढ़ना शुरू किया। वह प्रत्येक शब्द के अन्त में ज़ोर देता था।

मेरी अपील ख़ारिज हो गई थी।

सुना चुकने पर उसने कहा—'डी ग्रेव' नामक स्थान पर फाँसी लगाई जायगी। फिर उसने बिना मेरी ओर देखे कहा—ठीक ७॥ बजे हम लोगों को चलना होगा। सज्जनवर! क्या आप हमारे साथ कृपया चलेंगे?

उसकी अन्तिम पंक्तियाँ तो मैंने सुनीं ही नहीं। गवर्नर पादरी से कुछ कह रहा था। मीर-मुन्शी की दृष्टि अपने काग़ज़ों पर थी, पर मेरी तो अधखुले द्वार पर टकटकी लग रही थी। आह! मेरा दुर्भाग्य तो देखो! वहाँ चार सन्तरी मुस्तैद थे।

इस बार मेरी ओर दृष्टिपात करके मीर-मुन्शी ने फिर मुझसे पूछा—जब तुम्हारी इच्छा हो।

मैंने कहा—जब तुम्हें सुभीता हो।

उसने झुककर अभिवादन किया और आधे घण्टे में आने को कहकर चला गया। गवर्नर और पादरी भी चले गए। मैं अकेला रह गया। हे परमेश्वर! क्या भागने की कोई सूरत नहीं? कोई आशा नहीं? अरे! मैं भागूँगा। दरवाज़े से, खिड़की से, छत से, जैसे बन सके वैसे।

ओह इन भीषण, दैत्याकार दीवारों में मैं एक मास पड़ा रहा। अब इन्हें विदीर्ण करने को मेरे पास एक कील भी तो नहीं, अरे! एक घण्टे का समय भी तो नहीं!

१८

ठीक ७॥ बजे मीर-मुन्शी ने द्वार पर आकर कहा—जनाब! मैं आपकी प्रतीक्षा में खड़ा हूँ।

"तुम! और भी तो हज़ारों—क्यों .

मैं उठ खड़ा हुआ। मैं उसकी ओर चला। ऐसा प्रतीत होता था कि सिर बहुत भारी होगया है और टाँगें बिलकुल कमज़ोर हैं। मैं साहस करके चला। कोठरी से मैंने बिदा ली। मुझे इससे भी मोह हो गया था।

जेल से बाहर आने पर गवर्नर ने प्रेम से मुझसे हाथ मिलाया। वही काली हत्यारी गाड़ी मेरी प्रतीक्षा कर रही थी। चारों ओर मनुष्यों की अपार भीड़ थी। वर्षा हो रही थी। हाय! वर्षा से प्रथम ही मैं समाप्त हो जाऊँगा!!

मैं गाड़ी में जा बैठा। मेरे ऊपर ८ आदमी नियुक्त थे। गाड़ी चली। घोड़ों की टाप, पहियों की घड़घड़ाहट, कोचवान के कोड़ों की सरसराहट मैं सुन रहा था। मानों कोई हवा में उड़ाए लिए जाता हो। मेरी दृष्टि एक मकान पर लगे पत्थर पर पड़ी। उस पर लिखा था—

"वृद्धों का अस्पताल।"

मैंने चिल्लाकर कहा—हा! अवश्य ही कुछ लोग वृद्ध भी होते हैं।

गाड़ी एकाएक मुड़ी, पादरी ने मुझसे बातें करनी शुरू कीं। पर मेरा उधर ध्यान ही न था। मैं उसकी बातें सुन तो रहा था, मगर ध्यान नहीं दे रहा था।

मीर-मुन्शी ने ज़रा ऊँचे स्वर से कहा—देखो तो, कैसी ख़राब गाड़ी है, कितनी धचकियाँ लग रही हैं। कितना खड़खड़ हो रहा है, बात ही नहीं कान पड़ती। मैं कह रहा था—कोई नई ख़बर भी सुनी है, जिससे पैरिस भर में खलबली मच गई है।

पादरी ने कहा—नहीं, मुझे आज का अख़बार पढ़ने की फ़ुर्सत ही कहाँ मिली। शाम को पढ़ूँगा।

"क्या सचमुच?" मुन्शी ने कहा।

मैंने कहा—मैं जानता हूँ।

"आप? अच्छा आपका इस विषय में क्या मत है?"

"तुम इतने उत्सुक हो?" मैंने कहा।

"नहीं जनाब, सभी का यह हाल है। राजनैतिक मामलों में तो सभी की अपनी-अपनी राय होती ही है। मैं तो क़ौमी गार्ड बनाने के पक्ष में हूँ। मैं अपने गिरोह का सारजेण्ट था और सचमुच बड़ा प्रसन्न था!" मैंने टोक कर कहा।

"पर मैं तो कुछ और ही समझ रहा था!"

"वह क्या?"

"कुछ दूसरी ही बात।"

"ज़रा सुनाइए तो, आप लोग किस तरह ऐसे समाचार पा लेते हैं? शायद आप नहीं जानते, मैं समाचारों का कितना शौक़ीन हूँ। कहिए, मैं सभापति को सुनाऊँगा, उन्हें इन बातों में बड़ा मज़ा आता है!" वह बकता ही रहा।

अन्त में उसने कहा—आप क्या सोच रहे हैं?

"यही कि आज सन्ध्या को कुछ न सोचना पड़े।"

"आह! आप इस दुखदायी विचार में फँसे हैं, इतना

दिल छोटा न करिए, प्रसन्न रहिए। मि० पापा बोयन तो रास्ते भर बातें करता और सिगरेट पीता गया था। मैं ही तो उसे हिफ़ाज़त से ले गया था। आप साहस न छोड़ें, वे तो संसार से घृणा करते थे। पर मेरे युवक मित्र! तुम सचमुच बड़े उदास हो।"

मैंने रुखाई से कहा—युवक? युवक कहते हो? मैं तुमसे तो बड़ा ही हूँ, प्रत्येक १५ मिनट में एक वर्ष बढ़ रहा हूँ।

वह आश्चर्य से मेरी ओर देखने लगा।

"आप दिल्लगी करते हैं—मेरी उम्र आपके दादा के बराबर है।"

"दिल्लगी नहीं करता" मैंने गम्भीरता से कहा।

"जनाब, नाराज़ न हूजिएगा!" यह कहकर उसने नस्य की डिबिया निकाली।

मैंने कहा—मैं नाराज़ नहीं हूँ।

इतने में गाड़ी का धक्का लगा, डिबिया उसके पैरों पर गिरकर बिखर गई। वह चिल्ला पड़ा—मैं कैसा बद-नसीब हूँ, देखो मेरी सारी नस्य नष्ट हो गई।

"और मैं तो स्वयं ही नष्ट हो रहा हूँ" मैंने मुस्कराकर कहा।

उसने नस्य बटोरते हुए बड़बड़ा कर कहा—अधिक नष्ट हो रहे हो? यह कहना ही आसान है जनाब! यह नस्य तो पैरिस के अलावा कहीं न मिलेगी।

पादरी ने उसके प्रति खेद प्रकट किया। मैं मन ही मन प्रसन्न हुआ। वे दोनों बातों में लगे और मैं विचार-सागर में डूब गया।

कुछ देर के लिए गाड़ी चुङ्गी के दफ़्तर के सामने रुकी। एक कर्मचारी ने उसकी जाँच की। अगर कोई पशु-बध करने को जाता तो वहाँ टेक्स लगता, पर आदमी मुफ़्त जा सकता था।

हम आगे बढ़े। सैण्ट मारकेड पहुँचने पर भीड़ की भीड़ हमारे पीछे लग गई। सबके हाथ में एक-एक अख़बार था और वे बड़ी उत्सुकता से उसे पढ़ रहे थे।

साढ़े आठ बजे हम कन्सेर ग्रे पहुँचे। इसे देखते ही मेरे रक्त की गति रुक गई। गाड़ी रुकते ही मैंने सोचा, अवश्य मेरे हृदय की धड़कन भी रुक जायगी। मैंने साहस किया। फाटक खुला। मैं नीचे उतरा। झटपट सिपाहियों ने मुझे घेर लिया। भीड़ बड़ी उत्सुक होकर देख रही थी।

१६

जब तक मैं कोर्ट ऑफ़ जस्टिस की सड़क पर होकर चलता रहा, तब तक तो मैं मज़े में था, पर जब मैं एक छोटे दरवाज़े में घुसकर गुप्त और तङ्ग मार्ग से चला, जहाँ केवल जज या अपराधी ही जा सकते हैं, तो मेरी हिम्मत टूट गई।

मीर-मुन्शी मेरे साथ था। पादरी दो घण्टे में लौट आने को कह गया था।

गवर्नर के कमरे में ले जाकर मीर-मुन्शी ने मुझे उसके सुपुर्द किया। जब मुन्शी जाने लगा तो गवर्नर ने उसे ठहरने को कहा; क्योंकि एक दूसरा क़ैदी इसी समय वहाँ तैयार था, जो विसेटर के क़िले की उसी कोठरी में, जहाँ से मैं आया था, बन्द होने वाला था। क़ैदी ले जाना और ले आना उसी के सुपुर्द था। उसने कहा—अच्छी बात है, मैं ठहरा हूँ। दोनों का इत्तलानामा एक साथ ही निकाल दें।

जब यह सब हो चुका तो मैं डाइरेक्टर के दफ़्तर के पास वाली कोठरी में बन्द कर दिया गया। दरवाज़ा इसका भी बहुत मज़बूत था।

मुझे कुछ ख़बर नहीं, कितनी देर वहाँ रहा। ज़ोर से हँसने की आवाज़ सुनकर मैं चौंका। एक ख़ूब तगड़ा ५५ साला बूढ़ा सामने खड़ा मुस्करा रहा था। कपड़े मैले थे।

द्वार खुला हुआ था और वह बिना सूचना के ही घुस आया था। क्या मृत्यु भी इसी तरह घुस आएगी? कुछ देर हम दोनों परस्पर देखते रहे, उसके नेत्रों में गम्भीरता थी, मेरे नेत्रों में भय और आश्चर्य।

"तुम कौन हो?" मैंने चिल्लाकर कहा।

"क्या ख़ूब" उसने हँसकर कहा।

"इसका क्या मतलब?" मैंने पूछा।

उसने ख़ूब ज़ोर से हँसकर कहा—६ हफ़्ते में यही छुरा मेरा सिर धड़ से जुदा करेगा, जो ६ घण्टे में तुम्हारा करने वाला है। अब समझे?

मैं पीला पड़ गया। मेरे रोंगटे खड़े हो गए।

उसने कहना शुरू किया—"मैं एक नामी चोर का बेटा हूँ। चारलट में उसे फाँसी मिली थी। ६ वर्ष की आयु में मैं अनाथ हो गया। मैं आवारा फिरा करता था।

जाड़े के दिनों में नङ्गे पैरों कीचड़ में भागता फिरता था। उँगलियाँ लहू-लुहान हो जाती थीं। पाजामे में सैकड़ों छेद थे।

"नौ वर्ष की आयु में मैंने जेब काटने और कपड़े चुराने शुरू किए और दसवें वर्ष में पूरा जेबकट बन गया। पुलिस मेरे पीछे पड़ी और आख़िर में पकड़ा गया, और १५ वर्ष जेल में रहा। ३२ वर्ष की आयु में मैं छूटकर बाहर आया। उन्होंने मुझे १ पीला पासपोर्ट और ६६ फ्रैङ्क दिए। यह मेरी १५ वर्ष की १६ घण्टे रोज़ परिश्रम करने की कमाई थी। अब मेरी इच्छा भले आदमी की तरह रहने की थी, पर इच्छा से ही क्या होता है! मेरे पासपोर्ट पर लिखा था—"छूटा हुआ क़ैदी!" मैं जहाँ भी जाता, लोग घृणा करते और मुँह फेर लेते। मुझे कहीं भी मज़दूरी नहीं मिली। एक-एक करके मेरे सारे फ्रैङ्क ख़र्च हो गए और मेरी जीवित रहने की इच्छा बनी रही। मैं अपने बलिष्ठ बाहु दिखा-दिखाकर लोगों से कहता कि मैं बहुत अच्छा काम करूँगा और कम से कम मज़दूरी लूँगा। पर फल कुछ न हुआ। अब क्या करूँ। एक दिन बहुत भूखा था। नानबाई की दूकान से एक रोटी चुरा ली। हाय! मैं उसे खा भी न सका था कि पकड़ा गया। फिर वहीं भेज दिया गया। मेरे कन्धे पर तभी का एक निशान है, तुम देख सकते हो। मैं टोलून में क़ैद किया गया। मैंने भागने की चेष्टा की। तीन दीवारें तोड़नी थीं, ज़ञ्जीर काटनी थी और सिर्फ़ एक कील पास थी, पर मैं भाग गया।

"अब मैंने मार-धाड़ शुरू की। जहाँ मौक़ा पाता, बेधड़क मनुष्यों को मार डालता और उन्हें लूट लेता। अन्त में फिर पकड़ा ही गया। अन्त सभी का है। लड़के, यही मेरी कहानी है!"

मैं एकदम काँप रहा था। वह ज़ोर से हँसा और मेरा हाथ पकड़ना चाहा। मैं हट गया। उसने कहा—मेरे दोस्त, निराश मत हो। प्रयत्न करो और मृत्यु की बाज़ी लगाओ। टिकटी पर कुछ क्षण कष्ट मिलेगा, पर शीघ्र ही सब समाप्त हो जायगा। मैं चाहता हूँ कि तुम्हें दिखा दूँ कि किस तरह अन्तिम उछाल मारी जाती है। मुझे प्रसन्नता होगी, यदि वे तुम्हारे साथ मेरी भी आज ही अन्तिम हजामत करें। एक ही पादरी दोनों को उपदेश दे। तुम चाहो तो प्रथम अवसर तुम्हें ही मिल सकता है। कहो, मैं कैसा सुजन पापी हूँ?

वह फिर मेरी तरफ़ बढ़ा। मैंने उसे पीछे ढकेल कर कहा—महाशय! आपको धन्यवाद है।

वह खिलखिलाकर हँस पड़ा।

"महाशय! महाशय तुम अपने आपको कहो, यदि तुम हो।"

"पर अन्तिम समय क्यों नवाबी छाँटते हो?"

मैंने बाधा देकर कहा—मित्र! मुझे अकेला छोड़ दो, मैं अपने आपको सावधान कर लूँ।"

क्षण भर को वह गम्भीर हो गया। उसने सिर हिलाकर कहा—"तुम्हें पादरी की आशा है?" फिर उसने मुझे घूरकर कायरता से कहा—"अच्छा देखो तुम तो महाशय हो ही, उदार भी हो। यह जो तुम्हारे पास बड़ा सा इतना अच्छा कोट है, यह अब तुम्हारे किस काम आएगा। इसे मुझी को दे दो, मैं इसे बेचकर तम्बाकू ले लूँगा।"

मैंने कोट उतारकर उसके हवाले कर दिया। उसने प्रसन्न होकर बच्चों की तरह ताली बजाई। मैं अकेली क़मीज़ में सर्दी से काँप रहा था। उसने यह देखकर कहा—"ओह! तुम्हें सर्दी लग रही है। वर्षा भी तो हो रही है। लो, इसे पहन लो।" इतना कहकर उसने अपना फटा कोट मेरी बाँहों से अटका दिया।

मैं विमूढ़-सा दीवार के सहारे खड़ा था। उसने क़हक़हा लगाकर कहा—जेबें तो नई हैं। काला भी ख़ूब है। कम से कम १५ फ्रैङ्क तो मिलेंगे ही। कैसी प्रसन्नता की बात है, ६ सप्ताह के तम्बाकू का ख़र्च चल जायगा।

द्वार फिर खुला। वे हमें उस कमरे में ले गए, जहाँ अपराधी अन्तिम क्षण की प्रतीक्षा में बैठते हैं। वह बीच में जा खड़ा हुआ और हँस कर कहा—कुछ गड़बड़ नहीं। इन सज्जन ने मुझसे कोट बदलौवल कर लिया है। परन्तु मैं स्थान नहीं बदलूँगा। अब ६ सप्ताह के तम्बाकू की तो बेफ़िक्री हुई।

२०

१० बजे हैं। ओह! मेरी नन्हीं-सी बिटिया! ६ घण्टे में मैं मर जाऊँगा। मैं अपवित्र हो जाऊँगा। मेरा शरीर ठुकरा दिया जायगा। सभी को मुझ पर तरस आता है। वे मुझे छोड़ सकते हैं, पर छोड़ते नहीं—मारने ही का निश्चय किए बैठे हैं। मेरिया बेटी! सुनती हो! वे मुझे मार ही डालेंगे।

हे परमेश्वर! मेरी बेचारी बच्ची! मैं तेरा पिता हूँ,

जो तुझे अत्यन्त प्यार करता था; जो तेरे कोमल गुलाबी गालों को चूमता था; जो तेरे सुनहरे बालों में उँगलियों से घण्टों अठखेलियाँ किया करता था; जो तेरे सुन्दर मुखड़े को हाथों में पकड़कर घुटनों पर बैठाकर घण्टों नचाया करता था और सोने के समय हाथ जोड़कर प्रार्थना सिखाया करता था; अब तेरे साथ यह सब बातें कौन करेगा? कौन प्यार करेगा? तेरे-जैसी बच्चियों के तेरे अतिरिक्त सभी के पिता होंगे। तू मेरी प्यारी बच्ची, मेरी जुदाई कैसे सहेगी? कैसे अपने पिता को भूलेगी? तू अनाथ हो जायगी—न पी सकेगी, न खा सकेगी।

आह! यदि जूरी मेरी नन्हीं-सी बालिका को देख पाते, तो उस तीन वर्ष की बालिका के पिता को मारने की आज्ञा देने से प्रथम तीन बार अवश्य विचार करते।

जब वह बड़ी होगी और जीवित रही तो क्या सोचेगी? उसके पिता को पैरिस में कुछ दिन लोग याद रक्खेंगे। वह दर-दर फिरेगी। मेरी बुराई सुनेगी। अरी मेरी प्यारी मरे! क्या तुम मेरा अपमान सह लोगी?

अभागे! मैंने कैसा अपराध कर डाला?

२१

ओ क्षमा, मेरी क्षमा! शायद बच ही जाऊँ। राजा चाहे तो बचा सकता है। अरे कोई दौड़ो। कौन्सिल से फ़रियाद करो, मुझे जन्म-क़ैद मञ्ज़ूर है। ५ साल हो या २० साल की; लोहे के गर्म तकुए से दाग़ना भी सह लूँगा, पर मुझे जीवित रहने दो। मेरी जान छोड़ दो, क़ैदी जीता तो है, घूमता तो है, चलता-फिरता तो है! सूरज और आकाश को देखता तो है!!

२२

पादरी फिर आगया! वह उदार, सरल और सज्जन है। पर मुझ पर उसके उपदेश का प्रभाव नहीं पड़ा। फिर भी मैं उससे प्रसन्न हूँ। वही एक व्यक्ति है जो मुझे व्यक्ति के भाव से देखता है। मधुर शब्दों के लिए मैं कितना तरसता हूँ।

हम दोनों बैठ गए। वह कुर्सी पर और मैं बिस्तर पर। उसने कहा—पुत्र! क्या तुम्हारा ईश्वर में विश्वास है?

"हाँ, पवित्र पिता" मैंने कहा।

"क्या तुम रोमन कैथोलिक चर्च पर विश्वास करते हो?"

"अवश्य"

उसने फिर कहा—पुत्र! मुझे भय है कि व्याकुल हो रहे हो।

फिर बहुत सी बातें कहीं। अन्त में दृष्टि उठाकर मेरी ओर देखा। उसने पूछा—क्यों?

मैंने कहा—आपकी बातें मैंने प्रथम उत्सुकता से, फिर ध्यान से और इसके बाद श्रद्धा से सुनी हैं।

मैं अपने स्थान से उठ खड़ा हुआ। मैंने कहा—पवित्र पिता! आप कुछ क्षण के लिए मुझे अकेला छोड़ दें, विनती करता हूँ।

"फिर कब आऊँ?"

"मैं कहला दूँगा।"

वह चला गया। शायद वह सोचता था, नास्तिक है; पर नहीं, ईश्वर मेरा साक्षी है, मैं नास्तिक नहीं हूँ। परन्तु उसने वही बातें तो मुझसे कही हैं, जो अन्य क़ैदियों से कहता है। मुझे उसके उपदेश में कोई प्रभाव, उच्चता और शक्ति नहीं दिखी। उसका काम ही यही है, इसी का उसे वेतन मिलता है। असामियों को टिकटी पर मरने के लिए धीरज दिलाना उसका नित्य का धन्धा है। उसने बाइबिल के पन्ने छाँट रक्खे हैं, वही वह सबको सुनाता है।

ओह! यदि उसे न भेजकर मेरे पास कोई और वृद्ध पादरी भेजा जाता? वह इन उपदेशों के बदले मुझे आदेश देता? वह कहता कि एक आदमी को मरना है, आओ इस पर विचार करें? कल्पना करो तुम्हें उसके साथ उस समय रहना पड़े, जब वे उसे बाँध रहे हों और बाल काट रहे हों। उसके साथ तुम्हें गाड़ी पर जाना पड़े, उसे बध-स्थल तक पहुँचाकर उसकी अन्तिम जीवन-लीला देखनी पड़े?

मैं तब भावावेश में धरती में घुटनों के बल बैठकर रोऊँ, वह भी रोवे, हम परस्पर अश्रु-विनिमय करें। मेरा हृदय कोमल हो और मैं अपनी आत्मा उसके सुपुर्द करूँ, तब मैं सचमुच आस्तिक हुआ।

परन्तु इस बुड्ढे से मेरा क्या सम्बन्ध है? मैं उसका कौन हूँ? एक तुच्छ क़ैदी, जैसे उसने सैकड़ों देखे हैं।

पर नहीं, मेरी भूल है, उसे लौटाकर मैंने बुरा किया। मेरी रुखाई पर भी वही एक मुझे प्यार करता था। मेरी उसासें मेरा सर्वस्व नष्ट कर रही हैं।

वे मेरे लिए बढ़िया खाना और पकवान दे गए, पर ज्योंही मैंने प्रथम ग्रास मुँह में दिया, मैं गले से न उतार सका। प्रत्येक वस्तु अत्यन्त कड़वी और बेस्वाद थी।

२३

मैंने दोनों हाथों से आँखें बन्द कर लीं। बचपन की स्मृति-रेखाएँ सामने आती थीं, किन्तु मैं उन्हें बलात् भुलाने की चेष्टा कर रहा था।

वह विद्यार्थी-जीवन, बग़ीचों की दौड़-धूप, खेल-कूद, सब एक के बाद दूसरा मेरी नज़रों में आने लगा। वह बालिका, जो सदा ही मेरे साथ खेला करती थी, उसकी बड़ी-बड़ी आँखें, लम्बे-लम्बे बाल, सङ्गमरमर जैसा शरीर और गुलाब के खिले पुष्प की तरह मुख-मण्डल, एक-एक करके नेत्रों में फिर गया। तब उसकी अवस्था १४ वर्ष की थी। नाम था 'पेपा'। माता ने हमें साथ खेलने की आज्ञा दे रक्खी थी। पर हम तो बातों ही में सारा समय बिताते थे। दोनों की उम्र बराबर थी।

एक वर्ष से अधिक तक हम खेले और लड़े-झगड़े, पके हुए सेब पर हमारी छीना-झपटी हो जाती थी। फिर हम दोनों ही माँ के पास आकर फ़रियाद करते थे। वह चलते-चलते मेरी बाँहों पर झुक जाती, ओह! कितने गर्व की बात थी! हम मस्तानी चाल से धीरे-धीरे बातें करते हुए टहला करते थे। उसका रूमाल कभी गिर पड़ता तब मैं उठा कर देता था। ओह! उस सुख-स्पर्श की बात क्या कहूँ? हम लोगों की बातों का विषय था पक्षियों की भाषा, धूप की चमक, स्कूल के साथी, कपड़े और बेल-बूटे, झालर। हमारे मन पवित्र थे, पर हम बहुधा शर्माया करते थे।

अब तो वह छोटी बालिका युवती बन गई है।

गर्मी के दिन थे और सन्ध्या का समय। हम बाग़ में एक वृक्ष की शीतल छाया में बैठे थे। उसने अचानक बाँह पकड़कर कहा—'चलो दौड़ें।' वह चल दी। ओह, वह कितनी नाज़ुक, कितनी सुन्दर थी, कितनी कोमल थी। वह भागी, मैं भी दौड़ा। हवा से उसका वस्त्र उड़ गया। साफ़ बर्फ़ के समान गर्दन की एक झलक दीख पड़ी। मैंने लपककर उसे पकड़ लिया। वह हाँफते-हाँफते हँसने लगी और मैं एक रस उसकी रूप-सुधा पीने लगा।

उसने कहा—आओ कुछ पढ़ें।

हम पुस्तक खोलकर बैठे। वह पास खसक गई। मुझसे पहले वह पृष्ठ समाप्त कर लेती थी। वह तेज़ थी। वह पूछती—'पढ़ चुके?' पर मेरा तो पृष्ठ आधा ही हुआ था। तब हमारे कन्धे भिड़े, सिर छुए, बाल उलझे, साँसों की हवा मिली और फिर होठ मिले। फिर जो पुस्तक पर दृष्टि डाली तो सन्ध्या हो चुकी थी।

उसने कहा—माँ, हम ख़ूब खेले।

मैं चुप था। माँ ने कहा—क्यों बेटे! गुमशुम क्यों हो?

हाय! वह सन्ध्या तो जीवन के अन्त तक ही स्मरण रहेगी।

२४

'होटल डीविले' सुन्दर तो नहीं, पर ख़ूब बड़ा है। इसके आगे एक बड़ी सी घड़ी लगी हुई है। इसकी सीढ़ियाँ मनुष्यों की ठोकरों से घिस गई हैं। जब किसी को प्राणवध होता है तो भीड़ की भीड़ इसकी खिड़कियों में उसका तमाशा देखने को आ जुटती है।

२५

सवा बजा है। मेरा सिर फटा जा रहा है मानो ख़ून बड़ी तेज़ी से सिर में चक्कर खा रहा हो। ठण्ढ लग रही है। कँपकँपी छुट रही है। क़लम छुट गई। आँखों से धारा बह रही है। भौंहें कटी जाती हैं। २ घण्टे और ४५ मिनट में सब रोगों की चिकित्सा हो जायगी।

२६

बहुत लोग यह कहते हैं कि दुख कुछ वस्तु ही नहीं है। विज्ञान ने मृत्यु को बड़ा सरल बना दिया है।

तब फिर, मैं ६ हफ़्ते से जो दुख पा रहा हूँ, वह क्या है? यह आज का दिन धीरे-धीरे तेज़ी से बीत रहा है, क्या यह कम दुख है? मैं मौत की टिकटी पर चढ़ने की प्रतीक्षा में बैठा हूँ।

कदाचित् वे इसे दुख नहीं कहेंगे।

२७

पर क्या दुख कोई वस्तु नहीं है? क्या उनका कथन सत्य है? उनसे ऐसा किसने कहा? क्या ऐसा कोई उदाहरण है जिसमें किसी आदमी का सिर कट रहा हो, ख़ून बह रहा हो और वह कहे कि इसमें कुछ भी वेदना नहीं है?

क्या कोई मृतक मैशीन वाले को धन्यवाद देने आया है कि तुम्हारी मैशीन बहुत अच्छी है इससे मरने में ज़रा भी कष्ट नहीं हुआ।

एक क्षण में प्राण निकल जाते हैं, यह ठीक है, पर वे क्या स्वयं भी कभी इस पर लेटे हैं? जब एक भारी छुरा धड़ाम से गिरता है, मांस को काट डालता है, नसों की कुट्टी कर देता है और सारे शरीर में हड़कम्प पैदा कर देता है। यह सारी वेदना क्षण भर के लिए तो है, पर है कितनी भयानक?

२८

कैसी अद्भुत बात है कि मैं रह-रह कर महाराज की बात सोच रहा हूँ। मेरे कान में कोई कह रहा है—वह इस समय इसी नगर में है। एक विशालमहल में, जहाँ पहरे लग रहे हैं, पर उन्नत दशा में; और मैं अवनत में हूँ। उसके चारों ओर विजय, प्रेम, आनन्द और आदर बिखरा पड़ा है। धन-दौलत ठोकर में है। इस समय उसका दर्बार लग रहा होगा या वह शिकार खेलने गया होगा। लोग उसके आमोद-प्रमोद की सामग्री जुटाने में लगे होंगे।

यह मनुष्य भी तो मेरी ही तरह हाड़-मांस का बना हुआ है। इसकी क़लम क्षण भर में मेरी मृत्यु-वेदना नष्ट कर सकती है। और मैं जीवन, स्वतन्त्रता, परिवार, धन, सब कुछ प्राप्त कर सकता हूँ। वह दयावान् है, वे कहते हैं, वह तुम्हें छोड़ सकता है। पर अब तो कुछ भी न हो सकेगा!!

२९

किन्तु मुझे वीरता से मृत्यु का मुक़ाबला करना चाहिए? मृत्यु से मैं पूछूँ भी तो कि तू क्या है? तेरी क्या इच्छा है?

मैं जब नेत्र बन्द कर, कल्पना-जगत् में विचरता हूँ तो मुझे एक प्रकाश दीखता है, और मैं उसमें खो जाता हूँ, आकाश प्रकाशमय है, और तारे मात्र धुँधले विन्दु-मात्र हैं।

कहीं आकाश से किसी अँधेरी खाड़ी में न गिर पड़ूँ? ओह, मैं कितना भाग्यहीन हूँ, मुझे ऐसा दीख रहा है कि भयानक मूर्तियाँ चारों ओर से मुँह फैलाकर मुझे खाने को तैयार बैठी हैं।

कुल्हाड़ा पड़ चुकने पर मैं उठूँगा, और ज़मीन पर लुढ़का-लुढ़का डोलूँगा। आँधी आवेगी और मेरा सिर लुढ़क कर दूसरे कटे हुए सिरों में जा मिलेगा। वहाँ गड्ढे और तालाब होंगे, जिनमें काला पानी भरा होगा।

जो-जो व्यक्ति पैलेस-डि-ग्रेवे में मरते हैं, वे कहीं मिलते भी तो होंगे। वे लोग पीले हो गए होंगे, ख़ून बह रहा होगा।

शोक! ओ मृत्यु! तू कैसी भयानक है!

३०

मैंने उनसे पूछा—क्या कुछ देर सो लूँ? मेरे सिर में ख़ून इकट्ठा हो रहा है, इसलिए थोड़े विश्राम की आवश्यकता है। यह मेरे जीवन की अन्तिम नींद है।

मैं स्वप्न देख रहा हूँ। रात का समय है, मित्रों के साथ मैं पढ़ रहा हूँ, मेरी स्त्री कमरे में सो रही है, बच्ची भी उसी के पास है, हम लोग उनके जागने के भय से धीरे-धीरे बात कर रहे हैं।

एक खड़का सुनकर हम चौंके। सोचा, चोर आया है। मानों हम लोग चोर ढूँढ़ने लगे। हमें ऐसा प्रतीत हुआ, द्वार के पीछे कोई छिपा खड़ा है। मैं साहस करके उधर गया। देखा, एक वृद्धा दीवार से चिपक कर खड़ी है। उसकी आँखें बन्द हैं और बाँहें मुर्दों जैसी लटक रही हैं।

मैं डर गया। मेरे रोंगटे खड़े होगए। पूछा—तू कौन है?

जवाब नहीं मिला।

फिर पूछा—कौन?

वह न हिली न डुली, न आँखें खोलीं।

"अवश्य ही यह चोरों के साथ थी। यह भाग नहीं सकी है।" मेरे मित्र ने उसे धक्का दिया, वह धड़ाम से धरती पर आ गिरी। मैंने उसे फिर उठाकर दीवार के सहारे खड़ा कर दिया। फिर भी वह न बोली।

मेरे मन में भय और क्रोध दोनों उठ रहे थे। मैंने हाथ की बत्ती उसकी ठोढ़ी से लगा दी। उसने आधी आँखें खोल दीं; पर उनमें कुछ भी भाव न था। वह पुकारने पर भी न बोली। मैंने फिर बत्ती लगा दी। उसने फिर आँखें खोलीं, घूरकर हमें देखा और झुक

कर फूँक से बत्ती बुझा दी। अँधेरा होगया। उसी अँधेरे में मुझे ऐसा प्रतीत हुआ कि किसी ने तेज़ दाँत मेरे हाथ में गाड़ दिए हों।

मैं काँपकर उठ बैठा। पसीनों में नहा गया था। वही बुड्ढा पादरी बैठा प्रार्थना-पुस्तक पढ़ रहा था। मैंने पूछा—क्या मैं बहुत सोया?

"पुत्र! लगभग १ घण्टा। वे तुम्हारी बच्ची को लाए हैं। वे प्रतीक्षा में हैं, पर मैंने तुम्हें जगाने नहीं दिया।" पादरी ने कहा।

मैंने चिल्लाकर कहा—मेरी बच्ची! मेरी बच्ची को लाओ! अभी लाओ!!

३१

वही मेरी छोटी सी बिटिया, गुलाब के फूल की तरह कोमल और सुन्दर। वह बहुत सुन्दर वस्त्र पहने थी। मैंने उसे उठा लिया और घुटनों पर बैठाकर चूमने लगा। मैंने पूछा—इसकी माँ क्यों नहीं आई? और दादी?

"वे बीमार हैं।"

बालिका आँखें फाड़-फाड़ कर मुझे देख रही थी। मैंने उसे गले लगाया, उसे चूमा, वह घबरा उठी, रो उठी। मैंने कहा मरे, मेरी नन्ही मरे! मैंने ज़ोर से उसे छाती से लगा लिया, वह चीख़ उठी। धक्का देकर बोली—ओह, मैं कुचल गई!

हाय! एक साल से उसने मुझे देखा ही नहीं था। वह मुझे भूल गई थी। मेरे शब्द, चेहरा, बोली, सब कुछ बदल गया है, फिर भला वह कैसे स्मरण रख सकती थी? इस पोशाक में मुझे कौन पहचानेगा? पर कैसी मधुर इसकी भाषा है, और कैसी मीठी इसकी कण्ठ-ध्वनि है, एक बार यह पिता कह दे, तो अपना ४० वर्ष का जीवन ख़ुशी से दे दूँगा।

मैंने उसके दोनों छोटे-छोटे हाथ पकड़ कर कहा—सुनो मरे, क्या तुम मुझे नहीं जानती हो?

स्वच्छ आँखों से मेरी ओर देखकर उसने कहा—नहीं!

"ध्यान से देखकर कहो—मैं कौन हूँ?"

"एक अच्छे आदमी"—उसने सरलता से कहा।

"अफ़सोस, किसी को इतना प्यार करना भी कितना दुखदाई है?"

मैंने कहा—मरे, तुम्हारे पिता हैं?

उसने कहा—हाँ महाशय।

"भला कहाँ हैं?"

वह आश्चर्य से इधर-उधर देखने लगी। उसने कहा—क्या तुम नहीं जानते? वे मर गए हैं।

वह चिल्ला उठी। मैं उसे गिरने से न रोक सका।

"मर गए हैं? मरे, जानती हो मरना क्या है?"

"हाँ महाशय, स्वर्ग में जाना मरना कहाता है मैं माँ के घुटनों पर बैठकर ईश्वर से प्रातः-सायं उनके लिए प्रार्थना करती हूँ।"

मैंने उसका माथा चूम लिया। मैंने कहा—मरे, प्रार्थना सुनाओ तो!

"नहीं महाशय, प्रार्थना दिन में नहीं सुनाई जा सकती, शाम को मेरे घर आओगे तो सुना दूँगी।"

अब नहीं सहा गया। मैंने उससे एकदम कहा—मरे, मैं ही तुम्हारा पिता हूँ।

"ओह!" वह बोल उठी।

"क्या तुम नहीं चाहतीं कि मैं तुम्हारा पिता बनूँ?" मैंने उस पर चुम्बनों की बौछार कर दी। वह मेरी गोद से निकल भागने के लिए छटपटाने लगी। उसने कहा—हटो, तुम्हारी दाढ़ी मेरे चुभती है।

मैंने उसे फिर घुटनों पर बैठाकर पूछा—मरे, क्या तुम पढ़ना जानती हो?

उसने कहा—हाँ!

"ज़रा पढ़ो तो!" एक अख़बार मैंने उसे दे दिया।

उसने उँगली रखकर पढ़ना शुरू किया—मृ...त्यु...द...ण्ड!

मैंने काग़ज़ छीनकर फेंक दिया। इसे नर्स ख़रीद लाई थी। मुझ पर क्या बीत रही थी, सो कहना कठिन था। मेरी आकृति देखकर बालिका डर गई। उसने फिर कहा—वह अख़बार मुझे दे दो, मैं पढ़ूँगी।

मैंने उसे नर्स को देकर कहा—ले जाओ, इसे ले जाओ!

मैं उदास, थका और हताश था, कुर्सी पर बैठ गया।

३२

पादरी और वार्डर दोनों दयालु थे, इस घटना पर वे भी रो उठे।

यह तो हो चुका । अब मुझे मरने को तैयार हो जाना चाहिए । मुझे साहस करना चाहिए । ओह ! भीड़ की भीड़ मुझे देखने को उत्सुक है ।

३३

मेरी नन्हीं सी मरे, वे उसे ले गए । वह खेलती होगी, वह उस भीड़ को अपनी खिड़की से झाँक कर देख रही होगी । क्या उसे मैं याद आऊँगा ?

अभी तो समय है, उसके लिए मैं कुछ लिख जाऊँ ? १५ वर्ष बाद जब वह पढ़ेगी, तो आज के दिन के लिए रोवेगी । उसे मेरी करुण-कथा मालूम हो जायगी ।

३४

ओह ! मेरी खिड़की के नीचे ही वह स्थान है । वहाँ कितने आदमी जमा हो रहे हैं । वे हँस रहे हैं, कितना शोर मच रहा है ।

अब मुझे हिम्मत करनी चाहिए, वरना उन दोनों लाल खम्भों को देखकर मेरा कलेजा फट जायगा । वे मुझे यहाँ छोड़कर जल्लाद को लेने गए हैं । उसी की प्रतीक्षा में इतना समय मिल गया है ।

समय निकट है, उन्होंने मुझे सूचित कर दिया है । मैं काँप उठा । ६ घण्टों से, ६ हफ़्तों से, अरे ६ महीनों से मैं कुछ सोच ही न पाया था, बिलकुल इसकी आशा न थी । अचानक ही,यह घड़ी आ गई ।

वे मुझे ले चले । मैं कई ज़ीने उतरा और चढ़ा । एक अँधेरी कोठरी में मैं ढकेल दिया गया । इसमें बीच में एक कुर्सी पड़ी थी । उसी पर बैठ जाने को मुझसे कहा गया । मैं बैठ गया ।

पादरी और दारोग़ा के सिवा वहाँ और भी तीन आदमी थे । पहला व्यक्ति लम्बा, बुड्ढा और मोटा था । उसका लाल चेहरा था । उसका कोट लम्बा और तिकोनी टोपी थी । यह वही था !

यह सरदार था और वे दोनों उसके सहायक ।

मैं बैठ भी न पाया था कि वे दोनों मेरे पास चले आए । बिल्ली की तरह चुपचाप, क्षण भर ही में ठण्ढा लोहा मेरे बालों में छूता हुआ मालूम दिया और फिर क़ैंची की सरसराहट मेरे कानों के पास आई ।

मैं सक्ते की हालत में था । बाल कन्धे पर बिखर गए थे और वह टोपी वाला मुखिया अपने बड़े-बड़े हाथों से उन्हें हटा रहा था । मेरे चारों ओर लोग कानाफूसी कर रहे थे ।

बाहर से भीड़ का शोर-गुल और हँसी सुनाई पड़ रही थी । एक युवक पेन्सिल-काग़ज़ लिए खिड़की में बैठा कुछ लिख रहा था । उसने पूछा—क्या कर रहे हो ?

"मृतक-शृङ्गार !"

मैं समझ गया । ये सब बातें कल अख़बारों में छपेंगी । अकस्मात् बधिक ने मेरी जाकेट उतार ली । दूसरे ने तब तक मेरे दोनों हाथ पीछे करके बाँध दिए ।

तीसरे ने मेरी नेकटाई खोल ली । मेरी क़मीज़ उतारते हुए वह हिचकिचाया । उसने उसका कॉलर काट डाला । इस रोमाञ्चकारी समय में, जबकि छुरे का ठण्ढा-ठण्ढा लोहा मेरी गर्दन से छुआ तो मेरी भौंहें सिकुड़ गईं । मैं धीरे से कराह पड़ा । बधिक का हाथ हिल गया । उसने कहा—महाशय, क्या चोट लग गई ? क्षमा कीजिए ।

हाय रे ! ये बधिक इतना सद्व्यवहार करते हैं । मैंने कहा—धन्यवाद, मैं अच्छा हूँ ।

फिर उनमें से एक ने मेरे पैर रस्सी से बाँध दिए; इसका एक सिरा सिपाही ने पकड़ लिया ।

सरदार ने जाकेट मेरी पीठ पर डाल दी और ठोढ़ी के नीचे का भाग रूमाल से बाँध दिया । अब सब तैयारियाँ हो चुकी थीं । पादरी ने आकर कहा—आओ मेरे पुत्र !

जल्लादों ने सहारे से मुझे उठाया—मैं लड़खड़ाता चला । तत्क्षण सामने का द्वार खुला । वर्षा हो रही थी; फिर भी हज़ारों की भीड़ खड़ी थी ।

सब तैयारी देखकर मेरा धैर्य छूट गया । मुझे द्वार पर देखते ही लोग चिल्ला उठे—वह है ! वह है !!

भीड़ ने चिल्लाकर कहा—आख़िर वह आ रहा है ।

ओह ! राजा का भी इतना स्वागत न हुआ होगा ।

बाहर गाड़ी खड़ी थी । प्रधान जल्लाद सबसे प्रथम चढ़ा । बच्चों ने कहा—सलाम !

सहायक जल्लाद भी चढ़ा । बच्चों ने कहा—मङ्गल का शुभ दिन है न ?

दोनों जल्लाद सामने की सीट पर बैठ गए । अब मेरी बारी आई । मैं धीरता से उस पर चढ़ गया ।

एक स्त्री ने कहा—वह मरने जा रहा है ।

मेरा साहस लौट आया। मैं पिछली सीट पर बैठा। पादरी मेरे पास बैठा।

मैं काँप रहा था। एक फ़ौजी दस्ता पहरे पर मुस्तैद था।

ऑफ़िसर की आज्ञा से गाड़ी चल दी। दर्शकों ने चिल्लाकर कहा—टोपी उतार लो, टोपी उतार लो!

मैं रूखी हँसी हँसकर बोला—उनकी टोपी और मेरा सिर।

फूलों के बाज़ार से सुगन्ध की लपटें आ रही थीं। दूकानदार काम छोड़-छोड़ कर मुझे देखने खड़े हो गए थे। छतों पर लोग लदे हुए थे। स्त्रियाँ विशेष उत्सुक थीं। मेरा हृदय घृणा से भर रहा था।

गाड़ी चली जा रही थी। भीड़ पीछे दौड़ रही थी। मैंने अपने हाथ में क्रॉस ले लिया और कहा—हे मेरे ईश्वर! मुझ पर दया करो, और फिर मैं उसी विचार में लीन हो गया। मैं सर्दी में सिकुड़ रहा था। मेंह मेरे सिर पर से कपड़ों को तर कर रहा था। मैं काँप रहा था। पादरी ने कहा—पुत्र! क्या ठण्ढ से काँप रहे हो?

मैंने कहा—हाँ!

पर मैं ठण्ढ से नहीं काँप रहा था। शोक! बधस्थल आ पहुँचा। मेरी चेतना-शक्ति लुप्त होने लगी। सभी वस्तुएँ मुझे मूढ़-सी प्रतीत होने लगीं और दर्शक मुझे भार से लगने लगे।

गाड़ी एकदम रुक गई। मैं आगे को गिर पड़ा। पादरी ने मेरी बाँह पकड़ कर कहा—हिम्मत, हिम्मत करो बेटे!

गाड़ी पर ज़ीना लगाया गया और किसी ने बाँह पकड़ कर मुझे उतारा। मैंने एक क़दम उठाया, दूसरा उठाने का प्रयत्न किया; पर व्यर्थ, क्योंकि टिकटी पर मैंने एक भयानक वस्तु देखी। यही मेरे भय की कुञ्जी थी। मैं घायल-सा होकर गिरने लगा।

"मुझे अन्तिम स्वीकृति करनी है!" मैंने भरे स्वर में कहा।

वे मुझे यहाँ ले आए। जज, कमिश्नर या मैजिस्ट्रेट, न जाने कौन था, मेरे पास आया। मैंने घुटने टेक और हाथ जोड़ कर क्षमा माँगी।

उन्होंने शान्त भाव से, मुस्करा कर कहा—और कुछ कहना चाहते हो?

"माफ़ करो, क्षमा करो, ५ मिनट और जीवन-दान दो। मुझ ग़रीब पर तरस खाओ।"

जल्लाद ने उसके कान में कहा—अब जल्दी करना चाहिए, बारिश हो रही है, सम्भव है छुरे में ज़ङ्ग लग जाय।

"अरे दया करो दया, माफ़ी आने तक। एक मिनट ठहरो, तुम स्वीकार न करोगे तो मैं दाँतों और कीलों से अपने को क्षत-विक्षत कर डालूँगा।"

दोनों छोड़कर चले गए। मैं अकेला हूँ अकेला।

ओह! कैसी भयानक भीड़ है। कैसा भयानक कोलाहल है। मैं कैसे जानता हूँ कि मैं न छूट सकूँगा? यदि मैं न बच सका, मेरा माफ़ीनामा आ सकता×××ओह! ये पिशाच मुझे टिकटी पर लिए जा रहे हैं।×××

चार बज रहे हैं।×××

रज्जुके!

[रचयिता—"एक एम० एस्-सी०"]

(१)

अहो! अघ-भीति दायिनी शक्ति,
राष्ट्र के वीरों की जयमाल!
सभ्य-नर की बर्बरता शेष,
कालिमा-सी, मनुष्य के भाल!!

(२)

व्यक्त-अव्यक्त पुरों के बीच,
विभाजक रेखाकारिणि डोर!
डाल अभियुक्तों के गलबाँह,
न जाने ले जाती किस ओर!!

फ़्रान्स की राज्यक्रान्ति के कुछ रक्त-रञ्जित पृष्ठ

[ले० राजकुमार श्री० रघुवीर सिंह जी, बी० ए०]

[इस लेख के लेखक सीतामऊ-नरेश श्रीमान् एच्० एच्० राजा सर रामसिंह साहब बहादुर के० सी० आई० ई० के ज्येष्ठ राजकुमार श्रीयुत् रघुवीरसिंह, बी० ए० हैं। आप भारत भर के राजवंशों में एकमात्र ग्रेजुएट हैं। अभी आपकी आयु सिर्फ़ २१ वर्ष की ही है और आप अब क़ानून की शिक्षा पा रहे हैं। राजवंश में जन्म लेकर विद्या-व्यसनी होना एक असाधारण सी घटना है। परन्तु आपकी क़लम आपको केवल विद्या-व्यसनी ही नहीं, बल्कि ग़रीबों का मित्र, क्रान्ति का समर्थक और जन-समाज का एक नागरिक प्रमाणित करती है। आपके पिता जी को ११ तोपों की सलामी का अधिकार प्राप्त है और आप जिस गद्दी के उत्तराधिकारी हैं, उसकी आय ४ लाख के लगभग है।

—स० 'चाँद']

मनुष्य सुख चाहता है। अपनी इस चाह को परिपूर्ण करने के लिए वह कोई बात उठा नहीं रखता। इस सुख की—मृग-मरीचिका की—ओर वह भीषण वेग के साथ दौड़ता है, किन्तु ज्यों-ज्यों वह आगे बढ़ता जाता है, त्यों-त्यों यह मृग-मरीचिका भी उससे दूर हटती जाती है। मनुष्य सुख की ओर दौड़ता है, किन्तु उसे इस बात का पता नहीं है कि सुख क्या है और सुख क्योंकर प्राप्त होता है? पहले वह उसे प्राप्त करने के लिए ऐश्वर्य-विलास में ग़ोता लगाता है और कुछ काल तक उसका भग्न-नृत्य ही उसकी सुख-वासना को तृप्त करता है; किन्तु थोड़े दिन के बाद वह उससे ऊब जाता है और अन्यत्र सुख ढूँढ़ने लगता है। परन्तु प्रायः मनुष्य इस विलास-सागर में एक बार ग़ोता लगाने पर नहीं निकलता। दलदल में एक बार फँस जाने पर निकलना जिस प्रकार कठिन हो जाता है—ज्यों-ज्यों मनुष्य बाहर निकलने का प्रयत्न करता है, त्यों-त्यों वह उसमें अधिकाधिक नीचे धँसता जाता है—वैसे ही एक बार विलासिता के सागर में निमग्न होने पर उसमें से निकलना, किसी बिरले ही माई के लाल का काम होता है। जो मनुष्य बचपन ही से ऐश्वर्य-विलास में पले हैं, जिनका प्रारम्भिक जीवन सोने के पालने में बीता है और प्रारम्भ ही से जिनकी प्रत्येक इच्छा पूरी की गई है, वे भला क्योंकर यह देख सकते हैं कि संसार में ऐसे भी मनुष्य विद्यमान हैं, जिन्हें भरपेट भोजन भी नहीं मिलता, प्रति दिन उपवास करना जिनके लिए नई बात नहीं है, जिनको रात्रि में सोने के लिए स्थान का ठिकाना नहीं है और सारा शरीर ढाँकना जिनके लिए एक विचित्र एवं दुरूह समस्या है। वे धनिक तथा वे राजपुत्र, जो ऐश्वर्य-विलास ही में जन्म लेते हैं और प्रायः सारा जीवन उसी में बिताते हैं, उनके लिए दरिद्रता का ताण्डव-नृत्य एक कथा-कहानी है, इस दृश्य का देखना नाटक के देखने के समान है। वे संसार में दरिद्रता देखते हैं, किन्तु उसका नग्न-नृत्य, उसका मानव-विचार-धरा पर प्रभाव उनकी दृष्टि से बहुत दूर रहता है। दरिद्रता का दृश्य उनके हृदय में यह विचार नहीं उत्पन्न कर सकता कि यह खेल नहीं है। दारिद्रय का मानव-जीवन, उसके विचार तथा मानव-हृदय पर क्या प्रभाव पड़ता है, इसका उन्हें पता नहीं लगता।

इस सुख-लिप्सा ने मनुष्य से क्या-क्या कुकर्म नहीं कराए हैं? सुख-प्राप्ति के लिए मनुष्य पतित से पतित कर्म करने को उतारू हो जाता है। वह धन-प्राप्ति के लिए झूठ बोलता है, दग़ा करता है, और मनुष्य की हत्या तक करने से नहीं चूकता। यह सब सिर्फ़ इस आशा में कि धन-प्राप्ति से वह अपनी सुख-वासना को तृप्त कर सकेगा। इस कुकर्म की मात्रा दिन-प्रतिदिन अधिकाधिक बढ़ती जाती है और राज्याधीशों के लिए तो यह भीषण उच्छृङ्खलता का रूप धारण कर लेती है। संस्कृत के एक कवि का कहना है:—

यौवनं धनसम्पत्तिः प्रभुत्वमविवेकिता।
एकैकमप्यनर्थाय किमु यत्र चतुष्टयम्॥

अर्थात्—यौवन, धन, ऐश्वर्य और अविचार, इन चारों में से एक-एक भी महान् अनर्थ का कारण है, फिर जहाँ चारों इकट्ठे हों वहाँ का तो कहना ही क्या है! फ़्रान्स के १८ वीं शताब्दी के इतिहास में यह बात पूर्णतया दिखाई देती है। जहाँ राज्य-सञ्चालन का कार्य होना चाहिए था,

लुई १५ वाँ

वह इन्द्रिय-लोलुपता तथा विषय-वासना के नग्न-नृत्य का क्षेत्र होगया। फ़्रान्स के बादशाह लुई १५ वें के राज्यकाल का अन्त हुआ और उसके साथ ही एक महान् युग का आरम्भ हुआ। उसने एक बार कहा था—मेरी मृत्यु के बाद प्रलय होगी, और यह भविष्यवाणी पूर्णतया सत्य साबित हुई। इसी लुई ने कई सुन्दर कोमलाङ्गियों के साथ विलास किया था और यद्यपि प्रजा भूखों मर रही थी, उसने अपनी प्रेमिकाओं के लिए करोड़ों रुपए पानी के समान बहा दिए। उसका पापी दूत काम्ते दि बेरी स्त्रियों के सतीत्व का व्यापार करता था। ज्योंही बादशाह किसी स्त्री से ऊब जाता था, दूसरी अर्द्ध-विकसित युवती का प्रबन्ध किया जाता था। वह "सर्वप्रिय" लुई कुकर्मों का दुर्गन्धित आगार था। उसने क्षुधा-पीड़ित प्रजा पर अत्याचार करके जो पैसा इकट्ठा किया था, उसकी सहायता से उसने कई स्त्रियों के सतीत्व को मोल लिया और अपनी सभा की शक्ति से बहुतों का सतीत्व नष्ट किया। लुई सन् १७७४ में मृत्यु-शय्यारूढ़ हुआ। अगर वह अकेला ही वहाँ होता तो कुछ सन्तोष था। फ़्रान्स का बादशाह लुई १५ वाँ ही नहीं, आज फ़्रान्स की बादशाहत भी मृत्यु-शय्या पर पड़ी है। समय के साथ वह भी जीर्ण हो चुकी है। किन्तु आज शय्या पर अपनी जीवन-घड़ियाँ गिनता हुआ लुई सुदूर नवीन दुनिया से आती हुई एक विचित्र रण-हुङ्कार सुन रहा है। यह हुङ्कार इस शताब्दी के लिए नूतन है, तथा इसकी गम्भीर ध्वनि में बहुत रहस्य भरा है। बोस्टन का बन्दरगाह चाय से काला हो गया है। पेनसेल्विया में कॉङ्ग्रेस की बैठक हुई है और शीघ्र ही बङ्कर हिल पर, चलती हुई गोलियों की बाढ़ में, सितारे वाले झण्डे के नीचे तथा "Jankee-doodle-doo" के सुर पर लड़ने वालों ने प्रजातन्त्र की घोषणा की है। क्या यह सुदूर आकाश में उठी हुई घटा समस्त संसार पर फैल जायगी, और उसे आच्छादित कर लेगी? भयङ्कर गर्जन के साथ लुई १६ वें के शासन-काल का प्रारम्भ हुआ। प्रलय की बाढ़ उठ रही थी, किन्तु किसी को इसका पता नहीं था। क्योंकि प्रायः देखा गया है कि महान् परिवर्तनों के पहले कुछ काल तक सब तरफ़ शान्ति छाई होती है। एकाएक भूकम्प होता है, पृथ्वी फट पड़ती है, प्राचीन चिन्ह नष्ट हो जाते हैं, सर्वत्र प्रलय होती है और संसार एकाएक उठकर देखता है कि प्राचीन संसार नष्ट हो गया, सर्वदा के लिए नष्ट हो गया। संसार के रङ्गमञ्च पर नाटक करने वालों को यह नहीं जान पड़ता कि आगामी भविष्य में क्या होने वाला है।

लुई सिंहासनारूढ़ हुआ। उस समय आगामी विप्लव में भाग लेने वाले प्रायः सब पुरुष संसार के नाट्य-मञ्च पर पदार्पण कर चुके थे। लुई नवयुवक था, उसका कोई बैरी नहीं था। उसकी महारानी मेरिया आँत्वेनेत ऑस्ट्रिया की राजकुमारी थी। वह पति से प्रेम करती थी, किन्तु सर्वत्र उसका तिरस्कार होता था। इसी कारण धीरे-धीरे उसे प्रतीत होने लगा कि वह विदेश में निवास कर रही है। लुई तथा मेरिया दोनों अपने सुख के लिए करोड़ों रुपए ख़र्च करते थे। उन्हें सुख की चाह थी। इस बात का उन्हें पता नहीं था कि इस व्यय का भार असंख्य ग़रीबों पर पड़ रहा है, जिनके लिए जीना तक कठिन है। इस बात की फ़िक्र उन्हें नहीं सताती थी कि जो पैसा वे पानी के समान व्यय कर रहे हैं, वह ग़रीबों ने अपना पेट काट कर दिया है, अतः उनके रक्त से रञ्जित है और उसका यों दुरुपयोग कर वे अपने हाथ ग़रीबों के रक्त से कलङ्कित कर रहे हैं। उनकी इस वासना-पूर्ति तथा आमोद-प्रमोद का भार ग़रीबों पर पड़ रहा है, वे धीरतापूर्वक इसको सह रहे हैं और उनके दुखित हृदय से गर्म तथा विषैली आहें निकलती हैं, इस बात की उन्हें ख़बर नहीं थी। उस उच्च स्थान पर स्थित, विलासमय जीवन व्यतीत करने वाले बादशाह तथा महारानी इस बात को नहीं जान सकते थे कि ग़रीबों की आहें निकलते-निकलते अन्त में शक्तिशाली हो जाती हैं, और निरन्तर अत्याचार सहन कर वे दुर्बल, सीधे, ग़रीब अन्त में विद्रोही होकर उस उच्च स्थान पर स्थित सिंहासन को उलटने के लिए उतारू ही नहीं हो जाते हैं, बल्कि उसे उलटकर विद्रोह की मदिरा से उन्मत्त वे उस सिंहासन को ठुकरा देते हैं और अपने पैरों से उसे कुचल देते हैं।

स्थानाभाव के कारण हमें यहाँ इन बातों पर विचार करने का अवकाश नहीं है कि किन-किन कारणों से यह महान् क्रान्ति हुई और न हम इस भीषण क्रान्ति का ही विशेष वर्णन करेंगे। उस क्रान्ति की विशेष-विशेष फाँसियों का वर्णन करना ही प्रस्तुत लेख का ध्येय है, अतः उस पर ही विशेष ध्यान दिया जावेगा। यह लेख किसी प्रकार की मौलिकता का दावा नहीं कर सकता। वर्णन तो सब अन्य भाषाओं में लिखित महान् ऐतिहासिक पुस्तकों से रूपान्तर करने के बाद लिए गए हैं, अगर कोई मौलिकता है तो सिर्फ़ यही कि आज उनको ही एक नवीन स्वरूप में पाठकों के सम्मुख उपस्थित किया जाता है।

लुई १६ वाँ

२

फ्रान्स में क्रान्ति

"मेरी मृत्यु के बाद प्रलय होगी," और वही हुआ भी। लुई १६वें के प्रधान मन्त्री तरगो ने कुछ सुधार करना चाहा, किन्तु उन सुधारों से अमीरों के अधिकारों पर कुठाराघात होता था। परिणाम यह हुआ कि दो साल ही में तरगो को पद-त्याग करना पड़ा। नेकर के

सम्मुख भी ऋण तथा आय-व्यय के प्रश्न प्रथम उपस्थित हुए। उसने फ़्रान्स देश के आय-व्यय का ब्योरा प्रकाशित करवाया। नेकर कहाँ तक टिक सकता था। वह सीधा बादशाह था। सुधार करने की उसे इच्छा थी, किन्तु अमीरों तथा महारानी का प्रभाव उसे सुधार के मार्ग की ओर नहीं जाने देता था। नेकर के बाद केलों ने पद-ग्रहण किया। सन् १७८६ ई० में उसने बादशाह को इत्तला दी कि फ़्रान्स का शीघ्र ही दिवाला निकलने वाला है। उसने कुछ सुधारों की आयोजना की। उसे आशा थी कि उनको कार्यरूप में परिणत करने के लिए "नोतेब्लस" आज्ञा दे देंगे, पर यह नहीं हुआ। अन्त में केलों को भी अपना रास्ता नापना पड़ा। तब राजकीय घोषणाएँ कर कुछ सुधार करने का लुई ने स्वयं प्रयत्न किया, किन्तु पेरिस की पार्लिमेण्ट ने इसका विरोध किया और सारे देश ने पार्लिमेण्ट का साथ दिया। अन्त में बादशाह को स्टेट्स-जनरल के चुनाव के लिए आज्ञा देनी पड़ी। चुनाव हुआ; बादशाह की इच्छा थी कि अमीरों, पादरी तथा आम प्रजा भिन्न-भिन्न तथा अपने मत दें, किन्तु प्रजा ने इसका भी विरोध किया। प्रजा पर दबाव डाला गया, किन्तु सब प्रयत्न विफल हुए। प्रजा के सदस्यों ने अपने आपको "नेशनल एसेम्बली" के नाम से घोषित कर दिया और सब अधिकार अपने हाथ में ले लिए। सारे देश में नवीन स्फूर्ति प्रकट हुई और सब तरफ़ स्वाधीनता की प्राप्ति के लिए धूम मच गई। पेरिस के लोगों ने बेस्तिल पर हमला किया और उसको हस्तगत कर लिया। अमीर डर कर विदेश भागने लगे। पेरिस में अराजकता का साम्राज्य उपस्थित होगया और शान्ति बनाए रखने के लिए "नेशनल गार्डस" भर्ती किए गए। सारे देश में "कम्यूँ" नामक म्युनिसिपुल कमेटियाँ स्थापित की गईं और ता० ४ अगस्त को देश भर में प्रजा ने अमीरों के मकान आदि जलाकर उनके प्रति अपना रोष प्रकट किया। इधर एसेम्बली ने जागीर-प्रथा (फ़्यूदेलिज़्म) को उड़ा देने की आज्ञा दे दी। अमीरों के सारे अधिकार छीन लिए गए, और फ़्रान्स, जो अब तक भिन्न-भिन्न भागों में बँटा हुआ था, सङ्गठित किया गया। मनुष्य के जन्म-सिद्ध अधिकारों की घोषणा की गई। यह घोषणा मानव-जाति के इतिहास में एक विशेष स्थान रखती है, क्योंकि इसी के आधार पर समस्त यूरोप में, १८ वीं शताब्दी में, भिन्न-भिन्न क्रान्तियाँ हुईं और या तो राजाओं के अधिकार घटा दिए गए या प्रजातन्त्र की स्थापना की गई।

मेरी आँत्वेनेत

अगस्त सन् १७९३ में कॉन्सिजियरी (Concigierie) में

फ़्रान्स में दारिद्र्य का एकछत्र राज्य था, पेरिस में लोग भूखों मर रहे थे, खाने को अन्न नहीं मिलता था। एक दिन पेरिस के लोगों की एक भीड़ वाज़ेल्ज़ जा

पहुँची। लोग राजमहल में घुस गए। लुई को पेरिस आना पड़ा और एसेम्बली की बैठकें भी पेरिस ही में होने लगीं। मिरब्यू ने, एसेम्बली की पेरिस में बैठकें होने का बुरा प्रभाव जानकर, बादशाह को यह सलाह दी कि एसेम्बली का पेरिस में रहना हानिकारक होगा, पर उसकी एक न चली।

फ़्रान्स की नवीन शासन-पद्धति निश्चित की गई। गिरजे तथा उसकी शासन-व्यवस्था में सुधार करने की आयोजना होने लगी, किन्तु पादरियों ने विरोध किया। वे अपने अधिकारों पर कुठाराघात नहीं करवाना चाहते थे। बेस्तील के पतन का प्रथम वार्षिकोत्सव मनाया गया। यों एक वर्ष में एसेम्बली ने बहुत से वाञ्छनीय सुधार अवश्य किए, किन्तु इन सुधारों के कारण उसके कई विरोधी उठ खड़े हुए थे। कुछ को तो यह प्रतीत होता था कि क्रान्तिकारियों ने आवश्यकता से अधिक सुधार किए और कुछ का विचार था कि अभी अधिक सुधार की आवश्यकता है। इस प्रकार प्रथम क्रान्ति का अन्त हुआ। इसमें जो-जो सुधार किए गए वे स्थायी थे और अभी तक रक्तपात नहीं हुआ था। सब कार्य शान्ति-पूर्वक निबट गया था।

किन्तु एक बार स्वाधीनता प्राप्त कर, विद्रोह-मदिरा पान कर, जब मनुष्य उन्मत्त हो जाता है, तब वह यह कभी भी सहन नहीं कर सकता कि उसकी इच्छा-पूर्ति न हो। देश भर में पहले ही अशान्ति छाई हुई थी, चर्च-सुधार के कारण क्रान्तिकारियों के विरोधी बहुत हो गए थे। देश के अमीर भी लगातार फ़्रान्स को त्याग कर रहे थे; वे दूर देश के बादशाहों को इसलिए फुसला रहे थे कि वे सेना-सहित फ़्रान्स पर चढ़ाई करें और क्रान्तिकारियों का नाश करें। इधर यह प्रस्ताव किया जा रहा था कि इन भागे हुए अमीरों को दण्ड दिया जाय। लुई को इन प्रस्तावों पर अपनी स्वीकृति देने के लिए कहा गया। लुई जानता था कि अगर उसने स्वीकृति न दी तो जनता की राजवंश के प्रति क्रोधाग्नि भड़क उठेगी। अतः एक दिन रात्रि को राज-परिवार सहित वह भाग खड़ा हुआ, किन्तु वारीं में वह पहचान लिया गया और गिरफ़्तार कर पेरिस लाया गया।

फ़्रान्स में प्रजातन्त्रवादियों के दो दल हो गए थे। गिरोंदिस्त दल में वर्नियो एक वक्ता था। ये प्रजातन्त्र चाहते थे, किन्तु इन्हें रक्तपात करते डर लगता था। इधर जेकोबीं क्लब के नेता सेन्तजस्त, रोबेस्पियर, दाँतो और मेरा थे। मेदम रोलाँ नामक स्त्री भी इसी दल की थी। इस समय प्रजातन्त्र की घोषणा की गई। यूरोप में लुई को पुनः राज्यगद्दी पर बिठाने के लिए प्रयत्न किए जाने लगे। फ़्रान्स पर चढ़ाई करने की तैयारियाँ होने लगीं। पर अत्याचार तथा निरन्तर दबाव का अनुभव किए हुए नेता, एक बार स्वतन्त्रता प्राप्त करने पर यह कभी नहीं चाहते थे कि उनकी प्राणों से भी प्यारी स्वतन्त्रता पुनः छीन ली जाय। देश में यह बात पूर्णतया व्यक्त थी कि लुई भागे हुए अमीरों के साथ पुनः राज्य-प्राप्ति के लिए षड्यन्त्र रच रहा है। अतः देश की स्वाधीनता क़ायम रखने के लिए तथा उसे बाहरी आक्रमणों से सुरक्षित रखने के लिए प्रजातन्त्रवादियों ने लुई पर मुक़दमा चलाकर उसे सज़ा देने का निश्चय कर लिया। मुक़दमा चलाया गया, कई दोष लगाए गए। एक यह था कि उसने अन्य यूरोपीय देशों के साथ षड्यन्त्र रचकर फ़्रान्स पर आक्रमण करवाने का प्रयत्न किया था, किन्तु यह साबित नहीं किया जा सका। गिरोंदिस्त दल वालों का यह प्रस्ताव कि लुई को क्या सज़ा दी जानी चाहिए, यह देश की जनता निश्चय करे, विफल हुआ। एसेम्बली ने "लुई अपराधी है या नहीं?" इस प्रश्न पर यों मत दिए—"अपराधी है—६८३" एक ने मत नहीं दिया। "सज़ा क्या दी जानी चाहिए?" इस प्रश्न पर भी मत लिए गए; मृत्यु-दण्ड के पक्ष में ३६१ मत थे, अन्य प्रकार की सज़ा के पक्ष में ३६० मत हुए। अन्तिम बार इस प्रश्न पर मत लिए गए कि तत्काल मृत्यु दी जानी चाहिए। शीघ्र ही मृत्यु के पक्ष में ७० मतों का आधिक्य था। मृत्यु-दण्ड की आज्ञा दे दी गई।

३

लुई की फाँसी

अभागे लुई! आख़िर तुम्हारा यों अन्त होगा। साठ बादशाहों का वंशज आज न्यायानुसार मारा जायगा। उन साठ बादशाहों के हज़ार वर्षों के शासन-काल में क़ानून व समाज धीरे-धीरे इस स्वरूप को धारण कर रहे थे। आज अन्त में इसने एक आवश्यक, किन्तु भयानक मैशीन का स्वरूप ग्रहण किया है। इसी जड़, अन्धी मैशीन के निरन्तर अत्याचार तथा भीषण प्रहार से कई हज़ारों की आत्मा तथा जीवन का नाश हुआ और आज

यह एक बादशाह को तथा उसके स्वरूप में बादशाहत को भी, भीषण यातना सहन करने के बाद नाश करने वाली है। सर्वदा से यही होता आया है। क्रोधी और अत्याचारी पुरुषो ! तुम्हें इस बात का विचार होना चाहिए कि अत्याचार और अन्याय का नतीजा अधिक अत्याचार तथा अन्याय की उत्पत्ति ही होता है। शाप और असत्य का प्रभाव भिन्न-भिन्न स्थानों में कितना ही क्यों न हो, पर वे अन्त में अपने कर्ता ही को नष्ट करते हैं। निर्दोष लुई अपने कई पूर्वजों के पाप का बोझा उठाए है। उसे मालूम है कि मनुष्य का विचार इस संसार में नहीं होता है, किन्तु उसके पूर्वजों का पाप उसे नष्ट किए बिना नहीं रहेगा।

जब एक मनुष्य अत्याचार सहन करने के बाद मृत्यु को प्राप्त होता है, तब उस मृत्यु का मानव-कल्पना पर बहुत ही प्रभाव पड़ता है। किन्तु अगर सच पूछा जाय तो यहाँ बादशाह नहीं मारा जाता है, सिर्फ़ एक मनुष्य की मृत्यु होती है; बादशाहत तो सिर्फ़ एक आवरण मात्र है। उसे सबसे बड़ा नुक़सान जो होता है, वह उसके भौतिक शरीर का नाश है। जिस मनुष्य की तुम जान लेते हो, उसकी समस्त संसार भी इससे अधिक क्या हानि कर सकता है? बध न्यायसङ्गत हो या न हो, किन्तु यह राजा तथा भिखमङ्गों दोनों ही के लिए बहुत ही कठिन है। उन सब पर दया करो, सबसे अधिक दया करो। जिसे मृत्यु-दण्ड देते हो उस मनुष्य के लिए यह दया कितनी कम है। राज्य-सिंहासन तथा फाँसी के तख़्ते में कितना भेद है?

अपने अन्तिम दिनों में लुई ने बहुत ही आश्चर्य-जनक उत्सर्ग तथा नैतिक धैर्य प्रदर्शित किया। उसके इस आचरण ही के कारण यह स्वातन्त्र्य-युद्ध, जो बादशाहों के बध ही से सफल हुआ, एक वीभत्स कार्य प्रतीत होता है! इसी आचरण के कारण कई भूल जाते हैं कि यह आचरण उनके शासन-काल से बहुत ही भिन्न था और ऐसे ही धैर्य के साथ कई दरिद्री तथा नीच कुल में पैदा हुए पुरुषों ने निर्दय राजा के हाथ मृत्यु-दण्ड पाकर अपने अन्तिम दिन बिताए थे।

अब पादरी आ गया है। ऐ अभागे बादशाह! इस संसार को छोड़कर तू चला जा, यह पृथ्वी द्वेष तथा ईर्षा से पूर्ण अपनी राह पर चली जायगी, तू भी अपनी राह पकड़। पर पाठको! अभी हमें एक अतीव करुणा-जनक दृश्य देखना है, अभी अपने प्रेमी तथा सम्बन्धिजनों से लुई को सर्वदा के लिए बिदा होना है; कई करुणा-पूर्ण हृदयों को भी हमारे समान इस भीषण संसार में लुई की मृत्यु के बाद रहना है। अब आप भी वेलेत-क्लेरी की आँखों से उन काँचवाले दरवाज़ों में से उस अतीव निर्दयी दृश्य को देख लें।

साढ़े आठ बज गए हैं। पास के कमरे का दरवाज़ा खुला और महारानी मेरिया अपने लड़के का हाथ पकड़े अन्दर आईं। मेदम रोलाँ और मेदम एलिज़ाबेथ पीछे-पीछे आ रही थीं। ये सब बादशाह से गले मिले। कुछ काल तक पूर्ण शान्ति का साम्राज्य रहा। अगर वह भङ्ग होती थी तो उनकी गहरी साँसों तथा उसासों से ही। रानी बादशाह को एक दूसरे कमरे में ले जाना चाहती थी। उसे मालूम नहीं था कि उस कमरे में पादरी एजवर्थ बैठा है। बादशाह ने कहा—"नहीं! चलो, भोजन के ही कमरे में चलो, मैं वहाँ ही तुमसे मिल सकता हूँ।" वे वहाँ गए और काँच के किवाड़ बन्द कर दिए। बादशाह बैठ गया, सब खड़े थे। महारानी उसके बाएँ और मेदम एलिज़ाबेथ दाहिनी तरफ़, मेदम रोलाँ सामने और छोटा राजकुमार अपने पिता की टाँगों के पास खड़ा था। वे सब बादशाह की ओर झुक रहे थे, और कभी-कभी उसका आलिङ्गन भी करते थे। यह करुणाजनक तथा हृदयोत्पादक दृश्य कोई पौने दो घण्टे तक चलता रहा और इस अर्से में केवल यह दिखाई देता था कि जब-जब बादशाह बोलने लगता तब-तब शहज़ादी की आहें तथा उसासें दुगनी हो जाती थीं। यों हमारे मिलाप तथा वियोगों का अन्त होता है। जो-जो शोक हम औरों के हृदयों में पैदा करते हैं और जो थोड़ा-बहुत आनन्द हमें परस्पर आता है उसका तथा हमारे आपस के प्यार, तथा दुःख और हमारे सांसारिक उद्योगों का अन्त में यों अन्त होता है।

कोई दो घण्टे तक यह व्यथा जारी रही और बाद में वे एक-दूसरे से बिदा हुए। "प्रण करो कि तुम हमसे कल अवश्य मिलोगे।" उसने प्रण किया—"हाँ अवश्य, एक ही बार, और एक ही बार। प्रिये जाओ, मेरे तथा अपने लिए ईश्वर से प्रार्थना करना।" यह बड़ा ही विकट दृश्य था, पर अब समाप्त हो गया।

इसके बाद कोई आधी रात तक लुई अपने पादरी के

साथ रहा, और फिर सो गया। प्रातःकाल जब तक क्लेरी ने नहीं उठाया, वह गहरी नींद सोता रहा। लुई यह नहीं चाहता था कि जल्लाद उसे छुए, अतः उसने प्रार्थना की कि क्लेरी उसके गर्दन के बाल काट डाले; किन्तु उस समय शक इतना बढ़ गया था और मानव-हृदय में करुणा का इतना भी पता न था कि उसकी यह अन्तिम इच्छा पूरी की जाती। क्लेरी ने उसके बाल जमाए और फिर अपनी घड़ी में से लुई ने एक अँगूठी निकाली, तथा उसे बारम्बार अपनी अँगुली में पहनने लगा। यह उसके विवाह की अँगूठी थी, जो अब वह महारानी को लौटाने वाला था। यह अन्तिम मूक सन्देश होगा। यद्यपि उसने महारानी से यह प्रण किया था कि वह उससे मिलेगा, किन्तु उस समय भी उसे यह मालूम था कि उसका वह प्रण पूर्ण होना सम्भव नहीं था। फिर भी उसने पादरी से अपनी स्त्री और बच्चों से मिलने की इच्छा प्रकट की। पादरी ने उत्तर दिया—"यह अन्तिम मिलाप बहुत दुखदाई होता है, और इसके अनन्तर उनसे अलग होना अतीव करुणा-जनक होगा।" अतः लुई ने यह इरादा कर लिया कि वह महारानी और बच्चों को ऐसा दुःख नहीं देगा। इसके बाद उसने मास सुनी और तब से क्रामेण्ट हुआ। अन्तिम भोजन के समय भी उसे छुरी नहीं दी गई।

नौ बजे सेन्तारे तथा अन्य सिपाही आए। कमरे का किवाड़ खोला गया। लुई पादरी के साथ गिरजे में (Oratory) था। जब वह बाहर आया, तब उसने पूछा—"क्या समय हो गया?" इनके नेता ने कहा—"हाँ"। लुई ने आज्ञा देते हुए कहा—"मैं अभी काम में लगा हूँ, मेरे लिए कुछ देर ठहरो।" लुई ने वापस जाकर घुटने टिकाए और पादरी का आशीर्वाद लिया। अब लुई पुनः सेन्तारे आदि के पास लौट आया, और पूछा—"क्या तुममें से कोई कम्यून का सदस्य है?" एक आगे बढ़ा। तब लुई ने मुहर से बन्द कुछ काग़ज़ उसे दिए और कहा—"ये काग़ज़ बड़ी सभा के सभापति को दे देना।" किन्तु उसने निर्दयतापूर्वक उत्तर दिया—"मुझे कम्यून ने आपको बध-स्थान पर ले जाने के लिए भेजा है। मैं कोई काग़ज़ नहीं ले सकता हूँ।" तब लुई ने वे काग़ज़ दूसरे को दे दिए, और फिर वे वापस नहीं लौटाए गए। लुई ने तब कहा—"अच्छा अब चलो।" ढोल की आवाज़ जब

धर्मपत्नी-सहित लुई १६ वाँ

(१० मई, सन् १७७४)

रानी ने सुनी होगी, तब उसकी क्या दशा हुई होगी? वह शीघ्र ही विधवा होने वाली है। "तो वह चला गया और हमसे नहीं मिला?" रानी की आँखों से आँसुओं की अविरल धारा बहती है, लुई के बच्चों तथा बहिन की आँखें भी सूखी नहीं हैं। इन सब पर मृत्यु की भीषण

काली छाया पड़ रही है। एक को छोड़कर, ये सब मृत्यु की भेंट होंगे। सिर्फ़ एक बचेगा जो डचेज़्दी एनोलेम बनकर अपना जीवन बिताएगा, और उसका सारा जीवन सुखपूर्ण नहीं होगा।

उस रोज़ पेरिस एक व्यक्त क़बरिस्तान-सा दिखाई देता था। सशस्त्र नागरिक अपने-अपने नियुक्त स्थानों पर खड़े थे, दूसरों को आज्ञा नहीं थी कि वे इधर-उधर घूमें। आज मार्ग से सिर्फ़ एक ही गाड़ी जायगी। सुसज्जित सैनिक ऐसे दिखाई देते थे, मानों पत्थर की मूर्तियाँ खड़ी हैं। सब तरफ़ एक सनसनी-सी फैली हुई मालूम होती थी, था, दूसरी दुनिया में जाने की तैयारी कर रहा था, किन्तु उसके विचार इसी संसार में घूम रहे थे।

अन्त में फाँसी-स्थान आ गया। पहले जो "पेलेस-दे-कींज़े" कहलाता था, उसको अब "पेलेस-दि-रेवोल्यूसाँ" कहते हैं। इसी महल के पास पहले एक ऊँचे चौतरे पर लुई १५ वें की मूर्ति थी, अब उसी मूर्ति के स्थान पर गिलेटिन (फाँसी देने का यन्त्र) रक्खा गया है। वहाँ सब तरफ़ चहल-पहल मची थी, दर्शकगण इकट्ठे होगए थे। पास ही एक दूसरी बग्घी में दि ओरलियन्स इगलिते भी बैठे थे। टाउन-हाल में

लुई १६ वाँ

२१ वीं जनवरी, सन् १७९३ को वधस्थल जा रहा है!

किन्तु कोई धूमधाम नहीं थी। जादू से पत्थर हो जाने वाले शहर के समान आज पेरिस शान्त था। सिर्फ़ एक गाड़ी अन्दर बैठे हुओं को लिए अपने निश्चित मार्ग से जा रही थी। लुई गाड़ी में बैठा मृत्यु-समय की प्रार्थना कर रहा था, किन्तु यह बहुत ही कठिन था कि उसके विचार भी स्वर्गीय बातों पर होंगे। वह प्रार्थना कर रहा कान्वोकेशन की बैठक हो रही थी, वहाँ प्रति तीसरे मिनिट ख़बर दी जा रही थी। गाड़ी आकर खड़ी होगई, किन्तु लुई बैठा अपनी प्रार्थना ही पढ़ रहा था। कोई पाँच मिनिट बाद लुई बाहर निकला। उसकी मानसिक दशा कैसी है? इसका उत्तर भिन्न-भिन्न पुरुष भिन्न-भिन्न देते थे। उसके मस्तिष्क में दुख तथा क्रोध का भीषण संग्राम मचा था,

शीघ्र ही आने वाली मृत्यु की कराल छाया उस पर पड़ चुकी थी; और वह मृत्यु का सामना करने के लिए तैयार हो रहा था। उतरते समय लुई ने सिपाहियों से कहा—"पादरी एजवर्थ का ख़्याल रखना।"

ढोल बज रहे थे ; लुई ने चिल्लाकर कहा—"शान्ति" वह ज़र्द रङ्ग का कोट, भूरा ब्रिचेज़ तथा सफ़ेद मोज़े पहने हुए था। जल्लाद उसको बाँधने के लिए आगे बढ़ा, किन्तु लुई ने इसका विरोध किया। उसने कोट उतारा और उसका बाँहदार जाकेट दिखाई देने लगा। उसने पादरी के सन्मुख घुटने टेक दिए तथा उसका आशीर्वाद लिया। इसके बाद वह उठा और फाँसी की सीढ़ी की ओर ऊपर चढ़ने के लिए बढ़ा, किन्तु जल्लाद के सहायकों ने रोका और उसे पकड़ने का प्रयत्न करने लगे। लुई बोला—"तुम क्या करना चाहते हो?"

"आपको बाँधना!"

"मुझे बाँधना? मैं कभी ऐसा नहीं करने दूँगा। इसकी आवश्यकता नहीं है। मुझे अपना पूर्ण भरोसा है।"

बहुत सम्भव था कि वहाँ एक भयानक काण्ड मच जाता, किन्तु पादरी एजवर्थ बोला—"महानुभाव! अपना अन्तिम उत्सर्ग प्रकट कीजिए। इससे आप में तथा उस परमेश्वर में, जो आपका पुरस्कार होगा, एक और समानता होगी।" लुई ने सिर झुका लिया और बाँधे जाने के लिए अपने हाथ फैला दिए। जल्लाद ने रूमाल से उन्हें बाँध दिया, उसकी गर्दन पर के बाल काट दिए गए। अब फाँसी के लिए तैयारी पूर्ण होगई थी। लुई स्थिरता-पूर्वक चबूतरे के ऊपर चढ़ गया, और फाँसी के तख़्ते की ओर बढ़ा। उसने अपने पूर्वजों के महल की ओर एक दृष्टि डाली और फिर ढोल बजाने वालों की ओर तत्काल ढोल बन्द करने के लिए इशारा किया। लुई के प्रति आदर तथा करुणा का भाव उनके हृदय में उपस्थित था, अतः एकाएक शान्ति छा गई। लुई ज़ोर से बोला—"फ़्रान्सीसी भाइयो! मैं निर्दोष हूँ, अपने दण्ड देने वालों को मैं हृदय से क्षमा करता हूँ। पुनः मैं ईश्वर से प्रार्थना करता हूँ कि आगामी भविष्य में होने वाले रक्तपात से फ़्रान्स की अधिक हानि न हो और तुम अभागे.........।"

× × ×

एकाएक एक घुड़सवार हाथ में तलवार लिए, ढोल बजाने वालों की ओर दौड़ा और उन्हें ढोल बजाने के लिए आज्ञा दी। उस नाद में लुई की आवाज़ नहीं सुनाई दी। जल्लाद अपना कर्तव्य पूर्ण करो। जल्लादों को भी डर था कि कहीं उनको भी मृत्यु का सामना न करना पड़े, अतः उन्होंने अभागे लुई को पकड़कर तख़्ते से बाँध दिया। कहा जाता है कि इस समय पादरी एजवर्थ ने कहा—"साधु लुई के लड़के स्वर्ग को सिधार!" वह घातक कुल्हाड़ा धड़ से पड़ा और बादशाह का सिर धड़ से अलग हो गया। सोमवार ता० २१ जनवरी सन् १७६३ ई० को यह घटना हुई। उस दिन लुई की उम्र ३८ साल, ४ मास और २१ दिन की थी।

जल्लाद सेम्सन लुई का सिर उठाकर दर्शकों को दिखलाने लगा और "राष्ट्र चिरजीवी हो, प्रजातन्त्र की जय हो!" आवाज़ें दर्शकों के कण्ठों से आने लगीं। कुछ दर्शक तो उस भीषण दृश्य को देखने के लिए आगे बढ़े और सारी भीड़ हर्षोन्मत्त होकर टोपियाँ उछालने लगी। दि आर्लियाँ अपने स्थान को लौट गए और शहर की सभा के सदस्य हाथ मलते हुए बोल उठे—"काम समाप्त हो गया।" सारी भीड़ धीरे-धीरे वहाँ से बिखर कर विलीन हो गई, और दर्शकगण पेरिस में यह ख़बर फैलाने लगे कि न्यायानुसार फ़्रान्स का अन्तिम सम्राट् मारा गया, और प्रजातन्त्र सर्वदा के लिए स्थापित हो गया। रोटियाँ बेचने वाले, काफ़ी के होटलों के नौकर तथा दूध की फेरी लगाने वाले सर्वदा के समान फेरी लगाने लगे, सारा संसार अपने-अपने काम में लग गया, मानो कोई साधारण घटना ही घटी है।

४

मेरिया आँत्वेनेत को बध-दण्ड

लुई की फाँसी के साथ-साथ दूसरी क्रान्ति का प्रवाह बड़े वेग से बढ़ने लगा—भयङ्कर शासन का प्रारम्भ हुआ। गिरोंदिस्त दल का, जो प्रथम क्रान्ति का नेता था, पतन हुआ, और रोबेस्पियर, मेरे और दाँतो नेता हुए। रक्तपात आरम्भ हुआ। फ़्रान्स के विरुद्ध सारा यूरोप खड़ा था और उनके आक्रमण का सफलता-पूर्वक सामना करने के लिए शासकों को अधिक शक्तिशाली होने की आवश्यकता थी। पहले ही वे विद्रोह की मदिरा

से उन्मत्त हो रहे थे और बाहरी आक्रमणों के कारण किसी को भी इतना समय न था कि देश की आपत्ति के समय न्याय की ओर पूर्ण ध्यान दें। पुनः फ्रान्स अपने बैरियों के प्रति कोई भी दया नहीं दिखलाना चाहता था। एक नई अदालत नियुक्त की गई, जिसमें कई दोषी तथा निर्दोषी दोनों को फाँसी दी गई। रक्तपात का आरम्भ हुआ। दाँतो, मेरे, रोबेस्पियर तीनों ही रक्तपात चाहते थे, जिससे कोई उनका विरोध न कर सके। मेरे को एक लड़की ने मार डाला। सारे देश में एक नवीन पागलपन छा गया। सब तरफ़ सुधार होने लगे। पञ्चाङ्ग सुधारा गया, फ़ौजों में भर्ती करना आरम्भ किया गया और सुधार के विरोधियों के लिए गिलेटिन नामक भीषण यन्त्र वेग से चलने लगा, और गाड़ियाँ पुरुषों को मृत्यु-स्थान की ओर ले जाने लगीं। राजघराने पर आपत्ति तथा मृत्यु के जो बादल उमड़ रहे थे, वे लुई को ही नष्ट करके शान्त नहीं हुए। ता० ३१ मई १७९३ को यह आज्ञा हुई कि रानी मेरिया आँत्वेनेत पर मुक़दमा चलेगा। राजकुमार माता से अलग किया गया, और साइमन नामक एक जूते बनाने वाले के पास रक्खा गया। राजकुमार के प्रति साइमन बहुत ही बुरा बर्ताव करता था, और इसी कारण एक दिन वह मर गया!

दूसरी अगस्त को प्रातःकाल तीन बजे एक बन्द गाड़ी पेरिस की सुनसान सड़क पर टेम्पल से हवालात की ओर चली जा रही थी। उसमें मेरिया आँत्वेनेत को दो अफ़सर हवालात में ले जा रहे थे। महारानी को अपने भविष्य का पूर्ण ज्ञान था और जब उसे हवालात में चलने के लिए कहा गया तो उसे कुछ भी आश्चर्य नहीं हुआ।

उन विशाल भवनों ही में, जहाँ प्रजातन्त्र की हवालात थी, ज़मींदारी-प्रथा का उद्गम हुआ था। वह हॉल एक समय राज्य-सत्ता का केन्द्र था, अब भाग्य के फेर से उसी हॉल के नीचे के तहख़ाने में बादशाहत को दुःख उठाना पड़ रहा है, और ज़मींदारी-प्रथा का प्रारम्भ करने के लिए मानो दण्ड मिल रहा है। फ्रान्स के प्रारम्भ के बादशाहों को क्या मालूम था कि उसी महल में वे अपने वंशजों के लिए तहख़ाना तथा उनका मक़बरा निर्माण कर रहे थे? समय मानव-जीवन का सवार है, वह उसे इधर-उधर भटकने नहीं देता है, ठीक राह पर ही चलाता है। परन्तु आह! उसने अनजाने आत्मघात कर लिया; एक स्त्री का बध करवा कर उसके आँसुओं तथा रुधिर ने बीसों बादशाहों के अत्याचार और अन्याय के कारनामे धो डाले। तलघर की एक कोठरी में फ्रान्स की पदच्युत रानी पड़ी है, दो सिपाही उस पर पहरा दे रहे हैं और उसका अपमान भी करते हैं।

जो दोष महारानी पर लगाए गए थे, वे ता० १३ अगस्त को उसे सुनाए गए और दूसरे दिन उसे अदालत में जाना पड़ा। एक समय जो समस्त संसार को चकाचौंध करती थी, वही रानी मेरिया आज अपना रूप, यौवन, राज्य आदि सब खोकर यहाँ अपने दोषों का जवाब देने के लिए खड़ी है। ऐसे मानव-भाग्य के फेरों का वर्णन किस मनुष्य की लेखनी कर सकती है? सिर्फ़ मौन ही उसका मूक-वर्णन हो सकता है। "Trial of the Widow Capet" नामक पुस्तक में मेरिया के मुक़दमे का पूर्ण वर्णन प्रकाशित हुआ है। संसार की पुस्तकों में शायद ही दूसरी पुस्तक इससे अधिक करुणाजनक हो। उस मर्मभेदी मुक़दमे का वर्णन यहाँ नहीं किया जा सकता। उस वीभत्स वर्णन की एक-एक पंक्ति पाठकों की आँखों से आँसू बहाए बिना नहीं रह सकतीं। अपने सुख के समय इसी महारानी के कारण बहुत सी माताएँ अपने प्यारे पुत्रों पर अत्याचार होते देखकर भी दिल मसोस कर रह गई होंगी, कईयों को अपना सतीत्व नष्ट करना पड़ा होगा। आर्थर यङ्ग ने अपनी Travels in France नामक पुस्तक में एक ऐसी ही सती का वर्णन किया है, जिसकी उम्र यद्यपि २८ वर्ष से अधिक नहीं थी, किन्तु ६० वर्ष से भी अधिक दिखलाई पड़ती थी। चिन्ता, अत्याचारों की मार तथा निरन्तर निराशा के कारण उसके अङ्ग-प्रत्यङ्ग दुर्बल हो गए थे, अकाल ही में उसके झुर्रियाँ पड़ गई थीं। ये झुर्रियाँ नहीं थीं, प्रकृति की लेखनी से मानव-समाज पर लिखे गए राजाओं के अत्याचार के कारनामे थे। नहीं मालूम ऐसे कितने सन्तप्त-हृदय ईश्वर से क्या प्रार्थना करते थे? इन्हीं शापों के परिणाम-स्वरूप आज राजघराने की यह दशा हुई!

आज इस असार संसार में मेरिया का अन्तिम दिन है। यहाँ वह एक कमरे में बन्द है और यहीं से उसे फाँसी देने ले जायँगे। जेलर से उसने दावात-क़लम तथा

कागज़ माँगा और एक पत्र लिखा। पत्र क्या था, एक दुखित-हृदय की आह थी, संसार से बिदा लेनेवाले एक प्राणी के अन्तिम शब्द थे, और अपने प्रिय-जनों के लिए अपने अन्तिम प्रेम का सन्देश था। पत्र जेलर को दे दिया गया, ताकि वह यथास्थान पहुँचा दिया जाय। फिर प्रार्थना की, और कुछ घण्टों तक शान्तिपूर्वक उसने नींद ली।

जब वह उठी तब उसने कपड़े पहने। काला चोग़ा, जो लुई की मृत्यु के समय से वह अब तक पहनती थी, अलग डाल दिया और सफ़ेद गाउन पहना। कन्धों पर एक सफ़ेद रूमाल डाला, सफ़ेद टोपी सिर पर रक्खी, उस पर एक काली पट्टी थी, जो इस बात की सूचना दे रही के सिर के बाल काटे और बिना कहे-सुने मेरिया ने अपने हाथ बँधवा लिए और फिर धीरतापूर्वक हवालात से निकली। स्त्री-सुलभ भीरुता, हृदय की कमज़ोरी, शरीर में कँपकँपी या चेहरे पर पीलापन, कुछ भी मेरिया में नहीं पाया जाता था। उसकी इच्छा थी कि एक रानी के समान शान से उसकी मृत्यु हो, और प्रकृति उसे पूर्ण सहायता दे रही थी।

मेरिया का ख़याल था कि वह भी एक बन्द गाड़ी में बध-स्थान तक ले जाई जायगी। वह अपने बैरियों से इतनी उदारता की आशा रखती थी, पर ऐसा नहीं हुआ। उसे अन्य क़ैदियों के साथ ही जाना पड़ा। अपने विचारों

मेरी आँत्वेनेत

१४ वीं अक्तूबर, सन् १७९३ को मृत्यु-दण्ड के लिए जा रही हैं!

थी कि अभी तक वह अपने पति की मृत्यु का मातम मना रही है।

सारी सड़क पर दर्शकों की भीड़ इकट्ठी हुई थी, छत, खिड़की आदि सब स्थान भरे थे। जिनको कहीं जगह नहीं मिली वे वृक्षों पर चढ़ गए। सेन नदी पर घना कुहरा छाया था, और सूर्य की इनी-गिनी किरणें ही उसमें से पार हो रही थीं। ग्यारह बजे फाँसी-स्थान के लिए रवाना होने का समय था। जेलर आया, मेरिया को दबाकर उसने सिर झुकाया, मानो वह आज्ञा का पालन करने वाली है और फिर गाड़ी पर चढ़ गई।

गाड़ी रवाना हुई। भीड़ से तरह-तरह की आवाज़ें आने लगीं। रानी के कपड़े बहुत ही मामूली थे, और उसके हाथ बँधे थे। उसकी आँखें लाल तथा सूजी हुई थीं, जिससे यह स्पष्ट था कि अश्रुओं की अविरल धारा बहुत काल तक इन नेत्रों से बही है। अपनी दुर्दशा, दर्शकों की अपमान-जनक झिड़कियाँ तथा

अपशब्दों से खीज कर वह बार-बार अपना होठ चबा रही थी, और अपने हृदय की भीषण अग्नि तथा मानसिक व्यथा को दबाने का प्रयत्न कर रही थी। गाड़ी के कुछ आगे बढ़ने पर अपमानजनक शब्द बन्द हो गए। यहाँ दर्शकों के चेहरे से निराशा टपकती थी और इस गम्भीर शान्ति के कारण मेरिया अब कुछ शान्त होगई। उसने अपने साथ वाले पादरी पर अधिक ध्यान नहीं दिया। कई मकानों पर फ़्रान्स के प्रजातन्त्र के झण्डे फहरा रहे थे और स्थान-स्थान पर कुछ शब्द लिखे हुए थे। इस समय इन्हीं की ओर उसका ध्यान आकर्षित हो रहा था।

अन्त में पेलेस-दि-रेह्वोल्यूशन आगया। ट्यूलेरिस के बाग़ के फाटक के पास कुछ देर गाड़ी ठहरी। मेरिया ने अपने पुराने महलों की ओर एक दृष्टि डाली, और कुछ देर तक वह हर्ष तथा खेद के मिश्रित भाव से उधर देखती रही। यहीं उसके वैभवपूर्ण दिन बीते थे और यहाँ ही उसका पतन हुआ था। उसकी आँखों से आँसू छलक पड़े; अन्तिम समय अपना सारा जीवन छाया-चित्र के समान उसकी आँखों के सामने नाचने लगा। थोड़ी दूरी पर फाँसी तैयार थी। पादरी और जल्लाद की सहायता से वह गाड़ी पर से उतरी और सीढ़ी चढ़कर ऊपर फाँसी के तख़्ते की ओर बढ़ी। उसी समय अनजाने उसका पाँव जल्लाद के पाँव पर पड़ गया। जल्लाद चिल्ला पड़ा। रानी ने कहा—"क्षमा करना!" उसकी आवाज़ ऐसी थी, मानो वह अपने किसी सभासद से कह रही हो। कुछ क्षण के लिए उसने घुटने झुकाए और अस्पष्ट शब्दों में प्रार्थना की। तदनन्तर टेम्पल की ओर दृष्टि डालकर कहा—"मेरे बच्चो, एक बार फिर बिदा। मैं तुम्हारे पिता से मिलने जा रही हूँ।" वह गिलेटिन की ओर बढ़ी। उसके चेहरे से मानव-जाति के प्रति घृणा का भाव टपक रहा था। उसकी तरफ़ देखने से ऐसा प्रतीत होता था मानो वह इस संसार से बिदा होने के लिए अधीर हो रही है। जल्लाद मेरिया से भी अधिक काँप रहा था। उसने बड़ी कठिनाई से कुल्हाड़ा उठाया और रानी का सिर कट कर गिर पड़ा। जल्लाद के सहायक ने उठाकर वह सिर दर्शकों को दिखलाया। दर्शकों की भीड़ से आवाज़ आई—"प्रजातन्त्र चिरंजीवी हो।"

५

गिरोंदिस्त दल का पतन

राजा और रानी दोनों को स्वाधीनता की वेदी पर बलिदान चढ़ा दिया गया था। अब गिरोंदिस्त दल की बारी आई। ये स्वयं स्वतन्त्रता देवी के सच्चे भक्त, अनन्य उपासक थे, किन्तु रक्तपात के विरोधी थे। परिणाम यह हुआ कि पिपासुओं ने उन्हें भी स्वतन्त्रता की वेदी पर चढ़ा दिया। २ री जून सन् १७९३ को ये २२ मनुष्य क़ैद हुए थे। उन पर अक्तूबर मास में मुक़दमा चलाया गया। मुक़दमा क्या था, न्याय का उपहास मात्र था। वर्नियो ने वहाँ अपना अन्तिम भाषण दिया। उसने अपने भाषण में अपने पक्ष का समर्थन नहीं किया था, किन्तु यह भाषण बहुत ही मर्मभेदी था। इसने जजों तक के हृदय में करुणा का सञ्चार कर दिया और दर्शकों की आँखों से आँसू बह निकले। पर शीघ्र ही यह सारा खेल समाप्त हो गया और सबको मृत्यु-दण्ड दे दिया गया। वेल्जे ने आत्मघात कर लिया। वर्नियो के पास विष था, किन्तु उसने इस प्रकार कायरतापूर्वक मरना उचित नहीं समझा। फाँसी की पहली रात उन्होंने शराब पीते और गाना गाते बिताई। उन्हें देखकर यह कोई नहीं कह सकता था कि ये दूसरे ही दिन मृत्यु-दण्ड पाने वाले हैं।

आज मृत्यु का दिन है। २१ जीवित तथा वेल्जे की लाश इस प्रकार २२ स्त्री-पुरुष को लेकर आज गाड़ियाँ बध-स्थान की ओर जा रही हैं। उनके सिर खुले हैं, हाथ बँधे हैं और बाँहों में कोट पड़ा हुआ है। भीड़ से आवाज़ आती है "प्रजातन्त्र की जय", क़ैदियों में से कुछ चिल्ला कर कहते हैं—"प्रजातन्त्र चिरजीवी हो।" ब्रिसो के समान कुछ चुपचाप सिर झुकाए बैठे हैं। मृत्यु के कुछ क्षण पूर्व एक बार फिर सबके चेहरे से उदासी बिदा हो गई। राष्ट्रीय गीत "La Maseileasis' उन्होंने गाना आरम्भ किया और वही गाते हुए बध-स्थान पर चढ़ गए, कैसा हृदयबेधक दृश्य था। मृत्यु उनके सामने खड़ी थी, पर वे गा रहे थे। एक-एक करके वे मरते जाते हैं, और गाने की आवाज़ क्षीण होती जाती है, सेम्सन का कुल्हाड़ा वेग के साथ नीचे उतरता है और एक ध्वनि सर्वदा के लिए अनन्त में विलीन हो जाती है। अन्य मित्रों के साथ मेदम रोलाँ का भी बध हुआ। मरते समय उन्होंने कहा—"स्वतन्त्रते! स्वत-

न्त्रते !! कौनसा ऐसा पाप है जो तुम्हारे नाम पर नहीं किया गया है !" वृद्ध बेली भी मारा गया। एक ने कहा—"बेली तुम काँप रहे हो ?" उसने उत्तर दिया—"हाँ, सर्दी लगती है।" अन्त में मृत वेल्जे का भी सिर काट दिया गया। गिलेटिन की धार पर गिरोंदिस्त उतार दिए गए।

यों क्रान्ति के जन्मदाता ही क्रान्ति की भेंट हुए। वे फ्रान्स में नवीन जीवन सञ्चार करने को तत्पर हुए थे, पर उनका ही यों अन्त हुआ।

लिखने में तो एक ख़ासा ग्रन्थ तैयार हो जायगा। प्रतिदिन सैकड़ों मारे जाते थे, और इनमें से अधिकांश प्रथम क्रान्ति के जन्मदाता ही थे।

किन्तु रक्तपात के बढ़ने के साथ ही साथ एक उलटा प्रवाह भी बढ़ने लगा था। कई लोग उससे थक गए थे। निरन्तर बध होते देख कर अब वे उकता गए थे। इसके अतिरिक्त क्रान्ति के कई हितेच्छु जानते थे कि इस रक्तपात से क्रान्ति की हानि ही होगी। दाँतो तथा देसमोलियाँ ने प्रारम्भ में रक्तपात का समर्थन किया था,

गिरोंदिस्त (Girondists)
सन् १७९४ के एप्रिल मास में क़त्ल होने के लिए जा रहा है।

६

दाँतो का बध

रक्त-पिपासा तीव्र हो गई थी, उसको शान्त करना कठिन हो गया था। दिन पर दिन क्रान्ति में मारे जाने वालों की संख्या बढ़ती जाती थी। जो रक्तपात इस काल में स्वाधीनता के नाम पर हुआ, उसका संक्षिप्त वर्णन भी यहाँ नहीं किया जा सकता है, फिर पूरा वर्णन

किन्तु अब वे शान्ति स्थापित करने के पक्ष में थे। इसी के पक्ष में वे अब निरन्तर पत्रों में लेख लिखने लगे। प्रारम्भ में रोबेस्पियर का भी दाँतो आदि से समान मत था, किन्तु रोबेस्पियर के मित्र समझते थे कि दाँतो आदि शान्ति स्थापित करके उनकी सत्ता छीनना चाहते हैं। वे अत्याचार ही से फ्रान्स के कर्ता-धर्ता बन बैठे थे और अब इसी की सहायता से इसे अपने हाथ में बनाए रखना

चाहते थे। एक दिन जब ये भिन्न-भिन्न नेता बैठ कर आपस में बात कर रहे थे, देसमोलियाँ ने कहा कि रोबेस्पियर शान्ति का पक्षपाती है; बस रोबेस्पियर चिढ़ गया और उनका बैरी बन बैठा। रोबेस्पियर अपने मित्र सेन्ट जस की सहायता से एकछत्र राज्य करना चाहता था। दोनों ही के मार्ग में सिर्फ़ एक काँटा था, और वह था दाँतो। बस उसे उसके मित्रों सहित उखाड़ कर फेंक देने की उसने ठान ली।

दाँतो को अपने आगामी भविष्य का कुछ-कुछ ज्ञान हो गया था। वह सिगड़ी के पास बैठा-बैठा दिन भर स्वप्न देखा करता था। उसकी आत्मा में बड़ा परिवर्त्तन हो गया था। वह यह जानता था कि उसे शीघ्र ही मौत का सामना करना है, और इसी ज्ञान ने उसे बड़ी शान्ति तथा धैर्य प्रदान किया था। अब उसे मृत्यु का डर नहीं था। सम्भव है वह मृत्यु की सहायता से इस सांसारिक जीवन से छुटकारा पाने की आशा करता हो। उसके मित्रों ने उसे भाग जाने की सलाह दी, किन्तु वह बोला—"क्या मैं अपने साथ अपनी मातृ-भूमि को भी ले जा सकता हूँ?" उन्होंने उसे अपनी सभा बढ़ाने तथा दुश्मनों को दबाने के लिए कहा। उसने उत्तर दिया—"मैं औरों को मारने से स्वयं मारा जाना अधिक अच्छा समझता हूँ।" शायद वह समझता था कि फ्रान्स की प्रजा उससे प्रेम तथा उसका आदर करती है। जब दाँतो से कहा गया कि लोग तुम्हें क़ैद करना चाहते हैं, तो उसने सिर हिलाया और कहा—वे मुझे क़ैद करने की हिम्मत नहीं कर सकते। उस रात को वह एक निर्बोध बालक के समान सोया। ऐसी ही दशा में वह क़ैद कर लिया गया।

३१ मार्च १७९४ को सब तरफ़ पेरिस में ख़बर फैल गई कि दाँतो, केमिले आदि पकड़े गए हैं। जेलख़ाने में हलचल मच गई; क़ैदी क्रान्ति की आत्मा, महान दाँतो को देखने के लिए आने लगे। दाँतो ने उनसे सभ्यता-पूर्वक कहा—"मित्रो, मैं आशा करता था कि तुम्हें इस क़ैदख़ाने से छुड़ा सकूँगा, किन्तु आज मैं ख़ुद यहाँ आगया हूँ। कोई नहीं जानता है कि यह मामला कहाँ जाकर रुकेगा।" कन्वहेनशन के लोगों ने जब यह ख़बर सुनी तो आश्चर्यचकित होकर, विस्फारित नेत्रों से एक दूसरे की ओर देखने लगे और आपस में कानाफूसी करने लगे कि "क्या दाँतो क़ैद किया गया?" एक ने प्रस्ताव किया कि अपने पक्ष में दाँतो को कहने का समय दिया जाय। रोबेस्पियर ने कहा—"क्या अब तक अन्य किसी क़ैदी को यह मौक़ा दिया गया था?"

दाँतो को क़ैदख़ाने में जो विचार आए होंगे, वे अवश्य विचित्र होंगे; किन्तु दुर्भाग्यवश उनका हमें पूर्ण विवरण नहीं मिलता। संसार के इतिहास में बहुत ही थोड़े महान् पुरुष ऐसे हुए हैं, जिनका संसार को अधिक पता नहीं है और दाँतो उनमें से ही एक है। कहा जाता है कि वह जेल में कहता था, आज से बारह महीने पहले मैं स्वयं किसी क्रान्ति की अदालत की स्थापना करने के लिए प्रयत्न करता था, मैं उसके लिए ईश्वर तथा मानव-जाति से क्षमा-याचना करता हूँ। वे सब पापी हैं। जैसे रोबेस्पियर आज मुझे मृत्यु-दण्ड देने वाला है, वैसे ही ब्रिसो भी दे देता। मैं सारा कार्य भयानक दशा में छोड़ रहा हूँ। इनमें से कोई भी शासन-कार्य में कुछ भी नहीं समझता है। रोबेस्पियर मेरे पीछे फाँसी के तख़्ते पर चला आएगा; मैं उसे वहाँ खींच लूँगा। मनुष्य पर राज्य करने से ग़रीब मछुआ होना अधिक अच्छा है।

दाँतो तथा उसके अन्य साथियों पर भी मुक़दमा चला। सारा न्याय का नाटक था। क्या दण्ड दिया जावेगा, यह पहले ही निश्चित-प्राय था। उनसे नाम पूछा गया तो उन्होंने उत्तर दिया—"मेरा नाम दाँतो है। क्रान्तिकारियों में प्रायः सब मुझे जानते हैं। मेरा निवास-स्थान? शीघ्र ही संसार से मेरा अस्तित्व मिट जायगा, किन्तु बाद में इतिहास के मान पुरुषों के भवन में मेरा वास होगा।" इसके बाद वह अपने पक्ष में बोलने लगा। बार-बार सभापति उसकी बात काटते थे, पर महान् दाँतो की बुलन्द आवाज़ अदालत में गूँज रही थी। जज आदि भयभीत होकर काँप रहे थे, अन्त में वह बोला—"मेरी मृत्यु के बाद तीन मास भी नहीं बीतने पाएँगे कि मेरे शत्रुओं की भी यही दशा होगी। मुझे विश्वास है कि रोबेस्पियर शीघ्र ही मेरे पीछे फाँसी के तख़्ते की ओर खिंचा आएगा; मैं उसे खींच लूँगा।" ये शब्द उसने बार-बार कहे थे। ऐसी भविष्यवाणी करने वाले पर दया नहीं, कदापि नहीं; मृत्यु-दण्ड से कम कोई सज़ा नहीं दी जानी चाहिए।

दाँतो मृत्यु-दण्ड पाने जा रहा है, केमिले आदि

भी उसके साथ हैं। गम्भीरतापूर्वक, धीरता के साथ दाँतो बैठा है। केमिले अपनी नवबधू के लिए क्षुब्ध है, पर दाँतो कहता है—"मेरे प्यारे मित्र, उसकी चिन्ता न करो।" कहते हैं कि बध-स्थान के चबूतरे पर चढ़ने के पहले दाँतो भी अपनी स्त्री का स्मरण कर क्षुब्ध हो गया था—"मैं अपनी प्रियतमा को कभी भी नहीं देख सकूँगा" यह उसके वाक्य थे, किन्तु दूसरे ही क्षण वह बोल उठा—"दाँतो, इतनी दुर्बलता!"

केमिले ने उस भीषण कुल्हाड़े की धार की ओर दृष्टि डालकर कहा—"ओह, स्वाधीनता के प्रथम पुजारी का यों अन्त होता है!" बध से पहले दाँतो ने चाहा कि अपने प्रिय मित्र हेराले से मिल ले, पर जल्लाद ने उसे मिलने नहीं दिया। तब दाँतो ने चिढ़कर कहा—"जाओ! हमारे सिर थैले में एक ही जगह गिरेंगे, वहाँ उन्हें परस्पर मिलने से तुम रोक नहीं सकते हो। एक बात से मुझे शान्ति मिलती है; रोबेस्पियर भी मेरे पीछे इसी स्थान पर चला आ रहा है। मुझे शोक किस बात का है? मैंने क्रान्ति का आनन्द लूटा तथा सांसारिक सुखों का भी उपभोग किया। चलो, अब अन्तिम नींद सोएँ।" मारे जाने से पहले दाँतो ने सेम्सन जल्लाद से कहा—"मेरा सिर लोगों को अवश्य दिखाना, वह दिखाने योग्य है।" धड़! यह सिर कट गया, एक महान् व्यक्ति का अन्त हो गया। कैसा समय था! ऐसे पुरुषों को केवल इसीलिए प्राण-दण्ड दिया गया कि वे रक्तपात का विरोध करते थे, मनुष्यों को क्षमा करना चाहते थे। उनका केवल यही अपराध था।

७

रोबेस्पियर को फाँसी

"रोबेस्पियर मेरे पीछे फाँसी के तख़्ते पर खिंचा चला आवेगा। मैं उसे खींच लूँगा।" दाँतो की यह भविष्यवाणी सत्य हुई। भयङ्कर शासन की यातना दिन-प्रतिदिन बढ़ती जाती थी। ईश्वरोपासना एक नए ढङ्ग से होने लगी। जो कोई रोबेस्पियर का विरोध करता था, उसका एक ही उपाय था, फाँसी का तख़्ता। अब रोबेस्पियर के शत्रुओं की संख्या दिन पर दिन बढ़ने लगी। उससे अपना बदला लेने की वे राह देखने लगे। रोबेस्पियर की इन दिनों विचित्र दशा थी। उसकी लेखनी अब सुस्त पड़ी थी। वह प्रायः पेरिस की गलियों में अकेला घूमा करता था। क़ैद होने के पहले दाँतो की जो दशा हुई थी, वही अब रोबेस्पियर की हुई। वह दिन-रात अपने कृत्यों पर विचार किया करता था। अब उसे भी रक्तपात से घृणा होने लगी। मन ही मन वह कहा करता था कि अगर यह भयङ्कर शासन अधिक काल तक चलेगा, तो वह स्वयं उसकी एक आहुति हो जायगा। उसके बैरी उसको नष्ट करना चाहते थे और वह मरने को तैयार था। मृत्यु दौड़ी हुई उसकी ओर चली आ रही थी और रोबेस्पियर को उसके आने का पता था।

वह असन्तोष, जो अब तक अज्ञात रूप से बढ़ता गया था, अन्त में एक दिन एसेम्बली में फूट पड़ा। रोबेस्पियर पर टीका-टिप्पणी होने लगी। उसके पुराने मित्र, उसका बिना नाम बताए, उसके कार्यों की आलोचना करने लगे। रोबेस्पियर चुपचाप बैठा सुन रहा था, उसके चेहरे पर पीलापन आने लगा। वह कुछ काल के बाद उठा और जेकोबिन क्लब को लौट आया। उसका क्लब में एक बड़ा ही मार्मिक भाषण हुआ। श्रोतागणों की आँखों में आँसू आगए। उसने यह बात भी गुप्त नहीं रक्खी थी कि उसका अन्त अब निकट आ गया है। अन्त में वह बोला—"यही मेरा अन्तिम मृत्यु-पत्र है। मुझे आज मालूम हुआ है कि चाण्डाल-चौकड़ी इतनी शक्तिशाली हो गई है कि मैं उससे बच नहीं सकता हूँ। बिना किसी प्रकार के शोक के मैं उनके अधीन हो जाऊँगा। तुमको मैं अपनी स्मृति छोड़े जाता हूँ। यह तुमको प्रिय हो। तुम इसकी रक्षा करना।" क्लब के अन्य सदस्यों ने रोबेस्पियर की रक्षा करने की शपथ ली। वे चाहते थे कि एक बार पुनः पेरिस में विद्रोह खड़ा कर रोबेस्पियर को शक्तिशाली बना दें।

इधर एसेम्बली में उसको पकड़ने के षड्यन्त्र रचे जा रहे थे। सब ओर से आवाज़ आती थी—"अत्याचारी का अन्त कर दो!" रोबेस्पियर ने भाषण देना चाहा, पर उसे आज्ञा नहीं दी गई। सदस्य अब उसके भाषण को नहीं सुनना चाहते थे; यह उसका महान् पतन था। अब रोबेस्पियर के विरुद्ध भाषण होने लगे। एसेम्बली के सदस्य रोबेस्पियर से इतना डरते थे कि वे उसे भाषण की आज्ञा नहीं देते थे। रोबेस्पियर बार-बार भाषण देने का

प्रयत्न करता था, पर वह सफल नहीं होता था। अन्त में उसने कहा—"ओ हत्यारों के सभापति! मैं भाषण देना चाहता हूँ!" इससे आगे वह कुछ भी नहीं बोल सका। एक सदस्य चट्ट से बोल उठा—"दाँतों के रुधिर से तेरा गला रुँधा जाता है।" उसे क़ैद करने की आज्ञा दे दी गई। सिपाही बुलाए गए और रोबेस्पियर, सेण्टजस आदि सब मित्र क़ैद कर लिए गए।

बाहर जेकोबिन क्लब वाले विद्रोह खड़ा करने का प्रयत्न करने लगे। रोबेस्पियर से उन्होंने लिखित आज्ञा माँगी, पर उसने मना कर दिया। जेकोबिन दल वालों का प्रयत्न विफल हुआ। एसेम्बली की भी सेना तैयार की गई और सब ओर शान्ति स्थापित करने का प्रयत्न किया जाने लगा। विद्रोह को दबाकर सैनिक वहाँ आने लगे, जहाँ रोबेस्पियर आदि थे। उनके आने की पदध्वनि सुनाई दी। लेबास के पास दो पिस्तौल थे। उसने एक रोबेस्पियर को दिया कि वह आत्महत्या कर ले, किन्तु रोबेस्पियर, सेण्टजस आदि ने शत्रु के हाथ मरना अधिक ठीक समझा। वे सब शान्त, निश्चल, एक टेबुल के आस-पास बैठे थे, और उनकी आँखें दरवाज़े पर लगी थीं। वे सैनिकों के पैरों की आहट सुन रहे थे और अपने भाग्य की बाट जोह रहे थे। शीघ्र ही यह निश्चय हो गया कि सैनिक आ रहे हैं। लेबास ने आत्महत्या कर ली और रोबेस्पियर के छोटे भाई ने खिड़की में से कूदकर मरना चाहा, परन्तु उसका सिर्फ़ पैर ही टूटा।

सिपाही आ घुसे, किवाड़ खुल गए। वे चिल्ला रहे थे—"अत्याचारी का अन्त कर दो।" एक ने पूछा—"इनमें से अत्याचारी कौन है?" मेडा नामक सिपाही ने दूसरे का हाथ पकड़कर रोबेस्पियर की ओर सङ्केत किया। उस सिपाही के हाथ में पिस्तौल थी, उसने वार कर दिया।

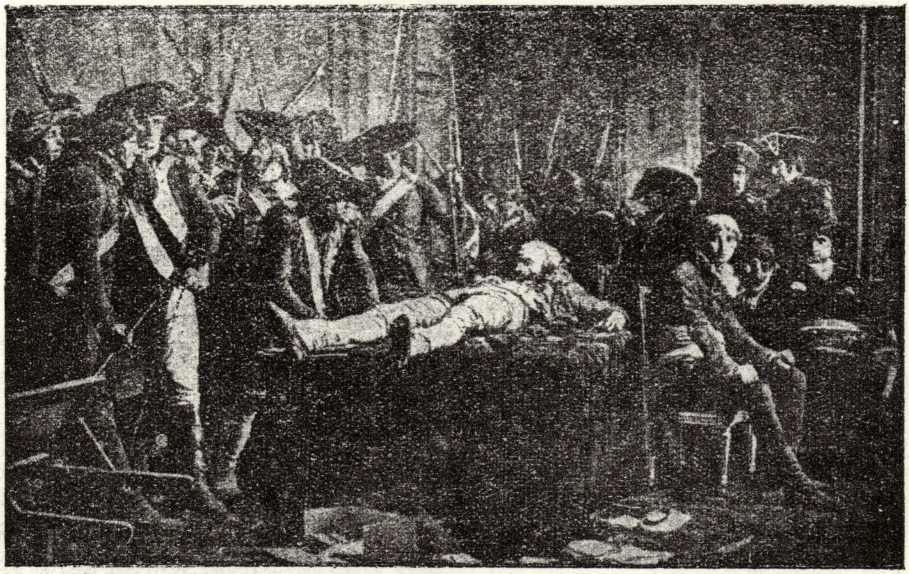

मृत्यु-शय्या पर रोबेस्पियर (Rebespierre)
(२८ जुलाई, सन् १७९४)

रोबेस्पियर का सिर टेबुल पर टिक गया और रक्त की धार बह निकली। गोली उसके दाहिने जबड़े में लगी थी और उसके कई दाँत भी टूट गए थे। कूथन ने उठाने का प्रयत्न किया, पर दुर्बलता के मारे वह स्वयं गिर पड़ा। सेण्टजस अपने स्थान पर ही बैठा रहा, और रोबेस्पियर की दशा देखकर अपने बैरियों की ओर तिरस्कारपूर्ण दृष्टि से देखने लगा। इस समय प्रातःकाल हो चला था,

सिपाही अपने क़ैदियों को ले जा रहे थे। रोबेस्पियर खाट पर पड़ा था, उसके जबड़े में एक रक्तरञ्जित रूमाल बँधा था।

रोबेस्पियर को पास ही के एक कमरे में ले गए। उसे देखने के लिए आने वाले मनुष्यों का ताँता बँध गया। कोई तिपाई पर चढ़ता था तो कोई बेञ्च पर खड़ा होता था। वही रोबेस्पियर, जो एक समय प्रजातन्त्र का आदर्श-नेता तथा कर्ता-धर्ता था, आज इस दशा में पड़ा है। उसके दल के भी कई मनुष्य उसे देखने आए। वे जानना चाहते थे कि वह भी सर्वदा के लिए सोया है या नहीं। उस अभागे का कोई तिरस्कार करता, कई उसके प्रति घृणा प्रकट करते, कई अपशब्दों का प्रयोग करते। सिपाही भी उसकी ओर सङ्केत करके दर्शकों को इस प्रकार बतला रहे थे मानो किसी अजायबघर में कोई भीषण जन्तु आया हो। रोबेस्पियर ऐसा बनना चाहता था, मानो वह मर गया हो, जिससे उसे अपशब्द तो सुनना न पड़े। पर एक सिपाही ने नाड़ी सँभाली, और उसे मालूम हो गया कि वह बराबर धड़क रही थी। अन्त में सबको अदालत में ले गए। सबसे प्रश्न किए गए, पर यह सब दिखावा मात्र था, क्योंकि रोबेस्पियर बोल नहीं सकता था। अन्त में मृत्यु-दण्ड सुना दिया गया।

आज रोबेस्पियर की अन्तिम यात्रा है। यह वही राह है, जिससे क्रमशः लुई, मेरिया, गिरोंदिस्त नेता, दाँतो और सैकड़ों अन्य पुरुष गए थे और आज उसी राह से अन्तिम बार रोबेस्पियर और उसके साथी जायँगे।

प्रातःकाल छः बजे गाड़ियाँ उन्हें लेने के लिए आकर खड़ी होगईं। इस बार बध-स्थान को जाने वाले सभी पुरुष मानव-स्वरूप के जर्जरित ढाँचे मात्र हैं; उनके हाथ, पाँव, शरीर आदि सब कुछ गाड़ी से बाँध दिए गए हैं। गाड़ी चली जा रही है, मार्ग साफ़ न होने के कारण गाड़ी झटके खाती है और उसके साथ ही घायल पुरुष घावों में दर्द होने के कारण चिल्ला उठते हैं। उनकी यात्रा बहुत लम्बी थी, सारी राह दर्शकों से पूर्ण थी। मकानों की छतों, खिड़कियों, झरोखों आदि सब जगह दर्शकगण चढ़ गए थे। इन दर्शकों में स्त्रियों की संख्या बहुत थी। गाड़ी चली जाती थी और वे हर्ष के मारे चिल्लाती थीं, तालियाँ बजाती थीं, क्योंकि वे जानती थीं कि आज वे 'भयानक शासन' का अन्त कर देंगी। 'भयानक शासन' में मारे गए पुरुषों के बच्चे, स्त्रियाँ तथा अन्य सम्बन्धी गाड़ी के चारों ओर खड़े हैं और इसलिए प्रसन्न हो रहे हैं कि रोबेस्पियर आदि पर स्वर्गीय प्रतिहिंसा का आघात हुआ है। रोबेस्पियर के मुँह पर रूमाल बँधा हुआ था, अतः एक आँख के अतिरिक्त उसका चेहरा बिलकुल नहीं दिखाई देता था। जो सिपाही गाड़ी में क़ैदियों के साथ बैठे थे, वे उँगली उठाकर तिरस्कारपूर्वक रोबेस्पियर की ओर सङ्केत करते थे। रोबेस्पियर ने दूसरी ओर मुँह फेर लिया और कन्धों को हिलाया, मानो वह उन सब मनुष्यों पर दया दिखला रहा हो, जो ग़लती से उस पर सारे रक्त-पात का दोष मढ़ते थे। उसकी बुद्धि अब आँखों में होकर चमक रही थी। उसके चेहरे पर ईश्वराधीनता थी, न कि भय के चिह्न। जिस रहस्य ने उसके सारे जीवन पर परदा डाला था, वही अब उसके विचारों को छिपाए हुए था। उसने एक शब्द भी नहीं कहा।

दर्शकों में जिन पुरुषों ने इन पाँच वर्षों में बार-बार विद्रोह किया था, वे खड़े-खड़े विमूढ़ से देख रहे थे। रोबेस्पियर ही उनका धर्म था, उनका सब कुछ था। रोबेस्पियर डुप्ले के मकान के पास से निकला, तब वहाँ तीन-चार स्त्रियाँ रो पड़ीं। ये ही कुछ आँसू थे, जो रोबेस्पियर के लिए सारे फ़्रान्स में बहाए गए थे। रोबेस्पियर ने अपना मुँह फेर लिया, एक निश्वास खींची और आँखें बन्द कर लीं। यह उसके बलिदान का सबसे करुणाजनक समय था। उसकी वे समस्त आकांक्षाएँ अब मानो उसका उपहास कर रही थीं। कैसा अच्छा होता, अगर वह एक अज्ञात पुरुष ही रहता और उस सुथार की दूकान के ऊपर के कमरे में इलियोनारा का हाथ अपने हाथों में लिए बैठा रहता!

स्वाधीनता की मूर्ति के पास पहुँचने पर जल्लाद उस घायल पुरुष को बध-स्थान पर ले गए। उनमें से कोई भी दर्शकों के प्रति तिरस्कारपूर्ण एक शब्द भी नहीं बोला। उन्हें अपनी मृत्यु दर्शकों के दया-रहित चेहरों पर स्पष्टतया दिखाई पड़ती थी। रोबेस्पियर धीरतापूर्वक सीढ़ी चढ़ा। बध से पहले जल्लाद ने निर्दयतापूर्वक वह रूमाल खींच लिया। घायल का टूटा हुआ जबड़ा नीचे लटक गया और वह दर्द के मारे ऐसे ज़ोर से चिल्लाया कि वह चीख़ पेलेस दि रेव्होल्यूशन के दूसरी ओर तक सुनाई दी। यह उस कण्ठ से निकलने वाली अन्तिम आवाज़ थी। शीघ्र ही

एक भयानक शान्ति छा गई। सेम्सन ने अपना कार्य समाप्त किया। भीषण कुल्हाड़ा पड़ा और रोबेस्पियर का सिर लुढ़कता हुआ टोकरे में जा पड़ा। कुछ देर के लिए दर्शकों की साँसें बन्द हो गईं और स्तब्ध होकर वे अनिमिष नेत्रों से उस दृश्य की तरफ़ देखते रहे, किन्तु दूसरे ही क्षण हर्ष-ध्वनि सुनाई दी।

यों रोबेस्पियर तथा उसके साथ ही भयानक शासन का अन्त हो गया। जिन पुरुषों ने राजा-रानी का बध कर पुरातन ज़मींदारी-प्रथा से तथा निरन्तर दबाव और अत्याचार से देश को छुड़ाया था, उन्होंने यद्यपि कई निर्दोष पुरुषों का रक्त बहाया, किन्तु उन्होंने फ़्रान्स का इतना बड़ा उपकार किया कि उनसे फ़्रान्स-निवासी कभी भी उऋण नहीं हो सकते। "ईश्वर की चक्की धीरे-धीरे पीसती है, किन्तु अत्यन्त बारीक पीसती है।"

ईसा के पवित्र नाम पर

(सङ्कलित)

पावल प्रेरित

मसीह के बाद ईसाई-समाज का सर्व-प्रथम योद्धा पावल था। वह मूर्त्ति-पूजकों में उनके विश्वास के विपरीत मसीही धर्म का प्रचार करता था। उसने आश्चर्यजनक सङ्कट सहे, पर सत्याग्रह न छोड़ा। पाँच बार यहूदियों की रीति से और तीन बार रोमियों की रीति से उसने कोड़े खाए। एक बार पत्थर-बाह किया गया और चार बार उसकी नाव मारी गई। एक रात-दिन वह समुद्र में रहा और अन्त में मसीही धर्म पर विश्वास के अपराध पर मारा गया।

इस महा पुरुष ने मसीही धर्म का प्रचार बड़ी निर्भीकता और अदम्य उत्साह से किया और बड़े धैर्य और सहिष्णुता से सब कष्टों का सामना किया। उसने एशिया, यूनान, फ़िलिप्पी, थिसलनी, विरिथ, इफिस और मिलीत नगरों में प्रचार किया और बहुत से शिष्य बनाए। अन्त में जेरूसलम में फिर पकड़ा गया और दो वर्ष कैसरिया नगर में क़ैदी रखकर रोम को भेजा गया।

उन दिनों रोम नगर संसार के बढ़े-चढ़े नगरों में से एक था। संसार भर के भाषा-भाषी व्यापारी रोम के बाज़ारों में चलते थे, मानो वह एक स्वयं छोटा-सा जगत् था। यूरोप और उत्तर खण्ड अफ़्रीका और पश्चिम खण्ड एशिया का सबसे उत्तम और सुन्दर प्रदेश उसके अधीन था। इस नगर का बड़ा भारी विस्तार था और यह सात पहाड़ों पर बसा हुआ था। उसमें ३० लाख आदमी रहते थे। एक हज़ार सात सौ अस्सी उसमें सरकारी इमारतें थीं, जिनमें नीरो राजा का राजमहल प्रतिष्ठित था। देवताओं के चार सौ से अधिक मन्दिर थे, जिनमें कपिटोल नामक यूपितर देवता का मन्दिर, जो कपिटोली पहाड़ पर बना था, बड़ा विशाल था। उसके ऐश्वर्य की बड़ी प्रसिद्धि थी। उसकी लागत एक करोड़ रुपए कूती जाती थी। ऐसी ही यह महानगरी थी, जहाँ प्रथम बार मसीही प्रचारकों को सत्याग्रह का प्रयोग करना पड़ा था।

रोम के बादशाह नीरो की निष्ठुरता प्रसिद्ध है। गद्दी पर बैठते ही उसने प्रथम अपने गुरु, रक्षकों, माता, स्त्री आदि का बध करवा डाला, फिर उसने गर्व में चूर होकर यह निश्चय किया कि मैं समस्त रोम को प्रथम तो जला कर भस्म कर डालूँ, फिर दुबारा इससे भी भड़कीला एक शहर बसाऊँ और अपना नाम प्रसिद्ध करूँ। ऐसे दुष्ट को अपने विचार काम में लाते क्या आगा-पीछा था। उसने सारे नगर में आग लगवा दी और सारा नगर धधक उठा। स्त्रियों का क्रन्दन, बच्चों की चीत्कार और मनुष्यों की आह पृथ्वी से आकाश तक भर गई। इस प्रकार सात दिन तक यह अग्निकाण्ड होता रहा और नगर

के पाँच भाग उजाड़ हो गए। तब वह कुकर्मी इस बात को देख कर डरा कि नगरनिवासी कुपित होकर मुझे कहीं दण्ड न दें और प्रजा विद्रोह न कर दे, और यह सोच-विचार कर वह उन निरपराधों पर टूट पड़ा। उसने बोरों पर चूना लगा कर उनमें ईसाइयों को भरा और फिर चारों ओर सन भर-भर कर बोरों के मुँह सी दिए और उन्हें खम्भों में बाँधकर, पाँति-पाँति खड़ा कर उनमें आग लगा दी। उस आग की रोशनी में रोम के लोग तरह-तरह की क्रीड़ा किया करते थे। किन्हीं-किन्हीं को उसने जङ्गली पशुओं की खालों में सीकर शिकारी कुत्तों के आगे फेंक दिया। जिन्होंने उन्हें टुकड़े-टुकड़े कर डाला। इसके सिवा हज़ारों ईसाई, बादशाह के महल में क्रूस पर लटकाए गए। इसी धर्म-युद्ध में पावल धर्मी ने भी प्राण दिए!

याक़ूब

यह मसीह का भाई था और जेरूसलम में मसीही धर्म का प्रधान प्रचारक था। रोम के उपद्रव के समय ही उस पर भी कोप पड़ा। जब वह न्यायालय में पेश किया गया तो उसने वीरता-पूर्वक कहा—"यीसू ख्रिष्ट परमेश्वर के दाहिने हाथ बैठा है और आकाश के मेघों पर चढ़ कर फिर आवेगा।" इस बात पर उसे पत्थरों से हलाल कर डालने का दण्ड दिया गया। पत्थरों की झड़ी जब उस पर पड़ने लगी, तब उसने तनिक अवसर पाकर पुकार कर कहा—"हे पिता, इन्हें क्षमा कर, क्योंकि ये नहीं जानते कि ये क्या करते हैं × × × उसी समय, एक सोंटे की भारी चोट खाकर वह गिर गया।

शिमियोन

यह जेरूसलम का धर्माध्यक्ष था। जब यह पकड़ा गया, तब १२० बरस का बुड्ढा था। उसने कितने ही दिन तक कोड़े खाए, पर वह न मरा। अन्त में तङ्ग होकर हत्यारों ने उसे क्रूस पर चढ़ा दिया।

इग्नाट्रिय ट्रोज़न

यह अन्तैखिया नगर का मण्डलाध्यक्ष था। शिमियोन के ३ वर्ष बाद यह ईसाई होने के अपराध में प्राणघात करने को रोम नगर में पहुँचाया गया। इसने रोम के अधिकारियों से चिट्ठी लिखकर कहलवाया—"सूरिया से रोम तक मैं जङ्गली पशुओं से लड़ता चला आता हूँ। मैं दस तेंदुओं के अर्थात् योद्धाओं के साथ ज़ञ्जीर से कसा हुआ चलता हूँ। मैं जैसे-जैसे नित्य उनकी भलाई करता हूँ, वैसे ही मेरे विरुद्ध उनका कोप बढ़ता है। वे चाहे मुझे सिंहों के आगे फेंकें, चाहे क्रूस पर चढ़ावें और चाहे मेरे अङ्ग को काट डालें, पर यदि मैं प्रभू मसीह के नाम पर आनन्दित हूँ तो इन पीड़ाओं से क्या होगा?" रोम में पहुँचने पर वह लोगों के सामने ही अजायब-घर के जङ्गली पशुओं के सामने डाला गया। पर जब उसने सिंहों को गर्जते हुए सुना तो उसने कहा—"मैं मसीह प्रभु का फटका हुआ गेहूँ हूँ; जब तक जङ्गली पशुओं के दाँत से न पीसा जाऊँगा, तब तक रोटी न बनूँगा।" सिंहों ने झटपट उसे फाड़ डाला। इसके बाद उसकी थोड़ी सी हड्डियाँ, जो बच रहीं, वे अन्तैखिया नगर में गाड़ दी गईं।

मूलार्प

यह स्मर्ना नगर का, सन् १६७ में मण्डलाध्यक्ष था और योहन प्रेरित का शिष्य था। इसे ईसाई होने के अपराध में जीते जलाए जाने की आज्ञा हुई। उस समय इसकी उम्र ८६ वर्ष की थी। लोगों ने दया करके इसे समझाया कि अपना विश्वास त्याग दो, पर इसने कहा कि मैंने चार कोड़ी ६ वर्ष प्रभु मसीह की सेवा की है और उसने कभी मेरा अपराध नहीं किया, तो जिसने मोल देकर मुझे निस्तार दिया है, मैं क्योंकर उसका विश्वासघाती बनूँ? जब वह ईंधन के निकट खड़ा हो, प्रार्थना कर चुका तब आग सुलगाई गई। बड़ी-बड़ी लपटें उठीं, पर आश्चर्य था कि वह जला नहीं। पीछे वह तीर से बेधकर मार डाला गया और उसकी लाश जलकर राख हो गई।

ब्लाडीना

यह एक बड़ी सुकुमार और दुर्बल दासी थी। ईसाइयों को भय था कि वह कष्ट पाकर अवश्य विचलित हो जायगी, पर जब उस पर प्रातःकाल से लेकर सन्ध्या तक मार पड़ी और उसकी चमड़ी के धुर्रे उड़ गए, शरीर ऐंठ कर कमान हो गया और वह जगह-जगह से क्षत-विक्षत हो गया, तो हत्यारों को बड़ा आश्चर्य हुआ। वह अन्तिम साँस तक यही कहती रही कि मैं ईसाई हूँ। अन्त में उसे हाथ फैलाकर एक खम्भे से बाँध दिया गया

और उस पर पशु छोड़ दिए गए। पर पशु उसे सूँघ-सूँघ कर चले गए। कदाचित् उन्हें दया आ गई हो। तब उसे अगले दिन के लिए रख छोड़ा गया। दूसरे दिन जब वह फिर मरने के लिए बुलाई गई, तो वह आनन्द से क़दम बढ़ाकर बध-स्थान पर गई। आख़िर एक जाल में लपेट कर उसे साँड़ के आगे डाला गया और इस तरह उसका अन्त हुआ।

परपिटु

यह एक २२ वर्ष की विवाहिता स्त्री थी और इसकी गोद में एक छोटा बच्चा था। जब इसे ईसाई होने के अपराध में बध की आज्ञा दी गई तो प्रथम इसका बालक छीन कर बड़ी क्रूरता से मार डाला गया। फिर इसे बध-स्थल पर ले चले। इसने निर्भय होकर मृत्यु का सामना किया। इसका पिता मूर्त्ति-पूजक था और बहुत बूढ़ा था। उसने घुटने टेक कर इससे विनय की कि बेटी, मेरे बुढ़ापे की ओर देख कर मुझ पर दया कर, अगर तू मुझे अपना पिता समझती है तो मुझ पर करुणा कर। इतना कह वह इसका हाथ चूम इसके पैरों पर गिर पड़ा और रोकर कहने लगा कि मैं अब तुझे बेटी नहीं, किन्तु अपने धर्म की अधिकारिणी कहता हूँ। पर इसने वीरता-पूर्वक कहा, पिता शान्त हो, इस धर्म-युद्ध में क्या पीछे हटने का समय है। आत्मा में बल आने दो, ईश्वर के लिए उसमें विघ्न मत करो। इतना कहकर वह बध-स्थान पर आ खड़ी हुई और पशुओं से फाड़ डाली गई !

लिकस्त

सन् २६० में रोम की ईसाइयों की मण्डली का अध्यक्ष लिकस्त मारा गया। जब नगर के अधिकारी ने सुना कि मण्डली के पास बड़ी भारी सम्पत्ति है, तो लौरिन्तिया नामक प्रधान सेवक को बुलाकर उसने आज्ञा दी कि सब धन हाज़िर करे। उसने कहा, सब धन-सम्पत्ति को सँभालने और उसका बीजक बनाने के लिए मुझे तीन दिन का अवकाश दीजिए। तीसरे दिन वह समस्त रोम के कङ्गालों को इकट्ठा कर प्रधान के महल में आ हाज़िर हुआ, और उससे बोला—लीजिए, हमारे प्रभु की सम्पत्ति को सँभालिए। आपका सारा आँगन सुनहरे पात्रों से भरा पड़ा है। प्रधान ने बाहर आकर जब कङ्गालों का झुण्ड देखा तो आपे से बाहर हो गया और वह ज्वालामय नेत्रों से उसकी ओर देखने लगा। लैरिन्तिया ने कहा, आप क्रोधित क्यों होते हैं ? आप जिस सोने को चाहते हैं वह धरती की एक साधारण धातु है, जो समस्त पापों में मनुष्य को फँसाती है। वास्तविक ईश्वर का धन तो यही है। देखिए कितने मणि, रत्न, स्वर्ण-मुद्रा जगमगा रहे हैं। यह कुमारियाँ और विधवाएँ बड़े-बड़े रत्न हैं। प्रधान ने डपट कर कहा—'मुझसे ठट्ठा करता है, ठहर ! तूने शायद मरने पर कमर कस ली है, पर तू नहीं जानता कि तुझे सरलता से नहीं मारा जायगा। अच्छा कपड़े उतार।' प्रधान ने उसके कपड़े उतरवा कर और लोहे की बड़ी झझरी पर लिटा कर धीमी आग पर भूनना शुरू किया। वह धैर्य-पूर्वक एक करवट से भुनता रहा। जब वह एक करवट भुन चुका तब उसने प्रधान से पुकार कर कहा—'यह पञ्जर तो पक चुका, अब दूसरी करवट बदलवाइए।' दूसरी करवट लेने पर जब उसका जीवन क्षीण हुआ तो उसने रोम के निवासियों के लिए सुख और आरोग्य का आशीर्वाद माँगा और सदा के लिए वह मृत्यु की गोद में सो गया।

क्रूसिल

इन्हीं दिनों कैसरिया नगर में क्रूसिल नामक एक छोटा-सा बालक रहता था। वह ईसा का नित्य नाम लेता था। इसके लिए उसके साथी लड़कों ने उसे मारा, बाप ने घर से निकाल दिया। और अन्त में वह रोम के न्यायाधीश के पास पहुँचाया गया। न्यायाधीश ने समझा कर कहा—'बच्चे ! तू बड़ा सुकुमार है। तू यह कैसा पाप करता है कि मसीह का नाम लेता है। तू इस पाप को छोड़ दे, मैं तुझे तेरे बाप के पास भेज दूँगा और समय पर तू उसकी अतुल सम्पत्ति का अधिकारी बनेगा।'

परन्तु बालक ने ऊँचे स्वर में कहा—'आपकी इस कृपा के लिए धन्यवाद ! पर मैं परमेश्वर के नाम पर कष्ट भोगने में सुखी हूँ। प्रभु मसीह ने भी कष्ट भोगे हैं। मुझे घर से मोह नहीं है, क्योंकि मेरे प्रभु का घर इससे उत्तम है। और न मुझे मरने का डर है, क्योंकि प्रभु का उपदेश है कि मृत्यु ही उत्तम जीवन देती है।'

न्यायाधीश उसके उत्तर से दङ्ग हो गया। उसने डराने के लिए उसे बध-स्थल पर ले जाने की आज्ञा दी। न्यायाधीश को आशा थी कि बालक भयङ्कर आग को देख कर डर जायगा; पर जब वह लौट कर भी वैसा ही

सतेज और निर्भीक बना रहा तो न्यायाधीश बड़े विचार में पड़ा। वह दया-वश उसे मारना नहीं चाहता था।

उसने फिर उसे समझाया। बालक ने कहा—'शीघ्र अपनी तलवार का काम ख़तम कीजिए, मैं प्रभु के पास जाऊँ। यह द्विविधा का जीवन मुझसे एक क्षण भी नहीं सहा जाता।'

जो लोग आस-पास खड़े थे, रोने लगे। उसने सबसे उत्साहपूर्ण वाक्यों में कहा—'खेद है कि तुम नहीं जानते कि मैं कैसे सुन्दर नगर को जा रहा हूँ। इस बात को तुम जानते तो निश्चय आनन्द मनाते।' इतना कह कर वह बड़े आनन्द से बध-स्थल की ओर चला गया।

***

इस प्रकार के उदाहरणों से ईसाई-धर्म का इतिहास भरा पड़ा है। सन् १६४१ ई० में आयर्लैण्ड में जब ईसाई लोग पोप के धर्म को छोड़ कर प्रोटेस्टेण्ट होने लगे, तब पोप ने फ़तवा दे दिया था कि तमाम आदमी, जो प्रोटेस्टेण्ट हो गए हैं, मार डाले जायँ। इस घोषणा के आधार पर लगभग दो लाख ईसाई बड़ी निर्दयता से मार डाले गए। इस महाबध की ख़बर सुनकर पोप ने आयर्लैण्ड में एक बड़ा भारी उत्सव किया था।

***

'ड्यूक ऑफ़ आलवा' जोकि उस समय नेदरलैण्ड का गवर्नर था, उसने सहस्रों जल्लाद नौकर रख छोड़े थे, जो प्रोटेस्टेण्टों को क़त्ल किया करते थे। दो वर्ष के अन्दर उन्होंने ३६ हज़ार ईसाइयों को मार डाला था। जो गाँवों और बस्तियों में बच रहे थे, उन पर अतिरिक्त टैक्स लगा कर यह अत्याचारी चार करोड़ रुपया प्रतिवर्ष वसूल किया करता था। इसका पोप के दरबार में बड़ा आदर था।

पोपों ने एक गुप्त समाज पहले-पहल स्पेन देश में बनाया, फिर इटली में और पीछे अन्य देशों में भी। इसका नाम इनक्विज़िशन अर्थात् कसने का समाज था। इसमें अनेक प्रकार के भयानक शिकञ्जे मनुष्यों को कसने या उनके अङ्गों को काटने के लिए रक्खे गए थे। कोई स्त्री, पुरुष या बालक यदि इस अपराध में पकड़ा जाता था कि वह पोप का विरोधी है और प्रोटेस्टेण्ट है, तो उसे उसमें कसते थे और कष्ट देकर उससे सब भेद पूछते थे। इसके मेम्बर रात को लोगों के घर में घुस जाते और उन्हें सोते हुए उठा लाते तथा इसमें कस देते थे। इसके सिवा जो लोग इन शिकञ्जों में दबने से कई दिन तक भी न मरते थे और न पोप के धर्म को स्वीकार करते थे, उन्हें जीता जला दिया जाता था। एक टोलेडो नाम का विशप था, जो प्रोटेस्टेण्ट हो गया। उसने यह उपदेश दिया था कि पोप में क्षमा कराने की शक्ति नहीं है। तुम्हारे प्रभु मसीह का प्रायश्चित्त ही काफ़ी है। इस अपराध में उसे इस सभा ने १८ वर्ष तक जेल में रक्खा था। यह हत्यारी सभा सन् १४८१ अर्थात् ३२७ वर्ष तक अखण्ड रूप से चलती रही और इस बीच में इसने ३ लाख ४१ हज़ार २१ प्राणियों का बध किया, जिनमें हज़ार के लगभग जीते जलाए गए, २ लाख ९१ हज़ार ४५६ अर्थात् कुछ कम ३ लाख ऐसे महादुख और कष्ट में डाले गए, जिसका कि वर्णन नहीं किया जा सकता! साढ़े सत्रह हज़ार ऐसे थे जो या तो क़ैद में मरे या निकल भागे। ऐसे लोगों के चित्र बनाकर जला दिए गए जिसमें कि लोग डरें। आरविन साहब नामक एक विद्वान् ने हिसाब लगाया है कि पोप जूलियस के राज्यकाल में ७ वर्ष के भीतर २ लाख ईसाई मारे गए। फ़्रान्स में पोपों ने ३ मास में १ लाख ईसाई मारे। फिर उन्होंने वालदेन्सी और आलबीगेन्सी क्रिस्तानियों में १० लाख आदमी क़त्ल किए। येसुबीत समाजियों ने तीन वर्ष के बीच में नौ लाख ईसाई मारे। ड्यूक ऑफ़ आलवा की आज्ञा से ३६ हज़ार ईसाई मारे गए।

इस प्रकार धार्मिक अत्याचार की भेंट निरपराध पाँच करोड़ ईसाई स्त्री, बच्चे, बूढ़े और जवान मार डाले गए। इतने पर भी प्रोटेस्टेण्ट मर नहीं सका।

क़ानूनीमल की बहस

[ले० श्री० जी० पी० श्रीवास्तव, बी० ए०, एल्-एल्० बी०]

अङ्क—१

दृश्य—१ यमपुरी

(क़ानूनीमल वकील को यमदूत गठरी में बाँधे हुए अपनी पीठ पर लाद कर लाता है)

यमदूत—उफ़ ! ओ ! इस क़ानूनीमल वकील ने तो मेरा नाक में दम कर दिया । कमबख़्त ने मरने में भी घण्टों लगा दिए । जब देखा कि यह किसी तरह अपनी ख़ुशी से संसार छोड़ने को राज़ी नहीं होता, बल्कि उलटे मुझ यमदूत को भी, जिसका काम ही प्राणियों को यमपुरी पहुँचाना रहता है, रास्ता बता रहा है, तब तो मुझसे नहीं रहा गया । चट हज़रत की मुश्कें बाँधीं और मृत्युलोक से ज़बरदस्ती उठाकर यमपुरी में ले ही आया । थोड़ी देर में बाबू साहब अपने पापों का फल भोगेंगे और नरक को सिधारेंगे ही, मगर तब तक ज़रा इन्हें होश में लाकर मिज़ाजपुरसी तो कर लूँ । बहुत अकड़ते थे ।

(यमदूत क़ानूनीमल की मुश्कें खोलकर उन्हें होश में लाता है ।)

क़ानूनीमल—(आँख मलकर अँगड़ाई लेता हुआ) बहुत सोया । (यमदूत को देखकर) अबे तू कौन है ? धत् तेरी की ! इस वक़्त तुझे अपनी मनहूस सूरत मुझी को दिखानी थी ? चल हट यहाँ से । कमबख़्त ने हमारा आज का दिन ही चौपट कर दिया । अब आज वकालत क्या ख़ाक चलेगी ?

यमदूत—(अलग) अरे ! इसमें तो अब भी वही ऐंठ है, (प्रकट) क्यों जी, क्या तुम अब भी मृत्युलोक का स्वप्न देख रहे हो ?

क़ानूनीमल—पढ़ें फ़ारसी बेचें तेल ! सूरत यह और बघारने को संस्कृत ? सपना को स्वप्न कहने चला है । अबे ज़रा अपनी हैसियत देखकर बातें कर । जानता नहीं, मैं क़ानूनीमल वकील हूँ । तेरे ऐसों को मैं रोज़ ही जहन्नुम की हवा खिलाया करता हूँ ।

यमदूत—मगर अब तो तुम मेरे असामी हो ।

क़ानूनीमल—मैं और तेरा असामी ? बकता क्या है ?

यमदूत—सच कहता हूँ । तुम ज़िन्दा नहीं हो, तुम मर गए हो ।

क़ानूनीमल—मर जाए तेरा बाप, मैं क्यों मरने लगा ?

यमदूत—क्योंकि तुम्हारी ज़िन्दगी पूरी होगई थी । मगर ख़बरदार ! अब बहुत बढ़-बढ़ के मत बोलो ।

क़ानूनीमल—(अलग) यह मामला क्या है ? क्या मैं सचमुच मर गया ?... मैं सात रोज़ से बीमार ज़रूर था । फिर भी मैं कचहरी किसी न किसी तरह जाता ही था । सातवें दिन घर आते ही मेरी हालत बहुत ख़राब होगई । आँखों के सामने एकदम अँधेरा छा गया । उस अँधियारी में बस इसी कमबख़्त की सूरत दिखाई दी । उसके बाद कुछ ख़बर नहीं । अब जो आँख खुली है तो यही पाजी फिर मुझे दिखाई दे रहा है, जो मुझे मरा हुआ बताता है ।

यमदूत—क्यों, क्या बुदबुदा रहे हो ? क्या अपने पापों को सोच रहे हो ?

क़ानूनीमल—पाप ? कैसा पाप ?

यमदूत—ख़ैर ! नरक में ढकेले जाओगे तब ख़ुद ही मालूम हो जायगा ।

क़ानूनीमल—मैं क्यों नरक में जाने लगा ? नरक तुझ ऐसे ख़ब्बीसों के लिए है, या मेरे लिए ? देखूँ तो सही, मुझे नरक में कौन ढकेलता है ?

यमदूत—मैं ।

क़ानूनीमल—तू ?

यमदूत—हाँ मैं ?

क़ानूनीमल—क्यों ?

यमदूत—ईश्वर की अदालत में तुम अव्वल नम्बर के पापी ठहराए गए हो ।

क़ानूनीमल—बिना मुझसे कुछ पूछताछ किए हुए ?

यमदूत—पूछताछ करने की क्या ज़रूरत ? यहाँ तुम्हारी हर बात रत्ती-रत्ती मालूम है ?

क़ानूनीमल—हुआ करे । इससे क्या ? मैं क़ानूनीमल

हूँ। मैं ऐसी एकतर्फ़ा कार्रवाई करने वाली अदालतों का फ़ैसला कभी मान सकता हूँ ?

यमदूत—तुम्हारे मानने या न मानने से क्या होता है ?

क़ानूनीमल—अच्छा देखा जायगा।

यमदूत—तो फिर जनाब चलिए इधर !

क़ानूनीमल—इधर क्या है ?

यमदूत—नरक।

क़ानूनीमल—और उधर ?

यमदूत—बैकुण्ठ।

क़ानूनीमल—(बैकुण्ठ की तरफ़ जाता है) अच्छा तो मैं उधर ही जाता हूँ।

यमदूत—अरे ! उधर क्यों ?

क़ानूनीमल—हमारी ख़ुशी।

यमदूत—वाह री आपकी ख़ुशी ! यह दुनिया नहीं है। यहाँ ऐसी धाँधली नहीं चल सकती।

क़ानूनीमल—तो जनाब मैं भी कोई अनाड़ी नहीं हूँ, जिसके साथ आपकी औंधी अदालत की ऐसी धाँधली चल जाए।

यमदूत—धाँधली ?

क़ानूनीमल—बेशक ! बिलकुल धाँधली। एकदम धाँधली। ऐसी तो हमारे यहाँ के 'अनाड़ी मजरैट' लोग भी नहीं करते।

यमदूत—तो क्या तुम अपने को पापी नहीं समझते ?

क़ानूनीमल—पापी होंगे तेरे सात पुरखे। ज़रा ज़बान सँभाल के बातें करो, नहीं अभी हतकइज़्ज़ती का दावा कर दूँगा तो बस सारी हेकड़ी निकल जायगी।

यमदूत—अरे ! गालियाँ भी देते हो और ऊपर से टर्राते भी हो ?

क़ानूनीमल—तो क्या बुरा करता हूँ ? तुम हो ही इस क़ाबिल।

यमदूत—मैं इस क़ाबिल हूँ ? क्यों ?

क़ानूनीमल —एक तो तुम्हारी सूरत ऐसी है कि बस यही जी चाहता है कि तड़ाक से मुँह पर तमाचा मार दूँ। दूसरे तुम्हें भले मानुसों से बात तक करने की तमीज़ नहीं। तीसरे तुम उचक्कों की तरह मुझे अपने बाप का माल समझ कर दुनिया से उठा लाए, जब मैं मनसूबों में भरा हुआ दुनिया में सैकड़ों काम करने को सोचे हुए था। चौथे यहाँ लाकर तुम बताते हो कि मैं मर गया। पाँचवें मेरे कामों को अपनी उल्टी समझ से ख़ुद ही पाप समझकर मुझे नरक में जाने के लिए कहते हो।

यमदूत—मैं क्या करूँ ? मैं तो हुक्मी बन्दा हूँ। ईश्वर के यहाँ से जैसा हुक्म आया वैसा किया।

क़ानूनीमल—ईश्वर के यहाँ कोई क़ायदा-क़ानून भी है कि उनके यहाँ अन्धेर ही अन्धेर है। ज़रा ले तो चलो मुझे उनके पास। देखूँ किस क़ानून की रू से मुझे उन्होंने पापी ठहराया है।

यमदूत—तुम वहाँ नहीं जा सकते।

क़ानूनीमल—क्यों, क्या वे पर्देनशीन हैं ?

यमदूत—नहीं। मगर वह केवल अपने भक्तों ही को दर्शन देते हैं—और किसी को नहीं।

क़ानूनीमल—भक्त क्या बला है ?

यमदूत—ईश्वर के भक्त वह कहलाते हैं, जो दिन-रात उनका भजन करते हैं और भजन में उन्हीं का गुण गाते हैं। सोते, उठते, बैठते, उन्हीं का नाम जपते हैं।

क़ानूनीमल—रहने भी दे। साफ़-साफ़ क्यों नहीं कहता कि भक्त के मानी ख़ुशामदी। धत् तेरे की ! यहाँ भी ख़ुशामदियों ही का बोल-बाला है। तब तो मेरी गुज़र यहाँ हो चुकी। चल बाबा, मुझे घर ही पहुँचा दे।

यमदूत—घर ?

क़ानूनीमल—और नहीं तो क्या ? न तू मुझे बैकुण्ठ में जाने देता है और न ईश्वर के पास। तब फिर घर न वापस जाऊँ तो जाऊँ कहाँ ?

यमदूत—वाह ! वाह ! फिर नरक में कौन जायगा ?

क़ानूनीमल—तू और तेरे बाप-दादे।

यमदूत—अरे ! तुम्हारी इतनी हिम्मत कि तुम मेरे बाप-दादों के भी नाम लो ?

क़ानूनीमल—और तुम्हारी इतनी मजाल कि तुम मुझे नरक में जाने को कहो ? मैं तुझसे किस बात में दबूँ ? जो कुछ करना था वह तू कर ही चुका। अब तू मेरा क्या कर सकता है ?

यमदूत—हाय ! हाय ! तुमने तो मेरा नाक में दम कर दिया। मरने के बाद जितने यहाँ आते हैं, वह बेचारे सभी अपने पापों को याद करके पछताते हैं, सर धुनते हैं, छाती पीटते हैं, माफ़ी पाने के लिए छटपटाते हैं और नाक रगड़ते हैं।

क़ानूनीमल—बस-बस, अपना लेक्चर अपने पापियों को डराने के लिए रख छोड़ । मैं तेरी गीदड़भभकियों में आने वाला नहीं हूँ ।

यमदूत—अरे भाई, मैं तुम्हारी भलाई के लिए कहता हूँ !

क़ानूनीमल—जब मैंने कोई पाप ही नहीं किया है, तो इन बातों को सुनने से फ़ायदा ?

यमदूत—मगर ईश्वर की अदालत में तो तुम पापी साबित हो चुके हो ।

क़ानूनीमल—पीठ पीछे तो लोग लाट साहब को भी गाली देते हैं । इससे क्या ? मेरे सामने अगर कोई मुझे पापी कह दे तब जानूँ ? इसीलिए तो कहता हूँ कि ईश्वर के पास ले चलो ।

यमदूत—पहले मुझसे तो निबट लो, तब ईश्वर के पास जाने के मनसूबे करना ।

क़ानूनीमल—तुझसे क्या निपटूँ, तेरे तो अक़्ल ही नहीं है ।

यमदूत—मेरे अक़्ल नहीं है ?

क़ानूनीमल—बेशक । अगर है तो बता पाप किसे कहते हैं ?

यमदूत—क्या तुम्हारे धर्म ने नहीं बताया ?

क़ानूनीमल—बस मालूम हो गया । किस धर्म को कहते हो ? दुनिया में तो हज़ारों धर्म हैं । अगर किसी काम को कोई मज़हब अच्छा कहता है तो दूसरा बुरा । ऐसी हालत में तुम उनकी मदद से भला किस तरह नेकी और बदी की जाँच कर सकते हो ?

यमदूत—क्या तुम अपने धर्म पर एतबार नहीं करते ?

क़ानूनीमल—मैं एतबार करता हूँ या नहीं, तुम्हारी बला से । तुम अपनी कहो ।

यमदूत—मैं तो उन्हें ईश्वर-वाक्य समझता हूँ ।

क़ानूनीमल—अरे ! बेवक़ूफ़ !! ईश्वर को क्यों पाखण्डी बनाता है ? अगर सभी मज़हब ईश्वर के वाक्य हैं तो वह किस तरह हर मज़हब में यह कह सकता था कि यह तो मेरा वाक्य है और बाक़ी सब कुफ़्र और पाखण्ड हैं । भला उन्हें इस तरह मज़हबी झगड़ों की बुनियाद डालने की क्या ग़रज़ थी, जिसमें पड़कर करोड़ों जानें चली गईं और अभी करोड़ों और जायँगी ?

यमदूत—बात तो कुछ-कुछ तुक की मालूम होती है, मगर फिर ये मज़हब दुनिया में आए कहाँ से ?

क़ानूनीमल—जो लोग अपने ज़माने में सबसे ज़्यादा अक़्लमन्द हुए और जिन्होंने ईश्वर को पहचाना और उसकी कुछ-कुछ बातें समझीं, उन्होंने अच्छाई के साथ ज़िन्दगी गुज़ारने की तरकीबें निकालीं, बस वही मज़हब हो गया । मगर फिर भी वह आदमी ही की अक़्ल ठहरी । लाख बढ़ जाने पर भी ग़ुरूर की बू उसमें आ ही गई । इसीलिए हर मज़हब अपने को सच्चा और दूसरे को झूठा कहता है ।

यमदूत—अब तो इस गड़बड़झाले में मेरी भी नीयत डगमगाने लगी ।

क़ानूनीमल—ईश्वर एक है । सभी को पैदा करने वाला वही है । हिन्दू, बौद्ध, मुसलमान, ईसाई, यहूदी, पारसी, ग़रज़ सारी दुनिया के लोग उसके लिए एक समान हैं, इसलिए अगर वह सचमुच कोई धर्म दुनिया में चलाता तो बस एक ही धर्म, जिसके क़ायदे सबके लिए एक ही होते । जब ऐसा धर्म दुनिया में कोई है ही नहीं, तब तुम मज़हब के भरोसे पाप-पुण्य की क्या ख़ाक तमीज़ कर सकते हो ? हम लोग अपनी-अपनी सफ़ाई में अपने-अपने धर्म की शरण अलबत्ता ले सकते हैं, क्योंकि हमारी अक़्ल छोटी है । और जिन बातों को, चाहे वह बुरी ही क्यों न हों, हमारे बड़ों ने अच्छा कह दिया है, उन्हें अच्छा समझने के लिए हम मजबूर हैं । मगर ईश्वर उनकी अक़्ल से हमें बुरा समझने के लिए काम नहीं ले सकते, इसके लिए उन्हें अपनी अक़्ल ख़र्च करनी चाहिए ।

यमदूत—मगर दुनिया में लाखों ही तरह के आदमी हैं, सबके लिए एक ही तरह के क़ानून किस तरह बन सकते हैं ?

क़ानूनीमल—बन सकता है कि ईश्वर ने बनाकर दिखला दिया है । आँखें हों तो खोलकर देख । उन्होंने तो ऐसे क़ानून बना दिए हैं, जो पेड़-पत्तों से लेकर दुनिया के तमाम जीव-जन्तु तक के लिए एक समान हैं । वह ऐसा निकम्मा कभी भी नहीं हो सकता, जैसा तू अपनी बेवक़ूफ़ी की बातों से दिखला रहा है । बस मैं समझ गया । तुम्हीं लोगों ने यहाँ भी धाँधली कर रक्खी है ।

यमदूत--आहाहा ! भला ऐसे क़ानून किस ग्रन्थ में हैं, यह तो बताओ।

क़ानूनीमल--अरे अन्धे ! इनको किताब में नहीं, क़ुदरत के कारख़ाने में देख।

यमदूत-- हाँ क़ानून-क़ुदरत तो वास्तव में अटल और सबके लिए एक समान है।

क़ानूनीमल- -ईश्वर की अक़्ल की कुछ थाह लेनी है तो वहीं तू उसे पा सकता है। तू उसको मज़हब के शिकन्जे में कसकर उसकी बेइज़्ज़ती क्यों करता है? ईश्वर ने दुनिया के लोगों को राह बताने ही के लिए इस क़ानून को बनाया। जिसने इसको समझा, उसने ईश्वर को पहचाना। जिस मज़हब ने इसकी जितनी ही नक़ल की है, वह उतना ही ज़्यादा दुनिया के लिए सच्चा और अच्छा हुआ। जिस समाज ने इसको जितना ही अपनाया है उतनी ही उसकी भलाई हुई है। मगर अफ़सोस ! दुनिया इसे नहीं समझती।

यमदूत--ईश्वर करे दुनिया इसे हर्गिज़ न समझे, वरना मेरा नरकधाम बिलकुल उजड़ ही जायगा। क्योंकि अभी से तुम्हारी बातें मेरी अक़्ल को बौखला रही हैं। कहीं इस बौखलाहट में मैं तुम्हें धर्मात्मा न समझने लगूँ। इसी तरह मुझे औरों को भी समझना पड़ेगा, तब मैं भला नरक में किसे भेजूँगा। मगर नहीं, अब भी मेरी समझ कुछ-कुछ सही-सलामत है। हाँ, यह तो ज़रा बताओ कि मज़हबों में अगर ईश्वर का दख़ल नहीं है, तब उन सब में बहुत सी बातें क्यों मिलती-जुलती हैं।

क़ानूनीमल--वाह ! वाह ! सारा रामायण पढ़ गए फिर भी यह नहीं मालूम हुआ कि राम ने रावण को मारा या रावण ने राम को। अरे अक़्ल के दुश्मन ! सभी मज़हबों ने ईश्वर को उसकी क़ुदरत का कारख़ाना देखकर पहचाना है। इसलिए उसके क़ानून का बहुत-कुछ सहारा लेकर अपने क़ायदे बनाए हैं। ऐसे क़ायदे हर मज़हब में ज़रूर ही कुछ न कुछ मिलते-जुलते होंगे।

यमदूत--अब मार लिया ! अब तुम कहाँ मेरे चङ्गुल से निकल के जा सकते हो ? आख़िर आगए तुम उसी रास्ते पर, जहाँ से तुम भागना चाहते थे। जिन बातों को सभी धर्मों ने पाप कहा है, उनसे तुम कैसे बच सकते हो ? तुम ख़ुद ही कह चुके हो कि सब धर्मों की मिलती-जुलती बातों का दारमदार क़ानून-क़ुदरत है, यानी ख़ास ईश्वर का बनाया हुआ क़ानून। तुम उसके ख़िलाफ़ चले हो।

क़ानूनीमल--हर्गिज़ नहीं।

यमदूत--अगर मैं बता दूँ ?

क़ानूनीमल--तेरी समझ की भूल साबित कर दूँगा। बता तो सही।

यमदूत--सभी धर्म एक ज़बान से ईश्वर की पूजा करने को कहते हैं। मगर तूने कभी नहीं की।

क़ानूनीमल--बेशक नहीं की।

यमदूत--क्यों ?

क़ानूनीमल--क्योंकि न तो मैं कामचोर था न ख़ुशामदी, और न मुझे ईश्वर के मिज़ाज पर कलङ्क लगाना मन्ज़ूर था।

यमदूत--इसका क्या मतलब ?

क़ानूनीमल--तुम्हारी अक़्ल बहुत मोटी है। इस-लिए तुम इसे इस तरह समझो। फ़र्ज़ करो तुमने एक नाटक-मण्डली खोली और तमाशा करने के लिए तुमने दस ऐक्टर तैनात किए। तुम उन ऐक्टरों से क्या आशा करोगे और उनसे तुम किस तरह ख़ुश होगे ?

यमदूत--मैं उनसे यही आशा करूँगा कि वह लोग स्टेज पर निहायत ख़ूबी के साथ अपने-अपने पार्ट करें, और इसी में मैं उनसे ख़ुश हूँगा।

क़ानूनीमल--अगर कोई ऐक्टर बजाय अपना पार्ट करने के स्टेज के एक कोने में बैठकर तुम्हारा ही नाम इस नीयत से जपता रहे कि मैनेजर साहब अपनी तारीफ़ सुनकर मुझसे ख़ुश हो जायँ, ताकि वह मुझे बहुत सा इनाम दें, तो उसे तुम क्या समझोगे ?

यमदूत--अव्वल नम्बर का कामचोर, ख़ुशामदी और मुझे दर्शकों की निगाहों में ख़ुशामदपसन्द साबित करके मुझे बदनाम करने वाला समझूँगा। उससे ख़ुश होने के बदले उस निकम्मे की गर्दन में हाथ डाल के निकाल दूँगा।

क़ानूनीमल--तो बस इसी मिसाल के क़ानून से ईश्वर की पूजा करने वालों को, दुनिया से भाग कर जङ्गलों में जाकर ईश्वर के नाम को जपने वालों को एक-दम नरक में ढकेलो। क्योंकि यह सब लोग दुनिया के स्टेज पर अपना दुनियावी पार्ट करने के लिए भेजे गए थे। मगर इन सबों ने उससे मुँह चुराया और अपना वक़्त इस तरह बरबाद किया।

यमदूत—मालूम होता है, तुम बिलकुल सही कह रहे हो, फिर भी इसमें कहीं न कहीं है ग़लती ज़रूर। मगर इस वक़्त मेरी अक़्ल ऐसी चकरा गई है कि पता नहीं मिलता कि वह ग़लती कहाँ पर है।

क़ानूनीमल—सही तो है ही। इसीलिए तो मैं इस पाप से सदा दूर ही रहा।

यमदूत—ख़ैर! आगे चलो। सभी धर्म ब्रह्मचर्य की तारीफ़ करते हैं। मगर तुमने इसका पालन नहीं किया है।

क़ानूनीमल—मैं पहले ही कह चुका हूँ कि तुम मेरे सामने संस्कृत न बघारा करो। साफ़-साफ़ कहो कि ब्रह्मचर्य किसे कहते हैं?

यमदूत—ब्रह्मचर्य से मतलब यह है कि मन को इस तरह सदा क़ाबू में रखना कि ख़ूबसूरत से भी ख़ूबसूरत औरत के सामने भी वह ज़रा न डगमगाए।

क़ानूनीमल—बस-बस, समझ गया। यह हीजड़ेपन की बातें अपने ही पास रख। धत् तेरी की! अरे! कोई अक़्ल की बात पूछ तो उसका जवाब दूँ।

यमदूत—अच्छा, तो लो मैं साफ़ ही साफ़ पूछता हूँ। देखूँ अब तुम किस तरह जवाब देने से भागते हो। तुम वेश्यागामी रहे हो।

क़ानूनीमल—रहे होंगे।

यमदूत—अरे! तो क्या यह पाप नहीं है, जो ऐसी लापरवाही दिखा रहे हो?

क़ानूनीमल—पाप? भला तू यह भी जानता है कि पाप है क्या?

यमदूत—जितने भी बुरे काम हैं, जिससे परलोक बिगड़े वह सभी पाप हैं।

क़ानूनीमल—परलोक और ढचरलोक की बात तो अलग रक्खो। इसीलिए मैंने धर्म को पहले ही दूर कर दिया है। कोई बात अगर बुरी है तो बताओ क्यों बुरी है? तब तो मैं मान सकता हूँ, वरना धर्म-वर्म के ख़्याल से मैं किसी भी बात को अन्धे की तरह मानने को तैयार नहीं हूँ।

यमदूत—उफ़! ओ! ईश्वर न करे तुझ-ऐसे क़ानूनी से किसी का पाला पड़े। तुम बाल नहीं, बाल की ख़ाल खींचते हो। तुम कहते हो कि धर्म ज़िन्दगी को अच्छाई और सच्चाई से बिताने का ढङ्ग बताते हैं, इसलिए यह उन्हीं कामों को बुरा कहते होंगे जिनसे दुनिया को किसी न किसी तरह से नुक़सान पहुँचा हो और जो ज़िन्दगी के लिए ख़राब हों।

क़ानूनीमल—इतनी देर में अगर तुमने कोई अक़्ल की बात कही है तो बस यही। वह भी सिर्फ़ मेरी सङ्गत की वजह से। देखा इसका असर? तुम्हारी औंधी खोपड़ी कुछ-कुछ सीधी होने लगी कि नहीं? अब तुम मानते हो कि पाप वह चीज़ है जो दुनिया के लिए, ज़िन्दगी के लिए या किसी के लिए भी नुक़सान पहुँचाने वाली हो, अगर न हो तो वह पाप नहीं है।

यमदूत—हाँ जब परलोक की बात अलग कर दी गई, तब तो यही मानना पड़ेगा।

क़ानूनीमल—अच्छी बात है। अब तुम बताओ कि तन्दुरुस्ती के लिए क़ुदरती ज़रूरियात को जबरन् रोकना अच्छा है या उन्हें पूरा करना?

यमदूत—पूरा करना।

क़ानूनीमल—जो काम तन्दुरुस्ती के लिए अच्छा हो उसे तुम पाप कहोगे या नहीं?

यमदूत—हर्गिज़ नहीं।

क़ानूनीमल—तब अगर किसी दिन रास्ते में किसी वजह से पेट ज़रा ज़ोरों से गड़बड़ा उठा तो बजाय अपने घर के पाख़ाने में जाने के कम्पुलुस में चला गया तो तेरे बाप का क्या बिगड़ा? बस इसी तरह वेश्या के यहाँ जाने की भी बात समझ ले।

यमदूत—क्या तुम सचमुच ठीक कह रहे हो या मेरी अक़्ल ही कुछ ख़राब हो गई है जो इसे ठीक समझ रही है? ख़ैर, वेश्या ही तक यह बात होती, तो मैं उसे बाज़ारू सौदा जानकर चुप रह जाता; क्योंकि उसे तुम ख़रीदने की वजह से उस वक़्त अपना माल समझ सकते थे। मगर तुमने तो पराई स्त्रियों को भी ताका है।

क़ानूनीमल—तो क्या बुरा किया? यह तो मैंने ईश्वर की क़दरदानी की।

यमदूत—क़दरदानी?

क़ानूनीमल—हाँ क़दरदानी। और इसके लिए तू मुझे पापी समझता है? वाह! वाह! अरे! अपनी अक़्ल पर उल्टी झाड़ू मार। सुन। फ़र्ज़ करो कि तुमने बड़ी मिहनत से एक फुलवाड़ी बनाई। उसमें तुमने एक से एक बढ़िया फूल लगाए और ख़ूबसूरत-

ख़ूबसूरत मूर्तियाँ तैयार करके रक्खीं। अब उसमें घूमने के लिए दो आदमी तुमने भेजे, जिनमें से एक तो अपना सर नीचा किए इस पार से उस पार निकल गया। मगर दूसरा हर मूर्त्ति को घण्टों निहारता हुआ, हर फूल को मन लगाकर निरखता हुआ घूमा, तो तुम किससे ख़ुश होगे?

यमदूत—उसी से, जिसने मेरी चीज़ों की क़दर करके मेरी मिहनत सफल की।

क़ानूनीमल—तब लाओ हाथ। मुझे इनाम दिलवाओ। और उन लोगों को, जिन्होंने दुनिया में जाकर ईश्वर की बनाई हुई ख़ूबसूरती से अपनी आँखें फेरी हैं, सीधे जहन्नुम में भेजो।

यमदूत—अरे! अब तो मेरी भी अक़्ल यही कहने लगी। मगर नहीं, तुमने तो उनमें से किसी-किसी से प्रेम भी किया है।

क़ानूनीमल—बड़ा अच्छा किया।

यमदूत—अच्छा किया या बुरा किया? पराई स्त्री से प्रेम करना कौन सा क़ायदा और कौन सा क़ानून भला अच्छा कहेगा?

क़ानूनीमल—मगर वह पराई स्त्री कब थीं?

यमदूत—क्या उनकी शादी दूसरों के साथ नहीं हुई थी?

क़ानूनीमल—हुई होगी। तो इससे क्या वे पराई होगईं। समाज की नज़र में वह मेरे लिए पराई हों तो हों, मगर ईश्वर की दृष्टि में नहीं।

यमदूत—क्यों?

क़ानूनीमल—क्योंकि शादी-ब्याह का रिवाज समाज का निकाला हुआ है, ईश्वर का नहीं। ईश्वर ने तो दुनिया बसाने के लिए सिर्फ़ एक प्रेम का सम्बन्ध पैदा किया है। और यह रिश्ता बस उन्हीं दो औरत-मर्दों में पैदा हो सकता है, जिनको उन्होंने एक दूसरे के लिए असल में पैदा किया है, औरों के बीच में नहीं। इसी लिए उन्होंने हर मिज़ाज के मर्द के लिए उसी मिज़ाज की औरत भी बनाई है, ताकि सारी दुनिया एक ही के पीछे न पड़ जाय और दूसरों से बात न पूछे। अब अगर समाज बीच में कूद कर 'इधर की ईंट उधर का रोड़ा भानमती ने कुनबा जोड़ा' की कहावत करे तो क्या ईश्वर का बनाया हुआ रिश्ता कहीं अपना असर डालने से चूक सकता है, या यह लगकर कहीं टूट सकता है?

यमदूत—उफ़! ओ! तुमने मेरी अक़्ल चक्कर में डाल दी। ज़रा और साफ़-साफ़ कहो।

क़ानूनीमल—यह तुम्हारी अक़्ल की कमी की ख़राबी है। इसलिए इन बातों को मैं तुम्हें किस तरह समझाऊँ। ख़ैर यों सही। अच्छा बताओ, हिन्दुस्तान असल में किसका मुल्क है?

यमदूत—हिन्दुस्तानियों का।

क़ानूनीमल—मगर इस पर तो अङ्गरेज़ों की हुकूमत है। उन्हीं लोगों ने इसे अपनी ताक़त से जीतकर अपना बना लिया है।

यमदूत—फिर भी यह उनका मुल्क क़ुदरतन नहीं हो सकता और न इसे वे हिन्दुस्तानियों के बराबर सच्चे दिल से प्यार कर सकते हैं; क्योंकि हर मुल्क के प्यार करने वाले उसी के निवासी होते हैं, जिनके मिज़ाज-पसन्द और ख़ासियत वहाँ पैदा होने की वजह से वहीं के मुआफ़िक़ होती है। इसलिए यद्यपि हिन्दुस्तान हिन्दुस्तानियों के लिए पराया है, फिर भी असल में वह उन्हीं का अपना मुल्क है। उस पर वह अपने तन-मन-धन न्योछावर करने के लिए पूरा अख़्तियार रखते हैं।

क़ानूनीमल—तो बस इसी तरह से मैंने भी जिस स्त्री से प्रेम किया होगा, उसे ईश्वर ने असल में मेरे ही लिए बनाई होगी। वरना प्रेम पैदा ही न होता। क्योंकि ख़ुद तुम्हारे कहने का मतलब यही है कि आदमी उसी चीज़ को सच्चे दिल से प्यार कर सकता है, जिसको क़ुदरत ने उसके लिए तजवीज़ करके उसके शौक़ के मुताबिक़ बना रक्खा है। अब अगर समाज ने अपनी बेवक़ूफ़ी से उस पर किसी दूसरे का अख़्तियार दे दिया हो तो क्या मैं भी उसकी बेवक़ूफ़ी में आकर अपनी चीज़ को छोड़ देता? मैं भूलकर भी समाज को ईश्वर से बड़ा समझकर उनकी बेइज़्ज़ती नहीं कर सकता था। इसलिए सच पूछो तो तुम्हें उन लोगों को नरक में भेजना चाहिए, जिन्होंने पराई औरतों को अपने शौक़ और पसन्द की पाकर उनसे मुहब्बत नहीं की और उन्हें अपनी नहीं समझा। तुम्हीं देखो, इन लोगों ने समाज के बहकाने में आकर ईश्वर की देन और उनके लगाए हुए रिश्ते की कैसी सख़्त बेक़दरी की है।

यमदूत—तुमने मुझ पर कुछ जादू तो नहीं कर दिया

है। क्योंकि तुम्हारी यह बात भी मुझे ग़लत नहीं मालूम होती है। मगर हाँ, जब ईश्वर ने दुनिया बसाने के लिए मर्द-औरतों में मुहब्बत् का रिश्ता पैदा ही किया था तो फिर शादी-ब्याह की क्या ज़रूरत थी?

क़ानूनीमल—यह तो महज़ बच्चों को समाज की नज़र में हरामी कहे जाने से बचाने के लिए। क्योंकि आदमियों का समाज तुम्हारी ही तरह बिलकुल उल्लू है। वह इस क़ुदरत के रिश्ते को समझ ही नहीं सकता। इसीलिए उसने शादी-ब्याह का अपना रिवाज निकाल दिया। तभी तो वह क़दम-क़दम पर ठोकरें खाता है।

यमदूत—हाय! अब क्या करूँ? तुम्हारे इस मद के सभी पाप मुझे अब धर्म ही धर्म मालूम हो रहे हैं। अच्छा बचा, किसी मद में तो फँसोगे। हाँ, तुम अव्वल नम्बर के झूठे भी हो; क्योंकि तुम जब वेश्या के यहाँ से अपने घर आते थे तो अपनी स्त्री से हमेशा झूठ बोलते थे और कहते थे कि मैं ज़रा रामायण सुनने गया था!

क़ानूनीमल—तो क्या कहता कि "कोकशास्त्र" पढ़ने गया था? बिलकुल ही गावदी हो क्या? ईश्वर ने आदमियों को अक़्ल आख़िर किसलिए दी है? इसीलिए कि मौक़ा-महल समझकर कभी-कभी अपनी अक़्ल से भी काम लें। वरना फिर आदमी को आदमी क्यों बनाया, एकदम जानवर ही न बना देते? यह मैं मानता हूँ कि झूठ बोलना पाप है, क्योंकि इससे बहुत सी मुसीबतें पैदा होती हैं, मगर किसी मौक़े पर इससे सबके लिए फ़ायदा हो और बला टले, तो उस मौक़े पर सच बोलना पाप होगा, झूठ नहीं। इसलिए अगर मैं उन वक़्तों पर अपनी घरवाली से सच बोलता तो उसके दिल को तकलीफ़ होती। वह डाह में पड़कर आफ़त मचा देती, घर का सारा कारबार ही बिगड़ जाता। तब तुम्हीं बताओ कि मैं इन मुसीबतों को समझते हुए ऐसे मौक़ों पर सच बोलने का पाप किस तरह कर सकता था?

यमदूत—बेशक! यह भी कहना तुम्हारा सच जान पड़ता है। अब मैं बाज़ आया तुझसे कुछ पूछ-ताछ करने से। इसी तरह दुनियादारी के मद में तुम अपने सभी पापों की सफ़ाई दे दोगे। ख़ैर, इन बातों में तुम अपने को बेक़सूर साबित भी कर ले जाओ तो कोई हर्ज नहीं। किन्तु तुम साल भर तक सरकारी वकील रह चुके हो और उस बीच में तुमने कई बेगुनाहों को फाँसी दिलवा दी है। इसलिए इस पाप से तुम किसी तरह भी नहीं छुटकारा पा सकते।

क़ानूनीमल—अच्छा उधर न दाल गली तो अब तुम इस तरफ़ झुके। मगर उसमें मेरा क्या क़ुसूर? जैसा तुम कहते हो कि मैं तो हुक्मी बन्दा हूँ, जैसा ईश्वर ने हुक्म दिया वैसा किया, बस वही हाल मेरा है। क्योंकि जैसा हमारे यहाँ का क़ानून और उसके बर्तने का ढङ्ग था, वैसा ही मैंने भी किया। अगर ऐसा करने में कोई बेगुनाह लटक गया तो उसका ज़िम्मेदार क़ानून हो सकता है, मैं नहीं। मैं तो, सच पूछो फाँसी की सज़ा को सख़्त नफ़रत की निगाह से देखता हूँ। यहाँ तक कि अगर मेरा बस चलता तो इसको एकदम उठा ही देता।

यमदूत—अच्छा, अगर इसमें तुम्हारा नहीं, बल्कि क़ानून का क़ुसूर है तो तुम फाँसी र अपने यहाँ का क़ानून समझाओ।

क़ानूनीमल—मगर मुश्किल तो यह है कि क़ानूनी बारीकियाँ ऐसी होती हैं जो बिना फ़ीस मिले किसी वकील को सूझतीं ही नहीं। यह हमारे यहाँ के क़ानूनदानों की पहली रस्म है, जिसे मैं क़ानून जानने वाला होकर किसी तरह तोड़ नहीं सकता। इसलिए तुम पहले इसके लि॰ मुझे फ़ीस दो तो शौक़ से सुनो।

यमदूत—फ़ीस? भला तुम्हें फ़ीस मैं क्या दे सकता हूँ?

क़ानूनीमल—नहीं कुछ दे सकते तो मुझे ईश्वर के दरबार में जाने का ख़ाली रास्ता ही बता दो। बस, इतने ही से हमारी इस रस्म की किसी तरह कुछ पाबन्दी हो जायगी।

यमदूत—अच्छा बता दूँगा।

क़ानूनीमल—यह उधार की बातचीत ठीक नहीं। ख़ैर, क़सम खाओ।

यमदूत—किसकी?

क़ानूनीमल—यह भी ठीक कहते हो। तुम्हारे तो कोई बाप ही नहीं, फिर क़सम किसकी दिलाऊँ? अच्छा भई, तुम्हारे ईमान पर छोड़ता हूँ, वह भी अगर हो तो। हाँ, क्या पूछते हो? हमारे यहाँ के फाँसी के क़ानून? अच्छा तो सुनो। मैं बहुत ही थोड़े में सब समझाए देता हूँ। क्योंकि जैसी छोटी फ़ीस होती है, उतनी ही छोटी वकीलों की बहस भी होती है।

यमदूत--बेहतर है, मेरे पास अब वक्त भी बहुत कम है। ख़ैर कहो।

क़ानूनीमल--हर आदमी का यह क़ुदरती हक़ है कि वह अपने जान-माल और इज़्ज़त की सलामती के साथ अमन से रहे। जो हक़ सभी के लिए एक-सा हो वही समाज का हक़ माना जाता है। क्योंकि समाज आदमियों के जमात को कहते हैं। आदमियों की क़ुदरत ऐसी है कि समाज से बाहर रह नहीं सकता और न इस तरह फुट्टैल रहकर उसका कोई काम ही चल सकता है। इसलिए समाज ने भी आदमियों के क़ुदरती हक़ूक़ को अपने ही हक़ मानकर उनकी हिफ़ाज़त करने के लिए क़ायदे बनाए, ताकि सब लोग अमन से रह सकें। इसी तरह सल्तनत ने भी अपनी धाक जमाए रखने के लिए क़ानून बना रक्खे हैं, जिसमें हुकूमत पर आँच न आने पावे। बस, इन्हीं क़ायदे-क़ानूनों के तोड़ने को जुर्म कहते हैं।

यमदूत--मसलन ?

क़ानूनीमल--चोरी करना, डाका डालना, सिक्का बनाना वग़ैरह-वग़ैरह।

यमदूत--और क़र्ज़ा लेना और फिर न अदा करना यह क्या जुर्म नहीं है ?

क़ानूनीमल--नहीं। यह लेन-देन का मामला सिर्फ़ लेने वाले और देने वाले से सरोकार रखता है, सारी जमात या सल्तनत से नहीं। और न यह आदमी का क़ुदरती हक़ है, जो उसे किसी को क़र्ज़ा देने या किसी से लेने के लिए मजबूर करता है। यह उसकी मर्ज़ी पर मुनहसिर है। अगर उसे किसी को क़र्ज़ा देने को जी चाहे या उस पर उसका काफ़ी एतबार हो तो दे; वरना न दे। अगर वह अपनी बेवक़ूफ़ी या लालच में कहीं अपना रुपया फँसा दे तो दूसरों से क्या मतलब ?

यमदूत--इसी तरह चोरी भी सिर्फ़ उन्हीं दो आदमियों से क्यों नहीं सरोकार रखती। यानी एक उससे जिसके घर चोरी हो और दूसरा चोर से ?

क़ानूनीमल--क्योंकि इसका असर सारी जमात पर पड़ता है। सभी लोग इस ख़्याल से घबड़ा उठते हैं कि कहीं मेरे यहाँ भी न चोरी हो जाय। अगर जमात इसे न रोके तो किसी के माल की ख़ैरियत नहीं है। इसीलिए यह जुर्म कहलाती है। क्योंकि यह किसी ख़ास आदमी के निजी हक़ को नहीं, बल्कि जमात के आम हक़ को तोड़ती है।

यमदूत--यह बात है ? अच्छा। फिर सिक्का बनाना क्यों जुर्म है ? इससे तो जमात का किसी क़िस्म का हक़ नहीं बरबाद होगा।

क़ानूनीमल--मगर सल्तनत की हुकूमत में तो बट्टा लगता है। अगर रय्यत सिक्का बनाने लगे तो सरकारी सिक्के की फिर क्या इज़्ज़त रह जायगी ? इसी लिए जो काम सरकारी क़ानून के ख़िलाफ़ हों, वह जुर्म के मद में आ जाते हैं।

यमदूत--हाँ, जुर्म तो समझ में आ गया। अब तुम्हारे यहाँ इनके रोकने की तरकीब क्या है ?

क़ानूनीमल--सज़ा ! इस क़िस्म के क़ायदे-क़ानून जितनी ही बेदर्दी से तोड़े जाते हैं, उसके लिए उतनी ही सख़्त सज़ा है। इन्हीं सज़ाओं में से एक सज़ा फाँसी की भी है।

यमदूत--जुर्म रोकने के लिए सज़ा तो ठीक ही है। मगर तुम्हारे यहाँ के क़ानून में किन-किन ख़्यालों से सज़ा रक्खी गई है ?

क़ानूनीमल--एक तो बदला लेने के ख़्याल से, क्योंकि इसकी ख़्वाहिश सिर्फ़ आदमियों ही में नहीं, बल्कि जानवरों तक में भी होती है। अगर किसी को कोई एक तमाचा मारे तो उसका भी यही जी चाहेगा कि इसका मैं किसी तरह से बदला लूँ। जब जमात ने आदमियों के क़ुदरती हक़ूक़ को अपना ही हक़ मान लिया तो इसने इन हक़ों के टूटने पर, जो आदमियों की बदला लेने की क़ुदरती ख़्वाहिश होती है उसको भी अपने दिल में जगह दी। इसलिए यह जुर्म करने वालों को सज़ा देकर अपनी इस जलन को ठण्डा करती है। दूसरे सज़ा देने में मुजरिमों पर इस नीयत से तकलीफ़ पहुँचाने का ख़्याल होता है ताकि वह इसका ख़्याल करके फिर यह जुर्म न करे और इस तरह वह बाद को सुधर जाए, और तीसरा ख़्याल इसमें यह रहता है कि सज़ा को देखकर दूसरे लोग डरें और इस जुर्म को करने की हिम्मत न करें।

यमदूत--तो यह कहो कि सज़ा का ख़ास मक़सद यह है कि जमात में जुर्म न हो और जुर्म करने वाले भी सुधर कर भलेमानुस बन जायँ ?

क़ानूनीमल—बेशक। इसीलिए मैं फाँसी की सज़ा को बहुत ही बुरा और बिलकुल बेकार समझता हूँ। और इसी वजह से बहुत से तालीमयाफ़्ता मुल्कों ने इस सज़ा को उठा दिया है।

यमदूत—क्यों?

क़ानूनीमल—क्योंकि इससे क़ानून का कोई भी मक़सद पूरा नहीं होता। मुलज़िम की जान चली जाने से उसे सुधरने का मौक़ा नहीं मिलता, और दूसरे इतने दिनों से इस सख़्त सज़ा के जारी रहने पर भी वह जुर्म न मिटे, बल्कि बढ़ते ही जाते हैं, जिनके लिए यह सज़ा है।

यमदूत—वह कौन-कौन से जुर्म हैं जिनमें यह सज़ा दी जाती है?

क़ानूनीमल—इसका हवाला ताज़ीरात हिन्द के दफ़ात १२१, १३२, १९४, ३०२, ३०३, ३०४, ३०७ और ३९६ में है। बमूजिब दफ़ात १२१ और १३२ उन लोगों के लिए यह सज़ा है, जो सल्तनत के ख़िलाफ़ हथियार उठाएँ या कोशिश करें या सरकारी फ़ौज के हाकिम, सिपाही या मल्लाह को बग़ावत करने को बरग़लाएँ और उनके बरग़लाने से बग़ावत हो जाय।

यमदूत—यानी यह दोनों दफ़ाएँ सल्तनत की धाक जमाने के लिए हैं?

क़ानूनीमल—बेशक! मगर इसके लिए यह सज़ा बिलकुल ही ना-मुनासिब है। क्योंकि रय्यत सल्तनत के ख़िलाफ़ तभी अवाज़ उठाएगी जब हुकूमत की किसी न किसी बात से तङ्ग हो उठेगी। इसलिए जब कभी रय्यत की यह हालत हो तो सल्तनत को फ़ौरन अपने उन ऐबों को ढूँढ़ कर सुधारना चाहिए, जिनसे यह बात पैदा हुई है। इस तरह से इन जुर्मों में कमी हो सकती है। दर्द से चिल्लाने वालों को दुनिया से हटाने में कोई फ़ायदा नहीं, क्योंकि दर्द पैदा करने वाला ऐब तो वैसा ही बना रहा। इसके अलावा सल्तनत को यह भी ख़्याल करना चाहिए कि मुल्क की मुहब्बत एक क़ुदरती मुहब्बत है, जो सभी तालीमयाफ़्ता मुल्कों में बड़ी ही इज़्ज़त की निगाह से देखी जाती है। अगर बेचारे नासमझ हिन्दुस्तानी इस मुहब्बत में अन्धे होकर कोई बेजा काम कर भी बैठे तो उसके लिए इतनी सख़्त सज़ा देना कहाँ तक वाजिब है?

यमदूत—दुरुस्त है। तुम तो यार कुछ क़ाबिल भी मालूम होते हो। जो कहते हो सभी ठीक ही निकलता है। ख़ैर, इसके आगे और क़ानून बताओ।

क़ानूनीमल—दफ़ा १९४ उन लोगों के लिए यह सज़ा तजवीज़ करती है जो झूठी गवाही देकर या झूठी शहादत जुटाकर किसी बेगुनाह को फाँसी दिलवा दें। मगर यह दफ़ा बेकार सी है। क्योंकि जहाँ किसी को फाँसी होगई तहाँ फिर किसे ग़रज़ पड़ी है कि गड़ा मुर्दा उखाड़े और उस बेचारे को बेगुनाह साबित करके ग़लत चालान कराने वालों को फाँसी दिलवाए। जो अपने जीते जी अपने दुश्मनों की ताक़त को नीचा दिखा कर अपने को बेगुनाह नहीं साबित कर पाता, वह मरने के बाद भला क्या कर सकता है? दूसरे पुलिस कब यह गवारा कर सकती है कि अपने चालान को झूठा साबित होने का मौक़ा देकर अपने नाम पर कलङ्क लगाए। क्योंकि ख़ाली चालान कर देना ही उसका काम नहीं है; बल्कि मामले की सचाई निकालने की भी उस पर ज़िम्मेदारी रहती है। इसलिए इस पर कुछ कहना-सुनना बेकार है।

यमदूत—हाँ, अपने काम का छोटे से लेकर बड़े सभी पत्त करेंगे, चाहे वह ग़लत ही क्यों न हो।

क़ानूनीमल—दफ़ा ३०२ उनके लिए है, जो किसी का जान-बूझ कर ख़ून करें और दफ़ा ३०३ यह सज़ा ख़ास तौर से बिना किसी रिआयत के उसे देती है, जो कालापानी का सज़ायाफ़्ता हो और वह ख़ून करे। यह दोनों दफ़ाएँ जमात के बदला लेने की जलन को ज़रूर ठण्ढा करती हुई मालूम होती हैं। मगर इस सज़ा को देते वक़्त यह जलन आपसे आप ठण्ढी होकर उल्टे हमदर्दी में बदल जाती है। अगर ऐसा न भी हो तो भी यह बदला मुनासिब से ज़्यादा ही होता है; क्योंकि जिसका ख़ून हुआ है वह हमेशा अचानक मारा जाता है। उसे यह पहले से ख़बर नहीं होती कि मैं अमुक दिन और अमुक समय इस तरह मारा जाऊँगा। मरने की तकलीफ़ चाहे जिस तरह की भी हो, इतनी सख़्त होती है जिसे कोई भी ज़िन्दा आदमी ठीक-ठीक नहीं बता सकता। उस पर अगर मरने वाले को यह बात भी मालूम हो जाय कि मुझे यह तकलीफ़ अमुक दिन भुगतनी पड़ेगी तो उसकी यह मुसीबत हज़ार गुना बढ़कर उसको बुरी तरह तड़पाती है। इसलिए ख़ून किए जाने

वाले की मौत से ख़ूनी की फाँसी कई दर्जा ज़्यादा तकलीफ़ देने वाली होकर मुनासिब बदले की हद से बढ़ जाती है।

यमदूत—हाँ, यह बात तो तुमने बड़े पते की कही। यह ख़्याल तुम्हारे क़ानून बनाने वालों को भी न सूझा होगा। ख़ैर, बदले के ख़्याल से यह मुनासिब न सही, फिर भी यह इस ख़्याल से तो ठीक है कि इसकी सख़्ती जान कर जमात थर्रा उठे और कोई उन जुर्मों को न करे जिसमें फाँसी की सज़ा है।

क़ानूनीमल—मगर अफ़सोस तो यह है कि यह ख़्याल भी ग़लत साबित हो गया। वह इसी से ज़ाहिर है कि ख़ून अब भी वैसे ही धड़ाके से होते चले जाते हैं।

यमदूत—इसका सुबूत?

क़ानूनीमल—इसका अन्दाज़ा ख़ाली एक मदरास के सूबे में दस बरसों में कितने ख़ून हुए हैं, यह देखकर लगाया जा सकता है। देखो वहाँ १९०५ में ४७२, १९०६ में ५७२, १९०७ में ५६६, १९०८ में ५७५, १९०९ में ६२०, १९१० में ६०५, १९११ में ५९९, १९१२ में ६४७, १९१३ में ६८९, १९१४ में ७०४, १९१५ में ७०२ ख़ून हुए हैं।

यमदूत—अरे! इससे तो यही साबित होता है कि इस सज़ा का डर जमात पर कुछ भी नहीं पड़ा। क़ानून का मक़सद ही बेकार हो गया। आख़िर तुम इसकी कुछ वजह बता सकते हो?

क़ानूनीमल—इसकी वजह यही है कि आदमी अपने सही-सलामत दिमाग़ की हालत में कभी भी यह जुर्म नहीं कर सकता। जब वह इसे करता है, चाहे किसी भी नीयत से, तब वह अपने ख़्यालात में बिल्कुल अन्धा होकर करता है। वैसी हालत में वह अपने काम का नतीजा सोच नहीं सकता। इसलिए इस जुर्म को सज़ा से डरा कर रोकने की उम्मीद करना बेकार है। क्योंकि जब वह ख़ून कर चुकता है, तब इसका डर उस पर अपना असर डालता है, पहले नहीं। इस तरह इस ग़रज़ से भी इस सज़ा को रखना मुनासिब नहीं मालूम होता।

यमदूत—जब न यह बदला लेने के लिए ठीक है और न यह डरा कर जुर्म ही रोक सकती है, तब तुम इसकी जगह पर कौन सी सज़ा मुनासिब समझते हो?

क़ानूनीमल—अब सिर्फ़ सज़ा के मक़सदों में दो ही ख़्याल करके इसकी जगह पर सज़ा तजवीज़ करनी चाहिए। यानी एक यह कि मुलज़िम को अपने जुर्म के लिए काफ़ी तकलीफ़ देकर उसकी हिम्मत को बहुत-कुछ तोड़ देना, ताकि 'दूध का जला मट्ठा फूँक-फूँक कर पिए।' यहाँ तक कि वह एक मामूली आदमी से भी ज़्यादा इस जुर्म को करने से पिछड़े। दूसरा यह कि उसे सुधारना; क्योंकि बुरे को हटा कर बुराई दूर करना कोई अक़्लमन्दी नहीं है। तारीफ़ तो जमात की तभी है, जब उसे भी वह सुधार दे। एक तो बेवक़ूफ़ी मुलज़िम ने की जो उसने ख़ून किया और अब दूसरी बेवक़ूफ़ी उसे फाँसी देकर जमात करे और इस तरह ख़ुद भी ख़ूनी बने, यह तालीमयाफ़्ता क़ौमों के लिए अच्छा नहीं मालूम होता। इसलिए मेरी समझ में कालेपानी की सज़ा फाँसी की जगह पर बहुत काफ़ी है; क्योंकि ख़ूनी के दिल पर उसके घर-बार, बाल-बच्चे, अपने-पराए से बिछुड़ने का रञ्ज बुरी तरह तकलीफ़ दे सकता है। उस पर अपने किए का पछतावा उसे मरते दम तक सताने के लिए बहुत है।

यमदूत—अगर वह फिर ख़ून कर बैठे?

क़ानूनीमल—तो उसकी पेशानी पर 'ख़ूनी' का छाप दाग़ कर ग़ुलाम की तरह दूसरे मुल्कों में सख़्त और नीच काम करने के लिए भेज दे। यह छाप उसे मरते दम तक फिर आँख उठाने न देगी और वह एक लद्दू जानवर से भी बत्तर हो जायगा। यह सज़ा उसके लिए मौत से भी बढ़कर होगी, फिर भी न उसकी जान जायगी और न जमात पर ख़ूनी होने का इलज़ाम लगेगा।

यमदूत—तरकीब तो अच्छी है। ख़ैर, और दफ़ाओं पर तुम्हारी क्या राय है?

क़ानूनीमल—अब इस सज़ा से सिर्फ़ दो ही दफ़ाएँ सरोकार रखती हैं। एक ३०५ है, जिसके बमूजिब उस आदमी के लिए यह सज़ा है, जिसकी मदद से कोई नाबालिग़, या पागल, या बेवक़ूफ़ या कोई सरसाम या नशे की हालत में ख़ुदकुशी कर ले। मगर इसमें बहुत से बेगुनाहों को नाहक़ सज़ा पा जाने का डर है। क्योंकि फ़र्ज़ करो कि तुम्हारे साथ कोई ख़ब्तुलहवास भी रहता हो जो एक बड़ी जायदाद का मालिक हो और उसके बे-औलाद मरने से वह जायदाद तुम्हें मिल सकती हो। अगर किसी दिन ख़ुदकुशी की बातचीत छिड़ गई और तुम्हारी तबीयत किसी वजह से, दुनिया से उस वक़्त खट्टी होने के सबब से तुम उसके सामने इसकी तारीफ़ कर बैठे और इत्तिफ़ाक़ से उस दिन तुम्हारी बन्दूक़ मकान में

भरी हुई रह गई। ख़ब्तुलहवास के दिमाग़ में ख़ुदकुशी की बात गूँज उठी और उसने भरी हुई बन्दूक़ पाकर चुपके से अपना काम तमाम कर डाला। अब चाहे तुम कितना ही बेगुनाह क्यों न हो, मगर यह कुल बातें तुम्हें इस दफ़ा के चङ्गुल में लाने के लिए काफ़ी हैं। इसी तरह दूसरी दफ़ा ३९६ है, जो डकैती के साथ ख़ून हो जाने पर डाकू के लिए यह सज़ा तजवीज़ करती है। इसमें ख़राबी यह है कि इस जुर्म के गवाहान अक्सर अपनी झुठाई-सचाई को ख़ुद ही नहीं समझ पाते। क्योंकि डाका के वक्त इतना भभ्भड़ होता है और लोगों की हालत इतनी घबड़ाई हुई रहती है कि कोई किसी को ठीक तरह पहचान नहीं सकता। देखने वालों के बयान अक्सर असल में क़यासी होते हैं, जिसे वह ख़ुद सच समझकर उसे आँखों की देखी हुई बात कह देने में कुछ बुराई नहीं जानते, क्योंकि जब तक वह इस तरह बयान न करेंगे, तब तक क़ानून में उनकी बात 'कुछ नहीं' के बराबर है। अक्सर गवाहान ऐसे मौक़ों पर अपने दुश्मनों से दुश्मनी भी निकालने की कोशिश करते हैं। इस तरह से इस जुर्म में ज़्यादातर कुछ बेगुनाह भी लपेट में आ जाते हैं। अगर बेगुनाह न भी हों तो भी एक की ग़लती से डाके में ख़ून हो जाय और डाकुओं की इसकी नीयत ज़रा भी न रही हो तो सभी इस सज़ा को पा सकते हैं, इसलिए जिन जुर्मों में बेगुनाहों के फँसने का अन्देशा हो, उनमें इस सज़ा का रखना मुनासिब नहीं है। मेरी सरकारी वकालत के ज़माने में ऐसी ही कोई न कोई बात होगई होगी जिसकी वजह से कोई बेगुनाह फाँसी पा गया हो तो उसका ज़िम्मेदार भला मैं कैसे हो सकता हूँ?

यमदूत—सही है, अब तो मुझे तुम्हारे यहाँ का क़ानून ही कुछ गड़बड़ मालूम होता है। क्या तुम कोई उपाय इस गड़बड़ी को दूर करने का बता सकते हो, जिसमें बेगुनाह न फँसा करें?

क़ानूनीमल—बेगुनाहों का एकदम न फँसना तो ज़रा मुश्किल-सी बात है। मगर हाँ, इसमें बहुत-कुछ कमी हो सकती है।

यमदूत—ख़ैर! यही सही। मगर किस तरह?

क़ानूनीमल—सब से पहले फाँसी की सज़ा उठा देनी चाहिए, ताकि बेगुनाहों का ख़ून क़ानून की गर्दन पर न चढ़ने पावे। दूसरे अगर किसी वक्त में किसी सज़ा पाए हुए मुलज़िम की बेगुनाही का सुबूत मिलने की उम्मीद हो तो उसकी जाँच फिर से की जाया करे। तीसरे सङ्गीन जुर्मों का फ़ैसला करने वाली अदालत मौक़े पर बैठा करे, क्योंकि जुर्म की असलियत जितनी मौक़े पर मालूम हो सकती है, उतनी कचहरी के कमरे में नहीं। चौथे "असेसरों" के बजाय आज़ाद ख़्याल वाली 'जूरी' की राय से फ़ैसला किया जाया करे। पाँचवें पुलिस की काररवाइयों पर नज़र रखने और इस तरह उसे अपनी ज़िम्मेदारियों को क़दम-क़दम पर याद दिलाते रहने के लिए एक ऐसे महकमे की ज़रूरत है, जिसमें बड़े-बड़े दिमाग़ वाले हाकिम हों। क्योंकि जिसके अख़्तियारात जितने ही ज़्यादा होते हैं उसकी ज़िम्मेदारी भी उतनी ही ज़्यादा होती है। मगर आदमी अपनी ज़िम्मेदारी तभी ठीक-ठीक समझता है, जब उसके कामों पर दूसरे नज़र रक्खें। छठे हर सङ्गीन जुर्म की तहकीक़ात पुलिस अपने तरीक़े पर तो करे, मगर उस पर नज़र रखने वाले महकमे के बड़े-बड़े दिमाग़ रखने वाले अफ़सरान भी अलग इस जुर्म का पता लगाकर अपनी रिपोर्ट दिया करें। क्योंकि सङ्गीन जुर्म अक्सर क्या, बल्कि ज़्यादातर ऐसे होते हैं जिनका ठीक-ठीक पता लगाने में पुलिस की क्या, बड़े-बड़े दिमाग़ वाले जासूसों की भी अक़्ल चक्कर में पड़ जाती है।

यमदूत—बेशक! अगर इन तरीक़ों पर काम हो तो अलबत्ता इन्साफ़ पर आँच आने का डर बहुत ही कम हो जायगा। मैं तुम्हारी बातों की 'रिपोर्ट' दुनिया को ज़रूर भेजूँगा। इससे उसका बहुत-कुछ भला होगा।

क़ानूनीमल—अरे! दुनिया गई भाड़ में। अब उससे मुझे क्या मतलब? तुम मेरी फ़ीस तो दिलवाओ।

यमदूत—हाँ-हाँ, अभी लो। तुमने तो मुझे हर तरह से क़ायल कर दिया। न जाने ईश्वर ने तुम्हें किस तरह पापी ठहराया है। अब तो मुझे भी उनके फ़ैसले में शक मालूम होता है।

क़ानूनीमल—अजी यह टालमटूल रहने दो। इसी लिए हम लोग पहले फ़ीस ले लेते हैं। इसलिए तुम्हारी भलमनसाहत इसी में है कि तुम अब अपना

वादा पूरा करो और मुझे ईश्वर के दरबार का रास्ता बता दो।

यमदूत—रास्ता बताने की क्या ज़रूरत? मैं तुम्हें ख़ुद वहाँ लिए चलता हूँ। क्योंकि अब मैं भी देखना चाहता हूँ कि तुम उनसे किस तरह निपटते हो।

क़ानूनीमल—अच्छा ले तो चलो।

(दोनों का प्रस्थान)

पटाक्षेप

(Copyright)

प्रणय-वध

(चित्र-परिचय)

[रचयिता—श्रीयुक्त ???]

(१)

ओ प्यारी!
तुम अब विश्वासघातिनी हो।
उस मुझसे?
जिसकी नस-नस में तुम थीं।
बस एक रात में?
उस अन्धकार के तुच्छ पटल में,
यद्यपि मैं—
लौट रहा था अति प्रभात में आतुर।

(२)

जब से,
वह रूप-राशि अपनी तुमने,
जो मेरी थी—
उस तस्कर को दे डाली,
जो मरा पड़ा है निकट द्वार के देखो!
देखो यह तेज़ छुरा,
जिसे मैं अभी धार दे लाया हूँ—
जिससे तुम्हें कष्ट कम हो,
अब,
सुन्दर सूर्योदय तुम देख सकोगी कभी नहीं।

(३)

सन्नाटा है।
अब कौन यहाँ बैठा है?
जो सुने तुम्हारा क्रन्दन?
श्रान्त ग्रामवासी सब सुखद नींद सोते हैं।
प्रिये!
मरने से पहले,
तुम्हें देखने आ न सकेगा कोई।

(४)

क्यों व्यर्थ छटपटाती हो?
मैंने जब सोता पाया,
दोनों मृणाल भुज बाँध दिए धीरे से।
दोनों ये पद-पद्म बँधे हैं दृढ़ता से शय्या में।

(५)

प्रिये!
अब सोओ चिर-निद्रा में।
जैसा वह घृणित कीट सोता है।
किन्तु,
प्रेम मधुर है,
और तुम तो मेरे लिए मधुर से कहीं अधिक थीं
पर,
वह प्यारा कैसा था?
जिसको,
मेरी आँखें अन्धी करने को चरण-धूल दे डाली!!

(६)

ज़रा, इन अधरों का मधुरस तो दो !
जो अति प्यारे हैं,
हा हन्त ! किन्तु विश्वासघात कर चुके।
उस चिर प्रयाण से पहले,
बस एक बार फिर आत्म-समर्पण कर दो।
यद्यपि तुम अब अन्ध नरक-पथ पर हो,
पर, जीवन का उत्कृष्ट गहन आनन्द तुम्हें—
प्रकटित है।

(७)

ओ प्राणाधिक ! ओ अल्पवयस्का !
ओ अस्फुट कुन्दकली, प्यारी !
सदा फूल की तरह यत्न से रक्खा था मैंने तुमको।
किन्तु अब ;
इन बातों में क्या है ?
उसके प्रति—
जिसके जीवन की घड़ियाँ इति हो चुकीं।

(८)

मैं मारूँगा।
पर भीत न होना,
ओ प्राण-वल्लभे !
यह मृत्यु तुम्हें कुछ उतना कष्ट न देगी।
जितना तुमने,
इस एक रात के लिए दिया मुझ पति को।
निर्दयी कहो,
यदि साहस हो—
तुम !
जिसने क्षणिक स्वाद के लिए मेरे जीवन—
को नष्ट किया !

(९)

देखो तो प्यारी !
उस खुले द्वार में देखो,
वे स्वर्ण-किरण रवि की कैसी सुन्दर हैं।
दूरस्थ नील-गिरि-शिखा देखती हैं वे,
वे पीले-पीले पके सुगन्धित मधुर आम झुक—
झूम रहे हैं।
ये तुमने सींचे थे !
ये पके मधुर फल लदे वृक्ष तो देखो ?
किन्तु तुम्हारे लिए नहीं।

(१०)

ये हिमगिरि शुभ्र शिखा।
नीलाम्बर में कैसी शोभित हैं।
देखो,
ओ प्यारी देखो,
अब ये ग्रीष्म घाम से तप्त हुई पिघलेंगी।
पर हाय !
तुम सदैव की भाँति न देख सकोगी !!

(११)

बस अब से आगे,
यह जगत् तुम्हारे लिए समाप्त हुआ।
अब अनन्त तक—
तुम्हें अकेले निश्चल सोना होगा।
हाँ तुम्हें,
जो एक रात भी सो न सकी थी,
यद्यपि मैं सूर्योदय से पूर्व आ रहा था ही।

(१२)

वह पड़ी छिन्न-भिन्न टूटी वीणा।
वे बिखरे हैं शृङ्गार दिव्य।
और जिसने उन्हें छुआ था—
वह खण्ड-खण्ड निश्चेष्ट पड़ा है यह।

(१३)

सम्पूर्ण रात्रि वह उल्लासित आनन्द—
मद्य पीकर था।
इस प्रभात में किन्तु वही उल्लास मुझे—
भी मिला।

जब,
इस कृपाण की धार हृदय के पार गई।
सीधी रेखा बनी।
मेरे इन शिशिर विकम्पित हाथों ने उस उष्ण
रक्त-धारा में घुल कर सुख-स्पर्श अनुभूत किया

(१४)

ओ प्यारी!
तुम्हें वेदना होगी!
पर प्रेम-बिन्दु का अन्तिम स्वाद यही है।
जब तक जीवित हो, सुन लो,
हा, ये घुँघराली मृदु अलकावलियाँ?
मैं वज्र मूर्ख था निश्चय,
जो प्यार किया इस रूप-सुधा को और अकेला
एक रात को छोड़ दिया।
ओ परम सुन्दरी!

(१५)

यह शीतल लोह फलक,
ओ पुष्प गन्धिनी प्यारी!
इस कुसुम-विनिन्दित तन को,
क्षण भर में सर्वाङ्ग शीत कर देगा।
अरे! नहीं।
इन अधर-पल्लवों का एक चुम्बन—एक मधु
चुम्बन दो।
अब भी इनमें कुछ रस है।
ये झूठे ये उच्छिष्ट अभागे
वैसे ही दीख रहे हैं।
जैसे कल तक देखे थे।

(१६)

वह अनुज तुम्हारा लौट रहा होगा अब।
पर्वत-पथ से उत्सुक दर्शन का प्यासा।
पर, जब देखेगा मृतक तुम्हें।
और मुझे पास में सोते।
वह क्या समझेगा?
क्या बध करने से पूर्व मुझे—
वह जगा-जगाकर पूँछेगा?
"यह खेल कौन सा खेला?"

(१७)

इसी लिए,
मैं सोऊँगा।
इसी सेज पर, निकट तुम्हारे निस्पन्द हृदय के
तब,
जब मृत्यु तुम्हें शीतल कर देगी।
जब यौवन-पूर्ण हृदय यह
और चपल अधर,
स्तब्ध और शीतल होंगे।
ऐसे—
फिर मेरे उष्ण स्वास भी उन्हें गर्मा न सकेंगे।

(१८)

धीरे से,
यह छुरा तुम्हारे मृदुल गात्र के आर पार होगा।
फिर वहाँ शीघ्र पहुँचेगा—अन्तस्तल में,
जहाँ—तड़पती स्मृतियाँ—मधुर और कटु,
चिर शान्ति-लाभ कर रुदन समाप्त करेंगी।
प्रेम विजय का पुरस्कार अप्रतिम प्राप्त कर,
गहरी निंदिया सोऊँगा।
फिर प्यारी?
दुःस्वप्नोत्थित निर्बोध युग्म प्रेमी हम।
मिल प्रेम-सुधा पीवेंगे।

भारतीय दण्ड-विधान और फाँसी

[ले० श्री० बाबू मनोहरसिंह जी, बी० ए०, एल्-एल्० बी०]

फ़ौजदारी क़ानून तथा उसकी आवश्यकता

दण्ड-सम्बन्धी न्याय (Criminal Justice) क्या वस्तु है, और उसकी संसार में क्या आवश्यकता है; यह एक ऐसा प्रश्न है, जिसका लगभग प्रत्येक मनुष्य सुगमता से उत्तर दे सकता है, परन्तु इसका वास्तविक अभिप्राय क्या है अथवा यह कहिए कि अपराधियों को दण्ड देने से क्या लाभ है, यह एक ऐसी समस्या है जिसका ठीक-ठीक उत्तर देना प्रत्येक व्यक्ति का काम नहीं। बड़े-बड़े तत्ववेत्ता तथा न्याय-निर्माता भी इस झञ्झट में पड़कर मूक से रह जाते हैं।

दण्ड-सम्बन्धी न्याय (Criminal Justice) से चार प्रकार के परिणामों की प्राप्ति होती है और इसी कारण दण्ड (Punishment) के चार स्वरूप हैं—(१) भयोत्पादक (Deterrent) (२) निरोधक (Preventive) (३) सुधारक (Reformative) और (४) प्रतीकारक (Retributive)

भयोत्पादक दण्ड (Deterrent Punishment)

फ़ौजदारी क़ानून (Law of crime) का सबसे प्रथम उद्देश्य यह है कि अपराधी को दण्ड देकर संसार के लिए एक उदाहरण-रूप में उपस्थित किया जाय, जिससे उस-जैसे कर्म करने वाले अथवा विचार वाले अन्य मनुष्यों को चेतावनी हो जाय कि यदि वे भी ऐसा करेंगे तो उनको भी वैसा ही दण्ड भोगना पड़ेगा।

निरोधक दण्ड (Preventive Punishment)

यदि दण्ड देने का प्रधान अर्थ मनुष्यों के हृदय में भय उत्पन्न करना है, तो इसका द्वितीय तथा विशेष अभिप्राय अपराधी को असमर्थ बनाकर उसको पुनः अपराध करने से रोकना है। हम हत्यारों (मनुष्य-घातकों) को केवल इस कारण फाँसी पर नहीं चढ़ाते हैं कि इससे दूसरों के हृदय में यह भाव प्रवेश कर जाय कि यदि वे अमुक प्रकार का कार्य करेंगे तो वह अमुक दण्ड के भागी होंगे, बल्कि इसका मूल कारण यह है कि सर्प-सदृश हानिकारक जीव-जन्तुओं की भाँति उनको भी इस विश्व से पृथक कर देना ही लाभप्रद है।

सुधारक दण्ड (Reformative Punishment)

अपराध प्रायः इच्छा-पूर्ति अथवा प्रयोजन-सिद्धि के लिए किया जाता है, अतः मनुष्य के हार्दिक मलिन भावों का सुधार करके आगे के लिए उनका निरोध किया जा सकता है। कतिपय न्याय-वेत्ताओं (Jurists) का मत है कि अपराध केवल एक प्रकार का रोग है, जिसको न्याय-कर्मचारियों की अपेक्षा डॉक्टर लोग सुगमता से दूर कर सकते हैं।

इस उपर्युक्त विचारानुकूल फाँसी का देना एक उचित तथा योग्य दण्ड नहीं है। हमें अपराधियों को नष्ट करने की अपेक्षा, उनका युक्त रीति से इलाज करना चाहिए। नवीन सिद्धान्तानुसार बेत मारना अथवा देह-सम्बन्धी कष्ट देना असभ्य तथा एक जघन्य कृत्य माना जाता है। इस सिद्धान्त के अनुसार ऐसे दण्ड देने से दण्ड देने वाले तथा उसे भोगने वाले दोनों के हृदयों में नीचता एवं प्रतिहिंसा के भाव जाग्रत हो जाते हैं और न्याय की अपेक्षा अन्याय हो जाता है। क़ैद ही केवल एक ऐसी वस्तु है, जिससे यथायोग्य अपराधियों का सुधार किया जा सकता है।

यदि हम इस सुधारवाद (Reformative theory) पर तनिक विचार करें तो हमें पता लगेगा कि यह सिद्धान्त त्रुटि-रहित नहीं है। बहुत से ऐसे मनुष्य हैं जो स्वभावतः अपराध करने में तनिक भी नहीं सकुचाते और उनके साथ चाहे कितना ही परिश्रम किया जाय, किन्तु उनका सुधार करना कठिन ही नहीं, वरन् नितान्त असम्भव हो जाता है। ऐसी दशा में सुधारवाद (Reformative theory) निष्फल सिद्ध होता है, और उससे बहुधा अद्भुत तथा विपरीत परिणाम निकलते देखे गए हैं।

सच तो यह है कि दण्ड-सम्बन्धी न्याय (System of Criminal Justice) न तो निरे सुधारक (Reformative)

और न निरे भयोत्पादक (Deterrent) सिद्धान्तों पर ही निर्भर है, प्रत्युत इसका आश्रय दोनों पर है।

प्रतीकार-सम्बन्धी (Retributive) दण्ड

जहाँ हमने दण्ड-सम्बन्धी न्याय (Criminal Justice) के तीन स्वरूपों का विधान किया है, वहाँ इसके चतुर्थ तथा अन्तिम स्वरूप पर प्रकाश डालना आवश्यक प्रतीत होता है।

स्वभावतः मनुष्य में प्रतिहिंसा-भाव सर्वदा विद्यमान रहता है। कष्ट पहुँचते ही उसके हृदय में प्रतिकार की प्रबल इच्छा उत्पन्न हो जाती है और जब तक उसके अपराधी को उसके साथ किए गए अपराध का दण्ड नहीं मिलता है, तब तक उसके हृदय में एक प्रकार की अग्नि प्रज्वलित रहती है और यह अग्नि बढ़ते-बढ़ते उससे सहानुभूति रखने वालों के हृदयों में भी घर कर लेती है। यद्यपि व्यक्तिगत बदला लेने की रीति नष्ट हो चुकी है, तथापि स्वाभाविक मनोवृत्तियाँ, जो इसकी जड़ में काम करती थीं, अभी तक जैसी की तैसी अपने स्थान पर विद्यमान हैं। अतः इन मनोवृत्तियों की पूर्ति करना दण्ड-सम्बन्धी न्याय (Criminal Justice) का चौथा कर्त्तव्य है।

भारतीय दण्ड-विधान की उत्पत्ति

उपरोक्त सिद्धान्तों के आधार पर प्रत्येक सभ्य देश अथवा राज्य का यह कर्त्तव्य है कि वह शान्ति की स्थापना के लिए अपने यहाँ के विद्वान् तथा पण्डितों की सम्मति से अपराधियों को यथोचित दण्ड देने और उनका सुधार करने के निमित्त क़ानून बनावे। यह सर्वदा, प्रत्येक देश में होता चला आया है।

भारतवर्ष में आजकल जिन नियमों के अनुसार अपराधियों को दण्ड दिया जाता है वे सब ताज़ीरात हिन्द (Indian Penal Code) नामक एक ग्रन्थ में संग्रहीत हैं। यद्यपि इसके अतिरिक्त और भी छोटे-छोटे क़ानून हैं जिनके आधार पर अपराधियों को दण्ड दिया जाता है, परन्तु ताज़ीरात हिन्द (Indian Penal Code) केवल एक ही पुस्तक है, जिसमें प्रत्येक प्रकार के अपराधों की व्याख्या (Definition) तथा उनकी सज़ाएँ अङ्कित हैं।

इण्डियन पिनल कोड को सब से प्रथम लॉ-कमीशन ने, जिसके सभापति लॉर्ड मैकॉले (Lord Macaulay) थे, संग्रहीत करके सन् १८३७ में वाइसराय की काउन्सिल में उपस्थित किया था। यह पुस्तक अनेक बार संशोधित होकर ता० १ली जनवरी सन् १८६१ में क़ानून के रूप में भारतवर्ष में प्रचलित हुई। तब से लेकर आज तक इसके अनुसार अपराधियों को दण्ड दिया जाता है।

इस ग्रन्थ की ५३ वीं धारा में सर्व प्रकार के दण्ड वर्णित हैं, जो एक अपराधी को इस देश में दिए जा सकते हैं। वे ६ प्रकार के हैं—

(१) फाँसी (Death Sentence)

(२) कालापानी (Transportation)

(३) क़ैद-तनहाई (Penal-Servitude)

(४) क़ैद-कठोर अथवा साधारण (Imprisonment Rigorous or Simple)

(५) सम्पत्ति का ज़ब्त करना (Confiscation of property)

(६) जुर्माना (Fine)

इन छः प्रकार के दण्डों के अतिरिक्त दो प्रकार की और भी सज़ाएँ हैं, जो अपराधियों को दी जा सकती हैं। वे हैं बेत लगाना (Whipping) और सुधार-गृहों (Reformatory Schools) में भेजना।

उपर्युक्त आठ प्रकार की सज़ाओं में से हम इस समय केवल फाँसी के सम्बन्ध में अपने विचार प्रकट करेंगे।

फाँसी

'भारतीय दण्ड-विधान' नामक पुस्तक (Indian Penal Code) के निर्माताओं ने इस पुस्तक के बनाते समय फाँसी के दण्ड (Death Sentence) के विषय में अपने विचार इस प्रकार प्रकट किए हैं :—

"We are convinced that it ought to be very sparingly inflicted, and we propose to employ it only in cases where either murder or the highest offence against the State has been committed. . . . To the great majority of mankind, nothing is so dear as life. And we are of opinion that to put robbers, ravishers and mutilators on the same footing with murderes is an arrangement which diminishes the security of life . . . Those offences are almost always committed under such circumstances that the offender has it in his power to add murder to his guilt . . . As he has almost always the power to murder, he will often have a strong motive to murder, in as much as by murder, he may often hope to remove the only witness of the crime which he has already committed. If the punishment of the crime which he has already committed be exactly the same with the punishment of murder, he will have no restraining motive. A law which imprisons for rape and robbery, and hangs for murder, holds out to ravishers and robbers a strong inducement to spare the lives of those whom they have injured."

अर्थात्--"हमारी समझ में कि यह (दण्ड) बहुत कम अवसरों पर दिया जाना चाहिए। यह केवल मनुष्य-हत्या अथवा राज-सम्बन्धी घोर अपराधों में ही दिया जाना उचित है। मनुष्य-जाति को प्रायः प्राणों से अधिक प्रिय कोई वस्तु नहीं है। हमारा विचार है कि यदि डाकुओं, स्त्रियों के सतीत्व को बल-पूर्वक नष्ट करने वालों तथा लुटेरों को हत्यारों (Murderers) की श्रेणी में रख दिया जाय तो ऐसा करने से जान अधिक जोखों में हो जावेगी × × × यह अपराध प्रायः ऐसे समय में किए जाते हैं, जब कि अपराधी अपने अपराध के अतिरिक्त मनुष्य-हत्या करने में सर्वथा समर्थ होता है, × × × चूँकि इस प्रकार के अपराध करने वाला प्रायः हत्या करने में सर्वथा समर्थ होता है, अतः उसकी तीव्र अभिलाषा होती है कि वह हत्या भी कर डाले, क्योंकि वह जानता है कि ऐसा करने से वह अपने पूर्व अपराध के एकमात्र साक्षी को भी नष्ट कर देगा। यदि उसके अपराध का, जो वह पहले कर चुका है, उतना ही दण्ड दिया जाय, जितना एक मनुष्य-हत्या के लिए नियत है, तो वह उससे भी नहीं रुकेगा। यदि बलात्कार (Rape) और डाका डालने का दण्ड क़ैद हो और मनुष्य-हत्या का फाँसी, तो इससे बलात्कार करने वालों तथा डाकुओं की तीव्र इच्छा होगी कि वह उन मनुष्यों के प्राण नष्ट न करें, जिनको उन्होंने पीड़ा अथवा हानि पहुँचाई है।"

"ताज़ीरात हिन्द" में अपराधों की सज़ाएँ नियत करते समय इस बात का विशेष ध्यान रक्खा गया है कि जिस अपराध से सामाजिक शान्ति में जितना विघ्न पहुँचे अथवा जो अपराध जितना निकृष्ट श्रेणी का हो, उसके लिए उतना ही कड़ा दण्ड निर्धारित हो। इसलिए यह अत्यावश्यक है कि दण्ड की कठोरता अपराध की निकृष्टता के साथ बढ़े।

एक समय था, जबकि इस प्रश्न पर बहुत मतभेद था कि बदला लेना दण्ड का मुख्योद्देश्य है अथवा सुधार करना। तत्ववेत्ता बैनथम (Benthem) साहब का मत था कि दण्ड का उद्देश्य केवल अपराधी से बदला चुकाना है। किन्तु यह स्पष्ट है कि जहाँ तक सताए हुए व्यक्ति का सम्बन्ध है, अपराधी को दण्ड देने का एकमात्र यही आशय है कि उससे तप्त-हृदय को उसके विरोधी से बदला लेकर शान्त किया जाय। बड़े से बड़ा और श्रेष्ठ से श्रेष्ठ (योगीजनों को छोड़कर) कोई भी मनुष्य इस संसार में ऐसा दृष्टिगोचर नहीं होता, जो कष्ट दिए जाने पर भी अपने अपराधी से प्रतिकार का इच्छुक न हो, यह बात दूसरी है कि प्रचलित क़ानून उसकी इच्छा को पूरी न कर सके।

ज्यों-ज्यों समाज सभ्यता की ओर अग्रसर होता जाता है, त्यों-त्यों अपराधी को दण्ड देने का मुख्योद्देश्य उसका सुधार करना और भविष्य में होने वाले अपराधों का मूलोच्छेदन करना होता चला जाता है। यही आधुनिक सभ्य सोसाइटियों का मत है।

जैसा कि ऊपर कहा जा चुका है, मनुष्य को इस संसार में निज प्राणों से अधिक प्रिय अन्य कोई वस्तु नहीं है, इसलिए एक अपराधी के लिए उसका प्राण-हरण ही कठोर से कठोर दण्ड है।

राजा को किसी मनुष्य के प्राण हरण करने का अधिकार है अथवा नहीं, इस प्रश्न पर बड़ा मतभेद रहा है, और इसी कारण समाज-सुधारक (Moralists) और न्याय-निर्माता (Jurists) कदाचित् इस विषय में एक मतानुयायी नहीं हो सकते। उनमें से एक तो प्राण-दण्ड को घृणा की दृष्टि से देखता है और उसको बर्बरता के अवशिष्ट चिह्न से सम्बोधित करता है और दूसरा कहता है कि फ़ौजदारी क़ानून (Penal law) में इसको स्थान देने से मनुष्यों को भय उत्पन्न होगा, जिससे अपराधी अपराध करने से रुकेंगे और प्राण-दण्ड देने से अन्य मनुष्यों को न केवल शिक्षा मिलेगी, वरन् समाज ऐसे घोर हत्यारों से मुक्त हो जायगा और प्रत्येक व्यक्ति के

हृदय में मनुष्य-मात्र की जीवन-रक्षा का उच्च विचार स्थान प्राप्त कर सकेगा।

प्राचीन से प्राचीन इतिहासों के अध्ययन से पता चलता है कि प्रत्येक समय में प्रत्येक शासक ने प्राण-दण्ड को किसी न किसी अपराध के लिए नियत किया था। परन्तु प्राण-हरण की विधियाँ प्रत्येक समय में भिन्न-भिन्न थीं। मनुस्मृति में, जोकि हिन्दुओं का माननीय धर्मशास्त्र है, प्राण-हरण की ऐसी-ऐसी विधियाँ अङ्कित हैं, जिसके सुनने से ही हृदय काँप उठता है। उन दिनों व्यभिचारी पुरुषों को गरम-गरम लोहे के पलँगों पर लिटा कर उनके प्राण-हरण किए जाते थे, और व्यभिचारिणी स्त्रियों को पृथ्वी में जीवित गड़वा दिया जाता था। उस समय में, जबकि मनुस्मृति के आधार पर अपराधियों को दण्ड दिया जाता था, प्राण-हरण की इससे अधिक कठोर विधियाँ भी प्रचलित थीं। इतिहास बताता है कि यवन-काल में अपराधियों का प्राण-हनन, (१) खड्ग द्वारा, (२) उसे जीवित दीवारों में चुन कर, (३) ख़ूनी हाथी के पैरों से रौंदवा कर, (४) किसी निर्जन स्थान में भूखों रखकर, (५) वृक्ष से बाँधकर आदि, अनेक प्रकार से किया जाता था। इस आधुनिक काल में भी काबुल आदि देशों में प्राण-दण्ड दिए गए अपराधी को किसी निर्जन स्थान में एक पिंजड़े में बन्द कर लटका आते हैं, जिससे वह अभागा भूख से तड़प-तड़प कर और बिलख-बिलख कर मर जाता है। यहूदियों के शासन-काल में अपराधियों को सूली पर चढ़ाकर अथवा अग्नि में जलाकर प्राण-दण्ड दिया जाता था। ऐसा भी समय पाया जाता है, जबकि मामूली से मामूली अपराध पर मनुष्यों को कोल्हू में पिलवा कर अथवा गरम-गरम तेल में भून कर अथवा कुत्तों से फड़वा कर प्राण-दण्ड दिया जाता था। किन्तु आजकल के समय में इस प्रकार की प्राण-हरण की रीतियाँ घृणा की दृष्टि से देखी जाती हैं और इसी कारण कई एक स्थानों में बिजली द्वारा प्राण-हरण किया जाने लगा है। जो लोग बिजली द्वारा प्राण-हरण करने के पक्ष में हैं, उनका कहना है कि अपराधी को तड़पा कर मारना एक पैशाचिक तथा घृणित कार्य है। भारतवर्ष में आजकल ज़ाब्ता फ़ौजदारी (Criminal Procedure Code) की १६८ वीं धारा के अनुसार अपराधी को फाँसी पर लटका कर प्राण-विहीन कर दिया जाता है।

यह सब कुछ होने पर भी आजकल यही विचार ज़ोर पकड़ रहा है कि प्राण-दण्ड पृथ्वी पर से उठ जाना चाहिए, क्योंकि अन्य पाश्चात्य देशों में कई जगह इसको हटा देने से किसी प्रकार की भी हानि नहीं हुई है। केवल इङ्गलैण्ड एक ऐसा देश है, जहाँ कि आजकल भी प्राण-दण्ड की प्रथा विद्यमान है। किन्तु यह दण्ड केवल निम्न-लिखित ११ प्रकार के अपराधों में दिया जाता है:—

(१) राज-विद्रोह (Treason)
(२) मनुष्य-हत्या (Murder)
(३) विष-प्रयोग अथवा शस्त्र आदि साधनों द्वारा मनुष्य-हत्या करने का प्रयत्न करना (Attempted murder by administration or by wounding etc ;)
(४) हत्या करने के उद्देश्य से किसी मनुष्य पर आक्रमण करके पाड़ लगाने के अपराध की निकृष्टता में वृद्धि करना (Burglary aggravated by assault with intent to murder)
(५) डाका डालना तथा किसी को घायल करना (Robbery with wounding)
(६) समुद्र में किसी जहाज़ आदि पर डाका डालते समय जहाज़ के किसी व्यक्ति को हनन करने के इरादे से उस पर आक्रमण करना (Piracy aggravated by assault with intent to murder any person on board the vessel in respect of which the piracy is committed)
(७) अग्नि द्वारा किसी घर को, जिसमें कोई मनुष्य विद्यमान हो, भस्म करना (Setting fire to a dwelling house with any person living in it)
(८) किसी व्यक्ति की हत्या करने के अभिप्राय से किसी जहाज़ आदि को नष्ट करना (Destroying vessels with intent to murder)
(९) किसी जहाज़ को जोखों में डालने के अभिप्राय से, झूँठी रोशनी आदि दिखाना (Exhibiting false lights etc. with intent to bring a vessel into danger etc.)
(१०) सरकारी जङ्गी जहाज़ों अथवा सरकारी मेगज़ीनों को नष्ट करना (Destroying ships of war, Royal Arsenels etc.)
(११) प्रकृति-विरुद्ध कार्य करना (Unnatural offence)

किन्तु ताज़ीरात-हिन्द (Penal Code) से यह बात स्पष्ट है कि भारतवर्ष में केवल दो प्रकार के अपराधों में प्राण-दण्ड दिया जा सकता है--राज-विद्रोह और मनुष्य-हत्या। इस रूप में ताज़ीरात-हिन्द और अङ्गरेज़ी क़ानून में बड़ा अन्तर है।

भारतीय क़ानून के अनुसार प्राण-दण्ड केवल निम्न-लिखित अपराधों में दिया जा सकता है:--

(१) राज-विद्रोह अर्थात् बादशाह के विरुद्ध युद्ध करना (धारा १२१)। राज-विप्लव में सहायक होना (धारा १३२)।
(२) ऐसा असत्य भाषण जिसके कारण एक निर्दोष मनुष्य को सज़ा होकर फाँसी मिल जाना (धारा १९४)।
(३) मनुष्य-हत्या (धारा ३०२ तथा ३०३)
(४) एक बालक अथवा विकृत-बुद्धि (पागल) मनुष्य को आत्महत्या के लिए प्रोत्साहित करना (धारा ३०५)।
(५) एक कालेपानी के दण्ड-भागी व्यक्ति को, जिसने मनुष्य-हत्या करने का यत्न किया हो धारा (३०७)।
(६) डाका डालते समय मनुष्य-हत्या करना (धारा ३९६)।

यद्यपि ताज़ीरात-हिन्द में उपर्युक्त अपराधों के लिए फाँसी की सज़ा निर्धारित की गई है, तथापि न्यायाधीश के लिए यह कोई आवश्यक नहीं है कि वह अपराधियों को फाँसी की ही सज़ा दे। धारा ३०३ में वर्णित अपराध के अतिरिक्त अन्य उपर्युक्त अपराधों में एक सेशन जज को अधिकार है कि वह यदि उचित समझे तो फाँसी की अपेक्षा कालापानी अथवा कारावास दण्ड दे दे। जैसा कि ऊपर लिखा जा चुका है। ताज़ीरात-हिन्द के निर्माताओं ने इसको लिखते समय पहले ही अपना मत प्रकट कर दिया है कि प्राण-दण्ड विशेष दशाओं में ही देना चाहिए। इतना लिखे जाने पर भी भारतीय हाई-कोर्टों की इस सम्बन्ध में भिन्न-भिन्न सम्मतियाँ हैं।

विलकिनसन महोदय (Justice Wilkinson) जज पञ्जाब चीफ़ कोर्ट (अब हाईकोर्ट) ने एक मुक़दमे में फ़ैसला देते समय अपराधी को फाँसी का दण्ड किस समय दिया जाना चाहिए, इस विषय पर अपना मत इस प्रकार प्रकट किया है:—

"Although the law has provided an alternative punishment, either is not to be passed indifferently at the discretion of a Judge, but *where the accused has been found guilty of deliberate murder, he must pass sentence of death,* and the minor sentence should only be awarded where there is some extenuating circumstances." Sir Wilkinson J. 13 P. R. 1873.

अर्थात्—"यद्यपि क़ानून ने दोनों प्रकार के दण्ड निर्धारित किए हैं, तथापि किसी एक (दण्ड) का देना न्यायाधीश की उदासीनता तथा निज स्वतन्त्र इच्छा पर निर्भर न होना चाहिए, किन्तु जब यह सिद्ध हो जाय कि अभियोगी ने विचारपूर्वक हत्या की है, तो अवश्यमेव फाँसी का दण्ड देना चाहिए। और हलकी सज़ा (काला-पानी) केवल अपराध को हलका करने वाली दशाओं में देनी चाहिए।"

बम्बई-हाईकोर्ट के मतानुसार मनुष्य-हत्या के अभि-युक्त के विरुद्ध हत्या का अपराध सिद्ध हो जाने पर जज के लिए यह आवश्यक है कि वह उसको फाँसी का ही दण्ड दे। यदि अपराधी पर दया किए जाने के कुछ कारण विद्यमान हों, तो उन पर केवल राजा अथवा उसका प्रधान कर्मचारी ही (Executive Minister) विचार कर सकता है। न्यायाधीश यदि चाहे तो केवल इतना कर सकता है कि वह फाँसी की आज्ञा देने के पश्चात् दया की सिफ़ारिश कर दे।

हाल ही में फ़ैज़ाबाद ज़िले में जग्गो नामक एक १५ वर्ष की तरुण स्त्री ने अपनी सतीत्व-रक्षा के लिए एक सुकई नामक नर-पिशाच की हत्या की थी। परिणाम-स्वरूप अभागिनी जग्गो मैजिस्ट्रेट की अदालत में उपस्थित की गई। वहाँ उसने आद्योपान्त अपने द्वारा की गई हत्या और मृतक सुकई तथा उसके भ्राता बिहारी से निर्दयतापूर्वक अपने सतीत्व-अपहरण की सारी व्यथा कह सुनाई। फ़ैज़ाबाद के दौरा जज (Session Judge) ने अभागिनी जग्गो को आजीवन कारावास का दण्ड देते हुए अपने फ़ैसले में एक महत्वपूर्ण बात लिखी है, जिसका यहाँ उद्धृत करना आवश्यक प्रतीत होता है, और जिससे आधुनिक क़ानून की त्रुटियों पर प्रकाश पड़ेगा:--

"However great and grievous the sins of the deceased may have been, Jaggo had no *legal right* to take away Sukai's life; and much as I sympath'se with the accused I cannot *legally* allow her act to go unpunished. . . . The accused is a girl of fifteen summers and she has been most greviously wronged by the deceased and his brother, Bihari. Even the minimum sentence for an offence under Sec. 302 I. P. C. which must legally be passed on her is in the circumstances of the case *for too severe and undeserved a punishment* for her and I shall subsequently act upon the recommendation of the assessors and move the local Govrnment to excercise the prerogative of mercy and release Jaggo at once as she is really more sined against than sining and is like the ill-fated Orestes, a victim of fate."

अर्थात्—"मृतक सुकई का पाप कितना भी घोर और दारुण क्यों न हो, पर क़ानून की दृष्टि से जग्गो को उसके प्राण लेने का कोई भी अधिकार नहीं था और यद्यपि अभियुक्ता के साथ मेरी बहुत सहानुभूति है, तथापि क़ानून मुझे उसके किए हुए कर्म को दण्ड दिए बिना छोड़ने से रोकता है × × × अभियुक्ता १५ वर्ष की बालिका है। उस पर सुकई तथा उसके भाई बिहारी द्वारा अत्यन्त भीषण अत्याचार किया गया है। क़ानून की दृष्टि में वह ताज़ीरात-हिन्द की धारा ३०२ के अनुसार दोषी है, जिसके लिए मैं उसे दण्ड दिए बिना नहीं छोड़ सकता। परन्तु जिस स्थिति में यह हत्या हुई है, उसके लिए उपरोक्त धारा का हलका से हलका दण्ड भी बहुत कड़ा और अनुचित होगा। अतएव अन्त में मैं असेसरों की सिफ़ारिश के अनुसार यह बात प्रान्तीय सरकार में उपस्थित करूँगा कि वह जग्गो के प्रति दया का विशेष अधिकार प्रयोग में लाकर उसे शीघ्र मुक्त कर दे; क्योंकि वास्तव में उस पर किए गए पापों की मात्रा उसके निजी पापों से अधिक है, और वह ऑरिस्टिस की तरह दुर्भाग्य की शिकार है।"

क्या सरकार क़ानून की इन शोचनीय त्रुटियों को दूर करने का प्रयत्न करेगी? जब तक क़ानून में संशोधन न होगा, एक स्त्री अपने सतीत्व की रक्षा कदापि नहीं कर सकती।

कलकत्ता-हाईकोर्ट का विचार है कि दण्ड देते समय अपराधी की आयु पर विचार अवश्य करना चाहिए। इसी कारण एक बार १६ वर्ष की लड़की को अपने पति को विष देकर मारने के अपराध में कालेपानी की सज़ा दी गई थी।

बर्मा-चीफ़कोर्ट के मतानुसार निम्न-लिखित कारणों की उपस्थिति में एक अभियोगी के विरुद्ध अपराध सिद्ध हो जाने पर भी फाँसी का दण्ड नहीं देना चाहिए:—

(१) जब अपराधी की आयु १८ वर्ष से न्यून हो।

(२) जब बिना किसी इरादे के हत्या की गई हो।

(३) जब हत्या बिना पूर्व सोच-विचार के और क्रुद्ध होकर की गई हो और वह भी निर्दयतापूर्वक नहीं।

(४) जब हत्या किसी विशेष उत्तेजना (Grave-provocation) दिए जाने के कारण हुई हो;

(५) जब पूर्णतया यह तो सिद्ध न हो कि हत्या करते समय अभियोगी पागल था, किन्तु उसके ऐसा होने में सन्देह अवश्य हो।

(६) जब किसी अपराधी ने अन्य के उकसाने पर हत्या की हो, किन्तु स्वयं उसमें प्रधान भाग न लिया हो।

चाहे फाँसी की सज़ा देने के विषय में भारतीय हाई-कोर्टों का कुछ भी मत हो, हम उन सबका सम्मान करते हुए इतना लिखे बिना नहीं रह सकते कि उनको इस विषय में इससे भी अधिक नरम होने की आवश्यकता है।

जहाँ तक मेरा विचार है, अपराधियों को पाँच श्रेणियों में बाँटा जा सकता है:—

(१) ऐसे मनुष्य, जिनमें किसी प्रकृति-दोष के कारण उनकी युवावस्था में भी सुधार नहीं किया जा सकता और अन्य निकृष्ट स्वभावों की भाँति जिनमें यह भी एक असाध्य रोग है।

(२) ऐसे मनुष्य, जो बुद्धि में विकार हो जाने के कारण अपने कार्य की महत्ता को न जानकर, अपराध कर बैठते हैं। यह भी चार प्रकार के होते हैं।

(क) पागल, चाहे वह केवल अपराध करते समय हो अथवा जन्म से।

(ख) अनसमझ बालक तथा निर्बोध मनुष्य, जो अपराध की महत्ता समझने में अशक्त है।

(ग) ऐसे मनुष्य, जो किसी आकस्मिक वेदना, उत्तेजना अथवा घटना हो जाने के कारण, क्षणिक मतिहीन होकर अपराध कर बैठते हैं।

(घ) ऐसे मनुष्य, जो किसी नशीली वस्तु के सेवन से बुद्धि-विहीन होकर बिना किसी उद्देश्य के अपराध कर बैठते हैं।

(३) ऐसे मनुष्य, जो जान-बूझकर साधारण सी बात पर अपराध कर बैठते हैं।

(४) ऐसे मनुष्य, जिनसे देश तथा जाति के हित के लिए कोई अपराध हो जाय।

(५) ऐसे अपराधी, जो अपनी जान, माल तथा सम्पत्ति की रक्षा के लिए अधिक तङ्ग किए जाने पर उन पर आक्रमण करने वाले की हत्या तक कर दें।

प्रथम श्रेणी के अपराधी यदि मनुष्य-हत्या जैसा निकृष्ट पाप करें तो उनका प्राण-हरण कर लेना ही अच्छा है। उनके सुधार करने का उद्योग करना उतना ही निरर्थक है जितना कि एक सर्प को दूध पिलाकर उससे भलाई की आशा रखना।

द्वितीय श्रेणी के अपराधी वस्तुतः अपराधी नहीं हैं, क्योंकि कोई कर्म तब तक अपराध नहीं हो सकता जब तक कि वह बिना किसी बुरे इरादे (*Mala fide* intention) से न किया जाय। ऐसे मनुष्य यदि मनुष्य-हत्या भी कर बैठें तब भी वे दण्ड देने के योग्य नहीं हैं, फाँसी का तो कहना ही क्या है।

तृतीय श्रेणी के मनुष्य यद्यपि क़ानून की दृष्टि में अपराधी हैं, परन्तु चूँकि उनके सुधर जाने की सम्भावना है, इसलिए उनको हत्या के अपराध में भी फाँसी की सज़ा नहीं देनी चाहिए, वरन् अन्य प्रकार के कठोर दण्ड देकर उनकी बुद्धि के विकार को दूर करने की चेष्टा करनी चाहिए।

चौथे प्रकार के अपराधी फाँसी पाने के सर्वथा अयोग्य हैं। न्यायाधीश का यह प्रधान कर्त्तव्य है कि वह ऐसे अपराधियों को केवल ऐसा दण्ड दे जिससे वह अपराधी सन्मार्ग पर आ जायँ।

पाँचवें प्रकार के अपराधी सर्वथा क्षमा के पात्र हैं, क्योंकि प्रत्येक व्यक्ति को अधिकार है कि वह अपनी जान, माल तथा आबरू की रक्षा करे। यदि ऐसा करने में कोई बाधक हो तो वह स्वयं उसे दण्ड दे सकता है, और यदि ऐसा भी कोई अवसर आ जाय, जबकि बिना हत्या के अपनी जान, सम्पत्ति तथा इज़्ज़त की रक्षा होनी असम्भव प्रतीत हो, तो उसको अधिकार है कि वह अपराधी को जान से भी मार दे। परन्तु मौजूदा क़ानून के अनुसार वह ऐसा नहीं कर सकता। यदि करता है तो वह दण्ड का भागी बनता है, और जज चाहे अभियोगी को सर्वथा निर्दोष समझे, परन्तु यदि यह सिद्ध हो जाय कि उसने जान-बूझ कर (चाहे कैसी ही दशा में) हत्या की है, तो वह उसको मुक्त नहीं कर सकता।

यह माना कि बादशाह तथा वाइसराय आदि प्रधान कर्मचारियों को अधिकार प्राप्त है कि वह किसी भी अपराधी को क्षमा कर दें, परन्तु यह अधिकार विशेष दशाओं में उपयोग में लाने के लिए न्यायाधीशों को भी क़ानूनन् प्रदान कर देना चाहिए।

शहीद

[रचयिता—श्री० "प्रभात"]

(१)

अस्वीकार!—हृदय कह सकता कभी न अस्वीकार।
न्यायी! शीश झुका कर लेता हूँ तेरा उपहार॥
जीवन की तपपूर्ण साधनाओं की कठिन-व्रतों की,
कितनी सुन्दर क़ीमत है, कितना सुन्दर व्यापार!

(२)

हाँ लाओ, डोरी लाओ, मत करो देर तुम पल-भर,
चढ़ने को फाँसी पर है यह "अपराधी" तैयार!
स्वागत है, भय या विस्मय से आँख न मैं मीचूँगा;
अपने रक्त-विन्दु से माँ के अञ्चल को सींचूँगा!

फन्दा

[ले० आचार्य श्री० चतुरसेन जी शास्त्री]

सन् १९१७ का दिसम्बर था। भयानक सर्दी थी। दिल्ली के दरीबे मुहल्ले की एक तङ्ग गली में—एक अँधेरे और गन्दे मकान में ३ प्राणी थे। कोठरी के एक कोने में एक स्त्री बैठी हुई अपने गोद के बच्चे को दूध पिला रही थी; परन्तु यह बात सत्य नहीं है, उसके स्तनों का प्रायः सभी दूध सूख गया था और उन बे-दूध के स्तनों को बच्चा आँख बन्द किए चूस रहा था। स्त्री का मुँह परम सुन्दर होने पर भी इस वक्त ज़र्द और सूखा हुआ दिखाई दे रहा था। यह स्पष्ट ही मालूम होता था कि उसके पहले शरीर का अब सिर्फ़ अस्थि-पञ्जर ही रह गया है। गाल पिचक गए थे, आँखें धँस गई थीं और उनके चारों ओर नीली रेखा पड़ गई थी तथा ओठ मुर्दे की तरह विवर्ण हो गए थे। मानो वेदना और दरिद्रता मूर्तिमती होकर उस स्त्री के आकार में प्रकट हुई थीं। ऐसी उस माता की गोद में वह कङ्कालावशिष्ट बच्चा अध-मुर्दा पड़ा था। उसकी अवस्था ८ महीने की होगी, पर वह ८ सप्ताह का भी तो नहीं मालूम होता था। स्त्री के निकट ही एक ८ वर्ष का बालक बैठा हुआ था, जिसकी देह बिलकुल सूख गई थी, और इस भयानक सर्दी से बचाने के योग्य उसके शरीर पर एक चिथड़ा मात्र वस्त्र था। वह चुपचाप भूखा और बदहवास अपनी माँ की बग़ल में बैठा टुकुर-टुकुर उसका मुँह देख रहा था।

इनसे २ हाथ के फ़ासले पर ३ साल की बालिका पेट की आग से रो रही थी। जब वह रोते-रोते थक जाती तब सो जाती अथवा चुपचाप आँख बन्द करके पड़ जाती थी, पर थोड़ी देर बाद वह फिर तड़पने लगती थी। बेचारी असहाय अबला विमूढ़ बनी अतिशय विचलित होकर अपने प्राणों से प्यारे बच्चों की यह वेदना देख रही थी। कभी-कभी वह अत्यन्त अधीर होकर गोद के बच्चे को घूर-घूर कर देखने लगती, दो-एक बूँद आँसू ढरक जाते, और कुछ अस्फुट शब्द मुख से निकल पड़ते थे, जिन्हें सुन और कुछ-कुछ समझकर पास बैठे बालक को कुछ कहने का साहस नहीं होता था।

इस छोटे से असहाय परिवार को इस मकान में आए और इस जीवन में रहते ५ मास बीत रहे थे। ५ मास प्रथम यह परिवार सुखी और सम्पन्न था। बच्चे प्रातःकाल कलेवा कर गीत गाते, स्कूल जाते थे। इसी मुहल्ले में इनका सुन्दर मकान था, और है, पर एक ही घटना से यहाँ तक नौबत आगई थी। इस परिवार के कर्णधार, एकमात्र स्वामी, बच्चों के पिता और दुखिया स्त्री के जीवन-धन मास्टर साहब, जिन्हें सैकड़ों अमीरों और ग़रीबों के बच्चे अभिवादन कर चुके थे, जो मुहल्ले भर के सुजन, हँसमुख और नगर भर के प्यारे नागरिक और सार्वजनिक नेता थे, आज जेल की दीवारों में बन्द थे, उन पर जर्मनी से षड्यन्त्र का अभियोग प्रमाणित हो चुका था, और उन्हें फाँसी की आज्ञा हो चुकी थी, अब अपील के परिणाम की प्रतीक्षा थी।

प्रातःकाल की धूप धीरे-धीरे बढ़ रही थी। स्त्री ने धीमे, किन्तु लड़खड़ाते स्वर में कहा—बेटा विनोद! तुम क्या बहुत ही भूखे हो?

"नहीं तो माँ! रात ही तो मैंने रोटी खाई थी!"

"सुनो-सुनो, एक-दो-तीन (इस तरह ८ तक गिन कर) ८ बज रहे हैं, किराए वाला आता ही होगा।"

"मैं उसके पैरों पड़ कर और दो-तीन दिन को टाल दूँगा माँ! इस बार वह तुम्हें ज़रा भी कड़ी बात न कहने पावेगा।"

स्त्री ने परम करुणा-सागर की ओर क्षण-भर आँख उठा कर देखा, और उसकी आँखों से २ बूँदें ढरक गईं।

यह देखकर छोटी बच्ची रोना भूलकर माता के गले में आकर लिपट गई और बोली—अम्माँ! अब मैं कभी रोटी नहीं माँगूँगी।

हाय री माता का हृदय! माता ने दोनों बच्चों को गोद में छिपाकर एक बार अच्छी तरह आँसू निकाल डाले।

इतने ही में किसी ने कर्कश शब्द से पुकारा—"कोई है न?"

बच्चे को छाती में छिपा कर काँपते-काँपते स्त्री ने कहा—सर्वनाश! वह आगया।

एक पछैयाँ जवान लट्ठ लेकर दर्वाज़ा ठेलकर भीतर घुस आया।

उसे देखते ही स्त्री ने अत्यन्त कातर होकर कहा—मैं तुम्हारे आने का मतलब समझ गई हूँ।

"समझ गई हो तो लाओ किराया दो।"

"थोड़ा और सब्र करो।"

बालक ने कहा—दो-तीन दिन में हम किराया दे देंगे?

बालक को ढकेलते हुए उद्धतपन से उसने कहा—सब्र गया भाड़ में, अभी मकान से निकलो। मकान क्या दिया, जान को वबाल मोल ले लिया, पुलिस ने घर को बदनाम कर दिया है। लोग नाम धरते हैं, सरकार के दुश्मन को घर में छिपा रक्खा है। निकलो, अभी निकलो।

स्त्री खड़ी हो गई। धक्का खाकर बच्चा गिर गया था। उसे उठाकर उसने कहा—भाई, मुसीबत वालों पर दया करो, तुम भी तो बाल-बच्चेदार हो।

"मैं दया-मया कुछ नहीं जानता; मैं तुमसे कहे जाता हूँ कि आज दिन छिपने से पहले-पहले यदि भाड़ा न चुका दिया गया तो आज रात को ही निकाल दूँगा।"

इतना कहकर वह व्यक्ति एक बार कड़ी दृष्टि से तीनों अभागे प्राणियों को घूरता हुआ ज़ोर से दरवाज़ा बन्द करके चला गया।

दुखिया स्त्री इसके बाद ही धरती में धड़ाम से गिर कर मूर्च्छित हो गई!

२

उपरोक्त घटना के कुछ ही मिनट बाद एक अधेड़ अवस्था के सभ्य पुरुष धीरे-धीरे मकान में घुसे। इनके आधे बाल पक कर खिचड़ी हो गए थे—दाँत सोने की कमानी से बँधे थे, साफ़ ऊनी वस्त्रों पर एक दुशाला पड़ा था। हाथ में चाँदी के मूँठ की पतली सी एक बेंत थी। रङ्ग गोरा, क़द ठिगना और चाल गम्भीर थी।

उन्होंने पान कचरते-कचरते बड़ा घरौआ जताकर बालक का नाम लेकर पुकारा—बेटा विनोद!

विनोद ने गर्दन उठाकर देखा, बच्चे की माता ने सावधानी से उठकर अपने वस्त्र ठीक कर लिए।

आगन्तुक ने बिना प्रश्न किए ही कहा—देखो, अपील का नतीजा निकलता है, हम विलायत तक लड़ेंगे, आगे भगवान् की मर्ज़ी।

स्त्री चुपचाप बैठी रही, सब सुनकर न बोली, न हिली-डुली। इस पर आगन्तुक ने अनावश्यक प्रसन्नता मुख पर लाकर कहा—क्यों रे विनोद, तेरा मुँह क्यों उतर रहा है? क्यों बहू, यह क्या बात है—बच्चों का यह हाल बना रक्खा है, अपना तो जो कुछ किया सो किया। इस तरह जान खोने से क्या होगा? तुमसे इतना कहा, मगर तुमने घर छोड़ दिया। मानों हम लोग कुछ हैं ही नहीं। भाई सुनेंगे तो क्या कहेंगे? मैं परसों जेल में मिला था, बहुत ख़ुश थे। अपील की उन्हें बड़ी आशा है। तुम्हें भी ख़ुश रहना उचित है। दिन तो अच्छे-बुरे आते हैं और जाते हैं, इस तरह सोने की काया को मिट्टी तो नहीं किया जाता।

इतनी लम्बी वक्तृता सुनकर भी गृहिणी न बोली, न हिली-डुली। वह वैसी ही अचल बैठी रही!

आगन्तुक व्यक्ति ने कुछ रुककर दो रुपए निकाल कर बच्चे के हाथ पर धर दिए और कहा—लो बेटा, जलेबियाँ खाना। बच्चे ने क्षण-भर माता के मुख की ओर देखा और तत्काल हाथ खींच लिया। रुपए धरती पर गिर कर खन्न से बज उठे। बच्चा पीछे हट कर माँ का आँचल पकड़ कर खड़ा हो गया।

आगन्तुक रुपए उठाकर उन्हें फिर देने को आगे बढ़ा। गृहिणी ने बाधा देकर कहा—रहने दीजिए, वह जलेबी नहीं खाता। हम ग़रीब विपत्ति के मारे लोग हैं, एक टुकड़ा रोटी ही बहुत है। पर आप कृपा करें तो या तो उनके बैङ्क के हिसाब में से, या मकान के हिस्से को आड़ करके कुछ रुपए मुझे उधार दे दीजिए।

"उनके बैङ्क के हिसाब में तो बिना उनके दस्तख़त कुछ मिलेगा नहीं, फिर मुझे मालूम हुआ है कि वहाँ ऐसी कुछ रक़म है भी नहीं। रहा मकान, सो उसका

तुम्हारा वाला हिस्सा रहन रख कर ही तो मुक़दमा लड़ाया है, मुक़दमे में क्या कम रक़म ख़र्च हुआ है?

गृहिणी चुप बैठी रही।

आगन्तुक ने कहा—मैं अपने पास से जो कहो दे दूँ। तुम्हें कितने रुपए चाहिए?

गृहिणी ने धीमे स्वर से कहा—आपको मैं कष्ट नहीं दिया चाहती।

"मैं क्या ग़ैर हो गया?"

स्त्री बोली—नहीं!

अब आगन्तुक ज़रा और पास खिसक कर बोला—मेरी बात मानो, घर चलो, सुख से रहो। जो होना था हुआ, होना होगा हो जायगा। किसी के साथ मरा तो जाता ही नहीं है। मेरा जगत् में और कौन है, तुम क्या सब बातें समझती नहीं हो?

"ख़ूब समझती हूँ, अब आप कृपा कर चले जायँ।"

"पर मैं जो बात बारम्बार कहता हूँ, वह समझती क्यों नहीं?"

"कब की समझ चुकी हूँ। तुम मुझ दुखिया को सता कर क्या पाओगे? मेरा रास्ता छोड़ दो, मैं यहाँ अपने दिन काटने आई हूँ, आपका कुछ लेती नहीं हूँ। उनका मकान-जायदाद सभी आपके हाथ है, आपका रहे, मैं केवल यही चाहती हूँ कि आप चले जाइए!"

आगन्तुक ने कड़े होकर कहा—क्या मैं साँप हूँ या घिनौना कुत्ता हूँ?

"आप जो कुछ भी हों, मुझे इस पर विचार नहीं करना है।"

"और तुम्हारी यह हिम्मत और हेकड़ी अब भी?"

गृहिणी चुप रही।

"यहाँ भी मेरे एक इशारे से निकाली जाओगी, फिर क्या भीख माँगोगी?"

गृहिणी ने कोई उत्तर न दिया।

आगन्तुक ने उबाल में आकर कहा—लो साफ़-साफ़ कहता हूँ, तुम्हें मेरी बात मन्ज़ूर है या नहीं?

गृहिणी चुपचाप बच्चे को छाती से छिपाए बैठी रही। आगन्तुक ने उसका हाथ पकड़ कर कहा—आज मैं इधर-उधर करके जाऊँगा!

स्त्री ने हाथ झटक कर कहा—पैरों पड़ती हूँ, चले जाओ।

"तेरा हिमायती कौन है?"

"मैं ग़रीब गाय हूँ।"

"फिर लातें क्यों चलाती है? बोल, चलेगी?"

"नहीं।"

"मेरी बात मानेगी?"

"नहीं।"

"तुझे घमण्ड किसका है?"

"मुझे कुछ घमण्ड नहीं है!"

"तुझे आज रात को ही सड़क पर खड़ा होना पड़ेगा।"

"भाग्य में जो लिखा है, होगा?"

"लोहे के टके की आशा न रखना!"

गृहिणी खड़ी हो गई। उसने अस्वाभाविक तेज-स्वर में कहा—दूर हो, ओ पापी! भगवान् से डर, मौत जिनके घर मिहमान बनी बैठी है, उन्हें न सता, भय उन्हें क्या डरावेगा? विश्वासघाती भाई! भाई को फँसाकर फाँसी पहुँचाने वाले अधर्मी! उन्हें फँसाया, ज़मीन-जायदाद ली, अब उसकी अनाथ गरीब दुखिया स्त्री की आबरू भी लेने की इच्छा करता है? अरे पापी! हट जा—हट जा!

आवेश में आने से स्त्री का वस्त्र खिसक कर नीचे गिर गया। वह दशा देख दोनों बच्चे रो उठे।

बड़े बच्चे के मुँह पर ज़ोर से तमाचा मारकर आगन्तुक ने कहा—'तेरी पारसाई आज ही देख ली जायगी। मुसलमान गुण्डे × × ×' वह और कुछ न बोल सका—वह दोनों हाथ मींच कर क्रोध से काँपने लगा।

स्त्री ने कहा—'जा! जा! पापी—जा!' और वह बदहवास चक्कर खाकर गिर गई।

दोनों बच्चे ज़ोर-ज़ोर से रो उठे। आगन्तुक तेज़ी से चल दिया।

३

वही दिन और वही प्रातःकाल था, परन्तु उस भाग्यहीन घर से लगभग पौन मील दूर दिल्ली की जेल में एक और ही दृश्य सामने था। जेल के अस्पताल में बिलकुल एक ओर एक छोटी सी कोठरी थी। जिन क़ैदी रोगियों को बिलकुल एकान्त में रहने की आवश्यकता होती थी, वे ही इसमें रक्खे जाते थे। इस वक़्त भी इसमें एक क़ैदी था। उसकी आकृति कितनी घिनौनी, वेश कैसा

मलिन और चेष्टा कैसी भयङ्कर थी? कि ओफ़! कई दिन से यह क़ैदी भयानक आत्मिक ज्वर से तप रहा था, और कोठरी में रक्खा गया था।

कोठरी बड़ी काली, मनहूस और कोरी अनगढ़े पत्थरों की बनी हुई थी, और उसमें अनगिनत मकड़ियों के जालें, छिपकलियाँ तथा कीड़े-मकोड़े रेंग रहे थे। उसमें न सफ़ाई थी, न प्रकाश। ऊपर एक छोटा-सा छेद था। उसी में से सूरज की रोशनी कमरे में पड़ते ही उसकी नींद टूट गई। प्यास से उसका कण्ठ सूख रहा था। वह बड़े कष्ट से चारपाई के इर्द-गिर्द हाथ बढ़ाकर कोई पीने की चीज़ ढूँढ़ने लगा। पर उसे कुछ भी न मिला। तब प्यास की तकलीफ़ से छटपटा कर वह बड़-बड़ाने लगा—"कौन देखता है? कौन सुनता है? हाय! इतनी लापरवाही से तो लोग पशुओं को भी नहीं रखते। डॉक्टर मेरे सामने ही उस वार्डर से थोड़ा दूध दो-तीन बार देने और रात में २-३ बार देखने को कह गया था। पर कोई क्यों परवाह करता? मेरी नींद तो रात भर टूटती रही है। मैंने प्रत्येक घण्टा सुना है। यह पहाड़ सी रात किस तकलीफ़ से काटी है। ओफ़! यह कष्ट तो फाँसी से कहीं अधिक है।"

रोगी अब चुपचाप कुछ सोचने लगा। धीरे-धीरे प्रकाश ने फैल कर कमरे को बिलकुल स्पष्ट प्रकाशमान कर दिया। धीरे-धीरे उसकी प्यास असह्य हो चली, पर वह बेचारा कर ही क्या सकता था। वार्डर की ख़ूँख़्वार फटकार से भयभीत होने पर भी वह एक बूँद पानी के लिए गला फाड़ कर चिल्लाने लगा। पर न तो कोई आया और न किसी ने जवाब ही दिया। वह प्यास से बेदम हो रहा था—उसका प्राण निकला जाता था। वह बारम्बार 'पानी-पानी' चिल्लाने लगा। कभी अनुनय-विनय भी करता, कभी गालियाँ बकने लगता।

"ईश्वर के लिए थोड़ा पानी दे जाओ, हाय! एक बूँद पानी, अरे मैं तुम लोगों को बड़ा कष्ट देता हूँ! पर क्या करूँ, प्यास के मारे मेरे प्राण निकल रहे हैं। अरे मैं भी तुम्हारे जैसा मनुष्य हूँ। मुझे इस तरह क्यों तड़पा रहे हो—इतनी उपेक्षा तो कोई बाज़ारू कुत्तों की भी नहीं करता। अरे आओ—नहीं तो मैं बिछौने से उठ कर, सब दरवाज़े तोड़ डालूँगा और इतनी ज़ोर से चिल्लाऊँगा कि सुपरिन्टेन्डेण्ट के बँगले तक आवाज़ पहुँचेगी।"

इस पर एक घिनौने मोटे-ताज़े अधेड़ व्यक्ति ने छेद में से सिर निकाल कर कहा—अरे अभागे! क्यों इतना चिल्लाता है, क्यों दुनिया की नींद ख़राब करता है?

"मैं प्यास के मारे मर रहा हूँ!"

"फिर मर क्यों नहीं जाता? तू क्या समझता है कि मैं तेरा नौकर हूँ; क्या रात-भर तेरी सेवा में हाज़िर रहना ही मुझे चाहिए?"

इसके बाद वह एक नौकर को पुकार कर बोला—अरे देख तो! थोड़ा पानी लाकर इस बदमाश के मुँह में डाल दे। इतना हुक्म देकर वह निष्ठुर फिर चल दिया। पानी पीकर रोगी थकान के मारे बेसुध होकर सो गया। यही क़ैदी उस दुखिया का सौभाग्य-विन्दु 'मास्टर साहब' थे।

* * *

अचानक उसी वार्डर की कर्कश आवाज़ सुनकर वह चौंक पड़ा। उसने चाबियों से कोठरी का द्वार खोला। रोगी एकटक देखने लगा। पादरी और जेलर ने कोठरी में गम्भीर भाव से प्रवेश किया। कुछ ज़रूरी काग़ज़ात पर लिखा-पढ़ी की गई और क़ैदी को सुना दिया गया कि उसकी अपील नामञ्ज़ूर हो गई है और आरोग्य-लाभ होते ही उसे फाँसी दे दी जायगी।

क़ैदी ने आँख बन्द करके सुना-समझा और फिर उसकी आँखें एकटक छत पर अटक गईं।

धीरे-धीरे दोनों व्यक्ति कमरे से बाहर निकल गए। इसके कुछ क्षण बाद ही डॉक्टर ने कमरे में प्रवेश करके सावधानी से रोग-परीक्षा की। फिर एक-दो मीठी बातों के बाद कहा—तुम्हारे बच्चे और स्त्री तुमसे मिलने आए हैं। रोगी एक बार तड़पा और नेत्र उठा कर द्वार की ओर देखने लगा।

डॉक्टर ने कहा—इस समय ज्वर नहीं है। मैं आशा करता हूँ, इसी सप्ताह में तुम अच्छे हो जाओगे!

"इसी सप्ताह में?"—रोगी ने विकल होकर पूछा।

डॉक्टर ने अपनी बात का समर्थन किया और धीरे से चला गया।

४

१० बज रहे थे। धूप ख़ूब फैल रही थी। जेल के सदर फाटक पर वह अभागिनी रमणी अपने दोनों बच्चों को साथ लिए बैठी थी। उसे लगभग १॥ घण्टा हो गया

था। वह अपने पति के दर्शन करने आई थी। इतनी देर बाद एक वार्डर उन्हें जेल के भयानक फाटक में लेकर चला।

फाटक को पार करने पर एक अन्धकारपूर्ण दालान में वे लोग चले। वहाँ से एक अँधेरी गली में कुछ देर चलकर एक लोहे का छोटा सा फाटक वार्डर ने पास के भारी चाबियों के गुच्छे से खोला। इसके बाद वे कुछ सीढ़ियाँ चढ़ कर एक बड़े से गन्दे दालान में पहुँचे। उसके सामने ही बड़े से मकान का पिछवाड़ा था, जिसकी ऊँची और छोटी-छोटी खिड़कियों से कुछ शोर-गुल और बकझक की आवाज़ आ रही थी। सामने कुछ क़ैदी अपनी बेड़ियाँ झनझनाते इधर से उधर जा रहे थे। थोड़ी दूर चलने पर उन्हें अस्पताल की काली इमारत दीख पड़ी, जहाँ भिन्न-भिन्न प्रकार के रोगी बिछौने पर पड़े थे। कमरे की हवा गर्म और बदबूदार थी। बिस्तरे फटे-कटे, मैले-कुचैले और घृणित थे। यह सब देखते-देखते रमणी का सिर चक्कर खा गया। वह घबराकर वहीं बैठ गई, यह देख छोटी बच्ची रो उठी। थोड़ी देर बाद वह उठी और इस बार स्वामी की कोठरी के पास पहुँच गई। पर भीतर ऑफ़िसर लोग थे। उसे कुछ ठहरना पड़ा। उनके निकलने पर ही डॉक्टर ने भीतर प्रवेश किया और डॉक्टर ने बाहर आकर उन लोगों को भीतर जाने की इजाज़त दी।

दरवाज़े के निकट जाकर उसके पैर धरती पर जम गए। पहले तो वह रुग्ण पति को देख ही न पाई। पीछे उसने साहस कर एक बार देखा। हाय! यही क्या वे—उसके पतिदेव हैं? जीवन के ११ वर्ष सर्द-गर्म जिनके साथ व्यतीत किए, वह उठता हुआ यौवन, वे जीवन की उद्दीप्त अभिलाषाएँ, वे रस-रहस्य की अमिट रूप-रेखाएँ हठपूर्वक एक के बाद एक नेत्रों के सामने आने लगीं। उसकी आँखों में अँधेरा छा गया, वह वहीं बैठ गई।

रोगी ने देखा। उसने चारपाई से उठकर दोनों हाथ फैला कर उन्मत्त की तरह कहा—आओ बेटा! अरे, तुम इतने ही दिन में बिना बाप के ऐसे हो गए! यह कह कर रोगी-क़ैदी ने अपनी भुजाओं में बच्चे को लपेट लिया और वह फूट-फूट कर रोने लगा।

सती बैठी ही बैठी आगे बढ़ी। वह पति के दोनों पैर पकड़, उन पर सिर धर कर मूर्च्छित हो गई। वह रो नहीं रही थी, वह संज्ञा-हीन थी। यह सब देख कर छोटी बालिका भी ज़ोर से रो उठी।

उसे गोद में लेकर पिता रोना भूल गया। उसकी आँखों में क्षण भर आँख मिलाकर वह हँस पड़ा। कैसी विकट, करुण और भयानक वह हँसी थी। अन्त में उसने भर्राई आवाज़ में कहा—लीला, मेरी बेटी, मेरी बिटिया!

इसके बाद उसे छाती से लगाकर क़ैदी चुपचाप रोने लगा। बड़ी देर तक सन्नाटा रहा। फिर बच्चों को अलग करके वह स्वस्थ होकर पत्नी की ओर देखने लगा। बलपूर्वक उसने शोक के उमड़ते वेग को रोका। उसने क्षण भर आकाश में दृष्टि करके एक बार सर्वशक्तिमान् परमेश्वर से बल-याचना की। फिर उसने मधुर स्वर में कहा—इतना अधीर मत हो। ध्यान से मेरी बातें सुनो।

रमणी ने सिर नहीं उठाया। पति ने धीरे-धीरे उसके सिर पर हाथ फेरते हुए कहा—नादानी न करना, वरना इन बच्चों का कहीं ठिकाना नहीं है। ईश्वर पर विश्वास रक्खो—मेरा विनोद बड़ा होकर तुम्हारे सभी सङ्कट काटेगा। "सब दिन होत न एक समान!"

साध्वी सिसक-सिसक कर रो रही थी। उसे ढाड़स देना बड़ा कठिन था, परन्तु अभी कुछ मिनिट प्रथम मृत्यु का सन्देश पाकर भी क़ैदी वह कठिन काम कर रहा था!

वह पूछना चाहती थी—"क्या अब कुछ भी आशा नहीं है?" परन्तु उसमें बोलने और पति को देखने तक का साहस न था। समस्त साहस बटोर कर उसने एक बार पति को और आँख भर कर देखा। वे आँखें आँसू और प्रश्नों से परिपूर्ण, मूक वेदना से अन्धी और मृत-अभिलाषाओं की श्मशान-भूमि! प्रति क्षण क्या-क्या कह रही थीं?

परन्तु मानव-हृदय जितना सुख में दुर्बल बन जाता है, उतना ही दुख में सबल हो जाता है। मास्टर साहब ने उसका हाथ पकड़ कर कहा—अब इस तरह मुझे देख कर, इस दशा में कायर न बनाओ! तुम बच्चों की माता हो। जैसे पति की पत्नी रहीं वैसे ही बच्चों की माँ बनना! प्रतिज्ञा करो, तुमने मुझे कभी नहीं ठगा, अब भी न ठगना!

सती की वाणी फटी उसने कहा—स्वामी जी! मुझे सहारा दो। मैं चलूँगी, नहीं, मैं चलूँगी।

एक अति मधुर उन्माद उसके होठों में फड़क रहा

था। मास्टर साहब विचलित हुए, उन्होंने सङ्कोच त्याग, धीरे से उस उन्मुख उन्माद का एक सरल चुम्बन लिया। वह वासनाहीन, इन्द्रिय-विषय और शरीर-भावना से रहित चुम्बन क्या था, दो प्राणों का विनिमय था, दो अमर तत्व प्रतिविम्बित हो रहे थे।

मास्टर साहब ने कुछ कहने की इच्छा से होठ खोले थे, पर वार्डर ने कर्कश आवाज़ में कहा—चलो, वक्त हो गया।

रोगी क़ैदी ने मानो धाक खाकर एक बार उसे देखा, और कहा—ज़रा और ठहर जाओ भाई !

"हुक्म नहीं है" कहकर वह भीतर घुस आया। उसने एकदम रमणी के सिर पर खड़े होकर कहा—बाहर जाओ।

लज्जा और सङ्कोच त्यागकर वह कुछ कहा चाहती थी, मास्टर जी ने सङ्केत से कहा—"उससे कुछ मत कहना ! अच्छा अब बिदा प्रिये ! बेटे ! अम्माँ को दुखी न करना, मेरी बिटिया !" यह कहकर और एक बार बेसब्री से उन्होंने उसे पकड़ कर अनगिनत चुम्बन ले डाले।

रमणी की गम्भीरता अब रह न सकी, वह गाय की तरह डकराती वहीं गिर गई और निष्ठुर वार्डर ने उसे घसीट कर बाहर किया और ताला बन्द कर दिया, दोनों बच्चे भी चीत्कार कर रो उठे। यह देखकर मास्टर साहब असह्य-वेदना से मूर्च्छित होकर धड़ाम से चारपाई पर गिर पड़े !!

५

रविवार ही की सन्ध्या को इसकी सूचना अभागिनी को दे दी गई थी। वह रात-भर धरती में पड़ी रही, क्षण-भर को भी उसकी आँखों में नींद नहीं आई थी। ४ दिन से उसने जल की एक बूँद भी मुँह में नहीं डाली थी !

सोमवार के प्रातःकाल बड़ी सर्दी थी। घना कोहरा छाया हुआ था। ठण्ढी-ठण्ढी हवा चल रही थी। ठीक ६॥ बजे का वह समय नियत किया गया था। ठीक समय पर फाँसी का जुलूस अन्ध-कोठरी से चला। मास्टर साहब धीर-गम्भीर गति से आगे बढ़ रहे थे। इस समय उन्होंने हजामत बनवाई थी। वे अपने निजी वस्त्र पहने थे। दूर से देखने में दुर्बल होने के सिवा और कुछ अन्तर न दीखता था। वे मानो किसी गहन विषय को सोचते हुए व्याख्यान देने रङ्ग-मञ्च पर आ रहे थे। उनके आगे खुली पुस्तक हाथ में लिए पादरी कुछ वाक्य उच्चारण कर रहा था। उनके पीछे जेलर अपनी पूरी पोशाक में थे। उनकी बग़ल में मैजिस्ट्रेट और डॉक्टर भी चल रहे थे। क्षण भर तख़्ते पर खड़े रहने के बाद जल्लाद ने उनके गले में रस्सी डाल दी। पादरी ने कहा—मैं प्रार्थना करता हूँ कि ईश्वर तुम्हारी आत्मा को शान्ति प्रदान करे।

मास्टर साहब ने कहा—चुप रहो, मैं प्रार्थना करता हूँ कि ईश्वर मेरी आत्मा को ज्वलन्त अशान्ति दे, जो तब तक न मिटे जब तक मेरा देश स्वाधीन न हो जाय, और मेरे देश का प्रत्येक व्यक्ति शान्ति न प्राप्त कर ले।

इसके बाद उन्होंने गीता की पुस्तक को हाथ में लेकर आँखों और मस्तक से लगाया और दोनों हाथों में लेकर पीछे हाथ कर लिए। जल्लाद ने उसी दशा में हाथ बाँध दिए। मास्टर साहब नेत्र बन्द करके कुछ अस्फुट उच्चारण करने लगे। जल्लाद ने तभी एक काली टोपी से उनका मुँह ढक दिया, और वह चबूतरे से नीचे कूद पड़ा। पादरी कुछ उच्चारण करने लगे। मैजिस्ट्रेट और जेलर ने टोपियाँ उतार लीं। हठात् तख़्ती खींच ली गई, और उनका विवश शरीर शून्य में झूलने और छटपटाने लगा। पर थोड़ी ही देर में आवेग शान्त हो गया !!

× × ×

इस घटना के आध घण्टा बाद वही पूर्व-परिचित भद्र पुरुष (?) लपके हुए, सती की कुटिया पर गए। द्वार खुले थे। भीतर दोनों बच्चे बेतहाशा रो रहे थे, और उनकी माता रसोई के कमरे में एक रस्सी के सहारे निर्जीव लटक रही थी !!!

सन् ५७ में दिल्ली के लाल दिन !!!

[ले० श्री० ख्वाजा हसन निज़ामी, देहलवी]

बादशाह के बेटों का क़त्ल

मुन्शी ज़काउल्ला साहब का बयान है कि बादशाह की गिरफ़्तारी के दूसरे दिन मुन्शी रज्जबअली और मिरज़ा इलाहीबख़्श ने ख़बर दी कि मिरज़ा मुग़ल और मिरज़ा ख़िज़र सुलतान और मिरज़ा अबूबकर, बादशाह के दो बेटे और एक पोते भी मक़बरे-हुमायूँ में मौजूद हैं। और ये वही हैं, जिन्होंने क़िले में अङ्गरेज़ औरतों और बच्चों के क़त्ल में हिस्सा लिया था।

मेजर हडसन का ख़ून इस ख़बर से जोश में आ गया और वह जनरल विलसन से इजाज़त लेकर शाहज़ादों के क़त्ल के लिए रवाना हुआ। मेकडॉनल्ड साहब भी हडसन के साथ थे आज हडसन ने ५० सवारों की जगह १०० सवार साथ लिए थे और मुन्शी रज्जबअली और मिरज़ा इलाहीबख़्श दोनों जासूस भी साथ थे।

तीनों शाहज़ादे, मिरज़ा मुग़ल और मिरज़ा ख़िज़र सुलतान और मिरज़ा अबूबकर मक़बरे के अन्दर थे। हडसन बाहर खड़ा हो गया, और शाहज़ादों के पास इत्तला भेजी कि मैं आपको गिरफ़्तार करने आया हूँ। मगर चूँकि शाहज़ादों के साथ बहुत से जङ्गजू आदमी भी थे, इसलिए वह जमैयत भी ज़्यादा लाया था और अन्दर जाने की जुर्रत भी न कर सकता था।

शाहज़ादों ने अपने बाप की तरह दो घण्टे तक यही हुज्जत की कि अगर हमारी जानों की ज़िम्मेवारी की जाय तो हम आत्म-समर्पण कर सकते हैं, वरना नहीं। मेजर हडसन ने जवाब दिया—मैं आपकी जानों का जवाबदार नहीं हो सकता, क्योंकि मैं जनरल विलसन के मातहत हूँ, और मुझे इन मामलात के अख़्तियारात नहीं। बहादुरशाह से तो मैंने इस वजह से इक़रार कर लिया था कि जनरल विलसन ने मुझको इसके लिए इजाज़त दे दी थी। शाहज़ादों को बिना किसी शर्त के मेरे पास आ जाना चाहिए। इसके बाद देखा जायगा। जनरल विलसन के हाथ सब कुछ अख़्तियार है।

शाहज़ादों ने यह जवाब सुनकर अपने रफ़ीक़ों से सलाह ली और उन सबने कहा कि तैमूरी ख़ानदान के लोग इस तरह मजबूर होकर क़ैद नहीं हुआ करते। तलवार उठाते हैं और लड़ते हैं। फिर या क़िस्मत या

देहली का अन्तिम बादशाह अभागा बहादुरशाह

नसीब का मामला होता है। दाराशिकोह को जब औरङ्गज़ेब ने क़त्ल करना चाहा और क़ातिल क़ैदख़ाने में आए तो दारा तरकारी बनाने की छुरी लेकर खड़ा हो गया और कुछ देर अपने क़ातिलों का मुक़ाबला करता रहा। हमको भी दिलेराना काम करना चाहिए। हडसन और उसके सौ सवारों को हम थोड़ी देर में शिकस्त दे सकते हैं। अव्वल मरना आख़िर मरना,

मरना तो हर हालत में ही है। फिर बहादुरी की मौत क्यों न मरें ?

शाहज़ादों ने भी इस तजवीज़ को पसन्द किया, मगर मिरज़ा इलाहीबख़्श ने फिर नसीहत का दफ़्तर खोल दिया और ऐसे उतार-चढ़ाव शाहज़ादों को दिए कि वे बेचारे लड़ने के ख़्याल से दस्तबर्दार हो गए और मिरज़ा इलाहीबख़्श के हमदर्दाना मशविरे के मुआफ़िक़ तनवे तक़दीर बिना किसी शर्त के हडसन के पास चला जाना क़ुबूल कर लिया। और अपने रफ़ीक़ों को मक़बरे के अन्दर रुख़सत करके हडसन के पास चले आए। जिस वक़्त शाहज़ादे हडसन के सामने आए, उसने इनको ख़ूँख़ार नज़रों से देखा, मगर ख़ामोश खड़ा रहा, और रथों में सवार हो जाने का हुक्म दिया। शाहज़ादे सवार हो गए, तो हडसन इनको मोहासरे में लेकर दिल्ली की तरफ़ रवाना हुआ। और जब दिल्ली १ मील रह गई तो रथों को ठहराया और शाहज़ादों को हुक्म दिया कि रथों से बाहर आ जावें और अपने कपड़े उतार डालें। शाहज़ादों ने यह सुनकर आपस में एक दूसरे को देखा। उनको यह उम्मीद हरगिज़ न थी कि उनको इसी जगह क़त्ल किया जायगा। क्योंकि मिरज़ा इलाहीबख़्श ने इनसे कहा था कि जनरल विलसन के अख़्तियार में यह फ़ैसला है, और जनरल से जिस वक़्त सिफ़ारिश की जायगी, तो वह बादशाह की तरह तुमको भी जान की अमान दे देगा। हडसन साहब को न अमान देने का अख़्तियार है न क़त्ल करने का, मगर जिस वक़्त हडसन ने इनको रथों से बाहर आने और कपड़े उतारने का हुक्म दिया तो वे इसकी वजह को बिलकुल नहीं समझे और एक दूसरे को हैरत और ताज्जुब से देखने लगे। आख़िर वे रथों से उतरे और ऊपर के लिबासे-शहज़ादगी को जिस्म से जुदा कर दिया और हडसन को देखने लगे कि अब क्या कहना चाहता है। उनको ख़्याल था कि शायद यहाँ से वह हमको क़ैद करके पैदल ले जाना चाहता है। यह बात तो उनके ख़्वाबो-ख़्याल में भी न थी कि हम इसी जगह क़त्ल किए जावेंगे। हडसन ने जब इनको लिबास-शहज़ादगी उतारे हुए खड़ा देखा तो वह ग़ुस्से से दीवाना हो गया और उसने एक सवार से भरी हुई कड़ाबीन माँगी और उसको हाथ में लेकर तड़ातड़ तीन फ़ायर किए। गोलियाँ शाहज़ादों के सीनों में लगीं—और वे हाय! धोखा! कहकर धूल में लोटने लगे और कुछ देर बाद ठण्ढे हो गए। हडसन इनके तड़पने और ख़ाको-ख़ून में लोटने को ख़ुशी के चेहरे से खड़ा देखता रहा और जब वे मर गए तो उनकी लाशों को लेकर कोतवाली पर आया और लाशों को सरे-बाज़ार फाँसी पर एक रात-दिन लटकाए रक्खा।

हडसन का शाहज़ादों का ख़ून पीना

एक रवायत तो शाहज़ादों के क़त्ल की यह थी, जिसको मुन्शी ज़काउल्ला ने अपनी तवारीख़ में लिखा है और दूसरी रवायत और है जो देहली में आम-तौर से मशहूर थी। और मिरज़ा इलाहीबख़्श के एक मुसाहिबे-ख़ास ने, जो मौक़े पर ख़ुद मौजूद था, मेरे वालिद से इसको बयान किया था, और वालिद ने इस क़िस्से को मेरे सामने कहा—और सिर्फ़ एक ही रवायत नहीं, मैंने सदहा आदमियों की ज़बानी एक ही शान से यह वाक़्या सुना है, और किसी बयान में इख़्तलाफ़ नहीं पाया जाता। इस वास्ते मैं इस रवायत को भी दर्ज करता हूँ।

मिरज़ा मुग़ल और मिरज़ा ख़िज़र सुलतान और मिरज़ा अबूबकर भी बहादुरशाह के साथ गिरफ़्तार हुए थे और जब क़ैदी मौजूदा जेलख़ाने के क़रीब पहुँचे तो हडसन साहब ने बादशाह और ज़ीनत महल और जमा-बख़्त की पालकियों को एक तरफ़ ठहरा दिया, और मिरज़ा मुग़ल और मिरज़ा ख़िज़र सुलतान, मिरज़ा अबू-बकर और मिरज़ा अब्दुल्ला चार शाहज़ादों को रथों से उतारा और अपने हाथ से उन्हें क़त्ल करके एक चुल्लू ख़ून का पिया और कहा कि अगर मैं इनका ख़ून न पीता तो मेरा दिमाग़ ख़राब हो जाता, क्योंकि इन लोगों ने मेरी क़ौम की बेकस औरतों और बच्चों के क़त्ल में हिस्सा लिया था और इनके देखने से मेरा ख़ून जोश खाता था। शाहज़ादों के क़त्ल के बाद इनके सर काटे गए और सरों को बादशाह के सामने लाया गया। और हडसन ने कहा कि यह आपकी नज़र है, जो बन्द हो गई थी और जिसको जारी कराने के लिए आपने ग़दर में शिरकत की थी। बहादुरशाह ने जो इन बेटों और जवान पोतों के कटे हुए सर देखे तो हैरत-अङ्गेज़ इस्तक़लाल से उनको देखकर मुँह फेर लिया और कहा--"अलहम्दुलिल्लाह" तैमूर की औलाद ऐसी ही सुर्ख़रू होकर बाप के सामने आया करती थी। इसके

बाद शाहज़ादों की लाशें कोतवाली के सामने लटकाई गईं और सर जेलख़ाने के सामने ख़ूनी दरवाज़े पर लटका दिए गए, जिनको हज़ारों आदमियों ने देखा। यह वही दरवाज़ा है जिस पर दारा का सर भी लटकाया गया था, और अब्दुलरहीम ख़ाँ ख़ानख़ाना के लड़कों के सर भी लटकाए गए थे। और इसी वजह से अब तक इसको ख़ूनी दरवाज़ा कहते हैं।

बादशाह-बेगम ज़ीनत महल

इस दरवाज़े की दीवार ख़ारा के पत्थरों की है, और ख़ारा में लोहे का असर होता है, जो बरसात में अपना सुर्ख़ रङ्ग बहाया करता है। चुनाँचे इसकी दीवार पर अब तक सुर्ख़ धब्बे पड़े नज़र आते हैं, जिनको देखकर लोग कहते हैं कि यह शाहज़ादों के ख़ून के निशान हैं, जिन्हें ख़ुदा ने क़यामत तक के लिए महफ़ूज़ रक्खा है। लॉर्ड रॉबर्ट, जो बाद में हिन्दोस्तान के कमान्डर इन-चीफ़ हुए और जिनका जङ्ग-यूरोप के ज़माने में इन्तक़ाल हुआ, और जो ग़दर सन् सत्तावन में ख़ुद मौजूद थे, मेजर हडसन के इस फ़ेल की निस्बत लिखते हैं—'हडसन ने यह काम करके अपनी नेकनामी में बट्टा लगा लिया। उसने शाहज़ादों को बे-ज़रूरत मार डाला।'

ज़ख़्मी और बीमारों का क़त्ल

जब जामा मस्जिद पर क़ब्ज़ा हो गया तो ख़बर आई कि बाग़ियों का कैम्प बिलकुल ख़ाली पड़ा है। लेफ़्टिनेण्ट हडसन सवार लेकर दौड़े गए और कैम्प पर क़ब्ज़ा कर लिया। बाग़ी ऐसी घबराहट में गए थे कि इनकी गीली धोतियाँ अलगनियों पर फैली हुई थीं और उनको उतारने की फ़ुर्सत भी न मिली थी। कैम्प में जिस क़दर ज़ख़्मी और बीमार पाए गए, उनको क़त्ल कर दिया गया। और यहाँ से कपड़े, गोली-बारूद बकसरत दस्तयाब हुए।

वेड साहब की दरख़्वास्त पर जनरल विलसन ने मेगज़ीन की तरफ़ से क़िले पर हमला करने के लिए एक कॉलम भेजा। होम साहब ने बारूद से क़िले का दरवाज़ा उड़ाया और फ़ौज नारे लगाती हुई अन्दर दाख़िल हुई। क़िले के छत्ते में बाग़ियों का अस्पताल था, और वहाँ वे ज़ख़्मी पड़े हुए थे, जो अपनी पलटनों के साथ जा नहीं सकते थे। अङ्गरेज़ी सिपाह ने अपनी गोलियों से उनके ज़ख़्मों का इलाज कर दिया! और भी कई ऐसी घटनाएँ बीमारों के क़त्ल की पाई जाती हैं, जिनको पढ़कर अफ़सोस होता है कि बाग़ियों की हरकत कैसी ही नाशाइस्ता और ज़ालिमाना हो, फिर भी अङ्गरेज़ों की सम्माननीय क़ौम को इस क़िस्म की वहशियाना शफ़ाक़ी से एहतियात करना चाहिए था।

बीमारों और ज़ख़्मियों का क़त्ल करना ऐसा ही ख़ौफ़नाक जुर्म है, जैसा औरतों और बच्चों का हलाक करना। कोई भी शख़्स बाग़ियों को मलामत करने से ख़ामोश नहीं है, क्योंकि उन्होंने बेगुनाह औरतों और बच्चों को मारा था, मगर अङ्गरेज़ी फ़ौज भी ज़ख़्मियों और बीमारों को हलाक करने के मज़ामत से महफ़ूज़ नहीं रह सकती है। जनरल विलसन का यह उज़्र तस्लीम करने के क़ाबिल नहीं है कि फ़ौज क़ाबू से बाहर थी, और उसके अङ्गरेज़ अफ़सरों को अपनी औरतों या बच्चों की मज़लूमियत याद आती थी। वह जनरल बहुत नाकामयाब होता है जो अपने मातहतों पर अक़्तदार न रखता हो, और जिसको इतना अख़्तियार भी न हो कि वह ख़िलाफ़-तहज़ीब व ख़िलाफ़-इन्सानियत मज़ालिम शदीद से मातहतों को रोक सके। यक़ीनन् जनरल विलसन और सब अङ्गरेज़ जोशे-इन्तक़ाम में भूल गए थे कि

बीमारों और ज़ख़्मियों का क़त्ल करना वहशियाना व ज़ालिमाना ख़ता है ।

कूचा चेलान की मुसीबत

देहली के तमाम मुहल्ले से ज़्यादा चेलों के कूचे पर मुसीबत आई थी । इस मुहल्ले में बड़े-बड़े शरीफ़ और नामवर उलमा रहते थे । मौलाना शाह वलीअल्ला व शाह अब्दुलअज़ीज़ मुहद्दस देहलवी का घराना इसी मुहल्ले में आबाद था । सर सैयद अहमद ख़ाँ का घर भी इसी मुहल्ले में था । मौलाना सुभानी भी इसी मुहल्ले में रहते थे । ग़रज़ यह मुहल्ला बड़े-बड़े साहबे-कमाल लोगों का मख़ज़न था । मुन्शी ज़काउल्ला साहब भी इसी मुहल्ले के बाशिन्दा थे, और अब भी इनके लड़के इसी मुहल्ले में आबाद हैं । मगर ग़दर के वक्त मुन्शी साहब शहर के बाहर चले गए थे । और सर सैयद भी अपने कुनबे समेत दिल्ली में न थे । मुन्शी ज़काउल्ला साहब लिखते हैं, इस मुसीबत-ख़ास का सबब यह हुआ कि नवाब शमशेरजङ्ग ख़ाँ के बेटे मुहम्मदअली ख़ाँ और हकीम फ़तहउल्ला ख़ाँ ने किसी अङ्गरेज़ी सिपाही को ज़ख्मी कर दिया था, क्योंकि वह उनके जनाने मकान में बुरे इरादे से जाना चाहता था । इसकी ख़बर अङ्गरेज़ी कमान अफ़सर को हुई तो उसने हुक्म दिया कि इस कूचे के तमाम मर्दों को क़त्ल कर दो या गिरफ़्तार करके ले आओ ! इस हुक्म की तामील ऐसी बेदर्दी से हुई कि मुहल्ले में कोई मर्द ज़िन्दा न बचा ! या तो सिपाहियों ने घरों में घुसकर मार डाला या गिरफ़्तार करके हाकिम के सामने ले गए । जिन्हें देखकर हाकिम ने हुक्म दिया कि जमना के किनारे ले जाकर गोली मार दो । चुनाँचे ऐसा ही किया गया । इन लोगों को रस्सी से बाँधा गया । दरिया की रेती में क़तार बनाकर खड़ा किया गया और गोलियों की बाढ़ इन पर चलाई गई !! इससे सब मर कर गिर पड़े । सिर्फ़ दो आदमी ज़िन्दा बचे, जिनके गोली न लगी थी । जब सिपाही गोलियाँ मार कर चले गए तब ये दोनों उठकर भागे । इनमें एक मिर्ज़ा मुस्तफ़ा बेग थे जो बाद में रिसाले में नौकर हो गए थे । दूसरे मौलाना सुभानी के दामाद और भाञ्जे वज़ीरुद्दीन थे, जो बाद में कानपुर जजी के सरिश्तेदार हो गए थे !

इन मक़तूलों (मारे हुए) में हिन्दोस्तान के दो चाँद-सूरज भी थे । एक मौलाना सुभानी, जिनकी फ़ारसीदानी तमाम हिन्दोस्तान में मुसल्लिम थी, और इनसे ज़्यादा फ़ारसी इल्म का जानने वाला तमाम मुल्क में कोई न था । मिरज़ा ग़ालिब के रुक़्क़ात में इनका बड़े दर्द-अङ्गेज़ अल्फ़ाज़ में ज़िक्र है । और ग़ालिब इनकी लियाक़त के बड़े क़द्रदाँ थे । मुफ़्ती सरुद्दीन आज़ाद ने मौलाना सुभानी के क़त्ल की ख़बर सुनी तो शेर कहा—

क्योंकर आज़ुर्दा निकल जाए न सौदाई हो ।
क़त्ल इस तरह से बेजुर्म जो सुभानी हो ।

क़त्ल कियों में दूसरे नामवर शख़्स सैयद मुहम्मद-अमीर उर्फ़ मीर पञ्जेकश थे, जिनकी ख़ुशनवीसी का लोहा तमाम हिन्दुस्तान मानता था । और इनके हाथ के लिखे हुए हरूफ़ सोने-चाँदी के एवज़ ख़रीदे जाते थे । वह भिखारी फ़क़ीरों को एक हरूफ़ लिख कर देते थे, जो एक रुपए के नोट की तरह हर जगह रुपए को बिक जाता था । अफ़सोस कि यह साहब-कमाल भी दरिया की रेती में मारा गया ! चेलों के कूचे वाले जो दरिया की रेती में बे-ख़ता हलाक किए गए उनकी तादाद का सही इल्म किसी को नहीं, मगर अन्दाज़ा इससे हो सकता है कि सिर्फ़ मौलाना सुभानी के कुनबे के २१ आदमी इस क़तार में मारे गए ! तो ज़ाहिर है कि एक शख़्स के ही हमराह २१ थे तो बाक़ी बड़े आदमियों के साथ कितने-कितने होंगे ?

दिल्ली में ग़दर के दिनों में कितने आदमी गोली से मारे गए, यह ठीक अन्दाज करना कठिन है । लॉर्ड रॉबर्ट लिखते हैं—"हम सुबह को लाहौरी दरवाज़े से चाँदनी चौक में गए तो हमको शहर हक़ीक़त में मुर्दों का शहर नज़र आता था । कोई आवाज़ सिवाय हमारे घोड़ों की टापों के सुनाई नहीं देती थी । कोई ज़िन्दा आदमी नज़र नहीं आया । सब तरफ़ मुर्दों का बिछौना बिछा हुआ था, जिसमें बहुत से सिसक रहे थे । हम चल रहे थे तो बहुत आहिस्ता-आहिस्ता बात करते थे । ख़ौफ़ था कि हमारी आवाज़ से मुर्दे चौंक न पड़ें । इस बात के देखने से कि एक तरफ़ मुर्दे की लाशों को कुत्ते खा रहे हैं और दूसरी तरफ़ लाशों के आस-पास गिद्ध जमा हैं, जो उनके गोश्त को नोच-नोच कर मज़े से खा रहे हैं और हमारी आमद की आवाज़ से उड़-उड़ कर थोड़े फ़ासले पर जा बैठते हैं, हमको बड़ी इबरत होती थी और हमारा दिल रञ्जूर हो जाता था । बहुत

से मुर्दे ऐसे पड़े थे मानो वे ज़िन्दा हैं। बाज़ों के हाथ ऊपर को उठे हुए थे, मानो वे किसी की तरफ़ इशारा कर रहे हैं। जैसे हमें उन्हें देखकर डर लगता था वैसे ही हमारे घोड़े उन्हें देखकर बिदकते थे और हिनहिनाते थे। मुर्दों की लाशें पड़ी सड़ती थीं। उनकी बदबू से हवा में बीमार करने का असर हो गया था।" इसी तरह एक और रहमदिल अङ्गरेज़ ने निहायत सादे अलफ़ाज़ में लिखा था :—

"दिल्ली के बाशिन्दे अगर सब नहीं, मगर आधे बेक़ुसूर शहर के चारों तरफ़ देहात व जङ्गलों में मर रहे हैं।" लॉर्ड रॉबर्ट जङ्गी आदमी थे। मगर उन्होंने शायरों की तरह ऐसा सही और दर्दनाक दिल्ली के बाज़ार का नज़ारा लिख कर पेश किया है जिसे पढ़कर कलेजा हिल जाता है, और मालूम होता है कि दिल्ली में इस शिद्दत से लोग मारे गए थे कि बाज़ार लाशों से भरे पड़े थे !!

बीमार की फाँसी

बादशाह के भाई मिरज़ा बाबर का लड़का मिरज़ा काले मुख़बरों में नौकर हो गया था। उसने अपने ख़ानदान वालों पर ऐसे-ऐसे ज़ुल्म कराए कि जिनके सुनने से बदन के रोंगटे खड़े होते हैं। वह अपनी कारगुज़ारी दिखाने को ऐसे-ऐसे झूठ बोलता था, जिनका कुछ भी सर-पैर न होता था। मामूली शाहज़ादों को गिरफ़्तार कराता और उनसे कह देता कि साहब के सामने जाकर कह देना कि हम बादशाह के क़रीबी रिश्तेदार हैं। ऐसा कहने से तुम्हें बादशाह के साथ रक्खा जायगा और तुम्हारी पेन्शन मुक़र्रर हो जायगी। दूसरी तरफ़ हुक्काम से जाकर कहता कि मैंने फ़लाँ शाहज़ादे को गिरफ़्तार कराया है, जो बादशाह का क़रीबी रिश्तेदार है और जिसने ग़दर में बड़े-बड़े काम अङ्गरेज़ों के ख़िलाफ़ किए हैं। इन्हें गिरफ़्तार कराना मामूली बात न थी !

हुक्काम इसकी बातों से धोखे में आ जाते थे और बेचारे शाहज़ादों को बेगुनाह फाँसियाँ हो जाती थीं। इन्हीं बेख़ता शाहज़ादों में एक शाहज़ादा मिरज़ा क़ैसर नामी थे, जो बहादुरशाह के दादा शाहआलम के बेटे थे। वे इस क़दर बूढ़े थे कि उनके होश-हवास भी दुरुस्त न थे और कोई शख़्स यह ख़याल भी नहीं कर सकता था कि उन्होंने ग़दर में कोई हिस्सा लिया होगा। मगर मूज़ी अकरब-सिफ़त मुख़बिर ने अङ्गरेज़ हुक्काम को मिरज़ा क़ैसर की तरफ़ से ऐसी-ऐसी बे-सरोपा बातें सुनाईं कि हुक्काम आग-बबूला हो गए और ग़रीब बूढ़े शाहज़ादे को फाँसी दे दी गई। इसी तरह और एक बीमार शाहज़ादा मिरज़ा महमूदशाह थे, जो अकबरशाह के पोते थे और बहुत अर्से से गठिया के मर्ज़ में मुब्तिला थे। ग़दर के ज़माने में बेचारा घर में बे-हसो-हरकत पड़ा रहता था। गठिया के सबब इसके हाथ-पाँव ऐसे जकड़ गए थे कि वह गोला लाठी और गोल-मटोल हो गया था। इस आफ़त-नसीब की शिकायत भी नमक-मिर्च लगाकर मुख़बिर ने हुक्काम से जाकर की। और उसके बयान से मुतास्सिर होकर इन्हें भी फाँसी दे दी गई ! मुन्शी ज़काउल्ला लिखते हैं कि फाँसी पाने के बाद भी मिरज़ा महमूदशाह की लाश गोला लाठी बनी लटकती रही। और जो शख़्स इस लाश को देखता था और इसकी बीमारी का ख़याल करता था, तो रञ्ज व अफ़सोस से बे-अख़्तियार रोने लगता था।

वालियाने-रियासत की फाँसियाँ

देहली की एजेण्टी में सात रियासतें थीं—झझ्झर, पाटौदी, दुजाना, लुहारी, बल्लभगढ़, फ़र्रुख़नगर, बहादुरगढ़, और दादरी।

झझ्झर के नवाब अब्दुल रहमान ख़ाँ पर यह जुर्म आयद किया गया कि उन्होंने सर थ्यूफ़िलिस मेटकॉफ़ साहब को पनाह न दी, जबकि वह उनके पास बाग़ियों से भाग कर गए थे और बहादुरशाह को अर्ज़ियाँ भेजीं। इसलिए २० अक्टूबर को फ़ौज झझ्झर गई और नवाब साहब को गिरफ़्तार कर लाई। क़िले के दीवाने आम में वे चन्द रोज़ क़ैद रहे। मुक़द्दमा हुआ और आख़िर फाँसी की सज़ा दी गई और रियासत ज़ब्त हुई। बल्लभगढ़ के राजा नाहरसिंह पर यह जुर्म आयद हुआ कि उसने मनरो साहब वकील रेज़िडेन्सी की जान न बचाई, और वे उसके इलाक़े में बाग़ियों के हाथ से मारे गए। नीज़ उसने बादशाह को बहुत सी अर्ज़ियाँ लिखीं। उसे भी फाँसी की सज़ा दी गई और रियासत ज़ब्त की गई। फ़र्रुख़नगर के नवाब अहमदअली ख़ाँ को फाँसी और ज़ब्ती-रियासत की सज़ा मिली।

लुहारी के रईस नवाब अमीनउद्दीन ख़ाँ और नवाब ज़्याउद्दीन ख़ाँ कुछ दिन क़ैद रहे। मुक़द्दमे में कई-कई घण्टे खड़ा रहना पड़ा, आख़िर सर जॉन लॉरेन्स की कोशिश

से रिहाई पाई और रियासत भी बच गई। पाटौदी और दुजाने पर कोई जुर्म आयद नहीं हुआ। बहादुरगढ़, दादरी के रईस बहादुरजङ्ग ख़ाँ फाँसी से तो बच गए, मगर रियासत ज़ब्त हुई और लाहौर में रहने का हुक्म मिला। और हज़ार या ९००) रुपए माहवार पेन्शन मुक़र्रर हुई !

जब झझ्झर, बल्लभगढ़ और फरुख़नगर के रईसों को फाँसियाँ दी जातीं तो शहर के सब दरवाज़े बन्द हो जाते, तीसरे पहर का वक्त होता, फ़ौज बाजा बजाती हुई आती और फाँसी-घर के सामने आकर ठहर जाती। फिर क़िले से फाँसी पाने वाले मुजरिम को एक कराँची (बैलगाड़ी) में लाया जाता, जिसके गिर्द कटहरा न होता था, मुजरिम के हाथ पीठ की तरफ़ बँधे होते थे। कोतवाली के चारों तरफ़ अङ्गरेज़ तमाशाई जमा होते थे। जब फाँसी का तख़्ता खींचा जाता तो तमाशाई हँसते। इसके बाद लाश औंधे मुँह कराँची में डाल दी जाती और शहर के बाहर किसी जगह दफ़न करने को भेज दी जाती थी !!

फाँसी पाने वालों की कई क़िस्में थीं। एक तो वे लोग थे जो बादशाह से ताल्लुक़-ख़ास रखते थे या उनके नौकर थे और उन्होंने क़िले के क़त्ल किए औरतों और बच्चों के क़त्ल में हिस्सा लिया था और दूसरे वे थे, जिन्होंने जेहाद के नाम से लड़ाई में हिस्सा लिया था और अब मस्जिदों में बीमार या ज़ख़्मी पड़े थे। तीसरे वे थे जिन्होंने मेगज़ीन में अङ्गरेज़ों को दिक़ किया था। चौथे बाग़ी सिपाही थे, जो छिपे-छिपाए कहीं न कहीं से मिल जाते थे। पाँचवें अजमेरी दरवाज़े के मुसलमान मोची थे जिन्होंने मेकटॉफ़ साहब पर बाँसों से हमला किया था, जबकि वे बाग़ियों से भाग कर अजमेरी दरवाज़े की तरफ़ से शहर के बाहर जाना चाहते थे। छठवें बाती और गूजर थे, जिन्होंने चारों तरफ़ लूट मचा रक्खी थी। कोतवाली चाँदनी चौक के सामने एक हौज़ था, जो अब बन्द हो गया है। उसके तीन तरफ़ फाँसियाँ गड़ी हुई थीं।

फाँसी देने के वक्त एक बात बहुत नामुनासिब पाई जाती थी कि फाँसी पाने वालों की एक क़तार लाकर खड़ी की जाती थी, उसमें से आधे लटका दिए जाते और आधे खड़े हुए देखते रहते कि इसके बाद हमारा नम्बर आएगा ! सभ्य जातियों में यह बात बहुत अनुचित और दोषपूर्ण समझी जाती है। देहली के बाज़ शरीफ़ लोग अलवर रियासत में बड़े-बड़े ओहदों पर थे। जब देहली में गिरफ़्तारियाँ और क़त्लकारियाँ हुईं तो सैकड़ों भले आदमी भाग-भाग कर अलवर पहुँचे। उनका ख़्याल था कि अलवर में हमें पनाह मिल जायगी। मगर ग़ुलाम फ़ख़रुद्दीन ख़ाँ जासूस मौत का फ़रिश्ता बनकर अलवर पहुँचा और एक-एक को चुनकर गिरफ़्तार कर लाया। कुछ तो गुड़गाँव के मैजिस्ट्रेट के हुक्म से रास्ते में दरख़्तों पर लटका दिए गए और बाक़ी देहली लाए गए और यहाँ उन्हें फाँसियाँ दी गईं !!

तवारीख़े-हिन्द में लिखा है कि जिस वक्त अलवर के क़ैदी पकड़े गए और उनको फाँसी का हुक्म दिया गया और उनकी फाँसी का वक्त आया तो क़ैदियों में से ४ जवानों की बूढ़ी माताएँ भी उनकी मौत का तमाशा देखने आ गईं। ये जवान ज़र्क़-बर्क़ कपड़े पहने हुए थे। सिर पर रेशमी और ज़री के सीले बँधे हुए थे। पैरों में टाटबाफ़ी जूतियाँ, चुस्त अँगरखे, चौड़े सीने, गोरे-गोरे चेहरे ! जिस वक्त भङ्गियों ने उन्हें फाँसी के तख़्ते पर खड़ा किया, उनकी बुढ़िया माताओं का ग़म के मारे अजीब हाल था। वे चीख़ें मारती थीं और पछाड़ें खाती थीं और कलेजा पकड़ कर ज़मीन पर लोटी जाती थीं। और उनके बेटे दम-बख़ुद चुपचाप अपनी बूढ़ी माताओं की बेक़रारी देख रहे थे !!!

देखते-देखते तख़्ता खिच गया और वे मौत के फन्दे में लटकने लगे। इस दिन भङ्गी निहाल हो गया था, क्योंकि ज़री-सीलों और टाटबाफ़ी जूतियों का एक अम्बार साथ ले गया था।

देहली में एक रईस नवाब मुहम्मदहसन ख़ाँ नामी थे। इन्होंने एक मेम को अपने घर में पनाह देने की नेकी के साथ एक बुराई यह की कि उसके साथ व्यभिचार किया जिससे उसे हमल हो गया। इस जुर्म में इन्हें भी फाँसी दी गई, मगर मेम ने यह शराफ़त बर्ती कि नवाब साहब की बीबी के माल-असबाब को लूट से बचा दिया, और अपने पास से भी नक़दी देकर गुज़ारे का सामान कर दिया।

सर जॉन लॉरेन्स की जीवनी में लिखा है कि जिस जगह फाँसियाँ दी जाती थीं, वहाँ एक देशी दूकानदार कुर्सियाँ बिछाता था, और उन पर अङ्गरेज़ अफ़सर आकर बैठते थे, और दूकानदार को कुर्सियों का किराया

देते थे। वहाँ वे लोग फाँसी का तमाशा देखते, चुरुट पीते और मरने की आख़िरी सैर करते थे। अगर कोई मेम उधर से गुज़रती और वह फाँसी का नज़ारा न देख सकती तो टोपी से अपनी आँखों पर आड़ कर लेती थी। मुसलमानों के लिए एक जुर्म यह भी था कि इनकी शान सिपाहियाना है या नहीं। अगर सिपाहियाना होती तो फाँसी देने का एक सबब यही हो जाता था !!

एक रोज़ १२ मुसलमान गिरफ़्तार होकर आए, उनका कोई जुर्म साबित न हुआ। पर इस ख़ता पर ही उन्हें फाँसी दे दी गई कि उनकी सूरत सिपाहियाना है, और वे ज़रूर बग़ावत में शरीक हुए होंगे।*

* ख़्वाजा साहब की जागती **क़लमे-तड़प** का यह नमूना है। इस नाम की ख़्वाजा साहब की लगभग ३०० पृष्ठ की एक पुस्तक, जिसमें ऐसी घटनाएँ बेशुमार हैं, शीघ्र ही 'चाँद' कार्यालय से प्रकाशित होगी।

—सम्पादक

खुदीराम बोस

[ले० श्री० शारदाप्रसाद जी भण्डारी]

विप्लववादियों के इतिहास का श्रीगणेश मुज़फ़्फ़रपुर के लोमहर्षण हत्याकाण्ड ही से हुआ था। यह घटना मुज़फ़्फ़रपुर में पहले-पहल ३० अप्रैल १९०८ को हुई थी। उसी समय क्रमशः उत्तेजना का एक स्रोत बहना प्रारम्भ हो गया था।

किसी दिन यही स्रोत प्रबल उच्छ्वास में बाँध तोड़कर ज्वालामुखी के सदृश अनल-वर्षा करके आत्म-प्रकाश करेगा, यह कौन जानता था ?

श्री० किंग्सफ़ोर्ड साहब ने कलकत्ते में प्रधान प्रेज़िडेन्सी मैजिस्ट्रेट के कार्यकाल में विप्लव-वादियों के कतिपय नवयुवकों को राजद्रोहात्मक लेख लिखने के कारण दण्ड दिया था। आपकी बदली कलकत्ते से मुज़फ़्फ़रपुर हुई थी। आप यहाँ ज़िला-जज बनकर आए थे। आपकी ही हत्या के निमित्त श्री० प्रफुल्लकुमार चाकी और श्री० खुदीराम बोस नामक दो नवयुवक कलकत्ते से मुज़फ़्फ़रपुर भेजे गए थे।

उपर्युक्त दोनों युवक मुज़फ़्फ़रपुर आए और स्टेशन के समीपवर्ती धर्मशाले में जा टिके। वे लोग यहाँ १०-१२ दिनों तक रहे और बम मारने का उपयुक्त अवसर ढूँढ़ने लगे।

मुज़फ़्फ़रपुर में गोरे साहबों का एक क्लब है, जिसके समीप ही ज़िला-जज श्री० किंग्सफ़ोर्ड साहब की कोठी थी। कलकत्ते के पुलिस-अधिकारियों को इस षड्यन्त्र की ख़बर लग चुकी थी, जिसके फल-स्वरूप कलकत्ते के पुलिस-कमिश्नर ने मुज़फ़्फ़रपुर के पुलिस सुपरिन्टेण्डेन्ट को २० अप्रैल, १९०८ को श्री० किंग्सफ़ोर्ड साहब की रक्षा का प्रबन्ध करने के लिए लिखा था। उसके बाद ही दो सशस्त्र पुलिसों का पहरा श्री० किंग्सफ़ोर्ड साहब की रक्षा के लिए पड़ने लगा।

क्लब में सायङ्काल प्रायः सभी गोरे हाकिम मिलते हैं, यह देखकर ही उन दोनों ने श्री० किंग्स-फ़ोर्ड साहब की हत्या का समय वही उपयुक्त समझा। उन दोनों ने यह सोचा था कि जब साहब गाड़ी पर चढ़कर घर जाने लगेंगे तो उसी समय बम फेंकना ठीक होगा।

श्री० किंग्सफ़ोर्ड साहब जिस फ़िटिन पर चढ़कर निकलते थे, उसी रङ्ग और काट की गाड़ी स्थानीय अङ्गरेज़ वकील श्री० पी० केनेडी

की भी थी। पर इसकी ख़बर चाकी और खुदीराम को न थी। उन दोनों ने तो यह पता लगा लिया था कि किंग्सफ़ोर्ड साहब अमुक रङ्ग की फ़िटिन तथा अमुक रङ्ग के घोड़ों पर चढ़कर अमुक समय क्लब जाते हैं और वापस आते हैं।

३० अप्रैल, १९०८ की बात है। अँधेरी रात थी। समय साढ़े आठ का था। उसी समय प्रफुल्ल चाकी और खुदीराम बोस क्लब के फाटक पर स्थित वृक्षों की ओट में खड़े हो गए। अभाग्यवश केनेडी साहब की स्त्री और लड़की फ़िटन पर चढ़ कर घर की ओर चलीं। किंग्सफ़ोर्ड साहब के भाग्य अच्छे थे। गाड़ी जैसे बाहर आई, ठीक उसी समय बम फेंका गया। ज़ोरों का धड़ाका हुआ और गाड़ी चूरचूर हो गई।

दोनों महिलाओं को बडी चोट आई। साईस तो वहीं बेसुध हो गिर गया। कुमारी केनेडी तो एक घण्टे के बाद ही मर गईं और केनेडी साहब की स्त्री की मृत्यु २ री मई को हुई।

इधर दोनों नवयुवक भाग निकले। शहर में यह ख़बर बिजली की तरह दौड़ गई। श्री० किंग्सफ़ोर्ड साहब की शरीर-रक्षा के निमित्त जो दो सशस्त्र पुलिस के सिपाही रक्खे जाते थे, उस दिन तहसीलदार ख़ाँ और फ़ैज़ुद्दीन का पहरा था।

उन दोनों ने श्री० खुदीराम बोस और प्रफुल्ल चाकी को सायङ्काल क्लब के सामने वाली सड़क पर घूमते हुए देखा था और उन दोनों से चले जाने को भी कहा था।

थोडी देर बाद धमाका का शब्द सुनते ही तहसीलदार ख़ाँ आगे बढ़ा और दोनों महिलाओं को ज़ख़्मी देखकर थाने में इसकी रिपोर्ट की। उसने उन दोनों (खुदीराम और चाकी) को भागते भी देखा था।

* * *

शहर चारों ओर से घेर लिया गया। उधर खुदीराम और चाकी भाग निकले। रातोंरात खुदीराम २५ मील पैदल चलकर बैनीगाँव में पहुँच गया और चाकी भागता-भागता समस्ती-पुर जा पहुँचा। खुदीराम और चाकी के हुलिए की ख़बर चारों ओर दे दी गई थी और पकड़ने का वारण्ट भी निकाला जा चुका था।

खुदीराम बोस एक मोदी की दूकान पर १ ली मई, १९०८ को फ़तहसिंह तथा शिवप्रसाद सिंह कॉन्स्टिबलों द्वारा पकड़ा गया। जिस समय वह पकड़ा गया, उस समय उसके पास एक बड़ा

वीर युवक खुदीराम बोस

ख़ाली तथा एक छोटा भरा हुआ पिस्तौल निकला और ३० कारतूस मिले। बैनी से बोस रेल द्वारा मुज़फ़्फ़रपुर लाया गया। उस समय स्टेशन पर उसके दर्शनों के लिए सारा शहर उमड़ पड़ा था।

जब वह स्टेशन पर उतरा तो प्रफुल्ल-वदन था और थी उसके मुख पर हास्य की मधुमयी रेखा। उस समय मुज़फ़्फ़रपुर के ज़िला-मैजिस्ट्रेट

श्री० एच० सी० उडमैन साहब थे। उनसे खुदीराम ने बड़ी वीरता से कहा था :—

"मैंने स्वयं ही बम फेंक कर हत्या की है।"

* * *

उधर प्रफुल्ल चाकी भागता हुआ समस्तीपुर जा पहुँचा। स्थानीय श्री० शिवचन्द्र चैटर्जी वकील का नाती श्री० नन्दलाल बैनर्जी सिंघभूमि में उन दिनों पुलिस सब-इन्सपेक्टर था। वह छुट्टी में मुज़फ़्फ़रपुर आया था और हत्या के दिन

जेल के कटघरे में खुदीराम बोस

मुज़फ़्फ़रपुर ही में था। वह हत्या के दूसरे दिन अर्थात् १ ली मई १९०८ को नौकरी पर सिंघभूमि जा रहा था, दैवयोग से उसी ट्रेन से प्रफुल्ल चाकी भी कलकत्ते के लिए समस्तीपुर में सवार हुआ। नन्दलाल मुज़फ़्फ़रपुर में की गई कल की हत्या का समाचार सुन हो चुका था, इसलिए समस्तीपुर में चाकी को गाड़ी में सवार होते देख उसके कान खड़े हो गए।

नन्दलाल चाकी से बातें करने का बहाना ढूँढ़ने लगा, यह चाकी को बहुत अखरा। वह उस गाड़ी से उतरकर दूसरे डिब्बे में जा बैठा। इधर नन्दलाल ने चाकी के हुलिए की ख़बर तार द्वारा मुज़फ़्फ़रपुर दे दी और मुकामा में चाकी को पकड़ने का उसे एक तार मिला। मुकामा पहुँचने पर नन्दलाल ने चाकी से कहा कि मैं आपको सन्देह पर गिरफ़्तार करने आया हूँ।

वह प्लेटफ़ार्म पर पकड़ा गया। चाकी ने एक पर पिस्तौल चलाया, पर निशाना ख़ाली गया। अन्त में अन्य उपाय न देखकर प्रफुल्लकुमार ने रिवॉल्वर से आत्मघात कर विप्लववादियों के उच्चतम चरित्र का दिग्दर्शन करा दिया।

* * *

यथासमय खुदीराम बोस पर मुक़दमा चला और इण्डियन पिनलकोड की धारा ३०२ उस पर लगाई गई। वह दौरा सुपुर्द हुआ और स्पेशल जज श्री० कॉर्नडफ़ द्वारा मुक़दमे का विचार हुआ। सरकार की ओर से श्री० मानुक तथा श्री० विनोद मजुमदार पैरवी करने के लिए आए थे।

खुदीराम की ओर से पहले तो एक भी वकील पैरवी करने के लिए तैयार नहीं हुआ था, पर अन्त में श्री० कालीदास बोस तैयार हो गए। उस स्थिति में कालीबाबू ही ऐसे उत्साही सज्जन का काम था, जिन्होंने खुदीराम की ओर से बहस की। मुक़द्मा ८-१० दिनों तक चला। उस समय खुदीराम की अवस्था केवल १७ वर्ष की थी और दूध के दाँत भी पूरे नहीं टूटे थे।

उसे फाँसी की सज़ा मिली। इस फ़ैसले के विरुद्ध माननीय श्री० ब्रेट तथा श्री० रिम्स के इजलास में हाईकोर्ट में अपील हुई।

अपील ८, ९, १३ जुलाई १९०८ को सुनी गई और फाँसी की सज़ा बहाल रही।

इधर खुदीराम बोस बहुत प्रसन्न-वदन था। वह कभी भी उदास नहीं हुआ, क्योंकि उसने तो हथेली पर जान रखकर ही यह खेल खेला था।

फाँसी का दिन ११ अगस्त १९०८ निश्चित हुआ था। खुदीराम ने जेल से श्री० कालीदास बोस से अपनी अन्त्येष्टि क्रिया करने की प्रार्थना की और ज़िला-मैजिस्ट्रेट ने भी यह प्रार्थना मञ्ज़ूर कर ली।

* * *

१० अगस्त १९०८ की बात है। दूसरे दिन खुदीराम को फाँसी होने वाली थी। उसके मृतक-दाह संस्कार का भार कालीबाबू के ऊपर पड़ा था।

बहुतों के मन में विचार-तरङ्गें उठ रही थीं कि प्रभात होते ही खुदीराम बोस की जीवन-लीला समाप्त हो जायगी।

जेल के बाहर पुलिस का कड़ा पहरा था। दर्शनार्थियों की संख्या अवर्णनीय थी।

बन्दी-वेश में खुदीराम बोस

एक हाथ में 'गीता' लेकर खुदीराम फाँसी के तख़्ते पर हँसता-हँसता जा खड़ा हुआ और देखते ही देखते उसके प्राण-पखेरू उड़ गए!

लोग कहते हैं कि उस दिन तपस्वी खुदीराम का दिव्य स्वरूप देखने ही योग्य था। उसके घुँघराले बालों ने प्रशस्त ललाट को ढँक लिया था, अधखुले नेत्रों से मरने पर भी मानो अमृत ढलक रहा था। दृढ़बद्ध ओष्ठ-पुटों में सङ्कल्प की जाग्रत-रेखा फूटी पड़ती थी।

* * *

एक सुसज्जित शय्या पर खुदीराम को शयन करा ललाट पर चन्दन लगा दिया गया और बिछौने के चारों ओर पुष्प-मालाएँ लटका दी गई थीं। उस नूतन वेश में खुदीराम ऐसा मालूम पड़ता था मानो वह एक मधुर हास्य हँस रहा हो! अन्त्येष्टि क्रिया के लिए लोग उसे घाट पर ले चले। सम्मुख सागर-तरङ्गों की तरह नर-मुण्ड दर्शनार्थ उमड़ा आ रहा था। बृहत् जनसमूह खुदीराम का श्मशान-यात्रा में सम्मिलित हुआ था।

* * *

सुन्दर चिता बनाई गई। धू-धू करके चिता जल उठी। कालीबाबू ने ही सुगन्धित पदार्थ, काष्ठ और घृत की आहुति दी।

अस्थि-चूर्ण और भस्म के लिए परस्पर छीना-झपटी होने लगी। कोई सोने की डिब्बी में, कोई चाँदी के और कोई हाथी-दाँत के छोटे-छोटे डिब्बों में वह पुनीत भस्म भर ले गए! एक मुट्ठी भस्म के लिए हज़ारों स्त्री-पुरुष प्रमत्त हो उठे थे।

खुदीराम ने अपनी जान पर खेलकर इस प्रकार भारत-जननी पर अपनी भक्ति-श्रद्धाञ्जलि अर्पित की। भगवान् इस पुण्यात्मा को शान्ति प्रदान करें!

फाँसी की डोर

[रचयिता—प्रोफ़ेसर रामनारायण जी मिश्र, एम० एस्-सी०]

जगत् की नाट्यशाला की नवीना,
जवनिका-रज्जु-सी अनुभूतिहीना।
चिताभस्मावृता, भूतेश-पाली,
विषैली व्यालिनी सी क्रूर काली।
गगन की शृङ्खला की सी निसेनी,
बनी तू मृत्यु की सी शीश-बेनी।

पड़े भव-कूप में अवलोक प्रानी,
दया बढ़कर न प्रभु-उर में समानी।
गिरी वह रज्जु का कर रूप धारण,
अनेकों की हुई भव-नाश-कारण।

कि या तू डोर है जग-सूत्रधर की,
जटा-लट है कि तू चण्डी के वर की?
प्रकट जिससे भयङ्कर शूलधारी,
हुआ गण वीरभद्राकार भारी।
प्रजापति-यज्ञध्वंसक क्रोध-ज्वाला,
जला जिसने सती-प्रण पूर्ण पाला।

फिराकर विश्व का निज चक्र जो नित,
बनाता-तोड़ता घट-पात्र अगणित;
उसी वर कुम्भकाराधीश ही की—
तू है घट काटने की सुतली सी।
कि है कण्ठी किसी गुरु-मन्त्र की तू,
कि है हय-रास साधन-तन्त्र की तू?
निमन्त्रण-पत्रिका है या किसी की,
तड़ित-माला है या तू बेबसी की?

बिछाती पाँवड़े यम लोक-मग में,
कई रूपों में तू आती है जग में।
कभी बन क्रूस आई मोद में तू,
गई ईसा को लेकर गोद में तू।
दिया पहुँचा उसे प्रभु के करों में,
हुई सम्मानिता गिर्जाघरों में।

कभी तू बैठ प्याले के उदर में,
लगी सुक़रात के पावन अधर में।
धरा के पाप-सी, विष-धार बनकर,
बहाकर ले गई तू न्याय का घर।
कभी तलवार की खर धार होकर,
चली थी धर्म से निज हाथ धोकर।
अरब के धर्म का धन बाँटने तू,
लगी पर रहम की जड़ काटने तू।

दिया तूने भुजा अपनी बढ़ा के,
सुयश मन्सूर को ऊँचे चढ़ा के।
न होती तू अगर तो जग भला यों,
हक़ीक़त की हक़ीक़त जानता क्यों?
तुझे यमराज है जब आप थामे,
कहे फिर कौन तेरे कारनामे?
मगर हाँ, तू छकी प्रह्लाद से ही,
विजित हो भक्त के उन्माद से ही।
प्रभा हरि-भक्त की जब जागती है,
तरणि से तम यथा, तू भागती है।

जगत् जब मुक्ति के अघ से अघाकर,
उठेगा आह पश्चात्ताप से भर।
बनेगा उस नगर का मार्गगामी,
जहाँ प्रति वर्ग है स्वच्छन्द स्वामी।
तभी तेरा सदा को नाश होगा,
विमल वाह्यान्तरिक आकाश होगा!

देवी जोन

[ले० श्रीमती विद्यावती जी सहगल]

इस वीराङ्गना का जन्म फ़्रान्स देश में लॉरेन प्रदेश के डुमरिम गाँव में एक गृहस्थ के घर १४१२ ई० में हुआ था। इसके पिता का नाम जेकोयेस आर्क और माता का नाम इसाबेला था। इस वंश के सभी वंशज आर्क की उपाधि से अपने नाम को अलंकृत करते थे, इसीलिए इस देवी का भी पूरा नाम जोन ऑफ़ आर्क है। जोन की माता बड़ी ही धर्मपरायणा थीं। जोन के और भी तीन भाई और एक बहिन थे। उन सब में जोन ही सब से छोटी थी। माता के अनन्य धर्मपरायणा होने के कारण ही बालिका जोन के हृदय में श्रद्धा, दया, भक्ति, क्षमा, सहानुभूति आदि धार्मिक भावों का उदय बाल्यकाल ही में पूर्णतया हो गया था। वह थी तो छोटी, किन्तु उसके कार्यों से इन शुभ गुणों का आभास ख़ूब ही मिलता था। वह अपने देश की दुर्दशा और पराधीनता पर अत्यन्त ही खिन्न रहती थी। यदि गाँव में कोई बीमार पड़ता तो उसका हृदय तुरन्त रो देता था। वह उसके पास पहुँच जाती और आराम होने तक उसकी सेवा करती। इस प्रकार की उदारता और त्याग से उसके भावी जीवन की उज्ज्वलता पहले ही से झलकने लगी थी।

गाँव में कोई स्कूल नहीं था, इसलिए जोन की शिक्षा पठन-पाठन द्वारा कुछ भी नहीं हो पाई। वह निरक्षरा रही। किन्तु ज्यों-ज्यों वह युवावस्था में पदार्पण करती गई, त्यों-त्यों उसके अपूर्व सौन्दर्य और लावण्य की ज्योति ग्रामीण युवकों के चित्त को चकाचौंध करती गई, त्यों-त्यों जोन उदास रहने लगी। उसके चित्त में यौवनोचित संसार-सुख की कल्पना तक नहीं उठती थी। वह सोचती थी—हाय! जिस देश को विदेशी लोग इस प्रकार रौंदते हों, जिसकी सुन्दरता विवर्णता में परिणत हुई जाती हो, और जिसकी प्रजा को चारों ओर से पीड़ित किया जा रहा हो, उस देश की युवतियों का क्या यह कर्त्तव्य है कि वे अपने देश का उद्धार न कर युवकों की तलाश में फिरें, उनकी नपुंसक हास्य-क्रीड़ा में लिप्त रहें और अपनी काम-वासना की तृप्ति में देशहित को स्वाहा करें? कुमारी पवित्र-हृदया जोन ने इन्हीं उच्च भावनाओं के कारण कौमार व्रत की प्रतिज्ञा ली और उसी को आमरण निभाया। माता-पिता ने बहुत चाहा कि वह विवाह कर ले, किन्तु वह टस से मस न हुई। एक युवक ने विश्वास-घात का मुक़दमा भी उसके ऊपर चला दिया, किन्तु जोन अपने व्रत से न डिगी और न्यायाधीश ने भी उसे छोड़ दिया।

उन दिनों फ़्रान्स की हालत बड़ी ही शोचनीय थी। उसका अधिकांश भाग अङ्गरेज़ों के हाथ में चला गया था, किन्तु फ़्रान्स के राजकुमार डफ़िन ने अङ्गरेज़ों के विरुद्ध युद्ध की घोषणा कर दी। उधर हेनरी भी युद्ध करने के लिए तैयार था। युद्ध हो नहीं पाया था कि हेनरी मर गया और उसका लड़का राजा बनाया गया। उस बालक की ओर से उसका चचा बेडफ़ोर्ड राज-काज देखता था। वह बड़ा ही चतुर और शक्तिशाली था। डफ़िन उससे बाज़ी नहीं ले सका और न गृह-कलह के कारण फ़्रान्स ने उसका साथ दिया। सब जगह रैयत और ज़मींदारों में कलह पैदा हो गया था, व्यापार-उद्योग बुरी तरह से विश्रृङ्खल हो रहा था, और फ़्रान्स की अवस्था अत्यन्त ही शोचनीय हो रही थी। उस समय देवी जोन अपनी यौवनावस्था में पदार्पण कर रही थी।

देवी जोन के जीवन में इसी समय सबसे बड़ा परिवर्त्तन उपस्थित हुआ। यद्यपि आधुनिक विज्ञान का विकास उस समय पश्चिम के देशों में नहीं हुआ था, तथापि उन देशों में धार्मिक आस्तिकता इतनी कभी नहीं हुई, जितनी कि पूर्वीय देशों में। वे लोग दैवी शक्ति, देव-दूत का दर्शन, ईश्वर की वाणी का श्रवण आदि घटनाओं को निरा असत्य या ढकोसला मानते थे। यद्यपि उन दिनों धर्माचार्यों के ढोंग का ठिकाना नहीं था, और पोपों की लीला सोलहो कला से चरितार्थ हो

रही थी, तथापि कोई दैवी अनुग्रह किसी साधारण गृहस्थ को, और उस पर भी किसी बालिका को प्राप्त हो, यह उनके लिए मानना असम्भव था। उन्हें भक्ति का यह रहस्य नहीं मालूम था कि ईश्वर सब जगह मौजूद है और किसी भी काल में किसी जगह वह सच्ची भक्ति से प्रकट हो सकता है। सच पूछिए तो इसी अज्ञान के कारण जोन को प्राण-दण्ड भी मिला।

सच्ची भक्ति के लिए उच्च जाति या पद की ज़रूरत नहीं है। जोन ईश्वर की भक्त थी। उसका समुद्र-सा गम्भीर हृदय भक्ति-रस से परिपूर्ण था और उसकी अन्तरात्मा अपने देश के दुख से दुखी हो रही थी। वह दिन-रात इसी चिन्ता में निमग्न रहती थी कि किस प्रकार फ़्रान्स का उद्धार हो। वह ईश्वर से बराबर यही प्रार्थना करती थी कि हे पिता! इस देश का उद्धार करो। उसके हृदय में ईश्वर का अटल विश्वास था। उस पर फ़्रान्स की दुर्दशा और ईश्वर की आशा, दो ही बातें अङ्कित रहती थीं और वह इसी ध्यान में डूबी रहती थी। हठात् उसको ईश्वर का आशीर्वाद प्राप्त हुआ! एक दिन वह गिरजा के सामने सन्ध्याकाल में इसी प्रकार की भावनाओं में ग़ोते खा रही थी कि उसे एक अलौकिक प्रकाश देखने में आया। उसने सुना—"जोन! तेरा चरित्र पवित्र है, तू भगवान् पर भरोसा कर।" इसी प्रकार की देववाणी और भी उसे दो बार सुनाई पड़ी थी। जब वह चौदह वर्ष की हो चुकी तो उसे दो स्वर्गीय दूत दिव्य वेष में यह कहते हुए मिले—"तू युद्ध में प्रवृत्त हो और देश का उद्धार कर।" जोन ने कहा—"मैं अबला हूँ, किस प्रकार से युद्ध किया जाता है, यह मैं नहीं जानती।" दूत ने उत्तर दिया—"कैथेरिन और मार्गरेट स्वयं तुझे सहायता देंगे।" कहा जाता है कि इस प्रकार और भी उसे ईश्वरीय दूतों का दर्शन हुआ था। कुछ हो, उसके हृदय में आशा और निर्भयता का सञ्चार हुआ। उसने अपनी जन्मभूमि फ़्रान्स के उद्धार का व्रत लिया और इसी के पालन में अपने जीवन की आहुति दे दी!!

जोन को ईश्वर का अनुग्रह प्राप्त हुआ है, उसे देवदूत का दर्शन हुआ है, और स्वर्गीय वाणी का सन्देश मिला है आदि बातें छिपी न रह सकीं। वे क्रमशः लोगों में फैल गईं और वह आश्चर्य की दृष्टि से देखी जाने लगी। उसके पिता को उसके व्रत से बड़ा दुख हुआ। उसने कहा—"जोन अगर तू युद्ध की चर्चा करेगी तो मैं तुझे मार डालूँगा।" किन्तु उसने जन्मभूमि की सेवा के लिए पिता की आज्ञा का ही सादर निरादर करना निश्चय किया। और कोई उपाय न देख उसने अपने चचा से अपना सङ्कल्प कह सुनाया। वह बहुत प्रसन्न हुआ और उसने बेकुलियर्स* के न्यायाधीश के पास जाकर जोन का मनोरथ कह सुनाया। किन्तु न्यायाधीश ने दैवी अनुग्रह पर विश्वास न किया और उसे लौटा दिया। जोन स्वयं उसे साथ लेकर वहाँ गई और अपनी अपूर्व प्रतिभा, अटल विश्वास और दृढ़ सङ्कल्प से हाकिम को विश्वास दिलाया। उसने उसे अपने धर्मगुरु के पास भेज दिया। धर्मगुरु ने परीक्षा ली तो विदित हुआ कि जोन वास्तव में ईश्वरानुग्रहीता है, इसलिए इसका सङ्कल्प पागलपन नहीं, बल्कि सर्वथा उचित और सत्य है। हाकिम ने उसे अपने ड्यूक के पास भेज दिया। ड्यूक भी उसकी तेजस्विता से प्रभावान्वित हुआ और अन्त में उसे राजकुमार डफ़िन से मिलने की आज्ञा मिल गई। जोन को मुँह-माँगी मुराद मिली। वह राजकुमार को ईश्वरीय सन्देश सुना कर उसके हृदय में आशा का सञ्चार करना चाहती थी, और इस प्रकार उसे युद्ध के लिए तैयार कर उसे फ़्रान्स का राजा बनाने की धुन में थी।

राजा के सामने उसके ले जाने की व्यवस्था हो गई। उसकी परीक्षा लेने के लिए राजकुमार साधारण पोशाक में अपने दरबारियों के बीच में जा बैठा था। जोन ने कभी राजकुमार को देखा नहीं था और न वह राजदरबार में कभी आई थी। उस जनाकीर्ण दरबार में निर्भयता से पहुँचकर उसने तुरन्त छद्मवेशी राजकुमार डफ़िन को पहचान लिया और उचित अभिवादन करके बैठ गई। लोगों ने यह देखा तो दङ्ग रह गए। वे समझ गए कि अवश्य यह बालिका देवानुग्रहीता है। यह सब कुछ होने पर भी भावी राजा ने उसे योंही रणक्षेत्र में भेजना उचित नहीं समझा। बड़े-बड़े विद्वानों की समिति बनाई गई और उसमें जोन की परीक्षा ली गई। किन्तु यहाँ भी वह परीक्षा में खरी उतरी। अन्त में राजा ने एक

* बेकुलियर्स में उप विभाग का शासन-कर्त्ता रहता था, जिसमें जोन की जन्मभूमि डुमरिम गांव था। इसी के पास उसका चचा गया था।

लम्बी राजाज्ञा निकाली, जिसका आशय यह था—"राज्य के प्रसिद्ध धर्माचार्य तथा राजनीतिज्ञों ने जोन की परीक्षा ले ली है, और उसमें वह पुनीत-चरित्रा, धर्मपरायणा, निष्ठायुक्त, सरल सत्यवादिनी और ईश्वर की कृपा से युक्त प्रमाणित हुई है। हमें आशा है, उसके हाथों अवश्य फ़्रान्स का उद्धार होगा, यही ईश्वर का आदेश है और उसे पालन करने के लिए जोन आई हुई है। उसके बाह्य और आन्तरिक जीवनी की भी परीक्षा ले ली गई है और उसके जीवन से सम्बन्ध रखने वाली घटनाओं का भी अनुसन्धान कर लिया गया है। किन्तु सभी तरह जोन पवित्रात्मा और ईश्वरानुग्रहीता साबित हुई है, इसलिए हमारी राय है कि वह लड़ाई में भेजी जाय।" राजाज्ञा के निकलते ही फ़्रान्स की प्रजा बहुत ख़ुश हुई और सैनिकों में अपूर्व उत्साह का सञ्चार होगया।

देवी जोन को लड़ाई में भेजने के पहले उसे कुछ युद्ध-शिक्षा देने की व्यवस्था की गई। थोड़े ही दिनों में वह बन्दूक़, तलवार, भाले आदि युद्धास्त्रों की विद्या में निपुण हो गई। इसके बाद उसने महती सेना के साथ अरलिन्स नगर की ओर प्रस्थान किया। यह नगर छः महीने पहले ही अङ्गरेज़ों के अधिकार में आ गया था और यहाँ अङ्गरेज़ों की सुदृढ़ मोर्चेबन्दी थी तथा आस-पास के गाँवों में भी उन्होंने अपनी सत्ता जमा ली थी। जोन की ख्याति धीरे-धीरे देश-भर में फैल चुकी थी। जब उसने अरलिन्स में प्रवेश किया तो फ़्रान्सीसी प्रजा के हृदय में अपूर्व आशा का सूर्य उदय हुआ, किन्तु जोन ने युद्ध के पहले अङ्गरेज़ों के यहाँ दूत भेजना अच्छा समझा। इसके द्वारा जो सन्देशा उसने अङ्गरेज़ों के पास भेजा था वह सर्वथा शिष्टाचार-युक्त था, किन्तु अङ्गरेज़ों ने राजनीति के विरुद्ध उस दूत का असभ्य अपमान किया। उसे पकड़कर बाँध रक्खा और अनेक कष्ट दिए !!

पन्द्रहवीं शताब्दी में, सभ्यता की डींग हाँकने वाली अङ्गरेज़ जाति के इस दुर्व्यवहार के विरुद्ध हमें बारहवीं सदी के भारतीय इतिहास की एक घटना का स्मरण होता है। जब पृथ्वीराज गुजरात के राजा भीम से अपने पितृ-बध का बदला लेने गए तो उन्होंने राजनीति के अनुसार युद्ध के पहले अपने दूत को शत्रु के यहाँ भेजा; चन्दबरदाई पृथ्वीराज का परम चतुर और राजभक्त दरबारी कवि इस काम के लिए उपयुक्त था। पृथ्वीराज ने उसे केवल एक पगड़ी और चोली देकर भेजा था कि वह राजा भीमदेव से इन चीज़ों को लक्ष्य कर यह कहे कि पृथ्वीराज आपसे पिता का बैर लेने आए हैं, यदि आप में शक्ति हो तो इस पगड़ी को बाँध कर युद्ध करिए, नहीं तो यह चोली पहनकर उनकी शरण आइए। चतुर चन्दबरदाई ने इसके अतिरिक्त एक जाल, लोहे की ज़ञ्जीर, कुदाली, दीपक, अङ्कुश और त्रिशूल वग़ैरह भी अपने साथ में ले लिया था। जब उसने राजा का उपरोक्त सन्देश कह सुनाया तो भीमदेव ने पूछा—"अच्छा बताओ, ये चीज़ें क्यों लाए हो?" चन्द ने उत्तर दिया—"यदि आप जल में छिप जाइएगा तो जाल से निकाल लूँगा, अँधेरे में जाइएगा तो दीपक से ढूँढ़ निकालूँगा, बस इसी तरह समझ लीजिए।" इस प्रकार की अनेक तीव्र समालोचना चन्द कवि ने राजा भीमदेव के ख़ास दरबार में की थी, जिससे कि भीमदेव का बहुत-कुछ अपमान होना स्वाभाविक ही था। यदि यहाँ भी यूरोपीय सभ्यता से काम लिया जाता, और विशेषतः उस सभ्यता से, जिससे देवी जोन के दूत से अङ्गरेज़ों ने व्यवहार किया था, तो चन्द कवि की बोटी-बोटी उतार ली जाती और पृथ्वीराज को सर्वदा के लिए उस उज्ज्वल रत्न से हाथ धोना पड़ता। पर यहाँ क्या हुआ? राजा भीमदेव ने राजनीति के अनुसार उचित सम्मान के साथ चन्द को लौटा दिया। इसी का नाम सभ्यता और अन्तर्राष्ट्रीय क़ानून है। अस्तु—

जब देवी जोन को अपने दूत की दुर्दशा की सूचना मिली तो वह बहुत दुखी हुई। उसने समझ लिया, अब युद्ध अनिवार्य है। कुछ दिन तक वह सैनिकों को तैयार करती रही। एक दिन वह थक कर सो रही थी कि एकाएक वह जग पड़ी और "शस्त्र लाओ! तैयार होओ!!" कहकर चिल्लाने लगी। वास्तव में उस समय शत्रु-सेना उसकी सेना पर आक्रमण कर चुकी थी और उसकी सेना भाग रही थी। इस दृश्य ने जोन को बहुत ही दुखी किया, किन्तु उस वीर बाला के बल का थाह न था। उसने अपने अपूर्व उत्साह, आश्चर्य और वीरता भरे शब्दों से अपनी सेना को तुरन्त ही लौटा लिया और शत्रु से घनघोर युद्ध करने लगी। इस विशाल सेना की सञ्चालिका वह स्वयं थी।

जोन के रण-कौशल ने शत्रुओं के दाँत खट्टे कर

दिए। यह युद्ध जैसा घमासान था वैसा ही दीर्घकाल-व्यापी भी था। कई दिनों तक युद्ध होते रहने पर भी जब अङ्गरेज़ नहीं हारे तो फ़्रान्सीसी फ़ौज के सेनानायक डूनियस ने जोन को सन्धि करने की सम्मति दी। वह इस कापुरुष की सलाह से थोड़ी भी सहमत नहीं हुई। उसका एकमात्र ध्येय था "कार्यं वा साधामि देहं वा पातयामि।" उसकी अपूर्व वीरता, अटल सहिष्णुता और अलौकिक रण-चातुरी का पुरस्कार भी अन्त में मिल गया। कई दिन युद्ध होने के बाद फ़्रान्स की सेना विजयी हुई और अङ्गरेज़ी सेनापति भाग गया। इस युद्ध में एक बार वह स्वयं दुर्ग-प्राचीर पर चढ़ गई थी। इस बीच में एक बार किसी अङ्गरेज़ ने अपने वाण से इसका गला बिद्ध कर दिया। वह नीचे गिर पड़ी, किन्तु ज्योंही उसे होश हुआ, त्योंही तुरन्त उसने अपने हाथ से वाण को खींच लिया और ईश्वर से प्रार्थना कर, फिर तुरन्त युद्ध के लिए तैयार हो गई। इसी अदम्य उत्साह का यह फल था कि फ़्रान्सीसियों के निर्बल होने पर भी, राजा के द्वारा थोड़ी सहायता पाने पर भी, सेनापति के द्वारा डराई जाने पर भी वह अरलिन्स नगर के उद्धार में समर्थ हुई। विजय होने पर नगर में एक जुलूस निकाला गया और सबों ने उसको Maid of Orleans अर्थात् "ऑरलिन्स की कुमारी" की उपाधी विभूषित किया।

देवी जोन ऑफ़ आर्क, फ्रेञ्च सम्राट् के राज्यारोहण के समय

विजयिनी बाला ने व्यर्थ समय बरबाद करना उचित न समझा। वह राजकुमार डफ़िन से मिलने के लिए टूर्स गई। राजकुमार ने उसका पूर्ण स्वागत किया। जोन ने राजकुमार से प्रार्थना की कि अभी कई स्थानों में अङ्गरेज़ डटे पड़े हैं, यदि आप मुझे फ़ौज दें तो मैं उन्हें मार भगाऊँ। पर डफ़िन बड़ा कायर था। उसने उसकी वीरता का परिचय पा लिया था, पर उसकी सहायता नहीं की। वह अपने उद्देश्य से कब टलने वाली थी? जब उसने बहुत ही आग्रह किया तो अन्त में राजकुमार ने और भी थोड़ी सी सेना जोन को दे दी। इस बार जार्गो नामक ग्राम से अङ्गरेज़ों को उसने मार भगाया और वोगैंसी पर क़ब्ज़ा कर लिया। इसके बाद उसने पैटे नामक स्थान पर अङ्गरेज़ों से गहरी लड़ाई की और वहाँ भी उसने फ़्रान्स की विजय-वैजयन्ती फहराई। इन युद्धों में कितने ही रण-कुशल अङ्गरेज़ी सेनापति उसके बन्दी हुए और भाग गए। इस प्रकार वह वीराङ्गना विजय पर विजय प्राप्त करती गई और उसने फ़्रान्स का बहुत बड़ा भाग शत्रुओं के हाथ से छुड़ा लिया। अब राजकुमार के राज-तिलक की आयोजना

होने लगी। जोन ने निश्चय किया कि राज्याभिषेक रीम्स नगर में हो, परन्तु वह नगर अभी तक शत्रुओं के हाथ में था। जोन की कीर्त्ति अब देश भर में इतनी फैल गई थी कि राजकुमार जैसे-जैसे रीम्स की ओर बढ़ता गया, मार्ग के सभी स्थान, यहाँ तक कि रीम्स भी बिना किसी युद्ध के उसके अधिकार में आ गया। इस जगह धूमधाम से धर्म-मन्दिर में उसकी गद्दी हुई और जोन का उद्देश्य पूरा हुआ। जोन ने कहा—राजन्, आप ईश्वरेच्छा से सिंहासनासीन हुए, उस जगत्पति का आदेश पूरा हुआ। अब आप धर्मपूर्वक राज्य कीजिए। सारी प्रजा आपकी

देवी जोन ऑफ़ आर्क को क़ैद कर अङ्गरेज़ लिए जा रहे हैं

आज्ञा मानेगी। अब मुझे अपने माता-पिता के साथ जन्मभूमि डुमरिम में ही रहने की आज्ञा दीजिए।

राजा डफ़िन ने, जिसे कि अब सप्तम चार्ल्स की उपाधि मिल गई थी, जोन का आग्रह नहीं माना। उसे अभी कई युद्ध करने थे। वीर बाला इतनी विजय प्राप्त करके राजा की कैसी कृपापात्र हुई होगी, यह कहने की ज़रूरत नहीं। यदि वह अपना स्वार्थ सिद्ध करना चाहती तो उसके लिए कुछ भी दुर्लभ नहीं था, किन्तु उसने कुछ भी नहीं चाहा। इससे उसकी निस्स्वार्थ देश-सेवा का परिचय मिलता है। राजा चार्ल्स ने स्वयं कृतज्ञता-वश उसकी जन्म-भूमि डुमरिम गाँव का कर माफ़ कर दिया। अस्तु—

जोन का उद्देश्य पूर्ण हो चुका था, किन्तु तो भी इच्छा के विरुद्ध राजाज्ञा भङ्ग न हो, इसलिए उसने पेरिस नगर के उद्धार के लिए प्रस्थान किया। फ़्रान्स की सेना कमज़ोर थी और सेनापति घूसख़ोर था। कितने सेनापति जोन की अपूर्व वीरता से जलते थे और समय पर उसे मदद नहीं देते थे। ऐसी स्थिति में यह कब सम्भव था कि जोन अङ्गरेज़ों की शृङ्खलाबद्ध सेना से बाज़ी मारती। पेरिस नगर के युद्ध में कई बार उसकी सेना भाग खड़ी हुई, किन्तु उसने बड़ी ही धीरता से उसको समेट लिया और अपने जान की परवा न कर लड़ती रही। जब विजय की कोई आशा न रही, तब उसके सेनापति ने उसे रणभूमि से बलात् हटा लिया। परन्तु जोन ने युद्ध-क्षेत्र से भागना नहीं सीखा था। वह अन्त तक लड़ती रही और परिणाम यह हुआ कि वह अङ्गरेज़ों के हाथ बन्दी हो गई !!

इस समय से उसका जीवन अत्यन्त सङ्कटपूर्ण हो

गया। अङ्गरेज़ों ने बन्दीगृह में उसे कैसे-कैसे कष्ट दिए, न्याय का कैसा ढोंग रचा गया, वह किस प्रकार न्यायालय में तङ्ग की गई, वह किस प्रकार प्रहारित हुई, और मरण-पर्यन्त कैसी अविचल रही—यह कथा बहुत ही हृदय-विदारक है। इसके विषय में जितना ही कम कहा जाय, उतना ही अच्छा है।

जोन युद्ध में लड़ती हुई क़ैद हुई थी, इसलिए नियमानुसार वह प्राण-दण्ड की भागी नहीं हो सकती थी; किन्तु अङ्गरेज़ों ने उसे मारना निश्चय कर लिया था। उन्होंने इस वीराङ्गना के अलभ्य गुणों का ज़रा भी आदर नहीं किया। वह अङ्गरेज़ों की शत्रु थी, केवल इसी कारण अङ्गरेज़ों के विचार में उसका जीता रहना एक भारी कण्टक था। और किसी भी प्रकार से जोन के पवित्र चरित्र में शत्रुओं तक को कोई छिद्र नहीं मिल सका। बड़े-बड़े जासूस लगाए गए, किन्तु किसी ने उसके विरुद्ध कुछ नहीं कहा। हाँ, प्रशंसा सभी जासूसों ने की। बस एकमात्र अभियोग उस पर यह लगाया गया कि वह धर्म-विरोधिनी है, क्योंकि वह अपने को ईश्वरानुग्रहीता बतलाती है, और इस प्रकार लोगों को ठगती है। उसके ऊपर जादूगरनी, शैतान की शिष्या, धर्मत्यागिनी आदि होने के अपराध लगाए गए। कई महीनों तक विचार का आडम्बर होता रहा। इस विचारालय का ब्योरा यदि पाठक-पाठिकाओं को दिया जाय तो उन्हें मालूम हो जायगा कि न्याय का गला घोटना किसे कहते हैं। वह यथार्थ में सत्यभाषिणी, दयालु, क्षमामूर्ति, देशभक्त और वीर बालिका सभी स्वर्गीय गुणों से सम्पन्न थी। उसको ईश्वर का अनुग्रह भी प्राप्त हुआ था, किन्तु न्याय का प्रहसन करके अङ्गरेज़ों के कृपा-पात्र, देश-द्रोही फ्रान्स के ही रहने वाले कचन ने इसके विरुद्ध उसको विधर्मी, मूर्त्तिपूजक आदि प्रमाणित किया और जो अपने मतलब में आया सो फ़ैसले में लिख दिया और उसे प्राण-दण्ड की आज्ञा दे दी। वह प्राण-दण्ड भी कैसा? जीते जी जला कर मार डालना!

कचन ने न्याय के बहाने देवदूत-दर्शन, ईश्वरानुग्रह-प्राप्ति आदि अलौकिक बातों के विषय में जोन को न्यायालय में कितना तङ्ग किया था, कितने व्यर्थ प्रश्न किए थे, उसे कैसा लाचार कर दिया था, यह सब लिखना व्यर्थ है। वह वीर बाला कदापि अपने व्रत से विचलित नहीं हुई। उसने अपने बयान में एक भी बात झूठ नहीं कही और अनेक लालच देने पर भी सत्य का परित्याग नहीं किया। इस रमणी-रत्न को अङ्गरेज़ यदि चाहते तो प्रतिष्ठापूर्वक आमरण क़ैद रख सकते थे, किन्तु न्याय का प्रहसन कर ऐसी सत्यवादिनी वीर नारी को पाशविक प्राण-दण्ड देकर उन्होंने केवल अपनी जाति की नीचता और निष्ठुरता ही दिखलाई।

३० मई सन् १४३१ ई० को देवी जोन का दाह-दिवस था। उस दिन बध-स्थान में ६ बजे जोन लाई गई। दर्शकों की भीड़ इतनी थी कि कहीं पैर रखने को जगह न थी। जोन को एक खम्भे से जकड़ कर बाँध दिया गया। इस खम्भे के नीचे लकड़ी के कुन्दे और खर इकट्ठे कर दिए गए थे। जोन शान्त चित्त से लोगों से यह कहकर कि आप लोग मेरी आत्म-शान्ति के लिए परमेश्वर से प्रार्थना कीजिए, आप भी हाथ जोड़ कर ईश्वर से प्रार्थना करने लगी। वह निर्निमेष दृष्टि से आकाश की ओर ध्यान लगाए हुए बँधी थी कि लकड़ियों में आग लगा दी गई। पहले तो वह पानी-पानी चिल्लाई, किन्तु पीछे फिर शान्त हो गई और बड़े आनन्द-स्वर में बोल उठी—"अहा! मैं प्रतारित नहीं हुई थी, मैंने सचमुच देववाणी सुनी थी।" बस इतना कहना था कि उस प्रबल ज्वाला में जोन का पञ्चभूतात्मक शरीर धक्-धक् जलने लगा। जब वह बिलकुल निष्प्राण हो गई तो अधिकारियों ने बधिक को आज्ञा दी कि उसके अस्थिपञ्जर फैला दो, ताकि कोई दैवी शक्ति उसे उठा न ले जाय। बधिक ने उस अधजले काले शरीर को फैला कर लोगों को दिखाया और फिर उसी ज्वाला में फेंक दिया। जब आग ठण्ढी हुई तो जोन का कलेजा और अँतड़ियाँ ज्यों की त्यों पाई गईं। अङ्गरेज़ों ने किसी भावी आपत्ति के भय से उन्हें भी सेन नदी में फिकवा दिया।

जब से जोन शत्रु के हाथ बन्दी हुई, तब से फाँसी के दिन तक राजा चार्ल्स ने उसके प्रति जैसी उदासीनता अथवा यों कहिए कि कृतघ्नता प्रकट की, वह किसी प्रकार भी क्षम्य नहीं है। सच पूछिए तो अपने ही घर के किसी विभीषण द्वारा वह अङ्गरेज़ों के हाथ पड़ी थी, फिर भला उसकी जान कैसे बच सकती थी? कृतघ्न चार्ल्स ने उसके उपकार को इतना शीघ्र भुला दिया कि ज़रा भी उसके उद्धार के लिए चेष्टा नहीं की। यह ऐसी

बात है जिस पर लोगों को हैरान ही होना पड़ता है। कुछ हो, उसने जोन के जलाई जाने पर इस महापाप का कुछ अंशों में प्रायश्चित्त कर लिया था।

देवी जोन ने फ़्रान्स की मृतप्राय आत्मा में जो जोश पैदा कर दिया था, वह उसके साथ ही नहीं मर गया। कुछ ही दिनों में फ़्रान्सीसी सरदार आपस का बैर-भाव भूलकर मिल गए और नौ ही दस वर्षों में उन्होंने सारे फ़्रान्स से अङ्गरेज़ों को मार भगाया। परिणाम यह हुआ कि देश में शान्ति स्थापित होगई और लोगों का उन्नति की तरफ़ ध्यान आकृष्ट हुआ। चार्ल्स ने पहले विद्वन्मण्डली बैठाकर यह प्रमाणित किया कि जोन का न्याय जैसा अङ्गरेज़ों ने किया है, वह सरासर झूठ और अन्याय है। वह वास्तव में देवी थी। जहाँ उसको जलाया गया था उस स्थान में उसकी स्मृति में एक विशाल स्तम्भ निर्माण करवाया, (आजकल इस स्तम्भ की जगह पर देवी जोन की प्रभावशालिनी मूर्त्ति स्थापित है और लोग इस स्थान को जोन ऑफ़ आर्क नाम से पुकारते हैं) उसकी वृद्धा माता के लिए अच्छी पेन्शन मुक़र्रर की गई, तथा जिस दिन देवी जोन की मृत्यु हुई थी, उस दिन प्रतिवर्ष उसकी स्मृति में उस स्थान में एक मेले की व्यवस्था की गई, जो आज तक होता है। आज भी सैनिकगण जब जोन की जन्म-भूमि डुमरिमि गाँव में होकर गुज़रते हैं, तो उसकी प्रतिष्ठा में वहाँ सम्मानपूर्वक उसका अभिवादन करते हैं। कुछ दिन बाद ईसाई धर्मगुरुओं ने भी उसके उज्ज्वल जीवन का अनुशीलन कर उस देवी को बड़े आडम्बर के साथ वीरों की गणना में शामिल कर लिया। इससे अधिक सम्मान और हो ही क्या सकता है? देवी जोन चली गई, किन्तु उसका यश यावच्चन्द्रदिवाकर अचल रहेगा!!

डायर

[रचयिता—श्री० 'रसिकेश']

(१)

मनुष्यता-मिस जीवित पशुता—
का यह कैसा भीषण चित्र!
क्रान्ति मचाता हृदय-भवन में,
दिखला कर नर-मेधि सचित्र!!

(२)

रक्त-पिपासित जीवन इसका,
था अति क्रूर महा अपवित्र!
स्मरण करेगा विश्व इसे नित,
था कैसा यह नीच विचित्र!!

(३)

आभारी हम सदा रहेंगे,
जलियाँवाला बाग़ विलोक!
मर कर जीना सीखेंगे हम,
अपने ख़ूनी दाग़ विलोक!!

स्कॉटलैण्ड की रानी मेरी का क़त्ल

[ले० श्री० पीतमसिंह जी, बी० ए०, एल्-एल्० बी०]

[१६ वीं शताब्दी के अन्तिम दिनों में इंग्लैण्ड की गद्दी पर प्रख्यात् रानी एलिज़ाबेथ शासन कर रही थी। उसकी चचेरी और अभागिनी बहिन मेरी उसी समय स्कॉटलैण्ड की गद्दी की अधिकारिणी हुई। दोनों में बड़ा भेद था। एलिज़ाबेथ जैसी बदसूरत थी, मेरी वैसी ही सुन्दरी थी; दूसरे एलिज़ाबेथ जैसी राजनीति-निपुणा और दबदबे की रानी थी, मेरी वैसी ही साधारण, दुर्बल स्त्री-हृदय की महिला थी। तीसरे एलिज़ाबेथ प्रोटेस्टेण्ट और मेरी रोमन-कैथोलिक थी। इन कारणों से दोनों में गूढ़ वैमनस्य था।

रिटज़ियो नामक एक सुन्दर पुरुष से मेरी की बहुत घनिष्ठता थी। कहते हैं, गुप्त प्रेम था। एक दिन विरोधियों ने—जिनका सरदार मेरी की दृष्टि में उसका पति डार्नले था—उसे निर्दयता-पूर्वक मेरी के सम्मुख ही—उसी के कमरे में उसे मार डाला। मेरी को इसका बहुत दुख हुआ और उसने क्रोध में भरकर पति के सन्मुख प्रतिज्ञा की कि इसका बदला बिना लिए मैं शान्त नहीं रहूँगी।

वह इसी घात में रही। इस बीच में बोर्थवेल नामक व्यक्ति से उसकी बहुत घनिष्टता बढ़ गई थी। ठीक ११ महीने बाद एक दिन रात को उसने अपने पति पर बेहद प्रेम प्रकट किया और उसे ख़ूब शराब पिलाई। उसके बाद वह एक भोज में शरीक होने का बहाना करके चल दी। चलती बार उसने कहा—"आज ही के दिन इसी समय गत वर्ष रिटज़ियो का ख़ून किया गया था।" इन शब्दों से डार्नले घबराया! वह सोच ही रहा था कि आज एकाएक इन बातों का क्या अर्थ?

उधर सब कुछ तैयार था। मकान में नीचे बारूद बिछी थी। उसमें तत्काल आग लगा दी गई। धड़ाका हुआ। महल की धज्जियाँ उड़ गईं। अभागा डार्नले ४० गज़ दूर एक पेड़ से जा टकराया, उसका सिर चकना चूर होगया।

इस प्रकार बोर्थवेल की सहायता से यह रोमाञ्चकारी काण्ड हुआ। फिर १५ जून को उनका विवाह भी ख़ूब धूमधाम से हुआ। इस विवाह से प्रजा इतनी नाराज़ हुई कि उसने विद्रोह का झगडा खड़ा कर दिया। मेरी गिरफ्तार कर ली गई और लोचलेवेन के क़िले में क़ैद कर दी गई। वहां से वह मित्रों की सहायता से भागी। इस बार लैंगसाइड पर दोनों दलों में घन-घोर युद्ध हुआ। अभागिनी रानी हारी और एलिज़ाबेथ की शरण में आई। एलिज़ाबेथ ने उसे क़ैद में डाल दिया। वहाँ वह २० वर्ष तक सड़ती रही।

इतने दिन बाद मेरी पर पति को मार डालने का मुक़दमा चला। बोर्थवेल ६ हज़ार गवाह लेकर पैरवी करने आया। सन् १५८६ की १४-१५ अक्टूबर को उसके मुक़दमे पर बिचार हुआ और वह बेदाग़ छूट गई।

फिर उस पर एलिज़ाबेथ के वध करने के षड्यन्त्र का अपराध लगा कर मुक़दमा चलाया गया। यह मुक़दमा लन्दन में चला और अंग्रेज़ जजों ने २५ अक्टूबर को उसे अपराधी कह कर सिर काट डालने की आज्ञा देदी।

पाठक, नीचे की गल्प में इसी अभागिनी रानी के कटु जीवन और उसके अन्त का दर्दनाक दृश्य देखेंगे।

—स०]

किनरौस शायर प्रदेश में ओचिल की हरी-भरी पहाड़ियों से दक्षिण-पूर्व के लगभग १० मील की दूरी पर लोचलेवेन के मनोहर टापू में एक पुराने क़िले के खण्डहर खड़े थे।

अब से ४०० वर्ष प्रथम क़िले के एक महराबदार कक्ष में एक लम्बे क़द की स्त्री बेचैनी से टहल रही थी। बसन्त की सुन्दर सन्ध्या थी। वह बारम्बार कमरे की तङ्ग खिड़कियों से डूबते हुए सूर्य की क्षण-क्षण पर क्षीण होती हुई रोशनी को देख रही थी।

सुन्दरी के दोनों लम्बे हाथ आगे लटके हुए और परस्पर गुँथे हुए थे। उसका मुख सतेज और सुन्दर, किन्तु अत्यन्त पीला था। उसकी सलोनी, गहरी काली

आँखों से चिर-अभ्यस्त उदासी प्रकट हो रही थी। वह भूरे रङ्ग की मख़मल का गाउन पहने हुए थी, जिस पर बढ़िया लेस टकी हुई थी। उसके गले में एक लम्बी मोतियों की माला लटक रही थी, और सफ़ेद अतलस की एक निहायत नफ़ीस टोपी से, उसके सुन्दर बालों से भरपूर, आधा सिर ढका हुआ था।

उसी कमरे में खिड़की के नीचे एक दुबली-पतली दासी बादामी रङ्ग के वस्त्र पहने बैठी हुई तन्मय होकर क़सीदा काढ़ रही थी। इस दासी का नाम मेरी सीडन और उसकी मालकिन स्कॉटलैण्ड की रानी का नाम मेरी स्टुअर्ट था। परन्तु कभी वह रानी रही थी, इस समय तो कई महीनों से वह इस भयानक सुनसान क़िले की दीवारों में बन्दिनी थी। एक वर्ष प्रथम उसने अपने पिता के उत्तराधिकार-पत्र पर अपने शिशु-पुत्र जेम्स के पक्ष में हस्ताक्षर कर दिए थे। ये हस्ताक्षर उसने अपने उन विरोधी सरदारों के दबाव में आकर किए थे, जो न उसके विश्वासी थे और न उसकी हुकूमत ही सहन कर सकते थे!

अर्ल मरे, जो प्रोटेस्टेण्ट था और मेरी का सौतेला भाई था, इस समय राज्य का स्थानापन्न अधिकारी था। उसके और उसकी गुट्ट के हाथ में ही सारी शक्ति थी। फिर भी कुछ हृदय थे, जो अपनी भूतपूर्व युवती महारानी को फिर से अधिकारिणी बनाने के इच्छुक थे।

क़िले का रक्षक सर विलियम डगलस अपने क़ैदी की कड़ी निगरानी रखता था। क़ैदी को किसी प्रकार की भी स्वाधीनता न थी। रानी का करुण अनुनय भी उसे द्रवित नहीं कर सकता था। फिर भी उस अशुभ एकान्त में उसके कुछ मित्र थे। सर डगलस की स्त्री रानी पर बहुत दया-भाव रखती थी और प्यार करती थी। उसका पुत्र जॉर्ज इस सुन्दरी दुखिया रानी के प्रति बहुत-कुछ श्रद्धा-भाव रखता था। वह छिपकर उसकी सहायता करता और उसके छुटकारे के उपाय सोचता और बताता था। परन्तु यह भेद खुल गया और जॉर्ज को दुर्ग त्यागना पड़ा।

दालान में सन्ध्या का धुँधला अन्धकार धीरे-धीरे फैल रहा था। मेरी सीडन ने भुनभुनाते हुए कहा—"अब तो डोरा ही नहीं दीखता" और क़सीदा समाप्त कर दिया। रानी ने भी टहलना बन्द कर दिया। वह श्रान्त-भाव से खिड़की पर पड़ गई।

"ओह! अब तो नहीं सहा जाता–" उसके मुख से कातर-स्वर में निकल पड़ा—"दिन पर दिन, सप्ताह पर सप्ताह व्यतीत हो रहे हैं—वही अशुभ दीवारें, वही सन्नाटा, ये लम्बी-लम्बी नीरस घड़ियाँ, क्या ये कभी समाप्त न होंगी? क्या कभी इनका अन्त न होगा? सीडन, क्या इन दिनों का कभी अन्त न होगा? इन पत्थर की दीवारों में पिंजड़े में बन्द पक्षी की तरह, जहाँ केवल हिलने-डुलने और साँस लेने मात्र को स्थान है"—इतना कहकर उसने दुख से क्षण भर के लिए शरीर को तना दिया, फिर वह खिड़की के सीख़चे पर सिर टेक कर झुक गई।

वह चिल्ला उठी—आह! उधर बाहर स्वच्छ वायु है, आकाश है और विस्तृत पहाड़ियाँ हैं और यह महान् आनन्दमय संसार! कभी मैंने भी इनका अनुभव किया था। सीडन, उन बातों को कितना समय बीत गया! मानो युग बीत गए!

उसने मुँह फेरा और अपनी सफ़ेद उँगलियाँ दासी के गालों पर फेरने लगी। उसने मानो स्वप्न देखते हुए फिर धीरे-धीरे कहा—इस आनन्द-लोक में मैं भी कभी थी। तुझे क्या वे दिन याद नहीं आते? वे हमारे राजसी दिन! वे दिन, जो होलीरूड में आनन्द और उल्लास में व्यतीत हुए थे। वे नाच-रङ्ग मौज और बहार! वे आधी-आधी रात तक के रस-रङ्ग! वे शानदार शहर में निकलते हुए जुलूस और सवारियाँ और चारों तरफ़ से बरसती हुई बधाइयाँ! लाल-लाल होठों से निकलती हुई 'चिरञ्जीवी रहो सुन्दरी रानी' का जय-घोष! फ़्रान्स के वे सुनहरी धूप से चमकते हुए प्यारे आनन्दी दिवस! ओह! कहाँ विलीन हो गए वे दिन? क्या तुझे वे दिन स्मरण नहीं आते? जब हम छोटे-छोटे बच्चे थे; मैं, महारानी, तू और वे तीनों विश्वासी सखियाँ! मेरी, उन दिनों हम उस जन्मभूमि की सुन्दर झील के किनारे किस मौज से खेलते थे? वह झील, वह मेन्टर्थ की झील अभी तक होगी। उसके किनारे के बग़ीचे भी होंगे! कैसा आश्चर्य है! आह! कितना समय बीत गया। हम कितने स्वच्छन्द थे, सर्वथा स्वच्छन्द!!

मेरी सीडन ने मुलायमियत से कहा—श्रीमती! कभी न कभी आप फिर भी स्वतन्त्र होंगी। अब भी स्कॉटलैण्ड में आपके मित्रों की कमी नहीं है। वे बहुत हैं।

"मित्र ?" रानी ने आह भरी—"इस दुर्ग की दीवारों से बाहर मित्रों का उपयोग है? इस निर्दय जेलर डगलस के सम्मुख, जो सदैव ही मुझे हीन पशु की तरह पिंजड़े में रखता है, वे मित्र दूर कर दिए गए हैं, सब अत्यन्त दूर भेज दिए गए हैं"—रानी ने ज़ोर से सुबकियाँ लेते-लेते कहा।

दासी ने कहा—श्रीमती! जॉर्ज डगलस यद्यपि दूर कर दिया गया है, परन्तु वह अवश्य ही आपकी ओर से निश्चिन्त नहीं है। वह आपके लिए बहुत-बहुत मन्सूबे बाँध रहा है। इस समय भी उसका छोटा भाई विल्ले डगलस यहाँ मौजूद है।

रानी मुस्कराई। उसने कहा—हाँ, विल्ले डगलस का तो आसरा है।

इसी क्षण वह भीमकाय द्वार खुल गया और रानी के उत्तर-स्वरूप १५ वर्ष के दुबले-पतले एक बालक ने प्रवेश किया। वह प्रहरी-जैसे साधारण वस्त्र पहने था और उसके मुख पर उत्सुकता झलक रही थी। वह आगे बढ़ा और रानी के सम्मुख घुटनों के बल गिर गया। उसने रानी की पतली-पतली उँगलियाँ होठों से लगा लीं। रानी ने उसके झुके हुए सिर पर प्यार से हाथ फेरते हुए और उसके घूँघर वाले बाल सुलझाते हुए कहा—प्यारे विल्ले क्या ख़बर है?

लड़के का चेहरा खिल रहा था, होठ फड़क रहे थे, गालों पर सुर्ख़ी दौड़ रही थी। उसने कहा—श्रीमती × × ×

रानी ने होठ पर उँगली रख कर धीरे बोलने का सङ्केत किया। उसने धीमे स्वर में कहा—श्रीमती! शुभ समाचार है। आज रात को × × ×

रानी ने जगह करते हुए कहा—"यहाँ बैठ जाओ" और उसकी गर्दन में अपनी बाहें डाल दीं। फिर कहा—"हाँ, अच्छा, अब कहो।" वह जल्दी से रानी के पास सट कर बैठ गया। उसने कहा—श्रीमती! आज मेरे भाई जॉर्ज का समाचार मिला है। उसने सन्देश भेजा है कि अब सब ठीक है। वे लोग आपकी प्रतीक्षा कर रहे हैं। आपके अनेक मित्र आपके स्वागत को तैयार हैं—लॉर्ड सीटन, हेमिल्टन और बहुत से। अब आपको यहाँ से किसी तरह निकल भागने भर की देर है।

"ओह!" रानी के मुख से अनायास ही निकल पड़ा। उसने ज़रा हँसकर अपना सुन्दर सिर बालक की ओर हिला दिया। उस हास्य में कुछ विनोद और कुछ कटुता का मिश्रण था। उसने कहा—तब हमें सिर्फ़ निकल भागने भर की ही देर है? एक तुच्छ सी बात! सिर्फ़ निकल भागना ही न?

"नहीं" बालक उत्सुकता से खड़ा हो गया। "श्रीमती, क्या आप स्वतन्त्र होने के लिए दुस्साहस कर सकती हैं?" "मैं? मैं पृथ्वी और आकाश एक कर सकती हूँ!" वह मुस्कराई। बालक के मुख पर एक नवीन उत्साह की सुर्ख़ी दौड़ गई। उसकी आँखें चमकने लगीं। उसने कहा—श्रीमती मेरा विश्वास करें, कल × × ×

"कल रविवार है न?"

"जी हाँ श्रीमती, कल सन्ध्या को दुर्ग की चाबियाँ निस्सन्देह मेरे पास होंगी, और फिर × × ×"

रानी ने उस पर दृष्टि फेंकते हुए कहा—क्या कहा? दुर्ग की चाबियाँ! तुम तो सदा यही कहते रहे हो न कि सूरज छिपने पर क़िले के तमाम फाटक बन्द हो जाते हैं और चाबियों का गुच्छा सर विलियम के पास उनके भोजन के समय पहुँचा दिया जाता है।

"अजी, पर मैंने एक चाल सोची है।" बालक ने सिर हिला कर कहा—"क्या आप और सीडन कल शाम को सूर्यास्त के एक घण्टे बाद परस्पर भेष बदले इसी कमरे में मेरी प्रतीक्षा करेंगी?"

"मैं करूँगी, अजी ज़रूर, मैं बदला लूँगी।"

"तब ईश्वर से प्रार्थना करो कि मेरी युक्ति विफल न हो! सुनो, किसी के पैरों की आहट है। अब अधिक नहीं। कल सूर्यास्त के एक घण्टा बाद। स्मरण रहे।" बालक ने सिर झुकाकर अभिवादन किया, रानी का हाथ चूमा और कमरे से बाहर निकल गया।

मेरी और सीडन ने परस्पर आँखें मिलाईं। मेरी की आँखें नाच रही थीं।

रानी ने कहा—निस्सन्देह, अब कुछ आशा की झलक दीख पड़ती है, पर कौन जानता है, अदृष्ट में क्या है?

सीडन ने कहा—श्रीमती! इस लड़के का भी तो विचार करो जो आपकी सेवा में अपनी जान जोखिम उठा रहा है।

"यही तो मैं सोच रही हूँ।" रानी ने मुस्कराकर कहा—"वह अवश्य ऐसा करेगा, उन सब का यह गुण है।"

"नहीं श्रीमती, यह आपका गुण है। आपका सद्-व्यवहार हमारे साथ, उन सब छोटे-बड़ों के साथ एक-सा है, यही उन्हें आपके लिए मृत्यु तक का सामना करने को तैयार करता है।"—दासी ने यह कहकर रानी का हाथ चूम लिया।

वह रविवार, जो मई का दूसरा दिन था, धीरे-धीरे व्यतीत हुआ। दिन के लम्बे और उत्तम घण्टे धीरे-धीरे कट गए। स्तम्भ की खिड़कियों में से सूर्य की डूबती हुई किरणें झाँकने लगीं। दुर्गाध्यक्ष अपने परिवार-सहित भोजन करने बैठा।

डगलस मेज़ के सम्मुख सबसे आगे बैठा था। वह एक लम्बा, भारी-भरकम आदमी था। स्वभाव का गम्भीर और चुपचाप प्रकृति का आदमी था। उसकी पत्नी, जो सीधे स्वभाव की गैंठी-सी स्त्री थी, सामने बैठी थी। विल्ले डगलस, जो प्रहरी की जगह पर उसके ऑफ़िस में था, इधर-उधर सावधानी से सब पर दृष्टि रखता हुआ घूम रहा था! थोड़ी देर बाद दरवाज़ा खुला और एक प्रहरी ने प्रवेश किया, उसने चाबियों का एक भारी गुच्छा सर विलियम के बाईं ओर रख दिया। इसके बाद उसने अभिवादन किया और चला गया। दुर्गपति ने उधर ध्यान न दिया। महीनों से इसी प्रकार भोजन के समय चाबियों का गुच्छा उसके सामने रक्खा जाता था।

विल्ले डगलस ने स्वामिनी के सम्मुख शराब का गिलास रखते हुए अपने बड़े-बड़े नेत्रों से मेज़ की ओर देखा। चाबियाँ खिड़की के निकट ही पड़ी थीं और वे लगभग आधी ढक गई थीं।

लड़के ने कमरे में एक चक्कर लगाया। एक सफ़ेद अँगोछा उसके कन्धे पर पड़ा था। दोनों हाथों में शराब की सुराही थी। अब वह स्वामी की बग़ल में धुँधले प्रकाश की आड़ करके खड़ा हो गया। 'श्रीमान् शराब!'

वह शराब ढालने को झुका। इसी समय उसके कन्धे पर से अँगोछा तालियों के गुच्छे पर गिर गया और उसने उसे ढाँप दिया। सर विलियम का गिलास भरके उसने बाएँ हाथ में सुराही ली और दाहिने हाथ से मय गुच्छे के अँगोछा उठा लिया, ऐसी सावधानी से कि ज़रा भी खड़का न हुआ। एक दृष्टि उसने चारों तरफ़ डाली, पर उधर किसी का भी ध्यान न था। सर विलियम धीरे-धीरे धीमे स्वर से बातें करने में लग्न थे और साथी ससम्मान ध्यानपूर्वक सुनने में। वे साथ ही शराब उड़ाते और भोजन भी करते जाते थे।

विल्ले डगलस शीघ्रता से लौटा और ज्योंही दूसरा नौकर कमरे में आया, उसने शराब की सुराही को वहीं पटका और धीरे से द्वार बन्द कर बाहर चला गया।

बाहर आते ही उसने भागना शुरू किया। चौक में सन्नाटा था। वह तीर की तरह दौड़कर रानी के कमरे में पहुँच गया और झटके से द्वार खोलकर उसने पुकारा—"श्रीमती! जल्दी-जल्दी आइए।" और चाबियाँ हाथ में ले लीं।

रानी तुरन्त लपकी। वह साटन की गहरी बादामी पोशाक से तमाम शरीर को ढाँपे हुए थी। उसके साथ एक बालिका भी थी, जिसके भूरे बाल बड़े सुहावने मालूम पड़ रहे थे। वह उसकी किसी दासी की पुत्री थी। रानी ने बालिका का हाथ पकड़ लिया और बोली—"अभी आती हूँ।" और वह सीडन की ओर लपकी, जो कुर्सी पर बैठी सुबकियाँ ले रही थी।

"बिदा, मेरी प्यारी मेरी!" उसने नम्रता से कहा—"मेरी सखी, अवश्य ही हम फिर कभी मिलेंगी।"

"श्रीमती! जल्दी!" विल्ले ने पुकारा। रानी बालिका का हाथ पकड़े द्वार से बाहर हो गई। बिना किसी प्रकार का आहट किए वे सीढ़ियों से उतर गए। अब वे चौक में थे। एक कोने में कुछ मनुष्य खड़े-खड़े बातें कर रहे थे। जब ये तीनों उनके पास होकर गुज़रे तो उन्होंने कुछ ध्यान न दिया। रानी ने दम रोक लिया। वे लोग गप-शप में मस्त थे। अन्त में तीनों प्राणी उन भीमकाय द्वारों से बाहर हुए, जिन्हें साहसी विल्ले ने खोल दिया था। ताले फिर ज्यों के त्यों बाहर लगा दिए गए।

अन्धकार बढ़ रहा था, हवा बिलकुल बन्द थी, पानी काँच की तरह स्थिर था। किनारे पर एक छोटी सी डोंगी लगी थी। विल्ले की सहायता से रानी जल्दी से उस पर चढ़ गई। विल्ले ने बच्ची को भी चढ़ाया और फिर स्वयं भी चढ़ गया। इसके बाद नाव खेना प्रारम्भ किया।

रानी ने धीमे स्वर में कहा—किन्तु और नावें? वे क्या हमारा पीछा न करेंगी?

"उनके चप्पल ग़ायब हैं श्रीमती! मैंने सब ठीक कर लिया है।" बालक धीरे से हँस पड़ा।

दरिया का पाट आध मील चौड़ा था। परन्तु डोंगी उस एक जोड़े चप्पल से जितना सम्भव था, तेज़ी से जा रही थी।

आधा रास्ता साफ़ हुआ था। डगलस अचानक एक ओर को झुक गया और उस गहरे पानी में छप से उसने कोई भारी चीज़ डाल दी।

"क़िले की चाबियाँ" उसने हँस कर कहा—"अब देखें, कौन इन्हें पा सकता है?"

रानी प्रति क्षण अधीर हो रही थी। "जल्दी करो, जल्दी"। अन्त में एक चप्पल उसने अपने हाथ में ले लिया और खेने लगी।

उसने अधैर्य से कहा—हम किनारे पर कब पहुँचेंगे? और उसके बाद हमारा क्या होगा?

"श्रीमती! अवश्य ही लॉर्ड हेमिल्टन और सीटन किनारे पर प्रतीक्षा कर रहे होंगे। उन्हें मालूम है कि सब ठीक-ठाक है और आप आ रही हैं। देखिए, वह सङ्केत है जो बुर्ज के गुम्बज़ में मैं लगा आया था।"

वे तेज़ी से बढ़ रहे थे और काले आकाश में क़िले का काला बुर्ज क्षण-क्षण पर दूर हो रहा था। सबसे ऊपरी बुर्ज पर कुछ रोशनी हो रही थी और उसका प्रकाश जल पर भी पड़ रहा था।

कठिन परिश्रम के और ५ मिनट बीत गए। एका-एक बालिका डोंगी की तली से उठ खड़ी हुई। उसने हर्षोत्फुल्ल स्वर में चिल्लाकर कहा—देखिए, श्रीमती जी, देखिए!

किनारे पर काली-काली मनुष्य-मूर्त्तियों की परछाईं उस धुँधले अन्धकार में खड़ी दीख रही थीं। ज्योंही डोंगी उनके दृष्टिगोचर हुई, एक धीमा भयपूर्ण हर्षनाद उठा। डोंगी के किनारे लगने की देर थी कि अनेक हाथ रानी को सहारा देकर उतारने को आगे बढ़े। "स्वागत! स्वागत!" की आवाज़ चारों ओर गूँज गई।

तुरन्त ही एक तेज़ घोड़े पर रानी को चढ़ाया गया। और सब लोग समस्त रात्रि की यात्रा की तैयारी और रानी की रक्षा के विषय में सोचते चले।

विल्ले डगलस ने अघा कर साँस ली। उसका कार्य समाप्त हो चुका था और वह महिला, जिसकी स्वाधीनता के लिए उसने अपनी जान जोखिम में डाली थी, अब फिर स्वाधीन थी।

रानी और उसके साथी रात्रि भर चले ही गए। प्रातः-काल वे बहुत दूर पहुँच गए थे और उन्हें कोई भय न था।

देखते ही देखते झुण्ड के झुण्ड मनुष्य उसके निकट आने लगे। बढ़ते-बढ़ते उसकी सेना में छः हज़ार बाँके वीर एकत्रित हो गए। १३ वीं मई को रानी की फ़ौज से रीजेण्ट मरे की सेना से ग्लासगो के निकट लैङ्गसाइट में मुठभेड़ हुई। पर कथकार्ट के दुर्ग से उसने देखा कि उसकी सेना पूरी तरह हार कर लौट रही थी। उसकी अन्तिम आशा भी विलीन हो गई।

वह तत्काल घोड़े पर सवार होकर भागी और दक्षिण की सरहद पर सोलवे पार करके इङ्गलैण्ड में पहुँच गई। यहाँ उसने अपने आपको अपनी चचेरी बहिन, इङ्गलैण्ड की रानी एलिज़ाबेथ की दया पर छोड़ दिया।

परन्तु एलिज़ाबेथ ने बहुत कम दया की। मेरी फिर क़ैद कर ली गई, पर इस बार उसे अङ्गरेज़ों ने क़ैद किया, स्कॉट्स ने नहीं। फिर २० वर्ष के लम्बे और दुख-भरे क़ैद के दिन काट लेने के बाद एलिज़ाबेथ ने उसका सिर काट लेने की आज्ञा दे दी।

लॉर्ड सेलेसबरी, कैण्ट का अर्ल, नॉर्थम्पटन शायर के मेयर आदि मेरी के पास यह मृत्यु-सन्देश लेकर पहुँचे। उन्होंने संक्षेप में शान्ति से और गम्भीरता-पूर्वक यह भयानक सन्देश कह सुनाया। उन्होंने उसे यह भी सूचना दी कि हमारे साथ आपके बध को देखने के लिए एक शाही कमीशन भी है। अन्त में उससे कह दिया गया कि वह कल प्रातःकाल इस दुखदाई घटना के लिए तैयार रहे।

मेरी पर अनभ्र वज्रपात हुआ। उसे अपने कानों पर विश्वास नहीं होता था, पर सत्य उसे सब कुछ मानने को बाधित कर रहा था। उसने घृणा और कष्ट से अपना सिर ऊँचा किया और अपने चिकित्सक को बुलाकर फ्रान्स में फैली हुई अपनी रक़म के सम्बन्ध में उससे कुछ बातें कीं। ऐसा प्रतीत होता था कि उसका हृदय फट जायगा। वे लोग उसे छोड़कर चले गए, उन्हें भय था कि कहीं वह रात में आत्मघात न कर ले। वे सोच रहे थे कि कहीं ऐसा न हो कि मेरी बध-भूमि तक जाना स्वीकार न करे और उसे बलपूर्वक ले जाना पड़े।

अन्त समय आ गया। वह चिरकाल से इसके लिए भयभीत थी, पर अब तक आशा की एक क्षीण रेखा उसे

दीख रही थी। जिस दृश्य के लिए उसे तैयार होने को कहा गया था और जिसके भयानक अस्तित्व से उसे सामना करना था, उसकी तमाम दुश्चिन्ताएँ, बदले की अभिलाषाएँ, विरोध की चेष्टाएँ, प्रतिद्वन्दी के सिंहासन पर बैठने की सुखमयी भावनाएँ, सब कुछ एक साथ ही नष्ट हो गई थीं। हाय! उसने बहुत गहरी खेली थी और उसके सब पासे उलटे पड़े थे।

फिर भी यदि वह मृत्यु का वीरता से सामना करती तो उसकी विजय निश्चित थी। अन्त समय तक यदि वह आस्तिक और कष्ट-सहिष्णु बनी रहती तो वह जनता में एक ऐसी क्रुद्ध अग्नि प्रज्वलित कर सकती कि जिससे भले ही उसे कुछ लाभ न होता, पर उसके शत्रु अवश्य ही उस प्रचण्ड तूफ़ान में पड़कर नष्ट हो जाते। वह अन्त समय तक अपने हठ पर बनी रही और ऐसा प्रतीत होता था कि धर्म की आड़ केवल उसका पाखण्ड था। उसका अपूर्ण उद्देश्य ही उसके प्रतिष्ठा-भङ्ग का कारण हुआ। सच्चे आस्तिक जनों की मृत्यु, वास्तव में, बहुत सरल होती है।

उसका धर्मगुरु किले की दूसरी ओर था। कमिश्नर लोग इस बात के लिए उत्सुक थे कि वह मृत्यु-समय उनके विश्वास के अनुसार प्रार्थना करे, और उन्होंने एक पादरी उसकी सहायता को नियुक्त कर दिया था, जिसे रानी ने नामञ्ज़ूर कर दिया। उसने अपने धर्मगुरु को, जिसे उसके निकट आने की आज्ञा न थी, एक पर्चा लिखा, और उसमें लिखा कि मेरी इच्छा अपने विश्वास और धर्म की रीति पालने की है। आप नहीं मिल सकते, इसलिए मैं साधारण स्वीकृति पर ही सन्तोष करूँगी, परन्तु आप रात्रि भर सावधान रहकर मेरे लिए प्रार्थना करें।

प्रातःकाल बाहर लाई जाने के समय उसने अपने धर्मगुरु को देखने और उसके आशीर्वाद ग्रहण करने की आशा प्रकट की थी।

रात्रि का भोजन उसने अपनी दासी के साथ प्रसन्नता-पूर्वक किया। यही अन्तिम भोजन था। भोजन कर चुकने पर उसने गोरियन से एकान्त में पूछा—क्या मैं तुम्हारा विश्वास कर सकती हूँ?

"अवश्य।"

"मेरे पास एक पत्र और दो हीरे हैं, मैं उन्हें मेण्डोज़ा के पास भेजना चाहती हूँ।"

गोरियन ने उन्हें लेकर वस्त्रों में छिपा लिया और ठीक-ठिकाने पर पहुँचा देने का वादा किया। उनमें एक हीरा तो स्वयं मेण्डोज़ा के लिए था और दूसरा जो सबसे बड़ा था, फ़िलिप के लिए था। यह इस बात का चिन्ह था कि वह निरपराध मारी जा रही है और उसके बाद

मेरी को मृत्यु-दण्ड की आज्ञा देते समय रानी एलिज़ाबेथ का चित्र

उसके मित्रों और नौकरों की देख-भाल रक्खी जाय। उसने याद कर-करके अपने प्रत्येक नौकरों और मित्रों के नाम बताए। अरण्डेल, पैगट, मोरगन, ग्लासगो का बिशप, थ्रोग मारटन, रोज का पादरी, दोनों सेक्रेटरी, वे सहेलियाँ और दासियाँ जो क़ैद में उसके साथ रही थीं, सबको उसने बताया और किस-किस को कितना देने की उसकी इच्छा है, यह भी फ़िलिप को लिख दिया। अपने विश्वासपात्र मित्रों पर दया दिखाना उसका स्वभाव था। आज भी वह उन्हें भूली नहीं। इसके बाद उसने अपने नए-पुराने समस्त शत्रुओं को याद किया और उन्हें धन्यवाद दिया। अब उसका किसी से द्वेष न था। उसने गोरियन से कहा—फ़िलिप से कहना कि यह उसकी माँ की अन्तिम प्रार्थना है, और मैं चाहती हूँ कि इस सन्देश को तुम हृदय में गुप्त रक्खो। यह सन्देश मेरी मृत्यु के उपलक्ष में नहीं, बल्कि इङ्गलैण्ड के भावी युद्ध के उपलक्ष में है। यह अनिवार्य विवाद है, जो तुम्हारे लिए एक गौरव की वस्तु है। जब तुम इसमें विजय प्राप्त करो तो तुम उन दुर्व्यवहारों को स्मरण रखना जो सिसिललेसेस्टर और बलसिङ्घम ने मेरे साथ किए हैं। लॉर्ड हन्टिंगडन ने टटबरी आने से पूर्व १९ वर्ष तक मेरे साथ कैसा दुर्व्यवहार किया था और सर अमयास पोलट और सेक्रेटरी वेड ने कैसे-कैसे अत्याचार किए थे, यह सब स्मरण रखना।

* * *

वह रात्रि भर व्यस्त रही। काम बहुत है, पर समय बहुत कम। आधी रात के बाद उसने एक पत्र फ़्रान्स के बादशाह को लिखा। इसमें यही बात दुहराई गई थी कि मैं निर्दोष मारी जाती हूँ और मेरे प्राण धर्म के लिए न्यौछावर हो रहे हैं। सिंहासन के ऊपर मेरा अधिकार है। अन्त में उसने अपने उस रुपए की बात कही, जो बादशाह के पास जमा था और बतलाया कि उसके मरने के बाद वह उसके अनुचरों को किस तरह दिया जाय।

पत्र लिखकर वह ३-४ घण्टे तक सोई और इसके बाद धैर्य तथा गम्भीरता से अपनी अन्तिम घड़ियाँ गिनने लगी।

प्रातःकाल ८ बजे द्वार पर किसी के पैरों की आहट सुनाई दी। किसी ने द्वार खटखटाया, पर द्वार बन्द था। आगन्तुक लौट गया। कुछ देर बाद मेयर के साथ वही व्यक्ति फिर आया। दरवाज़ा खुला। सम्मुख ही मेरी स्टुअर्ट की मोहनी मूर्त्ति खड़ी थी। उसे उन्होंने आश्चर्य से देखा। एक अपूर्व सौन्दर्य और तेज उस समय उसके मुख पर विराजमान था। वह सुन्दर सफ़ेद अतलस की सदा की पोशाक के स्थान पर काली साटन की पोशाक पहने हुए थी। उसकी कुर्ती भी उसी कपड़े की थी और उसमें झालर टँकी थी और मख़मल की गोट लगी हुई थी। उसके नक़ली बाल बड़ी सुघड़ाई से बँधे हुए थे; सिर और कमर पर लटकता हुआ एक सफ़ेद दुपट्टा पड़ा था; गरदन में सोने का एक नैकलेस था और हाथों में हाथीदाँत का एक सुन्दर क्रूस था। उसकी कमर में एक पेटी थी, जिस पर जवाहरात से जड़ी हुई पवित्र प्रार्थनाएँ अङ्कित थीं। पोलेट के दो सज्जनों के साथ वह चली। आगे मेयर था। वह दालान में आई, जहाँ सेलेसबरी, केण्ट, पोलेट, डूरी और अन्य लोग उसकी प्रतीक्षा में खड़े थे। सर रॉबर्ट का भाई एण्ड्र्यू मेल विल्ले, जो उसका प्रधान गृह-प्रबन्धक था, घुटने टेक कर आँसू बहा रहा था।

रानी ने कहा—मेलविल्ले ! रोओ मत, ख़ुशियाँ मनाओ। मैं सच्ची कैथोलिक की तरह मर रही हूँ। मेरे मित्रों से और मेरे पुत्र से कहना कि स्कॉटलैण्ड के सिंहासन के लिए मैंने कुछ अनिष्ट नहीं किया है।

मेलविल्ले—बिदा !

"मेरे धर्मगुरु और सहेलियाँ कहाँ हैं ? मैं चाहती हूँ कि वे मुझे मरती हुई देखें।"

केण्ट—मुझे भय है कि कहीं वे चीख़ मारकर बेहोश न हो जायँ। मैं समझता हूँ कि वे अपने रूमालों को आपके रक्त में रँगने का प्रयत्न करेंगे।

"वे शान्त और आज्ञाकारी रहेंगे, विश्वास रखिए। क्या तुम्हारी रानी एलिज़ाबेथ मेरी इस तुच्छ प्रार्थना को भी स्वीकार नहीं कर सकती ?"

केण्ट—श्रीमती, मुझे खेद, बहुत खेद × × ×

मेरी—(रोकर) तुम जानते हो, मैं भी तुम्हारी रानी की बहिन और स्कॉटलैण्ड की रानी हूँ। सप्तम हेनरी का रक्त हम दोनों ही के शरीर में है। विवाह के बाद मैं फ़्रान्स की रानी बनी, फिर स्कॉटलैण्ड का मुकुट मेरे मस्तक पर रक्खा गया।

"श्रीमती, आप केवल ६ व्यक्तियों को अपने अन्तिम समय में उपस्थित रख सकती हैं।"

इस पर उसने अपना चिकित्सक, बरगन, एण्ड्रू मेलविल्ले, गोरियन, गृह-वैद्य और दो स्त्रियाँ, इन ६ व्यक्तियों को चुना।

"अच्छा, तो अब हमें चलना चाहिए"—यह कहकर वह एक गार्ड के कन्धे का सहारा लेकर अर्ल के साथ सीढ़ी उतरने लगी। सब लोग दालान तक पहुँचे। मेरी के प्राण-दण्ड का समाचार सर्वत्र फैल गया था और दालान के बाहर अपार भीड़ थी। चुने हुए सिर्फ़ ३०० सरदारों और रईसों को इस क़त्ल के साक्षिस्वरूप अन्दर आने दिया गया। मेज़-कुर्सियाँ हटा दी गई थीं। चिमनियों से आग की लपटें निकल रही थीं। दालान के ऊपरी हिस्सों में अँगीठी के पीछे की तरफ़ वह विकट

मेरी फाँसी के लिए जा रही है

वधस्थल बनाया गया था। इसका क्षेत्रफल १२ फ़ीट था, और ऊँचाई २½ फ़ीट। यह एक काले कपड़े से ढँका हुआ था और काले ही कपड़े से मढ़ी हुई एक लकड़ी की पाड़ इस पर जड़ी गई थी। मेयर के गार्ड उसके चारों तरफ़ घूम-घूम कर पहरा दे रहे थे और भीड़ को उधर आने से रोक रहे थे। पाड़ पर सिर रखने की टिकटी थी। यह भी काले कपड़े से मढ़ी हुई थी। इसके पीछे एक चौकी बिछी थी और उसके पीछे एक काली कुर्सी रक्खी थी जिसके दाहिनी ओर सरदारों के लिए और दो कुर्सियाँ पड़ी थीं। (तिरंगे चित्र में यह करुणापूर्ण दृश्य देखिए)

पाड़ के सहारे एक विशाल कुल्हाड़ा रक्खा हुआ था। और दो निश्चल भयानक मूर्त्तियाँ उसके पास खड़ी थीं।

रानी मेरी इस तरह उधर की तरफ़ बढ़ रही थी, मानो वह कोई गम्भीर पार्ट करने जा रही हो। उसके चेहरे पर विषाद की रेखा न थी। वह पूर्ण शान्ति के साथ पाड़ पर पहुँची। मुस्कराते हुए इधर-उधर देखा और बैठ गई। सेलेसबरी और केण्ट के सरदार भी बैठ गए। अब बियेल ने ज़ोर से आज्ञा-पत्र पढ़ सुनाया।

उस जन-समुद्र में मेरी स्टुअर्ट ही एक ऐसी स्त्री थी जिसे अपनी मृत्यु के शब्दों में दिलचस्पी न थी।

"श्रीमती" लॉर्ड सेलेसबरी ने आज्ञा-पत्र सुना चुकने पर कहा—"आपने सुन लिया कि हम किस आज्ञा के पालन करने को बाध्य हैं?"

"तुम अपना कर्त्तव्य पूरा करो, यह कह कर वह प्रार्थना के लिए उठ खड़ी हुई।"

पीटरवर्ग का पादरी डॉ० फ़्लेचर उठा और पाड़ तक पहुँचा। "श्रीमती!" उसने मन्दी आवाज़ से कहना शुरू किया। "श्रीमती, उदार रानी, स्कॉटलैण्ड की महारानी।" ××× वह कुछ कहना ही चाहता था कि रानी ने बीच ही में बात काट कर कहा—पादरी महोदय, मैं एक कैथोलिक हूँ और कैथोलिक की तरह मरना चाहती हूँ। मेरे निश्चय से विचलित करने का प्रयत्न व्यर्थ है। आपकी प्रार्थना से कोई लाभ न होगा।

"श्रीमती, आप अपने विचार बदलें, अपने पापों का प्रायश्चित्त करें और मसीह में विश्वास लाएँ।" रानी ने लड़खड़ाती आवाज़ में कहा—"अधिक कष्ट न करें पादरी महोदय! मुझे अपने धर्म पर ही विश्वास है। मैं इसके लिए अपने ख़ून की नदी बहा दूँगी।"

सेलेसबरी ने कहा—श्रीमती! मुझे दुख है कि आप अपने कैथोलिक धर्म पर इस तरह अटल हैं।

केण्ट के सरदार ने पीछे से कहा—जिस मसीह की मूर्त्ति का आप ध्यान करती हैं, यदि वह आपके हृदय में अङ्कित कर दी जाय तो भी कुछ लाभ की आशा नहीं है?

मेरी ने इसका उत्तर न दिया और वह फ़्लेचर की ओर मुड़ कर प्रार्थना करने लगी।

उन लोगों को इस बात का आदेश दिया गया था कि उस समय रोमन कैथोलिक का जो दृश्य उपस्थित किया जाय वह यथासम्भव प्रकट न होने पाने। पर मेरी चाहती थी कि उसका स्वरूप उपस्थित लोगों को भली-भाँति विदित होजाय। वह नीचे को झुकी और ज़ोर-ज़ोर से प्रार्थना करने लगी। इससे लगभग कुल जन-समुदाय उसमें शरीक हो गया। अपनी आवाज़ उस बड़े दालान में गूँजती देख उसने अपना स्वर ज़रा और ऊँचा कर दिया। वह अब अपनी पूरी शक्ति से लैटिन भाषा में ज़ोर-ज़ोर से प्रार्थना करने लगी। बीच-बीच में वह अङ्गरेज़ी भी बोलती जाती थी, जिससे स्रोतागण उसका अर्थ समझ लें। वह सरलता-पूर्वक अपने पवित्र पिता पोप से प्रार्थना कर रही थी।

अधिक ज़ोर से बोलने के कारण उसकी छाती धड़कने लगी। पादरी ने विरोध करना छोड़ दिया और मेरी बाक़ी प्रार्थना अङ्गरेज़ी में करने लगी। उसकी भाषा में अब भी वही तेज था। उसने प्रार्थना की, अपने चर्च के लिए, अपने पुत्र के लिए और रानी एलिज़ाबेथ के लिए। उसने कहा—हे प्रभु! इङ्गलैण्ड पर कोप मत करना!

इसी इङ्गलैण्ड पर युद्ध करने के लिए उसने फ़िलिप को अन्त समय तक अड़े रहने की सम्मति दी थी। अपने-अपने शत्रुओं को क्षमा कर दिया। फ़िलिप से उसने इन शत्रुओं को न भूल जाने को कहलाया था। फिर उसने चिल्लाकर कहा—हे यीशू! जिस प्रकार तुम्हारी बाँहें सूली पर लटकाई गई थीं, उसी प्रकार मुझे भी अपनी शरण में लो और मेरे पापों को क्षमा करो।

इन शब्दों को कहकर वह उठ खड़ी हुई। वे दोनों काली मूर्त्तियाँ भी आगे बढ़ीं और साधारण रीति से उन्होंने उससे क्षमा माँगी।

"मैं तुम्हें क्षमा करती हूँ" उसने कहा—"क्योंकि तुम अब मेरे कष्टों का अन्त कर दोगे।"

जल्लादों ने कहा—क्या श्रीमती अपने वस्त्र सँभालने में हमें सहायता करने देंगी?

रानी ने मुस्कराकर कहा—सच है, ऐसे आज्ञाकारी सेवक मुझे पहले कभी न मिले थे।

उसकी सहेलियों को ऊपर आकर वस्त्र ठीक करने की आज्ञा मिल गई। यह कार्य बहुत नाज़ुक था और उसकी तैयारियाँ बहुत सोच-विचार कर की गई थीं।

उसने अपने हाथ का बहुमूल्य क्रॉस कुर्सी पर रख दिया। प्रधान बधिक ने उसे उपहार समझ कर उठा लिया, पर रानी ने उसे वहीं रख देने की आज्ञा दी। पहले का ही ओढ़ना सावधानी से हटाकर पाड़ पर रख दिया गया। फिर काला लबादा भी उतार लिया गया। इसके नीचे मख़मली पेटीकोट था। उसके भीतर काली जॉकेट थी। जॉकेट के नीचे अतलस की चोली थी। उसकी एक सहेली ने उसे अपनी मख़मल की आस्तीनें दीं, जिन्हें उसने जल्दी से पहन लिया। इस वेष में वह उस काली पाड़ पर खड़ी हुई।

उसके चारों ओर काली मूर्त्तियाँ थीं। मेरी ने यह देखा तो क्षण भर के लिए उसके शरीर की रक्त-गति बढ़ गई।

मेरी की सहेलियाँ अब अपने को न सँभाल सकीं। वे फूट-फूट कर रोने लगीं। हृदय-विदारक आर्त्तनाद सुनकर उसने कहा—धैर्य धरो, रोकर अपने हृदय की कायरता मत प्रकट करो।

इसके बाद उसने उन्हें बारी-बारी से छाती से लगाया और ईश्वर से प्रार्थना करने का आदेश किया। फिर वह घुटने टेक कर बैठ गई। बरबारा मोब्री ने उसकी आँखों से पट्टी बाँध दी। 'एण्ड्र्यू!' उसने मुस्करा कर पुकारा। यही उसकी अन्तिम मुस्कराहट और अन्तिम नर-स्पर्श था। "एण्ड्र्यू! बिदा!" सब लोग पाड़से उतर कर दूर चले गए। उसने घुटने टेके हुए ही प्रार्थना की—हे प्रभु! मेरा विश्वास तुम्हारे ही ऊपर है।

उसके कन्धे उघड़ गए थे। उन पर दोनों ओर एक-एक घाव का चिन्ह था। केण्ट ने बेत के सङ्केत से पूछा कि यह क्या है? सेलेसबरी ने धीरे से कान में कहा—यह उस समय के हैं जब वह मेरे साथ शेफ़ील्ड में रहती थी।

जब वह प्रार्थना कर चुकी तो उसने टिकटी को सँभाला और अपना सिर उस पर रख दिया और कुछ गुनगुनाने लगी। लकड़ी सख़्त थी, वह उसके गले से चुभती थी।

[शेष मैटर १४१ पृष्ठ के कॉलम में देखिए]

विद्रोही के चरणों पर

[ले० श्री० जनार्दनप्रसाद जी झा 'द्विज']

"आप चुप क्यों हो रहे मन्त्री जी?"

"उत्तर सोच रहा हूँ श्रीमन्!"

"उत्तर सोचना भी अभी बाक़ी ही था?" राजा ने कुछ उदास-सा होकर पूछा—"मालूम होता है आप इससे सहमत नहीं हैं, क्यों?"

"मेरा यह चुप रहना असम्मति का सूचक नहीं है श्रीमन्!" मन्त्री ने हाथ जोड़ कर बड़ी दीनता से उत्तर दिया—"मैं अपने को इतने बड़े सौभाग्य का विद्रोही नहीं बना सकता।"

"फिर बात क्या है?"

"केवल यही कि न जाने क्यों मैं इसे एक सपना-सा समझ रहा हूँ।"

"आपका आशय ठीक-ठीक मेरी समझ में नहीं आ रहा है। क्या आपके कहने का मतलब यह है कि मेरी इस बात पर आप अपना विश्वास नहीं टिका सकते?"

"नहीं श्रीमन्!" मन्त्री ने उसी तरह नम्र होकर जवाब दिया—"आपकी इस बात पर नहीं, अपने इतने बड़े सौभाग्य पर! मैं अब भी समझ रहा हूँ कि राजकुमारी शीलादेवी को अपनी पुत्र-वधू बनाने वाला भाग्यशाली पुरुष मेरे-जैसा नहीं हुआ करता। इसीसे आपकी दी हुई यह अयाचित कृपा-भीख, राज-सम्मान की यह महिमामयी माधुरी मुझे आनन्द-विभोर और विस्मय-विमुग्ध बनाए जा रही है। मैं समझ नहीं रहा हूँ; इस अवसर पर मुझे आपकी सेवा में क्या निवेदन करना चाहिए?"

अपने मन्त्री की इस विजयशीलता पर प्रसन्न होकर राजा ने कहा—वैभव की विषमता ही सब कुछ नहीं है मन्त्री जी, और-और बातें भी ध्यान में लाई जानी चाहिए। कुँवर करुणेन्द्र-जैसा रूपवान्, गुणवान् और विद्वान् पुत्र पाकर कोई भी पिता अपने को उस वैभवशाली सम्राट् से बढ़कर भाग्यवान् समझ सकता है, जिसके भाग्य में बेटे का मुँह देखना बदा ही न हो।

राजा की अन्तिम वाणी में एक अभाव-जन्य वेदना की करुण अभिव्यक्ति थी, अपमान की ज्वाला में झुलसते हुए हृदय की एक मार्मिक पुकार थी। मन्त्री ने उसको सुना और समझा। राजा का वह कारुणिक सङ्केत किसी की सहानुभूति और सान्त्वना की भीख माँग रहा था। मन्त्री का हृदय द्रवीभूत हो गया। आर्द्रवाणी में उसने कहा—स्वामिन्! करुणेन्द्र आपके पुत्र हैं और शीला मेरी पुत्री, आपकी जो आज्ञा होगी, यह दास सिर झुकाकर उसका पालन करेगा।

"इस विनिमय से मुझे बड़ा ही सुख मिल रहा है मन्त्री जी!" राजा ने एक प्रकार के कृतज्ञता-ज्ञापन का भाव दिखलाते हुए कहा—"यदि मेरा अनुमान ग़लत नहीं है तो मैं आपको विश्वास दिला सकता हूँ कि राजकुमारी शीला और कुँवर करुणेन्द्र एक-दूसरे को चाहते भी बहुत हैं। राजकुमारी की माँ भी इस विवाह-सम्बन्ध के लिए बहुत लालायित हो रही हैं। वे किसी राजघराने में अपनी बेटी का ब्याह नहीं करना चाहतीं, उनकी आँखों में आपके कुँवर साहब समा गए हैं। इन्हीं बातों पर विचार करते हुए मैं इस निर्णय पर पहुँचा हूँ कि राजकुमारी को आप अपनी पुत्र-वधू के नाते अङ्गीकार करने की कृपा करें। वर-कन्या दोनों ही को अपनी-अपनी रुचि की चीज़ मिल जायगी। वे लोग सदैव सुखी रहेंगे और उनके सहयोग से दिनोंदिन यह राज्य समृद्धिशाली होता जायगा।"

"मुझे अपने इस सौभाग्य पर गर्व हो रहा है प्रभो!" मन्त्री ने गद्गद होकर कहा—"परमात्मा आपकी यह इच्छा शीघ्र ही पूरी करें—वह दिन शीघ्र ही आवे जब राजकुमारी की रूप-किरणों से मैं अपनी वैभवहीन कुटिया को जगमगाती हुई देखूँ।"

राजा कुछ बोलने ही वाले थे कि नौकर ने आकर निवेदन किया—कुँवर साहब बहुत देर से बाहर खड़े हैं, श्रीमान् से मिलने की आज्ञा चाहते हैं।

"आदर-पूर्वक उन्हें यहाँ लिवा लाओ !" कहकर राजा ने नौकर को बिदा किया और मन्त्री की ओर देखकर चकित भाव से पूछा—"बात क्या है ? इस समय उन्हें मुझसे मिलने की कौन सी ज़रूरत आ पड़ी ?"

"कह नहीं सकता श्रीमन् !"—कहकर मन्त्री ने सिर झुका लिया। उनका हृदय धड़क रहा था।

"कहिए कुँवर साहब ! अरे, आज तुम्हारा चेहरा इतना उतरा हुआ क्यों है बेटा ?"—कुँवर करुणेन्द्र के पहुँचते ही राजा ने प्यार के शब्दों में उतावली से पूछा।

"आप यदि इस महल से बाहर निकलकर एक बार अपने राज्य में घूमने का कष्ट करें" कुँवर करुणेन्द्र ने निर्भीक भाव से अपनी काँपती हुई वाणी में उत्तर दिया—"तो आप देख सकेंगे कि आपके इस सुव्यवस्थित शासन ने कितने चेहरों की नूर लूट ली है। मेरा चेहरा तो सौभाग्यवश आपको केवल उतरा हुआ ही नज़र आता है, किन्तु औरों के चेहरे पर तो आपको धधकती हुई चिताएँ भी दीख पड़ेंगी। आप देखेंगे कि आपकी प्रजा के वे दमकते हुए मुख-प्रदेश आज श्मशान की तरह काले और भयङ्कर हो रहे हैं।"

मन्त्री की आँखों के आगे अँधेरा छा गया। वे उसी तरह चुपचाप सिर झुकाए बैठे रहे।"

राजा ने इन बातों का मर्म जानकर भी अनजान की तरह मन्त्री से पूछा—पता नहीं, कुँवर साहब क्या-क्या कह गए ! आप कुछ समझ सके मन्त्री जी ?

"क्षमा कीजिएगा श्रीमन् !" मन्त्री के कुछ कहने के पहले ही मन्त्री-पुत्र ने कहा—"मैं आज आपकी सेवा में कुँवर के नाते नहीं आया, आज मैं एक साधारण प्रजा के नाते, उन अभागों के अपार कष्टों का सन्देशा लेकर आपके आगे खड़ा हूँ, जिनका ख़ून चूस-चूस कर राज-कर्मचारी मोटे हुए जा रहे हैं; जिनकी गाढ़ी कमाई से आपका राजकोष भरा जा रहा है ; जिनकी आकांक्षाएँ और आवश्यकताएँ उपेक्षा और अत्याचार के चरणों से कुचली जा रही हैं; जो आप लोगों को खिलाकर स्वयं भूखों मर रहे हैं और जिनकी पुकार सुनने वाला कोई नहीं है। मुझे दृढ़ विश्वास है कि मेरी ये बातें आप और आपके मन्त्री महोदय ख़ूब अच्छी तरह समझ रहे हैं। मैं इनके उत्तर में सन्तोष की झलक देखना चाहता हूँ।"

युवक की इस निर्भीक गर्जना से राजप्रासाद का वह कमरा गूँज उठा। मालूम होता था, उसकी दीवारें काँप रही हों। मन्त्री के बोलने की शक्ति जैसे किसी ने छीन ली। अपनी शिकायत सुनकर राजा का अहङ्कार सजग हो उठा। उन्होंने दर्प के साथ अपने स्वर को कुछ कठोर बनाकर कहा—तुमसे इस प्रकार की धृष्टता भरी बातें सुनकर मुझे क्रोध आ रहा है कुँवर ! मैं तुम्हें अपने पुत्र की तरह अपना चुका हूँ, इसीलिए इस उभड़े हुए क्रोध पर मुझे शासन करना पड़ रहा है। और कोई होता तो उसे दिखला देता कि मेरी राज-व्यवस्था की झूठी निन्दा करने का परिणाम कितना भयङ्कर हुआ करता है।

"किन्तु मैं तो कोई झूठी निन्दा कर नहीं रहा हूँ" करुणेन्द्र ने दृढ़ता के साथ कहा—"जो कुछ कह रहा हूँ उसका एक-एक अक्षर सत्य है, वह सत्य जिसे आप जान कर भी नहीं जानते और जिसके लिए मेरा नम्र निवेदन है कि आप उसे जानें—और शीघ्र ही जानें—नहीं तो अनर्थ हो जायगा।"

"सहनशीलता की भी एक सीमा होती है करुणेन्द्र" राजा ने क्रोध से तमतमाते हुए चेहरे पर रोब चढ़ाकर कहा—"मुझे भय है, अब मैं तुम्हारी ये विद्रोह-पूर्ण बातें शान्ति और धैर्य के साथ न सुन सकूँगा। अतएव आशा करता हूँ, इसके आगे अगर तुम्हें कुछ बोलना हो, तो होश में आकर, बड़ी सावधानी के साथ, शब्दों का उच्चारण करना, नहीं तो अनर्थ की पहली भेंट तुम्हारे ही साथ होगी।"

"इसके लिए तो मैं सब तरह से तैयार होकर आया हूँ श्रीमन् !" कुँवर साहब ने बड़ी गम्भीरता के साथ जवाब दिया—"और आपको यह विश्वास दिलाना चाहता हूँ कि इस समय, जब मैं आपके साथ बातें कर रहा हूँ, मेरा होश मेरे साथ है। मैं बड़ी सावधानी के साथ अपने शब्दों को सँभाल-सँभाल कर आपके आगे रख रहा हूँ, जिससे सत्य का असली रूप आपकी आँखों के सामने आ जाय।"

"बस, बहुत हो चुका" राजा ने ज़ोर से कड़कते हुए कहा—"मैं इस सम्बन्ध में अब कुछ नहीं सुनना चाहता। आज न जाने तुम क्यों इस तरह बढ़-बढ़ कर

बातें कर रहे हो ? मैं तुम्हें जैसा समझता था, तुम ठीक उसके विपरीत निकले। तुम क्या जानो राज्य की शासन-व्यवस्था किस चिड़िया का नाम है ? मालूम होता है, किसी राज-विद्रोही ने तुम्हें बहका दिया है। याद कर लो, ये सब विनाश के लक्षण हैं।"

"हाँ भगवन् !" युवक ने उत्तर दिया—"मैं भी तो यही निवेदन कर रहा हूँ कि ये सब (राज के) विनाश के लक्षण हैं, आपको इन्हें दूर करने का उचित उपाय सोचना चाहिए।"

क्रोध की भभकती हुई ज्वाला ने राजा की नस-नस में आग लगा दी। भूखे शेर की तरह गुर्राते हुए उन्होंने कहा—तुम इसी दम मेरे सामने से हट जाओ। तुम्हारी सूरत से मुझे घृणा हो गई है। अभी एक क्षण पहले मैं राजकुमारी के साथ तुम्हारे विवाह की बात सोच रहा था, किन्तु अब देखता हूँ तुम्हारे लिए, जहाँ तक जल्दी हो सके, मुझे हथकड़ियों और बेड़ियों का प्रबन्ध करना पड़ेगा।

"राजकुमारी के साथ मेरा ब्याह करा के" कुँवर साहब ने वीर-दर्प के साथ उत्तर दिया—"अथवा मुझे अपने राज्य का अधिकारी बनाकर आप वह सुख और शान्ति नहीं पा सकेंगे स्वामिन्, जो सुख और शान्ति मुझे हथकड़ियाँ-बेड़ियाँ पहनाकर या फाँसी पर लटका कर आप पा सकते हैं। अच्छी बात है, मैं आपके सामने से दूर हट जाता हूँ ; अब यदि भाग्य में बदा होगा तो उसी दिन फिर सेवा में उपस्थित हो सकूँगा, जब आप मेरे लिए हथकड़ियों और बेड़ियों का प्रबन्ध कर चुकेंगे।"

इतना कहकर वह युवक तेज़ी के साथ कमरे से बाहर निकल गया।

राजा ने रोष-भरी आँखें गुड़ेर कर मन्त्री की ओर देखा और उनसे पूछा—सुन लीं इस छोकरे की बातें ?

"हाँ स्वामिन् !" अपराधी की तरह अपनी रोनी सूरत बनाकर मन्त्री ने जवाब दिया—"सुन लीं, ठीक उसी तरह जैसे कोई अबोध बालक किसी बेहोश रोगी का बड़बड़ाना सुन लेता है।"

"मैंने उसे पहचानने में भूल की थी। वह एक विषैला साँप है, जो आज तक फूलों के नीचे छिपा था। उसका यह पहला ही फुफकार मुझे राज के अमङ्गल की सूचना दे रहा है। इसको कुचले बिना काम न चलेगा।"

मन्त्री के होश हवा हो गए। कहाँ तो अभी कुँवर को उपहार में राजकुमारी दी जा रही थी और कहाँ अब उसे कुचल देने की बात सोची जाने लगी !

भयभीत होकर उन्होंने कहा—श्रीमन् ! उसकी ओर से मैं क्षमा की भीख माँग रहा हूँ। अभी पल भर पहले ही आप उसे अपना पुत्र अङ्गीकार कर चुके हैं। मेरा विश्वास है, आपके इस प्रेम का असर ख़ाली न जाने पाएगा। वह बड़ा ही सहृदय युवक है। मालूम होता है, किसी दुष्ट ने उसे बहका दिया है।

"मैं जानता हूँ मन्त्री जी" राजा ने कहा—"हमारे राज में भी अब धीरे-धीरे ऐसे दुष्टों की संख्या बढ़ती जा रही है। कुँवर करुणेन्द्र भी अगर उन्हीं का साथी बन गया हो तो मुझे अपने कठोर कर्त्तव्य का पालन करना पड़ेगा। अच्छा हो, अगर आप समझा-बुझा कर उसे ठीक रास्ते पर ला सकें, नहीं तो आप मुफ़्त में बरबाद हो जायँगे। अगर वह मान जाय तो मैं, जहाँ तक जल्दी हो सके, राजकुमारी के साथ उसका ब्याह करा दूँ। सम्भव है, शीलादेवी को पत्नी-रूप में पाकर वह अपने दायित्व को समझ ले और व्यर्थ ही इधर-उधर दृष्टि दौड़ाने का उसे अवसर ही न मिले।"

"मैं शीघ्र ही उसे आपके चरणों पर लोटता हुआ देखूँगा श्रीमन् !" कहकर मन्त्री ने सिर झुका दिया और घर जाने की आज्ञा माँगी।

राजा ने मन्त्री को बिदा किया और एक ऐसा लम्बा उसास काढ़ा, जिसमें उनके जीवन भर की वेदना तलमला रही थी। वे व्यथित होकर उसी जगह कौच पर लेट गए। उनकी आँखों के आगे राज्य भर के अत्याचारों की तस्वीरें नाच रही थीं, कानों में कुँवर करुणेन्द्र के वे करुणा और रोष-भरे शब्द गूँज रहे थे, हृदय में बेचैनी की लहरें दौड़ रही थीं।

२

"मेरा क्या अपराध है करुण ?" राजकुमारी शीला ने आँखों में आँसू भरकर पूछा—"मेरे जन्म-जन्मान्तर के सञ्चित प्यार को तुम इस निर्दयता से क्यों ठुकरा रहे हो ?"

"तुम्हारा अपराध राजकुमारी !" कुँवर करुणेन्द्र ने अपनी विह्वल भावनाओं को बलपूर्वक दबाते हुए उत्तर दिया—"केवल इतना ही कि तुम मेरे जैसे अभागों के लिए नहीं बनाई गई हो। मैं तुम्हारे प्यार को ठुकराने वाला

अन्तिम पुरुष होऊँगा। किन्तु वह मेरे भोग की वस्तु नहीं है, उसकी तो मैं उपासना किया करता हूँ और चाहता हूँ कि तुम मुझे आशीर्वाद दो जिससे जीवन भर मैं ऐसा ही कर सकूँ।"

"मुझे भय है, यही आशीर्वाद मेरे लिए अभिशाप का काम करेगा।"

"नहीं, यह भय मिथ्या है। आशीर्वाद कभी अभिशाप नहीं हुआ करता। अभिशाप को आमन्त्रित करने वाली चीज़ तो है आकांक्षा।"

"किन्तु आकांक्षा से दूर हटकर जीवन में कोई स्वाद भी रह जाता है?"

"अपनी-अपनी रुचि के अनुसार लोग जीवन में स्वाद ढूँढ़ा करते हैं राजकुमारी! किसी को त्यागमय, कष्टमय, तपस्यामय जीवन ही स्वादिष्ट मालूम होता है और किसी को वह जीवन जो सुख, भोग, विलास और वासना की धाराओं में, बिना केवट की नाव की तरह, लापरवाही से बहता चला जा रहा हो। मैं नहीं जानता, तुम्हारी आकांक्षा क्या है, और तुम अपने जीवन में कैसा स्वाद बनाए रहना चाहती हो।"

"मेरी आकांक्षा और कुछ नहीं है प्रियतम!" राजकुमारी घुटने टेककर हाथ जोड़ती हुई सजल स्वर में बोली—"मैं केवल इतना ही चाहती हूँ कि तुम्हारी चरण-सीमा से कभी दूर न हटाई जाऊँ। चाहे मेरी यह आकांक्षा अभिशाप ही न बन जाय, मैं इससे अपने को कभी अलग न कर सकूँगी। ऐसा करने से मेरे जीवन का सारा स्वाद जाता रहेगा।"

कुँवर करुणेन्द्र का छिपा हुआ प्यार आँखों की राह से बाहर छलक पड़ा। रुँधे हुए स्वर में उसने कहा—मुझे विचलित न करो राजकुमारी! उठो, इस तरह मुझ अभागे के सामने घुटने टेककर न बैठो। मेरा मन अधीर हुआ जा रहा है। मेरी रक्षा करो।

"मैं तो अबला हूँ नाथ! मेरे रक्षक तो आप ही हैं।"

"तुम्हारी यह दीनता मुझे पागल बना रही है राजकुमारी!" कुँवर ने बड़ी बेचैनी से कहा—"उठो, मेरे ऊपर दया करो।"

"और तुम भी मेरे ऊपर दया करो देव!" राजकुमारी खड़ी होकर बोली—"मुझे अब से राजकुमारी कहकर लज्जित न किया करो; मैं तुम्हारे चरणों की दासी हूँ।"

"नहीं, तुम राजकन्या हो।"

"हाँ, किन्तु केवल पिता जी के राजप्रासाद में, तुम्हारे आगे नहीं।"

"यह क्यों?"

"नहीं जानती।"

"इसी को बनना कहते हैं।"

"इसी को बनना कहते हैं?" राजकुमारी का नारी-दर्प सजग हो उठा। वेदना-विह्वल वाणी को कम्पित करती हुई वह बोली—"कहते होंगे; तुम्हारे ही जैसे हृदयहीन पुरुष, नारी-जीवन के इस इकलौते सत्य को 'बनना' कहते होंगे। बचपन से लेकर आज तक साथ रहते हुए भी जो एक अबला के हृदय की भूख नहीं पहचान सका उसे यह अधिकार है कि वह मेरी इस बिलखती हुई आकांक्षा का अपमान करे, मेरे तड़पने को 'बनना' समझे।"

"क्रोध न करो शीला!" कुँवर ने उसके दोनों हाथों को अपने हाथ में लेकर कहा—"मैं तुम्हारे क्रोध का पात्र नहीं, तुम्हारी करुणा का भिखारी हूँ, तुम्हारे प्यार का भूखा हूँ; किन्तु × × ×"

"किन्तु क्या करुण?"

"किन्तु हम दोनों के बीच जो बाधा आ खड़ी हुई है, उसे दूर होते अभी कुछ दिन लगेंगे। तब तक अपनी-अपनी अधीरता पर हमें कठोर अधिकार रखना पड़ेगा।"

"यह बाधा तो तुम्हारी ही खड़ी की हुई है। तुम चाहो तो पल-भर में दूर हो सकती है।"

"यह तो तुम सुनी बातें दोहरा रही हो शीला!" राजकुमारी के मुखड़े पर अपनी जीवनमयी आँखों से पुरुषत्व की आभा बिखेरते हुए कुँवर करुणेन्द्र ने जवाब दिया—"तुम्हें क्या मालूम कि इस बाधा का निर्माण करने वाला मैं हूँ या वह, जिसके अत्याचारपूर्ण शासन से आज सारे राज्य में हाहाकार मच रहा है। मेरे लिए यह हाहाकार असह्य हो उठा है। मैं प्राण देकर भी प्रजा की पीड़ाओं का प्रतीकार करूँगा।"

"किन्तु दो-चार दिनों के बाद भी तुम इस काम को शुरू कर सकते हो, और मैं समझती हूँ उस समय तुम बड़ी आसानी से सफलता प्राप्त कर सकोगे।"

"मैं इस काम में बहुत पहले ही से हाथ डाल चुका हूँ शीला!" कुँवर ने गम्भीर भाव से उत्तर दिया—"बहुत

देर हो गई, अब पीछे नहीं लौट सकता। जिस काम के लिए तुम मुझे दो-चार दिनों तक ठहरने को कह रही हो वह इस महान् कार्य के आगे अपना कोई महत्व नहीं रखता।

"मगर मेरी ओर भी तुम देख रहे हो या नहीं?"

"मेरी आँखें तुम्हारी ओर से फिर न सकेंगी; किन्तु हृदय इस समय प्रेम की मदिरा पीकर बेहोश नहीं होना चाहता, वह कर्त्तव्य की वेदी पर बलिदान होकर अमरत्व की धारा बहाना चाहता है।"

"तुम बड़े ही कठोर हो प्रियतम!"

"ठीक उसी तरह प्रिये!" कुँवर ने उसका हाथ चूमते हुए कहा—"जिस तरह वह शिला-खण्ड, जिसके नीचे सदैव निर्मल जल का स्रोत उमड़ता रहता है। अच्छा हो, अगर तुम मुझ निष्ठुर को बिलकुल भूल जाओ।"

"कोशिश करूँगी।"

"कोशिश ही नहीं, पूरी तपस्या करनी होगी।"

"करूँगी, अब मैं सब कुछ करूँगी; और केवल इसी लिए कि तुम्हारी मनोकामना पूरी हो, तुम्हारा यह अनुष्ठान सफल हो।"

"ईश्वर तुम्हारी इस इच्छा-शक्ति को अमर बनाएँ।"

"आशीर्वाद दो" कहकर राजकुमारी उसके पैरों पर माथा टेकती हुई बोली—"इन चरणों की धूलि मेरे सुहाग की रखवाली करे।"

३

"मैं तुम्हारा अन्तिम निर्णय सुनना चाहता हूँ करुण!"

"मुझे बहुत ही दुख है पिता जी!" करुणेन्द्र ने विनीत भाव से उत्तर दिया—"मेरे विचार तब तक दूसरे नहीं हो सकते जब तक भूख की ज्वाला से तड़पने वाले उन करोड़ों निरीह प्राणियों की पीड़ा का पूर्ण प्रतीकार न हो जाय—जब तक राजकीय अत्याचारों की 'इति' न हो जाय और जब तक मैं राज्य-व्यवस्था के साथ जनता की उमङ्ग-भरी सहानुभूति का मेल न देख लूँ।"

"किन्तु क्या तुम समझते हो" मन्त्री ने राजदर्प दिखलाते हुए कहा—"कि तुम इतनी बड़ी राजसत्ता के विरुद्ध घड़ी भर भी खड़े रह सकोगे? तुम अपने को इतना महान् कब से समझने लगे?"

"उसी दिन से" करुणेन्द्र ने कहा—"जिस दिन मुझे मालूम हुआ कि आप लोग केवल ग़रीब प्रजाओं का रक्त ही चूसना जानते हैं—उनकी सूखी हुई रसहीन हड्डियों में रुधिर की सृष्टि करना बिलकुल नहीं जानते; उसी दिन से, जिस दिन देखा कि जिनकी कमाई के बल पर राजप्रासादों में मदिरा की नदियाँ बहाई जा रही हैं, उन बेचारों को कहीं पानी पीने का भी ठिकाना नहीं है; और पिता जी, उसी दिन से, जिस दिन मुझे मालूम हुआ कि महानता का आधार ऐश्वर्य अथवा राजपद नहीं, बल्कि मनुष्यता और मनुष्यता के प्रति प्रेम है। मैं नहीं जानता, इतनी बड़ी राजसत्ता के विरुद्ध मैं घड़ी भर भी खड़ा रह सकूँगा या नहीं; हाँ, इतना जानता हूँ कि मैं सत्य और न्याय की उपासना करने जा रहा हूँ और परमात्मा मेरी सहायता करेंगे।"

"सम्भव है, परमात्मा तुम्हारी सहायता करें; किन्तु तुम्हारे पिता होने के नाते मेरा भी कर्त्तव्य है कि मैं तुम्हें उचित राह पर लाने की चेष्टा करूँ, तुम्हें आग में कूदने से रोकूँ और तुम्हारे कल्याण की चिन्ता करूँ × × ×" कहते-कहते मन्त्री की आँखें डबडबा आईं।

"सच है पिता जी!" करुणेन्द्र ने अविचलित भाव से कहा—"आप अपना कर्त्तव्य कीजिए, मैं अपने कर्त्तव्य को पहचानता हूँ।"

"और अपने माँ-बाप को अपार कष्ट में डालना ही शायद तुम इस समय अपना कर्त्तव्य समझ रहे हो?" मन्त्री ने व्यङ्ग किया।

"नहीं, माँ-बाप के माया-मोह की परवा न करते हुए सारे देश को क्लेश-मुक्त करना।"

"नरक मिलेगा—कहे देता हूँ, मुझे रुलाकर सुख न पा सकोगे।"

"पिता का आशीर्वाद सिर-आँखों पर; किन्तु देश-सेवा के नाते यही नरक मेरे लिए स्वर्ग होगा। आपको रोते देख मैं कभी सुखी नहीं हो सकता, मगर देखता हूँ आपके रोने का कोई कारण नहीं है।"

"इससे बढ़कर और कौन-सा कारण होगा" मन्त्री ने विदग्ध वाणी में कहा—"कि कल ही मैं जिस बेटे को राज-सिंहासन पर बैठाने की बात कर रहा था उसी को शायद अब जेल की नरक में सड़ता हुआ देखूँगा। तुम नहीं जानते राज-धर्म कितना कठोर और निर्मम होता है।"

"जानता हूँ" करुणेन्द्र ने उत्तर दिया—"राज-धर्म बड़ा ही कोमल और सदय होता है। कठोरता और निर्ममता तो स्वार्थ-पूजा के निमित्त काम में लाई जाती है।"

"अभागे हो" मन्त्री ने कहा—"राजकुमारी शीला-देवी के साथ-साथ इतना बड़ा समृद्धिशाली राज्य खोने जा रहे हो।"

"इतना ही या और कुछ?"

"बहुत-कुछ" मन्त्री ने आँखों में रोष की लालिमा जगाकर उत्तर दिया—"यदि तुम चौबीस घण्टे के अन्दर अपनी विचार-धारा न बदल सके तो मुझे राजाज्ञा का पालन करना पड़ेगा, तुम्हें पुत्र के रूप में नहीं, राज-द्रोही के रूप में देखने को विवश होना पड़ेगा और मुझे भय है, तुम इस नगर में नहीं रहने दिए जाओगे।"

"बहुत अच्छा" कुँवर अपने शरीर का वस्त्र उतारता हुआ बोला—"राजाज्ञा का पालन करने के लिए आपको चौबीस घण्टे की लम्बी प्रतीक्षा नहीं करनी पड़ेगी। लीजिए, मैं इसी समय यहाँ से चला जाता हूँ। अब मुझे दीन-दुखियों के हृदय में अपना बैकुण्ठ बसाना है, आपके इन मूल्यवान् वस्त्रों की आवश्यकता नहीं रह गई। इन्हें भी मैं छोड़े जाता हूँ, मेरे लिए गाढ़े का यह एक टुकड़ा ही बहुत है। प्रणाम × × × !"

देखते ही देखते, ऐश्वर्य की गोद में पला हुआ वह युवक केवल एक लँगोटी पहनकर उस महल से बाहर निकल गया।

मन्त्री माथा ठोक कर रह गए।

४

"ज्यों-ज्यों विप्लव बढ़ता जा रहा है, त्यों-त्यों आप ढीले होते जा रहे हैं मन्त्री जी!"

"हो सकता है श्रीमन्!"

"क्यों? क्या मैं इसका कारण जान सकता हूँ?" राजा ने अपनी भौंहें टेढ़ी करके पूछा।

"मैं स्वयं नहीं जानता, क्या कारण हो सकता है।"

"क्या आप यह भी नहीं जानते कि आप ही का पुत्र इस विप्लव का प्राण है?"

"इस विप्लव के प्राण को तो मैं पहचानता हूँ, किन्तु उस पर मेरा अब कोई अधिकार नहीं, वह जनता की चीज़ हो गया है।"

"किन्तु उसे राजदण्ड देते हुए आपका हृदय तो काँप रहा है न?"

"इसे मैं अस्वीकार नहीं कर सकता श्रीमन्!" मन्त्री ने गम्भीर होकर निवेदन किया—"मेरी छाती के भीतर हृदय नाम की एक ऐसी वस्तु है जो मुझे स्नेह और ममता की ओर खींच लेती है। मैं सब तरह से लाचार हूँ।"

"आपको, जैसे हो, यह विद्रोह दबाना पड़ेगा" राजा ने क्रोध से काँपते हुए कहा—"नहीं तो इसका परिणाम अच्छा नहीं होगा।"

"यह तो मैं भी देख रहा हूँ श्रीमन्!" मन्त्री ने नम्रता से उत्तर दिया—"किन्तु इसकी दवा मेरे पास नहीं है। दमन-चक्र चलाकर यह प्रलयङ्कर विद्रोह शान्त नहीं किया जा सकता। आपको जनता के सामने झुकना पड़ेगा।"

"मुझे जनता के सामने झुकना पड़ेगा?" राजा क्रोध से पागल होकर चिल्ला उठे—"मैं सब समझ गया मन्त्री, इस विद्रोह के सञ्चालन में तुम्हारा भी हाथ है। तुम्हीं यह सब करवा रहे हो।"

"मैं इसका विरोध करता हूँ" मन्त्री ने शेर की तरह गरज कर प्रतिवाद किया—"मैं इस राज्य का सबसे बड़ा हितेच्छु हूँ। मैं वही कह रहा हूँ जो आपके लिए कल्याणप्रद समझता हूँ। मगर आपकी आँखें फूट गई हैं, आपके सिर पर विनाश मँडरा रहा है। अत्याचार करने पर आप तुले हुए हैं, यही अत्याचार आपको ले बैठेगा। अब भी समय है, सँभल जाइए।"

"अच्छी बात है" कहकर राजा ने सीटी बजा दी। बजाते ही पचीस-तीस हथियारबन्द सैनिक वहाँ आ खड़े हुए।

राजा ने क्रोध से काँपते हुए कहा—सेनापति! मन्त्री को गिरफ़्तार करो। यह विद्रोहियों का सरदार है।

सैनिकों की तलवारें झनझना उठीं। मन्त्री के हाथों में हथकड़ियाँ डाल दी गईं।

राजा ने मन्त्री की ओर देखकर रोष-भरे शब्दों में कहा—जाओ, तुम्हारी नमकहरामी का यही पुरस्कार है।

मन्त्री ने हँसकर कहा—नमकहलाली का कहिए श्रीमन्! अब भी तो सत्य से प्रेम करना सीख लीजिए। मुझे तो अपना पुरस्कार मिल गया, अब आप अपना पाने के लिए तैयार रहिए।

"बस, अब तुम अधिक नहीं बोल सकते" राजा ने तलवार खींचकर कहा—"बन्दी के मुख से मैं कोई बात नहीं सुनना चाहता।

"ईश्वर आपको सत्पथ दिखावें"—कहकर मन्त्री ने तलवार के आगे अपना सिर झुका दिया !

५

"तुम यहाँ कैसे राजकुमारी ?"

"क्या अब भी मैं राजकुमारी ही हूँ ? राजकुमारी भी क्या मेरी ही जैसी राह की भिखारिणी हुआ करती हैं ?"

"वही तो पूछता हूँ, तुमने यह बाना क्यों धारण किया ? राजप्रासाद का सुख छोड़कर तुम हम विद्रोहियों के बीच क्योंकर आ गईं ? पिता के विरुद्ध तुम्हारा यह आचरण मुझे आश्चर्यचकित कर रहा है !"

"सच है सरदार !" करुणेन्द्र को सम्बोधित करके राजकुमारी शीला ने कहा—(करुणेन्द्र को विद्रोही दल के लोग 'सरदार' कहकर पुकारा करते थे) "आज मुझे अपने अत्याचारी पिता के विरुद्ध ऐसा आचरण करते देख आपको आश्चर्य हो रहा है, किन्तु उस दिन अपने ऊपर आपको आश्चर्य न हुआ होगा, जब आप स्वयं अपने पिता का विरोध करके घर से निकल गए थे। आपके हृदय में आज जो आग धधक रही है उसी ने मेरे अन्तर में भी अब घर कर लिया है। राजा के इस नारकीय अत्याचार का उत्तर देना मैंने भी अपना धर्म समझा और इसी कारण यह बाना धारण कर, आपकी सेवा में आ खड़ी हुई। सरदार ! मैं और किसी लायक़ नहीं हूँ, केवल आपकी सेविका के नाते इस विप्लव की आराधना करने आई हूँ, मेरी पूजा स्वीकार हो !"

"प्रिये !" विद्रोहियों का सरदार प्रेमार्द्र होकर कह उठा—"तुम मुझे 'सरदार' और 'आप' कहकर न पुकारो, मैं तुम्हारा वही 'करुण' हूँ जो जीवन के इस दारुण संग्राम में लिपटा रहकर भी, तुम्हें कभी एक क्षण के लिए भी अपनी स्मृति से दूर नहीं हटा सका, कदाचित् उसी के प्रभाव से इस समय तुम मेरे सामने आ पहुँची हो। आओ, पहले तुम्हें एक बार गले लगाकर विप्लव के इस कण्टकाकीर्ण आँगन में तुम्हारा स्वागत करूँ।"

सरदार ने अपनी बाहें फैला दीं; किन्तु शीला उनसे दो क़दम दूर हटकर बोली—सरदार ! होश में आ जाओ। तुम इस समय एक बड़े भारी यज्ञ के पुरोहित बने हुए हो। यह विह्वलता तुम्हें शोभा नहीं देती। यह यज्ञ समाप्त कर लो, फिर मुझे गले लगाना। तुम्हारे प्रेम की भीख मेरे कलेजे के भीतर है, उसे इस समय निकालकर दिखाने की मुझे ज़रूरत नहीं। आज तो मैं तुम्हें अपने कर्त्तव्य की छवि पर रिझाने आई हूँ। अभी मुझे मत छुओ, पिता के शोणित से मैं अपनी माँ का तर्पण कर लूँ, एक सच्ची क्षत्री-बालिका की तरह माता के ऋण से उऋण हो लूँ, फिर मेरा कोई काम नहीं रह जायगा, मैं तुम्हारे छूने लायक़ हो जाऊँगी।"

"इसका क्या अर्थ शीला ?" सरदार ने सँभल कर, चौंक कर, और कुछ लजा कर पूछा।

"इसके अर्थ में अनर्थ की गाथा है" राजकुमारी ने क्रोध से काँपते हुए जवाब दिया—"पिता जी—नहीं, इस राज्य के अत्याचारी राजा के मन में सन्देह हुआ कि मेरी माँ का भी हाथ इस राज-विप्लव में था, वे तुम्हारे साथ हमदर्दी दिखाने के अपराध में चुपके से मार डाली गईं ! मेरे लिए भी षड्यन्त्र रचा जा रहा था, किन्तु मुझे मालूम हो गया और मैं चुपके से यहाँ चली आई।"

सरदार तड़प उठा। "क्या माता जी के साथ भी उस पापी ने यही सुलूक किया ?"

"केवल मेरी माता जी के ही साथ नहीं" राजकुमारी ने कहा—"तुम्हारे पिता जी भी जेल के भीतर सड़ रहे हैं और तुम्हारी माता जी इसी शोक से चल बसीं।"

"माँ मेरी चल बसीं और पिता जी बन्दी बनाकर जेल में डाल दिए गए हैं, यह तो मैं तुम्हारे आने के घण्टे भर पहले ही सुन चुका था, किन्तु इससे मैं विचलित नहीं होने का। राष्ट्रीय यज्ञ में कितनी ही प्यारी और मूल्यवान् वस्तुओं की आहुति देनी पड़ती है। कौन जाने किस समय हमारे प्राण भी कर्त्तव्य की इसी वेदी पर चढ़ जायँ × × ×"

"अब बिलकुल देर नहीं है" कहकर इसी समय अचानक राज्य का प्रधान सेनापति उन दोनों के आगे तलवार खींचकर खड़ा हो गया। उसके साथ सशस्त्र सैनिकों की एक टोली भी थी।

"ख़बरदार सेनापति !" राजकुमारी ने डपटकर कहा—"एक पग भी अगर आगे बढ़ाया तो कुशल नहीं है। राजकुमारी शीलादेवी तुम्हें आज्ञा दे रही हैं कि तुम इसी समय यहाँ से दूर हट जाओ।"

"खेद है राजकुमारी !" सेनापति ने क्रूरता की हँसी हँसकर जवाब दिया—"अब आपकी आज्ञा का कोई मूल्य नहीं रह गया। मैं राजाज्ञा पाकर आपको और इस 'विद्रोही' को गिरफ़्तार करने आया हूँ। भला चाहें, तो शान्तिपूर्वक आप लोग आत्म-समर्पण कर दें। व्यर्थ की बातें बघारने से अब कोई लाभ नहीं होगा।"

"अच्छी बात है सेनापति !" करुणेन्द्र (सरदार) ने धीरता के साथ कहा—"इस समय हम लोग फँस गए। यहाँ हमारी सहायता करने वाला कोई है नहीं, इसलिए बड़ी आसानी से तुम हमें गिरफ़्तार कर लो। मगर अपने राजा से कह देना कि हमारी गिरफ़्तारी से यह विप्लव शान्त नहीं होगा, लोग राजमद को चूर करके ही दम लेंगे।"

"कोई चिन्ता नहीं" सेनापति ने अकड़कर कहा—"आगे की बात फिर देखी जायगी, इस समय राजमद तुम्हारे ख़ून का प्यासा है, चुपचाप चलकर उसकी प्यास बुझाओ।"

"चलो" कहकर शीला और करुणेन्द्र ने एक साथ ही अपने हाथ बढ़ा दिए।

६

"तुम्हारे ही कारण राज्य-भर में यह मार-काट मची हुई है, इसे स्वीकार करते हो?" राजा ने डपटकर पूछा।

"मेरे कारण नहीं, आपके कारण—आपके इन नारकीय अत्याचारों के कारण"—विद्रोही करुणेन्द्र ने उत्तर दिया।

"तुम्हारी इस गुस्ताख़ी की क्या सज़ा है, जानते हो?"

"गुस्ताख़ी नहीं जानता, सज़ा जानता हूँ और उससे मैं डरता नहीं।"

"अब डरकर भी तुम उससे छुटकारा नहीं पा सकते!" कहकर राजा ने अमानुषिक रूप से चिल्लाकर आज्ञा दी—"कहाँ है जल्लाद! ले जाओ, इस नमकहराम कुत्ते को फाँसी पर लटका दो।"

इसी समय हाँफता हुआ सेनापति राजा के सामने आ खड़ा हुआ और बोला—आप कहीं जाकर छिप रहें हुज़ूर! बाग़ियों की सेना ने जेल की दीवारें तोड़ दीं! अब वह महल की ओर दौड़ी आ रही है!

"और तुम्हारी सेना कहाँ गई?" राजा ने भयभीत होकर पूछा।

"मेरी सेना के सभी लोग उसी दल में जा मिले" सेनापति ने भय-विह्वल होकर कहा—"मैं आपको कहीं छिपा रखने के लिए वहाँ से भाग आया हूँ। अब मेरे हाथ में एक भी सैनिक नहीं रह गया। आप जल्दी करें, कहीं जाकर छिप रहें। वह देखिए, सेना का समुद्र उमड़ा आ रहा है। भागिए, छिपिए, अपने प्राणों की रक्षा कीजिए!"

"क़िले का दरवाज़ा बन्द करो" कहकर राजा रङ्ग-महल की ओर भाग खड़े हुए।

वे अभी भीतर पहुँच भी नहीं सके थे कि विद्रोहियों की सेना क़िले में घुस आई। बेचारा सेनापति पकड़ लिया गया।

"जल्दी बताओ" विद्रोहियों के एक मुखिया ने सेनापति ने पूछा—"वह अत्याचारी, कायर और दग़ाबाज़ राजा कहाँ छिपा हुआ है, हमें उसके राज-दर्प की प्यास बुझानी है।"

"मैं नहीं जानता"—सेनापति ने कहा।

"नहीं जानते?" एक साथ ही बहुत से लोगों ने चिल्लाकर कहा—"झूठे हो। जल्दी बताओ, नहीं तो बोटी-बोटी अलग कर दी जावेगी।

"ज़रूर कर दी जानी चाहिए" कुछ लोग चिल्ला उठे—"इसी राक्षस ने हमारे सरदार और कुमारी शीलादेवी को धोखे से गिरफ़्तार किया था।"

"वह हत्यारा महल में जा छिपा है" कहकर अचानक विद्रोहियों का खोया हुआ सरदार (करुणेन्द्र) उसी जगह आकर खड़ा हो गया।

उन्हें पाकर उनके हौसले और भी बढ़ गए। जेल में उन्होंने अपने सरदार को बहुत ढूँढ़ा था, पर वे मिले

नहीं। लोगों ने समझा वे फाँसी पर लटका दिए गए। इससे उनकी उत्तेजना और भी बढ़ गई थी। अब अपने उसी सरदार को सामने देखकर वे चिल्ला उठे—महल को मिट्टी में मिला दो। उस शैतान राजा को पकड़कर उसी फाँसी की डोरी से लटका दो जो हम लोगों के लिए बनाई गई थी!

"अत्याचार का अन्त कर दो, इसके बाद ही हमें एक राम-राज्य क़ायम करना है"—कहकर सेना का दल महल की ओर टूट पड़ा।

७

जेल से निकलते ही शीला अपने सरदार (करुणेन्द्र) की खोज में लग गई। मगर उसे कहीं पता नहीं चला। वह मूर्च्छित होकर एक जगह गिर पड़ी। विद्रोहियों का दल बहुत आगे निकल चुका था। करुणेन्द्र के पिता धीरे-धीरे आ रहे थे, उनकी नज़र पड़ गई। उन्होंने उसे पहचान लिया। उन्हीं के प्रयास से उसकी बेहोशी दूर हो गई। आँखें खोलते ही उसने पूछा—मन्त्री जी! कुँवर साहब का भी कुछ पता है?

"कह नहीं सकता बेटी!" उस बेचारे ने बड़े कष्ट से कहा—"जाकर देख आओ, शायद उसी दल में मिल जायँ। अब मालूम होता है, सारा मामला शान्त हो गया। आकाश-मण्डल में हर्ष की ध्वनि गूँज रही है। अगर जा सको तो जाओ, करुणेन्द्र को खोज लो। मैं यहीं बैठता हूँ, उसे मेरे पास ले आना।

शीला उठी और विद्युत्-वेग से राजमहल की ओर दौड़ पड़ी।

"हटो, रास्ता साफ़ कर दो" पीछे की भीड़ में से आवाज़ उठी—"राजकुमारी शीलादेवी आ गईं, इन्हें सरदार (करुणेन्द्र) के पास जाने दो।"

"रास्ता आपसे आप खुलता जायगा देवी जी! आप आगे बढ़ती जायँ"—कहकर दो-चार आदमी लोगों को इधर-उधर हटाने में लग गए।

लोगों के हर्ष की सीमा नहीं थी। भीड़ को चीरती-फाड़ती शीला उस स्थान पर पहुँची जहाँ एक अत्याचारी राजा की वैभवहीन काया फाँसी पर झूल रही थी और उसका राज-मुकुट लोट रहा था लगोंटी पहने हुए उस विद्रोही के चरणों पर!

शीला यह दृश्य देखकर खड़ी न रह सकी। लोगों ने आँखों में आँसू भरकर देखा, वह भी उन्हीं चरणों पर बेहोश होकर गिर पड़ी।

(१३२ पृष्ठ का शेषांश)

उसने गर्दन के नीचे अपने हाथ रख लिए। बधिकों ने उन्हें धीरे से हटा दिया, ताकि उनकी चोटें ख़ाली न जायँ। फिर एक ने उसे अच्छी तरह पकड़ लिया और दूसरे ने फरसे की चोट की।

बड़ा ही करुणा-जनक दृश्य था। बधिक के हाथ लड़-खड़ा गए। चोट रूमाल की गाँठ पर पड़ी और ज़रा सी चमड़ी कटकर गिर पड़ी। उसने फिर चोट की और यह पूरी बैठी। गर्दन कट कर ज़रा सी खाल के सहारे लटक गई और फिर अलग हो गई!!! दृश्य बदल गया और उसके साथ-साथ सुन्दरी मेरी भी बदल गई। यह सब कुछ एक जादू के समान हो गया। तख़्त पर पड़ी हुई रानी की लाश करुणा और प्रेम की मूर्त्ति सी प्रतीत होने लगी।

बधिक ने नियमानुसार उस सिर को ऊपर उठाकर लोगों को दिखाया। अब भी उस कुम्हलाए मुख से तेजस्विता फूटी पड़ती थी।

"महारानी के शत्रु नष्ट हुए।" पीटरवर्ग के पादरी ने चिल्ला कर कहा।

जन-समुदाय से ध्वनि उठी—"आमीन!"

कैण्ट का सरदार उठा और लाश पर खड़ा होकर बोला—महारानी और गोस्पल के शत्रुओं की आख़िर यह दुर्दशा हुई।

फाँसी के भिन्न-भिन्न तरीक़े

[ले० श्री० रमेशप्रसाद जी, बी० एस्-सी०]

यह कहना ज़रा कठिन है कि फाँसी देने की प्रथा कब से चली। इतिहासज्ञों के लिए भी इसका ठीक समय बतलाना कठिन हो जायगा, किन्तु यह बात सभी मानेंगे कि फाँसी देने की प्रथा सब समय एक सी नहीं थी। फाँसी देने का अर्थ है मनुष्य का किसी न किसी प्रकार प्राण हरण करना। चाहे गले में रस्सी डाल कर, चाहे कुत्तों से नुचवा कर, चाहे पत्थरों से मार कर—किसी भी रूप में मनुष्यों को फाँसी दी जा सकती है। यह विषय बड़ा विस्तृत है और यूरोपीय भाषाओं में इस पर बहुत सी पुस्तकें लिखी जा चुकी हैं।

प्राचीन काल में लोगों की धारणा थी कि जब तक कोई मनुष्य अपना अपराध स्वयं स्वीकार न कर ले, तब तक उसे दण्ड न दिया जाय। सन्देहजनक व्यक्तियों को अपराध स्वीकार कराने के लिए भी भिन्न-भिन्न प्रकार के कष्ट दिए जाते थे और अक्सर देखा जाता था कि प्रायः इस क्रिया में उनकी जीवन-लीला भी समाप्त हो जाती थी। ख़ैर, हमें इन बातों से प्रयोजन नहीं है, फाँसी देने के यन्त्र भिन्न-भिन्न समयों में भिन्न-भिन्न होते आए हैं। तारीफ़ करनी चाहिए उन लोगों की, जिन्होंने ऐसे यन्त्रों का आविष्कार किया था। कहा जाता है कि प्रायः ६०० प्रकार के फाँसी देने के यन्त्र आविष्कृत हुए हैं और इनमें कई तो बड़े विचित्र हैं। प्राचीन काल में अङ्गरेज़ों में फाँसी देने की एक प्रथा यह थी कि अपराधी फाँसी पर लटका दिया जाता था और जब उसका आधा प्राण निकल जाता था तो उसे उतारकर ज़मीन पर लिटा देते थे। इस समय उसका सिर किसी औरत की जङ्घा पर रख दिया जाता था, जिससे उसके कष्ट में उसे शान्ति मिले, और तब उसका पेट चीर कर उसकी आँतें निकाल ली जाती थीं।

इङ्गलैण्ड में फाँसी देने की एक प्रथा चली थी, जिसका नाम लोगों ने Scavenger's daughter रख दिया था। यह और कुछ नहीं, सिर्फ़ एक लोहे का तार होता था, जिससे अपराधी को मोड़ कर बाँध देते थे और उसे मरने के लिए छोड़ देते थे!

'स्ट्रॉपेडो' नाम क फाँसी देने का तरीक़ा यह था कि अपराधी के पैर में कोई तीन मन का पत्थर बाँध दिया जाता था और उसके एक या दोनों हाथ बाँध कर लटका दिया जाता था। इस प्रकार अपराधी बिना भोजन और जल के मर जाता था! (देखिए चित्र-नम्बर १)

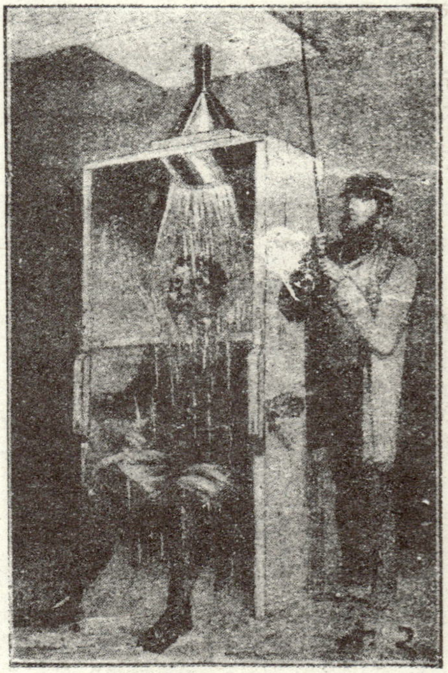

चित्र-नम्बर २

फाँसी के तरीक़ों में "रशिया की गाँठ" (Russian knont) एक प्रसिद्ध तरीक़ा है। यह एक चमड़े का चाबुक होता था, जिसमें केवल एक ही गाँठ रहती थी। चमड़े को पानी में भिगोकर और फिर सुखाकर कड़ा बना

लेते थे और फिर इस चाबुक से अपराधी की पीठ का चमड़ा उधेड़ डालते थे, जिसकी पीड़ा से मृत्यु ही त्राण देती थी !

न्यूयार्क के औवर्न जेल में सन् १८५८ ई० तक अपराधी के सिर पर पानी डाल कर फाँसी दिया करते थे। (चित्र नं० २ देखिए) अपराधी का हाथ एक पलने में बाँध देते थे और ऊपर से उसके सिर पर अनवरत पानी की धार गिराते थे। इससे अपराधी को स्वाँस लेने के लिए हवा नहीं मिल सकती थी और दम घुट कर उसकी शीघ्र ही मृत्यु हो जाती थी।

किन्तु पानी से फाँसी देने की यही एक प्रथा नहीं है। सबसे आसान तरीक़ा है पानी में डुबाकर मारना। इङ्गलैण्ड में एक समय डायनों को पानी में डुबाकर फाँसी दी जाती थी। ऐसे भी उदाहरण अनोखे नहीं हैं, जहाँ लोगों को खौलते हुए पानी के कड़ाह में डाल कर मारा गया हो। भारतवर्ष ही में इसके कई उदाहरण मिलेंगे।

चित्र नं० ३ देखिए। इसमें अपराधी के गले के नीचे तक एक टीप (Funnel) घुसेड़ दिया गया है। इस क्रिया

चित्र-नम्बर ३

से अपराधी के पेट में इतना पानी उड़ेल दिया जाता था कि अपराधी का प्राणान्त हो जाता था। एक तो गिलोय यों ही कड़वी होती है, दूजे यदि वह नीम पर चढ़ जाय तो क्या पूछना? चित्र नं० ४ में अपराधी का प्राण निकालने के लिए काफ़ी साधन है, किन्तु इससे सन्तुष्ट न होकर आविष्कारक ने उसके गले के नीचे पानी पहुँचाने का भी प्रबन्ध कर दिया है।

चित्र-नम्बर ४

"Ducking Stool" प्रायः स्त्रियों को फाँसी देने के काम में आता था। (चित्र नं० ५ देखिए)। एक कुर्सी पर अपराधी बैठा दिया जाता था। इसे अपराधी सहित पानी में डुबाते और निकालते थे। पानी में अपराधी को रखने का समय धीरे-धीरे बढ़ाते जाते थे और अन्त में उसे जल-समाधि लगाने के लिए पानी में हमेशा के लिए छोड़ देते थे। अपराधी का दम फूल जाता था और वह मर जाता था।

अपराधी के प्राण हरण करने के लिए अग्नि भी बहुत दिनों तक काम में लाई जाती थी। अग्नि में जलाकर या आग पर गरम किए हुए पानी या तेल के कड़ाह में अपराधी को डाल देना तो प्राण-हरण के ऐसे तरीक़े हैं, जिन्हें सब कोई जानता है। किन्तु कुछ पत्थर के हृदय वाले अधिकारियों को यह सह्य नहीं हुआ कि अपराधी अपना प्राण इतनी आसानी से गँवावे, इसलिए उन्होंने कई ऐसे तरीक़े आविष्कार किए जिनसे अपराधियों की तकलीफ़ बढ़ जाय। अपराधी के हाथ-पैर बाँध दिए जाते थे और उसे भालों की नोकों से उठाकर आग में धीरे-धीरे झुलसा जाता था। कैसा हृदय-विदारक दण्ड है? (देखिए चित्र-नम्बर ६)

कभी-कभी एक लोहे के पहिए में अपराधी को बाँध देते थे, पहिए के नीचे आग जला देते थे और पहिए को

चारों तरफ़ घुमाते थे, जिससे कि प्राण धीरे-धीरे और कष्ट से निकले।

चित्र-नम्बर ५

रोम में एक सीज़र के विषय में कहा जाता है कि वे अपराधियों को मोम से लपेटवा देते थे और रात में उनमें आग लगवा देते थे, जिससे उनका राज-भवन रात में प्रकाशित होता था। नहीं कहा जा सकता कि यह बात कहाँ तक सच है, किन्तु एक पुराने चित्र में यह बात दिखलाई गई है।

बुरा हो चर्ख़ी का, जिसने न मालूम कितने हज़ार मनुष्यों के प्राण लिए होंगे। पाठक चित्र नं० ७ देखें और विचार करें। इसमें दो पहिए हैं, जिनके बीच में अपराधी को खड़ा कर देते हैं। प्रत्येक पहियों से तेज़ धारदार छुरियाँ निकलती रहती हैं। ये अपराधी के शरीर से लग-लगकर उसे क्षत-विक्षत कर देती हैं। इस यन्त्र द्वारा अपराधी कुछ ही मिनटों में मार डाला जा सकता है, किन्तु उसे तकलीफ़ बहुत ज़्यादा होती है।

घोड़े और गाड़ी के पीछे अपराधी को बाँध कर मार डालने की प्रथा ऐसी नहीं है, जिसे लोग न जानते हों, किन्तु यदि अपराधी का 'टग ऑफ़-वार' (Tug of war) हो तो उस पर कैसा बीतेगा। 'टग-ऑफ़-वार' में जैसे रस्सी काम में लाई जाती है, वैसे ही इसमें मनुष्य काम में लाया जाता था। नतीजा यह होता था कि मनुष्य के दो टुकड़े हो जाते थे!! (देखिए चित्र-नम्बर ८)। एक समय अपराधियों को फाँसी देने के लिए उन्हें रस्सी के सहारे बाँध देते थे और घोड़े से उस रस्सी को बाँध कर खिंचवाते थे। और ऊपर से उन्हें पत्थरों से मारते थे (देखिए चित्र-नम्बर ९)।

चित्र-नम्बर ७

'क्रॉस' पर लटका कर फाँसी देने का तरीक़ा बहुत पुराना नहीं है। इसके विषय में प्रायः सभी कुछ न कुछ जानते हैं (चित्र-नम्बर १०-११ देखिए)।

'मृत्यु-सेज' नामक दण्ड-विधान बड़ा दारुण है।

चित्र-नम्बर १ (पृष्ठ १४२ देखिए)

चित्र-नम्बर ६ (पृष्ठ १४३ देखिए)

इसका दृश्य चित्र नं० १२ में देखिए। एक तख़्ते पर तेज़ कीलें जड़ी रहती हैं। उसी पर अपराधी को सुलाकर

चित्र-नम्बर १०

बाँध देते हैं और फिर शिकञ्जे से इस प्रकार कसते हैं कि अपराधी के शरीर में कीलें गड़ जायँ। अपराधी

चित्र-नम्बर ११

असह्य कष्ट भोगकर प्राण छोड़ देता है। इसीसे मिलता-जुलता हुआ फाँसी देने का वह तरीक़ा है, जिसमें अपराधी को तेज़ कील लगे हुए तख़्ते पर खड़ा कराकर कोड़े लगाते हैं। (देखिए चित्र-नं० १३)

चित्र-नम्बर १३

चित्र-नम्बर १४

फाँसी के पिंजड़े का व्यवहार अब तक काबुल में होता है। इस पिंजड़े में अपराधी को बन्द कर देते हैं

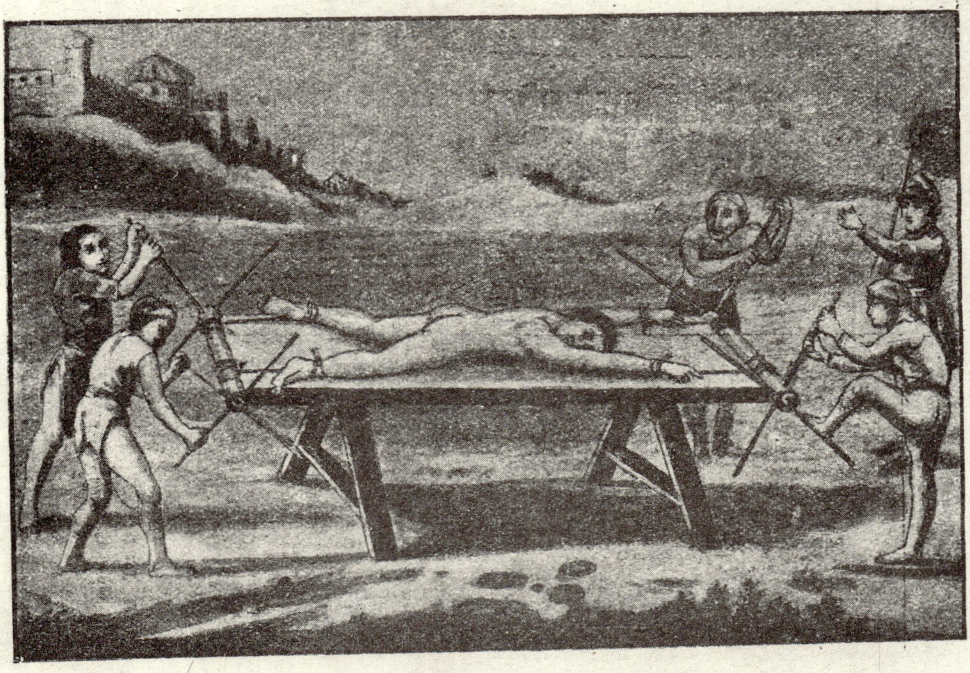

चित्र-नम्बर ८ (पृष्ठ १४४ देखिए)

चित्र-नम्बर ९ (पृष्ठ १४४ देखिए)

और धूप में रख देते हैं या किसी ऊँचे मचान या पेड़ पर टाँग देते हैं। अपराधी बिना अन्न-जल और असह्य गरमी आदि के कारण कुछ दिनों में दूसरे लोक की यात्रा कर देता है (चित्र-नम्बर १४ देखिए)।

दीवार में चुनवा देना, कुत्ते से नुचवाना, ऐसे हिंसक पशुओं के पिंजड़े में छोड़ देना, जो कई दिनों से भूखे रक्खे गए हों, पत्थर से मरवाना आदि और भी कितने प्रकार के फाँसी देने के तरीक़े हैं। आजकल भारतीय जेलों में फाँसी देने की जो प्रथा प्रचलित है, उसे सभी जानते हैं। बिजली से फाँसी देने के तरीक़े का भी आविष्कार हो चुका है। अपराधी को एक कुर्सी पर बैठा देते हैं और उसका सम्बन्ध बिजली पैदा करने वाली एक मशीन से करा देते हैं। बस, दो सेकेण्ड में सारा काम तमाम हो जाता है।

फाँसी देने के सारे तरीक़ों का यदि वर्णन किया जाय तो एक बड़ा-सा पोथा तैयार हो जाय। पाठकों की जानकारी के लिए जो कुछ दिया गया है, उसी से वे अन्दाज़ा लगा सकते हैं कि फाँसी कितनी निर्दयतापूर्वक दी जाती है। इसलिए आजकल कुछ ऐसे लोग उठ खड़े हुए हैं, जिनका कहना है कि जब मनुष्य, मनुष्य की सृष्टि नहीं कर सकता तो उसे किसी का प्राण-हरण करने का क्या अधिकार है? इसलिए इस प्रथा को एकदम उठा देना चाहिए। ईश्वर अधिकारी वर्गों को ऐसी सुमति दें कि संसार से फाँसी का लोप हो जाय। तथास्तु—

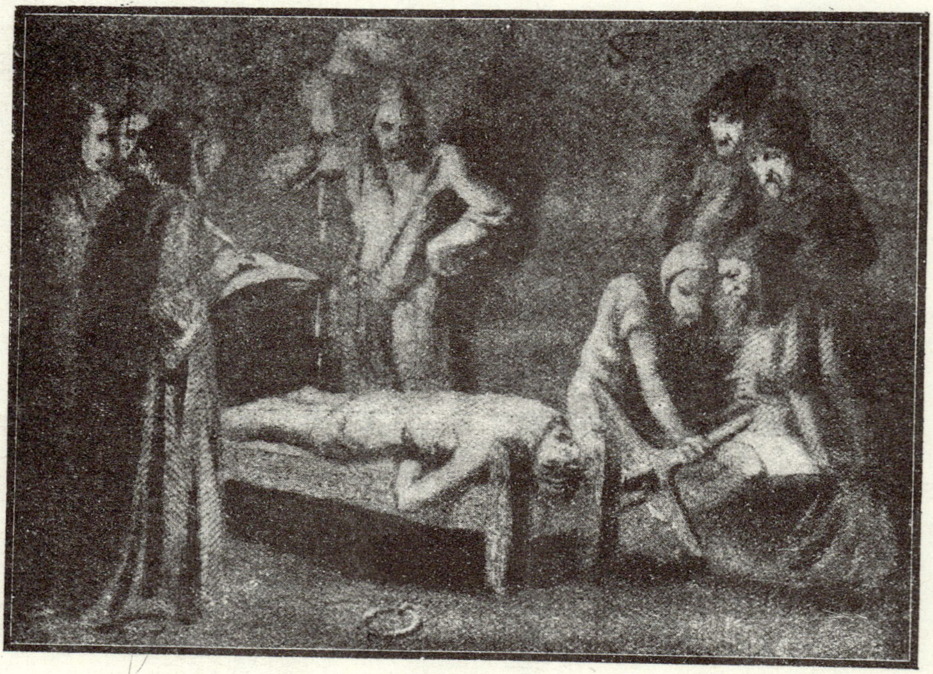

चित्र-नम्बर १२

सन् ५७ के कुछ संस्मरण

(सङ्कलित)

अङ्गरेज़ी सेना द्वारा ग्रामों का जलाया जाना

एक अङ्गरेज़ अपने पत्र में लिखता है—

"We set fire to a large village which was full of them. We surrounded them, and when they came rushing out of the flames, we shot them!"—Charles Ball's *Indian Mutiny*, Vol. I, pp. 243—44

अर्थात्—"हमने एक बड़े गाँव में आग लगा दी, जोकि लोगों से भरा हुआ था। हमने उन्हें घेर लिया और जब वे आग की लपटों में से निकलकर भागने लगे तो हमने उन्हें गोलियों से उड़ा दिया।"

निर्दोष भारतीय जनता का संहार

इतिहास-लेखक सर जॉन के लिखता है—

"Soldiers and civilians alike were holding bloody Assizes, or slaying Natives without any assize at all, regardless of sex or age. Afterwards the thirst for blood grew stronger still. It is on the records of our British Parliament, in papers sent home by the Governor-General of India in Council that 'the aged women, and children, are sacrificed, as well as those guilty of rebellion.' They were not deleberately hanged, but burnt to death in their villages, perhaps now and then accidently shot Englishmen did not hesitate to boast or to record their boasting in writing, that they had spared no one, and that 'peppering away at niggers was very pleasant pastime, enjoyed amazingly. And it has been stated, in a book published by official authorities, that 'for three months eight dead-carts daily went their rounds from sunrise to sunset to take down the corpses which hung at the cross roads and market places' and that six thousand beings had been thus summarily disposed off and launched into eternity, ... an Englishman is almost suffocated with indignation when he reads that Mr. Chambers or Miss Jennings was hacked to death by a dusky ruffian, but in native histories or, history being wanting, in Native legends and traditions, it may be recorded against our people, that mothers and wives and children, with less familiar names, fell miserable victims to the first swoop of English vengeance, ..."—Kaye's *History of the Sepoy War*, Vol. II.

अर्थात्—"फ़ौजी और सिविल दोनों तरह के अङ्गरेज़ अफ़सर अपनी-अपनी ख़ूनी अदालतें लगा रहे थे, अथवा बिना किसी तरह के मुक़दमे का ढोंग रचे और बिना मर्द-औरत या छोटे-बड़े का विचार किए भारतवासियों का संहार कर रहे थे। इसके बाद ख़ून की प्यास और भी अधिक भड़की। भारत के गवरनर जनरल ने जो पत्र इङ्गलिस्तान भेजे उनमें हमारी ब्रिटिश पार्लिमेण्ट के काग़ज़ों में यह बात दर्ज है कि "बूढ़ी औरतों और बच्चों का उसी तरह बध किया गया है, जिस प्रकार उन लोगों का, जो विप्लव के दोषी थे। इन लोगों को सोच-समझ कर फाँसी नहीं दी गई, बल्कि उन्हें उनके गाँव के अन्दर जलाकर मार डाला गया; शायद कहीं-कहीं उन्हें इत्तिफ़ाक़िया गोली से भी उड़ा दिया गया। अङ्गरेज़ों को गर्व के साथ यह कहते हुए अथवा पत्रों में लिखते हुए भी सङ्कोच न हुआ कि हमने एक भी हिन्दोस्तानी को नहीं छोड़ा और काले हिन्दोस्तानियों को गोलियों से उड़ाने में हमें बड़ा विनोद और आश्चर्यजनक आनन्द अनुभव होता था।" एक पुस्तक में, जो अङ्गरेज़ सरकार की ओर से प्रकाशित हुई है, लिखा है—"सड़कों के चौरास्तों पर और बाज़ारों में जो लाशें टँगी हुई थीं, उनको उतारने में सूर्योदय से सूर्यास्त तक मुर्दे ढोने वाली आठ-आठ गाड़ियाँ बराबर तीन-तीन महीने तक लगी रहीं और

इस प्रकार एक स्थान पर छः हज़ार मनुष्यों को झटपट ख़तम करके परलोक भेज दिया गया।" × × × जब कोई अङ्गरेज़ यह पढ़ता है कि किसी काले रङ्ग के बदमाश ने किसी मिस्टर चैम्बर्स या किसी मिस जेनिङ्ग्स को काट कर मार डाला तो क्रोध के मारे उसका दम घुटने लगता है, किन्तु भारतवासियों के इतिहासों में अथवा, यदि इतिहास न हुए तो, उन परम्परागत वृत्तान्तों में हमारी क़ौम के विरुद्ध यह स्मरण रहेगा कि भारत की माताएँ,

कानपुर ज़िले में अङ्गरेज़ी सेना के सिपाही एक गाँव में आग लगा रहे हैं, ग्राम के स्त्री-पुरुष निकल कर भाग रहे हैं

[जॉर्ज विवर्स की "नैरेटिव ऑफ़ दी इण्डियन रिवोल्ट" से]

पत्नियाँ और बच्चे जिनके नामों से हम इतनी अच्छी तरह परिचित नहीं हैं, अङ्गरेज़ों के प्रतिकार की पहली बाढ़ के निर्दयता के साथ शिकार हुए।"

ग्राम-निवासियों सहित ग्रामों का जलाया जाना

इलाहाबाद के अपने एक दिन के कृत्यों का वर्णन करते हुए एक अङ्गरेज़ अफ़सर लिखता है—

"One trip I enjoyed amazingly; we got on board a steamer with a gun, while the Sikhs and the fusiliers marched up to the city. We steamed up throwing shots right and left till we got up to the bad places, when we went on the shore and peppered away with our guns, my old double-barrel bringing down several niggers. So thirsty for vengance I was, we fired the places right and left and the flames shot up to the heavens as they spread, fanned by the breeze, showing that the day of vengeance had fallen on the treacherous villians. Everyday, we had expeditions to burn and destroy disaffected villages and we have taken our revenge. . . . We have the power of life in our hands and I assure you, we spare not The condemmed culprit is placed under a tree, with a rope round his neck, on the top of a carriage, and when it is pulled off he swings."—Charles Ball's-*Indian Mutiny*, Vol. I. p. 257.

अर्थात्—"एक यात्रा में मुझे अद्भुत आनन्द आया। हम लोग एक तोप लेकर एक स्टीमर पर चढ़ गए। सिक्ख और गोरे सिपाही शहर की तरफ़ बढ़े। हमारी किश्ती ऊपर को चलती जाती थी और हम अपनी तोप से दाएँ और बाएँ गोले फेंकते जाते थे। यहाँ तक कि हम बुरे-बुरे ग्रामों में पहुँचे। किनारे पर जाकर हमने अपनी बन्दूक़ों से गोलियाँ बरसानी शुरू कीं। मेरी पुरानी दोनली बन्दूक़ ने कई काले आदमियों को गिरा दिया। मैं बदला लेने का इतना प्यासा था कि हमने दाएँ और बाएँ

गाँवों में आग लगानी शुरू की, लपटें आसमान तक पहुँचीं और चारों ओर फैल गईं। हवा ने उन्हें फैलने में और भी मदद दी, जिससे मालूम होता था कि बाग़ी और बदमाशों से बदला लेने का मौक़ा आ गया है। हर रोज़ हम लोग विद्रोही ग्रामों को जलाने और मिटा देने के लिए निकलते थे और हमने बदला ले लिया है। × × × लोगों की जान हमारे हाथों में है और मैं

women, with suckling infants at their chests, felt the weight of our vengeance no less than the vilest male factors."—Holmes, *Sepoy War*, pp. 229—30.

अर्थात्—"बूढ़े आदमियों ने हमें कोई नुक़सान न पहुँचाया था; असहाय स्त्रियों से, जिनकी गोद में दूध पीते बच्चे थे, हमने उसी तरह बदला लिया जिस तरह बुरे से बुरे आदमियों से।"

किश्तियों पर बैठकर इलाहाबाद से भागते हुए हिन्दोस्तानियों पर अङ्गरेज़ी सेना का गोले बरसाना

[चार्ल्स बॉल कृत "हिस्टरी ऑफ़ दी इण्डियन म्यूटिनी" से]

तुम्हें विश्वास दिलाता हूँ कि हम किसी को नहीं छोड़ते। × × × अपराधी को एक गाड़ी के ऊपर बैठा कर किसी दरख़्त के नीचे ले जाया जाता है। उसकी गर्दन में रस्सी का फन्दा डाल दिया जाता है और फिर गाड़ी हटा दी जाती है और वह लटका हुआ रह जाता है।"

असहाय स्त्रियों और बच्चों का संहार

इतिहास-लेखक होम्स लिखता है—

"Old men had done us no harm, helpless

क़त्लेआम

सर जॉर्ज कैम्पबेल लिखता है—

". . . and I know that at Allahabad there were far two whole-sale executions. . . . And afterwards Neill did things almost more than the massacre, putting to death with deliberate torture, in a way that has never been proved against the natives."—Sir George Campbell, Provisional Civil Commissioner in the Mutiny, as quoted in

The other side of the Medal by Edward Thompson, p. 81.

अर्थात्—"और मैं जानता हूँ कि इलाहाबाद में बिना किसी तमीज़ के क़त्लेआम किया गया था × × × और इसके बाद नील ने वे काम किए थे जो क़त्लेआम से भी अधिक मालूम होते थे, उसने लोगों को जान-बूझ कर इस तरह की यातनाएँ दे-देकर मारा जिस तरह की यातनाएँ, जहाँ तक हमें सुबूत मिले हैं, भारतवासियों ने कभी किसी को नहीं दीं।" × × ×

उनमें से हर तीसरे मनुष्य को तोप के मुँह से उड़ाने के लिए चुन लिया गया।"

एक अङ्गरेज़ अफ़सर जो इन लोगों के तोप से उड़ाए जाने के समय उपस्थित था, उस दृश्य का वर्णन करते हुए लिखता है—

"That parade was a strange scene. There were about nine thousand men on parade. . . . The troops were drawn up on three sides of a square, the fourth side being occupied by ten

चौक इलाहाबाद के सात नीम के वृक्षों में से चार; जिन पर सन् ५७ में लगभग ८०० निर्दोष नगरनिवासियों को फाँसी पर लटका दिया गया

["भारत में अंगरेज़ी राज्य" के लिए विशेष फ़ोटो]

तोप के मुँह से उड़ाया जाना

एक अङ्गरेज़ लेखक लिखता है—

"Of the prisioners of the 55th a more aweful example was made. They were tried, condemmed and every third man was selected to be blown away from guns."—*Narrative of the Indian Revolt*, p. 36.

अर्थात्—"५५ नम्बर पलटन के क़ैदियों के साथ अधिक भयङ्कर व्यवहार किया गया, ताकि दूसरों को शिक्षा हो। उनका कोर्ट-मार्शल हुआ, उन्हें दण्ड दिया गया और

guns. . . . The first ten of the prisioners were then dashad to the guns, the artillery officer waved his sword, you heard the roar of the guns, and above the smoke you saw legs, arms, and heads flying in all directions. There were four of these salvoes, and at each a sort of buzz went through the whole mass of the troops, a sort of murmur of horror. Since that time we have had execution parades once or twice a weak, and such is the force of habit we now think little of them."—*Narrative of the Indian Revolt*, p. 36.

अर्थात्—"उस दिन की परेड का दृश्य विचित्र था। परेड पर लगभग नौ हज़ार सिपाही थे × × × एक चौरस मैदान के तीन ओर फ़ौज खड़ी कर दी गई। चौथी ओर दस तोपें थीं। × × × पहले दस क़ैदी तोपों के मुँह से बाँध दिए गए। इसके बाद तोपख़ाने के अफ़सर ने अपनी तलवार हिलाई, तुरन्त तोपों की गरज सुनाई दी और धुँए के ऊपर हाथ, पैर और सिर हवा में उड़ते हुए दिखाई देने लगे। यह दृश्य चार बार दुहराया गया। हर बार समस्त सेना में से ज़ोर की गूँज सुनाई देती थी, जो दृश्य की वीभत्सता के कारण लोगों के हृदयों से निकलती थी। उस समय से हर सप्ताह में एक या दो बार उसी तरह के प्राण-दण्ड की परेड होती रहती है और हम अब उससे ऐसे अभ्यस्त हो गए हैं कि हम पर उसका कोई असर नहीं होता × × ×"

इतिहास-लेखक के लिखता है कि ५५ नम्बर पलटन के अधिकांश सिपाहियों की निर्दोषता को करनल निकलसन और सर जॉन लॉरेन्स दोनों ने अपने पत्रों में स्वीकार किया है। × × ×

१० जून, सन् १८५७ को पेशावर में हिन्दोस्तानी सिपाहियों का तोप के मुँह से उड़ाया जाना

"तोपों की आवाज़ के साथ-साथ धुएँ से ऊपर चारों ओर टाँगें, हाथ और सिर उड़ते हुए दिखाई देते थे"—एक अँगरेज़ साक्षी

[From the "History of Indian Mutiny." by Charles Ball.]

मनुष्यों का शिकार

सन् ५७ में जनरल हेवलॉक और रिनॉड के अधीन कम्पनी की सेना की इलाहाबाद से कानपुर तक की यात्रा के विषय में सर चार्ल्स डिल्क लिखता है—

" . . . letters which reached home in 1857 in which an officer in high Comman l during the march upon Cawnpore reported 'good bag today, polished off rebels,' it being borne in mind that the 'rebels' thus hanged or blown from guns were not taken in arms, but villagers apprehended or suspicion. During this march atrocities were committed in the burning of villages and massaere of innocent inhabitants at which Mohammad Tuglak himself would have stood ashamed. . . . ."—*Greater Britain*, by Sir Charles Dilke.

अर्थात्—"सन् १८५७ में जो पत्र इङ्गलिस्तान पहुँचे उनमें एक ऊँचे दर्जे का अफ़सर, जो कानपुर की ओर सेना की यात्रा में साथ था, लिखता है—'मैंने आज की अङ्गरेज़ी तारीख़ में ख़ूब शिकार मारा। बाग़ियों को उड़ा दिया। यह याद रखना चाहिए कि जिन लोगों को इस प्रकार फाँसी दी गई या तोप से उड़ाया गया, वे सशस्त्र बाग़ी न थे, बल्कि गाँव के रहने वाले थे, जिन्हें केवल सन्देह पर पकड़ लिया जाता था। इस कूच में गाँव के गाँव इस क्रूरता के साथ जला डाले गए और इस निर्दयता के साथ निर्दोष ग्रामवासियों का संहार किया गया कि जिसे देखकर एक बार मुहम्मद तुग़लक़ भी शरमा जाता।"

सतीचौरा घाट का हत्याकाण्ड

२६ जून को क़िले के अन्दर के सब अङ्गरेज़ों ने अपने आपको नाना के सुपुर्द कर दिया। क़िला, तोपख़ाना और भीतर के तमाम अस्त्र-शस्त्र और ख़ज़ाना नाना के हवाले कर दिया गया। नाना की तरफ़ से वादा किया गया कि समस्त अङ्गरेज़ों को किश्तियों में बैठाकर और मार्ग के लिए रसद देकर इलाहाबाद भेज दिया जायगा।

उसी रात को चालीस किश्तियों का प्रबन्ध कर दिया गया। उनमें रसद का सामान रख दिया गया। २७ ता० को सवेरे अङ्गरेज़ी झण्डा क़िले पर से उतार लिया गया। सम्राट् बहादुरशाह का झण्डा उसकी जगह फहराने लगा। और समस्त अङ्गरेज़ों को हाथियों और पालकियों में बिठला कर क़िले से डेढ़ मील दूर सतीचौरा घाट पर पहुँचा दिया गया।

जून, १८५७ में बग़ावत के सन्देह पर हिन्दोस्तानी सिपाहियों का तोप के मुँह से उड़ाया जाना

[जॉर्ज विकर्स द्वारा प्रकाशित "नैरेटिव ऑफ़ दी इण्डियन रिवोल्ट" से]

किन्तु इस बीच इलाहाबाद और उसके आसपास के इलाक़े से असंख्य मनुष्य, जिनके घर-द्वार, सम्बन्धियों

और बाल-बच्चों को जनरल नील के सिपाहियों ने जलाकर ख़ाक कर दिया था, कानपुर नगर में आ-आकर एकत्रित हो रहे थे। इन लोगों के बयानों और इलाहाबाद में कम्पनी की सेना के अत्याचारों को सुन-सुन कर कानपुर की जनता और वहाँ के देशी सिपाहियों का क्रोध भड़क रहा था। २७ जून को सवेरे १० बजे किश्तियाँ सतीचौरा घाट से चलने वाली थीं। नाना उस समय अपने महल में था। घाट पर सिपाहियों और जनता की भीड़ थी। कहा जाता है कि क्रोध से उन्मत्त सिपाहियों में से किसी एक ने पहले करनल ईवर्ट्स पर हमला किया। तुरन्त मार-काट शुरू हो गई। लगभग समस्त अङ्गरेज़ इतिहास-लेखक स्वीकार करते हैं कि ज्योंही नाना को इसका समाचार मिला, उसने तुरन्त आज्ञा भेजी कि—"अङ्गरेज़ पुरुषों को मार डालो, किन्तु बच्चों और स्त्रियों को कोई हानि न पहुँचाओ।"*

नाना की आज्ञा के पहुँचते ही १२५ अङ्गरेज़ स्त्रियाँ और बच्चे क़ैद करके सौदाकोठी पहुँचा दिए गए। अङ्गरेज़ पुरुषों को लाइन बाँधकर सतीचौरा घाट पर खड़ा किया गया। उनमें से एक ने, जो शायद पादरी था, प्रार्थना की कि मरने से पहले मुझे इजाज़त दी जाय कि मैं अपने भाइयों को इञ्जील में से कुछ ईश्वर प्रार्थना पढ़कर सुनाऊँ। उसकी प्रार्थना स्वीकार कर ली गई। † जब वह ईश्वर-प्रार्थना कर चुका तो हिन्दोस्तानी सिपाहियों ने अङ्गरेज़ों के सिर तलवार से क़लम कर दिए। अङ्गरेज़ पुरुषों में से केवल चार एक किश्ती में बैठकर भाग निकले। इस प्रकार ७ जून को कानपुर के अन्दर जो लगभग १ हज़ार अङ्गरेज़ थे, उनमें से २७ जून को केवल चार पुरुष अपनी फ़ुर्ती द्वारा और १२५ स्त्रियाँ-बच्चे नाना साहब की उदारता द्वारा ज़िन्दा बचे।

नाना साहब

उस चित्र से, जो नवाब-अवध के चित्रकार मि० बीची ने सन् १८५० में बिठूर जाकर खींचा।

[From A Narrative of the Indian Revolt. London 1858.]

* Forest's state papers, also Kaye and Malleson's *Indian Mutiny*, Vol. II, p. 258.

† Kaye and Malleson's *Indian Mutiny* Vol. II, p 263

अङ्गरेज़ स्त्रियों और बच्चों की हत्या

१५ जुलाई की शाम को वह घटना हुई जो भारतीय विप्लवकारियों के नाम पर सदा के लिए कलङ्क रहेगी। बीबीगढ़ (कानपुर) के १२५ अङ्गरेज़ क़ैदी स्त्रियाँ और बच्चे क़त्ल कर डाले गए और १६ ता० को सवेरे उनकी लाशें एक कुँए में डाल दी गईं।

बाबा जगतसिंह—अजनाला
जो अभी जीवित हैं और जिन्होंने अजनाले का हत्याकाण्ड अपनी आँखों से देखा था
[ज्ञानी हीरासिंह जी, सम्पादक 'फुलवाड़ी', अमृतसर की कृपा द्वारा]

कानपुर में फाँसियाँ

१७ जुलाई, सन् ५७ को जनरल हेवलॉक की सेना ने कानपुर में प्रवेश किया। उस समय चार्ल्स बॉल लिखता है—

"General Havelock began to wreck a terrible vengeance for the death of Sir Hugh Wheeler. Batch upon batch of natives mounted the scaffold. The calmness of mind and nobility of demeanour which some of the Revolutionaries showed at the time of death was such as would do credit to those who martyred themselves for devotion to a principle."—Charles Balls *Indian Mutiny*, Vol I, p. 388.

"Without the least agitation he mounted the scaffold even as a yogi enters *samadhi* !" —*Ibid.*

अर्थात्—"जनरल हेवलॉक ने सर ह्यू व्हीलर की मृत्यु के लिए भयङ्कर बदला चुकाना शुरू किया। हिन्दोस्तानियों के गिरोह के गिरोह फाँसी पर लटका दिए गए। मृत्यु के समय कुछ विप्लवकारियों ने जिस प्रकार चित्त की शान्ति और अपने व्यवहार में ओज का परिचय दिया, वह उन लोगों के सर्वथा योग्य था, जोकि किसी सिद्धान्त के कारण शहीद होते हैं।"

इनमें से एक व्यक्ति की मिसाल देते हुए चार्ल्स बॉल लिखता है, वह "बिना ज़रा सी भी घबराहट के ठीक इस प्रकार फाँसी के तख़्ते पर चढ़ गया जिस प्रकार एक योगी अपनी समाधि में प्रवेश करता है।"

पञ्जाब का ब्लैक होल और अजनाले का कुँआ

२६ नम्बर पलटन के कुछ थके हुए सिपाही अमृतसर की एक तहसील अजनाले से ६ मील दूर रावी नदी के किनारे पड़े हुए थे। यह वे सिपाही थे जो ३० जुलाई की रात को लाहौर की छावनी के पहरे से निकल भागे थे। इन लोगों ने विद्रोह में किसी प्रकार का भाग नहीं लिया था, परन्तु केवल सन्देह के कारण इनसे हथियार रखवा लिए गए थे और इन्हें क़ैद कर लिया गया था। इन निर्दोष सिपाहियों के साथ जुडीशल कमिश्नर सर रॉबर्ट मॉण्टगुमरी ने जैसा व्यवहार किया उसका वर्णन अमृतसर के डिप्टी कमिश्नर फ्रेडिक कूपर ने अपनी "The Crisis in the Punjab"

नामक पुस्तक में बड़े विस्तार के साथ किया है। उसका सारांश संक्षेप में कूपर ही के शब्दों में नीचे दिया जाता है—

"३१ जुलाई को दोपहर के समय जब हमें मालूम हुआ कि ये लोग रावी के किनारे पड़े हुए हैं तो हमने अजनाले के तहसीलदार को कुछ सशस्त्र सिपाहियों सहित उन्हें घेरने के लिए भेज दिया। शाम को चार बजे के क़रीब हम ८० या ६० सवारों को लेकर मौक़े पर पहुँचे। बस फिर क्या था। शीघ्र ही उन थके-माँदे लोगों पर

पुलिस-स्टेशन—अजनाला

[ज्ञानी हीरासिंह जी, सम्पादक 'फुलवाड़ी', अमृतसर की कृपा द्वारा]

गोलियाँ चलानी शुरू कर दीं। बहुत से उनमें से रावी में कूद पड़े और बहुतेरे बुरी तरह घायल होकर निकल भागे। उनकी संख्या पाँच सौ थी। भूख-प्यास के कारण वे इतने निर्बल हो गए थे कि रावी नदी की धार में न ठहर सके। नदी के ऊपर की ओर लगभग एक मील के फ़ासले पर एक टापू था। जो लोग तैरते हुए रावी पार कर गए उन्होंने भाग कर यहाँ शरण ली, पर यहाँ भी भाग्य ने उनका साथ न दिया। दो किश्तियाँ मौक़े पर मौजूद थीं। तीन सशस्त्र सवार इन किश्तियों पर बैठाकर उन्हें पकड़ने के लिए भेज दिए गए। ६० बन्दूक़ों के मुँह उनकी तरफ़ कर दिए गए। जब उन लोगों ने बन्दूक़ें देखीं तो उन्होंने हाथ जोड़कर अपनी निर्दोषता प्रकट की और प्राण-भिक्षा माँगी। परन्तु इन्हें शीघ्र ही गिरफ़्तार कर लिया गया और थोड़े-थोड़े कर रावी के उस पार पहुँचा दिए गए। गिरफ़्तार होने से पहले क़रीब पचास के इनमें से निराश होकर रावी में कूद पड़े और फिर न दिखाई दिए। किनारे पर पहुँचकर इन लोगों को ख़ूब कसकर बाँध दिया गया और इनकी कण्ठी-मालाएँ तोड़कर पानी में फेंक दी गईं। उस समय ज़ोर की वर्षा हो रही थी, पर उस वर्षा में ही उन्हें सिक्ख सवारों की देख-रेख में अजनाले पहुँचा दिया गया।

"अजनाले के थाने में हमने इनको फाँसी देने के लिए और गोलियों से उड़ाने के लिए रस्सियों एवं पचास सशस्त्र सिक्ख सिपाहियों का प्रबन्ध कर रक्खा था। २८२ बँधे हुए सिपाही, जिनमें कि कई एक देशी अफ़सर भी थे, आधी रात के समय अजनाले के थाने पर पहुँचे। सब को अजनाले के थाने में बन्द कर दिया गया। जो थाने में न आ सके उन्हें पास ही की तहसील में, जो कि बिलकुल नई बनी थी, एक छोटे से गुम्बद में भर दिया गया। यह गुम्बद बहुत तङ्ग था, पर तो भी उसके दरवाज़े चारों तरफ़ से बन्द कर दिए गए और वर्षा के कारण फाँसी दूसरे दिन सवेरे के लिए स्थगित कर दी गई।

"दूसरे दिन बक़रीद थी। प्रातःकाल इन अभागों को दस-दस करके बाहर निकाला गया। दस सिक्ख एक ओर बन्दूक़ें लिए खड़े हुए थे और चालीस उनकी मदद के

लिए। सामने आते ही इन लोगों को गोली से उड़ा दिया जाता था।

"जब थाना ख़ाली हो गया तो तहसील की बारी आई। जब गुम्बद के २१ सिपाही बन्दूक़ का निशाना बन चुके तो मालूम हुआ कि बाक़ी सिपाही गुम्बद में से बाहर नहीं निकलना चाहते। अन्दर जाकर देखा तो ४५ सिपाही पड़े-पड़े सिसक रहे थे। अनजाने ही हौल-वेल का ब्लैक होल हत्याकाण्ड फिर से दुहराया गया!

"शीघ्र ही इन लोगों की लाशें घसीट कर बाहर निकाली गईं और उन्हें एक पुराने कुएँ में, जोकि अजनाले के थाने से सौ गज़ के फ़ासले पर था, डाल दिया गया। कुएँ में जो जगह बाक़ी रही थी वह ऊपर से मिट्टी डलवा कर भर दी गई और उस पर एक ऊँचा टीला बना दिया गया। एक कुँआ कानपुर में है, परन्तु एक कुँआ अजनाले में भी है। जो सिपाही गोली से उड़ा दिए अथवा कुएँ में डाल दिए गए, उनमें से अधिकांश हिन्दू थे। उन्होंने मरते समय सिक्खों को गङ्गा जी की दुहाई देकर लानत-मलामत की।"

'काल्याँ-दा-बुर्ज'—अजनाला

इस इमारत के छोटे से बुर्ज में सन् ५७ में ६६ आदमी बन्द कर दिए गए थे, जिनमें से ४५ हवा की कमी के कारण सुबह को मरे हुए मिले!

[ज्ञानी हीरासिंह जी, सम्पादक 'फुलवाड़ी,' अमृतसर, की कृपा द्वारा]

दिल्ली में क़त्लेआम और लूट

सन् ५७ में दिल्ली के पतन के बाद दिल्ली के अन्दर कम्पनी के अत्याचारों के विषय में लॉर्ड एल्फ़िन्स्टन ने सर जॉन लॉरेन्स को लिखा है--

"After the siege was ever, the outrages committed by our army are simply heart-rending. A wholesale vengeance is being taken without distinction of friend and foe. As regards the looting, we have indeed surpassed *Nadirshah*!" —*Life of Lord Lawrence*, Vol, II. p. 262.

अर्थात्—"मोहासरे के ख़त्म होने के बाद से हमारी सेना ने जो अत्याचार किए हैं, उन्हें सुनकर हृदय फटने लगता है। बिना मित्र अथवा शत्रु में भेद किए ये लोग सबसे एक सा बदला ले रहे हैं। लूट में तो वास्तव में हम नादिरशाह से भी बढ़ गए।"

मॉण्टगुमरी मार्टिन लिखता है--

"All the city people found within the wall when our troops entered were bayonetted on the spot; and the number was considerable, as you may suppose, when I tell you that in some houses forty or fifty persons were hiding. These were not mutineers, but residents of the city, who trusted to our well-known mild rule for pardon. I am glad to say that they were disappointed."—Letter in the *Bombay Telegraph* by Montgomery Martin.

अर्थात्—"जिस समय हमारी सेना ने शहर में प्रवेश किया तो जितने नगर-निवासी शहर की दीवारों के अन्दर पाए गए, उन्हें उसी जगह सङ्गीनों से मार डाला गया। आप समझ सकते हैं कि उनकी संख्या कितनी अधिक रही होगी, जब मैं आपको यह बतलाऊँ कि एक-एक मकान में चालीस-चालीस, पचास-पचास आदमी छिपे हुए थे। ये लोग विद्रोही न थे, बल्कि नगर-निवासी थे, जिन्हें हमारी दयालुता और क्षमाशीलता पर विश्वास था। मुझे ख़ुशी है कि उनका भ्रम दूर हो गया।" × × ×

इसके बाद एक दूसरा अङ्गरेज़ इतिहास-लेखक लिखता है—

"A general massacre of the inhabitant of Delhi, a large number of whom were known to wish our success, was openly proclaimed,"—The Chaplain's narrative of the siege of *Delhi*, quoted by Kaye.

अर्थात्—"दिल्ली के बाशिन्दों के क़त्ले-आम का खुले एलान कर दिया गया, यद्यपि हम जानते थे कि उनमें बहुत से हमारी विजय चाहते थे।"

रसल लिखता है—

"Sewing Mohammadans in pig-skins, smearing them with pork-fat before execution and burning their bodies and forcing Hindus to defile themselves . . ."—*Russell's Diary,* Vol. II. p. 43.

अर्थात्—कभी-कभी "मुसलमानों के मारने से पहले उन्हें सूअर की खालों में सी दिया जाता था, उन पर सूअर की चर्बी मल दी जाती थी, और फिर उनके शरीर जला दिए जाते थे और हिन्दुओं को भी ज़बरदस्ती धर्मभ्रष्ट किया जाता था।"*

'काल्याँ-दा-खूह' अजनाला

['ज्ञानी हीरासिंह जी, सम्पादक 'फुलवाड़ी', अमृतसर, की कृपा द्वारा]

---

* **भारत में अङ्गरेज़ी राज्य**—नामक अप्रकाशित पुस्तक से

अजी सम्पादक जी महराज,

जयराम जी की !

आप "फाँसी-अङ्क" निकालने जा रहे हैं ? फाँसी पर इतनी ख़फ़गी ! आख़िर आप फाँसी से इतने नाराज़ क्यों हैं, पहले यह बताइए ! यद्यपि इतनी उम्र में आज तक मुझे कभी फाँसी नहीं हुई, परन्तु फिर भी मुझे फाँसी से कुछ स्नेह-सा है । कई बार यह जी में आया कि फाँसी पाने में मनुष्य को कैसा मालूम होता होगा, इसका अनुभव करना चाहिए । अतएव बच्चों के लिए घर में पड़े झूले की रस्सी का फन्दा बनाकर मैंने अपने गले में डाला और उसे धीरे-धीरे कसना आरम्भ किया । मुख की चेष्टा देखने के लिए सामने दर्पण रख लिया था । पहले तो ऐसा मालूम हुआ कि श्वास-नलिका बन्द होकर दम घुट रहा है । दर्पण में मुख देखा तो चित्त प्रसन्न हो गया, चेहरा कुन्दन की तरह दमक रहा था । यदि वह कान्ति स्थायी हो सकती तो क्या कहना था ! केवल एक बुराई थी; और वह यह कि साथ ही आँखें भी रक्त-वर्ण हो गई थीं । उन्हें देखकर किञ्चित् भय मालूम होता था, परन्तु वे अपनी ही आँखें थीं, इसलिए कोई ख़तरे की बात नहीं थी । मैंने फन्दे को और कसा । अब मुख अधिक लाल होगया । मैंने सोचा यह अच्छा नुस्ख़ा हाथ लगा । मुख की लाली जब जितनी चाहो घटा-बढ़ा लो । वाह-वाह ! बड़ी सुन्दर बात है । परन्तु आँखों पर जो दृष्टि पड़ी तो पिंडलियाँ काँप गईं । आँखें बिलकुल ख़ून जैसी हो गई थीं और बाहर को उबल आई थीं । परन्तु जब याद आया कि अपनी ही आँखें हैं तब चित्त कुछ ठिकाने हुआ । मैंने फन्दे को और कसा । अब तो मुख भयानक हो गया । सब शिराएँ फूल गईं, और वह बहुत ही लाल हो गया । और आँखें—जान पड़ता था कि बाहर निकल कर गिरी पड़ रही हैं । श्वास के रुकने से छाती में से एक गोला-सा उठकर ऊपर की ओर आने लगा । चित्त बहुत घबराया ; परन्तु मैंने सोचा कि जहाँ तक होश ठिकाने रहे वहाँ तक तो इसको जारी रखना चाहिए । यह सोच कर मैंने फन्दा थोड़ा सा और कस दिया । अब दर्पण में मुझे अपना मुख दीखना बन्द होगया, आँखों की दृष्टि नष्ट होगई, जान पड़ता था कि आँखों के आ काला पर्दा पड़ गया, यद्यपि आँखें खुली थीं । सिर व यह दशा थी कि जान पड़ता था कि सारे शरीर का रक्त सिर में इकट्ठा हो गया है और उसके कारण सिर की सब शिराएँ फटी जा रही हैं । कान भी बहरे होगए, उनकी श्रवण-शक्ति नष्ट होगई । आँखों को कोई बाहर की ओर निकाले ले रहा था । वक्षस्थल की कोई चीज़ शरीर के बाहर निकलने की चेष्टा कर रही थी । मैं इस प्रयोग को कदाचित् चार-छः सेकेण्ड तक और जारी रखता, परन्तु दुर्भाग्य से वहाँ लल्ला की महतारी आ गईं । उसने जो यह कृत्य देखा तो एक चीख़ मारी और दौड़कर मेरे हाथ से रस्सी छुड़ा ली और फन्दा खोल दिया । कोई एक मिनट बाद मुझमें पुनः देखने-सुनने की शक्ति आई ।

इस प्रयोग में कोई चार-पाँच मिनट लगे होंगे। मैं ठीक नहीं कह सकता, पर इससे अधिक नहीं लगे। ऐसा मेरा विश्वास है। लल्ला की महतारी ने पूछा--फाँसी क्यों लगा रहे थे?

मैंने कहा--कुछ नहीं, ज़रा मज़ा आ रहा था, परन्तु तुमने सारा मज़ा किरकिरा कर दिया। यदि दस-पाँच सेकेण्ड तुम न आतीं तो मैं फाँसी का पूरा आनन्द ले लेता।

लल्ला की महतारी ने नेत्र विस्फारित करके पूछा--आनन्द! क्या फाँसी में भी आनन्द आता है?

मैंने उत्तर दिया--निस्सन्देह! यदि फन्दे का घटाना-बढ़ाना अपने हाथ में हो।

लल्ला की महतारी बोली--यह सब तुम्हारी बातें हैं। मुझे बना रहे हो--तुम ज़रूर फाँसी लगा रहे थे।

यह कहकर उसने रोना आरम्भ किया। ख़ैर, वह मामला किसी तरह रफ़ा-दफ़ा हुआ। यद्यपि उसकी चख़-चख़ कई दिन तक बनी रही। लल्ला की महतारी से लड़ाई भी हुई, झगड़ा भी हुआ, सभी कुछ हुआ, परन्तु अन्त में सब ठौर-ठिकाने हो गया। ख़ैर, वह चाहे जो कुछ हुआ, परन्तु मुझे फाँसी का कुछ अनुभव तो हो गया। असली फाँसी में बातें यही होती होंगी, परन्तु एकदम से और अधिक तीव्र होती होंगी, बस!

अब रही यह बात कि मृत्यु-दण्ड की हैसियत से फाँसी अच्छी है या बुरी, सो इसके लिए उसके खण्डन तथा मण्डन में काफ़ी दलीलें हैं। क़ानून की मन्शा है कि यदि मृत्यु-दण्ड न दिया जाय तो हत्याओं की मात्रा बढ़ जाय; क्योंकि मृत्युदण्ड का भय हत्याओं को रोकता है। यह बात किसी अंश तक तो ठीक कही जा सकती है; परन्तु पूर्णतया ठीक नहीं कही जा सकती। जो लोग हत्या करते हैं वे या तो यह समझते हैं कि उन्हें कोई पकड़ ही न सकेगा और या फिर यह सोचते हैं कि फाँसी ही तो होगी, होगी तो चढ़ जायँगे, एक दिन तो मरना ही है। अतएव इन दोनों दशाओं में मृत्यु-दण्ड का भय कुछ अधिक लाभ नहीं पहुँचाता। जो लोग मृत्यु-दण्ड के भय से हत्या नहीं करते उनका हत्या करने का इरादा दुर्बल होता है; वे उस सीमा तक नहीं पहुँचते जहाँ पर कि हत्या कर ही डाली जाय। ऐसे आदमियों के लिए आजीवन जेल अथवा कालेपानी के दण्ड का भय भी लगभग उतना ही भयानक होता है, जितना कि मृत्युदण्ड! बहुत से आदमी तो कदाचित् आजीवन जेल में सड़ने की अपेक्षा मृत्यु-दण्ड पाना अधिक अच्छा समझते हैं; क्योंकि जेल में रहने से आजीवन दुख और कष्ट भोगने पड़ते हैं और मृत्यु से सब कष्टों से छुटकारा मिल जाता है। सच पूछिए तो मृत्युदण्ड कोई अच्छा दण्ड नहीं है। दण्ड के अर्थ यह हैं कि मनुष्य अपने किए हुए अपराध पर पश्चात्ताप करे और भविष्य में अपराध करने का साहस न करे। मृत्यु-दण्ड से पहली बात तो कुछ पूरी होती है; क्योंकि मृत्यु-दण्ड की प्रतीक्षा करने वाला, यदि वह मृत्यु-भीरु होता है तो यह अवश्य सोचता है कि यदि मैं हत्या न करता तो मुझे फाँसी न मिलती; मैंने हत्या कर बहुत बुरा किया, परन्तु दूसरी बात कदापि पूरी नहीं होती; क्योंकि उसे अवसर नहीं मिलता। यदि उसे फाँसी न देकर २० वर्षों तक जेल में रक्खा जाय तो जेल से छूटने के पश्चात् वह फिर कभी हत्या करने का साहस करेगा, यह नहीं कहा जा सकता। बीस वर्षों तक स्वतन्त्रता-हीन रहकर जेल में अनेक यन्त्रणाएँ सहने के पश्चात् जो मनुष्य बाहर आएगा वह फिर दुबारा बीस वर्षों के लिए जेल जाने के लिए कभी प्रस्तुत न होगा। बीस वर्ष क़ैद में रहना साधारण बात नहीं। बीस वर्षों में आदमी में बहुत बड़ा परिवर्तन हो जाता है। मैंने एक ऐसे ही व्यक्ति को देखा है। इसने अपनी पत्नी की हत्या कर डाली थी, अतएव उसे कालेपानी की सज़ा हुई थी। वह बीस अथवा कुछ कम वर्षों तक अण्डमन में रहने के पश्चात् लौटा था। जेल जाने के पहले वह महा क्रोधी था और उसी क्रोध के कारण उसे एण्डमन जाना पड़ा था; क्योंकि पत्नी की हत्या उसने क्रोध के आवेश में ही की थी, परन्तु जब वह वहाँ से वापस आया तो वह बहुत ही सीधा-सादा मनुष्य होगया। जब तक वह जीवित रहा तब तक उसको किसी ने किसी से लड़ते-झगड़ते तक नहीं देखा, वरन् दूसरों को लड़ते-झगड़ते देखकर वह उन्हें समझाया करता था और क्रोधी मनुष्यों को उपदेश दिया करता था कि क्रोध मत करो, क्रोध बहुत बुरी चीज़ है। मुहल्ले भर में उससे अधिक शान्त-प्रकृति का मनुष्य दूसरा न था।

मेरे विचार से उसको समुचित दण्ड दिया गया।

जिस बात ने उसे हत्या करने पर कटिबद्ध किया था, वह बात उसमें से निकाल दी गई, और वह एक भला आदमी बन गया। यह सच्चा दण्ड था। क्या फाँसी दे देने से भी यही परिणाम निकलता ? कभी नहीं।

फाँसी के पक्ष में एक बात यह कही जा सकती है कि फाँसी इसलिए नहीं दी जाती कि जिसे फाँसी दी जाती है उसे कुछ सबक़ मिले ; क्योंकि फाँसी पाने वाले को तो संसार में रहना नहीं है, अतएव वह सबक़ उसके लिए व्यर्थ है। फाँसी दी जाती है दूसरों को सबक़ देने के लिए। एक को फाँसी देने से जनता भयभीत हो जाती है और उस अपराध को करने का साहस नहीं करती। परन्तु अनुभव से यह सिद्ध हो चुका है कि जो हत्या करने के अभ्यस्त होते हैं, जैसे डाकू आदि, उनके लिए इस प्रकार का पाठ कुछ भी महत्व नहीं रखता। वे मृत्यु-दण्ड की सम्भावना रहते हुए भी, हत्या करते ही हैं। और जो हत्या करने के अभ्यस्त नहीं हैं वे क्षणिक आवेश में हत्या कर बैठते हैं, उस समय उन्हें मृत्यु-दण्ड या अन्य किसी भी दण्ड का ध्यान तक नहीं आता, यदि ध्यान आता है तो हत्या कर डालने के पश्चात्, जबकि उनका आवेश दूर होता है। ऐसों के लिए आजीवन कारावास भी समुचित दण्ड है। ऐसे लोगों के सम्बन्ध में यह सोचना कि वे जेल से छूटने के पश्चात् भी पुनः हत्या करेंगे, तिल का ताड़ बनाना है ! साथ ही यह भी नहीं कहा जा सकता कि मृत्यु-दण्ड न रहने पर, आजीवन कारावास का दण्ड रहते हुए, लोगों के लिए हत्या करना सरल हो जायगा; क्योंकि जैसाकि ऊपर कहा जा चुका है, ऐसे आदमी कम निकलेंगे जो आजीवन कारावास का दण्ड सहने के लिए सरलतापूर्वक तैयार हो जायँगे।

अब रही केवल उन लोगों की बात, जो अभ्यस्त हत्याकारी हैं, और हत्या करना जिनका व्यवसाय-सा है। उनके लिए इतना ही यथेष्ट है कि वह ऐसे स्थान में रक्खे जायँ जहाँ कि वे हत्याएँ न कर सकें। यह उन्हें जेल में रखने से सरलतापूर्वक हो सकता है। "जीव के बदले जीव" का सिद्धान्त सैद्धान्तिक दृष्टि से चाहे भले ही ठीक हो, परन्तु व्यावहारिक दृष्टि से वह अधिक उपयोगी सिद्ध नहीं होता। समाज को ऐसे सिद्धान्तों से क्या लाभ हो सकता है, जो व्यवहार में उपयोगी नहीं हैं। न्याय में दण्ड होना चाहिए, प्रतिहिंसा का भाव नहीं। एक व्यक्ति ने एक दूसरे व्यक्ति की हत्या की है, इसलिए उसके प्राण भी ले लिए जायँ, इसमें स्पष्ट प्रतिहिंसा-भाव है। जो बात एक व्यक्ति के लिए बुरी है वह सबके लिए बुरी है। यदि एक व्यक्ति के लिए किसी के प्राण लेना बुरा है तो बहुत से व्यक्तियों के लिए एक व्यक्ति के प्राण लेना भी बुरा ही है। हत्याकारी और दण्ड देने वालों में इतना ही प्रभेद तो है कि हत्याकारी एक व्यक्ति है और दण्ड देने वाले अनेक ! यदि एक आदमी हत्या करता है तब तो वह बहुत बुरी बात है, परन्तु यदि बहुत से आदमी एक आदमी की हत्या करते हैं तो वह केवल इसलिए अच्छी समझी जाती है कि वे न्यायकर्त्ता के आसन पर अधिकार जमाए बैठे हैं ! यदि एक आदमी किसी के यहाँ चोरी करता है तो उसके बदले में चोरी करने वाले का घर लुटवा लेना यदि न्याय नहीं है, तो हत्याकारी को फाँसी दे देना भी न्याय नहीं है। एक व्यक्ति किसी की नाक काट लेता है तो बदले में उसकी भी नाक क्यों नहीं कटवा ली जाती ? यदि यह न्याय नहीं है तो हत्या के बदले में फाँसी दे देना भी न्याय नहीं है, और यदि फाँसी देना न्याय है तो चोर का घर लुटवा लेना और नाक काटने वाले की नाक कटवा लेना भी न्याय है। जब प्रायः अन्य प्रत्येक अपराध के लिए जेल का दण्ड है, तब हत्या के लिए फाँसी का दण्ड क्यों ? यह समझ में नहीं आता। यदि कारावास-दण्ड से अन्य अपराध रोके जा सकते हैं तो हत्याएँ क्यों नहीं रोकी जा सकतीं ?

मेरी क्षुद्र-बुद्धि में तो यही आता है कि फाँसी का दण्ड अनावश्यक होने के साथ ही साथ हिंसा तथा बर्बरता का द्योतक है। इसके विरुद्ध पाश्चात्य देशों के अनेक विद्वानों ने बहुत-कुछ लिखा है। अनेक पाश्चात्य देशों में मृत्यु-दण्ड की अमानुषिक प्रथा उठती जा रही है। इस सम्बन्ध में प्रभावशाली आन्दोलन हो रहे हैं ! जब संसार अन्य बातों में सभ्यता की मूर्त्ति बन रहा है तो भारतवर्ष को भी इस विषय में सभ्यता का परिचय देना चाहिए।

सम्पादक जी ! चाहे इसे आप ख़ुशामद ही क्यों न समझें, पर मैं तो आपकी खोपड़ी की तारीफ़ करता हूँ। जो बात किसी को नहीं सूझती वह सूझती है आपको !

आप अपने जीवन-काल में एक बार ही सारे सुधार अपनी आँखों से देखना चाहते हैं, पर यह हो कैसे सकता है? आप भूल जाते हैं कि हमारा देश गुलाम देश है। आपके अभिनन्दनीय विचारों का समर्थन सभी नहीं कर सकते, इसे भूलिएगा नहीं; बड़े पते की बात कह रहा हूँ। अब आप सरकारी कार्यवाहियों में हस्तक्षेप करने जा रहे हैं, यह कहाँ की बुद्धिमानी है? सरकार मारवाड़ी या खत्री-समाज नहीं है, जो गालियाँ देकर भी आपकी प्रशंसा करे। वह निरङ्कुश है, ऐसी निरङ्कुश कि वह अपने अन्यायों को भी उपकार समझती है। मुझे भय है, आपकी इन खरी और सच्ची बातों को वह बर्दाश्त न कर सके। थोड़ी देर के लिए मान लीजिए, उसने आपको फाँसी न देकर, आपके इस "फाँसी-अङ्क" को फाँसी पर लटका दिया तो सिवा कफ़े-दस्त मलने के और आप कर ही क्या सकते हैं? मेरी इस शङ्का का आप क्या उत्तर देते हैं, आपके आगामी पत्र में मैं इसकी प्रतीक्षा करूँगा!

भवदीय

—*विजयानन्द (दुबे जी)*

मैना की क्षमापत्र-प्रतीक्षा

[रचयिता—श्री० दुर्गादत्त जी त्रिपाठी]

(चित्र-परिचय)

(१)

सुनते हो, धूसर सन्ध्या के क्रोड़ में,
प्राची की रक्तिम रणस्थली म्लान-सी।
गूँज रही है किस अश्रुत चीत्कार से—
प्रतिवादिनी अनय की वैध-विधान-सी॥

(२)

सुन लेने दो परित्राण की घोषणा,
इसके पूर्व कि यह नश्वर तनु त्रस्त हो।
क्षीण जीवनाशा प्रभात के दीप की,
अनल-शिखा-सी सहसा कहीं न अस्त हो॥

(३)

यदि मेरे अभियुक्त अराजक प्राण का,
लखना ही है अन्तिम कम्पन क्लेश में।
तो आ-आकर अट्टहास से मृत्यु के,
मुझे रिझाओ—किन्तु वीर के वेश में॥

(४)

यह दल, बल, यह विजय महोत्सव और यह,
काल-बालिका-सी लपटों की मालिका।
उफ़! इतनी उत्तप्त, प्रदीप्त, प्रचण्ड यह,
और लक्ष्य क्या? एक निरीहा बालिका॥

(५)

बोल, बोल साम्राज्यवाहिनी नीति! क्या,
मैना के इस क्षीण तन्तु-से प्राण में।
देख लिए अग्नि-स्फुलिङ्ग तूने अमित—
साधक अपने गौरवहीन प्रयाण में॥

(६)

निश्चय, मुझको क्षमा करेगा राज-नय,
ठहरो, कुछ क्षण आपस में हँस-बोल लो।
कुछ पल की उतावली कर आवेश में,
पाप और अनुताप व्यर्थ मत मोल लो॥

(७)

भीति मृत्यु से नहीं—समुद स्वीकार है,
सुन लेने दो निर्णय शासक-वर्ग का।
होते हुए अदोष बनूँ अपराधिनी—
मुझको इतना नहीं प्रलोभन स्वर्ग का॥

(८)

क्षमा-पत्र! आता ही होगा—रोक लो,
अब भी यह अघ—लोमहर्षिणी यन्त्रणा।
ठहरो थोड़ी देर, करो इतनी कृपा—
कर लो अपनी मानवता से मन्त्रणा॥

फ़्रान्स में स्त्रियों का प्राण-दण्ड

[ले० श्री० त्रिलोचन पन्त जी, बी० ए०]

सभी सभ्य-समाज और देशों ने स्त्रियों को सदा से आदर की दृष्टि से देखा है। उन्होंने उनकी रक्षा की विशेष व्यवस्था की है, और उनके अपराधों के लिए भी सरल-से सरल दण्ड का प्रबन्ध किया है। यही कारण है कि कठोर प्राण-दण्ड पाने वाली बहुत कम स्त्रियों का नाम इतिहास में मिलता है। बहुत खोजने पर देवी जोन और कुमारी मैना जैसी दो-एक स्त्रियों का ही कहीं-कहीं नामोल्लेख है, परन्तु फ़्रान्स के क्रान्ति-युग में अनेकों स्त्रियों को अपने प्राणों से हाथ धोने पड़े थे। उस समय फ़्रान्स में शासनाधिकारियों का ही प्राबल्य था। क्रान्ति के उस युग में विप्लव-विरोधियों के जीवन का तो कोई मूल्य था ही नहीं, परन्तु अधिकारी दल के विरोधी मत वालों का जीवन भी सङ्कटमय था। अधिकारी दल ने हज़ारों मनुष्यों को फाँसी के तख़्ते पर लटका कर अपनी शक्ति का परिचय दिया। स्त्रियों तक के लिए उसका हृदय द्रवीभूत नहीं हुआ। उसने स्त्रियों की स्वाभाविक कोमलता, उनके शक्ति-दौर्बल्य और साधन-हीनता पर तनिक भी ध्यान न दिया। अधिकारियों की दया से कितनी ही स्त्रियों को फाँसी के तख़्ते के सम्मुख आत्म-समर्पण करना पड़ा। इन स्त्रियों का इतिहास रोचक, शिक्षाप्रद और व्यक्तिगत वीरता का ज्वलन्त उदाहरण है। इनमें से कुछ तो अपने कर्मों द्वारा मनुष्य-समाज की पूजा की अधिकारिणी होगई हैं। मृत्यु-दण्ड ने उन्हें मनुष्य के हृदयासन पर अधिष्ठित कर दिया है। इन्हीं स्त्रियों में से तीन प्रसिद्ध देवियों के विषय में यहाँ पर कुछ लिखा जाता है।

फ़्रान्स की राज्य-क्रान्ति का जन्म उच्च और पवित्र लक्ष्य को लेकर हुआ था। स्वतन्त्रता, समानता और बन्धुत्व (Liberty, equality and fraternity) के सिद्धान्त को कार्यरूप में परिणत करना ही इस क्रान्ति का उद्देश्य था। परन्तु इसकी उद्देश्य-पूर्ति के लिए कुछ ऐसे साधनों का उपयोग भी किया गया, जिनसे सहमत होना प्रत्येक व्यक्ति के लिए सम्भव नहीं है। उस समय फ़्रान्स गिरोण्डिस्ट, कोर्डीलियर, जैकोबिन आदि कई एक दलों में विभक्त था। परिस्थिति और विचार-प्रवाह के कारण लगभग सभी दल राज-सत्ता को नष्ट करने के विषय में एकमत हो गए थे। लोकतन्त्र-शासन-प्रणाली की उपादेयता सबने स्वीकार कर ली थी, परन्तु कार्य-पूर्ति के साधनों के विषय में इनमें मतभेद था। कोई सौम्य उपायों से काम निकालना चाहते थे, और किसी की दृष्टि में उद्दण्ड उपायों के बिना इष्ट-सिद्धि नहीं हो सकती थी। ये दल शासन-सूत्र को अपने हाथ में करने के लिए आपस में झगड़ते रहते थे। जिस दल के हाथ में शासन-शक्ति का अधिकार होता, वही सारे देश का भाग्य-विधायक समझा जाता था। इन्हीं अधिकारियों के कारण उस समय फ़्रान्स में रक्त की अविरल धारा बही थी। मनुष्यों के प्राण-हरण के लिए सैकड़ों बधिक नियुक्त किए जाते थे। सन् १७९२ के सितम्बर मास में ऐसे दो सौ बधिकों द्वारा तीन दिन के अन्दर चौदह सौ मनुष्यों का बध केवल पेरिस नगर में ही हुआ था। थक जाने पर इन बधिकों को मदिरा और भोजन देकर कार्य जारी रखने के लिए फिर उत्तेजित किया जाता था! केवल इन बधिकों के लिए १४६३ लिवर मुद्रा व्यय किए गए थे। मनुष्य की दैवी प्रवृत्ति किस अंश तक नष्ट हो जाती है, इस बात की यह घटना साक्षात् उदाहरण है। उस समय के फाँसी-यन्त्र गिलेटिन द्वारा कितने मनुष्यों ने प्राण गँवाए, इसकी संख्या का ठीक-ठीक पता आज तक नहीं चला है। समस्त फ़्रान्स में गिलेटिन के नाम से मनुष्य थर्राते थे। सम्राट् से लेकर साधारण से साधारण व्यक्ति तक को गिलेटिन के नीचे गला दबाना पड़ा था। तत्कालीन फ़्रान्स के रोमाञ्चकारी और हृदय-विदारक रक्त-रञ्जित इतिहास को पढ़कर आज भी मनुष्यों की अन्तरात्मा काँप उठती है।

राज्य-क्रान्ति का आरम्भ सन् १७८९ में हुआ था।

प्रारम्भ में नियन्त्रित शासन-प्रणाली के समर्थकों का ज़ोर था, परन्तु उनकी उदार नीति के असफल होने के कारण जनता का उन पर से विश्वास कम होता गया। गिरोण्डिस्ट दल में उदार विचारों के मनुष्य सम्मिलित थे। २री जून, सन् १७९३ को यह दल फ्रान्स के शासन-अधिकार से वञ्चित हो गया। इस दल के अनेकों मनुष्य बन्दी कर लिए गए और उन्हें दण्ड देना निश्चित हुआ। इस घटना से देश में अशान्ति फैल गई। पराजित दल के बहुत से मनुष्य इधर-उधर चले गए और लोगों को नवीन शासनाधिकारियों के विरुद्ध भड़काने लगे। नवीन अधिकारी उद्दण्ड नीति के समर्थक और कठोर उपायों को कार्य में लाने के पक्षपाती थे। उन्होंने विद्रोहियों का दमन करने के लिए विरोधियों में आतङ्क पैदा करना ही उचित समझा। इनके आधिपत्य-काल में समस्त देश भर में गिलेटिन का प्रचार हो गया, जहाँ कहीं से विद्रोह की गन्ध आती, वहाँ के विद्रोही शीघ्रातिशीघ्र जीवन से मुक्त कर दिए जाते। मारात नाम का एक व्यक्ति शासक दल का दाहिना हाथ था। सब कोई उसी के सङ्केत पर चलते थे। उसके क्रूर और अमानुषी कृत्यों के कारण फ्रान्स में उसका नाम भय का पर्याय समझा जाने लगा था।

पदच्युत और असन्तुष्ट व्यक्तियों ने फ्रान्स के नार्मण्डी प्रान्त के केईन नगर को अपना केन्द्र बनाया था। वहाँ रहकर वे लोग जनता को शासनाधिकारियों के अनुचित, अमानुषिक और अत्याचारपूर्ण कार्यों से अवगत कराने लगे। वे एक सेना इकट्ठी करके उसकी सहायता से शासन-सूत्र पुनः अपने हाथ में करना चाहते थे। उन मनुष्यों के व्याख्यानों में उसी नगर की एक कन्या प्रायः नित्य जाया करती थी। उनकी इस हलचल का उस युवती पर विशेष प्रभाव पड़ा। उस समय उसकी अवस्था केवल २२ वर्ष की थी। उसका नाम शालोति कोर्दे था। कुमारी का जन्म कुलीन माता-पिता के घर फ्रान्स के छोटे से गाँव की एक झोपड़ी में हुआ था। दरिद्रता के कारण इसके माता-पिता किसानों के समान जीवन व्यतीत करते थे। कोर्दे के पिता को राजनीति और साहित्य से प्रेम था। कुलीनों के अत्याचार और उनके विलासमय जीवन से उसे आन्तरिक घृणा थी। उनके अत्याचार के विरुद्ध उसने छोटे-छोटे ट्रेक्ट भी लिखे थे। वह हृदय से चाहता था कि फ्रान्स में क्रान्ति उत्पन्न हो। ऐसे पिता के संरक्षण में बालिका कोर्दे ने अपना शैशव-काल बिताया। संरक्षकों के विचारों की छाप बच्चों पर पड़ना स्वाभाविक है। कोर्दे बचपन से ही देश-सम्बन्धी बातों को समझने लगी थी। माँ की मृत्यु के कारण कोर्दे को छोटी अवस्था में अपने अन्य दो भाई और बहिनों की देख-रेख करनी पड़ी। कुछ वर्षों तक उस गाँव में वे लोग पूर्ण दरिद्रता से जीवन बिताते रहे। फटे-पुराने वस्त्रों और रूखे-सूखे खाने से वे अपनी गुज़र करते थे। पिता के बाग़ में जाकर धूप में घास सुखाना, फलों का इकट्ठा करना ही उन सबकी दिनचर्या थी। इसी बीच में कोर्दे का पिता संसार की ओर से उदासीन हो गया, और अवशिष्ट जीवन भगवद्भजन में बिताने के लिए एक मठ में रहने लगा। कोर्दे भी पिता के साथ वहीं रहती। मठ के नियमित जीवन का उस पर बड़ा प्रभाव पड़ा। वह बड़े संयम से दिन बिताने लगी। इस कठोर जीवन का ही यह परिणाम था कि दूसरे मनुष्य उसे पवित्रता का आदर्श समझते रहे। उसकी सादगी, भोलापन और पवित्रता पर दर्शक का मस्तक श्रद्धा और भक्ति से उसके सामने स्वयं झुक जाता था। उन्हीं दिनों फ्रान्स में क्रान्ति का आरम्भ हुआ। कोर्दे को कहीं से रूसो, रेनल, प्लूटार्क आदि प्रसिद्ध लेखकों की कृतियाँ पढ़ने को मिल गई। इन पुस्तकों के अध्ययन से कोर्दे के मन में देश-सेवा के विचार उत्पन्न हुए और देश की दुर्दशाग्रस्त स्थिति के कारण वे नित्य-प्रति प्रबल होते गए। उसने देश-सेवा करने का मन ही मन सङ्कल्प कर लिया, परन्तु मठ का एकान्त वास उसके विचारों को प्रोत्साहन देने के लिए पर्याप्त नहीं था, वह मनुष्यों के सम्पर्क में रहना चाहती थी, जहाँ भावों के आदान-प्रदान और विचार-विनिमय द्वारा वह स्थिति पर अधिक गम्भीरता-पूर्वक विचार कर सके। उसने शीघ्र ही मठ का परित्याग कर दिया और केईन नगर में अपनी एक वृद्धा चाची के यहाँ आकर रहने लगी। चाची के घर में कोर्दे का अधिकांश समय अध्ययन में बीतता था। देश की दुर्दशा पर वह घण्टों आँसू बहाती थी। उसने अपने सुख और आनन्द को स्वाधीनता के लिए अर्पण करने का पूर्ण निश्चय कर लिया। वह केवल अवसर की प्रतीक्षा में थी।

गिरोण्डिस्ट दल के पदच्युत होने से कोर्दे को वह

सुयोग भी शीघ्र ही मिल गया। पदच्युत व्यक्तियों में से अधिकांश मनुष्य मारोत के विरुद्ध जनता को ख़ूब भड़काते थे। उनका कहना था कि मारोत के कारण आज फ़्रान्स में किसी का भी जीवन, धन और भूमि सुरक्षित नहीं है। उसने अपने विरोधियों की नामावली तैयार की है, हज़ारों मनुष्य उसमें शामिल हैं और बहुत शीघ्र वे जीवन से मुक्त कर दिए जावेंगे। वास्तव में बात भी कुछ ऐसी ही थी। मनुष्यों को उस समय मृत्यु से भी अधिक भय मारोत का था, परन्तु इसमें कुछ सन्देह नहीं कि इन मनुष्यों ने उसके चरित्र को मनमाने रूप से अतिरञ्जित किया था। वह अकेला ही रक्तपात में शामिल नहीं था, अन्य मनुष्य भी उसके सहायक थे। कोर्दे इन मनुष्यों के उत्तेजक व्याख्यानों से बहक गई और उसने इनकी बातों को बिलकुल सत्य समझा। कई दिनों तक वह अपने कर्त्तव्य के विषय में सोचती रही। अन्त को उसे एक बात सूझ गई। उसने सोचा कि केवल एक मनुष्य के कारण इस समय फ़्रान्स में हज़ारों मनुष्यों का जीवन सङ्कट में पड़ा हुआ है। यदि किसी प्रकार वह मनुष्य दूर कर दिया जाय तो इन निर्दोष प्राणियों की जान बच सकती है। वह एक ही बाण से दो लक्ष्य बेधना चाहती थी। उसको पक्का विश्वास होगया कि केवल मारोत को मार देने से ही फ़्रान्स का सङ्कट और जनता का भय दूर हो जायगा। उसने प्रतिज्ञा की कि मैं ही इस कार्य को करूँगी। वह जानती थी कि इस कर्म में मेरा मरण निश्चय है, परन्तु देश-हित का यह अवसर उसने हाथ से जाने देना उचित न समझा।

जिस कर्म को करने का एक अबला कुमारी ने सङ्कल्प किया, उसी की पूर्त्ति के लिए पदच्युत व्यक्तियों के प्रयत्न से सैन्य निर्माण हो रहा था। सैनिकों की संख्या में नित्य वृद्धि होती जा रही थी। एक दिन शालोति कोर्दे का एक परिचित मनुष्य सेना में भरती होने के लिए आया। वह कोर्दे से स्नेह करता था। इस सम्बन्ध में उसने बहुत दिनों तक कोर्दे से पत्र-व्यवहार किया था। कोर्दे भी उसकी ओर आकृष्ट हुई थी। परन्तु वह अपना जीवन देश-हित अर्पण करने की प्रतिज्ञा कर चुकी थी। वह उस युवक के सम्मुख आत्म-समर्पण न कर सकी, फिर भी उसने अपना एक चित्र उस युवक को

शालोति कोर्दे (Charlotte Corday)

[आपको १७ वीं जुलाई सन् १७९३ को प्राण-दण्ड दिया गया था]

देकर कहा था—'तुम्हें प्रेम करने का मुझे अधिकार नहीं है; व्यावहारिक दृष्टि से भी मुझे साथ रखने में तुम्हें कष्टों के सिवा और कुछ न मिल सकेगा। हाँ, इस चित्र के रूप में ही तुम मुझसे प्रेम कर सकते हो।' उस दिन उस युवक को जाते देखकर कोर्दे की आँखों से अनायास आँसू निकल पड़े। कोर्दे को रोती देखकर सेनापति

पितियन कहने लगा—'यदि यह मनुष्य यहाँ से न जायँ तो तुम्हें प्रसन्नता होगी।' कोर्दे ने ये शब्द सुने और लज्जा से सिर झुका लिया। वह मुख से एक शब्द भी न निकाल सकी और वहाँ से चली गई। पितियन उसके स्नेहार्द्र हृदय की अन्तर्व्यथा को उस समय न समझ सका।

इस घटना के बाद कोर्दे का वहाँ रहना कठिन हो गया और शीघ्रातिशीघ्र पेरिस पहुँचने की उसकी इच्छा प्रबल होती गई। नवीन सेना के पेरिस पहुँचने से पूर्व मारोत का प्राणान्त कर देना ही उसका एकमात्र उद्देश्य था। उसने अपना कार्यक्रम और साधन निश्चित किया। किसी को भी उसके विचार का पता न था और न स्वयं उसने किसी से इस विषय में कुछ कहा था, परन्तु हृदय के आवेग में आकर उसने अपनी चाची से एक दिन कुछ ऐसे शब्द कह दिए, जिनसे अप्रत्यक्ष रूप में उसके विचारों का पता लग जाता है। कोर्दे एकान्त में बैठी रो रही थी। चाची ने कारण पूछा। कोर्दे के मुँह से निकल पड़ा—"मैं अपने देश, अपने सम्बन्धियों और तुम्हारे दुर्भाग्य के लिए रोती हूँ। जब तक मारोत इस संसार में मौजूद है, कोई भी व्यक्ति एक दिन जीने तक की आशा नहीं कर सकता।" उसी दिन बाज़ार में कुछ मनुष्यों को ताश खेलते देखकर बड़े तीव्र शब्दों में कोर्दे ने उनसे कहा था—"तुम लोगों को खेलने की सूझी है और तुम्हारा देश मृत्यु-मुख में पड़ा हुआ है।"

जाने की तैयारी करने के बाद कोर्दे मठ में जाकर पिता और बहिनों से मिली। उसके दोनों भाई राजा की सेवा में चले गए थे। पिता से उसने इङ्गलैण्ड जाने का बहाना किया। पिता ने अनुमति दे दी। कोर्दे चाची के पास लौट आई। दो दिन चाची की सेवा करने के बाद, अपनी सखी-सहेलियों और चाची से बिदा होकर और अन्तिम बार उस स्थान को नमस्कार कर कोर्दे ने पेरिस के लिए प्रस्थान कर दिया। जिस गाड़ी में वह जा रही थी, उसमें और भी यात्री थे, परन्तु किसी को भी कोर्दे के विचारों का पता न लगा। दो दिन के पश्चात् वह पेरिस पहुँच गई और वहाँ एक होटल में रहने का उसने प्रबन्ध कर लिया।

पेरिस में कोर्दे नगर के एक प्रतिनिधि दूप्रे से मिली। उससे परिचय करने के लिए गिरोण्डिस्ट दल के एक सज्जन बार्बरो से कोर्दे ने केईन नगर में ही एक पत्र लिखवा लिया था। भेंट होने पर उसने प्रतिनिधि से कहा—"मुझे आप मन्त्री मारोत से मिला दीजिए, मुझे उनसे कुछ काम है।" दूप्रे ने अगले दिन कोर्दे को मारोत के पास ले चलने का वचन दिया। चलते समय कोर्दे ने बहुत धीमे स्वर में दूप्रे से कहा—"महाशय, आपका जीवन सुरक्षित नहीं है, आप इस स्थान को छोड़ दीजिए और केईन नगर जाकर अपने साथियों में मिल जाइए; परिषद् में आप अब कोई भी अच्छा कार्य नहीं कर सकते।"

दूप्रे ने कहा—मैं पेरिस में नियुक्त हुआ हूँ, मैं इस स्थान को नहीं छोड़ूँगा।

कोर्दे ने फिर कहा—"आप भूल करते हैं, मेरा विश्वास कीजिए और आगामी रात्रि से पूर्व ही यहाँ से चले जाइए" और उत्तर की प्रतीक्षा किए बिना ही वह वहाँ से चली गई। उस समय कोर्दे की बातों पर दूप्रे ने ध्यान नहीं दिया, परन्तु शीघ्र ही अधिकारियों की शनि-दृष्टि उस पर पड़ गई। उसका नाम सन्दिग्ध मनुष्यों की सूची में लिख लिया गया।

दूसरे दिन बड़े सवेरे वे दोनों मारोत से मिलने गए, परन्तु मारोत ने सन्ध्या के पूर्व भेंट करने में असमर्थता प्रकट की। कोर्दे उससे मिलकर मारोत के विषय में कुछ बातें जानना चाहती थी, पर अब उसने अपना विचार बदल दिया। समय नष्ट करना उसे व्यर्थ प्रतीत होने लगा। दूप्रे को धन्यवाद सहित बिदा करके कोर्दे ने उसी दिन मारोत के स्थान का पता लगा लिया और दूकान से एक पैना छुरा मोल लेकर अपने पास रख लिया। उसकी इच्छा मारोत को खुले-आम मारने की थी, परन्तु ऐसा अवसर मिलना कठिन था, अतएव उसने मारोत के स्थान पर ही उसको ठिकाने लगाने का निश्चय किया। पर मारोत से भेंट होना बड़ा कठिन था। कोर्दे को एक युक्ति सूझ गई! मनुष्य को अन्धकार में यदि कहीं टिमटिमाता हुआ प्रकाश भी दिखाई देता है, तो वह अपना मार्ग ढूँढ़ लेता है। कोर्दे जानती थी कि मारोत प्राणपण से प्रजातन्त्र-शासन-विधान की रक्षा करेगा। यदि उससे कहा जाय कि अमुक स्थान पर शासन-विधान के विरुद्ध लोगों ने उपद्रव किया है, तो वह मेरी बात अवश्य सुनेगा। इसी बहाने से कोर्दे ने मारोत से मिलना चाहा। इस आशय की सूचना उसने मारोत के पास भेजी, पर कोई सुनाई न हुई। दो बार जाने पर भी कोर्दे को लौट

आना पड़ा, पर वह हताश न हुई। उसने मन ही मन भीष्म-प्रतिज्ञा की कि चाहे जैसे हो, तीसरी बार जाने पर मैं अपना उद्देश्य अवश्य सिद्ध करूँगी।

कोर्दे उसी दिन सन्ध्या-समय तीसरी बार फिर मारोत के मकान पर पहुँची। द्वार-रक्षक के अन्दर जाने से रोकने पर वह उससे झगड़ने लगी। द्वार-रक्षक कोर्दे का मार्ग रोकता था और कोर्दे मारोत से मिलने के लिए अपने हठ पर अड़ी थी। इन दोनों के वाक्-युद्ध का शोर मकान के अन्दर मारोत के कानों में पड़ा। शब्दों द्वारा उसने इतना जान लिया कि यह वही स्त्री है, जो आज ही मुझसे मिलने के लिए दो पत्र भेज चुकी है। मारोत ने वहीं से कोर्दे को भीतर आने के लिए द्वार-रक्षक को आदेश किया। अन्दर जाने पर कोर्दे ने देखा कि मारोत अपने स्नानागार में उपस्थित है। उसके चारों ओर काग़ज़-पत्र फैले हुए हैं और वह बड़े ग़ौर से उनकी देख-भाल कर रहा है। कुछ समय तक कोर्दे और मारोत में बातचीत होती रही। उपद्रवियों के नाम एक पर्चे पर लिखने के बाद बड़े निःशङ्क भाव से मारोत ने कहा—'एक सप्ताह पूर्व ही ये सब मौत के घाट उतार दिए जायँगे।' कोर्दे ऐसे शब्द सुनने की प्रतीक्षा में ही थी। मारोत के अभिमान को चूर्ण करने का उसे अवसर मिल गया। उसने बड़ी फ़ुर्ती से अपने अञ्चल में से चमचमाता हुआ छुरा निकाला और मारोत की छाती में पूरी ताक़त के साथ घुसेड़ दिया। यह सब कार्य करने में कोर्दे को पल भर भी समय न लगा। फ़्रान्स के भाग्य-विधायक के मुँह से निकला—'सहायता' और उसका प्राण-पखेरू उड़ गया!

'सहायता' का शब्द सुनकर मारोत के कुछ भृत्य स्नानागार में दौड़े आए। उन्होंने कोर्दे को पकड़ लिया। एक मनुष्य ने एक कुर्सी उठाकर कोर्दे के शरीर पर दे मारी और वह बेहोश होकर गिर पड़ी। उसकी अचेतन अवस्था में मारोत की प्रेयसी ने, जो उस समय वहाँ खड़ी थी, कोर्दे को अपने पैरों से रौंद डाला। मारोत का मृत्यु-समाचार बिजली की तरह सारे नगर में फैल गया। थोड़ी देर में पास-पड़ोसी, सरकारी कर्मचारी, नगर-रक्षक आदि सभी घटना-स्थल पर आ पहुँचे। मारोत का मकान बाहर और भीतर नर-समूह से भर गया।

मूर्च्छा दूर होने पर कोर्दे बिना किसी की सहायता के ही फ़र्श पर से उठ बैठी। उसने देखा, सैकड़ों आदमी उसे देखकर दाँत पीस रहे हैं। लाल-लाल आँखें दिखा-कर अपने क्रोध में वे उसे भस्म कर देना चाहते हैं और घूँसों द्वारा उसे मारने के लिए प्रस्तुत हैं। वास्तव में यदि उस समय पुलिस-कर्मचारी वहाँ न होते तो कोर्दे की अस्थियाँ तक मिलना कठिन हो जाता। कोर्दे इस दृश्य को देखकर तनिक भी विचलित न हुई। केवल मारोत की स्त्री को देखकर उसको कुछ पीड़ा हुई, परन्तु वह भी क्षणिक थी। पुलिस ने कोर्दे को ले जाकर पास के एक कारागार में बन्द कर दिया। वहाँ पर कर्मचारियों ने उसका बयान लिखा। उनके कुछ प्रश्नों के उत्तर दे देना इस स्थान पर अनुचित न होगा।

कर्मचारी—तुम इस छुरे को पहचानती हो?

कोर्दे—हाँ!

कर्मचारी—किस कारण तुमने यह भीषण अपराध किया है?

कोर्दे—मैंने देखा कि गृह-युद्ध से फ़्रान्स नष्ट हुआ चाहता है। मुझे यह विश्वास हो गया कि इन सब आपत्तियों का मुख्य कारण मारोत ही है। मैंने अपने देश को बचाने के लिए अपना जीवन बलिदान किया है।

कर्मचारी—जिन मनुष्यों ने तुम्हें इस कार्य में सहायता दी है, उनके नाम बताओ!

कोर्दे—कोई भी मेरे विचारों से अवगत न था, मैंने अपनी चाची और पिता तक को धोखा दिया। बहुत कम मनुष्य मेरे सम्बन्धियों से मिलने आते रहे, किसी को भी मेरे विचारों के बारे में ज़रा भी सन्देह न था।

कर्मचारी—क्या केईन नगर छोड़ने से पूर्व मारोत के मारने का तुमने पूर्ण निश्चय नहीं कर लिया था?

कोर्दे—यह तो मेरा एकमात्र उद्देश्य ही था।

इसी बीच में एक कर्मचारी कोर्दे के प्रत्येक अङ्ग को बड़े ग़ौर से देख रहा था। उसको ऐसा प्रतीत हुआ कि कोर्दे की साड़ी के एक छोर में कुछ काग़ज़ बँधा है। उसको जानने की उस कर्मचारी को इच्छा हुई, परन्तु कोर्दे उसके विषय में बिलकुल भूल गई थी। उस कर्मचारी को इस प्रकार घूरते देखकर उसने समझा कि यह मेरे कौमार्य्य पर दृष्टिपात करके मेरी पवित्रता

का अनादर कर रहा है। उसके हाथ बँधे हुए थे। वह किसी तरह भी साड़ी को सँभाल नहीं सकती थी। उसने अपनी लज्जा को ढँकने के लिए शरीर को दुहरा करने की चेष्टा की, परन्तु उसके वक्षःस्थल पर से वस्त्र हट गया और उसके रतन बाहर निकल पड़े। कोर्डे को अपनी इस दशा से बड़ी लज्जा प्रतीत हुई। उसने बड़े दीन शब्दों में कर्मचारियों से अपने हाथ खोलने की प्रार्थना की। उसकी प्रार्थना स्वीकृत हुई। हाथ खुलने पर दीवार की ओर मुँह करके उसने झटपट अपने वस्त्र को ठीक किया और कर्मचारियों के कहने पर अपने बयान की सही के हस्ताक्षर कर दिए। डोरी की रगड़ से उसके हाथों में नीले दाग़ पड़ गए थे। इस बार हाथ बाँधे जाने पर उसने दस्ताने पहनाने का अनुरोध किया, परन्तु अपराधी की सभी प्रार्थनाएँ स्वीकृत नहीं हुआ करती हैं!

मृत्यु-मुख में पड़े रहने पर भी एक लड़की के ऐसे शिष्ट, संयत और निर्भीक उत्तर सुनकर कर्मचारी दङ्ग रह गए। उस काग़ज़ में कोर्डे ने फ़ान्स-निवासियों के प्रति अपना सन्देश लिखा था। उस सन्देश की प्रत्येक पंक्ति में एक युवती के मार्मिक हृदय के उद्गार भरे हुए थे। वीर और करुणा का इससे अधिक उत्तम समावेश शायद ही कहीं ढूँढ़ने से मिल सकेगा। सन्देश इस प्रकार था :—

"अभागे फ़्रान्स-निवासियो! मतभेद और इस प्रकार की मुसीबतों में कब तक पड़े रहोगे? मुट्ठी भर मनुष्यों ने सर्व-साधारण का हित अपने हाथ में कर रक्खा है, उनके क्रोध का लक्ष्य क्यों बनते हो? अपने प्राणों को नष्ट करके फ़्रान्स के भग्नावशेष पर उनके अत्याचारों को स्थापित करना क्या तुम्हें उचित दीखता है? चारों ओर दलबन्दियाँ हो रही हैं और मुट्ठी भर मनुष्य क्रूर और अमानुषिक कार्यों द्वारा हम पर आधिपत्य जमाए हुए हैं। वे नित्य हमारे विरुद्ध षड्यन्त्र रचते हैं। हम अपने ही हाथों से अपना नाश कर रहे हैं। यदि यही दशा रही तो कुछ समय में हमारे अस्तित्व की स्मृति के अतिरिक्त और कुछ शेष न रह जायगा।

× × ×

"फ़्रान्स-निवासियो! तुम अपने शत्रुओं को जानते हो, उठो और उनके विरुद्ध प्रस्थान कर दो, उन्हें शासनाधिकार से हटाकर फ़्रान्स में सुख और शान्ति स्थापित करो।

"ओ मेरे देश, तेरे दुखों से मेरा हृदय फटा जाता है। मैं तुझे अपने जीवन के अतिरिक्त और क्या दे सकती हूँ? मैं परमात्मा को धन्यवाद देती हूँ कि मुझे अपना जीवन अन्त करने की पूरी स्वतन्त्रता है। मेरी मृत्यु से किसी को भी हानि न होगी। मैं चाहती हूँ कि मेरा अन्तिम श्वास भी मेरे नागरिक भाइयों के लिए हितकर हो, मेरे कटे सिर को पेरिस नगर में मनुष्यों द्वारा इधर-उधर घुमाते देखकर वे कार्य-सिद्धि के लिए एकमत हो सकें, मेरे रक्त से अत्याचारियों का अन्त लिखा जाए और मैं ही उनके क्रोध का अन्तिम निशाना बनूँ।

"मेरे संरक्षक और मित्रों को किसी प्रकार का कष्ट न दिया जाय, क्योंकि मेरे विचारों से कोई भी अवगत न था। देशवासियो! मैं अपने उद्देश्य में सफल नहीं हो सकी हूँ, पर मैंने आप लोगों को मार्ग दिखा दिया है। आप अपने शत्रुओं को जानते हैं। उठो और उनके विरुद्ध प्रस्थान करके उनका अन्त कर दो।"

* * *

दूसरे दिन क्रान्तिकारी न्यायालय का अध्यक्ष कोर्डे को देखने के लिए आया। कारागार की अन्धी कोठरी में वह कोर्डे से मिला। उसकी अवस्था और सुन्दरता को देखकर कोर्डे के प्रति उसके हृदय में बड़ी दया उत्पन्न हुई। उसने कोर्डे को बचाना चाहा, परन्तु कोर्डे ने झूठ बोल कर अपना प्राण बचाने से स्पष्ट निषेध कर दिया। कारागार में कोर्डे को लिखने की सामग्री मिल गई थी। अपने मित्रों और पिता को उसने जो पत्र लिखे हैं उनमें उसने अपने कार्य, दशा और विचारों का वर्णन किया है। पिता को उसने बड़े संक्षिप्त शब्दों में लिखा था—

"आपकी अनुमति बिना अपने जीवन का अन्त करने के लिए आप मुझे क्षमा करें × × × मेरे प्यारे पिता, बिदा! आप मुझे भूल जाइए अथवा यदि उचित समझें तो मेरे भाग्य पर हर्ष मनाइए। मैंने बड़े पवित्र कार्य के लिए अपना उत्सर्ग किया है। मैं अपनी बहिन को हृदय से प्यार करती हूँ। बाबा कोर्नेल के इस वाक्य को कभी न भूलिएगा—"मनुष्य को फाँसी से नहीं, वरन् अपने अपराधों से लज्जित होना चाहिए।"

कोर्नेल फ़्रान्स का प्रसिद्ध नाट्यकार हुआ है। वह कुशल कवि भी था। कोर्डे उसकी पौत्री थी। कदाचित्

कोर्दे की वीरता में अप्रत्यक्ष रूप से कोर्नेल की कविता ही काम कर रही थी। कवि और वीर में कोई विशेष भेद नहीं। एक भावों द्वारा अनुभव करके जिस बात को शब्दों में व्यक्त करता है, दूसरा उसी को अपने कार्यों में परिणत कर देता है।

क्रान्तिकारी न्यायालय में कोर्दे का विचार हुआ। नियमानुसार अपनी ओर से एक वकील करने का कोर्दे को अधिकार था, परन्तु जिस मनुष्य को उसने नियुक्त किया था, वह वहाँ पर नहीं दिखाई दिया। तब अध्यक्ष ने एक दूसरे मनुष्य को इस कार्य के लिए नियत कर दिया। कोर्दे ने आद्यन्त अपनी सब कहानी कह सुनाई। उसने कहा—मैं मानती हूँ कि यह साधन मेरे उपयुक्त न था, परन्तु मारोत के सम्मुख पहुँचने के लिए उसको धोखा देना आवश्यक था।

विचारपति ने कोर्दे से पूछा—तुम्हारे हृदय में मारोत के प्रति घृणा किसने उत्पन्न की?

कोर्दे ने उत्तर दिया—मुझे किसी दूसरे की घृणा की ज़रूरत ही क्या थी, मेरी घृणा स्वयं पर्याप्त थी। इसके अतिरिक्त जो कार्य स्वयं सोच-विचार कर नहीं किया जाता, उसका अन्त ठीक नहीं होता।

"तुम उनकी किस बात से घृणा करती थीं? उसके दोषों से उसको मारकर किस फल को प्राप्त करने की तुम्हें इच्छा थी?"

"देश में शान्ति स्थापन करने की।"

"क्या तुम्हारा विश्वास है कि तुमने सब मारोतों का अन्त कर दिया है?"

"मारोत के मारे जाने से सम्भवतः दूसरे मनुष्य अत्याचार करने का साहस न कर सकेंगे। मैंने हज़ारों मनुष्यों को बचाने के लिए एक मनुष्य को मारा है। मैं क्रान्ति के पूर्व से ही प्रजातन्त्रवादी रही हूँ, परन्तु क्रान्ति की ओट में व्यर्थ का रक्तपात मुझे पसन्द नहीं है।"

जूरियों की सहायता से जज ने एकमत होकर कोर्दे को मृत्यु-दण्ड सुना दिया। कोर्दे के मुख पर भय अथवा शोक का कोई चिन्ह प्रकट नहीं हुआ। उसने बड़े हर्ष से मृत्यु-दण्ड स्वीकार किया। विचारपति ने कोर्दे से पूछा—"तुम्हें इस दण्ड पर कोई आपत्ति तो नहीं है?" कोर्दे ने कोई उत्तर न दिया, परन्तु अपने वकील के प्रति उसने अवश्य कृतज्ञता प्रकट की। उसकी ओर देखकर कोर्दे ने कहा—"मैं आपको धन्यवाद देती हूँ। आपने मेरी इच्छानुसार ही मेरी ओर से बयान दिया है। विचारपति मेरी सब सम्पत्ति को ज़ब्त कर चुके हैं, परन्तु कारागार में मेरी कुछ वस्तु अभी शेष हैं। आपके परिश्रम-स्वरूप वह वस्तु मैं आपको अर्पण करती हूँ।"

जिस समय कोर्दे का विचार हो रहा था, एक चित्रकार कोर्दे का चित्र बनाने में मग्न था। कोर्दे को यह देखकर बड़ी प्रसन्नता हुई। उसने सोचा कि इस चित्र द्वारा ही उसके देशवासी उसकी स्मृति बनाए रक्खेंगे। एक और भी मनुष्य वहाँ पर उपस्थित था, जिसे कोर्दे से पूर्ण सहानुभूति थी। उसकी मुखाकृति और भावों के उतार-चढ़ाव से यही प्रतीत होता था। जब मृत्यु-दण्ड सुनाया गया, तो उसका विरोध करने के लिए उसने अपने होठ हिलाए, अपने स्थान से उठा भी, परन्तु असंख्य जन-समुदाय में कोर्दे का पक्ष-समर्थन करने की उसे हिम्मत न हुई। वह अपने स्थान पर बैठ गया। कोर्दे ने उसकी समस्त चेष्टाओं को देखा। उसे यह जानकर परम सन्तोष हुआ कि कम से कम एक मनुष्य वहाँ ऐसा अवश्य मौजूद है, जिसे उसके कार्यों से सहानुभूति है। कोर्दे ने मन ही मन उसको धन्यवाद दिया। वह युवक जर्मनी का एक प्रजातन्त्रवादी व्यक्ति था। उसका नाम आदमलक्ष था। किसी कार्यवश वह उस समय पेरिस आया हुआ था।

कोर्दे कारागार को लौट गई। वहाँ पर अपूर्ण चित्र को पूरा करने के लिए दूसरे दिन सवेरे चित्रकार उससे मिला। बड़ी देर तक कोर्दे चित्रकार से बातचीत करती रही। थोड़ी देर में एक क़ैंची लेकर बधिक वहाँ पहुँचा। कोर्दे ने उससे वह क़ैंची ले ली और अपने रेशम के समान मुलायम बालों को काट कर चित्रकार को देते हुए उसने कहा—आपके कष्ट के लिए किन शब्दों में धन्यवाद दूँ। आपको देने के लिए इसके अतिरिक्त मेरे पास और कुछ नहीं है। कृतज्ञता-स्वरूप इनको आप अपने पास रख लीजिए, और मेरी स्मृति बनाए रखिएगा। आप से एक अनुरोध है, कृपया मेरा एक चित्र मेरे पिता के पास भेज दीजिएगा।

बधिक ने कोर्दे के हाथ बाँध दिए और एक गाड़ी में बिठाल कर उसको बधस्थल की ओर ले गया। असंख्य मनुष्यों की भीड़ उसके साथ थी। उस भीड़ में

आदमलक्ष भी था। अन्य सब मनुष्य तो कोर्दे की मृत्यु का कौतुक देखने के लिए जा रहे थे, परन्तु आदमलक्ष की धारणा दूसरे प्रकार की थी। उसका विश्वास था कि यदि मैं कोर्दे के निमित्त अपने प्राण विसर्जन कर दूँ, तो हम दोनों एक रूप होकर परब्रह्म में लीन हो जायँगे।

कोर्दे निर्भय-चित्त से फाँसी के तख़्ते पर चढ़ी। बधिक ने उसकी गर्दन से कपड़ा हटा दिया, जिसके कारण उसकी छाती खुल गई। मृत्यु के समय भी इस अनादर से कोर्दे को अपार कष्ट हुआ, परन्तु उसने शीघ्र ही छुरी के नीचे अपना गला रख दिया। क्षणमात्र में ही उसका गला कटकर नीचे गिर पड़ा। यह १७९३ के जुलाई मास की बात है!

कोर्दे के कार्य के औचित्य और अनौचित्य के विषय में हमें कुछ नहीं कहना है, परन्तु इसमें कोई सन्देह नहीं कि स्त्री होकर जिस निर्भीकता और साहस का उसने आद्यन्त परिचय दिया है, वह वास्तव में स्तुत्य और सराहनीय है। कारागार के अन्दर कोर्दे की मृत्यु का समाचार सुनकर गिरोण्डिस्ट दल के एक नेता वर्जीनियाँ ने कहा था—कोर्दे ने हमको नष्ट कर दिया, परन्तु उसने हमको मरने का पाठ पढ़ाया है।

कोर्दे की मृत्यु के कुछ दिनों बाद आदमलक्ष ने कोर्दे की निर्दोषता सिद्ध करते हुए एक विज्ञप्ति प्रकाशित की थी, जिसमें उसने लिखा था कि कोर्दे के कार्य में मैंने भी सहायता की है। लक्ष शीघ्र ही बन्दी कर लिया गया। मृत्यु-दण्ड ने उसको संसार से मुक्त कर दिया। मरते समय उसके मन में केवल एक ही भावना थी—"मैं एक आदर्श रमणी के निमित्त प्राण-दान कर रहा हूँ।" इस विचार ने मरण-समय में भी लक्ष को हर्षोन्मत्त कर दिया था!

मारोत की मृत्यु के बाद देश में और भी अशान्ति हो गई। शासकों को कोर्दे के कार्य से गुप्त षड्यन्त्र की गन्ध आने लगी। उन्होंने अपने सब विरोधियों को मौत के घाट उतारने का निश्चय कर लिया। मारोत की मृत्यु के दिन से ही फ़्रान्स में 'Reign of Terror' का युग आरम्भ हुआ। फ़्रान्स के कोने-कोने में गिलेटिन का प्रचार हो गया। राज्य-सत्ता के पक्षपाती, उदार नीति के समर्थक सब मनुष्य कारागार में डाल दिए गए, उपद्रवियों को मृत्यु-दण्ड दिया गया, उनके गाँव के गाँव नष्ट कर दिए गए। मृत्यु-दण्ड पाने वालों में फ़्रान्स की सम्राज्ञी मेरी आँत्वानेत भी थीं। उनकी मृत्यु के लिए इतना ही कारण पर्याप्त था कि वह राज-सत्ता की प्रतिनिधि थीं। उनकी उपस्थिति से यूरोप के अन्य राष्ट्र फ़्रान्स के राज्य-शासन में हस्तक्षेप करते थे। मेरी आँत्वानेत का जीवन कष्टों और मुसीबतों का जीता-जागता इतिहास है। फ़्रान्स की सम्राज्ञी होने पर भी वह जीवन में कभी भी सुख का अनुभव न कर सकीं।

मेरी आँत्वानेत ऑस्ट्रिया की सम्राज्ञी मेरिया थेरेसा की पुत्री थी। उसका शैशव-काल माता के समीप आमोद-प्रमोद में बीता था। छोटी अवस्था में ही उसका विवाह फ़्रान्स के राजकुमार लुई १६वें से हो गया। विवाह के पाँच वर्ष बाद आँत्वानेत को सम्राज्ञी का पद प्राप्त हुआ। वह राज-सत्ता की कट्टर पक्षपातिनी थी। परन्तु फ़्रान्स में उस समय राज-सत्ता के उखड़ने के चिह्न दीखने लगे थे। सम्राट् लुई में भी साहस की कमी थी। वह लोकमत का विरोध करने के लिए पूर्ण रूप से तैयार न था। मेरी आँत्वानेत सम्राट् को अपने आदेशानुसार चलाना चाहती थी। वह नहीं चाहती थी कि सम्राट् के अधिकार में किसी प्रकार का नियन्त्रण हो। अपने विचारों के कारण वह बहुत शीघ्र जनता में अप्रिय हो गई। अधिकांश फ़्रान्स-निवासी ऑस्ट्रियन वंश की राजकन्या को घृणा की दृष्टि से देखने लगे।

उस समय फ़्रान्स की आर्थिक स्थिति बहुत दुर्दशा-ग्रस्त थी। सम्राट् ने प्रसिद्ध अर्थशास्त्रज्ञ तूर्गो के हाथ में स्थिति-सुधार का कार्य सौंपा था, परन्तु सम्राज्ञी के हस्तक्षेप के कारण तूर्गो अधिक समय तक अर्थ-सचिव के पद पर न रह सका। उसको त्याग-पद करना पड़ा। आँत्वानेत ने सम्राट् के मन में यह बात जमा दी कि तुम्हारा कार्य फ़्रान्स-निवासियों से न हो सकेगा—तुम्हें अन्य राष्ट्रों से सहायता लेनी चाहिए। लुई वार्सेल्स नगर में रह कर वहीं राज्य-कार्य की देख-रेख करता था। उसके कार्यों से पेरिस की जनता में असन्तोष पैदा हो रहा था और उपद्रव के लक्षण दीखने लगे थे। कुछ ही काल में राज्य-क्रान्ति आरम्भ हो गई। उन्हीं दिनों पेरिस को भीषण दुर्भिक्ष का सामना करना पड़ा। क्रान्तिकारी विचारों के कारण पेरिस की जनता में जाग्रति हो चुकी थी। उन्हें यह असह्य हो

गया कि राजा और रानी तो आनन्द से जीवन बितावें और प्रजा भूखों मरे। क्षुधातुर जन-समूह ने वार्सेल्स के राजभवन को घेर लिया। विवश होकर राजा और रानी को पेरिस आना पड़ा। वहाँ वे राज-भवन में रहने लगे, परन्तु उनके कार्यों पर दृष्टि रक्खी जाने लगी। राजा तो किसी प्रकार उस स्थिति में रहने को प्रस्तुत था, परन्तु स्वतन्त्रता का अपहरण हो जाने से रानी को उस स्थिति में रहना बड़ा कष्टकर प्रतीत होने लगा। वह वहाँ से निकल भागने का विचार करने लगी।

इन्हीं दिनों फ्रान्स की राज्य-परिषद् में शासन-विधान-सम्बन्धी बहुत से परिवर्त्तन हो गए थे, जिनके कारण राज-सत्ता के समर्थक बहुत से कुलीन मनुष्य फ्रान्स की सीमा से बाहर चले गए थे। वे विदेशी राज्यों की सहायता से फ्रान्स में राज-सत्ता को निरापद करना चाहते थे। सम्राज्ञी गुप्त रीति से उनके कुचक्र में सम्मिलित थी। उनके परामर्श और सहायता से उसने राज-भवन छोड़ने का प्रबन्ध कर लिया। एक दिन सुयोग देखकर प्रहरियों की आँख में धूल झोंककर राजवंश ने सीमा-प्रान्त की ओर प्रस्थान कर दिया। वहाँ उनकी सहायता के लिए एक सेनानायक २५,००० सैनिकों के साथ उपस्थित था, परन्तु ये सबके सब मार्ग में ही पकड़े गए। वर्निस गाँव के पोस्टमास्टर के पुत्र ने उन्हें पहचान लिया। रानी ने हाथ जोड़े, प्रार्थना की, गिड़गिड़ाई और रोई भी, परन्तु उसके आँसुओं का कुछ फल न निकला। सबके सब पेरिस लाए गए और कड़े पहरे में बन्द कर दिए गए। राजा की स्थिति बड़ी खेदजनक हो गई। कभी-कभी उसकी इच्छा आत्मघात करने की होती। दस दिन तक निरन्तर उसने रानी से कोई बात न की। जब रानी से न रहा गया तो वह जाकर पति के चरणों पर गिर पड़ी और दोनों बालकों को उसकी गोद में बिठाकर कहने लगी है—"भाग्य के विरुद्ध युद्ध जारी रखने के लिए हमें धैर्य धारण करना ही होगा। यदि हमारा अन्त अवश्यम्भावी है तो हम उसे रोक नहीं सकते, परन्तु मरने की कला हम अच्छी तरह जानते हैं। मरना ही है तो शासक की भाँति मरें। बिना विरोध किए, बिना प्रतिशोध लिए ही हाथ पर हाथ रखकर बैठना उचित नहीं है। जब तक शत्रु आकर हमें यहीं पर परास्त न कर दें, हमें अपने स्वत्व के लिए झगड़ते रहना चाहिए।" रानी के हृदय में वीरता थी। वह झगड़ना भी जानती थी, परन्तु शासन करना उसे मालूम न था।

मेरी आँत्वानेत (Marie Antainette)

राजवंश के पेरिस-परित्याग से पूर्व बहुत से मनुष्य राजा के पक्ष में थे, परन्तु उनके इस प्रकार जाने से उनका पक्ष निर्बल हो गया। जनता सम्राट् को पदच्युत करने

की बात सोचने लगी। राज्य-परिषद् ने राजा के बहुत से अधिकार छीन लिए। उधर ऑस्ट्रिया और प्रशा के राजाओं ने फ़्रान्स के विरुद्ध युद्ध-घोषणा कर दी। लोग और भी जल उठे। राजा की बाह्य आवभगत, उसके आदर-सूचक चिन्ह बन्द कर दिए गए। वह भी एक साधारण मनुष्य के समान हो गया। परिषद् ने धर्म-गुरुओं के विरुद्ध एक क़ानून बनाया। राजा की इसमें सम्मति नहीं थी। रानी के परामर्श से उसने मन्त्रि-मण्डल को विसर्जित कर दिया। पेरिस की जनता उत्तेजित हो गई। कुछ वक्ताओं के कहने से उसने राजभवन पर आक्रमण किया। प्रजा के प्रति राजा की शुभेच्छाओं के विषय में कितने ही मनुष्य अब भी विश्वास करते थे, परन्तु आँत्वानेत के कारण वह कुछ कार्य नहीं कर सकता था। पत्नी के विरुद्ध कार्य करने का उसे साहस न था। प्रजा की दृष्टि में यही रानी अवगुण, स्वेच्छाचार और विश्वासघात की सजीव प्रतिमूर्त्ति थी। नगर की स्त्रियाँ तक उससे घृणा करती थीं। जब कभी वह राजभवन की खिड़की से बाहर को झाँकती तो लोग-बाग उसका तिरस्कार करने लगते थे, उसके लिए अपशब्द कहने लगते थे। एक दिन कोई मनुष्य अपने भाले की नोक रानी को दिखाकर कह रहा था--'अहा, मेरे जीवन में वह दिन कितना शुभ होगा, जब तुम्हारा सिर इस भाले की नोक पर लटकता देख सकूँगा।' सम्राज्ञी के लिए बाहर की ओर देखना भी अपराध हो गया था।

उपद्रवी पाँच घण्टों तक राजा-रानी का तिरस्कार करते रहे। बहुत सी स्त्रियाँ रानी के कमरे में घुस गईं और उसको नाना प्रकार से कष्ट देने लगीं। एक सुन्दरी युवती ने रानी के प्रति कुछ अपशब्द कहे। रानी से चुप न रहा गया। उसने उस युवती से कहा--तुम मुझसे क्यों घृणा करती हो? क्या मैंने अनजान में तुम्हारा कोई नुक़सान या अपराध किया है?

युवती ने उत्तर दिया--मेरी तो कोई हानि तुमने नहीं की, परन्तु देश की दुर्दशा तुम्हारे ही कारण हुई है।

रानी ने कहा—अभागिनी! तुमको किसी ने इसी प्रकार समझा दिया है। लोगों के जीवन को दुखमय बनाने से मुझे क्या लाभ है? मैं लौटकर अपने देश को नहीं जा सकती, यहाँ रहकर ही मैं सुखी या दुखी रह सकती हूँ। जब तुम लोग मुझसे प्रेम करते थे, मैं परम सुखी थी।

युवती ने क्षमा माँगी, उसने कहा—"मैं तुम्हें नहीं जानती थी, परन्तु आज मालूम हुआ कि तुम उतनी बुरी नहीं हो, जितना बुरा तुम्हें बतलाया जाता है।" उपद्रवियों के चले जाने पर रानी राजा के चरणों पर गिर पड़ी और उसके घुटने पकड़ कर घण्टों रोती रही। राजा ने केवल इतना ही कहा—आह! मैं तुम्हें यह दिन दिखाने के लिए तुम्हारे देश से क्यों लिवा लाया?

इस घटना के बाद राष्ट्रीय संरक्षक दल के सेनानायक ने अपनी सहायता से उनको वह स्थान छोड़ने का परामर्श दिया, परन्तु राजा वहाँ से जाने को सहमत न हुआ। उसको विदेशी राष्ट्र की सेनाओं का भरोसा था। राजा के प्रति जनता की श्रद्धा नित्य कम होती गई। उन्हें यह विश्वास हो गया कि राजा और रानी दोनों देश-हित के बाधक हैं। एक सज्जन ने तो परिषद् में कह दिया--"राजभवन ही सब अनर्थों का मूल है। उसकी औषधि का प्रयोग बहुत जल्द होना चाहिए।" इसी बीच में ब्रन्सविक के ड्यूक ने राजा के सम्मुख आत्म-समर्पण करने की फ़्रान्सीसियों को धमकी दी। लोग भड़क गए। उन्होंने राजभवन पर फिर आक्रमण कर दिया। राजवंश का जीवन बड़े सङ्कट में था। विद्रोही चिल्ला-चिल्ला कर कहते थे—"बढ़े चलो, राजा-रानी और उनके बच्चों का सिर काटकर भालों की नोक पर लटका लो, राजवंश का एक भी प्राणी जीता न बचने पावे।" विद्रोहियों ने भवन के रक्षकों को मार गिराया। रानी की दशा बड़ी ख़राब थी। एक ओर उसको पति और बालकों की चिन्ता थी, दूसरी ओर अपनी मृत्यु का भय, परन्तु उस समय भी उसमें कुछ साहस मौजूद था। उसने राजा से कहा—"मरने-मारने का यही अवसर है; तुम्हारे अधिकार में जो थोड़ी सी सेना है, उसकी सहायता से विद्रोहियों को क्यों नहीं भगा देते?" परन्तु उस समय ऐसा करना अपनी मृत्यु को समीप बुलाना था। राजा ने रानी की बात पर कान नहीं दिया। उन दोनों ने समीपस्थ परिषद्-भवन में जाकर अपने प्राण बचाए, परन्तु उसी दिन सम्राट् लुई पदच्युत कर दिया गया। राजवंश को पेरिस नगर के टेम्पिल-कारागार में रहने की आज्ञा हुई।

राजा-रानी, दोनों बालक और राजा की बहिन उस कारागार में रहने लगे। इस बन्दी-जीवन में पति के साथ रहने से रानी को विशेष दुख नहीं हुआ, पर दो ही दिन में उनके सब नौकर वहाँ से हटा दिए गए। जेल के कर्मचारियों का व्यवहार बड़ा कठोर और रूक्ष था। कुछ दिनों बाद रानी को राज-सत्ता का अन्त होने की सूचना मिली, उसी दिन उनसे राज्य-सम्बन्धी वस्त्र, आभूषणादि सब छीन लिए गए। उनके पहनने के लिए वस्त्रों तक का कुछ प्रबन्ध न किया गया। राज-महिषी, राजा और बालकों के फटे कपड़ों को सीकर काम चलाती थी। रानी का जीवन बड़ा दुखपूर्ण होगया। कहाँ एक राज-महिषी और कहाँ एक बन्दिनी! लगभग एक मास बाद लुई को वहाँ से हटा दिया गया। रानी को अब अपना जीवन सचमुच बड़ा भार-रूप प्रतीत होने लगा। वह दिन भर उदास रहती और दोनों बच्चों को गले लगाकर रोया करती परन्तु अपनी ननद एलिज़ाबेथ की सान्त्वनाओं से उसके दुख का वेग कुछ कम हो जाता था। अपने भाई और भावज को सुखी रखने के लिए एलिज़ाबेथ ने अपने सुख को ठुकरा दिया था। उसे अपने शरीर और आराम की ज़रा भी परवा नहीं थी।

मुसीबत का पहाड़ एक साथ ही टूटता है। कुछ ही दिनों में शासनाधिकारियों की आज्ञा से राजकुमार भी रानी की गोद से छीन लिया गया। उसको राजा के पास रहने की आज्ञा हुई। शासकगण समझते थे कि रानी इस राजकुमार को भी क्रान्ति का शत्रु बना देगी। हृदय पर पत्थर रखकर रानी ने यह भी दुख सहा। इन सब प्राणियों को भोजन के समय एकत्रित होने की आज्ञा मिल गई थी, परन्तु उनकी चौकसी पूरी-पूरी होती थी। उनकी रोटियों तक को देखा जाता था कि कहीं इसमें कोई षड्यन्त्र तो नहीं भरा है। वे लोग धीरे-धीरे बात नहीं कर सकते थे, फ्रेञ्च के अतिरिक्त दूसरी भाषा में बोलना भी उनके लिए निषिद्ध था।

इसी बीच में राजभवन की खोज होने पर वहाँ कुछ ऐसे गुप्त काग़ज़-पत्र मिले, जिनसे राजा का विदेशी राजाओं और सरदारों से षड्यन्त्र करना सिद्ध होता था। परिषद् ने लुई पर देश के प्रति विश्वासघात का दोष लगाया। राजा पर अभियोग चलाया गया। ११ दिसम्बर, सन् १७९२ को दोषी सिद्ध करके उसको मृत्यु-दण्ड दिया गया। रानी ने यह समाचार सुना। परिषद् की आज्ञा लेकर वह लुई के समीप गई। आध घण्टे तक सभी प्राणी चुप बैठे रहे, परन्तु उसके बाद रानी के आँसुओं और सिसकियों ने शान्ति भङ्ग कर दी। वहीं बैठे-बैठे रानी ने अपने आँसुओं से राजा के चरणों को तर कर दिया। दो घण्टे तक समस्त राज-परिवार अपने सुख-दुख की बातें करता रहा। रानी ने पति के जीवन की उस अन्तिम रात्रि को पति के साथ रहने की इच्छा प्रकट की, परन्तु लुई सहमत न हुआ। वह नहीं चाहता था कि मृत्यु के समय उसके मन में किसी प्रकार का मोह अथवा विकार उत्पन्न हो। अगले दिन प्रातःकाल मिलने का वचन देकर उसने उन सबको बिदा किया। रानी के हृदय के भावों का पता कौन लगा सकता है! रात्रि भर उसके हृदय में भावों का तुमुल संग्राम होता रहा। उसने सारी रात जाग कर बिता दी। परन्तु दूसरे दिन बिना मिले ही, बिना कुछ कहे-सुने ही राजा उस स्थान से चला गया। वह जानता था कि अन्तिम बिदाई के दृश्य की चोट को रानी सहन न कर सकेगी। अन्तिम समय पति से भेंट न हो, इससे बढ़कर दुर्भाग्य पत्नी का और क्या हो सकता है? रानी का व्यवहार चाहे जैसा रहा हो, वह लुई को हृदय से चाहती थी। उसके लिए उसका पति परमेश्वर के समान था। रानी ने पति की मृत्यु का समाचार सुना तो मूर्च्छित होगई। चेत होने पर वह उन्मादिनी के समान बकझक करने लगी। परन्तु ननद की सेवा-शुश्रूषा के कारण उसकी दशा शीघ्र ही ठीक होगई।

रानी कारागार में कठिन पहरे के अन्दर रहती थी। शासकों को उससे डरने का कोई कारण न था, परन्तु मारोत की मृत्यु के बाद वह भी उनकी दृष्टि में काँटे की तरह खटकने लगी। उन्होंने रानी पर भी अभियोग चलाना निश्चय किया। पिता की मृत्यु के उपरान्त राजकुमार माता के साथ रहने लगा था, परन्तु इस निश्चय के बाद उसको रानी से अलग पिता के कमरे में रहने की आज्ञा मिली। रानी ने कुमार को अलग करने से इनकार किया। दो घण्टे तक वह कर्मचारियों से झगड़ती रही, परन्तु वे किसी तरह न माने। माता के ममत्व का उन निष्ठुर मनुष्यों को तनिक भी ध्यान नहीं हुआ। माँ ने पुत्र को अपने आँसुओं से स्नान कराके उसको भाग्य के

भरोसे छोड़ दिया। उस दिन से रानी को कुमार की बोली सुनना भी दुर्लभ होगया। कुछ दिनों बाद वह वहाँ से एक दूसरे कारागार में डाल दी गई। राजकुमारी और एलिज़ाबेथ के अनुरोध पर किसी ने ध्यान नहीं दिया। आँत्वानेत को विश्वास हो गया कि अब मेरी इनसे कभी भेंट न होगी। उसने जी भरकर कन्या को प्यार किया और चलते समय ननद के हाथ में उसका हाथ देकर उसने कुमारी से कहा—"अब यही तेरे पिता और माता के स्थान पर हैं। इनकी आज्ञा मानना, मेरे ही समान इनसे स्नेह करना।" फिर एलिज़ाबेथ के गले लगकर रानी ख़ूब रोई और उससे कहा—"मेरे अभागे बालकों की तुम्हीं माँ हो, जिस प्रकार तुमने अब तक हमारा साथ नहीं छोड़ा है, उसी तरह इन पर अब भी अपना स्नेह बनाए रखना। तुम्हारे सिवा अब इनका संसार में और कोई नहीं है।" कुमार के दर्शनों के लिए रानी तरसती रह गई। चलते समय भी उसको न देख सकी।

दूसरे कारागार में रानी का जीवन बड़ा दुखमय होगया। एकान्त में अकेले रहना उसे असह्य प्रतीत होने लगा। कई मास तक वह उसी कारागार में कष्टपूर्ण जीवन बिताती रही। वह जानती थी कि मेरे जीवन का अन्तिम दिवस समीप है। उस विषमय स्थिति में उसे केवल एक ही बात से सन्तोष होता था कि वह शीघ्र ही स्वर्ग में जाकर अपने पति से मिल सकेगी। मरने से पूर्व एक पत्र में एलिज़ाबेथ को भी उसने इसी बात का उल्लेख किया था। क्रान्तिकारी न्यायालय के सामने रानी का विचार हुआ। वह दोषी सिद्ध की गई और उसको मृत्यु-दण्ड की आज्ञा सुनाई गई। दस मास कारागार में रहने के बाद १६ अक्टूबर, सन् १७९३ ईसवी को गिलेटिन के नीचे आत्म-समर्पण करके मेरी आँत्वानेत ने अपना नश्वर शरीर त्याग दिया! रानी ने जीवन भर दुख सहा, परन्तु उसने कभी किसी के आगे अपने कष्टों का रोना नहीं रोया। मृत्यु के समय भी उसके मुख पर किसी प्रकार के भय, शोक अथवा चिन्ता के चिन्ह न थे। हाँ, मानव-समाज के प्रति घृणा का भाव उसके मुख पर स्पष्ट झलक रहा था।

रानी की मृत्यु से भी शासकों को तृप्ति न हुई। उन्हें अब भी अपने अनेक विरोधी दीख पड़ते थे। उन्होंने ऐसे सब मनुष्यों को खोज-खोज कर गिलेटिन के अर्पण करना आरम्भ कर दिया। ३१ अक्टूबर, सन् १७९३ ईसवी को गिरोण्डिस्ट दल के बीस प्रमुख नेता फाँसी पर लटका दिए गए। कुछ ही दिनों में कितनी ही स्त्रियाँ विधवा होगईं। कितने ही बालक अनाथ होगए। इन सब प्राणियों के साथ-साथ एक स्त्री को भी प्राण-दण्ड का भागी बनना पड़ा था। फ्रान्स की राज्यक्रान्ति के इतिहास में इस स्त्री का विशेष स्थान है। अपने बुद्धि-बल और प्रतिभा-शक्ति के कारण इसने क्रान्ति में नया जीवन डाल दिया था और हज़ारों मनुष्यों को अपना अनुयायी बनाकर स्वयं उनका नेतृत्व ग्रहण किया था।

इस रमणी-रत्न का नाम मादाम रोलाँ था। इसका जन्म मध्यम श्रेणी के एक कुल में हुआ था। इसका पिता न तो साधारण श्रमिक ही था और न कुलीन वंश में उत्पन्न होने का ही उसको सौभाग्य प्राप्त हुआ था। उसकी स्थिति इन दोनों के मध्य की थी। वह जवाहरात का व्यापार करता था। चित्रकारी और खुदाई का भी उसके यहाँ काम होता था। वह थोड़े धन से सन्तुष्ट होने वाला मनुष्य न था, योग्यता से अधिक धनोपार्जन करने की उसको लालसा रहती थी। इसी पिता की देख-रेख में बालिका का शैशव-काल बीता। पिता ने पुत्री को उच्च से उच्च शिक्षा देने का प्रबन्ध कर दिया। उसके और कोई सन्तति नहीं थी, अतएव माँ ने भी अपना सारा स्नेह बालिका के लालन-पालन में ही लगा दिया था, परन्तु अपने प्रेम के कारण कन्या की शिक्षा में उसने किसी प्रकार की त्रुटि न आने दी। उसने स्वयं बालिका को वीरता, धीरता और गम्भीरता के भावों से बचपन ही में परिपक्व कर दिया। शैशव-काल में ही बालिका में भावी उन्नति के अङ्कुर प्रस्फुटित होने लगे थे। अध्ययन की ओर उसकी विशेष रुचि थी। अवकाश मिलने पर भी वह अपनी हमजोलियों में जाकर खेल-कूद न करती, वरन् एकान्त में बैठकर गम्भीरता-पूर्वक प्रत्येक बात पर विचार किया करती थी। किसी एक वस्तु की जानकारी से सन्तुष्ट होकर बैठ रहना उसके लिए कठिन था। उसका अध्ययन-क्षेत्र विस्तृत था। यौवन के आगम-काल में ही उसको धर्म, इतिहास, दर्शन, सङ्गीत, चित्रकारी, नृत्य, विज्ञान, रसायन-शास्त्र आदि का ज्ञान हो गया था। दूसरे देशों की भाषाओं को भी वह बड़ी रुचि से पढ़ती थी। रूसो, वोल्टेयर, मोन्टिस्क्यू, प्लूटार्क जैसे प्रसिद्ध लेखकों की पुस्तकें वह

बड़े ध्यान से पढ़ती थी। उसने अपने पिता का व्यवसाय भी सीख लिया। मूर्तियों में खुदाई का काम करके वह उन्हें अपने बाबा और दादी को दिया करती थी। वे दोनों वृद्ध प्राणी पौत्री की उन्नति को देख कर फूले न समाते थे और उसे बढ़ावा देने के निमित्त आभूषण दिया करते थे। घर का काम करने में भी उसे किसी प्रकार की हिचकिचाहट नहीं थी। बाज़ार से सौदा मोल ले आना, चौके में बैठकर शाक-भाजी तैयार करना, माँ की सहायता करना तो उसके नित्य के काम हो गए थे। इस अध्ययन, संलग्नता और परिश्रम का मादाम रोलाँ के जीवन पर बड़ा गहरा प्रभाव पड़ा।

मादाम रोलाँ को विलासिता से बड़ी घृणा थी। दूसरे का सर्वस्व अपहरण करके जो लोग आनन्द करते थे, उनको देखकर उसका तन जल उठता था। वह एक बार अपनी दादी के साथ किसी कुलीन मनुष्य के घर गई। वहाँ का असमान व्यवहार देखकर उसके हृदय को बड़ी ठेस लगी। बात-बात में निम्न श्रेणी के मनुष्यों के प्रति कुलीनों की उपेक्षा का भाव उसने देखा। एक दूसरे अवसर पर उसको एक सप्ताह तक वार्सेल्स के राज-भवन में रहने का सौभाग्य प्राप्त हुआ, परन्तु वहाँ के अपव्यय और विलासिता को देखकर उसे बड़ा दुख हुआ। वह जानती थी कि उनके इस ऐश्वर्य-विलास में निर्धन मनुष्यों की आहें भरी हुई हैं। उसको वहाँ रहना भार मालूम पड़ा, वहाँ से लौटने पर ही उसके हृदय को शान्ति मिली।

अवस्था-वृद्धि के साथ-साथ कुमारी रोलाँ के विवाह की चर्चा होने लगी। उसका पिता समान कुल में किसी व्यापारी के साथ रोलाँ का विवाह करना चाहता था, परन्तु रोलाँ पिता के विचार से सहमत न थी। व्यापार से उसको घृणा थी। वह व्यापार को लोभ का साधन समझती थी। उसको ऐसे पति की चाह थी, जिसके साथ उसके भावों और विचारों का साम्य हो सके; जो उससे सहानुभूति प्रदर्शित कर सके। उसको ऐश्वर्य की चाह न थी, वह आत्मा के साथ अपना बन्धन करना चाहती थी। जब उसके एक पड़ोसी धनी क़साई ने उसके साथ विवाह का प्रस्ताव किया तो उसने स्पष्ट शब्दों में अपने पिता से कह दिया—"मैं अपने विचार को नहीं बदल सकती। ऐसे मनुष्य से विवाह करने की अपेक्षा जीवन भर अविवाहित रहकर कुमारी रहना मुझे अधिक पसन्द है।" पिता ने बहुत समझाया, धन का प्रलोभन दिखाया, परन्तु रोलाँ पर उसका कोई असर न हुआ।

कुछ समय के बाद कुमारी का रोलाँ नाम के एक व्यक्ति से परिचय हुआ। उसने उस मनुष्य में अपने विचारों के अनुरूप पति के सभी लक्षण देखे। उसने उसके साथ विवाह करने का निश्चय किया, परन्तु पिता ने इस विवाह में सम्मति न दी। रोलाँ की अवस्था उस समय लगभग पचास वर्ष थी, उसका अधिकांश जीवन कठोर तपस्या में बीता था। ऐसे मनुष्य के हाथ में अपनी कन्या को अर्पण करना उसने महान् पातक समझा। कन्या को बड़ा दुख हुआ। उसने घरबार छोड़ दिया और एक देव-मन्दिर में जाकर तपस्वियों के समान जीवन बिताने लगी। अन्त में कुमारी के विचार की जय हुई। छः मास बाद दोनों का विवाह हो गया। अवस्था-भेद के कारण पत्नी अपने पति की शिष्या के समान जान पड़ती थी। तथापि मादाम रोलाँ को इस विवाह से बड़ी प्रसन्नता थी। उसकी दृष्टि में विवाह नैसर्गिक और पवित्र बन्धन था, जहाँ दो आत्माओं का मिलन होता है।

विवाह के बाद मादाम रोलाँ अपने पतिदेव के साथ एमिन्स नगर में रहने लगी। पति की सेवा-शुश्रूषा में ही उसका सारा समय बीतता था। वह अपने पति का बड़ा सम्मान करती थी। कहीं उसके स्वास्थ्य को किसी प्रकार का धक्का न लगे, इसी विचार से वह स्वयं ही उसको पौष्टिक भोजन बनाकर खिलाया करती। विवाह के दो वर्ष बाद एक बालिका के पालन-पोषण का भार भी मादाम रोलाँ पर आ पड़ा। कुछ वर्ष उपरान्त रोलाँ अपने निजी वासस्थान लियोन्स में रहने लगा। वहाँ पर मादाम रोलाँ ने आसपास के ग्रामीण कृषकों से परिचय किया। समय-समय पर वह उनकी सहायता भी करती और उनके घर जाकर स्वयं औषधि का प्रबन्ध कर आती। पिता के घर पर औषधि-सम्बन्धी कुछ ज्ञान मादाम रोलाँ ने प्राप्त कर लिया था, दूर-दूर के गाँवों से लोग रोगी की औषधि कराने उसको लिवा ले जाते। रविवार के दिन बहुत से किसान अपनी-अपनी तुच्छ भेंट देने के लिए उसके घर आते थे। इन भोले-भाले किसानों की सादगी और पवित्रता पर वह मुग्ध हो गई थी।

इन्हीं दिनों फ़्रान्स में राज्य-क्रान्ति आरम्भ हो गई।

पेरिस की घटनाओं के समाचार मादाम रोलाँ के कानों में भी पड़े। उसे विश्वास हो गया कि इस क्रान्ति से मनुष्य-समाज का उद्धार होगा, श्रमिक लोगों के दुख दूर होंगे और एक नवीन युग का प्रारम्भ होगा। मादाम रोलाँ के हृदय में अग्नि प्रज्वलित हो उठी। उसके मानव-जाति के प्रेम के समुद्र में बाढ़ आ गई। अपना कर्त्तव्य पालन करने के लिए वह भी उद्यत हो गई। उसने पति से अपने विचार कहे। दोनों के समान विचार थे। सन् १७९१ में

मादाम रोलाँ

महाशय रोलाँ पुर-समिति की ओर से परिषद् में उपस्थित होने के लिए पेरिस गया। साथ में उसकी पत्नी भी थी। पेरिस में बहुत शीघ्र अनेक मनुष्य मादाम रोलाँ के अनुयायी हो गए। ब्रिसो, पितियन, बूज़ो और रोबसपीयर का उस समय बड़ा ज़ोर था। ये सब मादाम रोलाँ के स्थान पर इकट्ठे होकर राज्य की स्थिति पर विचार किया करते। ये लोग फ्रान्स में प्रजातन्त्र शासन-विधान स्थापित करना चाहते थे। इन लोगों ने समय पड़ने पर एक-दूसरे की सहायता करना निश्चय कर लिया। इस निश्चय पर अन्य सब मनुष्य तो दृढ़ न रहे, परन्तु मादाम रोलाँ ने अपनी बात का पालन किया। एक बार जब रोबसपीयर का जीवन सङ्कट में पड़ गया, तो मादाम रोलाँ ने ही अपने यहाँ आश्रय देकर उसको बचाया था। कार्य की समाप्ति पर दोनों पति-पत्नी लियोन्स लौट आए, परन्तु मादाम रोलाँ वहाँ न रह सकी। वहाँ रहकर वह देश-हित के कार्य में योग नहीं दे सकती थी। ख़ूब सोच-विचार के बाद दिसम्बर मास में दोनों पति-पत्नी फिर पेरिस आ गए।

इस बार मादाम रोलाँ ने बड़े उत्साह से कार्य आरम्भ किया। उसका सब समय राजनैतिक कार्यक्रम की पूर्ति में बीतने लगा। फ्रान्स में प्रजातन्त्र शासन-विधान प्रचलित करना ही उसका उद्देश्य था। उसने अपने विचार उस समय के प्रमुख और प्रसिद्ध मनुष्यों पर प्रकट लिए। उसके नेत्रों में आकर्षण था और वाणी में माधुर्य। उसके तेजस्वी मुख को देखकर किसी को भी उसका विरोध करने का साहस न होता था। कुछ ही समय में उसने अपने अनेकों अनुयायी बना लिए। ये मनुष्य गिरोण्डिस्ट कहलाते थे। धीरे-धीरे गिरोण्डिस्ट दल ने शासन-सूत्र अपने हाथ में कर लिया और महाशय रोलाँ की अध्यक्षता में मन्त्रिमण्डल का निर्माण किया। महाशय रोलाँ को राज्य-सम्बन्धी कार्यों में अपनी पत्नी से बड़ी सहायता मिलती थी। जिन गुत्थियों को सुलझाने में उनकी बुद्धि चकरा जाती, उन सबको मादाम रोलाँ बात की बात में ठीक कर दिया करती थी। वह मनुष्य की परख भी बड़ी जल्दी कर लेती थी। कई बार उसने अपने पति को अपने सहकारियों से सचेत रहने के लिए कहा था। पहली ही बार दूसरों को देखकर उसने अपने पति से कहा—"इस मनुष्य पर अपनी दृष्टि रखना, यह बड़ा भयङ्कर आदमी है। समय आने पर यह तुम्हें मन्त्रिमण्डल से बाहर निकाल देगा।" रोलाँ की लापरवाही से भविष्य में ऐसा ही हुआ। परन्तु मादाम रोलाँ के कारण गिरोण्डिस्ट दल-परिषद् में अपना पैर जमाए रहा। नित्य-प्रति उसके स्थान पर इन लोगों की बैठक हुआ करती, कार्यक्रम, साधनादि पर विचार होता। इन बैठकों का प्राण मादाम रोलाँ

ही थी। लोगों को नई-नई बातें सुझाना उसका ही काम था। उसकी अलौकिक बुद्धि और प्रखर-प्रतिभा को देखकर सब चकित होते थे।

परन्तु कुछ मनुष्य उसके विरुद्ध भी कार्य कर रहे थे। उनमें एक रोब्सपीयर भी था। सिद्धान्त के नाम पर वह गिरोण्डिस्ट दल से अलग हो गया था। जब सम्राट् के अपराध पर परिषद् में विचार हो रहा था, उस समय रोब्सपीयर के कुछ साथियों ने मादाम रोलाँ पर यह दोष लगाया था कि राजा को बचाने वालों में मादाम रोलाँ भी शामिल है। उस समय मादाम रोलाँ ने स्वयं सफ़ाई पेश करके अपनी निर्दोषता सिद्ध की थी। उस दिन उसके शत्रुओं तक को उसकी प्रशंसा करनी पड़ी, परन्तु गिरोण्डिस्ट दल की नीति के असफल होने से मादाम रोलाँ का प्रभाव कम होता गया। २ री जून, सन् १७९३ ईसवी के दिन गिरोण्डिस्ट दल के हाथ से शासन-सूत्र भी छीन लिया गया।

गिरोण्डिस्ट दल के छिन्न-भिन्न होने के पश्चात् रोलाँ राजनीति क्षेत्र से अलग हो गया। विरोधियों ने अपने भाषणों द्वारा जनता की दृष्टि में दोनों पति-पत्नियों को गिरा दिया था। जिन मनुष्यों ने बिना किसी स्वार्थ के अपना जीवन देश-सेवा में लगा दिया था, वे इस अपयश के गट्ठर के कारण मृत्यु से भी अधिक भयभीत हुए। पेरिस में रहना मादाम रोलाँ के लिए कठिन हो गया। पति और पुत्र को लेकर उसने घर लौट जाने का विचार किया, परन्तु घटना-चक्र में फँस जाने के कारण वह पेरिस नगर को न छोड़ सकी।

इस बीच में क्रान्तिकारी न्यायालय ने रोलाँ को दोषी ठहरा कर उस पर अभियोग चलाना निश्चित किया। गिरफ़्तारी का वारण्ट लेकर एक दिन कुछ कर्मचारी उसके मकान पर पहुँचे। उसने आत्म-समर्पण करने से इनकार कर दिया। भावी अनर्थ की आशङ्का से मादाम रोलाँ को बड़ा कष्ट हुआ। उसने पति के छुटकारे के लिए परिषद् के नाम एक प्रार्थना-पत्र भेजा और स्वयं जाकर अध्यक्ष से मिली। परिषद् में बोलने के लिए उसने अध्यक्ष से आज्ञा माँगी, परन्तु वहाँ अधिकांश मनुष्य गिरोण्डिस्ट दल से जले-भुने बैठे थे, अतएव अध्यक्ष ने रोलाँ को चुप रहने का आदेश किया। घर पर लौट कर रोलाँ अपने पति से मिली। उस समय उस पर से अभियोग हटा लिया गया था। उसी दिन रोलाँ ने पेरिस नगर के बाहर एक दूसरी जगह आश्रय लिया, परन्तु उसकी पत्नी वहाँ से न गई। सायङ्काल परिषद्-भवन के समीप मादाम रोलाँ ने कुछ मनुष्यों के मुख से सुना कि गिरोण्डिस्ट दल के बाईस मनुष्य शीघ्र ही गिरफ़्तार किए जायँगे। उनमें वह भी शामिल थी। वह खिन्न मन से घर लौट आई। उसने अपनी सुप्त पुत्री को छाती से लगाकर बार-बार चूमा। मृत्यु से उसको किसी प्रकार का भय न था। मृत्यु को वह चिर-शान्ति का आश्रय समझती थी, परन्तु इस बालिका का मोह उसको सता रहा था। उसने अपने एक मित्र के यहाँ उसको छोड़ने का विचार कर लिया, फिर उस दिन की घटनाओं का एक पत्र अपने पति के नाम लिखकर वह सो रही; परन्तु थोड़ी देर में द्वार तोड़कर कुछ पुलिस-कर्मचारी उसके घर में घुस आए। उन्होंने उसको गिरफ़्तार कर लिया। मादाम रोलाँ को अपने पति के सुरक्षित होने से बड़ी प्रसन्नता हुई। प्रातःकाल अपने भृत्य को कन्या के सम्बन्ध में कुछ बातों का आदेश करके मादाम रोलाँ कर्मचारियों के साथ हो ली। एक कर्मचारी ने उससे पूछा—"क्या गाड़ी की खिड़कियाँ बन्द कर दूँ?" उसने कहा—"कदापि नहीं, मैंने कोई अपराध नहीं किया है, मुझे कोई लज्जा नहीं जो अपना मुँह ढाँकती फिरूँ।" कर्मचारी ने उससे फिर कहा—"आप में बहुत से मनुष्यों से अधिक साहस है, आप शान्ति और धैर्य से न्याय की प्रतीक्षा कीजिए।" रोलाँ हँसी और कहने लगी—"न्याय! न्याय होता तो मैं आज यहाँ न होती। मैं निर्भय चित्त से फाँसी के तख़्ते पर चढ़ूँगी। मुझे अब जीवन से घृणा हो गई है!" गाड़ी कारागार के समीप खड़ी होगई। मादाम रोलाँ को एक कोठरी में बन्द कर दिया गया।

परन्तु कारागार में भी कर्मचारियों ने उसके लिए बहुत सी बातों की सुविधा कर दी। फल, फूल, पुस्तक, क़लम, दावात, काग़ज़, सभी चीज़ें उसे उपलब्ध थीं। कुछ ख़ास मनुष्य उससे मिलने के लिए आते थे। कारागार में मादाम रोलाँ ने अपनी आत्म-कथा लिखी और प्रहरियों की दृष्टि से छिपाकर उसे अपने एक मित्र बोस्क को दे दिया। यह व्यक्ति कभी-कभी मादाम रोलाँ से मिलने आया करता था। कुछ दिनों बाद उसको वहाँ से एक दूसरे कारागार में हटा दिया गया, जहाँ उसको

नगर की दुराचारिणी स्त्रियों के साथ रहना पड़ा, परन्तु कुछ कर्मचारियों की कृपा से उसे एक अच्छी सी कोठरी रहने को मिल गई। वहाँ पर उसने रोब्सपीयर को एक पत्र लिखा। उसका कुछ अंश इस प्रकार है—

"अपराधी को प्रार्थना करने का कोई अधिकार नहीं है। गिड़गिड़ाना मेरी प्रकृति के विरुद्ध है। मैं दुख अच्छी तरह सह सकती हूँ। मैं भाग्य का रोना नहीं रोती। मैं तुम्हारे मन में दया उत्पन्न करने के लिए यह पत्र नहीं लिख रही हूँ। मैं तुम्हें तुम्हारा कर्त्तव्य सुझाना चाहती हूँ। याद रक्खो, भाग्य हमेशा साथ नहीं देता है, यही बात सर्व-साधारण में प्रिय होने के विषय में भी है। इतिहास इस बात का साक्षी है, जो कभी जनता के प्रिय थे, वही जनता के पैरों से ठुकराए गए।"

परन्तु उसने यह पत्र रोब्सपीयर के पास न भेजा। जिसका एक बार वह स्वयं प्राण बचा चुकी थी, उसके सामने दीन बनने में उसको बड़ी ग्लानि प्रतीत हुई। उसने वह पत्र टुकड़े-टुकड़े कर डाला। तब से वह किसी न किसी प्रकार समय बिताती रही। एक बार विष-पान करके जीवन अन्त करने का विचार भी उसके मन में उदय हुआ। एक कर्मचारी की सहायता से उसको कुछ विष मिल गया। मरने से पूर्व उसने पति, पुत्र, मित्रादि के लिए कई एक पत्र लिखे, परन्तु पुत्री की स्मृति ने उसको न मरने दिया। उसने विष का प्याला दूर फेंक दिया। वह कठिन से कठिन दुख सहने के लिए तैयार हो गई।

शीघ्र ही उस स्थान से वह एक तङ्ग, गन्दी और अन्धकारपूर्ण कोठरी में बन्द कर दी गई। केवल विचार के समय न्यायालय में उपस्थित होने के लिए वह बाहर निकाली जाती थी। बड़ी निर्भीकता से उसने विचारपति के प्रश्नों का उत्तर दिया। मृत्यु-दण्ड सुनकर उसने बड़े कटु-शब्दों में विचारपति से कहा—उन महात्मा पुरुषों का साथ देने में, जिनके रक्त से आपके हाथ रँगे हुए हैं, आपने मेरी जो सहायता की है, मैं उसके लिए आपको धन्यवाद देती हूँ।

जब वह अन्य अपराधियों के साथ फाँसी के स्थान को जा रही थी, नगर की बहुत सी स्त्रियाँ चिल्ला-चिल्ला कर कहने लगीं—"बध-स्थान के लिए, बध-स्थान के लिए!" मादाम रोलाँ से चुप न रहा गया। उसने उन स्त्रियों से कहा—"मैं तो बधस्थान को जा रही हूँ और कुछ क्षणों में ही वहाँ पहुँच जाऊँगी, परन्तु जो मुझे वहाँ भेज रहे हैं, उन्हें भी शीघ्र ही मेरा अनुकरण करना होगा। मैं निर्दोष जा रही हूँ, उनके सिर पर रक्त का अपराध होगा; और तुम जो आज हम लोगों के ऊपर हँस रही हो, आज से भी अधिक उन लोगों के दण्ड पर हँसोगी। मादाम रोलाँ का कथन अक्षरशः सत्य सिद्ध हुआ।"

मादाम रोलाँ की गाड़ी में एक वृद्ध मनुष्य भी था। वह मार्ग भर रोता रहा, परन्तु रोलाँ ने उसको सान्त्वना देकर धीरज बँधाया। बध-स्थान पर सबसे पहले मादाम रोलाँ को ही फाँसी लगनी थी, पर उसने बधिक से प्रार्थना की कि—"पहले उस वृद्ध को फाँसी पर चढ़ाओ, वह मेरी मृत्यु न देख सकेगा, उसका हृदय फट जायगा। मैं तो पीछे भी मर लूँगी।" बधिक ने उसकी बात मान ली। हृदय कड़ा करके मादाम रोलाँ ने वृद्ध का सिर कटते देखा। वृद्ध के मरने के बाद वह अपने स्थान से हटी। पास ही में स्वतन्त्रता देवी की एक मूर्त्ति रक्खी थी। उसके सामने नत-मस्तक होकर मादाम रोलाँ ने दीर्घ निश्वास भरके कहा—"स्वाधीनते! स्वतन्त्रते!! तुम्हारे नाम पर मनुष्यों ने कितने अपराध किए हैं।" इतना कहकर वह गिलेटिन पर जाकर खड़ी होगई और अपना गला छुरी के नीचे रख दिया। क्षण-मात्र में उसका सिर धड़ से अलग होगया। यह ८ नवम्बर, सन् १७९३ की घटना है।

रोलाँ के पति ने जब अपनी स्त्री की मृत्यु का समाचार सुना तो उसके लिए एक क्षण भी इस संसार में रहना कठिन हो गया। वह अपने स्थान से भाग निकला और उसने आत्म-हत्या कर ली!

कई वर्षों तक फ्रान्स में रक्तपात होता रहा। उस समय मनुष्य रक्त के भूखे थे। मरना साधारण बात हो गई थी। मृत्यु पर वे खुशियाँ मनाते थे, परन्तु किसी के जीवन का महत्व उसके जीवन-काल में नहीं जाना जाता। मृत्यु के बाद उसकी अनुपस्थिति में ही मनुष्यों को उसका अभाव खटकता है। आज मनुष्य अनुभव करने लगे हैं कि उस समय फ्रान्स में बहुत सा रक्त निरर्थक ही बहाया गया था। विशेषकर इन स्त्रियों के रक्त ने तो क्रान्ति के इतिहास पर धब्बा लगा दिया है!

दिव्य प्रेमी मन्सूर

[ले० साहित्याचार्य पं० पद्मसिंह जी शर्मा]

चढ़ा मन्सूर सूली पर, पुकारा इश्क़बाज़ों को,
य उसके बाम का ज़ीना है, आए जिसका जी चाहे।

× × ×

शोरे-मन्सूर अज़कुजा वो दारे मन्सूर अज़कुजा,
ख़ुद ज़दी बाँगे-अनलहक़ बरसरे-दार-आमदी।

यह कुछ ईरान और अरब में ही नहीं, बल्कि अक्सर मुल्कों में क़ायदा है कि बेटे के नाम के साथ बाप का नाम भी ज़रूर लिया जाता है; पर हाँ, इन हज़रत "हुसेन बिन मन्सूर" में यह एक विशेष और विचित्र बात थी कि इन्होंने अपने नाम "हुसेन" को अपने बाप के नाम में फ़ना कर दिया, मिलाकर मिटा दिया—और मन्सूर ही मन्सूर रह गए! न "हुसेन" न "हुसेन बिन मन्सूर" (मन्सूर का बेटा हुसेन) यह तल्लीनता (फ़नाइयत) की पहली मन्ज़िल थी, जो क़ुदरत ने इनसे ख़ुद-ब-ख़ुद तय करा दी। वे मन्सूर, जिनके ये मन्सूर एक अंश थे, अर्थात् हमारे चरित्र-नायक मन्सूर के बाप एक 'नव-मुस्लिम' थे, जो ईरान के एक गाँव बैज़ा में रहते थे। इसी गाँव में ये पैदा हुए। पर शायद इनकी पैदाइश के बाद इनके माँ-बाप का अधिक दिनों तक वहाँ (बैज़ा में) रहना नहीं हुआ, क्योंकि अल्ला मा (पद-वाक्य-प्रमाण-पारावारीण विद्वान्) इब्न ख़ल्लकान का बयान है कि इन्होंने (मन्सूर ने) होश ईराक़ में सँभाला। वहीं इनकी शिक्षा आरम्भ हुई। पर इन्हें जल्दी ही ईराक़ भी छोड़ना पड़ा और ये शहर 'शूस्तर' (ईरान का एक शहर) में आकर सुहेलबिन अब्दुल्ला के शिष्य हुए; और १८ वर्ष की उम्र तक इनकी सेवा में रहे। इनसे उलूम-ज़ाहरी (अपरा विद्या) सीखकर ईराक़, अरब की तरफ़ चले गए। वहाँ इस समय तसव्वुफ़ (वेदान्तवाद) ने अपना नया-नया रङ्ग दिखाना शुरू किया था। और वेदान्त के एकान्तवाद या सर्वात्मवाद ने अन्य सब वादों को दबा रक्खा था। बड़े-बड़े विद्वान् मत-मतान्तर के व्यर्थ विवादों को छोड़कर सर्वात्मवाद में दीक्षित हो रहे थे। मन्सूर भी यहाँ आकर इन्हीं में मिल गए और सूफ़ियों की सङ्गत में बैठने लगे। अबुलहुसेन सूरी और जुनैद बग़दादी-जैसे पहुँचे हुए अवधूतों में मिलकर बैठने का इन्हें चस्का पड़ गया।

बाद में ये बसरा गए और उमरबिन उस्मान मकी की ख़िदमत में रहने लगे। यहाँ से दूसरा रङ्ग चढ़ना शुरू हुआ। उमरबिन उस्मान एक बहुत ऊँचे दर्जे के बुज़ुर्ग थे। इन्होंने इल्म-तसव्वुफ़ (वेदान्त) में कई बड़े अद्भुत ग्रन्थ लिखे थे, पर वे इन ग्रन्थों को अपने से जुदा न होने देते थे और न हर किसी को दिखाते ही थे—अनधिकारियों की आँखों से छिपाते थे। इन हज़रत मन्सूर को कहीं वे ग्रन्थ हाथ लग गए। पहले तो उन्हें आपने ख़ूब पढ़ा और फिर कुछ उनका ऐसा नशा चढ़ा कि जिन बातों को सारे सूफ़ी सर्व-साधारण के सामने सुनाना उचित नहीं समझते थे, उन्हें ये बाज़ार में खड़े होकर लोगों को सुनाने लगे। मोटी बुद्धि वाले, स्थूल-दर्शी, अनभिज्ञ लोग भला इन रहस्य की बातों को क्या समझ सकते थे, और कब सहन कर सकते थे। वे इनके (मन्सूर के) शत्रु होगए। और जब लोगों को मालूम हुआ कि यह सब कुछ हज़रत उमरबिन उस्मान की शिक्षा का परिणाम है, तो उनसे भी घृणा करने लगे और चारों ओर से उनका विरोध होने लगा। हज़रत उमरबिन उस्मान को मन्सूर की यह करतूत बहुत बुरी लगी और इससे उनका चित्त कुछ ऐसा फटा कि इन्हें अपने से पृथक् कर दिया। ये उनकी सङ्गति से वञ्चित होकर फिर बसरे से बग़दाद पहुँचे और दुबारा हज़रत जुनैद की सङ्गति में शरीक हो गए, पर यहाँ भी वही बातें जारी रक्खीं। एक दिन हज़रत जुनैद से आपने कुछ प्रश्न पूछे, जिस पर उन्होंने (जुनैद ने) फ़रमाया कि "वह दिन बहुत समीप है, जब एक लकड़ी का सिरा तेरे ख़ून से लाल होगा।"

मन्सूर को भी इस पर जोश आगया और जुनैद से बोले—"हाँ बेशक, मेरे ख़ून से तो लकड़ी लाल होगी, पर आपको भी उससे पहले चोला बदलना पड़ेगा—लिबास तब्दील करना पड़ेगा।" निदान ऐसा ही हुआ।

दोनों की बातें पूरी हुईं, जिसका कि उल्लेख आगे होगा। इस विवाद के बाद, आपने बग़दाद भी छोड़ दिया और शूस्तर में जा विराजे। वहाँ चित्त-वृत्ति में कुछ ऐसा परिवर्त्तन हुआ कि वह कुल कैफ़ियत जाती रही। "सर्व खल्विदं ब्रह्म" के प्रचार की लहर रुक गई और आप एक अपरा विद्या के विद्वान के समान जीवन व्यतीत करने लगे। लोगों पर बड़ा प्रभाव जम गया, सब आदर करने लगे। पर इस दशा में थोड़े ही दिन बीते थे कि फिर तबीयत बदली और सब छोड़-छाड़कर देशाटन पर कमर बाँधी। दूर-दूर गए, पर यात्रा में भी अपने लेखों और उपदेशों से सर्व-साधारण को लाभ पहुँचाते रहे। जहाँ गए, लोगों को सन्मार्ग की शिक्षा दी। आख़िर ख़ुरासान, तूरार, सीस्तान, फ़ारस, किरमान और बसरा आदि देखते-दिखाते मक्के पहुँचे। इस यात्रा में इनके साथ चार सौ शेख़ प्रतिष्ठित विद्वान् थे, अन्य अनुयायियों की संख्या का अनुमान इससे ही हो सकता है। जब आप हज से निवृत्त हुए, तो सब अनुयायियों को बिदा कर दिया। आप वहीं मक्के में ठहर गए और बड़ी कठिन तपस्या में तत्पर हो गए। मन्सूर सदा से सदाचारी, परिश्रमी और तपस्वी जीव थे। यह उनका एक साधारण नियम था कि वे दिन-रात में नमाज़ की चार सौ आयतें (उपासना के मन्त्र) पढ़ते थे, पर यहाँ मक्के में रहकर जैसी-जैसी सख़्तियाँ इन्होंने झेलीं, घोर तपस्या में जैसे-जैसे कष्ट उठाए, उन्हें सुनकर रोंगटे खड़े हो जाते हैं।

ये पूरे एक वर्ष तक नङ्ग-पिण्डे दिगम्बर दशा में काबे के सामने खड़े रहे। कँपकँपाते हुए जाड़े और अरब की पिघलाने वाली धूपें सिर पर लीं। यहाँ तक कि खाल चटख़ने लगी और शरीर में से चरबी पिघल-पिघल कर बहने लगी। चौबीस घण्टे में केवल एक रोटी खाने को इन्हें ग़ैब से मिल जाती थी, उसी से अपना दिन-रात का रोज़ा खोलते थे। जब वर्ष पूरा हुआ तो फिर दूसरा हज्ज किया और फिर देशाटन को उठ खड़े हुए। एक बार हिन्दुस्तान और चीन तक आए। चीन में इस्लाम मत का प्रचार करते रहे। चीन से फिर बग़दाद और बसरा होते हुए मक्के वापस आए, और दो वर्ष वहाँ ठहरे। बस अब के वह रङ्ग पक्का हो गया जिसमें ये बहुत दिनों से ग़ोते लगा रहे थे। समाधि और तल्लीनता की अवस्था प्राप्त हो गई; मस्त और विक्षिप्त-से रहने लगे। सर्व-साधारण तो क्या, उस समय इनकी भेद-भरी बातें बड़े-बड़ों की समझ में न आती थीं, सब इनसे घृणा करने लगे। जिधर जाते उधर से ही दूर-दूर से धिक्कार की ध्वनि सुनाई देती। लिखा है कि इस दशा में ये कोई पचास शहरों में गए, पर किसी शहर में भी न रहने पाए। जहाँ गए वहाँ से निकाले गए। फिर-फिर कर फिर बग़दाद आए और वहीं ठहर गए। वहाँ हज़रत शिब्ली से जाकर मिले और बोले—"एक बड़ी दुर्गम घाटी सामने है, मेरी दृष्टि से सारी सृष्टि ओझल है। मुझे सब प्रपञ्च मिथ्या और असत् प्रतीत हो रहा है। मैं स्वयं एक अगाध समुद्र में भटकता फिर रहा हूँ। सत्तत्व एकता का प्रकाश कर रहा है, और मन्सूर का कहीं पता नहीं चलता।" हज़रत शिब्ली ने समझाया, शिक्षा दी कि—"मित्र! प्रेमास्पद ब्रह्म के भेद को छिपाना चाहिए, सर्व-साधारण अनधिकारी जनों पर उसका रहस्य नहीं खोलना चाहिए।"

इस शिक्षा का आप पर बहुत प्रभाव पड़ा, और प्रयत्न-पूर्वक ये रहस्य को छिपाने लगे, पर छिपाना असम्भव था! बहुतेरा संयम किया, पर कुछ न बन पड़ा। एकदम मौन का बाँध टूट गया, और अनअल-हक़ (अहं ब्रह्मास्मि) की घोषणा गूँज उठी, जिसने सर्व-साधारण और विशिष्ट व्यक्तियों को आश्चर्य-चकित कर दिया। मतान्ध मौलवियों ने कहा—"यह कुफ़्र का कलमा है।" दुनियादार सूफ़ियों ने भी उनकी हाँ में हाँ मिला दी। पर इससे क्या होता था? वे अद्वैत-भाव के आवेश में आपे से निकल चुके थे, अद्वैत के अतिरिक्त और कुछ उन्हें सूझता ही न था। किसी के कहने-सुनने का कुछ असर न हुआ। अद्वैत-भावना पराकाष्ठा को पहुँच गई। एक दिन उन्होंने अरबी भाषा में एक क़िता कहा, जिसका भाव यह है कि—"मैं वही हूँ, जिसे मैं चाहता हूँ; और जिसे मैं चाहता हूँ, वह मैं ही हूँ। हम दोनों दो आत्माएँ हैं, जिन्होंने एक शरीर में अवतार लिया है, इसीलिए जब वह मुझे देखता है, मैं उसे देखता हूँ; और जब मैं उसे देखता हूँ, वह मुझे देखता है।"

अब लोग और अधिक भड़के और मुफ़्तियों और मौलवियों से जाकर शिकायत करने लगे कि इन्हें दण्ड

क्यों नहीं दिया जाता ? दीनदार मौलवियों ने सूफ़ियों से सलाह-मशविरे किए और आख़िर कुफ़्र का फ़तवा मन्सूर पर लग गया। सूफ़ी विद्वान् यद्यपि सब रहस्य समझते थे और मन्सूर की दशा से भी अच्छी तरह परिचित थे, पर वे मत की पगडण्डी—शरय्यत को भी नहीं छोड़ सकते थे, इसलिए वे चुप रहे। उन्होंने न इधर की कही, न उधर की। लोगों ने सूफ़ियों के मौन को 'अर्द्ध-सम्मति' समझकर मन्सूर को पक्का 'काफ़िर' मान लिया। पर मन्सूर क्या काफ़िर होने या कहलाने से डरते थे ? इनका तो कथन था—"हे आश्चर्य-चकितों और संशयालुओं के मार्ग-दर्शक ! यदि मैं काफ़िर हूँ, तो मेरे कुफ़्र को और बढ़ा।" निदान इन्होंने इन फ़तवों की कुछ परवाह न की, और परवाह क्या करते; इन्हें ख़बर ही न थी कि क्या हो रहा है ! अपनी ही ख़बर न थी, औरों की क्या ख़बर रखते ! वे सर्वदा "हक़-हक़ अनअल हक़" (ब्रह्म-ब्रह्म अहं ब्रह्म) कहते रहे, यहाँ तक कि कुफ़्र के फ़तवे से क़ैद और क़ैद से काल के फ़तवे की नौबत आ गई।

ज़ाहिदे-गुमराह के मैं किस तरह हमराह हूँ,
वह कहे अल्लाह हूँ और मैं कहूँ अल्लाह हूँ।

विरोधियों ने प्रयत्न किया कि किसी तरह मन्सूर सूली पर चढ़ा दिए जाएँ। अल्लामा अब्दुल अब्बास नामक बहुत बड़े विद्वान् उस समय मुफ़्ती थे। उनसे जाकर पूछा कि आप मन्सूर के बारे में क्या कहते हैं। इन्होंने उत्तर न दिया, बिलकुल चुप रहे। जब आग्रह किया गया, तो कहा कि "इस शख़्स का हाल मुझसे छिपा है, मैं इसकी बाबत कुछ राय नहीं दे सकता।" जब इधर से निराशा हुई, तो ख़लीफ़ा मुक़्तदर बिल्ला के वज़ीर हामिदबिन अब्बास से जाकर कहा और धर्म के साथ पॉलिटिक्स का रङ्ग भी दे दिया कि यह शख़्स (मन्सूर) अपने आपको ज़मीन का मालिक बताता है, और बहुत से लोग इसके साथ हो गए हैं, जिनसे सल्तनत को नुक़सान पहुँचने का अन्देशा है। इस दावे के सुबूत में कुछ झूठे-सच्चे गवाह भी पेश कर दिए, और वज़ीर को ऐसा भरा कि वह मन्सूर की जान का ग्राहक हो गया और मौलवी-मुफ़्तियों से इनके क़त्ल के फ़तवे माँगने लगा। पहले-पहल तो बात कुछ टलती नज़र आई; उल्मा एकाएक क़त्ल का फ़तवा देने पर तैयार न हुए, पर विरोध की आग बुरी होती है। जो लोग मन्सूर के पीछे पड़े थे, वे फ़िक्र में रहे और ढूँढ़-भाल कर मन्सूर की कोई ऐसी रचना निकाल लाए, जिसमें कुछ बातें इस्लाम-धर्म के विरुद्ध थीं, क्योंकि मौलवियों ने कहा था कि जब तक मन्सूर की कोई तहरीर इस्लाम के ख़िलाफ़ न दिखलाओगे, क़त्ल का फ़तवा न दिया जायगा। अब हामीद वज़ीर ने उलमा को जमा करके वह किताब उनके सामने रक्खी, और मन्सूर को बुलाकर पूछा—"यह इबारत शरय्यत के ख़िलाफ़ तुमने क्यों लिखी ?"

मन्सूर ने कहा—"यह इबारत मेरी अपनी नहीं है, मैंने इसे उस किताब से नक़ल किया है।" इस पर कहीं क़ाज़ी उमर मकी की ज़बान से निकल गया—"ओ कुश्तनी ! (बध्य) मैंने तो वह किताब शुरू से आख़ीर तक पढ़ी है, मैंने उसमें यह इबारत कहीं नहीं देखी।" बस, क़ाज़ी का इतना कहना काफ़ी बहाना था। वज़ीर ने फ़ौरन कहा कि क़त्ल का फ़तवा हो गया, क़ाज़ी साहब ने मन्सूर को 'कुश्तनी' कह दिया। "अब क़ाज़ी साहब, आप फ़तवा लिख दीजिए कि मन्सूर का ख़ून मुबाह (जायज़-हलाल) है।" क़ाज़ी साहब ने बहुतेरा चाहा कि अपने वाक्य का दूसरा अर्थ लगाकर कन्नी काट जाएँ, पर वज़ीर मन्सूर के ख़ून का प्यासा हो गया था। उसने इन्हें मजबूर किया और क़ाज़ी ने वज़ीर की नाराज़गी का ख़्याल करके फ़तवा लिख दिया और उस पर सब हाज़िर उलमाओं (उपस्थित विद्वानों) के दस्तख़त करा लिए गए। वज़ीर ने फ़ौरन मन्सूर को क़ैदख़ाने भेज दिया, और क़त्ल की आज्ञा के लिए सब माजरा ख़लीफ़ा के सामने पेश कर दिया। ख़लीफ़ा ने कहा—"शेख़ जुनैद बग़दादी जब तक मन्सूर को बध्य न कहेंगे, मैं कोई आज्ञा न दूँगा।" वज़ीर ने जुनैद से निवेदन किया। पहले तो उन्होंने इस झगड़े में पड़ना उचित न समझा, पर अन्त में सूफ़ियाना चोला उतार कर आलिमाना लिबास पहना और लिख दिया—"ज़ाहिर के लिहाज़ से क़त्ल का फ़तवा दिया जाता है; अन्दर का हाल अल्लाह भी ख़ूब जानता है।" कहते हैं मन्सूर की वह पेशीन-गोई पूरी हुई, जो उन्होंने जुनैद के साथ विवाद करते वक़्त की थी कि मेरे ख़ून से तो लकड़ी लाल होगी, पर तुम्हें भी यह चोला बदलना पड़ेगा। पर अनेक विद्वानों के मत में यह घटना निरी निर्मूल है। वे कहते हैं कि

जुनैद तो उस घटना से पहले ही चोला छोड़ चुके थे—मर चुके थे। ख़ैर कुछ भी हो, ख़लीफ़ा बराबर एक वर्ष तक क़त्ल के हुक्म को टालते रहे। यह पूरा वर्ष मन्सूर को क़ैदख़ाने में काटना पड़ा। क़ैद के दिनों में एक बार इब्न अता ने इन्हें किसी की मार्फ़त कहला भेजा कि—"भाई, अपने कहे की माफ़ी माँग लो, छुट्टी पा जाओगे।"

मन्सूर ने उत्तर दिया—माफ़ी माँगने वाला ही मौजूद नहीं है, जो माफ़ी माँगे।

कहते हैं, क़ैदख़ाने में इन्होंने बहुत सी करामातें दिखलाईं। आख़िरी करामात यह थी कि क़ैदख़ाने में जितने क़ैदी थे, आपने सबको आज़ाद कर दिया। क़ैदख़ाने की ओर उँगली से इशारा किया; दीवार फट गई; सब क़ैदी बाहर चले गए। एक क़ैदी ने कहा—आप अन्दर रुके क्यों खड़े हैं, आप भी निकल आइए।

मन्सूर बोले—तुम ख़लीफ़ा के क़ैदी हो, हम अल्लाह के क़ैदी हैं। तुम आज़ाद हो सकते हो, मैं नहीं हो सकता।

कहा जाता है कि इस घटना की सूचना मिलने पर ख़लीफ़ा ने आपको सूली का हुक्म दे दिया। जो कुछ हुआ हो, सारांश यह कि पूरे एक वर्ष क़ैद रखने के बाद २४ ज़ीक़ाद (अरबी का ११वाँ महीना) सन् ३०६ हिजरी को मन्सूर क़त्ल करने की जगह पर लाए गए और विरोधियों की इच्छा पूरी हुई। लिखा है कि जिस दिन उन्हें सूली दी गई, बग़दाद में आस-पास और दूर-दूर से आकर इतनी भीड़ इकट्ठी हो गई थी कि जिसकी गणना नहीं हो सकी। वज़ीर ने जल्लाद को हुक्म दिया कि पहले मन्सूर के एक हज़ार कोड़े मारे जायँ। यदि इससे दम निकल जाय तो ख़ैर, नहीं तो एक हज़ार कोड़े और मारे जायँ। यदि इतने पर भी दम न निकले तो सूली दे दी जाय। ऐसा ही किया गया। मर्दे-ख़ुदा मन्सूर ने दो हज़ार कोड़े खाए और उफ़ तक न की और आख़िर को गर्दन कटवा कर जान दे दी! अफ़सोस! इस बावली दुनिया ने इस होशियार को न पहचाना। किसी फ़ारसी कवि ने ठीक कहा है:—

रुबाई

ज़ाहिद बख़्याले-ख़ेश मस्तम दानद,
काफ़िर बगुमां ख़ुदा परस्तम् दानद।
मुर्दम्ज़ ग़लतफ़हमिये-मर्दुम मुर्दम्,
ऐ काश कसे हराँचे हस्तम् दानद॥

अर्थात्—"ज़ाहिद (कर्मकाण्डी भक्त) ने तो अपने ख़याल में मुझे मस्त अवधूत समझा, और काफ़िर ने अपने अनुमान से मुझे ईश्वर-भक्त समझा। मैं आदमियों की ग़लतफ़हमी से मर गया। मैं जैसा था वैसा किसी ने न समझा।"

जब इन्हें क़त्लगाह (बध-स्थान) की ओर ले चले, तो बहुत भारी-भारी बेड़ियाँ और हथकड़ियाँ इन्हें पहना दी गई थीं, पर इन्हें कुछ बोझ न मालूम होता था; बिलकुल आराम के साथ चल रहे थे। जब सूली के पास पहुँचे, तो भीड़ पर दृष्टि डाली और ज़ोर से 'हक़-हक़ अनअल हक़' का नारा लगाया। इस वक़्त एक फ़क़ीर आगे बढ़ा और उसने पूछा—"इश्क़ क्या है?" जवाब मिला—"कल और परसों में देख लोगे।" अर्थात् आज आशिक़ को सूली दी जायगी। कल उसे जलाया जायगा, परसों उसकी ख़ाक उड़ाई जायगी। ऐसा ही हुआ।

जब मन्सूर को सूली पर चढ़ाया गया तो उन्होंने अपने एक भक्त को उपदेश दिया—"अपने मन को भक्ति और ध्यान के बोझ से दबाए रहो, जिससे बुरे कामों की ओर प्रवृत्ति न हो।" बेटे से कहा—"हक़ (ईश्वर) को याद किए बिना एक साँस लेना इबादत के दावेदार पर हराम है।"

कहते हैं क़त्ल के बाद जब उनके शरीर से ख़ून की बूँदें टपकती थीं, तो प्रत्येक रक्त-बिन्दु से 'अनअल हक़' चिह्न (नक़्श) बनता जाता था। जब उनकी राख नदी में डाली गई तो पानी पर भी वे नक़्श बनने लगे। जलाने से पहले उनके रोम-रोम से 'अनअल हक़' की ध्वनि निकल रही थी। जब ख़ाक हो गए तो उसमें से भी वही आवाज़ आती रही। नदी में जब उनकी राख बहाई गई तो ऐसा भारी तूफ़ान आया कि शहर के डूबने का डर हो गया। बड़ी मुश्किल से वह तूफ़ान दूर हुआ।

मन्सूर के विषय में लोगों के विचार बड़े ही विचित्र हैं। उनसे प्रकट होता है कि कोई कितना ही विद्वान् से विद्वान् और विरक्त से विरक्त व्यक्ति क्यों न हो, दुनिया वाले उसे बुरा-भला कहे बिना नहीं मानते। मन्सूर के समय में सर्व-साधारण ने तो ख़ैर इन्हें 'क़ाफ़िर', 'मुरतिद' 'मर्दूद' सब कुछ बनाया ही था, पर उस समय के

कुछ मुल्ला और सूफ़ी भी इनके कमाल से मुन्किर थे। परन्तु पहुँचे हुए सूफ़ियों और विद्वानों ने इनकी प्रशंसा और प्रतिष्ठा ही की है और इन्हें सदाचारी, तपस्वी और परम ज्ञानी माना है। हज़रत शिवली ने कहा है—"मैंने एक स्वप्न में मन्सूर को देखा और उनसे पूछा कि कहो, अल्लाह से आपकी क्या गुज़री, तो उन्होंने उत्तर दिया कि उसने मुझे विश्वास के धाम में उतारा और मेरी बड़ी प्रतिष्ठा की। मैंने पूछा कि तुम्हारे अनुयायियों और विरोधियों पर क्या बीती, तो कहा कि दोनों दया-दृष्टि के पात्र समझे गए; क्योंकि दोनों दयनीय थे। जिस समाज ने मुझे पहचान लिया था, वह मेरी अनुकूलता के लिए विवश था और जिसने मुझे पहचाना नहीं था, वह अपने मत की पगडण्डी (शरय्यत) पर चलने को लाचार था।"

एक दूसरे सज्जन ने भी स्वप्न में देखा कि क़यामत उपस्थित है और मन्सूर बिना सिर एक हाथ में प्याला लिए खड़ा है। स्वप्नद्रष्टा सज्जन ने पूछा—"क्या हाल है?" कहा—"सिर-कटों को वहदत का जाम (अद्वैतामृत का प्याला) पिला रहा हूँ।"

शेख़ अबूसयीद का कथन है—मन्सूर महापुरुष थे, वे अपने समय में अद्वितीय थे।

सुप्रसिद्ध सूफ़ी-विद्वान् फ़रीरुद्दीन अत्तार कहते हैं—मन्सूर बड़े पावन-चरित्र और तपस्वी थे। उनका सब समय भक्ति और ध्यान में बीतता था। वे अपने धर्म के विरुद्ध कोई काम न करते थे और अद्वैत-मार्ग के पक्के पथिक थे। भावावेश की मस्ती में उनसे एक बात सूफ़ी-सम्प्रदाय के विरुद्ध निकल गई, अनधिकारियों के सामने रहस्योद्घाटन कर दिया। इससे उन पर कुफ़्र का फ़तवा नहीं लग सकता। जिसके मस्तिष्क में थोड़ी भी अद्वैत की गन्ध पहुँच चुकी है, वह उन पर हलूली (अवतारी) बनने का दोषारोपण नहीं कर सकता। मतान्ध मुल्लाओं ने मन्सूर को अवतारवाद का प्रचारक समझ कर उन पर कुफ़्र का फ़तवा लगाया था। जो उन्हें बुरा कहता है, वह अद्वैत-मार्ग से सर्वथा अनभिज्ञ है।

सुप्रसिद्ध अमीर ख़ुसरो लिखते हैं—"एक दिन नज़ामुद्दीन औलिया के सामने मन्सूर का ज़िक्र आया तो आप बहुत देर तक मन्सूर की महत्ता की प्रशंसा करते रहे, और कहने लगे कि जब मन्सूर सूली के पास पहुँचे, तो शेख़ शिवली ने उनसे पूछा—'इश्क़ (ईश्वर-प्रेम) में सब्र (सन्तोष) क्या है?' उत्तर मला—"अपने महबूब (प्रेमास्पद ईश्वर) की ख़ातिर हाथ-पाँव कटवा दे और दम न मारे!" यह कहकर नज़ामुद्दीन औलिया आँसू भर लाए और बोले—सचमुच मन्सूर बड़े सच्चे प्रेमी थे।

बात यह है कि मन्सूर जो थोड़े-बहुत बदनाम हुए, इसका कारण कुछ तो मतान्ध लोगों की मुख़ालफ़त थी, और कुछ उनके अज्ञ अनुयायियों ने उनके नाम पर बहुत सी अयुक्तिपूर्ण ऊटपटाँग बातें प्रसिद्ध करके उन्हें बदनाम किया। मन्सूर के पीछे उनके अनुयायियों का एक जत्था जल्दीक़ नाम से प्रसिद्ध हो गया था, जो मन्सूर के अनुकरण में शहीद होने के जोश में योंही बातें बनाकर जलने-मरने को तैयार रहता था। इनका उद्धत आचरण देखकर लोग कहते थे—'यह सब मन्सूर की ही शिक्षा का परिणाम है।' निस्सन्देह मन्सूर एक अद्वितीय विद्वान् और अपने धर्म के पूरे पण्डित थे, ईश्वरीय रहस्य के मर्मज्ञ थे। इस विषय पर उन्होंने अद्भुत ग्रन्थ लिखे हैं। मन्सूर कवि भी उच्च कोटि के थे, भाषण-कला में भी वे परम दक्ष थे। समाप्ति पर मन्सूर की दो-एक सूक्तियों का सारांश भी सुनने लायक़ है। कहते हैं:—

"इस लोक का त्याग—सांसारिक वैभव से विरक्ति—मन का, मन की कामनाओं का संन्यास है और परलोक से—स्वर्ग से—विरक्ति, आत्मा का संन्यास है। ईश्वर और जीव के बीच में सिर्फ़ दो डग की दूरी है; एक पाँव इस लोक से उठा लो और दूसरा परलोक (स्वर्ग-कामना) से; बस ब्रह्म को पा लोगे।"

सूफ़ी (अद्वैत मार्गी) का लक्षण वे इस प्रकार बतलाते हैं—"अद्वैत-भाव में उसकी (सूफ़ी की) धारणा ऐसी दृढ़ होती है कि न वह किसी को जानता है और न कोई उसे पहचानता है।" फिर कहते हैं कि—"जिन्हें दिव्य-दृष्टि प्राप्त है, वे एक ही दृष्टि में लक्ष्य को पा लेते हैं, फिर उन्हें कोई दुविधा बाक़ी नहीं रहती। बड़े-बड़े औलिया और अम्बिया (ऋषि-महर्षि) जो ईश्वर को जान-पहचान कर भी आपे से बाहर नहीं हुए, इसका कारण यह था कि वे लोग "हाल" (ब्रह्म-प्राप्ति के उस आनन्दातिरेक को, जिसमें ब्रह्मनिष्ठ पुरुष बेसुध हो जाते हैं) को दबाने की शक्ति रखते थे; इस कारण "हाल" उनकी हालत को बदल नहीं सकता था। दूसरे लोग भावावेष की लहर में पड़कर बह जाते हैं, फूट पड़ते हैं,

अन्दर के आनन्द को उगलने लगते हैं और पकड़े जाते हैं।"

'भावावेश' "वज्द" या "हाल" क्या चीज़ है, यह क्यों होता है, इस पर महाकवि अकबर ने अपनी एक कविता में अच्छा प्रकाश डाला है। कहते हैं—

"वज्दे* आरिफ़ की हक़ीक़त कुछ सुना दूँ आपको,
गोकि मेरी अस्ल क्या, इक बन्दए-नाचीज़ हूँ।
नाचती है रूह इन्सानी बदन में शौक़ से,
जब कभी पा जाती है परतौ† कि मैं क्या चीज़ हूँ।

अन्त में हम अकबर का एक शेर लिखकर मन्सूर की राम-कहानी समाप्त करते हैं।

किया अच्छा जिन्होंने दार‡ पर मन्सूर को खींचा,
कि ख़ुद मन्सूर को जीना था मुश्किल राज़दाँ होकर।

* वज्दे-आरिफ़—ब्रह्मज्ञानी का भावावेश।

† परतौ—प्रकाश, झलक। ‡ दार—सूली।

प्रश्नोत्तर

[रचयिता—श्री० "नवीन"]

प्रथम—मन ही मन लड्डू मत फोड़ो,
कुछ तो मुझे बताओ;
क्यों बैठे हो? अरे ज़रा तो,
हिय का हाल जताओ।
किस जादू की लकड़ी ने,
कर दिया तुम्हें दीवाना?
बोलो तो, यह कौन खेल,
रच रक्खा है मनमाना?
धारे मौन, डुलाकर ग्रीवा,
आज मुझे न सताओ;
मन ही मन लड्डू मत फोड़ो,
कुछ तो ज़रा बताओ?

द्वितीय—क्या कहते हो?

प्रथम—यही……।

द्वितीय—…………………कि मेरे,
हिय के बद्ध कपाट खुलें?
क्या चाहते हो कि ये मेरे,
सोए सम्भ्रम हिलें-डुलें?
कच्ची नींद उठाओगे? टुक—
सो लेने दो ज़रा इन्हें;
बड़े कठिन से सोते हैं वे,
मनोराज्य का रोग जिन्हें।
धीरे-धीरे बतियाओ मत,
पूछो मन की बात सखे;
प्रश्नों के झकझोरों से,
होता हिय में आघात सखे।
मत खोलो, प्रश्नों का धक्का—
देके ये किंवार मेरे;
तड़प उठूँगा—शोर मत करो,
आकर आज द्वार मेरे।
बार-बार करके प्रयास मैं,
बन्द कर सका हूँ इनको;
सदा खुले रहने ही में आता,
आनन्द अहो जिनको।
विस्मृति के घन तम में आवृत,
रहने दो कुटीर मेरी;
स्मृति-प्रकाश-रेखा से द्विगुणित,
होती आह पीर मेरी।
दया करो—अपनी पृच्छाङ्गुलि से,
न खुजाओ व्रण मेरा;
पट्टी बँधी हुई है अभी,
थमा है चिर-द्रवण मेरा।
टीस उठेगी विक्षत क्षत में—
यदि देखोगे घाव हरा;
रोम-रोम से आह निकलने—
लग जाएगी ज़रा-ज़रा।
वाण नहीं—पैने प्राणों की,
अनी चुभी अन्तस्तल में;
मर्म-भेद की गूढ़ बात क्यों,
पूछ रहे हो पल-पल में?

पिता अबराहिम लिङ्कन का बध

[सम्पादक]

मिसेज़ लिङ्कन—देखो सूसन ! जो कोई मुलाक़ात को आवे उसे आने दो, और ज़रा प्रेज़िडेण्ट से पूछो कि क्या वे चाय पीने भीतर आवेंगे ?

सूसन—मिस्टर लिङ्कन ने कहला भेजा है कि वे अभी आ रहे हैं।

मिसेज़ लिङ्कन—बहुत ठीक है।

[सूसन जाती है]

मिसेज़ लिङ्कन—सूसन !

सूसन—जी।

मिसेज़ लिङ्कन—तुम अब भी 'मिस्टर लिङ्कन' कहकर पुकारती हो ? तुम्हें 'प्रेज़िडेण्ट' कहना चाहिए।

सूसन—जी हाँ श्रीमती ; पर १५ वर्ष तक लगातार मिस्टर लिङ्कन कहते रहने पर अब 'प्रेज़िडेण्ट' कहना बड़ा मुश्किल मालूम होता है।

मि० लिङ्कन—पर तुम्हें स्मरण रखना चाहिए कि उन्हें अब हर कोई 'प्रेज़िडेण्ट' कहता है।

सूसन—नहीं श्रीमती, बहुत से लोग तो उन्हें 'पिता अबराहिम' कहते हैं और यही कहना उन्हें बहुत रुचता है। सिर्फ़ आज मि० कोल्डपेनी ने कहा था कि सूसन ! बूढ़े चचा प्रसन्न तो हैं ?

मिसेज़ लिङ्कन—मैं समझती हूँ, तुम इन्हें पसन्द नहीं करोगी।

सूसन—नहीं श्रीमती ! मैं तो सदैव 'मिस्टर लिङ्कन' ही कहना पसन्द करती हूँ।

मिसेज़ लिङ्कन—हाँ, पर तुम्हें 'प्रेज़िडेण्ट' कहना चाहिए।

सूसन—श्रीमती ! मुझे भय है, मैं भूल जाऊँगी।

२

सूसन—पर तुम हो कौन ?

हब्शी—मिस्टर फ़्रेडरिक डगलस। मिस्टर लिङ्कन ने मुझे आने को कहा था। मुझे किसी ने नहीं रोका। मैं उनसे मिलने आया हूँ।

[प्रेज़िडेण्ट आते हैं]

लिङ्कन—कृपा कर बैठ जाइए।

डगलस—मगर ?

लिङ्कन—कृपा कर × × × तुम देखते हो, अगर तुम नहीं बैठोगे तो मैं भी खड़ा रहूँगा।

डगलस—काला-काला है, सफ़ेद-सफ़ेद है।

लिङ्कन—वाहियात ! दो बूढ़े आदमी बैठकर बातें करना चाहते हैं, यही न ?

[दोनों बैठ जाते हैं]

डगलस—मैं समझता हूँ कि मेरी उम्र आपसे ज़्यादा है।

लिङ्कन—हाँ, निस्सन्देह। मेरी उम्र ४४ की है।

डगलस—मैं ७२ वर्ष का हूँ।

लिङ्कन—मैं समझता हूँ, जब मैं ७२ वर्ष का होऊँगा, तब मैं ख़ूब मज़बूत दीखूँगा।

डगलस—ठण्डा पानी, ख़ूब घूमना, प्रभु मसीह पर विश्वास, यही तो बात है। मिस्टर लिङ्कन ! आप चेष्टा करें, बहुत उत्तम बात है।

[वह एक छोटा पुर्ज़ा लिङ्कन के हाथ में देता है]

लिङ्कन—धन्यवाद ! मि० डगलस, मैंने तुम्हारी वक्तृता की बहुत-कुछ तारीफ़ सुनी है।

डगलस—जी हाँ !

लिङ्कन—मैं सुना चाहता हूँ।

डगलस—मिस्टर लिङ्कन मेरे भाइयों के सबसे बड़े मित्र हैं, हैं न ?

लिङ्कन—अन्त में मैं एक निर्णय पर पहुँच गया हूँ।

डगलस—निर्णय पर ?

लिङ्कन—ग़ुलामी का अन्त होने वाला है। मैं सदैव इसके लिए उद्योगशील रहा हूँ। अब वह नष्ट होकर ही रहेगी।

डगलस—क्या आपको विश्वास है ?

लिङ्कन—निश्चय।

[डगलस धीरे से उठकर सिर झुकाता है और फिर बैठ जाता है]

डगलस—मेरे भाइयों को अभी बहुत-कुछ सीखना बाक़ी है। इसके लिए सालहा-साल चाहिए। जहालत, भय, शक्कीपन उनमें कितना अधिक है ? यह बड़ी

कठिनाई से बहुत धीरे-धीरे निकलेगा। (जोश से) किन्तु स्वाधीन जन्म, स्वाधीन जीवन ! मिस्टर लिङ्कन ! मैं गुलाम उत्पन्न हुआ हूँ—इसे कोई व्यक्ति जो ख़ुद पैदाइशी ग़ुलाम न हो, नहीं समझ सकेगा।

३

ग्राण्ट—(सामने की बड़ी घड़ी को देखकर) डेनिस ! डेढ़ घण्टा बीत गया, अब मीडे के पास से कुछ न कुछ सन्देश मिलना ही चाहिए।

डेनिस—(मेज़ के पास आकर) जी हाँ, श्रीमन् !

ग्राण्ट—इन काग़ज़ों को कप्तान टेम्पिलमैन के पास ले जाओ। और करनल वैस्ट से ज़रा पूछो कि क्या २३ नम्बर अभी तक मोर्चे पर है ? हाँ, ज़रा रसोइए से थोड़ा शोरवा १० बजे ले आने को कह देना। उससे यह भी कहना कि कल वह बिलकुल ठण्डा था।

डेनिस—बहुत अच्छा श्रीमन् !

[जाता है]

ग्राण्ट—मैलिन्स ! ज़रा मुझे नक़शा देना।

[मैलिन्स नक़शा देता है, जिस पर वह ग़ौर करता है]

ग्राण्ट—(चुपचाप बहुत देर तक ग़ौर करके) हाँ, इसमें सन्देह नहीं, अब तो कुछ घण्टों ही का मामला है। मीडे शयन करने के समय से पूर्व ही सब कर लेगा। 'ली' महान् पुरुष है, परन्तु अब उसका यहाँ से निस्तार नहीं है।

[उँगली से नक़शे पर गोल निशान बनाता है]

मैलिन्स—(नक़शा लेते हुए) श्रीमन् ! क्या यहीं पर समाप्ति समझनी चाहिए ?

ग्राण्ट—हाँ, अगर 'ली' गिरफ़्तार हो जाय तो हम सबको खदेड़ देंगे।

मैलिन्स—हे ईश्वर ! श्रीमान् ! यह तो बहुत ही उत्तम है। अब घर लौट चलें।

ग्राण्ट—ईश्वर की कृपा से यही होगा जनाब !

मैलिन्स—श्रीमान् क्षमा करें !

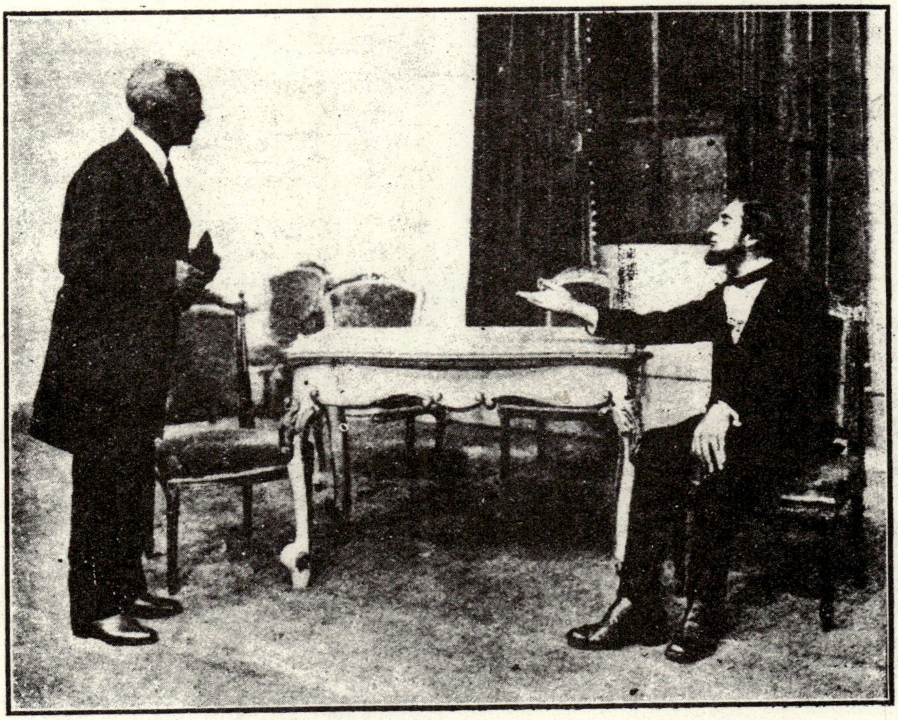

प्रज़िडेण्ट लिङ्कन नीरो डगलस से बैठने का अनुरोध कर रहे हैं

ग्राण्ट—तुम्हारा सवाल ठीक है। मैलिन्स मेरा लड़का अगले हफ़्ते में स्कूल जाने वाला है। मैने उससे वादा किया है कि मैं उसके साथ चलूँगा, और सब ठीक-ठाक करूँगा।

[डेनिस आता है]

डेनिस—कर्नल वैस्ट कहते हैं जी हाँ, अभी और आधे घण्टे के लिए। रसोइए ने कल की बात पर खेद प्रकट किया है। वह भूल हो गई थी।

ग्राण्ट—उससे कह देना, भूल रसोईघर तक ही रक्खा करे।

डेनिस—जो आज्ञा।

[जाता है]

ग्राण्ट—(काग़ज़ों को देखते हुए) ये बन्दूकें इसी सन्ध्या को गई हैं ?

मैलिन्स—जी हाँ श्रीमान् !

[एक अर्दली आता है]

अर्दली—मिस्टर लिङ्कन आ रहे हैं श्रीमान् ! वे बाहर हैं।

ग्राण्ट—बहुत ठीक, मैं आता हूँ।

[अर्दली जाता है। ग्राण्ट उठता है और द्वार तक जाता है। वहीं पर लिङ्कन और स्लेनी ने भेंट होती है। लिङ्कन ऊँचा जूता, लम्बा टोप पहने है। ग्राण्ट से हाथ मिलाते और मैलिन्स का सलाम लेते हैं।]

ग्राण्ट—महोदय ! मुझे आपके पधारने का ज़रा भी गुमान न था।

लिङ्कन—नहीं, मगर मैं स्थिर नहीं रह सका ! क्या ख़बर है ?

[दोनों बैठते हैं]

ग्राण्ट—मीडे ने डेढ़ घण्टा पूर्व सन्देश भेजा था कि 'ली' हर तरफ़ से घिर गया है, किन्तु दो मील का अन्तर है।

लिङ्कन—तब तो समाप्त ही समझो।

ग्राण्ट—यदि इन दो मीलों में कोई गड़बड़ी न हो महोदय ! मैं मीडे की दूसरी रिपोर्ट की प्रतीक्षा प्रति मिनट कर रहा हूँ।

लिङ्कन—सम्भव है, रात भर युद्ध जारी रहे, कम-ज़्यादा ; परन्तु 'ली' को समझ लेना चाहिए कि प्रातःकाल तो कुछ आशा नहीं है।

एक अर्दली—(प्रवेश करके) श्रीमान् एक सन्देश है।

[अर्दली जाता है। रणक्षेत्र से आया हुआ एक युवा अफ़सर प्रवेश करता है और सलाम करके ग्राण्ट के हाथ में पत्र देता है]

अफ़सर—श्रीमान् ! जनरल मीडे की तरफ़ से !

ग्राण्ट—(पत्र लेकर) धन्यवाद !

[खोल कर पढ़ता है]

ग्राण्ट—तुम जा सकते हो।

[अफ़सर जाता है]

जी हाँ महोदय, वे हर तरह घिर गए हैं। मीडे ने उन्हें १० घण्टे का अवसर दिया है। इस समय ८ बजे हैं। ६ बजे प्रातःकाल सब समाप्त है।

[पत्र लिङ्कन के हाथ में देता है]

लिङ्कन—हमें दयापूर्ण होना चाहिए। अज़ीज 'ली' बड़ा तेजस्वी व्यक्ति है।

ग्राण्ट—(एक काग़ज़ लेता हुआ) शायद श्रीमान् इस फ़िहरिस्त पर नज़र करेंगे। मैं समझता हूँ हम इससे अधिक रियायत और नहीं कर सकते।

लिङ्कन—(काग़ज़ लेकर) ग्राण्ट ! यह इस व्यापार का भयानक भाग है। क्या किसी को प्राण-दण्ड भी देना है ?

ग्राण्ट—सिर्फ़ एक।

लिङ्कन—बुरा। ग्राण्ट, इसके बिना नहीं चला सकते न, नहीं ?

ग्राण्ट—कदापि नहीं।

लिङ्कन—वह कौन है ?

ग्राण्ट—मैलिन्स।

मैलिन्स—(एक किताब खोलता हुआ) विलियम स्कॉट महोदय ! यह एक सङ्गीन अपराध है।

लिङ्कन—क्या हुआ ?

मैलिन्स—अभी उसने एक लम्बा सफ़र किया था। फिर उसने स्वेच्छा से डबल गार्ड-ड्यूटी एक रोगी मित्र के बदले ली। पर वह मोर्चे पर सोता पाया गया।

[पुस्तक बन्द कर देता है]

ग्राण्ट—मैं उसे क्षमा कर देना चाहता हूँ। परन्तु यह अशक्य है। वह एक बहुत ही नाज़ुक जगह थी और वह वक्त भी बहुत ही नाज़ुक था।

लिङ्कन—उसे गोली कब मारी जायगी ?

ग्राण्ट—कल प्रातःकाल महोदय !

लिङ्कन—मेरी राय में इससे उसका कुछ भी उपकार न होगा। वह कहाँ है ?

मैलिन्स—यहीं श्रीमान् !

लिङ्कन—क्या मैं उसके पास जा सकता हूँ ?

ग्राण्ट—वह कहाँ है ?

मैलिन्स—वार्न में, मेरा अन्दाज़ा है श्रीमान् !

ग्राण्ट—डेनिस !

डेनिस—(आकर) जी श्रीमान् !

ग्राण्ट—स्कॉट को यहाँ ले आने को कहो।

[डेनिस जाता है]

मैं कर्नल वैस्ट से मिलना चाहता हूँ। मैलिन्स, टेम्पलमैन से पूछो कि क्या सूची बन गई।

[वह जाता है। मैलिन्स पीछे-पीछे जाता है]

लिङ्कन—क्या तुम भी—स्लेनी × × × ?

[स्लेनी जाता है]

* * *

[लिङ्कन किताब को खोलकर फिर पढ़ता है। विलियम स्कॉट गार्डों के पहरे में आता है। आयु २० साल है]

लिङ्कन—(गार्डों से) धन्यवाद ! अब तुम लोग बाहर ठहरो।

[गार्ड सलाम करके जाते हैं]

लिङ्कन—तुम्हीं विलियम स्कॉट हो ?

स्कॉट—जी हाँ श्रीमान् !

लिङ्कन—क्या तुम मुझे पहचानते हो ?

स्कॉट—जी हाँ श्रीमान् !

लिङ्कन—जनरल ने अभी मुझे बताया है कि तुम्हें गोली मारी जायगी।

स्कॉट—जी हाँ श्रीमान् !

लिङ्कन—तुम पहरे पर सो गए थे ?

स्कॉट—जी हाँ श्रीमान् !

लिङ्कन—यह तो भारी अपराध है।

स्कॉट—श्रीमान्, मैं समझता हूँ।

लिङ्कन—ऐसा क्यों हुआ ?

स्कॉट—(शोक से) श्रीमान्, मैं जाग नहीं सका।

लिङ्कन—तुमने लम्बी यात्रा की थी, क्यों ?

स्कॉट—२३ मीलश्रीमान् !

लिङ्कन—और तुमने डबल गार्ड-ड्यूटी की थी ?

स्कॉट—जी हाँ श्रीमान् !

लिङ्कन—किसकी आज्ञा से ?

स्कॉट—श्रीमान् अपनी इच्छा से।

लिङ्कन—क्यों ?

स्कॉट—इश्च ह्वाइट बीमार था, उसके बदले। श्रीमान् ! हम दोनों एक ही गाँव के रहने वाले हैं।

लिङ्कन—कहाँ के ?

स्कॉट—वरमण्ट के श्रीमान् !

लिङ्कन—वहीं तुम रहते हो ?

स्कॉट—जी हाँ श्रीमान्, मेरी × × × हमारी कुछ ज़मीन वहाँ है।

लिङ्कन—वहाँ अब कौन है ?

स्कॉट—मेरी माता, श्रीमान् ! यह उसकी फ़ोटो है।

[फ़ोटो जेब से निकाल कर देता है]

लिङ्कन—(उसे लेकर) क्या वह इस बात को जानती है ?

स्कॉट—श्रीमान्, ईश्वर के लिए उसे ख़बर न होने पावे।

लिङ्कन—ठहरो, ठहरो मेरे बच्चे, तुम नहीं मारे जाओगे।

स्कॉट—(उत्तेजित होकर) श्रीमान् ! क्या मुझे गाली नहीं मारी जायगी ?

लिङ्कन—नहीं, कदापि नहीं

स्कॉट—नहीं, मुझे गोली नहीं मारी जायगी।

[वह धरती में गिरकर सुबकियाँ लेता है]

लिङ्कन—(उठकर और उसके पास जाकर) सुनो, सुनो, मैं तुम पर विश्वास करता हूँ। तुम कहते हो, तुम जागते नहीं रह सके। मैं तुम पर भरोसा करता हूँ और तुम्हें तुम्हारी रेजीमेण्ट में वापस भेजता हूँ।

[वह फिर अपनी जगह पर जा बैठता है]

स्कॉट—श्रीमान्, मैं कब अपनी जगह पर जा सकूँगा ?

लिङ्कन—कल प्रातःकाल। मैं समझता हूँ युद्ध का अन्त हो चुका ?

स्कॉट—श्रीमान् क्या युद्ध समाप्त हो गया ?

लिङ्कन—बिलकुल नहीं।

स्कॉट—श्रीमान्, कृपया मुझे अभी जाने की आज्ञा दीजिए।

लिङ्कन—अच्छी बात है।

[लिङ्कन लिखता है]

लिङ्कन—क्या तुम जानते हो, जनरल मीडे कहाँ होंगे?

स्कॉट—नहीं श्रीमान्!

लिङ्कन—उन आदमियों में से एक को भीतर बुलाओ।

[स्कॉट बुलाता है, आदमी आते हैं]

लिङ्कन—तुम्हारा क़ैदी रिहा कर दिया गया है। इसे फ़ौरन इस पत्र के साथ मीडे के पास ले जाओ।

[पत्र देता है]

सिपाही—जो आज्ञा श्रीमान्!

[वह सलाम करता और स्कॉट के साथ जाता है]

लिङ्कन—स्लेनी!

स्लेनी—(बाहर से) महोदय!

[भीतर आता है]

लिङ्कन—क्या वक़्त होगा?

स्लेनी—(घड़ी पर नज़र करके) साढ़े नौ बजे हैं श्रीमान्!

लिङ्कन—मैं ज़रा यहाँ सोऊँगा। तुम भी ज़रा कमर सीधी कर लो, कोई ज़रूरी ख़बर होगी तो वे हमें जगा देंगे।

[लिङ्कन दो कुर्सी जोड़कर उन पर सो जाता है, स्लेनी एक बेञ्च पर पड़ रहता है, कुछ मिनट बाद ग्राण्ट आता है और भीतर का माजरा देखता है, धीरे से बत्ती बुझाता है और बाहर चला आता है]

५

[लिङ्कन और स्लेनी वहीं सो रहे हैं, दिन का प्रकाश कमरे में भर गया है। अर्दली आता है, उसके हाथ में दो गर्मागर्म कॉफ़ी के प्याले और कुछ बिस्कुट हैं। लिङ्कन जाग पड़ते हैं]

लिङ्कन—गुड मॉर्निङ्ग!

अर्दली—गुड मॉर्निङ्ग श्रीमान्!

लिङ्कन—(कॉफ़ी और बिस्कुट लेते हुए) धन्यवाद!

प्रेज़िडेण्ट लिङ्कन और स्कॉट

स्कॉट को पहरे पर सो जाने के अपराध में मृत्यु-दण्ड की आज्ञा हुई थी। लिङ्कन ने उसे क्षमा प्रदान कर उसे नौकरी पर पुनः बहाल कर दिया।

[अर्दली स्लेनी की ओर बढ़ता है। वह अभी सो ही रहा है]

लिङ्कन—स्लेनी! (ज़ोर से) स्लेनी!

स्लेनी—(हड़बड़ाकर) जी हाँ, बुरा हो नींद का, श्रीमान् क्षमा करें।

लिङ्कन—कुछ नहीं, थोड़ी कॉफ़ी लो।

स्लेनी—धन्यवाद श्रीमान् !

[वह बिस्कुट और कॉफ़ी लेता है, अर्दली जाता है]

लिङ्कन—स्लेनी ! ख़ूब सोए ?

स्लेनी—श्रीमान् मैं तो बिलकुल बेसुध हो गया !

लिङ्कन—क्या बजा होगा ?

स्लेनी—(घड़ी देखकर) ठीक ६ श्रीमान् !

[ग्राण्ट आता है]

ग्राण्ट—गुड मॉर्निङ्ग महोदय ! गुड मॉर्निङ्ग स्लेनी !

लिङ्कन—गुड मॉर्निङ्ग जनरल !

स्लेनी—गुड मॉर्निङ्ग श्रीमान् !

ग्राण्ट—महोदय कल रात आपके आराम में दख़ल देना उचित नहीं समझा। अभी मीडे के पास से सन्देश आया है, 'ली' ने ४ घण्टे की मुहलत माँगी है।

लिङ्कन—(कुछ देर चुप रहकर) गत चार वर्षों से इसी क्षण की प्रतीक्षा थी। आश्चर्य है, कितने सीधे-सादे ढङ्ग से यह क्षण आ गया है। ग्राण्ट ! तुमने बड़ी सच्चाई से देश की सेवा की है और तुम्हीं ने मेरी अभिलाषा को सम्भव बनाया है।

[वह उसके हाथ पकड़ लेता है]

लिङ्कन—धन्यवाद !

ग्राण्ट—अगर मैं कहीं असफल रहा, तो महोदय ! आप उसके भागी नहीं। मेरी सफलता की कुञ्जी तो यही है कि श्रीमान् का मुझ पर विश्वास रहा है।

लिङ्कन—'ली' कहाँ है ?

ग्राण्ट—वह यहीं आ रहा है, मीडे आने ही वाला है।

लिङ्कन—'ली' कहाँ प्रतीक्षा करेगा ?

ग्राण्ट—उसके लिए एक कमरा तैयार है। क्या महोदय उसका स्वागत करेंगे ?

लिङ्कन—नहीं-नहीं ग्राण्ट, यह तुम्हारा अधिकार है। मुझे यह कहने की आवश्यकता नहीं कि तुम राजनैतिक मामलों की परवा न करोगे। महज साधारण ढङ्ग से। समझे ?

ग्राण्ट—(जेब से एक काग़ज़ निकाल कर) ये वे शर्तें हैं जो मैंने तजवीज़ की हैं।

लिङ्कन—(पढ़ते हुए) बहुत उचित। ये तुम्हारे सम्मान के ही योग्य हैं।

[वह काग़ज़ मेज़ पर रख देता है। अर्दली आता है]

अर्दली—जनरल मीडे हाज़िर हैं श्रीमान् !

ग्राण्ट—उन्हें भीतर आने दो।

अर्दली—जो आज्ञा श्रीमान् !

[बाहर जाता है]

ग्राण्ट—मैंने अपने प्रारम्भिक दिनों में रॉबर्ट 'ली' से बहुत-कुछ शिक्षा पाई थी। वह हम सबसे श्रेष्ठ मनुष्य है। महोदय ! यह कार्य हृदय को प्रिय प्रतीत होता है।

लिङ्कन—मुझे प्रसन्नता है ग्राण्ट ! कि यह कार्य एक वीर पुरुष द्वारा सम्पन्न हो रहा है।

[जनरल मीडे, कप्तान सोन और उनके एडी केम्प भीतर आते हैं, मीडे सलाम करता है]

लिङ्कन—मुबारक ! मीडे, तुमने बड़ा काम किया।

मीडे—धन्यवाद श्रीमान् !

ग्राण्ट—क्या और कहीं कुछ युद्ध हुआ ?

मीडे—एक या दो घण्टे तो ख़ूब ही गर्मागर्म।

ग्राण्ट—'ली' कितनी देर में यहाँ पहुँचेगा ?

मीडे—कुछ ही मिनटों में श्रीमान् !

ग्राण्ट—तुमने शर्तों की बाबत तो कुछ नहीं कहा ?

मीडे—नहीं श्रीमान् !

लिङ्कन—एक लड़का, स्कॉट-तुम्हारे पास पहुँचा था न ?

मीडे—जी हाँ महोदय ! वह तत्काल ही मोर्चे पर चला गया। वह वहीं मारा गया। क्यों न सोन ?

सोन—जी हाँ श्रीमान् !

लिङ्कन—मारा गया ! ग्राण्ट ! क्या ही अद्भुत जगत् है ?

मीडे—क्या कोई फ़र्मान जारी करना है—शत्रुओं की तरफ़ के मुख्य क़ैदियों के प्रति ?

ग्राण्ट—मैं × × ×

लिङ्कन—नहीं-नहीं, उनके ख़राब से ख़राब आदमी को भी फाँसी देने या गोली मारने को मैं पसन्द नहीं करता। उन्हें देश से बाहर कर दो, द्वार खोल दो, उन्हें चले जाने दो।

[वह अपनी बाँहें फैलाता है]

गुडबाई—ग्राण्ट ! जितना शीघ्र हो सके, वाशिङ्गटन रिपोर्ट भेज देना।

[वह हाथ मिलाता है]

गुडबाई—सज्जनो ! आओ स्लेनी।

[मीडे सलाम करता है, लिङ्कन जाता है। स्लेनी उसके पीछे जाता है]

ग्राण्ट—'ली' के साथ और कौन है ?

मीडे—सिर्फ़ स्टॉफ़ का एक अफ़सर श्रीमान् !

ग्राण्ट—सोन, तुम ज़रा मैलिन्स के पास जाओ और जनरल 'ली' के आने की हमें तत्काल सूचना दो ।

सोन—जो आज्ञा श्रीमान् !

[वह जाता है]

लिए खड़ा करना चाहते थे। मैंने अपनी योग्यता का स्थान प्राप्त कर लिया है। परन्तु मैं उनसे अधिक ज्ञान रखता हूँ।

[मैलिन्स आता है]

मैलिन्स—जनरल 'ली' हाज़िर हैं ।

ग्राण्ट—मीडे! क्या जनरल 'ली' मुझसे यहाँ मिलने का सम्मान प्रदान करेंगे ?

[मीडे सलाम करता और आता है]

जनरल लॉबर्ट ई० ली का आत्म-समर्पण

ग्राण्ट—मीडे ! बहुत बड़ा काम समाप्त हुआ।

मीडे—जी हाँ श्रीमान् !

ग्राण्ट—हमारा अभिप्राय पूर्ण हुआ। हमने एक बड़े योद्धा को परास्त किया है, यह मैं कह सकता हूँ। पर मीडे ! यह अब्राहिम लिङ्कन ही है, जिसने युद्ध के उस कारण को स्पष्ट किया। उसने हम ऐसे पुरुषों को विजय का सेहरा पहनाया है मीडे ! एक ग्लास लो (ह्विस्की ढालते हुए) नहीं ? (पीता है) मीडे ! क्या तुम जानते हो, कुछ मूर्ख मुझे लिङ्कन के मुक़ाबले अगले चुनाव के

ग्राण्ट—मैलिन्स, मेरी टोपी कहाँ है, और तलवार ?

मैलिन्स—यह हैं श्रीमान् !

[मैलिन्स उन्हें लाता है। मीडे और सोन आते हैं और द्वार पर चुपचाप खड़े रह जाते हैं। रॉबर्ट ली, जनरल-इन-चीफ़-ऑफ़-दी-कोन फ़ेडेरेट-फ़ोर्सेज़ भीतर आता है। एक अफ़सर साथ है। कष्ट और सहिष्णुता के चिह्न उसके मुख-मण्डल पर अङ्कित हैं। परन्तु वीरता और निर्भयता उसके नेत्रों में है। दो कमाण्डर आपके सामने होते हैं। ग्राण्ट सलाम करता है और ली जवाब देता है]

ग्राण्ट—श्रीमान् ने मुझे प्रतिपक्ष के सन्मुख गर्वित होने का अवसर प्रदान किया है।

ली—मैंने शक्ति रहते ऐसा नहीं किया। मैं पराजय स्वीकार करता हूँ।

ग्राण्ट—आपका आना × × ×

ली—इसलिए हुआ है कि मैं जानूँ कि तुम्हारी शर्तें क्या हैं?

ग्राण्ट—(काग़ज़ हाथ में लेकर और ली को देकर) वे बिलकुल साधारण हैं। मैं समझता हूँ आप उन्हें आपत्तिजनक न पावेंगे।

ली—(पढ़कर) श्रीमान्! आप उदाराशय हैं। क्या मैं एक अनुरोध कर सकता हूँ?

ग्राण्ट—मैं शक्ति-भर श्रीमान् के अनुरोध की रक्षा करूँगा।

ली—आप हमारे अफ़सरों को उनके घोड़े ले जाने दीजिए। हमारे सिपाहियों के भी घोड़े उनके अपने ही हैं।

ग्राण्ट—मैं समझ गया। उनकी खेतों में ज़रूरत पड़ेगी। यही होगा।

ली—धन्यवाद! यह काफ़ी है। मैं आपकी शर्तें स्वीकार करता हूँ।

[ली अपनी तलवार कमर से खोलकर ग्राण्ट के हवाले करता है।]

ग्राण्ट—नहीं, नहीं, वह अपने उपयुक्त स्थान पर है। मैं आपसे प्रार्थना करता हूँ।

[ली फिर उसे कमर से बाँध लेता है। ग्राण्ट अपना हाथ बढ़ाता है और ली पकड़ता है। दोनों सलाम करते हैं। और ली वापस लौटता है]

। हत्यारा बूथ प्रेज़िडेण्ट लिङ्कन की हत्या करने जा रहा है, जब कि वे थिएटर के एक बॉक्स में बैठे थे। दूसरी ओर दासी सूसन बैठी है।

५

१४ एप्रिल, १८६५ की सन्ध्या का समय है। थिएटर खचाखच भरा है। तीन प्राइवेट द्वार कुछ अलग हटकर हैं। कुछ मिनट वहाँ सन्नाटा रहा, फिर जनता में शोर उठता है। बॉक्स का द्वार खुलता है, बीच के कक्ष में लिङ्कन और स्टेनटन, श्रीमती लिङ्कन तथा कुछ और महिलाएँ बात करती दीखती हैं।

एक महिला—कितना आकर्षक है। क्यों, है न?

उसकी साथी महिला—निस्सन्देह, पर इस पर कठिनाई से विश्वास होता है।

दूसरी स्त्री—देखो वह काली लड़की कैसी सुघड़ दीखती है। इसका नाम क्या है?

एक सज्जन—ऐलीनर क्राउन।

दूसरा सज्जन—कैसी भयानक बात है।

एक स्त्री—प्रेज़िडेण्ट बहुत प्रसन्न मालूम पड़ते हैं।

दूसरा—इसमें आश्चर्य क्या है? उन्हें गर्व करना ही सजता है।

[एक युवक काले वस्त्रों से शरीर ढाँपे धीरे से गुज़र जाता है, लिङ्कन के बॉक्स पर तीव्र दृष्टि डालता है। वह जॉन विलकर बूथ है।]

एक लड़की—ओह, यह बड़ा सरल जीवन है। इस तरह अभिनय × × ×

[शोर—'लिङ्कन-लिङ्कन' लिङ्कन आते दीखते हैं, बैठते हैं, शोर—"प्रेज़िडेण्ट-स्पीच—अबराहिम लिङ्कन।" शोर जारी रहता है। कुछ क्षण बाद मि० लिङ्कन उठते हैं। तड़ातड़ तालियों का गर्जन, फिर बिलकुल शान्ति होती है।]

लिङ्कन—मेरे मित्रो! आपकी यह शुभ भावना मेरे हृदय तक पहुँची है। कठिन और अन्धकारपूर्ण

प्रेज़िडेण्ट लिङ्कन की मृत्यु के पश्चात् लोग शोकाकुल हो रहे हैं

चार वर्षों के बाद हमारा महान् उद्देश्य पूर्ण हुआ है। जनरल ग्राण्ट द्वारा जनरल 'ली' का पतन युद्ध-समाप्ति का चिह्न है। युद्ध निश्चय समाप्ति पर है (हर्षध्वनि)! इस समय मुझे केवल यही कहना है कि मैं जनता पर अधिकार रखने का दावा नहीं कर सकता। मैं स्वीकार करता हूँ कि मैं जनता के अधीन हूँ। किन्तु जब जनता मेरे सम्मुख आई है, मैंने उसे दृढ़ विश्वासी पाया। अब हमने एक अमेरिकन सङ्घ बना लिया और एक बड़ी भूल को सुधार लिया (हर्षध्वनि)!

एक महिला—(दूसरी से) आह श्रीमती बैनिङ्गटन! तुम अपने पति के कब तक आ जाने की आशा करती हो?

[वे चले जाते हैं, सूसन कुछ कसीदा लिए आती है, बॉक्स तक जाती है। श्रीमती लिङ्कन से बात करती है, और बाहर भीड़ से ज़रा हटकर बैठ जाती है]

एक युवक—मैं स्टेज पर जाने की सोचा करता हूँ। मित्रों का ख़्याल है कि मैं असाधारण अभिनेता हूँ। सिर्फ़ मैं अपने स्वास्थ्य का ख़्याल करके रह जाता हूँ।

अब हमें केवल आपस में समझौता करना है, जो दया और उदारता एवं प्रेमयुक्त होना चाहिए। प्रतिपक्षी दल की हानियों पर दृष्टि डालते समय हमें अपनी समस्त उदारता और योग्यता लगा देनी उचित है। यह मेरे जीवन की सबसे बड़ी अभिमानपूर्ण अभिलाषा है और मैं इस सेवा में देश का साथ देने को उत्सुक हूँ। (हर्षध्वनि) चाहे जो हो, किन्तु मैंने जो कृपा और सहानुभूति प्राप्त की है, यह उसका तुच्छ बदला है। बिना किसी प्रकार की विडम्बना के और सार्वजनिक कल्याण की भावना से हमें निश्चय करना चाहिए कि परमेश्वर की सत्ता में यह जाति स्वाधीनता का नवीन जीवन प्राप्त करती है और यह प्रजा-सत्ता, प्रजा-द्वारा, प्रजा के लिए, कभी पृथ्वी पर अशान्ति न करेगी।

[तालियों का प्रचण्ड घोष, एक लड़का सामने आकर कहता है—महिलाओ और सज्जनो! अन्तिम दृश्य। मनुष्य उधर देखते हैं, बॉक्स का दरवाज़ा बन्द होता है, सूसन अकेली रह जाती है और सन्नाटा हो जाता है]

[कुछ क्षण बाद 'बूथ' आता है। वह सूसन की नज़र बचाकर बीच के बॉक्स में घुस जाता है। एक हाथ अपने लबादे में डालता है। पिस्तौल निकालता है। धड़ाका होता है, वह भागता है। मिस्टर गिर जाते हैं, श्रीमती घुटनों के बल उनके पास बैठ जाती हैं। एक डॉक्टर उधर को दौड़ता है। थियेटर में सन्नाटा है]

सूसन—(झेंपती और रोती हुई) मालिक, मालिक, नहीं-नहीं, मेरे मालिक !!

अफ़सर—(शोक से बाहर आकर) अब वे अमर हुए !

भयङ्कर पाप

[रचयिता—श्री० कन्हैयालाल जी मिश्र 'प्रभाकर' विद्यालङ्कार]

(१)

पश्चात्ताप-जनित शुभ आशा—
का जो कर देता अवसान !
गिरकर उठना नहीं सिखाता,
स्नेह-भाव से पितृ-समान !!

(२)

अपराधी का कर न सके जो,
अहो ! भव्य जीवन-निर्माण !
पश्चात्ताप उगे नहिं जिससे,
वह कैसा है दण्ड-विधान ?

(३)

सब रोगों में रोग भयङ्कर,
जैसे है जग में खाँसी !
ऐसे ही है पाप भयङ्कर,
दे देना नर को फाँसी !!

चार्ल्स का क़त्ल

[ले० श्री० राजेन्द्रनाथ जी, बी०ए०, एल्-एल० बी०]

[जेम्स प्रथम की मृत्यु के उपरान्त सन् १६२५ ई० में उसका पुत्र चार्ल्स प्रथम (चित्र १) के नाम से इङ्गलैण्ड के सिंहासन पर बैठा। उस समय इङ्गलैण्ड की राजनैतिक अवस्था प्रोटेस्टेन्ट और रोमन कैथोलिकों के झगड़ों के कारण अत्यन्त डाँवाडोल हो रही थी। चार्ल्स स्वयं अनुभवहीन था, इस पर उसे मन्त्रि-मण्डल भी उद्दण्ड तथा स्वेच्छाचारी मिला। परिणाम यह हुआ कि प्रजा पर नाना प्रकार के अत्याचार होने लगे। लोगों में विप्लव की लहर फैलने लगी। चार्ल्स ने प्रजा की क्रान्तियों को निर्दयता-पूर्वक कुचलना चाहा, परन्तु कृतकार्य न हुआ, उलटे प्रजा कुचले हुए सर्प की भाँति उसे नष्ट करने पर उतारू हो गई। राज्य-क्रान्ति हुई। पार्लिमेण्ट के नेता क्रॉमवेल ने जैसे-तैसे शान्ति स्थापित की, परन्तु चार्ल्स के प्रति उनके घृणा के भाव कम न हुए। सेनाओं का क्रोध इतना बढ़ गया कि वे चार्ल्स के सब साथियों को मार डालने पर भी तृप्त न हुईं। सब लोग चार्ल्स के लहू के प्यासे बन गए तथा उस पर अभियोग चलाने का आयोजन करने लगे। पार्लिमेण्ट के अधिकांश समझदार सदस्यों ने इसका विरोध किया, परन्तु कर्नल प्राइड ने तलवार के बल से सब विरोधियों को बाहर निकाल दिया तथा बचे हुए सभासदों से चार्ल्स पर अभियोग चलाने का बिल पास करवा लिया। बाद में, चिढ़ाने के लिए, इस बची हुई पार्लिमेण्ट का नाम रम्प (Rump) रख दिया गया। अस्तु। बिल तो पास हो गया, परन्तु हाईकोर्ट के अनेक विचारकों ने इस कार्य में भाग लेने की अनिच्छा प्रकट की। इतने पर भी १५० कमिश्नरों की एक विचार-सभा बना ही ली गई तथा John Bradshaw को उसका सभापति नियुक्त किया गया। जिस समय चार्ल्स विचारालय में लाया गया, उस समय उसके साहस तथा धैर्य की सराहना किए बिना किसी से न रहा गया। उसने आते ही ललकार कर यह घोषणा की कि उसकी प्रजा को उस पर अभियोग चलाने का कोई अधिकार नहीं है। उसका विश्वास था कि राजा की नियुक्ति स्वयम् परमात्मा की ओर से होती है, अतएव मनुष्य को तथा विशेषतया उसी की प्रजा को उसमें हस्तक्षेप करने का अधिकार नहीं हो सकता। इसी कारण उसने अपने पक्ष में कोई प्रमाण इत्यादि देने से साफ़ इन्कार कर दिया। चित्र २—में यही दृश्य अङ्कित किया गया है। परन्तु उसके शत्रु तो तुले हुए बैठे थे। निदान पाँच दिन की बहस के पश्चात् उसे फाँसी की आज्ञा हुई। १६ जनवरी १६४८ को जिस समय वह टिकटी पर लाकर खड़ा किया गया, उस समय उसके मुखमण्डल पर आत्म-गौरव की आभा देखकर शत्रुओं के हृदय भी पसीज गए। यद्यपि उसने अपने जीवन में कितने ही अनुचित कर्म किए हों, परन्तु इस महत्वपूर्ण अवसर पर उसने अपनी प्रतिष्ठा को पूर्णरूप से निबाहा। चित्र ३—में यही दृश्य है। व्हाइट-हॉल के झरोखे की एक खिड़की के सामने टिकटी बनाई गई थी जिस पर कसाई खड़े थे। चारों ओर गली में तथा छतों पर भीड़ की भीड़ इकट्ठी हो रही थी। झरोखे के नीचे शान्ति-स्थापन के लिए एक सशस्त्र सेना भी तैनात कर दी गई थी। अस्तु। तलवार के एक ही झटके में चार्ल्स का सिर धड़ से अलग कर दिया गया। परन्तु जिस समय उसके सर को कसाई ने ऊपर उठाया उस समय

के दृश्य को देखकर सब दर्शकों के हृदय दया तथा भय के भावों से भर गए। चार्ल्स के भक्तों ने उसी समय उसे शहीद महात्मा की पदवी से विभूषित कर दिया। चार्ल्स प्रथम ने एक वीर पुरुष के समान प्राण त्याग किए।

—सम्पादक]

पार्लिमेण्ट ने फ़ैसला सुना दिया। स्टुअर्ट चार्ल्स का बध कर डालने की आज्ञा हुई। यह क्रान्ति की भयानक लहर थी। यद्यपि चार्ल्स के मित्रों को ऐसी ही आशङ्का थी, पर उन्हें इस निर्णय पर बहुत दुःख हुआ। डी आर्टगनन ने ऐसे सङ्कट और नाज़ुक समय में बड़ी धीरता और विचार से प्रतिज्ञा की कि मैं यथाशक्ति यह क़त्ल न होने दूँगा। पर किस प्रकार? इस समस्या को वह अभी तक सुलझा न पाया था। यह सब कुछ अवसर पर निर्भर था। पर इतना समय ही कहाँ था? यदि किसी प्रकार बधिक को वहाँ से एक दिन के लिए हटा दिया जाता तो भी यथेष्ट समय मिल सकता था। वास्तव में उसकी प्राण-रक्षा का एक-मात्र उपाय बधिक को लन्दन से बाहर हटा देना था। यह मामला तय कर लिया गया। पर उसे लन्दन से बाहर ले कैसे जायँ? डी आर्टगनन के सामने यही अब सबसे कठिन समस्या थी।

पर इस विचार को चार्ल्स स्टुअर्ट पर प्रकट करना अनिवार्य था, ताकि वह सावधान रहे। अरेमिस ने यह नाज़ुक काम अपने ज़िम्मे लिया। चार्ल्स को पादरी जुक्सन से जेल में मुलाक़ात करने की आज्ञा मिल गई थी। अरेमिस ने इस अवसर से लाभ उठाना चाहा और यह सलाह ठहरी कि वह जुक्सन के कपड़े पहनकर और जुक्सन का पूरा भेष बनाकर उसकी जगह मिलने जाय और इस बात के लिए जुक्सन किसी न किसी प्रकार राज़ी कर लिया जाय। तभी वह व्हाइटहॉल जेल में पहुँच सकता था।

सलाह करते-करते रात हो गई थी, इसलिए उन्होंने फिर उसी स्थान पर ११ बजे मिलना निश्चय किया और सब अपने-अपने सुपुर्द कामों को निबटाने में लग गए।

व्हाइटहॉल पर तीन पल्टनों का पहरा था। इस पर भी क्रॉमवेल को बड़ी बेचैनी हो रही थी। वह अफ़-सरों और सिपाहियों को इधर-उधर दौड़ा ही रहा था।

* * *

राजा के कमरे में सिर्फ़ दो मोमबत्तियाँ जल रही थीं, उन्हीं का धीमा प्रकाश उसमें फैल रहा था। अपराधी राजा उदास भाव से बैठे हुए अपनी गत विभूतियों को याद कर रहे थे। मृत्यु-शय्या पर पड़े मनुष्य को अपना जीवन कितना ज्योतिर्मय और आनन्ददायक दीखता है, ठीक वही दशा इस समय उनकी थी। पेरी अब भी अपने स्वामी के साथ था और क़त्ल की आज्ञा सुनने के समय से ही रो रहा था।

चार्ल्स स्टुअर्ट मेज़ पर झुके हुए अपने तमग़े की ओर देख रहे थे। इस पर उनकी स्त्री और लड़की के चित्र अङ्कित थे। वे दो बातों की प्रतीक्षा में थे—पहले जुक्सन की और फिर मृत्यु की।

स्वप्न-जैसी दशा में वे वीर फ़्रेञ्च सरदारों का विचार कर रहे थे। कभी-कभी वे स्वयं ही प्रश्न कर बैठते थे—क्या यह सब कुछ स्वप्न नहीं है? क्या मैं पागल हूँ?

अँधेरी रात थी। पास वाले चर्च से घण्टा बजने की आवाज़ आ रही थी। कमरे में मन्द प्रकाश फैला हुआ था। उन्हें कुछ प्रतिबिम्बित मूर्त्तियाँ दिखाई दीं। ये चार्ल्स के पूर्वज मालूम पड़ते थे। पर वास्तव में कुछ था नहीं। बाहर कोयले की आग जल रही थी, उसी का यह प्रतिबिम्ब था।

अचानक किसी के पैरों की आहट सुनाई दी। दर-वाज़ा खुला और मशालों के प्रकाश से कमरा चमक उठा। श्वेत वस्त्र धारण किए हुए एक शान्त-मूर्त्ति अन्दर आई।

"जुक्सन!" चार्ल्स ने कहा—"धन्यवाद! मेरे अन्तिम बन्धु! तुम ख़ूब मौक़े पर आए।"

पादरी ने सशङ्क भाव से कोने की ओर देखा। यहाँ पेरी सुबक-सुबक कर रो रहा था।

"पेरी आओ!" राजा ने कहा—"अब रोओ मत। पवित्र पिता हमारे पास आए हैं।"

"अगर यह पेरी है" पादरी ने कहा—"तो फिर डरने का कोई कारण नहीं। श्रीमान्! मुझे आज्ञा दीजिए कि मैं आपको अभिवादन करूँ। आज्ञा हो तो मैं अपना परिचय भी दूँ और आने का कारण बताऊँ।"

इस आवाज़ को सुनकर चार्ल्स चिल्लाने ही वाला था कि अरेमिस ने उसका मुँह बन्द कर दिया और झुककर अभिवादन किया।

"अहा! तुम!" चार्ल्स के मुँह से निकल पड़ा।

"जी हाँ! श्रीमान्, आपकी इच्छानुसार पादरी जुक्सन हाज़िर है।"

चार्ल्स ने अरेमिस को पहचान लिया था। उसे मूर्च्छा-सी आने लगी। ईश्वर की इच्छा और मनुष्य की इच्छा का कैसा विचित्र सम्मिश्रण था।

"तुम हो! तुम!" उसने कहा—"यहाँ कैसे आ पहुँचे? ईश्वर को धन्यवाद है। पर यदि वे तुम्हें पकड़ लें तो तुम्हारे टुकड़े-टुकड़े कर डालेंगे।"

पेरी खड़ा था। उसकी आकृति सचमुच देव-तुल्य थी। "श्रीमन्, मेरी चिन्ता न कीजिए!" अरेमिस ने कहा—"आप केवल अपनी फ़िक्र करें। आपके मित्रों की दृष्टि आपके ऊपर लगी हुई है। हम क्या करेंगे, यह अभी तक मैं भी नहीं जान पाया हूँ, पर जब हम चार आदमी हैं और चारों ही काम करने पर तुले हुए हैं तो फिर बहुत-कुछ कर सकते हैं, रात भर का समय है। आप आज रात भर न सोइए, किसी बात पर चौंकिए भी नहीं। क्षण-क्षण की प्रतीक्षा कीजिए।"

चार्ल्स ने सिर हिलाकर स्वीकृति दी।

"मित्र" उसने कहा—"तुम्हें पता है कि तुम्हारे पास व्यर्थ समय नहीं है। यदि तुम्हें कुछ करना ही है तो बहुत जल्दी करो। कल दस बजे मैं ज़रूर मर जाऊँगा!"

"श्रीमन्, इसी बीच में कोई ऐसी घटना हो जायगी, जिससे कि आपका बध असम्भव हो जायगा!"

राजा ने अरेमिस की ओर विस्मित दृष्टि से देखा। उसी समय नीचे खिड़की के पास लकड़ी का एक लट्ठा उतारने की जैसी आवाज़ सुनाई दी।

"सुनते हो न?"—राजा ने कहा।

आवाज़ के साथ-साथ चिल्लाने का शोर भी था।

"मैं सुन रहा हूँ।" अरेमिस ने कहा—"पर यह शोर-गुल कैसा है, यह समझ में नहीं आता। मालूम नहीं यह कौन चिल्ला रहा है?"

"क्या जाने, पर यह आवाज़ कैसी है, यह तो बता सकता हूँ। तुम जानते हो कि मेरा क़त्ल इसी खिड़की के बाहर होगा?"

"हाँ श्रीमन्, यह तो जानता हूँ।"

"अच्छा, तो ये लट्ठे मेरी पाड़ के लिए हैं। कई मज़दूरों के तो इन्हें उतारते-उतारते चोट लग गई है।"

अभागा चार्ल्स

अरेमिस काँप उठा।

राजा ने कुछ ठहर कर कहा—देखो, जीवन की आशा व्यर्थ है। मुझे प्राण-दण्ड की आज्ञा मिल चुकी है। तुम मुझे मेरे भाग्य पर ही छोड़ दो।

"श्रीमन्" अरेमिस ने कहा—"वे लोग पाड़ बना सकते हैं, पर बधिक को कहाँ से लावेंगे?"

"इसका क्या मतलब ?"

"यही कि अब तक तो बधिक बहुत दूर निकल गया होगा, इसलिए आपका बध अगले दिन के लिए स्थगित करना पड़ेगा।"

"अच्छा ?"

"कल रात को हम लोग आपको यहाँ से ले भागेंगे ?"

"किस तरह ?"--राजा ने चौंक कर पूछा। उसका चेहरा प्रसन्नता से खिला हुआ था।

"महोदय !" पेरी ने हाथ जोड़कर कहा--"आपको और आपके साथियों को ईश्वर सुख दे।"

"मुझे तुम्हारी बातें तो मालूम होनी चाहिए, ताकि मैं भी तुम्हारी कुछ सहायता कर सकूँ।"

"सो तो मैं नहीं जानता श्रीमन् ! लेकिन हम चारों में जो सबसे अधिक चतुर, वीर और धुन का पक्का आदमी है, उसी ने चलते वक्त मुझसे कहा था कि महाराज से कह देना कि कल रात को १० बजे हम उन्हें भगा लाएँगे। जब उसने यह कहा है तो वह करके भी दिखला देगा।"

"मुझे उस उदार सज्जन का नाम तो बताओ, ताकि मैं अन्त समय तक उसे धन्यवाद देता रहूँ, चाहे वह अपने काम में सफल हो या न हो।"

"डी आर्टगनन श्रीमन् ! ये वही सज्जन हैं जो आपको उस समय बचाने में असफल रहे थे, जबकि कर्नल हैरीसन बेमौक़े अन्दर घुस आए थे।"

"तुम सचमुच विचित्र आदमी हो। यदि मुझसे कोई ऐसी बात कहे तो मैं कभी विश्वास न करूँ।"

"नहीं श्रीमन् ! मेरी बात तो सुनिए। इस बात को मत भूलिए कि हम प्रत्येक क्षण आपकी रक्षा के लिए चिन्तित रहते हैं। छोटी से छोटी चेष्टाएँ, धीमी से धीमी कानाफूसी और गुप्त से गुप्त सङ्केत, जो शत्रु आपकी बाबत करते रहते हैं, हमसे छिपा नहीं रह सकता।"

"ओह ! मैं क्या कहूँ ? मेरे अन्तस्तल से कोई शब्द नहीं निकलता है ! मैं तुम्हें कैसे धन्यवाद दूँ ? यदि तुम अपने कार्य में सफल हुए तो मैं यही नहीं कहूँगा कि तुमने एक राजा को बचाया है, बल्कि तुमने एक स्त्री का पति बचाया है, बच्चों का पिता बचाया है। शेवेलियर ! मेरा हाथ तो दबाओ। यह हाथ तुम्हारे ऐसे मित्र का है, जो अन्तिम श्वास तक तुम्हें प्यार करता रहेगा।"

अरेमिस ने चाहा कि राजा के हाथ चूम लूँ, पर उसने तुरन्त हाथ खींचकर अपने हृदय पर रख लिया।

ठीक इसी समय एक व्यक्ति ने बिना दरवाज़ा खटखटाए ही अन्दर प्रवेश किया। क्रॉमवेल के बहुत से जासूस आस-पास लगे रहते थे। उन्हीं में से एक यह भी था। यह पादरी था।

"महाशय, आप क्या चाहते हैं ?"--राजा ने पूछा।

"मैं जानना चाहता हूँ कि चार्ल्स स्टुअर्ट की स्वीकृति ख़त्म हुई या नहीं।"

"इससे आपका क्या मतलब है ? हम लोग तो एक ही पन्थ के मानने वाले नहीं हैं न ?"

"सब आदमी भाई-भाई हैं। मेरा एक भाई मरने वाला है और मैं उसे मृत्यु के लिए तैयार करने आया हूँ।"

"बस हो चुका। महाराज को आपकी शिक्षा की कोई ज़रूरत नहीं है।" पेरी ने कहा।

"श्रीमन् !" अरेमिस ने धीरे से कहा--"इनसे नर्मी का व्यवहार करें, यह तो महज़ एक सेवक हैं।"

राजा ने कहा—पवित्र पिता से मुलाक़ात करने के बाद मैं आपसे प्रसन्नता से बातें कर सकूँगा।

चञ्चल दृष्टि फेरता हुआ वह व्यक्ति वहाँ से चला गया। जुक्सन को भी उसने परीक्षा-दृष्टि से देखा था। यह बात राजा से छिपी न रही।

"शेवेलियर" दरवाज़ा बन्द हो जाने पर उसने कहा--"मुझे विश्वास हो गया कि तुम ठीक कहते थे। यह आदमी किसी बुरे भाव से आया था। जब तुम लौटो तो सावधान रहना। कोई आपत्ति न आ जाए।"

"श्रीमन् ! मैं आपको धन्यवाद देता हूँ, पर आप व्याकुल न हों। इस लबादे के नीचे मैं एक कवच पहने हुए हूँ और एक ख़ञ्जर भी मेरे पास है।"

"तब जाओ मन्शेर ! ईश्वर तुम्हें सकुशल रक्खे। यही आशीर्वाद जब मैं राजा था, तब भी दिया करता था।"

अरेमिस बाहर चला गया। चार्ल्स द्वार तक पहुँचाने आए। अरेमिस ने आशीर्वाद दिया। पहरेदारों ने मस्तक झुका दिए, और बड़ी शान के साथ सैनिकों से भरे उस कमरे में से निकलकर वह अपनी गाड़ी में आ बैठा। गाड़ी पादरी साहब के घर की ओर चल दी। यहाँ जुक्सन व्याकुलता से उसकी प्रतीक्षा कर रहा था। अरेमिस को देखकर उसने कहा—"आगए ?"

"जी हाँ!" अरेमिस ने कहा--"मेरी इच्छानुसार सब कुछ सफल हुआ। सिपाही, पहरेदार, सरदार, सभी ने मुझे समझा कि आप हैं। राजा ने आपको आशीस दी है और आपकी आशीस के लिए भी वे व्याकुल हैं।"

"मेरे पुत्र, ईश्वर ने तुम्हारी रक्षा की है। तुम्हारी इस चेष्टा से मुझे बहुत-कुछ आशा और साहस हुआ है।"

अरेमिस ने फिर अपने कपड़े पहने और जुक्सन से यह कहकर कि मैं फिर आऊँगा, चल दिया।

वह मुश्किल से दस गज़ गया होगा कि एक आदमी को लबादा पहने हुए उसने अपनी ओर आते देखा। वह सीधा आकर उसके पास खड़ा हो गया। वह पोरथस था।

"प्यारे मित्र!"--अरेमिस ने उसके हाथ में हाथ मिलाते हुए कहा--"मेरे सखा! तुम जानते हो कि हममें से प्रत्येक को काम सौंपा गया था। मेरे सुपुर्द यह काम था कि मैं तुम्हारी देख-रेख करूँ और यही मैं कर भी रहा था। क्या तुम राजा से मुलाक़ात कर चुके?"

"हाँ, सब ठीक है। पर हमारे और साथी कहाँ हैं?"

"हमने उस होटल में ११ बजे मिलने का निश्चय किया था न?"

"तो फिर अब समय नष्ट न करना चाहिए।"

गिरजे की घड़ी ने १०½ का घण्टा बजाया। वे जल्दी-जल्दी चले और वहाँ सबसे पहले पहुँच गए। इनके बाद अथस पहुँचा।

"सब ठीक है।"--उसने अपने मित्रों के पूछने से पहले ही कह दिया।

"तुम क्या कर आए?"--अरेमिस ने पूछा।

"मैंने एक नाव किराए पर तय की है। वह नाव बहुत ही तेज़ चलने वाली है। डाग्स टापू के ठीक सामने ग्रीनविच पर वह हमारी प्रतीक्षा करेगी। उस पर एक कप्तान है और चार सिपाही हैं। तीन रात के लिए पचास पाउण्ड में तय हुए हैं। वे हमारी इच्छानुसार काम करेंगे। पहले तो हम टेम्स में दक्षिण दिशा को चलेंगे, फिर क़रीब दो घण्टे बाद खुले समुद्र में पहुँच जावेंगे। वहाँ पहुँच कर असली समुद्री डाकुओं की तरह किनारे-किनारे चलेंगे और यदि समुद्र अनुकूल हुआ तो बोलोगने की ओर चलेंगे। अगर मैं मारा भी जाऊँ तो देखो, कप्तान का नाम तो गगर्स है और नाव का नाम है लाइटनिङ्ग। निशानी के लिए एक रूमाल है, जिसके कोनों में गाँठें बँधी हुई हैं।"

थोड़ी ही देर पीछे डी आर्टगनन ने अन्दर प्रवेश किया।

"अपनी जेबों में से निकालो, क्या है, और सौ पाउण्ड इकट्ठे करके मुझे दो।"--उसने कहा।

डी आर्टगनन ने अपनी जेब उलटते-उलटते कहा--देखो यह तो ख़ाली है।

रक़म फ़ौरन इकट्ठी कर दी गई। डी आर्टगनन बाहर चला गया और जल्दी ही लौट आया।

उसने कहा--अच्छा, यह काम भी पूरा हुआ। उफ़! पर निर्विघ्नता से नहीं।

"क्या बधिक लन्दन छोड़ कर चला गया?" अथस ने पूछा।

"आह! इसका ठीक-ठीक निश्चय नहीं था। वह एक द्वार से जा सकता था और दूसरे से आ सकता था।"

"और वह है कहाँ?" अथस ने पूछा।

"होटल में एक कोठरी में क़ैद है। मोसक्येटन दरवाज़े पर बैठा है। यह लो उसकी ताली।"

"शाबाश!" अरेमिस ने कहा--"पर तुमने उसे बाहर आने तक राज़ी कैसे किया?"

"जैसे कि संसार में सब बातें तय होती हैं, रुपए से। इसमें ख़र्च तो बहुत हुआ है, पर वह इस पर राज़ी हो गया है।"

अथस ने कहा--यद्यपि बधिक-सम्बन्धी काम ख़त्म हो चुका है, पर उसके सहायक भी तो बहुत हैं।

"हाँ, हैं तो, पर इस समय भाग्य हमारे साथ है।"

"कैसे?"

"जब मैं यह सोच रहा था कि अब क्या करूँ, तभी कई आदमी मेरे नौकर को, जिसकी कि जाँघ टूट गई थी, लेकर मेरे घर पर गए। जोश में उन्मत्त होकर वह एक गाड़ी के पीछे-पीछे हो लिया था। इसमें पाड़ बनाने के लिए लकड़ी का सामान जा रहा था। उसमें एक लट्ठा निकल कर उसकी टाँग पर गिर पड़ा और वह टूट गई।"

"आह" अरेमिस ने कहा--"यह वही व्यक्ति था जिसकी चिल्लाने की आवाज़ मैंने राजा के कमरे में सुनी थी।"

"सम्भव है" डी आर्टगनन ने कहा--"पर चूँकि

वह बहुत विचारवान् व्यक्ति है, उसने चलते समय उनसे यह वादा किया था कि तुम्हारा काम पूरा करने के लिए मैं चार आदमी शीघ्र ही भेजूँगा। और घर पहुँचते ही अपने एक दोस्त बढ़ई को, जिसका नाम मिस्टर होमलो है, लिखा कि मेरे वादे के अनुसार तुम तुरन्त व्हाइट-हॉल पहुँचो। देखो, यह उसका पत्र है जिसे एक विश्वास-पात्र आदमी के हाथों दस पेन्स देकर भेजा था। और इस आदमी से वह पत्र एक लोइस देकर मैंने ख़रीद लिया है।"

"अरे मूर्ख, उस पत्र से हमें क्या लेना है?"—अथस ने पूछा।

"नहीं समझ सके?" डी आर्टगनन ने कहा। इस समय उसके नेत्रों में विचार-शक्ति टपक रही थी।

"नहीं तो।"

"अच्छा, प्यारे अथस, जॉनबुल की तरह अङ्गरेज़ी बोल सकने योग्य तुम मिस्टर टॉमलो बन जाओ और हम उसके तीनों साथी बन जायँ। अब समझे?"

अथस प्रसन्नता के मारे चिल्लाने लगा। वह जल्दी से दौड़ कर कमरे में गया और मज़दूरों के कपड़े निकाल लाया। चारों ने मज़दूरों जैसा भेष बना लिया और बाहर निकल आए। अथस के कन्धे पर आरी थी, पोरथस पर रन्दा, अरेमिस पर कुल्हाड़ी और डी आर्टगनन पर एक हथौड़ा और कीलें थीं।

* * *

राजा की जाँच

आधी रात के समय राजा ने खिड़की के नीचे बहुत शोर-गुल सुना। यह सब कुछ हथौड़े की चोटों और चीरने-फाड़ने से हो रहा था। उस अन्धकार और निस्तब्धता में वह पहले से ही भयभीत हो रहे थे। इस शोर-गुल से उनकी रही-सही हिम्मत भी जाती रही। उन्होंने पेरी को द्वारपाल के पास यह कहला भेजा कि ज़रा इन मज़दूरों से कह दो, कम शोर मचावें। कम से कम इस अन्तिम रात्रि में तो मुझे सुख से सो लेने दो। क्या मैं कभी तुम्हारा राजा न था? द्वारपाल ने अपनी ड्यूटी से हटना पसन्द न किया, इसलिए पेरी को ही जाकर मना कर आने की आज्ञा उसने दे दी। महल का चक्कर काटकर पेरी ने उस खिड़की के नीचे पहुँचकर देखा कि पाड़ अभी पूरी नहीं हो पाई है और वे लोग इसमें कीलों से एक काला कपड़ा लटका रहे हैं।

पाड़ की ऊँचाई खिड़की तक थी, यानी ज़मीन से २० फ़ीट ऊँची। इसमें नीचे दो मञ्ज़िलें भी थीं। पेरी घृणा-भाव से उन ८-१० मज़दूरों को, जो अभी तक धुनाधुन काम कर रहे थे, देखने लगा। वह यह देखता था कि किस आदमी की चोट से राजा कष्ट पा रहे हैं। दूसरी मञ्ज़िल की ओर उसने देखा कि दो आदमी लोहे की कमानी सरका रहे हैं। हथौड़े की चोट पड़ते ही पत्थर खील-खील होकर बिखर जाता है और एक आदमी घुटने टेके इधर-उधर पड़े हुए कङ्कड़ों को हटाता जाता है। उसे निश्चय हो गया कि यहीं के शोर की राजा शिकायत करते थे। पेरी ज़ीने पर चढ़कर उनके पास गया और कहने लगा—दोस्तो, अपना काम ज़रा धीरे-धीरे करो जिससे शोर न मचे। मैं आप से यही प्रार्थना करने आया हूँ। राजा इस समय सो रहे हैं और उन्हें पूरे विश्राम की ज़रूरत है।

चोट मारने वाला व्यक्ति रुक गया और पीठ फेरकर उधर देखने लगा। पर अँधेरे के कारण पेरी उसका मुँह न देख सका। दूसरा आदमी जो घुटने टेके काम कर रहा था, वह भी मुड़ा। चूँकि यह कम लम्बा था, अतः इसका चेहरा लालटेन के प्रकाश में दिखलाई पड़ रहा था। उस आदमी ने पेरी पर एक कड़ी दृष्टि डाली और उसके मुँह पर उँगलियाँ रख दीं। पेरी हड़बड़ा कर पीछे हट गया।

"बहुत अच्छा! बहुत अच्छा!" मज़दूर ने शुद्ध अङ्गरेज़ी में कहा—"जाओ, राजा से कह दो कि यदि आज रात को सुख से न सो सकेंगे तो कल रात को सुख से सो लेंगे।"

इस उत्तर के प्रत्येक शब्द का भयानक अर्थ हो सकता था। इसे सुनकर और मज़दूरों ने भी उसी कठोरता से हाँ में हाँ मिलाई। पेरी वहाँ से चल दिया। उसे ऐसा मालूम पड़ता था, मानो वह स्वप्न देख रहा है।

चार्ल्स बेचैनी से पेरी की बाट देख रहे थे। जब वह अन्दर आया तो द्वारपाल ने यह जानने की इच्छा से, कि राजा क्या कर रहे हैं, अन्दर झाँका। राजा कुहनी के सहारे पलँग पर लेटे हुए थे। पेरी ने दरवाज़ा बन्द कर दिया। उसका चेहरा प्रसन्नता से लाल हो रहा था।

"श्रीमन्" उसने धीरे से कहा—"आपको पता है, इतना शोर मचाने वाले ये मज़दूर कौन हैं ?"

"नहीं !" राजा ने उदास भाव से सिर हिलाकर उत्तर दिया—"मैं कैसे जान सकता हूँ ? क्या वे आदमी मेरे परिचित हैं ?"

"श्रीमन्" पेरी ने पलँग पर झुककर ज़रा और धीरे से कहा—"वे हैं मन्शेर, अथस और उनके साथी।"

"मेरी पाड़ क्या वे ही बना रहे हैं ?"—राजा ने विस्मित होकर पूछा।

नीचे एक काले से चबूतरे पर वे परछाईं की तरह घूमते नज़र आते थे। चार्ल्स और कुछ न पहचान सके, पर उन्हें अपने पैरों के नीचे चोट पड़ने की आवाज़ सुनाई दी।

पेरी का अनुमान ठीक था। उसने अथस को पहचान लिया था। यह पोरथस की सहायता से लट्ठा रखने के लिए दीवार में छेद कर रहा था। इस छेद का सम्बन्ध राज-भवन से था। कन्धा लगा कर कमरे के फ़र्श की ईंटें निकाली जा सकती थीं और राजा इस छेद

चार्ल्स पर लगाए हुए अभियोगों का ह्वाइटहॉल में मुक़द्दमा चल रहा है।

"हाँ, और साथ ही साथ दीवार में सूराख़ भी कर रहे हैं।"

"सच ?" राजा ने चारों ओर भयभीत दृष्टि से देखते हुए कहा—"क्या तुमने देखा भी ?"

"मैं तो बात भी कर आया।"

राजा ने दोनों हाथ जोड़कर जोश में आकर प्रार्थना कर डाली। फिर वे खिड़की के पास गए और पर्दों को हटा दिया। पहरेदार अब भी पहरे पर थे। ठीक उसी के

में होकर बाहर निकल सकते थे और पाड़ के एक कोने में, जहाँ काला कपड़ा ढँका हुआ था, छिप सकते थे। यहाँ छिपे ही छिपे मज़दूर-जैसे कपड़े पहनकर वे अपने चारों साथियों सहित भाग सकते थे। पहरेदार बिना सन्देह किए ही उन मज़दूरों को चले जाने की आज्ञा दे सकते थे, क्योंकि ये लोग पाड़ बनाने वाले थे। इधर काम भी ख़तम होने ही वाला था। उनकी भागने की युक्ति सीधी, सच्ची और सरल थी। अथस के कोमल

हाथ पत्थर निकालते-निकालते छिल गए थे, इसलिए पोरथस इस काम को करने लगा। अब उसका सिर उसमें होकर निकल सकता था। दो घण्टे पीछे सारा शरीर भी निकल सकता था। दिन निकलने से पहले ही सब कुछ निबट चुकेगा। इस सूराख़ को डी-आर्टगनन परदे की कई तह लगाकर ढँक देगा और फिर किसी को ज़रा भी भ्रम न हो सकेगा। डी आर्टगनन ने फ्रेञ्च कारीगर का छद्म-वेष बना रक्खा था। उसने कीलें ऐसी तरतीब से लगाई थीं कि वह एक चतुर कारीगर मालूम पड़ता था। अरेमिस ने सरज का लबादा पहन रक्खा था, जो ज़मीन तक लटकता था। उसकी पीठ पर पाड़ का नक़्शा कढ़ा हुआ था।

* * *

आख़िर दिन निकला। लकड़ी और कोयले की आग धायँ-धायँ जल रही थी। २९ जनवरी का प्रातःकाल था। सर्दी के दिन थे। कारीगर लोग अपना काम छोड़-छोड़ कर तापने के लिए वहाँ आ बैठे थे। केवल अथस और पोरथस ने अपना काम अभी तक नहीं छोड़ा था। सवेरा होने तक उन्होंने छेद पूरा कर लिया। एक काले कपड़े में राजा के पहनने योग्य कपड़े लपेटकर अथस अन्दर राजा के पास घुस गया। पोरथस ने उसे कुदाली पकड़ा दी, और डी आर्टगनन ने कीलों से एक कपड़ा टाँग दिया, जिससे कि छेद छिप गया।

अब अथस को सिर्फ़ दो घण्टे और काम करना था, तब कहीं जाकर वह राजा के पास तक पहुँच सकता था। इन चारों ने सोचा कि अभी तो सारा दिन पड़ा है, बधिक तो आवेगा ही नहीं, चलो ब्रिस्टल से एक साथी और पकड़ लावें।

डी आर्टगनन और पोरथस अपने-अपने कपड़े बदलने चले गए, और अरेमिस पादरी से सहायता प्राप्त करने की आशा से उनके पास चला गया।

तीनों ने व्हाइट-हॉल के सामने दोपहर को मिलने का निश्चय किया, ताकि वे वहाँ की कार्यवाही देख सकें। पाड़ छोड़ने से पहले अरेमिस उस छेद के पास, जहाँ अथस छिपा हुआ था, गया और उससे बोला कि मैं जाता हूँ। एक बार मैं चार्ल्स से मिलने का फिर प्रयत्न करूँगा।

"साहस न खोना" अथस ने कहा—"राजा से सारा मामला कह सुनाना। उनसे कहना कि जब वे अकेले हों तो फ़र्श पर खटखटा दें, ताकि मैं निश्चय-पूर्वक अपना काम करता रहूँ। अगर पेरी चिमनी की सिल्ली हटाने में मेरी सहायता करे तो और भी अच्छा है। तुम राजा की आशा मत छोड़ देना। ज़ोर से बोलो, ख़ूब ज़ोर से, क्योंकि वे दरवाज़े पर खड़े सुनते होंगे। यदि कमरे में कोई पहरेदार हो तो फ़ौरन उसे मार डालो। और जो दो हों तो एक को पेरी मार डालेगा और एक को तुम मार डालना। पर यदि तीन हों तो चाहे तुम मर भी क्यों न जाओ, किसी न किसी प्रकार राजा की रक्षा करना।"

"मामला बिगाड़ो मत," अरेमिस ने कहा—"मैं दो कटार ले जाऊँगा। इनमें से एक पेरी को दे दूँगा। तब तो ठीक होगा?"

"हाँ, अब जाओ। पर राजा को सावधान कर देना कि ख़ुशी में बहुत फूलें नहीं। जब तुम लड़ रहे हो और उन्हें मौक़ा दिखे तो उनसे कह देना कि वे भाग आवें। फिर तुम चाहे मरना या जीना। दस मिनट तक तो छेद का पता लग ही न सकेगा कि राजा किधर से भाग गए। इन दस मिनटों में हम अपने रास्ते लगेंगे और राजा की प्राण-रक्षा हो जायगी।"

"जैसा तुम कहते हो वह तो होगा ही अथस। लाओ हाथ मिलाओ। शायद अब हम कभी न मिलेंगे।"

अथस ने अपनी बाँहें अरेमिस के गले में डाल दीं। और दोनों बग़लगीर होकर मिले।

उसने कहा—"तुम्हारी ख़ातिर अब यदि मैं मर भी जाऊँ तो डी आर्टगनन से कहना कि मैं उसे बच्चे की तरह प्यार करता हूँ। मेरी तरफ़ से उसे गले लगा लेना। हमारे वीर पोरथस को भी गले लगाना।" अरेमिस ने कहा—"मुझे तो निश्चय है कि राजा का भाग जाना बहुत रङ्ग लाएगा। मुझ-जैसा राजभक्त शायद ही संसार में कोई हो।"

अरेमिस चल दिया और होटल में पहुँचा। यहाँ वे दोनों आग के सामने बैठे हुए शराब पी रहे थे और नाश्ता कर रहे थे। पोरथस खाता जाता था और पार्लिमेण्ट वालों को उनकी करतूतों के ऊपर कोस रहा था। डी आर्टगनन चुपचाप बैठा हुआ कुछ विचार कर रहा था।

अरेमिस ने सब हाल कह सुनाया। डी आर्टगनन ने सिर हिला दिया। पोरथस ने कहा--बहुत ठीक।

उसने कहा--"भाइयो! भागने के समय हमें वहाँ हाज़िर होना चाहिए। पाड़ के नीचे छिपने की अच्छी जगह है। डी आर्टगनन, मैं, ग्रीमौड और मॉस्कोटन, हम सब उनके आठ आदमियों को मार सकते हैं। एक आदमी दो मिनट लेगा, यानी कुल चार मिनट। मॉस्कोटन एक मिनट और लगा देगा। कुल पाँच मिनट हुए। इन पाँच मिनटों में तुम चौथाई लीग रास्ता तय कर पाओगे।"

अरेमिस ने जल्दी से एक ग्रास खाकर एक गिलास शराब पी और अपने कपड़े बदल लिए।

उसने कहा--"अब मैं राइट रिवरेण्ड के घर जाता हूँ। हथियारों को सँभाल लो। बधिक के ऊपर निगाह रखना आर्टगनन।" × × ×

अरेमिस ने अथस को गले लगाया और चल दिया। चलकर वह पादरी जुक्सन के घर पहुँचा और आने की ख़बर दी। पादरी महाशय उसकी प्रतीक्षा कर रहे थे। उन्होंने उसे तुरन्त अन्दर बुला भेजा।

कुछ बातचीत कर चुकने पर वे दोनों गाड़ी में बैठ कर चल दिए। अभी नौ भी न बजे होंगे कि गाड़ी व्हाइट-हॉल के सामने पहुँच गई। इस बीच में कोई विशेष घटना नहीं हो पाई थी। रास्तों में पहरेदारों की भीड़ थी। दो सिपाही तो दरवाज़ों पर तैनात थे और दो पाड़ के तख़्तों पर इधर-उधर टहल रहे थे।

राजा को पूरी आशा थी। अरेमिस को देखकर तो आशा प्रसन्नता के रूप में बदल गई। उन्होंने जुक्सन को गले लगा लिया। पादरी महोदय ने गत रात्रि की मुलाक़ात की बातचीत ज़रा-ज़ोर ज़ोर से कही। राजा ने उत्तर दिया कि उस वार्तालाप से मुझे बहुत-कुछ शान्ति मिली है, अब मैं और भी कुछ बातचीत करना चाहता हूँ। जुक्सन ने पहरेदारों से वहाँ से हट जाने को कहा। सब चले गए। जब दरवाज़ा बन्द हो गया तो अरेमिस ने जल्दी से कहा--श्रीमन् आप बच गए हैं। लन्दन का बधिक ग़ायब है। उसके सहायक ने उसकी जाँघ तोड़ दी है। हमें पूरा निश्चय है कि बधिक यहाँ नहीं है। और दूसरा बधिक ब्रिस्टल के सिवा यहाँ कहीं आस-पास मिल भी नहीं सकता। उसे वहाँ से बुलाने के लिए काफ़ी समय चाहिए। इस हिसाब से कल तक प्रतीक्षा करनी पड़ेगी।

"लेकिन अथस?"--राजा ने पूछा।

"आप से दो फ़ीट दूर है श्रीमन्! लोहे का डण्डा लेकर तीन बार खटखटाइए। देखिए, वह आपको इसका उत्तर देता है कि नहीं।"

राजा ने ऐसा ही किया और उत्तर में तुरन्त ही फ़र्श के नीचे से खटखट की आवाज़ सुनाई दी।

"यह बात है!" राजा ने कहा--"क्या वही उत्तर दे रहा है × × ×?"

"जी हाँ, अथस ही रास्ता बना रहा है, जिससे श्रीमान् निकल भागेंगे। पेरी ज़रा इस पत्थर को उठा लेगा और फिर आर-पार रास्ता बन जायगा।"

पेरी ने कहा--पर मेरे पास औज़ार कहाँ है?

"लो, यह ख़ञ्जर लो!" अरेमिस ने कहा--"पर इसकी धार बिगड़ने न पावे, क्योंकि इससे अभी और काम लेना है।" × × ×

नीचे अथस अपना काम कर रहा था, उसकी ध्वनि प्रतिक्षण पास आती मालूम होती थी। पर अचानक गैलरी में शोर-गुल सुनाई दिया। अरेमिस ने लोहे का डण्डा लेकर खटखटा दिया और काम बन्द करने का सङ्केत किया।

शोर बढ़ता ही गया। अब साफ़ पैरों की आवाज़ आने लगी। चारों व्यक्ति चुपचाप खड़े हो गए। उनकी आँखें दरवाज़े पर लग रही थीं। दरवाज़ा धीरे से खुला।

कुछ पहरेदार एक क़तार बाँधे राजा के कमरे में आकर खड़े हो गए। पार्लिमेण्ट का एक कमिश्नर काली वर्दी पहने गम्भीर भाव से अन्दर आया। उसने राजा का अभिवादन किया और चमड़े की बसली को खोल कर एक वाक्य पढ़कर सुना दिया। पाड़ पर मरने के लिए जब कोई जाता है तो उसे इसी प्रकार यह वाक्य सुनाने का नियम है।

"इसका क्या अर्थ है?"--अरेमिस ने जुक्सन से पूछा। जुक्सन ने सङ्केत द्वारा उत्तर दिया कि मैं भी नहीं जानता।

"तो क्या आज का ही बध निश्चय रहा?" राजा ने जुक्सन और अरेमिस की ओर देखते-देखते पूछा।

"क्या आपसे पहले ही नहीं कह दिया गया था श्रीमन्! कि आज का ही दिन निश्चय हुआ है।"--काले वस्त्र पहने हुए व्यक्ति ने कहा।

"और" राजा ने कहा—"क्या मैं एक साधारण व्यक्ति की भाँति लन्दन के एक बधिक के हाथों मारा जाऊँगा ?"

"इसका तो कुछ पता नहीं है श्रीमान् ! पर एक अन्य व्यक्ति ने इसका काम अपने हाथ में ले लिया है। बध कुछ समय के लिए रोक दिया है, ताकि आप इहलोक व परलोक का भली-भाँति चिन्तन कर लें।"

यह सुनकर राजा के रोम-रोम से पसीना बहने लगा। उन्हें इस समय जोश आ रहा था।

पर अरेमिस का रङ्ग एकदम काला पड़ गया था। उसके हृदय की धड़कन मानो बन्द हो गई। उसने आँखें

और दूसरे अपने बच्चों को गले लगाकर अन्तिम बिदा ले लूँ। क्या मुझे इनकी आज्ञा मिलेगी ?"

"हाँ श्रीमान् !" कमिश्नर ने उत्तर दिया और फिर चला गया।

"जुक्सन ! बैठ जाओ।" राजा ने अपने घुटने टेकते-टेकते कहा—"मेरी स्वीकृति तो सुन लो।"

"ठहरो" उसने अरेमिस से कहा जो लौट जाने वाला ही था।"ठहरो पेरी, मैं स्वीकृति में भी कुछ नहीं कहूँगा। ठहरो, मुझे बड़ा अफ़सोस है कि सारा संसार मेरी बातें तुम्हारी तरह न सुन सकेगा।

सम्राट् चार्ल्स बध के लिए जा रहा है।

बन्द कर लीं और मेज़ पर हाथ टेक दिए। इस गहरे दुख को चार्ल्स ने देखा। वह अपना दुख भूल गए और जाकर उसे गले लगा लिया।

"आओ मित्र !" उन्होंने उदास भाव से मधुर मुस्कराहट के साथ कहा—"धैर्य रक्खो।" और फिर कमिश्नर की ओर मुड़ कर कहा—"महोदय ! मैं तैयार हूँ। दो बातों की मेरी इच्छा है। आपको इसमें कुछ देर न लगेगी। एक तो मैं कॉम्यूनियन का स्वागत करूँ

जुक्सन बैठ गए और राजा विश्वासपात्र सेवक की भाँति अपनी स्वीकृति कहने लगे।

अन्त

अपनी स्वीकृति समाप्त कर चुकने पर चार्ल्स ने कॉम्यूनियन का स्वागत किया। फिर उन्होंने अपने बच्चों से मिलने की आज्ञा माँगी। घण्टे ने दस बजाए। अभी अधिक देर न हुई थी।

जनता की भीड़ इकट्ठी हो चुकी थी। क्योंकि बध

का समय ठीक १० बजे रक्खा गया था। उस स्थान के आस-पास की गलियों में भी लोग भर गए थे। राजा उनके शोर-ग़ुल को खेद-पूर्ण दृष्टि से देखने लगे। वे सोचने लगे, यह भयङ्कर कोलाहल जनता की अपार भीड़ का है या समुद्र का? जनता उत्तेजित अवस्था में और समुद्र अपने तूफ़ान के समय ही ऐसा कोलाहल करता है।

राजा इस समय अकेले थे। उनके चारों ओर अपार जनता और सिपाही खड़े हुए थे। उन्हें स्मरण हो आया कि अथस तो बिलकुल पास ही है। वह देख नहीं सकता, उनके मन में अभी तक आशा है। उन्हें भय हुआ कि कहीं ज़रा आहट होते ही वह अपना काम शुरू न कर दे, इसीलिए वे मूर्त्तिवत् चुपचाप खड़े रहे।

राजा का अनुमान ठीक था। अथस ठीक उनके नीचे था। राजा ने सुना कि वह सङ्केत पाने की बाट में है। कभी-कभी तो बेचैन होकर पत्थर काटने लगता था। पर कोई सुन न ले, इस भय से तुरन्त ही बन्द भी कर देता था। दो घण्टे तक यही भयानक क्रम चलता रहा। मृत्यु की निस्तब्धता उस राज-भवन में भली प्रकार छा गई।

अथस ने सोचा, मैं देखूँ तो, लोगों ने कैसा शोर-ग़ुल मचा रक्खा है। वह परदा खोलकर पाड़ की पहली मञ्ज़िल में उतर आया। मुश्किल से चार इञ्च की दूरी पर फ़र्श था, जो प्लेटफ़ॉर्म से मिला हुआ था। इसी प्लेटफ़ॉर्म पर पाड़ थी। उसे शोर-ग़ुल अब और भी ज़ोर-ज़ोर से सुनाई देने लगा, जिससे वह भयभीत होकर काँपने लगा। वह पाड़ के किनारे पर पहुँचा और काले कपड़े को खोला। देखा कि भयानक मशीन तैयार है। उसके पीछे बन्दूक़बन्द सिपाही हैं और उसके पीछे भीड़ भयानक कोलाहल मचा रही है।

"यह क्या मामला है?" अथस ने काँपते हुए मन ही मन कहा—"आदमी बढ़े चले जा रहे हैं, सिपाही हथियारबन्द हैं और ये दर्शक लोग खिड़की की ओर एकटक क्या देख रहे हैं? मैं डी आर्टगनन को भी देख रहा हूँ, वह क्या घूमता है? हे भगवान्, क्या बधिक भाग निकला?

अचानक ढोल बजा। उसके सिर के ऊपर पैरों की भारी आवाज़ सुनाई दी। उसे ऐसा लगा जैसे व्हाइट-हॉल में किसी का जुलूस निकल रहा है। फिर उसने किसी को पाड़ पर उतरते भी सुना। आशा, भय और विस्मय उसे परेशान कर रहे थे। वह कुछ समझ नहीं सका।

भीड़ की गुनगुनाहट बिलकुल बन्द हो गई थी। सबकी आँखें व्हाइट-हॉल की खिड़की की ओर लगी हुई थीं। अधखुले मुख और रह-रहकर साँस यह बताती थी कि कुछ अनिष्ट होने वाला है।

जुलूस चलकर पाड़ पर आ गया था। लोगों के बोझ से तख़्ते नीचे को लचक गए थे और उसके सिर से छूने लगे थे। उसी समय एक प्रतिष्ठित व्यक्ति ने उसके सिर के ऊपर खड़े होकर कहा—कर्नल, मैं लोगों से कुछ कहना चाहता हूँ।

अथस का रोम-रोम थर्रा रहा था। यह तो राजा थे। जो पाड़ पर खड़े होकर बोल रहे थे। कुछ शराब पीकर और थोड़ी सी रोटी खाकर चार्ल्स ने, जो मृत्यु की प्रतीक्षा करते-करते थक गए थे, चलने का सङ्केत किया।

खिड़की खोल दी गई। लोगों ने देखा कि एक आदमी चला आ रहा है। उसके हाथ में नरघाती कुल्हाड़ी थी। इसी से वह बधिक मालूम पड़ता था। तख़्ते पर पहुँचकर उसने कुल्हाड़ी रख दी। यही पहली आवाज़ थी, जिसे अथस ठीक-ठीक समझ पाया था।

बधिक के पीछे शान्त भाव से ठीक क़दम उठाते हुए दो पादरियों के बीच में चार्ल्स आए।

बधिक को देखते ही सब लोग सब कुछ समझ गए। सबको यह जानने की उत्सुकता थी कि यह अजनबी बधिक कौन है, जो ठीक मौक़े पर इस भयानक ख़ून के लिए तैयार हुआ है। लोगों का विचार था कि बात कल के लिए टल गई है। ग़ौर से देखने पर वह मँझले क़द का लगता था। उसके वस्त्र काले थे। उसकी उमर पक चुकी थी। उसकी पेशानी पर सफ़ेद बाल लटक रहे थे।

परन्तु राजा की शान्त, सुन्दर और सजी हुई मूर्त्ति देखकर फिर निस्तब्धता छा गई। लोग उनकी अन्तिम अभिलाषा सुनना चाहते थे।

राजा की प्रार्थना स्वीकार हुई और उन्हें बोलने की आज्ञा मिल गई। अथस की नस-नस थर्रा रही

थी। राजा ने कहना शुरू किया। उन्होंने जनता को समझाया कि मेरा तुम्हारे प्रति कैसा व्यवहार रहा है। उन्होंने उसे इङ्गलैण्ड की शुभ कामना मनाने की सलाह दी।

"ओह !" अथस ने मन में कहा—"क्या मैं जो कुछ सुन रहा हूँ, सच है ? विश्वास करने योग्य है ? मैं जो कुछ देख रहा हूँ वह भी क्या ठीक है ? क्या ईश्वर ने अपने प्रतिनिधि को ऐसी बुरी मृत्यु पाने के लिए भेजा था ? और मैं तो उससे मिला भी नहीं। आह ! उससे अन्तिम प्रणाम भी नहीं किया।"

कोई यन्त्र उठाकर रखने का एक शब्द हुआ। राजा ने अपना कहना बन्द करके कहा—"कुल्हाड़ी को मत छुओ।" और फिर कहने लगे।

कहना बन्द हुआ। अथस के सिर पर जैसे वज्र गिरा। उसके माथे पर पसीने की बूँदें झलक रही थीं। जनता चुपचाप और शान्त थी।

इस चुपचापी का अर्थ अन्तिम तैयारियाँ थीं। राजा ने दया-भाव से भीड़ पर दृष्टि डाली। फिर उन्होंने अपना ओर्डर उतारा, जिसे वे पहने हुए थे। यह वही हीरे का स्टार था, जिसे रानी ने उनके पास भेजा था। इसे जुक्सन के साथी पादरी को दे दिया गया। तब उन्होंने फिर अपनी छाती से एक छोटा हीरे का क्रॉस निकाला। यह भी रानी हेनरेट्टा ने भेजा था।

"पवित्र पिता !" उन्होंने पादरी से कहा—"मैं इस क्रॉस को अन्तिम क्षण तक अपने हाथ में रक्खूँगा। जब मैं मर जाऊँ तब इसे आप ले लें।"

"जो आज्ञा !" एक आवाज़ आई, जिसे अथस ने पहचान लिया कि यह अरेमिस की है।

चार्ल्स ने अपना टोप उतार लिया। इसके बाद उन्होंने एक-एक करके बटन खोल डाले और कोट भी उतार कर फेंक दिया। सर्दी का समय था, इसलिए उन्होंने अपना ऊनी बनियायन पहरने को माँगा, जो दे दिया गया। यह सब कुछ अपनी इच्छा से किया गया था। ऐसा प्रतीत होता था कि राजा पलँग पर सोने को जा रहे हैं।

अन्त में अपने बाल उठाए हुए राजा ने बधिक से कहा—"यदि ये तुम्हारे कार्य में बाधा डालें तो इन्हें बाँध सकते हो।" यह कहकर उन्होंने एक दृष्टि उस पर डाली। कैसी चितवन थी, शान्त और सौजन्य से परिपूर्ण।

बधिक आँख से आँख न मिला सका। उसने पीठ फेर ली। अरेमिस उसकी ओर ज्वालामय नेत्रों से देख रहा था।

राजा ने जब देखा कि मेरी बात का यह कुछ भी उत्तर नहीं देता है, तो उन्होंने फिर दुबारा वही प्रश्न किया।

बधिक ने भर्राई हुई आवाज़ में कहा—यदि आप इन्हें गर्दन पर से हटा लें तो भी काम चल जायगा।

राजा ने अपने हाथों से बालों को गर्दन के दोनों ओर इकट्ठा कर लिया और सिर काटने की लकड़ी देख-कर बोले—यह तो बहुत नीची दीखती है। क्या ज़रा ऊँची न हो सकेगी ?

"यह तो जैसी होती है, वैसी ही है।"—बधिक ने कहा।

"क्या तुम्हें निश्चय है कि एक ही चोट से तुम मेरा सिर काट लोगे ?"—राजा ने पूछा।

"मुझे तो यही आशा है।"—बधिक ने कहा।

इन शब्दों में ऐसी विचित्र घोषणा थी कि राजा को छोड़कर और सब थर-थर काँपने लगे।

"ठीक है। अच्छा, ज़रा सुनो तो।"

बधिक राजा की ओर चला और अपनी कुल्हाड़ी के बल झुक गया।

"मैं नहीं चाहता कि मैं तुम पर आश्चर्य करूँ। मैं प्रार्थना करने को झुकूँगा, उस समय मुझ पर चोट मत करना।"

"तो मैं कब चोट करूँ ?"—बधिक ने पूछा।

"जब मैं अपना सिर टिकटी पर रख दूँ और अपने हाथ फैला दूँ और कहूँ—'सावधान' तब तुम ज़ोर से मुझ पर चोट करना।"

बधिक ने ज़रा झुककर सलाम किया।

"संसार-त्याग करने का समय आ गया है।" राजा ने अपने पास खड़े लोगों से कहा—"सज्जनो ! मैं तुम्हें मँझधार में छोड़े जाता हूँ और स्वयं उस देश में जाता हूँ, जहाँ से फिर कोई नहीं लौटता। बिदा !"

उन्होंने अरेमिस की ओर देखा और सिर हिलाकर एक विशेष सङ्केत किया।

उन्होंने फिर कहा—"अब सब चले जाओ और मुझे प्रार्थना कर लेने दो। (बधिक की तरफ़ मुँह करके)

"मैं तुमसे भी यही विनती करता हूँ। ज़रा सी देर की बात है, फिर मैं तुम्हारा ही हो जाऊँगा।"

चार्ल्स झुक गए। क्रॉस का सङ्केत हुआ। उन्होंने प्लेटफ़ॉर्म को चूमना चाहा।

"अथस !" उन्होंने फ्रेञ्च भाषा में कहा—"क्या तुम वहाँ हो ? मैं बोल सकता हूँ ?"

अथस के हृदय को इस आवाज़ ने ठेस पहुँचाई। वज्र ने जैसे हृदय छेद दिया हो।

रुपए से तुम मेरे बड़े बेटे का प्रबन्ध करना। अथस ! अब बिदा दो !"

"बिदा ! बलिदान होने वाले पवित्र राजा ! बिदा !"—अथस ने काँपती हुई आवाज़ में धीरे से कहा।

कुछ देर तक सन्नाटा रहा। फिर राजा ने गर्जती हुई आवाज़ में कहा—'सावधान !'

कठिनता से यह शब्द निकले होंगे कि एक भयानक चोट से पाड़ हिल गई। नीचे की धूल उड़ने लगी !

१ ली जनवरी, सन् १६४६ को पाड़ पर चार्ल्स मृत्यु की प्रतीक्षा में खड़ा है। पल्टन चारों ओर से पाड़ को घेरे हुए है।

"हाँ श्रीमन् !" उसने काँपते हुए कहा—"विश्वासी दोस्त ! मैं अब किसी प्रकार भी बच नहीं सकता। मैंने ऐसे पुण्य ही नहीं किए थे। मैं इन सबसे बोल चुका हूँ, ईश्वर से भी बोल चुका हूँ, अब अन्त में तुमसे बोलता हूँ। एक पवित्र हेतु को दृढ़ रखने के कारण ही मेरे पूर्वजों की, मेरे बच्चों की राजगद्दी मुझसे जा रही है ! सोने की एक लाख मोहरें न्यूकासिल की छत में मैंने उसे छोड़ते समय वहाँ छिपाकर रख दी थीं। इस

तुरन्त ही अथस ने अपना सिर उठाया। ख़ून की गरम बूँद उसके मस्तक पर पड़ी। पर वह फ़िर अन्दर हो गया। ख़ून की बूँदें अब ज़मीन पर गिर रही थीं।

अथस घुटने के बल गिर पड़ा और थोड़ी देर तक पागलों की भाँति पड़ा रहा। कोलाहल कम हो गया था, भीड़ चली गई थी। अथस फिर उधर चला और उसने अपने रूमाल का छोर मृतक राजा के ख़ून से

[शेष पृष्ठ २२० में देखिए]

महाराज नन्दकुमार को फाँसी

[ले० आयुर्वेद महोपाध्याय श्री० कल्याणसिंह जी राजवैद्य]

जब वारन हेस्टिंग्ज़ की स्वच्छन्दता नष्ट हुई और कौन्सिल के साथ सहमत होकर शासन करने की कम्पनी ने आज्ञा दी, तब महाराज नन्दकुमार ने सर फ़िलिप फ़्रान्सिस द्वारा एक आवेदन-पत्र कौंसिल में भेजा था। उसमें उन्होंने लिखा था—

"हेस्टिंग्ज़ साहब-जैसे शत्रु की शिकायत करके आत्म-रक्षा के लिए मैं ईश्वर की कृपा पर ही भरोसा करता हूँ। मैं आत्म-मर्यादा को प्राण से भी बढ़ कर मानता हूँ और मैं यदि अब भी असली भेद न खोलूँ और मौन रहूँ तो मुझे और भी अधिक विपत्तियाँ झेलनी पड़ेंगी, अतः मैं लाचार होकर यह रहस्य-भेद करता हूँ।"

इस आवेदन-पत्र में महाराज ने दिखाया कि हेस्टिंग्ज़ साहब ने ३,५४,१०५) रुपए का ग़बन किया है और वे महाराज के सर्वनाश के षड्यन्त्र रच रहे हैं। महाराज के शत्रु जगत्चन्द्र, मोहनप्रसाद, कमालुद्दीन आदि इस पाप-गोष्ठी में हैं।

जब यह पत्र कौन्सिल में पढ़कर सुनाया गया तो हेस्टिंग्ज़ साहब का चेहरा फ़क़ हो गया। वे क्रोध में मतवाले होकर मेम्बरों को सख़्त-सुस्त कहने और महाराज को गालियाँ देने लगे। उस दिन कौन्सिल बरख़ास्त होगई। दो दिन पीछे जब कौन्सिल बैठी तो महाराज का एक पत्र और खोला गया, जिसमें उन्होंने लिखा था कि कौन्सिल यदि आज्ञा दे तो मैं स्वयं कौन्सिल में आकर अपनी बातों का प्रमाण पेश करूँ और घूस के रुपयों की रसीद दाख़िल करूँ।

पत्र सुनकर कर्नल मॉनसून ने प्रस्ताव किया कि महाराज को कौन्सिल में उपस्थित होकर सुबूत पेश करने की आज्ञा देनी चाहिए। यह सुनकर गवर्नर साहब के क्रोध का ठिकाना न रहा। उन्होंने कहा—यदि नन्दकुमार हमारा अभियोक्ता बनकर कौन्सिल में आएगा तो हम इस अपमान को प्राण जाने पर भी नहीं सह सकेंगे। हमारी अधीनस्थ कौन्सिल के सदस्य हमारे कार्यों के विचारक बनकर यदि एक सामान्य अपराधी के समान हमारा विचार करेंगे तो हम इस बोर्ड में बैठेंगे ही नहीं। बॉर्वल साहब ने सलाह दी कि इस मामले की जाँच सुप्रीम-कोर्ट द्वारा कराई जाय।

बहुत वाद-विवाद के अनन्तर बहुमत से महाराज का कौन्सिल में बुलाया जाना निश्चय हुआ। गोरे गवर्नर पर काला आदमी दोषारोपण करे, यह एक अनहोनी बात थी। हेस्टिंग्ज़ साहब उठकर चल दिए। पर सभ्य-त्रय ने जनरल क्लीवरिङ्ग को सभापति बनाकर महाराज को कौन्सिल में बुलवाया और उनके प्रमाण सुनकर एक-मत से हेस्टिंग्ज़ को अपराधी ठहराया। साथ ही उन्होंने यह भी निश्चय किया कि उन्हें घूस के रुपए फ़ौरन कम्पनी के ख़ज़ाने में जमा करा देने चाहिए। परन्तु हेस्टिंग्ज़ ने इस प्रस्ताव का तिरस्कार कर दिया, इस पर कम्पनी की ओर से सुप्रीम कोर्ट में दावा दायर करने के लिए सब काग़ज़ कम्पनी के सॉलिसिटर जनरल के पास भेज दिए गए। सॉलिसिटर ने उन्हें देखकर जो राय क़ायम की थी वह यह है:—

"हमारी समझ में कलकत्ते की सुप्रीम कोर्ट में कम्पनी की ओर से हेस्टिंग्ज़ साहब पर नालिश दायर की जानी चाहिए। ऐसा करने पर हेस्टिंग्ज़ साहब को अपना जवाब दावा दाख़िल करना ही पड़ेगा। नालिश दायर हो जाने पर बङ्गाल के सब झगड़े एकदम तय हो जायँगे और कम्पनी को भी अधिक लाभ होगा।"

हेस्टिंग्ज़ साहब ने यह रङ्ग-ढङ्ग देखकर चीफ़ जस्टिस इम्पे साहब की कोठी में एक गुप्त यन्त्रणा की। उसके अगले दिन ही अचानक मोहनप्रसाद ने सुप्रीम कोर्ट में हलफ़िया बयान दाख़िल करके एक जाल का दावा महाराज नन्दकुमार पर खड़ा कर दिया। दावे में कहा गया था कि महाराज नन्दकुमार ने जाली दस्तावेज़ बनाकर मृत बुलाक़ीदास की रियासत से रुपए वसूल किए हैं। बयान

दाख़िल होते ही महाराज नन्दकुमार की गिरफ़्तारी के लिए कलकत्ते के शेरिफ़ के नाम सुप्रीम कोर्ट के विचारकों ने वारण्ट निकाल दिया और तत्काल ही महाराज डाकुओं की तरह गिरफ़्तार करके जेल में डाल दिए गए। अपने पत्र में भण्डाफोड़ करते हुए महाराज ने जो भय प्रकट किया था, वह सम्मुख आ गया।

महाराज ब्राह्मण थे, इसलिए उन्होंने जिस स्थान पर ईसाई-मुसलमान आते-जाते थे, वहाँ सन्ध्या-वन्दन और खान-पान से इनकार कर दिया। ६८ घण्टे वे बराबर निर्जल रहे। जब उनके वकील ने उन्हें किसी शुद्ध स्थान में नज़रबन्द करने की अर्ज़ी दी, तब बङ्गाल के पण्डितों को बुलाकर अङ्गरेज़ों ने व्यवस्था ली कि महाराज की जाति जेल में खान-पान से नष्ट हो सकती है या नहीं? हेस्टिंग्ज़ के नौकर मोदी बाबू ने झटपट मुर्शिदाबाद को आदमी दौड़ाकर अपने पण्डित हरिदास तर्क-पञ्चानन को कलकत्ते बुला भेजा। उन्होंने तथा अन्य ब्राह्मणों ने आत्म-मर्यादा को तिलाञ्जलि दे, व्यवस्था दी कि जेल में भोजन करने से ब्राह्मण की जाति नष्ट नहीं होती और अगर थोड़ा-बहुत दोष होता भी है तो वह "नहीं" के बराबर है, और जेल से छुटकारा पाने के बाद व्रत आदि रखने से उसका प्रायश्चित्त हो जाता है। एक देवता ने तो यहाँ तक कह दिया कि ब्राह्मण की जाति आठ बार मुसलमान का भात खाने के बाद नष्ट होती है! उपरोक्त व्यवस्था सुनकर इम्पे साहब ने महाराज की दरख़्वास्त नामञ्ज़ूर कर दी, परन्तु जब महाराज ने भोजन से इन्कार कर दिया और वृद्ध होने के कारण उनके प्राण जाने का भय हुआ, तब जेल के आँगन में उनके लिए अलग ख़ीमा खड़ा किया गया। इस बीच में अभियोग तैयार करके धूमधाम से चलाया गया।

१७७५ की तीसरी जून को, कोई डेढ़ सौ वर्ष पहले अङ्गरेज़ी न्याय का कलङ्क-रूप कोर्ट बैठा, और बेईमान जज पीली पोशाक पहन कर आ डटे। महाराज अभियुक्त के वेश में सामने खड़े हुए और उनके गुमाश्ता चैतन्यनाथ, एवं उनके दास राय राधाचरण बहादुर और महाराज के बैरिस्टर फ़रार साहब उनके पीछे खड़े हुए। दूसरी ओर फ़र्यादी के गवाह कान्त पोद्दार आदि हेस्टिंग्ज़ के सहचर दर्शकों की सीट पर आ बैठे। महाराज पर जाल आदि के २० अपराध लगाए गए। महाराज ने अपने को निर्दोष बतलाया। उनसे पूछा गया—"आप किससे अपना विचार कराना चाहते हैं?" महाराज ने कहा—"परमेश्वर हमारा विचार करे, हमारे देशवासी, हमारी श्रेणी के जन हमारा विचार करें।" पर उस समय देशी लोगों का अङ्गरेज़ों के न्यायालय में वैसा सम्मान न था, अतः १२ जूरी बनाकर विचार का आडम्बर शुरू हुआ। ये सब हेस्टिंग्ज़ के गुट्ट के लोग थे।

कोर्ट के प्रधान द्विभाषिए (Interpreter) विलियम चेम्बर किसी तरीक़े से ग़ैर-हाज़िर कर दिए गए और गवर्नर के कृपा-पात्र ईलियट साहब को उनका काम सौंपा गया।

महाराज के बैरिस्टर ने आपत्ति की तो इम्पे साहब ने उसे घुड़क दिया। क्लार्क ऑफ़ दी क्राउन के अभियोगपत्र पढ़ने पर फ़रियादी के गवाहों की ज़बानबन्दी आरम्भ हुई। पहली गवाही मोहनलाल की हुई। यह वही आदमी था, जिसकी पहली दरख़्वास्त का मसौदा स्वयं कोर्ट के जजों ने बनाया था। पर यह बात फ़ैसला हो चुकने पर प्रमाणित हुई। दूसरी साक्षी कमालुद्दीन ख़ाँ की हुई। उसने कहा—"महाराज ने मेरे नाम की मुहर मुझसे माँगी थी, आज १४ वर्ष हुए मुझे वह वापस नहीं मिली। जज के दस्तावेज़ दिखाने पर उसने अपनी मुहर की छाप को भी पहचान लिया। उसने यह भी कहा कि इस बात की ख़बर ख़्वाजा पैट्रिक सदरुद्दीन और मेरे नौकर हुसेनअली को भी है।"

दस्तावेज़ पर मुहर में अब्दुल कमालुद्दीन की छाप थी। जिरह में जब उससे पूछा गया कि तुम्हारा नाम तो कमालुद्दीन ख़ाँ है, यह मुहर तुम्हारी कैसी? तब गवाह ने कहा—"धर्मावतार! मैं कभी झूठ नहीं बोलूँगा। मैं दिन में पाँच बार नमाज़ पढ़ता हूँ, मेरा नाम पहले अब्दुल कमालुद्दीन ही था। पर तब से अब मेरी हैसियत बढ़ गई है, इसलिए मैंने अपने नाम के आगे का टुकड़ा छोड़कर नाम के पीछे लगा लिया है।"

जिरह में जब पूछा गया कि तुम्हें कैसे मालूम हुआ कि तुम्हारा नाम गवाहों में दर्ज है? तब उसने कहा—"महाराज ने मुझसे ख़ुद ज़िक्र किया था कि हमने तुम्हारे नाम की मुहर गवाहों में लगा दी है; ज़रूरत पड़े तो इसके सुबूत में तुम्हें गवाही देनी पड़ेगी। पर मैंने झूठी गवाही से साफ़ इन्कार कर दिया था, अल्ला-अल्ला! भला मैं झूठी गवाही दे सकता था?"

हुसेनअली, ख़्वाजा पैट्रिक, और सदरुद्दीन ने भी उसकी बात की पुष्टि की। दस्तावेज़ पर अब्दुल कमालुद्दीन, शिलावतसिंह और माधवराव के दस्तख़त थे। कमालुद्दीन की गवाही तो हो चुकी, बाक़ी दोनों मर चुके थे। शिलावतसिंह के दस्तख़त पहचानने को राजा नवकृष्ण आए थे। ये कायस्थ थे। इन्होंने शपथपूर्वक कहा कि ये शिलावतसिंह के दस्तख़त नहीं हैं।

इतनी साक्षी होने पर भी मामला ज़ोरदार नहीं हुआ। वादी मोहनप्रसाद ९ बार और उसका गुमाश्ता कृष्णजीवन दास २४ बार गवाहों के कटहरे में खड़े किए गए। बार-बार जिरह किए जाने पर कृष्णजीवन ने झुँझलाकर कहा—"पद्ममोहन दास के हाथ का लिखा एक इक़रारनामा बुलाक़ीदास ने स्वयं लिखा था; उसमें बुलाक़ीदास ने महाराज के १७६५ में ४८,०२१) रुपए के एक तमस्सुक की बाबत साफ़ लिखा था।"

कृष्णजीवन के इस इज़हार से कोर्ट के जजों और हेस्टिंग्ज़ के चेहरों का रङ्ग फ़क़ हो गया। पर इम्पे साहब ने गम्भीरता से कहा—"कृष्णजीवन ने अब तक जो गवाही दी थी, वह करारेपन से दी थी, पर इस इक़रारनामे की बात कहती बार उसका कण्ठ अवरुद्ध हुआ है। इसलिए अन्तिम बात मिथ्या जान पड़ती है। निस्सन्देह पद्ममोहन ने महाराज नन्दकुमार की साज़िश से एक इक़रारनामा तैयार कर लिया था।

उधर कान्त पोद्दार, मुन्शी नवकृष्ण, गङ्गा गोविन्दसिंह, राजा राजवल्लभ और स्वयं हेस्टिंग्ज़ साहब नए-नए साक्षी तैयार कर रहे थे और किसी तरह काम बनता न देखकर, उन्होंने आज़िमअली को गवाह के कटहरे में लाकर खड़ा किया।

आज़िमअली नमक की कोठी के एजेण्ट एक अङ्गरेज़ का ख़ानसामा था। क्लाइव की प्रतिष्ठित सभा के सभ्य आवश्यकता होने पर इसे सरकारी गवाह बनाया करते थे, क्योंकि उस समय सरकारी वकील नहीं होता था। जब किसी पर नमक की चोरी का अपराध लगाया जाता था तो आज़िमअली गवाह बनता था। पर अब वह सभा लोप हो गई थी। आज़िमअली ने अब एक औरत से निकाह पढ़ा कर लालबाज़ार में जूते की दूकान खोल ली थी।

तीसरी जून से सुबूत के गवाहों की ज़बानबन्दी आरम्भ हुई थी और ११ वीं जून को सुबूत की गवाही समाप्त हुई थी। फिर भी १२ वीं जून को आज़िमअली गवाह पेश किया गया। यह कार्यवाही बेज़ाब्ता थी, पर इस मुक़दमे में ज़ाब्ता ही क्या था?

गवाहों के कटहरे में आज़िमअली को खड़ा होते देख महाराज के गुमाश्ते और उनके दामाद के देवता कूच कर गए। वह एक सिद्ध-हस्त गवाह था। वे समझ गए, बस यह चश्मदीद गवाह बनकर आया है। चैतन्य बाबू ने इस समय धूर्त्तता से काम लिया। उन्होंने हाथ के इशारे से आज़िम को सौ, फिर दो सौ, फिर तीन सौ रुपए देने का इशारा किया, पर आज़िम न माना। वह हलफ़ उठा कर कहने लगा—

"मैं महाराज नन्दकुमार का मकान जानता हूँ। उनके गुमाश्ता चैतन्यनाथ ने मेरी दूकान से जूता लिया था। मैं सन् १७६९ के जुलाई मास में चैतन्य बाबू से जूतों के दामों का तक़ाज़ा करने महाराज नन्दकुमार के मकान पर गया। उसके दस दिन पहले बुलाक़ीदास की मृत्यु हो गई थी। वहाँ मैंने चैतन्य बाबू को काम में फँसे हुए पाया। पूछने पर उन्होंने कहा—"इस समय महाराज एक जाली दस्तावेज़ बना रहे हैं, उसी में मैं इस समय फँसा हूँ। इसके बाद देखा, महाराज बैठक में नाक पर चश्मा चढ़ाकर एक बक्स में से २५-३० मुहर निकाल कर उनका नाम ज़ोर-ज़ोर से पढ़ रहे हैं। एक मुहर को उन्होंने कमालुद्दीन की कहकर चैतन्यनाथ को दिखाया भी था।"

आज़िम का यह इज़हार सुनकर कोर्ट के जजों की आनन्द से बत्तीसी खुल गई। वे उत्सुकता से कहने लगे—'गो ऑन' (आगे कहो)।

आज़िमअली—हुज़ूर इसके बाद तमस्सुक की शक्ल के कागज़ पर वह मुहर छाप दी गई।

एक जज—कहे जाओ, कहे जाओ।

आज़िमअली—इसके बाद चैतन्य बाबू से महाराज ने कहा कि जहाँ मुहर लगाई है, उसके पास ही अब्दुल कमालुद्दीन का नाम भी लिख दो।

दूसरा जज—कहे जाओ।

आज़िमअली—चैतन्य बाबू ने कमालुद्दीन का नाम लिख दिया।

तीसरा जज—क्या तुम लिख-पढ़ सकते हो?

आज़िमअली—हुज़ूर, अब तो आँखों से दिखाई ही कम देता है, पर आगे फ़ारसी पढ़-लिख सकता था।

सर इम्पे—आगे बोलो।

आज़िमअली—हुज़ूर, इसके बाद उसी काग़ज़ पर महाराज ने शिलावतसिंह और माधवराव के नाम भी गवाहों में लिख दिए।

इस इज़हार से घबराकर चैतन्य बाबू ने इशारे से एक हज़ार रुपए का इशारा किया। तब आज़िम ने भी इशारे ही से कहा—घबराओ मत, सब पर पानी फेरे देता हूँ। उधर जज और फ़रियादी के वकील अधीर होकर—"गो ऑन, गो ऑन" कहने लगे।

आज़िमअली—सब काम ख़तम होने पर महाराज उसे पढ़ने लगे।

जजों ने अत्यानन्दित होकर कहा—अच्छा-अच्छा फिर क्या हुआ?

आज़िमअली—बस पढ़कर महाराज ने उसे अपने बक्स में रख लिया। तभी हमने सुना कि बुलाक़ीदास ने महाराज को तमस्सुक लिख दिया है।

सब जज—(एक साथ) फिर! फिर!!

आज़िमअली—हुज़ूर, बस इसके बाद ही घर के भीतर मुर्ग़ी बोली और मेरी नींद टूट गई। मेरी छोटी स्त्री ने कहा—मियाँ! आज क्या बिस्तर से नहीं उठोगे? देखो कितनी धूप चढ़ गई है।

यह सुनते ही द्विभाषिए (Interpreter) ईलियट साहब ने आज़िमअली के मुँह की ओर देखा। सहसा उनके मुख से निकल पड़ा—आह!

उधर तो इम्पे साहब ने द्विभाषिए से अन्तिम बात समझाने को कहा, और उधर गवाह से कहा—'गो ऑन'

आज़िमअली—हुज़ूर, इसके बाद मैंने अपनी छोटी औरत से कहा—मीर की लड़की, मैंने ख़्वाब में देखा है कि मैं महाराज नन्दकुमार के मकान पर गया हूँ और वे बुलाक़ीदास के नाम से एक जाली दस्तावेज़ बना रहे हैं।

जब ईलियट साहब ने गवाह की बातों को इम्पे को समझाया तब तो सुप्रीम कोर्ट के सुयोग्य जज विमूढ़ हो आज़िम के मुँह को देखने लगे। पर अब आज़िम ने 'गो ऑन' की प्रतीक्षा न कर कहना जारी रक्खा—

"धर्मावतार! मेरी बात सुनकर मेरी छोटी स्त्री ने कहा—मियाँ! तुम हमेशा राजा, उमरा, साहबों के मकानों पर जाते-आते हो, इसी से सपने भी तुम्हें ऐसे ही दीखते हैं।"

जज शून्य हृदय से बयान सुन रहे थे। अन्त में जज चेम्बर्स ने द्विभाषिए से कहा—गवाह से दरियाफ़्त करो कि इसने हमारे सामने अभी जो कुछ कहा है वह सब ख़्वाब की बातें हैं?

प्रश्न करने पर आज़िमअली ने कहा—हुज़ूर ख़्वाब में जो मैंने देखा वही सच-सच बयान कर दिया है। तीन-चार दिन की बात है, इस ख़्वाब की बात मैंने मोहनप्रसाद बाबू से कही थी। उन्होंने चट कहा कि तुम्हें गवाही भी देनी पड़ेगी। मैंने कहा जो देखा है, सो कह दूँगा, मेरा उसमें क्या हर्ज है। धर्मावतार! मैं कमीना नहीं, हैसियतदार आदमी हूँ। मेरी छोटी औरत मीर साहब की लड़की है। उसके पिदर अब्दुल लतीफ़ एक ज़िले के मालिक हैं। और मौलवी अब्दुल रहमान रिश्ते में मेरे साले होते हैं।

आज़िम की इस प्रशस्त विरुदावली को सुनकर चैतन्य बाबू से न रहा गया। वे पीछे से बोल उठे—चचा! आज तो तुम बड़े आली ख़ानदान बन गए। लालबाज़ार की रहमानी की लड़की के साथ निकाह पढ़वा कर कहते हो कि मौलवी लतीफ़हुसेन मेरे ससुर हैं।

आज़िमअली—(क्रोध से) दुहाई है धर्मावतार की, दिन-दहाड़े, सरे-इजलास एक शरीफ़ की इज़्ज़त ली गई है। मैं इस पर तौहीन का मुक़दमा चलाऊँगा। इसका इतना मक़दूर कि मेरी पाकदामन सास साहबा को यह लालबाज़ार की रहमानी कहे। धर्मावतार! मेरी सास अब परदानशीन हैं। वे आगे अनक़रीब आठ साल तक लालबाज़ार में कुछ-कुछ बेपरदे थीं। पर छै महीने हुए मौलवी साहब ने उनके साथ निकाह पढ़वाकर उन्हें अब परदानशीन बना लिया है। एक ऐसे इज़्ज़तदार घराने की पर्दानशीन औरत की शान में ऐसी वाहियात ज़बान निकालना सरासर जुर्म में दाख़िल है। अदालत मेरी फ़रियाद सुने।

गवाह के रङ्ग-ढङ्ग देखकर सारी अदालत सन्नाटे में आ गई। अन्त में इम्पे साहब ने महाराज के बैरिस्टर फ़रार साहब से पूछा—क्या आपको इस गवाह की साक्षी प्रमाण-रूप से ग्रहण करने में कुछ उज्र है?

बैरिस्टर ने कहा—जब गवाह स्वप्न की बात कह रहा है तो मैं नहीं समझ सकता कि उसकी साक्षी कैसे प्रमाणभूत मानी जाय।

इम्पे—मि० फ़रार ! इस गर्म मुल्क में पूरी-पूरी नींद शायद ही किसी को आती हो। प्रायः लोग अर्द्ध-तन्द्रा-अवस्था में रहते हैं। ऐसी दशा में यदि कोई मनुष्य आँख, कान आदि इन्द्रियों द्वारा कोई विषय ग्रहण करे तो उसके कथन को लॉर्ड थॉरलो साक्षी-रूप से ग्रहण किए जाने में कोई आपत्ति उपस्थित न करेंगे।

बैरिस्टर—मुझे लॉर्ड थॉरलो के मतामत से कुछ मतलब नहीं। यदि आप इसकी गवाही प्रमाण मानना ही चाहते हैं तो मेरा भी उज्र दर्ज कर लिया जाय !

न्याय-मूर्त्ति इम्पे साहब ने मातहत तीनों जजों से सलाह करके आज़िमअली की गवाही प्रमाण-स्वरूप ग्रहण कर ली और असामी के बैरिस्टर को सफ़ाई के गवाह पेश करने की आज्ञा दी। बैरिस्टर फ़रार ने कहा कि असामी पर जुर्म प्रमाणित ही नहीं हुआ, तब सफ़ाई कैसी ? असामी निर्दोष है। उसे रिहाई मिलनी चाहिए।

जज ने कहा—अपराध सिद्ध हुआ है, आप सफ़ाई पेश न करेंगे तो हमें जूरियों को समझाने के लिए संग्रहीत प्रमाणों की आलोचना करनी पड़ेगी।

जिस दस्तावेज़ के सम्बन्ध में झगड़ा उठा था, उसकी यहाँ पर संक्षिप्त-रूप से व्याख्या कर देना अप्रासङ्गिक न होगा। मुर्शिदाबाद में एक भारी राजनैतिक विद्वान पण्डित बापूदेव जी शास्त्री रहते थे। नवाब अलीवर्दीख़ाँ उनका बड़ा सत्कार करते थे और उनसे सदा राज-काज में परामर्श लेते रहते थे। इन शास्त्री जी के पास महाराज ने १२ वर्ष की उम्र से २० वर्ष की उम्र तक आठ वर्ष संस्कृत-शास्त्रों की शिक्षा पाई थी। जब महाराज २२ वर्ष के हुए, तब नवाब अलीवर्दीख़ाँ ने पण्डित जी के अनुरोध से उन्हें मेहिषदल परगने का लगान वसूल करने पर नियुक्त कर दिया। धीरे-धीरे वे अपनी योग्यता से हुगली के फ़ौजदार बन गए। इस पद पर आपने लगभग ३ लाख रुपए कमाए। इसके बाद गुरु-दर्शन की अभिलाषा से एक बार वे मुर्शिदाबाद गए और उनकी कन्या के लिए, जिसे कि अपनी धर्म-भगिनी करके मानते थे, कुछ आभूषण साथ ले गए। परन्तु जब वे मुर्शिदाबाद पहुँचे, तब उन्हें ख़बर मिली कि गुरु-पत्नी का देहान्त होगया और उनकी लड़की विधवा होगई है। ऐसी दशा में उन्होंने आभूषणों के लाने की चर्चा तक गुरु जी से नहीं की और उन गहनों को अपने परिचित बुलाक़ीदास महाजन की दूकान में अमानत की तरह जमा करा दिया और मन में सङ्कल्प किया कि किसी अवसर पर उन्हें बेचकर उनसे जो रुपए आवेंगे उन्हें प्रमदादेवी को दे देंगे।

दैवयोग से मीरक़ासिम और अङ्गरेज़ों के युद्ध में मुर्शिदाबाद लूट लिया गया। बुलाक़ीदास का भी सर्वस्व लूटा गया। बुलाक़ीदास धर्मात्मा थे। उन्होंने महाराज को उनकी अमानत के बदले में ४८,०२१) रुपए का तमस्सुक लिख दिया। बुलाक़ीदास मर गए, और उसी दस्तावेज़ को जाली क़रार देकर महाराज पर मुक़दमा चलाया गया।

ख़ैर, महाराज की ओर से सफ़ाई की गवाहियाँ पेश हुईं। बड़े-बड़े लोगों ने गवाहियाँ दीं। गवाही समाप्त हो चुकने पर जजों ने जूरियों को मुक़दमा समझाया और उस पर एक लम्बी वक्तृता भी दी। वक्तृता समाप्त होने पर जूरी लोग दूसरे कमरे में उठ गए। आधे घण्टे के बाद उन्होंने लौटकर कहा—"महाराज नन्दकुमार अपराधी हैं !"

यह सुनते ही महामति इम्पे साहब ने महाराज को फाँसी का हुक्म दे दिया।

हुक्म सुनाकर महाराज फिर जेल में भेज दिए गए। इस बार ख़ेमे के बजाय एक दुतल्ला मकान उन्हें दिया गया। हज़ारों लोग शत्रु-मित्र उनसे मिलने आते थे। नवाब मुबारकुद्दौला ने कौन्सिल की सेवा में एक पत्र भेजा था। उसमें उसने प्रार्थना की थी कि इङ्गलैण्ड के महाराज की आज्ञा आने तक महाराज की फाँसी रोकी जाय।

स्वयं महाराज ने भी जनरल क्लीवरिङ्ग और सर फ़्रान्सिस के पास एक पत्र इस आशय का भेजा था:—

"सर्व-शक्तिमान् ईश्वर के बाद आप पर मुझे आशा है। मैं ईश्वर के नाम पर नम्रता-पूर्वक आपसे अनुरोध करता हूँ कि इङ्गलैण्ड के बादशाह की आज्ञा आ लेने तक आप मेरी मृत्यु-आज्ञा को मुलतवी करा दें। हिन्दुओं के मतानुसार मैं न्याय के दिन इस सङ्कट से उबारने के लिए आपको आशीष दूँगा।"

मार्शमैन लिखते हैं :—

"सुप्रीम कोर्ट से फ़ैसला होने पर भी कौन्सिल को इतनी शक्ति थी कि वह इङ्गलैण्ड से आज्ञा आने तक फाँसी रोक दे। परन्तु कौन्सिल के सभ्यों ने इस मामले में पड़ना पसन्द नहीं किया। नवाब मुबारकुद्दौला के अलावा महाराज के भाई शम्भूनाथ राव आदि कई व्यक्तियों ने भी आवेदन-पत्र भेजे, परन्तु उनका कुछ फल न हुआ।"

महाराज को पाँचवीं अगस्त को फाँसी दी गई। किन्तु जनरल क्लीवरिङ्ग ने १४ अगस्त को महाराज का वह पत्र कौन्सिल में खोला। उस दिन महाराज का दशम संस्कार हो चुका था। १६ अगस्त को एक मन्तव्य बनाकर उस पत्र की प्राप्ति कौन्सिल के काग़ज़-पत्रों में से निकाल दी गई।

क्लीवरिङ्ग को जो पत्र उर्दू में महाराज ने लिखा था, उसके विषय में हेस्टिंग्ज़ ने कहा कि इसमें जजों के आचरण की आलोचना की गई है, अतः यह पत्र जजों के पास भेज देना चाहिए। परन्तु फ़्रान्सिस साहब ने कहा, ऐसा करने से पत्र का महत्व बढ़ जायगा। इसमें लिखी हुई बातें झूठी और जजों का अपमान करने वाली हैं। मेरी राय में यह पत्र शेरिफ़ साहब को दे दिया जाय, ताकि वे इसे किसी आम जगह में सब लोगों के सामने किसी जल्लाद के हाथ से जलवा दें। दूसरे दिन सोमवार को वह पत्र चौराहे पर जल्लाद के हाथ से जलवा दिया गया।

दण्डाज्ञा सुनाने के बाईसवें दिन महाराज को फाँसी लगाई गई। यह समय उन्होंने ईश्वराधना में व्यतीत किया। फाँसी के दिन बड़े सवेरे जब महाराज पूजा में बैठे थे, एकाएक कोठरी का द्वार खुला और सामने कलकत्ते के मेकरेब साहब शेरीफ़ दीख पड़े। उन्होंने द्विभाषिए से कहा—महाराज से निवेदन करो कि आज हम आपसे अन्तिम भेंट करने आए हैं। हम ऐसी चेष्टा करेंगे कि ऐसे बुरे समय में (फाँसी में) महाराज को अधिक कष्ट न हो! मुझे इस घटना में शरीक होने का दुख है। महाराज विश्वास रक्खें कि अन्तिम समय तक मैं उनके साथ रहूँगा, और उनकी अभिलाषाओं को पूरी करने की चेष्टा करूँगा।

महाराज ने उन्हें धन्यवाद देते हुए कहा—मैं आशा करता हूँ कि मेरे कुटुम्बियों पर भी आपकी ऐसी ही कृपा बनी रहेगी। प्रारब्ध अटल है। आप मेरा सलाम कौन्सिल के सभ्यों को कहना। × × ×

मेकरेब लिखते हैं—"बात करते वक़्त महाराज न साँस भरते थे, न उदास मालूम होते थे; और न उनका कण्ठ अवरुद्ध दिखलाई देता था। उनका चेहरा गम्भीर था, उस पर विषाद का कुछ भी चिह्न न था। महाराज की दृढ़ता देखकर मेकरेब साहब अधिक देर तक न ठहर सके। बाहर आने पर जेलर ने कहा—जब से महाराज के मित्र उनसे मिलकर गए हैं, तब से वे बराबर अपने हिसाब-किताब की जाँच-पड़ताल कर रहे हैं और नोट लिख रहे हैं।

फाँसी का समय ७ बजे प्रातःकाल था। मेकरेब साहब ठीक समय से आध घण्टा पूर्व जेल गए। वहाँ फाँसी का सब सामान ठीक था। अङ्गरेज़ों की अमलदारी में ब्राह्मण को फाँसी लगने का यह प्रथम ही अवसर था। हज़ारों मनुष्य देखने आए थे। उन सबकी आँखों में आँसू झलक रहे थे। ख़बर पाकर महाराज उतरकर नीचे आए। इस समय भी उनका मुख प्रसन्न था। शेरीफ़ साहब के बैठने पर आप भी एक कुर्सी पर बैठ गए। इतने में किसी ने घड़ी जेब से निकालकर देखी। यह देख महाराज तत्काल उठ खड़े हुए और बोले—"मैं तैयार हूँ।" पीछे घूमकर देखा तो तीन ब्राह्मण खड़े थे। ये उनका मृतक शरीर लेने के लिए आए थे। महाराज ने उन्हें छाती से लगाया। महाराज प्रसन्न थे, पर ब्राह्मण फूट-फूटकर रो रहे थे।

मेकरेब ने घड़ी निकालकर कहा—समय तो हो गया, किन्तु जब तक आप न कहेंगे तब तक वह पापिनी क्रिया आरम्भ न की जायगी। एक घण्टे तक सब चुप बैठे रहे। बीच-बीच में महाराज कुछ बातचीत करते रहे और माला फेरते रहे। इसके बाद महाराज उठे, शेरीफ़ की तरफ़ देखा, और दोनों चल दिए। जेल के फाटक पर पालकी तैयार थी। महाराज पालकी पर सवार होकर जेल की तरफ़ चले। शेरीफ़ और डिप्टी शेरीफ़ पालकी के पीछे-पीछे चल रहे थे। भीड़ बहुत थी, पर दङ्गा-फ़साद का कुछ लक्षण न था। टिकटी के पास पहुँचकर महाराज ने कुछ ब्राह्मणों के न आने के विषय में पूछा। महाराज उनके विषय में पूछ ही रहे थे कि वे भी आ गए। उनसे एकान्त में बात करने के ख़याल से मेकरेब साहब ने अन्य अफ़सरों को हटाना चाहा, परन्तु महाराज ने उन्हें रोककर कहा—'मैं सिर्फ़ बच्चों और घर

की स्त्रियों के सम्बन्ध में उनसे कुछ कहना चाहता हूँ।' इसके बाद उन्होंने कहा—'जो ब्राह्मण मेरी मृत-देह ले जायँगे, उन्हें शेरीफ़ साहब अपनी निगरानी में रख लें। उनके सिवा अन्य कोई मेरे शरीर का स्पर्श न करे।'

शेरीफ़ ने पूछा—क्या आप अपने मित्रों से मिलना चाहते हैं?

महाराज ने कहा—मित्र तो बहुत हैं; पर उनसे मिलने का न यह स्थान है और न समय।

शेरीफ़ ने फिर पूछा—फाँसी पर चढ़कर महाराज फाँसी का तख़्ता हटाने का इशारा किस प्रकार देंगे?

महाराज ने कहा—हाथ हिलाते ही तख़्ता सरका दिया जाय।

मेकरेब ने कहा—किन्तु नियमानुसार आपके हाथ तो बाँध दिए जायँगे, आप पैर हिलाकर सूचना दे दें।

महाराज ने स्वीकार कर लिया।

शेरीफ़ ने महाराज की पालकी को फाँसी के तख़्ते तक लाने की आज्ञा दी, पर महाराज पालकी छोड़कर पैदल ही चल दिए। तख़्ते के पास पहुँचकर आपने दोनों हाथ पीछे कर दिए। अब उनके मुख पर कपड़ा लपेटने का समय आया। उन्होंने अङ्गरेज़ के हाथ से कपड़ा लपेटने में आपत्ति की। शेरीफ़ ने एक ब्राह्मण-सिपाही को रूमाल लपेटने का हुक्म दिया। महाराज ने उसे भी रोका। महाराज का एक नौकर उनके पैरों में लिपट रहा था, उसी को महाराज ने आज्ञा दी। इसके बाद आप चबूतरे पर चढ़कर अकड़कर खड़े हो गए। मेकरेब साहब लिखते हैं:—

"मैं खिन्न हो अपनी पालकी में घुस गया, किन्तु बैठने भी न पाया था कि महाराज ने पूर्व-सूचना के अनुसार पैर का इशारा दे दिया, और तख़्ता खींच लिया गया। बात की बात में महाराज के प्राण-पखेरू उड़ गए। नियत समय तक शव रस्सी पर लटकता रहा, फिर ब्राह्मणों के हवाले कर दिया गया।"

सत्यानन्द शास्त्री लिखते हैं—"ज्योंही महाराज के गले में फन्दा डाल कर तख़्ता खींचा गया, त्योंही लोग चीख़ मार-मार कर भागने लगे। वे भागते जाते थे और कहते जाते थे—'ब्रह्महत्या हुईल! कलिकाता अपवित्र हुईल! देश पापे परिपूर्ण हुईल! फिरिङ्गेर धर्माधर्म ज्ञान नाईं!!!' ब्राह्मणों ने उस दिन निर्जल व्रत रक्खा। बहुत से ब्राह्मण कलकत्ते को छोड़कर अन्यत्र रहने लगे। नगर में हाहाकार मच गया। उसकी गलियाँ लोगों के करुण-क्रन्दन से प्रतिध्वनित हो उठीं।"

इस प्रकार अङ्गरेज़ी न्याय का आडम्बर समाप्त हुआ। प्रसिद्ध बैरिस्टर पी० मित्र लिखते हैं—"जिन साक्षियों के आधार पर महाराज को प्राण-दण्ड दिया गया, उनके सहारे आजकल के विचारक, किसी मनुष्य की तो बात दूर रही, एक मक्खी को भी फाँसी की आज्ञा देना न्यायानुमोदित न समझेंगे।"

प्रसिद्ध इतिहास-लेखक मार्शमैन लिखते हैं—"महाराज की फाँसी की आज्ञा इङ्गलैण्ड के उस समय के जघन्य क़ानून के अनुसार होने पर भी हर तरह न्याय के विरुद्ध थी। जिस क़ानून के अनुसार फाँसी दी गई थी, वह इस घटना के कितने ही वर्षों बाद प्रचलित किया गया था।"

लॉर्ड मैकॉले लिखते हैं—"कोई भी विचारवान् मनुष्य इस बात में सन्देह नहीं कर सकता कि इम्पे साहब ने यह नीच कृत्य गवर्नर जनरल को ख़ुश करने के लिए ही किया था। साथ ही उन्होंने इसकी पुष्टि में हेस्टिंग्ज़ का वह पत्र उद्धृत किया है, जिसमें इसी घटना की ओर सङ्केत करके लिखा गया है कि "इम्पे साहब की सहायता से निज धन, मान और प्रतिष्ठा की रक्षा हुई थी।" वह सहायता यही हत्या थी। इसके बदले में हेस्टिंग्ज़ ने इम्पे साहब को बर्द्धमान (बर्दवान) में एक पुल का ठेका दिलाकर लाखों की आय कराई थी।"

मैकॉले ने साफ़ लिखा है—"जैफ़रीन की मृत्यु के बाद इम्पे साहब को छोड़कर अन्य किसी विचारक ने अङ्गरेज़-न्यायासन को कलङ्कित नहीं किया।"

विलायत लौटने पर इम्पे साहब पर भी मुक़द्दमा चला था। वहाँ उन्होंने उस समय उस पत्र की एक प्रति पेश की थी, जो जल्लाद के द्वारा नीचतापूर्वक अपमान से जला दिया गया था। और तब यह बात भी खुली कि गवर्नर साहब ने चोरा-चोरी उसकी एक प्रति उनके पास भेजकर शपथ ले ली थी कि इसका ज़िक्र किसी से न करेंगे।

मृत्युञ्जय-सुक़रात

[ले० श्री० कृष्ण]

[सुक़रात का जन्म मसीह से ४६९ वर्ष पहले हुआ था। इनके पिता एक संगतराश थे और माता साधारण दाई। इनका घर पुश्तैनी दरिद्र था। ४० वर्ष की अवस्था तक सुक़रात ने कोई यशस्वी काम नहीं किया। इसके बाद पोटिडिया के युद्ध में वीरता दिखाने के कारण इनका नाम प्रसिद्ध हुआ। इसके बाद इन्होंने तर्क-शास्त्र का अभ्यास किया और यूनान के प्रायः सभी काव्य और दर्शन देख डाले। इसके बाद गणित, ज्योतिष और पदार्थ-विज्ञान का भी इन्होंने अध्ययन किया। धीरे-धीरे इनकी तर्क-प्रणाली ख़ूब प्रचण्ड होगई और बड़े-बड़े तर्क-शास्त्री इनसे हार मानने लगे। अरिस्टोफ़ेन नामक एक भडुआ-कवि बुरी तरह इनके पीछे पड़ा और अन्त में उसने एक नाटक रचकर सुक़रात के प्रति जनता में घृणित विचार उत्पन्न कर दिए। इस नाटक को देखकर लोग हँसते और सुक़रात को घोर नास्तिक, कँगला और अभागा समझते थे। धीरे-धीरे इस साधु-पुरुष के विरुद्ध काफ़ी मण्डल खड़ा होगया। फलतः इन पर युवकों को बहकाकर धर्मनीति और समाजनीति से भ्रष्ट करने का अभियोग लगाया और इन्हें विष-पान करने को विवश किया गया। यह महान् पुरुष मृत्यु से आध घण्टा पूर्व तक बड़ी निश्चिन्तता से तर्क और विवेचना करता रहा और बड़ी ही शान्ति से मृत्यु के हाथ अमर हुआ।

—सम्पादक]

इशी क्रुटस—क्यों जी फ़ीडो ! जिस रात सुक़रात ने विष पान किया, उस रात क्या तुम वहाँ उपस्थित थे ?

फ़ीडो—मैं ख़ुद वहाँ मौजूद था।

इशी०—तब जो कुछ तुमने देखा-सुना, सब सुनाओ !

फ़ीडो—उस दिन की बात क्या कहूँ, दिल की कैसी दशा होगई थी। यह तो मालूम ही नहीं होता था कि आज ही सुक़रात मरने वाले हैं; क्योंकि जब मैं उनकी तरफ़ देखता था तभी उन्हें शान्त और प्रसन्न-वदन पाता था। भय का तो चिह्न भी न था।

हम लोग विस्मय से उन्हें देख रहे थे। विज्ञान की चर्चा हो रही थी; पर हमें आनन्द नहीं आता था, दिल की अजीब हालत थी। हम लोग एक आँख से रो रहे थे और दूसरी से हँस रहे थे। ख़ासकर अपोलोदोरस ने तो हँस और रोकर अजब कैफ़ियत उत्पन्न कर दी थी।

इशी०—वहाँ कौन-कौन थे ?

फ़ीडो—एथेन्स-वासियों में से तो अपोलोदोरस, क्रुडोबोलस, उसका बाप क्रुटो, इपीगीनस, अश्वनी और अन्तस्थानी थे। परदेशियों में शतसैया और मीना चीनी थे, और भी कुछ लोग थे। प्लेटो शायद बीमार था, वह नहीं आ सका था। होथी वीका शीमी, और शिवि, और फ़इलेण्डा और मिगारा का युकलेदिस और तर्पसन भी मौजूद था।

इशी०—अच्छा, क्या-क्या बातचीत होती थी, कैसे मिलते थे ?

फ़ीडो—हम लोग बन्दी-घर का द्वार खुलने से प्रथम ही पहुँच जाते थे, और द्वार खुलने तक बाहर खड़े होकर बातें किया करते थे। द्वार खुलने पर भीतर चले जाते और दिन भर वहीं रहते। जिस दिन उनका मृत्यु-दिन था, उस दिन जब हम पहुँचे तो द्वारपाल ने रोककर कहा—ज़रा ठहरो, आज उनकी हथकड़ियाँ-बेड़ियाँ खोली जा रही हैं, और प्राणवध की तैयारी हो रही है। थोड़ी देर में हमने जाकर देखा, तो बेड़ियाँ खुली हुई थीं और उनकी पत्नी, जनथीपी बच्चों को गोद में लिए उनके पास बैठी रो रही थी। हमें देखते ही वह चिल्ला-चिल्लाकर रोने लगी और बोली—लो, दोस्तों से आख़िरी मुलाक़ात कर लो।

गुरु जी ने क्रुटो की ओर देखकर कहा—क्रुटो ! इसे घर पहुँचा आओ।

क्रुटो के सेवक उसे ले गए। वह रास्ते भर रोती और सिर पीटती गई। पर गुरु जी शान्तिपूर्वक पैर पर पैर धरे, पैरों पर हाथ फेरते रहे, और बोले—'देखो, दुनिया में सुख भी क्या विचित्र वस्तु है, और इसका दुख से कैसा घनिष्ठ

सम्बन्ध है। यद्यपि दोनों साथ नहीं आते, पर जो आदमी एक का पीछा करके उसे प्राप्त करता है, दूसरा उसके पास स्वयं ही खिंचा चला आता है। मानों दोनों एक ही डोरे में बँधे हों। मेरी यही दशा है। ज़ञ्जीर से पैर जकड़ रहे थे तो पैरों में दर्द हो रहा था, अब ज़ञ्जीर खुलने पर कैसा सुख मिल रहा है।'

यह कहकर उन्होंने बिछौने से नीचे पैर रक्खा।

शिवि ने पूछा—आपने कहा था, ज्ञानी को मृत्यु का अनुगमन ही करना चाहिए, किन्तु आत्मघात नहीं। भला यह क्या बात हुई?

सुक़रात—अरे! तुम तो किलोला के पास रह चुके हो, उससे क्या इसकी मीमांसा नहीं सुनी?

शिवि—नहीं, ठीक-ठीक समाधान नहीं हुआ। उसने कहा था, आत्म-हत्या पाप है। पर इसमें युक्ति क्या है?

सुक़रात—लो युक्ति सुनो। मनुष्य एक प्रकार के क़ैद-ख़ाने में है, जहाँ से उसे स्वयं छुटकारा लेना या भाग जाना उचित नहीं है। परमात्मा हमारे रक्षक हैं। जब तक उनकी आज्ञा न हो, जैसे कि मुझे हुई है, तब तक किसी को अपना जीवन नष्ट करने का अधिकार नहीं।

शिवि—यह तो ठीक है, परन्तु जब मनुष्य परमेश्वर की जायदाद है, तब उन्हें मृत्यु-इच्छा करने का क्या हक़ है?

सुक़रात—इसका जवाब अभी देता हूँ, पर शायद क्रटो कुछ कहना चाहता है। क्यों?

क्रटो—विशेष कुछ नहीं, जो आदमी आपको विष पान कराने को नियुक्त हुआ है, वह कह रहा है—सुक़रात को चेता दो कि ज़्यादा बकवाद न करे, दिमाग़ में गरमी चढ़ जायगी, विष देर में चढ़ेगा और उसे २-३ बार पीना पड़ेगा।

सुक़रात—उसे बकने दो, तुम हमारी बात सुनो। उससे कह दो अपना काम देखे, और दो-तीन बार पिलाने लायक़ विष तैयार कर रक्खे। हाँ, सुनो, यह तो कहो, तुम मृत्यु को क्या समझते हो? शरीर से आत्मा का अलग हो जाना न?

शिमि—हाँ यही!

सुक़रात—अच्छा, क्या शरीर के विषयों की ओर ज्ञानियों की प्रवृत्ति रहती है?

शिमि—कदापि नहीं।

सुक़रात—तब तुम मानोगे कि ज्ञानी के अध्ययन का विषय आत्मा है, शरीर नहीं।

शिमि—बहुत ठीक!

सुक़रात—तब तुम समझते हो कि ज्ञानी आत्मा को शरीर से अलग रखकर जीवित रहता है? क्यों, ठीक है न?

शिमि—निस्सन्देह!

सुक़रात—ऐसे आदमी को देखकर कोई दुनियादार क्या कहेगा? यही न कि इसके लिए जीना न जीना बराबर है?

शिमि—अवश्य!

सुक़रात—यह कहो, क्या शरीर और इन्द्रियाँ ज्ञान-प्राप्ति के मार्ग में बाधक नहीं हैं? आत्मा जब सत्य को देखना चाहता है, तब क्या इन्द्रियाँ उसे भ्रम में नहीं डाल देतीं!

शिमि—अवश्य।

सुक़रात—तब आत्मा को स्वच्छन्द करने के लिए उसे इन्द्रियों और शरीर की दासता से निकालना ही उत्तम है। क्यों, ठीक है न?

शिमि—है तो!

सुक़रात—तब ज्ञानियों की मृत्यु तो उनका जेल से छुटकारा हुआ।

शिवि—ऐसा ही हुआ।

सुक़रात—इसीलिए तो मैं प्रसन्नता से अपनी महा-यात्रा की प्रतीक्षा कर रहा हूँ। मैं जिस सुख में पहुँचूँगा, वह बहुत ही उत्तम होगा। अजी, जड़ शरीर से छूट जाना ही न मृत्यु है? इसी के लिए तो ज्ञानी सदा इच्छा करते हैं। ज्ञानी सदैव आत्मा को चाहते और शरीर से घृणा करते हैं। फिर इस शरीर-दैत्य के छुटकारे के समय उन्हें क्यों खेद होने लगा?

शिवि—यह तो सच ही है।

सुक़रात—बस, जहाँ तक मुझसे बन पड़ा, तुम्हें समझा दिया कि क्यों मुझे मृत्यु से घबराहट नहीं है। वहाँ मुझे यहाँ से अच्छे दोस्त और स्वामी मिलेंगे, चाहे लोगों को इस पर विश्वास हो या न हो!

शिवि—यह सब तो हुआ, पर आत्मा के विषय में जो कुछ आपने कहा, उससे मेरा सन्देह दूर नहीं हुआ। लोगों को तो ऐसा खटका है कि शरीर के साथ ही आत्मा

का विनाश हो जायगा, पाँचों भूत भूतों में मिल जावेंगे। आत्मा भी वायु है, वायु में मिल जायगा। मरने पर भी आत्मा अमर रहती है, यह सिद्ध करना तो टेढ़ी खीर है?

सुक़रात—सुनो, पहले तो यह समझो कि जीवन मरण से उत्पन्न होता है।

शिवि—कैसे?

सुक़रात—पशु-पक्षी और वनस्पति से उदाहरण लो। प्रत्येक वस्तु अपने से विपरीत गुण वाले से उत्पन्न होती है।

शिवि—कैसे?

सुक़रात—जैसे छोटे से बड़ा। एक चीज़ पहले छोटी होती है, वही फिर बड़ी हो जाती है न?

शिवि—हाँ, हाँ।

सुक़रात—वैसे ही निर्बल से बलवान् और सुस्त से तेज़, और तेज़ से सुस्त। क्यों, ठीक है न?

शिवि—निस्सन्देह।

सुक़रात—वैसे ही श्रेष्ठ से निकृष्ट और न्याय से अन्याय। इससे सिद्ध हुआ कि हर एक वस्तु का बीज उसकी विरोध-सत्ता में है। सर्दी से गर्मी, गर्मी से सर्दी, दिन से रात, रात से दिन। अच्छा, जिस प्रकार जागने का विरोधी सोना है, वैसे जीवन का भी तो कोई विरोधी होगा?

शिवि—है।

सुक़रात—वह क्या है?

शिवि—यही मृत्यु।

सुक़रात—ठीक! पर जब दोनों एक-दूसरे के विरोधी हैं तो दोनों एक दूसरे से पैदा हुए हैं, जीवन से मृत्यु और मृत्यु से जीवन। जीवन मरण दो पदार्थ हैं। इन दोनों के बीच में उत्पत्तियाँ मौजूद हैं। जैसे नींद जागने का उलटा है। नींद से ही जागना उत्पन्न हुआ और जागने से ही नींद आवेगी। अगर मृत्यु को निद्रा मानो तो जागरण क्या होगा? पुनर्जन्म—समझे!

शिमि—कुछ-कुछ।

सुक़रात—अरे भाई, क्या मृत्यु जीवन का उलटा नहीं है?

शिवि—है।

सुक़रात—तब जीवन से क्या उत्पन्न हुआ?

शिवि—मृत्यु।

सुक़रात—और मृत्यु से।

शिवि—जीवन।

सुक़रात—जब तमाम ज़िन्दा चीज़ें मुर्दों से और मुर्दे ज़िन्दों से पैदा हुए हैं, तब इसमें क्या सन्देह रहा कि आत्मा अमर है? वही आत्मा जब शरीर से अलग होती है तो मृत्यु, एकत्र होती है तो जीवन!

शिवि—पर वही अविनाशी यह भी आत्मा है, इसका क्या सुबूत?

सुक़रात—सुनो, जिस बात की हमें याद आती है, वह कभी न कभी देखी-सुनी तो होनी ही है?

शिवि—हाँ-हाँ।

सुक़रात—यानी हाँ—यही वह वस्तु या बात है जो पहले देख-सुन चुके हैं। यही तो स्मृति है। जैसे तुम और शिवि दोनों साथ रहते हो, अगर तुम शिवि से पृथक् हो जाओ तो तुमसे पूछा जायगा—शिवि कहाँ है? यदि समय पाकर कोई किसी चीज़ को भूल जाय तो उसकी किसी वस्तु को देखकर याद आती है। जैसे तुम्हारे घोड़े को देख कर तुम्हारी याद आ जाय।

शिवि—समझ गया।

सुक़रात—देखो, हम जन्मते ही स्मृतियों की छाप लेकर आते हैं। वे स्मृतियाँ भूल भी जाती हैं। शरीर छूटने से वे स्मृतियाँ आधार न पाकर खो जाती हैं। शरीर मिलते ही उनके संस्कार फिर उनका उदय करते हैं। मानो हम पहले के सीखे पाठ को पुनः याद करते हैं।

शिवि—बेशक!

सुक़रात—तब आत्मा को यह ज्ञान कहाँ से हुआ? जन्म के बाद तो कदापि नहीं।

शिवि—नहीं।

सुक़रात—तब जन्म से प्रथम का था?

शिवि—हाँ।

सुक़रात—तब आत्मा पहले था और शरीर से प्रथक् था, और शरीर में प्रविष्ट होने से प्रथम ज्ञान-सम्पन्न था।

शिमि—वाह! क्या सफ़ाई से आपने आत्मा का अस्तित्व सिद्ध किया है।

फ़ीडो—ये बातें सुनकर मेरा दिल घबरा गया। यों तो मैं सदा ही से गुरु जी को विस्मय की दृष्टि से देखता था, पर उस दिन जो प्रतिष्ठा मेरे मन में समाई, उसे क्या कहूँ। कैसी सुजनता और सत् स्वभाव था!

मृत्यु के दिन छोकड़ों से किस मज़े से बात कर रहे थे। मैं उनकी बग़ल में एक तिपाई पर बैठा था। ऊपर बिस्तर पर उन्होंने मेरे बालों पर हाथ फेर कर कहा—देखो फ़ीडो! तुम कल इन सुन्दर केशों को कटवा डालोगे। पर ऐसा मत करना। समझे! इसके बाद वे दिन भर भिन्न-भिन्न विषयों पर, जिनमें आत्मा ही की प्रधानता थी, बातें करते रहे। वे बिलकुल बेफ़िक्र थे, मानो कुछ होना ही नहीं है। फिर वे एकाएक बोले—

"देखो भाई शिमि और शिवि! परलोक से कभी तुम्हारी भी बुलाहट आवेगी ही, मेरी तो आ ही गई। अब मुझे चलने से पहले स्नान कर लेना चाहिए, नहीं तो मृतक को स्त्रियों को नहलाना पड़ेगा। इससे लाओ मैं ही इस काम को निबटा लूँ।"

इस पर क्रुटो ने कहा—ऐसी ही इच्छा है तो स्नान कर लीजिए, परन्तु अपने मित्र, स्त्री, पुत्र, बन्धुओं को कुछ आज्ञा तो कीजिए। ऐसी आज्ञा जिससे कि आपको सन्तोष हो।

सुक़रात—मेरा सन्तोष तो यही है कि सत्पथ के अनुगामी बनो।

क्रुटो—ऐसा ही होगा। अच्छा, आपकी समाधि कैसी बनेगी?

सुक़रात—जैसी चाहो। पर तुम मुझे पकड़े रहना, जिससे मैं भाग न जाऊँ।

इतना कहकर वे ज़ोर से हँस पड़े। फिर वे हमारी तरफ़ देखकर बोले—क्रुटो को यह समझाना कठिन है कि मैं वही सुक़रात हूँ जो अभी बैठा तर्क कर रहा था। वह समझता है मैं नष्ट हो जाऊँगा, मैं शरीर मात्र हूँ। इसलिए वह मेरी अन्त्येष्टि क्रिया की चिन्ता कर रहा है। मेरी बातों का उस पर असर नहीं। उसने मेरे मुक़दमे में मेरी ज़मानत दी थी कि मैं भागूँगा नहीं, पर इस समय आप लोग इस बात की उसे ज़मानत दो कि मैं मर कर चला जाऊँगा, तुम लोगों के पास नहीं रहूँगा, जिससे वह मेरे शरीर को गड़ते या जलते देखकर यह समझ कर दुखी न हो कि सुक़रात जल या गड़ रहा है और उसे कष्ट हो रहा है।

फिर वे क्रुटो की ओर प्रेम से देखकर बोले—क्रुटो, इसकी क्या चिन्ता? तुम यही समझो कि जड़ शरीर को गाड़ रहे हैं। जैसा उचित समझो उसी तरह गाड़-गूड़ देना। इसमें ज़्यादा सोच-विचार किस बात का?

इतना कहकर वे स्नान करने उठ गए। क्रुटो भी साथ ही उठ गया। हम लोगों का दिल टूट रहा था। जब वे स्नान कर बाहर आए तो उनके बाल-बच्चों से उन्हें मिलाया गया। एक बहुत छोटा था, दूसरे दो समझदार थे। स्त्रियाँ भी थीं। सभी को कुछ कह-सुनकर बिदा कर दिया। अब सूर्यास्त होने ही को था। वे हमारे पास चुपचाप बैठ गए। इतने ही में विष पान कराने वाला जल्लाद आगया और उसने खड़े होकर कहा—"देखो भाई सुक़रात! मुझे विश्वास है कि और लोगों की तरह तुम कुछ अनुचित कार्यवाही न करोगे। जैसा कि अन्य अपराधी, जब मैं उन्हें विष पान को कहता हूँ तो वे गाली देते हैं और ज़माने भर का शाप देने लगते हैं। पर तुम-जैसा शिष्ट और सुशील क़ैदी मैंने आज तक नहीं देखा। इसलिए मुझे विश्वास है कि तुम मुझ पर नाराज़ न होगे। यदि नाराज़ ही होना है तो उन पर होना, जिन्होंने तुम पर अन्याय किया है, क्योंकि मैं तो हुक्मी बन्दा हूँ। मेरी आख़िरी सलाम है, इस दुख को शान्ति से सह जाने ही में उम्दगी है।" यह कह कर वह रोता हुआ चला गया।

गुरु जी ने उसकी तरफ़ देखकर कहा—"सलाम भाई! सलाम। मैं तुम्हारे कहने के मुताबिक़ ही करूँगा।" फिर हमारी ओर मुड़कर बोले—"देखो कैसा शिष्ट आदमी है। अच्छा भाई क्रुटो, अब देर क्यों? विष तैयार हो तो ले आओ। अब प्राणों को क्यों जकड़े बैठा रहूँ?"

इसके बाद क्रुटो ने सेवक को सङ्केत किया। थोड़ी देर में जल्लाद विष का प्याला ले आया। उसे देखकर गुरुजी ने कहा—हाँ भाई, तुम तो ठीक-ठीक जानते होगे, मुझे क्या-क्या करना होगा?

जल्लाद—इसे पीकर इधर-उधर टहलना, और पैर भारी होने पर लेट जाना। शेष कार्य वह स्वयं कर लेगा। यह कहकर उसने प्याला गुरुजी के हाथ में दे दिया।

प्याला हाथ में लेकर गुरुजी बोले—क्या इसमें से थोड़ा देवताओं को भोग लगा दूँ?

उत्तर में उस आदमी ने कहा—हम लोग जितना काफ़ी समझते हैं उतना ही बनाते हैं, कमोबेश नहीं।

"ठीक है, मैं समझ गया।" यह कहकर वे शान्ति से उसे पी गए। यह देखकर हमारा शोक उमड़ पड़ा, हम ज़ोर से रो पड़े। क्रूटो तो बाहर निकल गया। अपोलोडोरस ज़ोर-ज़ोर से चिल्लाने लगा। गुरुजी ने कहा—"वाह भाई वाह! यह तुम क्या करने लगे? इसीलिए तो मैंने यहाँ स्त्रियों को नहीं रहने दिया था। मरने वाले को सन्नाटे में ही मरना चाहिए।" यह कहकर वे टहलने लगे। जब पैर भारी होने लगे तो चित्त लेट गए। जल्लाद घड़ी-घड़ी उनके पैर टटोल-टटोल कर देखता और ख़ूब ज़ोर से दबाकर पूछता—"क्या कुछ पीड़ा मालूम देती है।"

गुरुजी—कुछ नहीं।

फिर जाँघ और उसके ऊपर दबाकर वह बोला कि विष अपना काम कर रहा है। गुरुजी स्वयं भी अनुभव कर रहे थे। वे बोले—यह सर्दी जब कलेजे तक पहुँच जायगी तब मेरी मृत्यु होगी।

उनका शरीर कमर तक ठण्डा हो चुका था। इसी समय उन्होंने मुँह पर से कपड़ा हटाया और कहा—देखो क्रूटो! असकलीपस को एक मुर्ग़ा चढ़ा देना।

क्रूटो ने कहा—अच्छा चढ़ा देंगे। और कुछ?

गुरुजी फिर नहीं बोले। उनका शरीर कुछ हिला। जब मुँह पर से कपड़ा हटाया गया तो आँखें चढ़ी हुई दिखाई दीं।

क्रूटो ने आँखें और मुँह दोनों बन्द कर दिए। इस प्रकार यह महान् ज्ञानी अमर हुए।

[पृष्ठ २०० का शेषांश]

रँग लिया। भीड़ कम होती जा रही थी। वह नीचे उतरा। कपड़े को खोला और दो घोड़ों के बीच में धीरे से खिसक गया। जाकर भीड़ में मिल गया और सबसे पहले होटल में जा पहुँचा।

वह अपने कमरे में पहुँचा। आईने में अपनी सूरत देखी तो मालूम हुआ कि माथे पर लाल बूँदें पड़ी हैं। अपने हाथ से वह ख़ून पोंछ कर उसने उसे देखा और वहीं बेहोश होकर गिर पड़ा!

बन्दा बहादुर का बलिदान

[लेखक—श्री० 'मुक्त']

बचपन की बातें

इतिहास के पन्ने उलट कर देखिए; आप मुग़ल-साम्राज्य की नींव को रक्त से प्लावित पावेंगे। अत्याचार की शिला पर उसकी नींव पड़ी थी; दमन और ज़ुल्म की ईंटों पर उसकी इमारत खड़ी की गई थी; और ग़रीब तथा असहाय मनुष्यों की आह के साथ उसका शृङ्गार हुआ था। उस साम्राज्य के इमारत की प्रत्येक ईंट पीड़ितों के रक्त से सींची गई थी और उसके ज़र्रे-ज़र्रे से पीड़ा की करुण-पुकार सुन पड़ती थी। आज भी दिल्ली के उजड़े हुए बादशाही प्रमोदोद्यानों, केलि-कुञ्जों तथा विशाल भवनों में जाने पर, उदासीनता तथा रोदन की जो एक अव्यक्त अनुभूति होती है, वह इस बात की साक्षी है।

दिल्ली के तख़्त पर उस समय औरङ्गज़ेब का शासन-सूर्य चमक रहा था। अत्याचार की प्रखर किरणों से तपती हुई प्रजा हाहाकार कर रही थी। अशान्ति और असन्तोष का आतङ्क लोगों पर छाया हुआ था। हिन्दू कमज़ोर और बुज़दिल हो गए थे। बादशाह के विरुद्ध सिर उठाने का उनमें साहस नहीं था। जो इक्के-दुक्के लोग ऐसा साहस करते भी थे, वे बुरी तरह से कुचल दिए जाते थे।

देश की ऐसी ही बुरी परिस्थिति के समय जालन्धर ज़िले में एक तेजस्वी और प्रतिभावान् बालक ने जन्म लिया। यह बालक ही आगे चलकर बन्दा बहादुर के नाम से मशहूर हुआ।

पुन्छ एक पहाड़ी रियासत है। उसके अन्तर्गत राजोर नामक गाँव में—संवत् १७२७ के कार्तिक मास में—बन्दा ने रामदेव राजपूत के घर जन्म ग्रहण किया। उसका नाम रक्खा गया लक्ष्मणदेव।

पहाड़ी रियासत में जन्म लेने के कारण लक्ष्मणदेव को—बचपन से ही—शिकार का बड़ा शौक़ था; और इसी बहाने छोटी उम्र में ही वह एक उस्ताद तीरन्दाज़ और चतुर घुड़सवार बन गया। अपने जीवन के अन्त तक जो इसे सदा विजय मिलती रही, उसके बचपन की यह कला भी उसका एक कारण है।

वैराग्य

कभी-कभी छोटी बातों का प्रभाव भी मनुष्य के हृदय पर ऐसा गहरा पड़ता है कि उसके जीवन की धारा सदा के लिए परिवर्त्तित हो जाती है। लक्ष्मणदेव के जीवन में भी एक ऐसी घटना घटी, जिसने उसके जीवन के उद्देश्यों में महान् परिवर्त्तन कर दिया। एक बार वह शिकार खेलने गया था। एक हिरनी पहाड़ की हरियाली में किलोलें कर रही थी। लक्ष्मणदेव ने तीर चलाया। हिरनी लोट गई। पास जाकर लक्ष्मण ने उसका पेट चीर डाला। हिरनी गर्भिणी थी। पेट से तीन बच्चे निकले और तड़प-तड़प कर कई लहमों में मर गए। बच्चे का तड़पना और उनकी दयनीय मृत्यु ने लक्ष्मण पर कुछ ऐसा प्रभाव डाला कि संसार से उसका जी उचट गया। वैराग्य ने हृदय में घर कर लिया। घर-द्वार से परहेज़-सा हो गया। जानकीदास नाम के वैरागी से भेंट हुई। घर-द्वार छोड़कर उसके साथ कसूर चला गया। वहाँ साधुओं का वेश बनाया और अपना नाम बदलकर माधोदास रक्खा।

संसार से ऊबने पर मनुष्य के हृदय में वैराग्य उत्पन्न होता है; और इन्द्रियों का दमन करके ही मनुष्य उसे चरितार्थ कर सकता है। इन्द्रिय-निग्रह का उपाय तपः-साधना है। माधोदास भी नाना तीर्थों का पर्यटन करता हुआ पञ्चवटी में तपस्या करने लगा। कुछ दिनों बाद वहाँ से चलकर वह नान्देर नगर में आया और गोदावरी के तट पर अपनी कुटी बनाई।

माधोदास की कीर्ति धीरे-धीरे चारों ओर फैल गई। लोग उसके दर्शनों के लिए आने और उसे गुरु मानने लगे। लोगों का विश्वास था कि भूत-प्रेत उसके अधिकार में हैं और उनकी सहायता से वह मनमाने काम करा सकता है। मुसलमान शासकों के हृदय में भी यह बात बैठ गई थी।

पञ्जाब में सिक्ख-गुरुओं का धार्मिक आन्दोलन जारी था और दक्षिण में लगातार बहुत समय से मराठों पर औरङ्गज़ेब हमला कर रहा था। इस प्रकार उत्तर और दक्षिण प्रान्त तबाह हो रहे थे। इन बातों की ख़बर समय-समय पर माधोदास को मिलती रहती थी; पर इसकी ओर विशेष ध्यान देने की उस संसार-त्यागी को फ़ुरसत ही कहाँ थी और ज़रूरत ही क्या थी?

मैदान में

इस समय तक गुरु गोविन्दसिंह के चारों बेटे क़त्ल किए जा चुके थे। सिक्खों की सहायता से गुरु गोविन्दसिंह को निराशा हो चुकी थी। उन्होंने माधोदास की कीर्ति-कथा सुनी। हृदय में उससे मिलने की प्रबल उत्कण्ठा हुई और वे दक्षिण के लिए चल पड़े।

घूमते-घामते गुरु गोविन्दसिंह नान्देर पहुँचे। गोदावरी के तट पर माधोदास से भेंट हुई। उन्होंने पञ्जाब के धर्म-सङ्कट की अग्निमयी कथा माधोदास को सुनाई। गुरु की बातों ने दूसरी बार माधोदास के हृदय में क्रान्ति की आग उत्पन्न कर दी। वैराग्य छोड़कर वह कर्मक्षेत्र में उतर पड़ा। इस समय वह छत्तीस वर्ष का हो चुका था।

इस मुलाक़ात में गुरु ने वैरागी माधोदास की बड़ी प्रशंसा की। उत्तर में वैरागी ने कहा—"मैं आपका बन्दा हूँ।" आगे चलकर बन्दा बहादुर के नाम से ही यह मशहूर हुआ।

अपनी उस कुटिया को छोड़कर बन्दा पञ्जाब के लिए प्रस्थित हुआ। रास्ते में कितने ही सिक्ख इसके साथ हो गए। शाही ख़ज़ाने लूटकर यह सिक्खों में बाँट दिया करता था। इस लालच से भी कितने सिक्खों ने इसका साथ दिया।

वैराग्य छोड़कर बन्दा राजधर्म में प्रवृत्त हुआ। मण्डी की रियासत में उसने अपना विवाह भी कर लिया, जिससे उसे एक पुत्र उत्पन्न हुआ। उसके विरोधियों ने इसे उसको बदनाम करने का ज़रिया बना लिया, पर वैरागियों का विवाह करना नियम-विरुद्ध नहीं है। अब भी वैरागी विवाह किया करते हैं।

लड़ाइयाँ

बन्दा से मिलने के लिए जब गुरु गोविन्दसिंह दक्षिण चले गए तो कुछ सिक्खों ने सरहिन्द नवाब के यहाँ नौकरी कर ली। नवाब ने बन्दा के आने की बात सुनी और सिक्खों से कहा कि तुम्हारे एक गुरु इस तरह भागे-भागे फिरते हैं; इस नए को वह सीख दी जायगी कि कुछ दिनों तक उसकी याद बनी रहे।

नवाब की ये बातें सिक्ख सह न सके। नौकरी पर लात मार, बन्दा की शरण में आ गए। बन्दा में दैवी-शक्ति थी; थोड़ी फ़ौज इकट्ठी होते ही उसने नगर पर चढ़ाई कर दी और मुसलमानों को खदेड़ दिया।

हिन्दुओं की ओर से बन्दा को गुप्त मददें मिलीं, और अपनी सेना का पूर्ण विस्तार करके अम्बाला, सँवारा, सीफ़ाबाद, कैथल, दामला आदि मुसलमानी नगरों को जीतता हुआ, वह कञ्जपुर पहुँचा और वहाँ अपना अधिकार जमाया।

औरङ्गज़ेब दक्षिण में दम तोड़ रहा था, और बन्दा ने पञ्जाब में हाय-हाय मचा रक्खी थी। आए-दिन रोज़ ही लड़ाइयाँ होतीं, शाही ख़ज़ाने लूटे जाते, रसदें छीन ली जातीं, नगरों पर क़ब्ज़ा कर लिया जाता। बन्दा लूट-पाट की चीज़ों और जीते हुए नगरों को सिक्खों में बाँट दिया करता, अपने लिए कुछ न रखता था।

साढ़ोरा के उस्मान ख़ाँ से वहाँ के हिन्दू बहुत तङ्ग आ गए थे। उन्होंने बन्दा से फ़र्याद की। दो दिनों तक ज़बरदस्त लड़ाई हुई। उस्मान ख़ाँ मार डाला गया। मुख़लिस्गढ़ को हस्तगत करके उसे लोहगढ़ का नाम दिया गया और वहाँ गोला-बारूद इकट्ठा करने का प्रबन्ध किया गया।

सरहिन्द के सूबे ने तोपों के साथ पाँच हज़ार सेना और दो सेनापतियों को सिक्खों के विरुद्ध भेजा। रोपड़ पर ये बुरी तरह हारे और सिक्खों के हाथ बहुत-सा गोला-बारूद आया। इस लड़ाई में कई प्रसिद्ध मुसलमान-सरदार मारे गए। मुसलमानी सेना भाग चली। परन्तु मौक़े पर पीछे से एक और भारी सेना आ गई। बन्दा के पास भी युद्ध का पूरा सामान तैयार था। दोनों सेनाओं में घमासान युद्ध हुआ। मृतक मनुष्यों से रणक्षेत्र पट गया, ख़ून के पनारे बह चले। पर तोपों के सामने सिक्ख-वीर कब तक डटते? उनके पैर उखड गए। सेना भागने लगी। सरदारों ने ताने देने शुरू किए। सिक्ख-सेना एक बार फिर उमड़ पड़ी, पर टिक न सकी।

वहाँ से तीन कोस की दूरी पर बन्दा भजन कर रहा था। सिक्खों के पराजय की बात जब उसने सुनी तो घोड़े पर सवार होकर वायुवेग से रणक्षेत्र में पहुँचा। सिक्खों ने उसे देखा तो उनके दिल दूने हो गए। मुसलमानों पर बन्दा का इतना आतङ्क था कि उसे देखते ही उनकी हिम्मत टूट गई। अपने तीखे बाणों से बन्दा ने मुसलमानी सेना को मथ डाला। आगे बढ़ने पर सूबेदार वज़ीर ख़ाँ से बन्दा की भेंट हुई। बन्दा ने युद्ध के लिए उसे ललकारा, पर वह सामने न आया। अन्त में हाथी का पैर फ़िसल जाने से वह गिर पड़ा और पकड़ा गया। जीते जी आग में डालकर उसका बध किया गया। सूबा के वज़ीर सुच्चानन्द को भी प्राणदण्ड दिया गया। कई दिनों तक बन्दा के सैनिक नगर लूटते रहे।

संवत् १७६५ के जेठ महीने में बन्दा ने बड़ा भारी दरबार किया। जीते हुए सारे इलाक़े सिक्खों को बाँट दिए गए। मुसलमानों के लिए कोई सुविधा न दी गई। यहाँ से आगे चलकर बन्दा ने राहूँ, मालेर कोटला, राहकोट, जिगराँव तथा मलवारा तलवण्डी पर चढ़ाई की और उन पर अपना अधिकार जमाया।

अभी दो वर्ष से कुछ कम ही समय बन्दा को मैदान में उतरे हुआ था कि पञ्जाब के एक बड़े हिस्से पर उसने अधिकार जमा लिया। खलौर, नालागढ़ और नाहन के राजे भेंट ले-लेकर आने लगे। अब बन्दा अमृतसर गया और वहाँ दरबार साहब में बहुत-सा धन उसने भेंट किया। एक दरबार भी उसने किया जिसमें सिक्खों को इनाम देकर यह मशहूर किया कि जो लोग सिक्ख-धर्म ग्रहण करेंगे, बन्दा का राज्य होने पर ज़मीन की लगान उनसे न ली जायगी। इस लालच से झुण्ड के झुण्ड लोग सिक्ख बनने लगे और बन्दा के पास एक बड़ी भारी सेना इकट्ठी हो गई।

इतनी लड़ाइयाँ जीतने पर भी अभी तक बन्दा ने अपना साधु-वेश न छोड़ा था, पर जब प्रजा इसे ही गुरु समझकर इसकी पूजा करने लगी, राजे-महाराजे इसके शिष्य होने लगे, तो इसने भी राजाओं का वेश बनाया और ठाट-बाट से रहने लगा।

दिनों का फेर

जब बन्दा के बिना राज्य-प्रबन्ध करना सिक्खों को मुश्किल मालूम पड़ने लगा, तो वे उससे जलने लगे। उन लोगों ने हल्ला उड़ा दिया कि वैरागी की तपस्या नष्ट हो गई है, वह विषय-भोग में फँस गया है। इस प्रकार बन्दा के एक नए विरोधी दल की पञ्जाब में सृष्टि हुई। पर बन्दा को उसकी कुछ परवा न थी।

औरङ्गज़ेब की मृत्यु के बाद बहादुरशाह तख़्त पर बैठा। दिल्ली के पास के करनाल, पानीपत आदि ज़िलों पर जब बन्दा ने अधिकार जमा लिया तो दिल्ली का शासक अधीर हो गया। उसने बादशाह को पत्र लिखा। बादशाह ने भी पञ्जाब की स्थिति पर ध्यान दिया और एक बड़ी सेना सिक्खों के विरुद्ध भेजी। और स्थानों के मुसलमान-राजाओं ने भी सहायता के लिए अपनी-अपनी सेनाएँ रवाना कीं।

अमीनाबाद में युद्ध शुरू हुआ। सिक्ख मैदान छोड़ भागे। मुसलमानों के अत्याचार बढ़ गए। सिक्खों में त्राहि-त्राहि मच गई। बन्दा को याद कर रोने लगे। यह बात जब बन्दा को मालूम हुई तो वह कुल्लू से होशियारपुर आया। उसके आते ही सारा प्रान्त अपने आप उसके अधीन हो गया। मुसलमानी सेना भय से उसके सामने टिक न सकी।

सहारनपुर के राजा अलीमुहम्मद ने दीन के नाम पर युद्ध के लिए मुसलमानों का आह्वान किया। मुसलमानों की एक विशाल सेना इकट्ठी हुई और बन्दा से घमासान युद्ध हुआ; किन्तु सेनापति के मरते ही सारी सेना भाग खड़ी हुई। सहारनपुर पर भी बन्दा ने अधिकार जमाया।

पराजय

दक्षिण से लौटकर बादशाह ने एक बड़ी सेना चतुर सेनापतियों की देख-रेख में बन्दा को पकड़ने के लिए भेजी। कोट आबूख़ाँ के पास घनघोर युद्ध हुआ। सिक्खों की भयानक हार हुई। सारी सेना भाग निकली। बन्दा को स्वयं भी भागना पड़ा और बड़ी-बड़ी विपत्तियों से होते हुए किसी तरह वह लोहगढ़ पहुँचा।

इतने में शाहज़ादा जहाँगीर की अध्यक्षता में फिर एक बड़ी सेना आ पहुँची। इसने लोहगढ़ पर घेरा डाल दिया। सिक्ख भूखों मरने लगे। कई बार युद्ध हुए; पर सिक्ख क़िले में बन्द थे। उनका कुछ वश न चलता था।

क्रुद्ध होकर बादशाह स्वयं बन्दा पर चढ़ दौड़ा, पर उसके हृदय में भी भय का आतङ्क छाया हुआ था। संयोग से संवत् १७७० में रास्ते में ही उसकी मृत्यु हो गई। बादशाह की मृत्यु के बाद एक हलचल-सी मच गई। राज्य के लिए घर में ही तकरार होने लगी। इधर बन्दा पहाड़ों पर चला गया। मुसलमान मज़बूत होने लगे, सिक्खों की पराजय होने लगी। वे इधर-उधर भागने लगे। एक वर्ष के बाद बन्दा पहाड़ों से घूमकर लौटा। सिक्खों ने नया जीवन पाया। बसीगाँव के युद्ध में भी मुसलमानों की हार हुई। सरहिन्द पर आक्रमण करके उसे बन्दा ने हस्तगत किया। जालन्धर भी इसी युद्ध-यात्रा में इनके हाथ आया।

शतरञ्ज की मुहरें

कुछ अमीरों की सहायता से फ़र्रुख़शियर तख़्त पर बैठा। लड़ाइयों से कामयाबी न देखकर वह शतरञ्ज के मुहरों की चाल चलने लगा। दिल्ली में गुरुगोविन्दसिंह की माता सुन्दरी और साहबदेवी नाम की दो स्त्रियाँ रहती थीं। अपने हिन्दू-मन्त्री से बादशाह ने उनके पास कहला भेजा कि हमारे पूर्वज आपके पूर्वजों के सेवक रहे हैं। यह बन्दा व्यर्थ ही देश को तबाह कर रहा है। आप उसे रोकिए। मैं सिक्खों को उनके हक़ दूँगा।

बादशाह की यह चाल काम कर गई। माता सुन्दरी ने बन्दा बहादुर को पत्र लिखा कि तुम्हारी वीरता से हम प्रसन्न हैं। तुम गुरु के सच्चे सेवक हो। लेकिन अब लड़ाई-झगड़ा बन्द कर दो, क्योंकि बादशाह जागीर देने को तैयार हैं।

पत्र पढ़कर बन्दा का ख़ून खौल उठा। उसने उत्तर में लिखा—"मैं वैरागी साधु हूँ, गुरु का सिक्ख नहीं। अपने बल से और गुरुपुत्रों का बदला लेने के लिए मैंने इतना प्रदेश जीता है और इतनी लड़ाइयाँ की हैं। मैं न जागीर चाहता हूँ न किसी की दया। मैं आपकी आज्ञा मानने में भी असमर्थ हूँ। फिर मुझे आज्ञा देने का आप को अधिकार ही क्या है?"

बन्दा के उत्तर को माताओं ने अपना अपमान समझा और सिक्ख-सरदारों तथा पन्थ को लिख भेजा कि बन्दा गुरु का सिक्ख नहीं है। उसका साथ मत दो।

सिक्खों में खलबली पड़ गई। फिर भी उन्हें माता की आज्ञा माननी पड़ी। बन्दा का साथ उन्होंने छोड़ दिया और उसके सब उपकारों को भूल गए।

संवत् १७७३ में अमृतसर के बैसाखी मेले में सिक्खों के द्वारा बन्दा का अपमान किया गया। तब बन्दा की आँखें खुलीं। उसने सोचा कि केवल सिक्खों से काम न चलेगा। हिन्दुओं का उसने अपनी जादू-भरी वाणी में आह्वान किया। अपना जय-घोष भी बदलकर उसने 'जय धर्म की' कर दिया। थोड़े ही दिनों में उसने हिन्दुओं की एक ख़ासी सेना इकट्ठी कर ली। बन्दा से अलग हुए सिक्ख अपने को तत्ख़ालसा कहते थे।

मौक़ा देखकर बादशाह ने सेना भेजी। नैनाकोट के समीप बन्दा भी तैयार था। ख़ूब छूटकर लड़ाई हुई। अन्त में शाही सेना को हारकर भागते ही बना।

बादशाह ने देखा कि बन्दा तत्ख़ालसों से अलग होकर भी पहले की ही तरह अजेय है तो उसके विस्मय की सीमा न रही। मन्त्रियों से उसने परामर्श लिया। मन्त्रियों ने तत्ख़ालसों को फोड़ने की सलाह दी। यह काम आसान भी था। बन्दा से तत्ख़ालसों का दिल टूट चुका था। सहज ही वे सन्धि करने पर तैयार हो गए। कई शर्तों की भित्ति पर यह सन्धि स्थापित हो गई।

बन्दा हैरान था कि बादशाह को इतनी सफलता कैसे मिल रही है। उसने लाहौर पर चढ़ाई करने का निश्चय किया। बन्दा का यह निश्चय, उसकी परिस्थिति पर ध्यान रखते हुए, अवश्य ही एक असाधारण बात है। पर इन बातों से वह कभी विचलित नहीं हुआ। गुरुदासपुर में जितनी सेना वह इकट्ठी कर सका, लेकर लाहौर की ओर बढ़ चला।

लाहौर के सूबा के पास एक बड़ी सेना थी। तत्ख़ालसों ने भी उसे सहायता देने का वचन दिया था। उनकी सेना भी आ पहुँची। घनघोर युद्ध हुआ। पहले तो बन्दा के सैनिक ख़ूब लड़े, पर जब बन्दा ने तत्ख़ालसों को अपने विरुद्ध खड़ा देखा तो उसके हृदय में गहरी ठेस लगी। लड़ाई छोड़कर वह गुरुदासपुर वापस लौट आया। इस सफलता से बादशाह को बड़ी प्रसन्नता हुई।

बन्दा ने एक बार फिर तत्ख़ालसों को मिलाने की चेष्टा की, पर सब व्यर्थ हुआ। तब उसने अपने क्षत्रियत्व के बल पर अकेले ही देश जीतने का सङ्कल्प किया।

बन्दा ने कलानौर पर चढ़ाई की और उसकी विजय हुई। इसके बाद क्रम से उसने स्यालकोट, वज़ीराबाद और गुजरात के इलाक़ों पर अपना प्रभुत्व जमाया। इन लड़ाइयों में कुछ धन तो उसके हाथ अवश्य आया, पर शक्ति की कुछ वृद्धि न हुई, जिसकी उसे आवश्यकता थी।

गिरफ़्तारी

संवत् १७७६ में फिर एक बड़ी सेना बादशाह ने बन्दा के विरुद्ध भेजी और दूसरे सरदारों को भी मदद देने को लिखा। सेनाओं ने जाकर गुरुदासपुर को घेर लिया। आने-जाने का कोई रास्ता न रह गया। भीतर के लोग जब भूखों मरने लगे तो पाँच सौ सिपाही छिपकर बाहर निकले, पर मुसलमानों को पता लग गया और वे सबके सब क़त्ल कर डाले गए।

लड़कर मर जाना राजपूतों के लिए कोई बड़ी बात नहीं है, पर भूखों रहकर बेबसी की हालत में घुल-घुल कर मरना बड़ा कष्टकर होता है। जब भूख की वेदना असह्य हो गई, तो सैनिक बन्दा को बुरा-भला कहने लगे। बन्दा ने उन्हें बार-बार समझाया और कहा कि जब तक मैं तुम लोगों के लिए कुछ प्रबन्ध न कर लूँगा, मुँह में एक दाना न डालूँगा। उस समय की उनकी विवशता और वेदना की हम कल्पना भी नहीं कर सकते।

जब बचने का दूसरा कोई रास्ता नज़र न आया तो लाचार होकर सब फाटक खोल दिए गए। मुसलमानी सेना टीड़ी-दल की तरह अन्दर घुस पड़ी। भूख-प्यास से बन्दा का शरीर सूखकर काँटा हो चुका था। उसने धनुष-बाण रख दिया और अपने आपको शत्रुओं के हाथों समर्पित कर दिया। लोहे के सीख़चों में वह बाँध लिया गया। बिजली की भाँति सारे देश में यह ख़बर फैल गई।

बलिदान

जीवन की मरुभूमि में लगातार चौदह वर्षों तक चलते रहने के कारण बन्दा थक भले ही गया हो, मगर चलने की उसकी हौंस अभी मिटी न थी। उसकी आत्मा की ज्योति अभी उसी प्रकार उसके हृदय को प्रकाशित कर रही थी। उसके हृदय की धड़कन में अब भी उतना ही उत्साह और बल था। उसकी नसों में

अब भी खौलता हुआ रक्त प्रवाहित होता था, मगर अब सिंह लोहे के पिंजड़े में बन्द था, बेबस था !

बन्दा के साथ सात सौ चालीस और भी सैनिक गिरफ़्तार हुए थे, जिन्होंने सर्दी में, गर्मी में, दुख में, सुख में, जीवन में, मृत्यु में—सदा बन्दा का साथ दिया था। बन्दा के साथ ही वे सभी क़ाज़ियों के सामने पेश किए गए। क़ाज़ियों ने कहा—तुम सभी की जान बख़्शी जा सकती है, यदि तुम इस्लाम पर ईमान लाना स्वीकार करो।

घृणा से बन्दा ने मुँह फेर लिया। सबके प्राणदण्ड की आज्ञा सुना दी गई। हँसते-हँसते सबने यह दण्ड स्वीकार किया। वे अपना काम कर चुके थे। प्राणदण्ड उनके कर्त्तव्य-पालन का पुरस्कार था, क्योंकि देशभक्तों के पथ में फूल नहीं, काँटे बिछे होते हैं।

प्रतिदिन दिल्ली की छाती पर भारत के सौ सपूतों का बध होता था। प्रतिदिन वहाँ नृशंसता का नग्न-नृत्य होता, पैशाचिकता का अट्टहास होता, अमानुषिकता की चिता धायँ-धायँ जलती थी, किन्तु वीरों के चेहरे पर शिकन न थी। सभी प्रसन्न थे, सभी निर्भय।

आठवें दिन बन्दा की बारी आई।

बादशाह ने पूछा—तुम कैसी मौत पसन्द करते हो?

हँसकर बन्दा ने उत्तर दिया—जैसी तुम्हारी मर्ज़ी हो। मुझे तो शरीर ही दुख का मूल दीख पड़ता है।

बन्दा के चारों ओर भालों की क़तार बाँधी गई, जिस पर उसके प्यारे साथियों का सिर टँगा हुआ था। फिर उसका नन्हा-सा बच्चा और एक लपलपाती हुई जीभ का छुरा देकर उसे आज्ञा दी गई कि अपने हाथों बालक का बध करो। बन्दा ने इन्कार किया। तब जल्लाद ने उसके सामने ही बालक के दो टुकड़े कर डाले और उसे बन्दा के शरीर पर फेंक दिया। इसके बाद लोहे की गर्म की हुई सलाख़ों से उसके शरीर पर प्रहार किए गए। अङ्गारे-से लाल तपे हुए चिमटों से मांस के टुकड़े खींचे गए। अन्त में उसकी हड्डियाँ दीख पड़ने लगीं। मरते समय, इतना अमानुषिक कष्ट पाने पर भी, उसे अपने कृत्यों पर पश्चात्ताप न हुआ, क्योंकि वह जानता था कि एक सदनुष्ठान के बदले में उसे यह पुरस्कार मिल रहा है। उसके मुँह पर वेदना और व्यथा का कोई चिह्न न था। यह देखकर एक दरबारी ने उससे प्रश्न किया कि इतना कष्ट मिलने पर भी तुम प्रसन्न कैसे हो? बन्दा ने उत्तर दिया—जिसे आत्मा का ज्ञान है, उसे मालूम है कि वह दुखों से परे है।

सब समाप्त होगया। एक जलता हुआ प्रकाशमान चिराग़ सदा के लिए बुझ कर इस देश को अन्धकार में छोड़ गया। आज हममें से बहुतेरे उसका नाम भी नहीं जानते हैं।

बन्दा के इस बलिदान की कहानी से सहज ही पाठक उस समय के मुसलमानों की बर्बरता का अन्दाज़ लगा सकते हैं।*

---

*इस निबन्ध के लिखने में हमें देवता-स्वरूप भाई परमानन्द जी के लिखे 'वीर वैरागी' नामक ग्रन्थ से बड़ी सहायता मिली है। एतदर्थ हम भाई जी के कृतज्ञ हैं।

—लेखक

फाँसी

[रचयिता—'एक राष्ट्रीय आत्मा']

(१)

पशु-प्रवृत्ति की प्रतिमा है या, पामर पिशाचिनी फाँसी;
मृदुल मानवामिष की भूखी, भीषण विघातिनी फाँसी।
निर्दय नरपतियों की प्यारी, बध-बल-विलासिनी फाँसी;
निपट निरङ्कुश निष्ठुर निन्दित, निर्भय निवासिनी फाँसी।
आजीवन जीवन ले-लेकर, केवल पाप कमाया है;
अगणित अबलाओं का तूने विधवा-वेश बनाया है !!

(२)

अभिमत-मत के दाताओं को, खल मत के मतवालों ने;
तेरी भेंट चढ़ाया, खाया, उन हृदयों के कालों ने।
निर्दोषी दोषी ठहराकर, धिक् जग के जञ्जालों ने;
तेरी बलि-वेदी पर बलि दी, कूट-नीति की चालों ने।
सीख दानवी वृत्ति मानवी मन का भाव गँवाया है;
अगणित अबलाओं का तूने विधवा-वेश बनाया है !!

(३)

दलित-देश में देश-भक्ति को, राज-द्रोह ठहराते हैं;
नाशक शासक देश-भक्त को, फाँसी पर लटकाते हैं।
औरों को भयभीत बनाकर, सत्पथ से भटकाते हैं;
परतन्त्रों के पावन पथ पर, यों रोड़े अटकाते हैं।
पशु-बल ने तेरे बल पर ही, यह अन्धेर मचाया है;
अगणित अबलाओं का तूने विधवा-वेश बनाया है !!

(४)

जिन-जिन के दलने को तूने, फैलाई ऐसी माया;
बतलाती क्यों नहीं कि उन पर, क्या प्रभाव अपना पाया ?
कोई हुआ न स्ववश अन्त में, केवल अयश हाथ आया,
और कर्मवीरों में वह भय, ऐसा नया रङ्ग लाया।
समुत्साह से साहसियों ने, हँस-हँस गले लगाया है;
अगणित अबलाओं का तूने विधवा-वेश बनाया है !!

(५)

तू उनको मारती किन्तु वे, अजर-अमर बन जाते हैं;
आकर वैसे ही अनेक जन, फिर तुझसे तन जाते हैं।
तेरे साथ धर्म-वीरों के, द्वन्द्व युद्ध ठन जाते हैं;
शीघ्र सर्व-साधारण उनकी, श्रद्धा में सन जाते हैं।
सत्याग्रहियों ने तो सचमुच, तुझको नाच नचाया है;
अगणित अबलाओं का तूने विधवा-वेश बनाया है !!

(६)

नीच नराधम नर-घातक को, फाँसी पर लटकाने में;
न्याय नहीं है, न्याय उसे है, जीवन भर तड़पाने में।
ऐ अजान ! असमर्थ रहा तू, जिसको तनिक बनाने में;
क्या चतुराई समझ रहा है, उसको व्यर्थ नसाने में।
इस कुत्सित कलुषित करणी पर, काल-कराल लजाया है!
अगणित अबलाओं का तूने विधवा-वेश बनाया है !!

(७)

फाँसी के फन्दे में डाकू कह, जो फाँसे जाते हैं;
उनसे बढ़कर उन लोगों को, हम अपराधी पाते हैं।
निरपराध जनता का रण में, जो नित रुधिर बहाते हैं;
नर-घातक नृशंस हैं फिर भी, जो नरपाल कहाते हैं।
दमन निरत दुश्मन के मन पर, क्या अधिकार जमाया है ?
अगणित अबलाओं का तूने विधवा-वेश बनाया है !!

(८)

तूने क्रूर दृष्टि से अपनी, कितने ही घर घाले हैं;
अमित अशक्त अबोध सरल शिशु हा अनाथ कर डाले हैं !
बन्धुहीन हा बन्धु अनेकों, पड़कर तेरे पाले हैं,
पुत्रहीन कर वृद्ध पिता को, किए स्वकर मुख काले हैं।
अरी निशचरी सर्वनाश का, यह क्या भाव समाया है ?
अगणित अबलाओं का तूने विधवा-वेश बनाया है !!

(९)

तूने स्नेह-सनी सतियों के, सब सुख का संहार किया;
शरद शशि-मुखी सुन्दरियों का, शमन-सुखद-शृङ्गार किया।
सुभग-सरोरुह-से शरीर में, विरह-वह्नि-सञ्चार किया;
जो सुरपुर से भी बढ़कर था, यमपुर वह संसार किया।
हृदय-विदारक विश्व-विनाशक, कैसा रूप रचाया है ?
अगणित अबलाओं का तूने विधवा-वेश बनाया है !!

जल्लाद

[ले० श्री० 'उग्र']

प्रातः आठ साढ़े आठ बजे का समय था। रात को किसी पारसी कम्पनी का कोई रद्दी तमाशा अपने पैसे वसूल करने के लिए दो बजे तक झख मार-मारकर देखते रहने के कारण सुबह नींद कुछ विलम्ब से टूटी। इसीसे उस दिन हवाख़ोरी के लिए निकलने में कुछ देर हो गई थी; और लौटने में भी।

मैं वायु-सेवन के लिए अपने घर से कोई चार मील की दूरी तक रोज़ ही जाया-आया करता था। मेरे घर और उस रास्ते के बीच में हमारे शहर का ज़िला-जेल भी पड़ता था, जिसकी मटमैली, लम्बी-चौड़ी और उदास चहारदीवारियाँ रोज़ ही मेरी आँखों के आगे पड़तीं और मेरे मन में एक प्रकार की अप्रिय और भयावनी सिहर पैदा किया करती थीं।

मगर उस दिन उसी जेल के दक्षिणी कोने पर अनेक घने और विस्तृत वृक्षों की अनुज्ज्वल छाया में मैंने जो कुछ देखा, उसे मैं बहुत दिनों तक चेष्टा करने पर भी शायद न भूल सकूँगा। मैंने देखा, मुश्किल से तेरह-चौदह वर्ष का कोई रूखा, पर सुडौल; दरिद्रता से सूखा, पर सुन्दर लड़का, एक पेड़ की जड़ के पास अर्द्धनग्नावस्था में पड़ा तड़प रहा है और हिचक-हिचक कर बिलख रहा है। उसी लड़के के सामने एक कोई परम भयानक पुरुष असुन्दर भाव से खड़ा हुआ, रूखे शब्दों में उससे कुछ पूछ-ताछ कर रहा था। यह सब मैंने उस छोटी सड़क पर से देखा, जो उस स्थान से कोई पचीस-तीस गज़ की दूरी पर थी। यद्यपि दिन की बाढ़ के साथ-साथ तपन की गरमी भी बढ़ रही थी, और यद्यपि मैं थका और अनमना सा भी था, पर मेरे मन की उत्सुकता उस दयनीय दृश्य का भेद जानने को मचल उठी। मैं धीरे-धीरे उन दोनों की नज़र बचाता हुआ उनकी तरफ़ बढ़ा।

अब मुझे ज्ञात हुआ—ओह! अब मुझे ज्ञात हुआ कि वह लड़का क्यों बिलख रहा था। मैंने देखा, उसके शरीर के मध्य-भाग पर, जो खुला हुआ था, प्रहार के अनेक काले और भयावने चिह्न थे। उसको बेत लगाए गए थे। बेत लगाए गए थे उस कोमल-मति ग़रीब बालक को अदालत की आज्ञा से? उफ़! मेरा कलेजा धक् से होकर रह गया। न्याय ऐसा अहृदय, ऐसा क्रूर होता है?

अब मैं आड़ में लुककर उस तमाशे को न देख सका। झट मैं उन दोनों के सामने आ खड़ा हुआ और उस भयानक प्राणी से प्रश्न करने लगा—क्या इसको बेत लगाए गए हैं?

"हाँ!" उत्तर देने से अधिक गुर्राकर उस व्यक्ति ने कहा—"देखते नहीं हैं आप? ससुरे ने ज़मींदार के बाग़ से दो कटहल चुराए थे।"

लड़का फिर पीड़ा और अपमान से बिलबिला उठा। इस समय वह छाती के बल पड़ा हुआ था; क्योंकि उसके घाव उसे आराम से बेहोश भी नहीं होने देना चाहते थे। वह एक बार तड़पा और दाहिनी करवट होकर मेरी ओर देखने की कोशिश करने लगा। पर अभागा वैसा कर न सका! लाचार फिर पहले ही सा लेटकर अवरुद्ध कण्ठ से कहने लगा—नहीं बाबू, चुरा कहाँ सका! भूख से व्याकुल होकर लोभ में पड़कर मैं उन्हें चुरा ज़रूर रहा था, पर ज़मींदार के रखवालों ने मुझे तुरन्त ही गिरफ़्तार कर लिया।

"गिरफ़्तार कर लिया तो तेरे घर वाले उस वक़्त कहाँ थे?" नीरस और शासन के स्वर में उस भयानक पुरुष ने उससे पूछा—"क्या वे मर गए थे? तुझे बचाने—ज़मींदार से, पुलीस से, बेंत से—क्यों नहीं आए?"

"तुम विश्वास ही नहीं करते?" लड़के ने रोते-रोते उत्तर दिया—"मैंने कहा नहीं, मैं विक्रमपुर गाँव का एक अनाथ भिखमङ्गा बालक हूँ। मेरे माता-पिता मुझे छोड़कर कब और कहाँ चले गए, मुझे मालूम नहीं। वे थे भी या नहीं, मैं नहीं जानता। छुटपन से अब तक दूसरों के जूठन और फटकारों में पला हूँ। मेरे अगर

कोई होता तो मैं उस गाँव के ज़मींदार का चोर क्यों बनता? मेरी यह दुर्गति क्यों होती? × × × आह! बाप रे × × × बाप × × ×!"

वह ग़रीब फिर अपनी पुकारों से मेरे कलेजे को बेधने लगा। मैं मन ही मन सोचने लगा कि किस रूप से मैं इस बेचारे की कोई सहायता करूँ। मगर उसी समय मेरी दृष्टि उस भयानक पुरुष पर पड़ी, जो ज़रा तेज़ी से उस लड़के की ओर बढ़ रहा था। उसने हाथ पकड़ कर अपना बल देकर उसको खड़ा किया।

"तू मेरी पीठ पर सवार हो जा?" उसी रूखे स्वर में उसने कहा—"मैं तुझे अपने घर ले चलूँगा।"

"अपने घर?" मैंने विवश भाव से उस रूखे राक्षस से पूछा—"तुम कौन हो? कहाँ है तुम्हारा घर? और इसको अब वहाँ क्यों लिए जा रहे हो?"

"मैं जल्लाद हूँ बाबू!" लड़के को पीठ पर लादते हुए ख़ूनी आँखों से मेरी ओर देखकर लड़खड़ाती आवाज़ में उसने कहा—"मैं कुछ रुपयों का सरकारी गुलाम हूँ। मैं सरकार की इच्छानुसार लोगों को बेत लगाता हूँ तो प्रति प्रहार कुछ पैसे पाता हूँ, और प्राण ले लेता हूँ तो प्रति प्राण कुछ रुपए।"

"फाँसी की सज़ा पाने वालों से तो नहीं, पर बेत खाने वालों से सुविधानुसार मैं रिशवत भी खाता हूँ। सरकार की तलब से मैंने तो बाबू यही देखा है—बहुत कम सरकारी नौकरों की गुज़र हो सकती है। इसीसे सभी अपने-अपने इलाक़ों में ऊपरी कमाई के 'कर' फैलाए रहते हैं। मैं ग़रीब छोटा-सा गुलाम हूँ, मेरी रिशवत की चर्चा तो वैसी चमकीली है भी नहीं कि किसी के आगे कहने में मुझे कोई भय हो। मैं तो सबसे कहता हूँ कि मुझे कोई पूजे तो मैं उसके सगे-सम्बन्धियों को 'सुच्चे' बेत न लगाकर 'हलके' लगाऊँ। और नहीं—और नहीं तो सड़ासड़! सड़ासड़!!"

उसने ऐसी मुद्रा बना ली, मानो वह किसी को बेत लगा रहा हो। वह भूल गया कि उसकी पीठ पर उसकी 'सड़ासड़' का एक ग़रीब शिकार काँप रहा है।

"मगर इस अनाथ को धोखे में 'सुच्चे' बेत लगाकर मैंने ठीक काम नहीं किया। इसने जेल ही में बताया था कि मेरे कोई नहीं है! मगर मैंने विश्वास नहीं किया। मैं अपने जिस शिकार का विश्वास नहीं करता, उसके प्रति भयानक हो उठता हूँ, और मेरा भयानक होना कैसा वीभत्स होता है, इसे आप इस लड़के की पीठ पर देखें। मगर इसे 'काट' कर मैंने ग़लती की है। यही न जाने क्यों मेरा मन कह रहा है।

"इसीसे बाबू मैं इसे अपने घर ले जा रहा हूँ, वहाँ इसके घाव पर केले का रस लगाऊँगा और इसको थोड़ा आराम देने के लिए 'दारू' पिलाऊँगा, बिना इसको चङ्गा किए मेरा मन सन्तुष्ट न होगा, यह मैं ख़ूब जानता हूँ!"

भैंसे की तरह अपनी कठोर और रूखी पीठ पर उस अनाथ अपराधी को लादकर वह एक ओर बढ़ चला। मगर मैंने उसे बाधा दी—

"सुनो तो, मुझसे भी यह एक रुपया लेते जाओ। मुझको भी इस बालक की दुर्दशा पर दया आती है।"

"क्या होगा रुपया बाबू?" भयानकता से मुस्करा-कर उसने रुपए की ओर देखा और उसको मेरी उँगलियों से छीनकर अपनी उँगलियों में ले लिया।

"इसको 'दारू' पिलाना, पीड़ा कम हो जायगी। अभी एक ही रुपया जेब में था, मैं शाम को इसके लिए कुछ और देना चाहता हूँ। तुम्हारा घर कहाँ है? नाम क्या है?"

"मैं शहर के पूरब उस क़बरिस्तान के पास के डोमाने में रहता हूँ, डोमों का चौधरी हूँ। मेरा नाम रामरूप है। पूछ लीजिएगा।"

२

उस अनाथ लड़के का नाम 'अलियार' था, यह मुझे उक्त घटना के सातवें या आठवें दिन मालूम हुआ। ग्रामीणों में 'अलियार' शब्द 'कूड़ा-कर्कट' के पर्याय-रूप में प्रचलित है। उस लड़के ने मुझे बताया। उसके गाँव वालों का कहना है कि उसे पहले-पहल गाँव के एक 'भर' ने 'अलियार' पर पड़ा पाया था। उसी ने कई बरसों तक उसको पाला भी और उसका उक्त नाम-करण भी किया।

अलियार के अङ्ग पर के बेतों के घाव, बधिक रामरूप के सफल उपायों से तीन-चार दिनों के भीतर ही सूख चले; मगर वह बालक बड़ा दुर्बल-तन और दुर्बल-हृदय था। सम्भव है, उसको बारह बेतों की सज़ा सुनाने वाले मैजिस्ट्रेट ने, पुलिस की मायामयी डायरियों पर विश्वास

कर, उसकी उम्र अठारह या बीस वर्ष की मान ली हो, मगर मेरी नज़रों में तो वह बेचारा चौदह-पन्द्रह वर्षों से अधिक वयस का नहीं मालूम पड़ा। तिस पर उसकी यह रूखी-सूखी काया ! आश्चर्य !! किसी डॉक्टर ने किस तरह उसको बेत खाने योग्य घोषित किया होगा । जेल के किसी ज़िम्मेदार और शरीफ़ अधिकारी ने किस तरह अपने सामने उस बेचारे को बेतों से कटवाया होगा !!

जब तक अलियार खाट पर पड़ा-पड़ा कराहता रहा, अपने उस बेत खाने के भयानक अनुभव का स्वप्न देख-देख कर अपनी रक्षा के लिए करुण दुहाइयाँ देता रहा, तब तक मैं बराबर, एक बार रोज़, रामरूप की गन्दी झोपड़ी में जाता था और अपनी शक्ति के अनुसार प्रभु के उस असहाय प्राणी की मन और धन से सेवा करता था, मगर मेरे इस अनुराग में एक आकर्षण था और वह था जल्लाद रामरूप ।

न जाने क्यों उसका वह 'अलकतरा' रङ्ग, उसकी वह भयानक नैपालियों-सी नाटी काया, उसका वह मोटा, वीभत्स अधर और पतला ओष्ठ, जिस पर घनी, काली, भयावनी तथा अव्यवस्थित मूँछों का भार अशोभायमान था, मुझे कुछ अपूर्व-सा मालूम पड़ता था। न जाने क्यों उसकी बड़ी-बड़ी, डोरीली, नीरस और रक्तवर्ण आँखें मेरे मन में एक तरह की सिहर-सी पैदा कर देती थीं। पर आश्चर्य ! इतने पर भी मैं उसे अधिक से अधिक देखना और समझना चाहता था ।

उसकी मिट्टी की झोपड़ी में उसके अलावा उसकी प्रौढ़ा स्त्री भी थी। एक दिन जब मैंने रामरूप से उसकी जीवनी पूछी और यह पूछा कि उसके परिवार का कोई और भी कहीं है या नहीं, तो उसने अपनी कहानी मुझे विचित्र सुनाई ।

"बाबू" उसने बताया—"पुश्त दो पुश्त से ही नहीं, मेरे ख़ानदान में तेरह पुश्त से यही जल्लादी का काम होता है। हाँ, उसके पहले, मुसलमानी राज में, मेरे पुरखे डाके डाला करते थे। मेरे दादा के दादा ऐसे प्रतापी थे कि सन् ५७ के ग़दर में उन्होंने इसी शहर के उस दक्षिणी मैदान में सरकार बहादुर के हुकुम से पाँच सौ और तीन पचीस और दो दस आदमियों को चन्द दिनों के भीतर ही फाँसी पर लटका दिया था। उन दिनों वह आठों पहर शराब छाने रहा करते थे। और कैसी शराब? मामूली नहीं बाबू, गोरों के पीने वाली—अङ्गरेज़ी !"

मैंने उसे टोका—रामरूप ! क्या अब भी फाँसी देने के पूर्व तुम लोगों को शराब मिलती है ?

"हाँ, हाँ, मिलती क्यों नहीं बाबू, मगर 'देसी' की एक बोतल का दाम मिलता है, विलायती का नहीं, जिसको छान-छान कर मेरे दादा के दादा गाहियों के गाही लोगों को काल के पालने पर झुला देते थे। वही मेरे ख़ानदान में सबसे अधिक धनी और ज़बरदस्त भी थे। लम्बे-चौड़े तो वह ऐसे थे कि बड़े-बड़े पलटनिए साहब उनका मुँह बकर-बकर ताका करते थे। मगर उनमें एक दोष भी बहुत बड़ा था। वह शराब बहुत पीते थे। इसी में वह तबाह हो गए और मरते-मरते ग़दर की सारी कमाई फूँक-ताप गए। हाँ, मैं भूल कर गया बाबू ! वह मरे नहीं, बल्कि शराब के नशे में एक दिन बढ़ी नदी में कूद पड़े और तब से लापता हो गए। नदी के उस ऊँचे घाट पर हमारे दादा ने उनका 'चौरा' भी बनवाया है, जिसकी सैकड़ों डोम पूजा किया करते हैं, और हमारे वंश के तो वह 'वीर' ही हैं।"

अपने 'वीर' परदादा के प्रति श्रद्धा प्रकट करने के लिए, उनकी कहानी समाप्त करते-करते रामरूप ने धीरे से अपने दोनों कान उमेंठे ।

"रामरूप !" मैंने कहा—"जाने दो अपने पुरखों की कहानी। वह बड़ी ही भयानक है। अब तुम यह बताओ कि तुम्हारे कोई बच्ची-बच्चा भी है ?"

"नहीं बाबू!" किञ्चित् गम्भीर होकर उसने कहा—"मेरी औरतिया को कोई सात बरस हुए—एक लड़का हुआ ज़रूर था, मगर वह दो साल का होकर जाता रहा। बच्चे तो वैसे भी मेरे ख़ानदान में बहुत कम जीते हैं। न जाने क्यों, जहाँ तक मुझे मालूम है, मेरे किसी भी पुरखे का एक से ज़्यादा बच्चा नहीं बचा ! मुझको तो वह भी नसीब नहीं। मेरी लुगैया तो अध-बूढ़ी हो जाने पर भी अभी बच्चा-बच्चा रिरियाया करती है। मगर यह मेरे बस की बात तो है नहीं। मैं तो आप ही चाहता हूँ कि मेरे एक 'वीर' बच्चा हो, जो हमारे इस पुश्तैनी रोज़गार को मेरे बाद सँभाले, पर जब दाता देता ही नहीं, तब कोई क्या करे ?"

"जब तक तुम्हारे और कोई नहीं है," मैंने उस

जल्लाद के हृदय की थाह ली—"तब तक तुम इसी भिखमङ्गे को क्यों नहीं पालते-पोसते ? तुमने कुछ अन्दाज़ लगाया है ? कैसा है उसका मिज़ाज ? यह तुम्हारे यहाँ खप जाने लायक़ है ?"

"है तो, और मेरी लुगैया उसको चाहती भी है।" रामरूप ने ज़रा मुस्कराकर कहा—"पर मेरे अन्दाज़ से वह अलियार कुछ दब्बू और डरूं है। और मेरे लड़के को तो ऐसा निडर होना चाहिए कि ज़रूरत पड़े तो बिना डरे काल की भी खाल खींच ले और जान निकाल ले। यह मङ्गन छोकरा भला मेरे रोज़गार को क्या सँभालेगा ?"

"कोई दूसरा रोज़गार देखो रामरूप," मैंने कहा—"छोड़ो इस हत्यारे व्यापार को, इसमें भला तुम्हें क्या आनन्द मिलता होगा। ग़ज़ब की है तुम्हारी छाती, जो तुम लोगों को प्रसन्न भाव से बेत लगाते हो और फाँसी के तख़्ते पर चढ़ाकर अपने परदादा के शब्दों में काल के पालने पर झुला देते हो! मगर यह सुन्दर नहीं!"

"हा हा हा हा!" रामरूप ठठाया—"आप कहते हैं यह सुन्दर नहीं! नहीं बाबू, हमारे लिए तो यह परम सुन्दर है। आप जानते ही हैं, मैं आप लोगों की 'नीच जाति' का एक तुच्छ प्राणी हूँ। आप तो नए ख़्याल के आदमी हैं, इसलिए न जाने क्या समझ कर इस लड़के के प्रेम में मेरी झोपड़ी तक आए भी हैं, नहीं तो मैं और मेरी जाति इस इज़्ज़त के योग्य कहाँ ? मेरे घर वाले यदि जल्लादी न करते, तो आप लोगों के मैले साफ़ करते और कुत्तों को मारते। मगर—हा हा हा हा—कुत्तों को मारने से तो आदमी को मारना कहीं अच्छा है, इसे आप भी मानेंगे, यद्यपि मेरी समझ से कुत्ता मारना और आदमी मारना, जल्लाद के लिए एक ही बात है। हमारे लिए वे भी अपरिचित और निरपराध और ये भी। दूसरों के कहने से हम कुत्तों को भी मारते हैं, और कुत्तों से ज़्यादा समझदारों—आदमियों—को भी!"

२

इसके बाद मुझे एक काम के सिलसिले में बम्बई चला जाना पड़ा और वहाँ पूरे दो महीने रुकना पड़ा। वहाँ से लौटने पर मैं भूल गया उस जल्लाद को और उसके विचित्र परिचित उस अलियार को। प्रायः दो बरस तक मुझे उनकी कोई ख़बर न थी। फ़ुर्सत भी, अपनी मानविक हाय-हायों से, इतनी न थी कि उनकी ओर ध्यान देता।

मगर उस दिन अचानक अलियार दिखाई पड़ा, और मैंने नहीं, उसी ने मुझको पहचाना भी। मुझे इस बार वह कुछ अधिक स्वस्थ, प्रसन्न और सुन्दर मालूम पड़ा।

"कहाँ रहते हो आजकल अलियार ?" मैंने दरियाफ़्त किया, "और तुम्हारे वह अद्भुत मित्र कैसे हैं, जिनको तुम शायद सपने में भी न भूल सकते होगे ?"

"वह मज़े में है," उसने उत्तर दिया—"और मैं तभी से उसी के साथ रहता हूँ। तभी से उसकी वह स्त्री मुझको अपने बेटे की तरह मानती और पालती है।"

"तो क्या अब तुम भी वही व्यापार सीख रहे हो और रामरूप की गद्दी के हक़दार बनने के यत्न में हो ?"

"मुझे स्वयं तो पसन्द नहीं है उसका वह हत्या-व्यापार, मगर उसकी रोटी खाता हूँ तो बातें भी माननी ही पड़ती हैं। वह अब अकसर मुझे फाँसी या बेत लगाने के वक़्त अपने साथ जेल में ले जाता है और अपने निर्दय व्यापार को बार-बार मुझे दिखाकर मुझको भी अपना ही सा बनाना चाहता है।"

"तुम जेल में जाने कैसे पाते हो ?" मैंने पूछा—"वहाँ तो बिना अफ़सरों की आज्ञा के कोई भी नहीं जाने पाता। फिर ख़ासकर बेत मारने और फाँसी के वक़्त तो और भी बाहरी लोगों को मनाही रहती है।"

"मगर" उसने उत्तर दिया—"अब तो मैं उसे 'मामा' कहकर पुकारता हूँ और वह मुझे अपनी बहिन का लड़का और अपना 'गोद लिया हुआ बेटा' कहकर अफ़सरों के आगे पेश करता है। कहता है, हमारे ख़ानदान के सभी लड़कों ने इसी तरह देख-देख कर इस विद्या का अभ्यास किया था।"

"तो तुम भी अब," मैंने एक उदास साँस ली—"जल्लाद बनने की धुन में हो ?—वही जल्लाद, जिसके अस्तित्व के कारण उस दिन जेल के उस कोने में पड़े तुम तड़प रहे थे और अपने भावी मामा की ओर देख-देख कर उसकी क्रूरता को कोस रहे थे। बाप रे! तुम उस भयानक रामरूप को प्यार करते हो—कर सकते हो ?"

मेरे इस प्रश्न पर कुछ देर तक अलियार चुप और गम्भीर रहा। फिर बोला—"नहीं बाबू जी, मैं उस पशु

को तो कदापि नहीं प्यार करता, बल्कि आप से सच कहता हूँ, उससे घृणा करता हूँ। जब-जब मेरी नज़र उस पर पड़ती है, तब-तब मैं उसे उसी रूप में देखता हूँ, जिस रूप में उस दिन देखा था, जिसकी आप अभी चर्चा कर रहे थे। पर मैं उसकी स्त्री का आदर करता हूँ, जो हत्यारे की औरत होने पर भी हत्यारिणी नहीं, माँ है। बस उसी के कारण मैं वहाँ रुका हूँ, नहीं तो मेरा बस चले तो मैं उस रामरूप को एक ही दिन में इस पृथ्वी पर से उठा दूँ, जो लोगों की हत्या कर अपनी जीविका चलाता है। और आप से छिपाता नहीं, मैं शीघ्र ही किसी न किसी तरह उसको इस व्यापार से अलग करूँगा, इसमें कोई भी सन्देह नहीं।"

"वह ऐसा कपड़ा नहीं है अलियार," मैंने कहा—"जिस पर कोई दूसरा रङ्ग भी चढ़ सके। रामरूप को, जहाँ तक मैंने समझा है, स्वयं भगवान् भी उसके व्यापार से अलग नहीं कर सकते। दूसरे जल्लाद चाहे कुछ कच्चे बधिक हों, मगर तुम्हारा यह मामा तो ज़रूर ही सभी जल्लादों का दादा-गुरु है। बचना तुम उससे—और उसको उसके पथ से विरत करने से। नहीं तो सावधान! वह ऐसा निर्दय है कि कुछ उलटी-सीधी समझते ही तुम्हारे प्राणों तक को मसल डालेगा।"

"पर बाबू" अलियार ने सच-सच कहा—"अब तो वह भी मुझको प्यार करने लग गया है। मुझे तो कभी-कभी ऐसा ही मालूम पड़ता है। आश्चर्य से चकित होकर कभी-कभी मेरी वह नई 'माँ' भी ऐसा ही कहा और सोचा करती है। वह क्रुद्ध होने पर अब भी अक्सर मेरी माँ को बुरी तरह मारने लगता है, पर मेरी ओर—बड़ा से बड़ा अपराध होने पर भी—न जाने क्यों, तर्जनी उँगली तक नहीं उठाता। मुझे अपने ही साथ खिलाता भी है, और यहाँ-वहाँ—जेल में और छोटे-मोटे अफ़सरों के पास—ले भी जाता है। मगर इतने पर भी मैं उससे घृणा करता हूँ। उसका अमङ्गल और सर्वनाश चाहता हूँ।"

"क्यों? क्यों?"—मैंने साश्चर्य पूछा।

"न जाने क्यों—न जाने क्यों!" उसने उत्तर दिया—"मैं उस पशु को कभी प्यार नहीं कर सकता। अच्छा बाबू; आपको भी देर हो रही है, मुझे भी। यहाँ रहा तो फिर कभी सलाम करने आऊँगा। इस वक्त जाने दीजिए—सलाम!"

४

मुझको यह विश्वास नहीं था कि वह दुबला-पतला भिखमङ्गा बालक अपने निश्चय का ऐसा पक्का निकलेगा कि एक दिन सारे शहर में तहलका मचाकर छोड़ेगा। पर वह विचित्र निकला। एक दिन प्रातःकाल होते ही शहर में ज़ोरों की सनसनी फैली कि आज स्थानीय ज़िला-जेल से कोई बड़ा मशहूर फाँसी का क़ैदी भाग निकला है। यद्यपि उसके भागने के वक्त पहरेदार वार्डरों को कुछ आहट मिल गई थी, पर उससे कोई फ़ायदा नहीं हो सका। भागने वाला तो भाग ही गया। हाँ, भगाने वालों में से एक नवयुवक पकड़ा गया है।

समाचार तो आकर्षक था, ख़ासकर इसलिए कि फाँसी का कोई क़ैदी भागा था। मेरे जी में आया कि ज़रा जेल की ओर टहलता हुआ चलूँ। देखूँ, वहाँ शायद रामरूप या अलियार मिले। उन दोनों में से किसी के भी मिलने से बहुत सी भीतरी बातों का पता चल सकेगा।

कपड़े पहन और टहलने की छड़ी हाथ में लेकर जब मैं जेल के पास पहुँचा तो वहाँ का हङ्गामा देखकर एक बार आश्चर्य में आ गया। फाटक के बाहर अपने क्वार्टरों के सामने मैदान में ड्यूटी से बचे हुए अनेक वार्डर हताश और उदास खड़े गत रात्रि की घटना पर मनोरञ्जक ढङ्ग से वाद-विवाद कर रहे थे।

"भीतर बड़े साहब और कलेक्टर" एक ने दरियाफ़्त किया—"उसका बयान ले रहे हैं, ग़ज़ब कर दिया उस लौंडे ने। ऐसे ज़ालिम आदमी को भगा दिया, जिसे कि अब सरकार पा ही नहीं सकती। मैंने पहले इस छोकरे को ऐसा नहीं समझा था।"

"अरे उसको छोकरा कहते हो?" दूसरे मुसलमान-वार्डर ने कहा—"साला चाहे तो बड़े-बड़ों को चरा के छोड़ दे। मगर उस पाजी की वजह से बेचारा रामरूप पिस जायगा, क्योंकि अपना-अपना बोझ हलका करने के लिए सभी ग़रीब रामरूप पर टूटेंगे। उसी की वजह से वह जेल में आने-जाने और उसके भेद पाने लायक़ हुआ था। अब देखना है, रामरूप की डोंगी किस घाट लगती है।"

"वह भी भीतर अफ़सरों के सामने जेलर साहब द्वारा बुलाया गया है। शायद उसको भी बयान देना होगा।"

"नहीं !" किसी गम्भीर वार्डर ने कहा—"जेल के कर्मचारियों से जब कोई ग़लती हो जाती है, तब अपनी सारी ताक़त लगाकर वह उसे छिपाने की कोशिश करते हैं। मुझे ठीक मालूम है, जेलर ने जेल के प्रत्येक आदमी को समझा दिया है कि उस लड़के के सिलसिले में रामरूप का नाम लिया ही न जाय और यह साबित ही न होने दिया जाय कि वह पहले से यहाँ आता-जाता था। यह बात रामरूप को और उस लौंडे को भी समझा दी गई है।"

"मगर वह पाजी छोकरा, जिसने उस मशहूर डाकू को भगाकर हमारे सर पर आफ़त का पहाड़ ढा दिया है, जेलर की सलाह मानेगा ही क्यों? अगर अपने बयान में वही कुछ कह दे?"

"अजी कहेगा ज़रूर ही!" किसी बूढ़े वार्डर ने राय दी—"आख़िर इस भगाई में एक ख़ून भी तो हुआ है। माना कि ख़ून लड़के ने नहीं, उस डाकू के किसी साथी ने किया होगा, पर अगर दूसरे न पकड़े गए तो उस वार्डर का ख़ून तो इसी छोकरे के माथे मढ़ा जायगा। उफ़! बड़े जीवट की यह घटना हुई है। मैं तो तीस साल से इस नौकरी में हूँ। इस बीच में पचासों क़ैदियों के भागने की बातें मैंने सुनीं, मगर उनमें ऐसी घटना एक भी नहीं। फाँसी के क़ैदी का भाग जाना और भाग जाने पाना—कमाल है! अरे इस मामले में जेल का सारा 'स्टाफ़' बदल दिया जायगा—बड़े साहब से लेकर छोटे जमादार तक। लोग तनज़्ज़ुल होंगे, सो अलग।"

इसी समय रामरूप जेल के फाटक के बाहर आता हुआ दिखाई पड़ा। सबकी नज़र उस पर पड़ी।

"वह देखो!" एक ने कहा—"वह बाहर आया, ओह! कैसी लाल हैं आज उसकी आँखें! कैसे उसके होठ फड़क रहे हैं! ज़रा बुलाओ तो इधर। पूछा जाय कि भीतर क्या हो रहा है।"

"क्या हो रहा है रामरूप?" अपनी ओर बुलाकर वार्डरों ने उससे दरियाफ़्त किया—"क्या कलेक्टर के आगे तुम्हारा नाम भी लिया जा रहा है?"

"नहीं बाबू," उसने दाँत किटकिटा कर कहा—"आप लोगों की दया से मेरा नाम तो नहीं लिया जा रहा है। वह छोकरा भी इस बारे में चुप है। कुछ बोलता ही नहीं, सिवा इसके कि—'हाँ, मैंने ही उस डाकू को भगा दिया है। मैंने ही मारा भी है उस वार्डर को। मेरी सहायता में और लोग भी थे, मगर मैं उन्हें इस बारे में नहीं फँसाना चाहता। मेरी सज़ा हो, मुझको फाँसी दी जाय। मैं तैयार हूँ।"

"फिर क्या होगा रामरूप?" एक ने पूछा—"लच्छन कैसे दिखाई पड़ते हैं?"

"क्या होगा, इसे आज ही कौन बता सकता है जमादार साहब?" उसने नीरस उत्तर दिया—"अभी तो सरकार उस डाकू और उसके साथियों को पकड़ने की कोशिश करेगी। इसके बाद उस साले भिखमङ्गे को फाँसी दी जायगी। इसमें कोई सन्देह नहीं, वह पाजी ज़रूर फाँसी पर लटकाया जायगा। मैं फाँसी पाने वालों की आँखें पहचान जाता हूँ। एक ज़माने से यही काम कर रहा हूँ और सच कहता हूँ। भैरव बाबा की दया से मैं ही उस शैतान के बच्चे को मृत्यु के झूले पर टाँगूँगा।"

न जाने क्या विचार कर रामरूप एकाएक उत्तेजित हो उठा—"इन्हीं हाथों से मैंने अच्छे-अच्छों और बड़े-बड़ों को फाँसी पर टाँग दिया है। सच मानना जमादार साहब! आज तक चार-बीस और सात आदमियों को लटका चुका हूँ। अब यह साला आठवाँ होगा; हाँ, हाँ, आठवाँ होगा! आठवाँ होगा!!"

उत्तेजित रामरूप उस भीड़ से दूर एक ओर तेज़ी से बड़बड़ाता हुआ बढ़ गया। उस समय उससे कुछ पूछने की हिम्मत न हुई।

५

मगर आश्चर्य की बात तो यह है कि धीरे-धीरे वह क्रूर-हृदय जल्लाद उस अलियार को प्यार करने लग गया था। अलियार ने उस दिन बिलकुल सच कहा था। क्योंकि जब सेशन अदालत से, और किसी प्रामाणिक मुजरिम के अभाव में और प्रमाणों के आधिक्य से, अलियार को फाँसी की आज्ञा सुनाई गई, तब वही रामरूप कुछ ऐसा उत्तेजित हो उठा कि पागल-सा हो गया।

"हा हा हा हा?" वह अदालत के बाहर ही निस्संकोच बड़बड़ाने लगा—"अब लूँगा—अब बच्चू से लूँगा बदला! क्यों न लूँ बदला उससे? मैंने सरकारी हुक्म से उसको, उस दिन बेत मारे थे, जिसका उसने मुझसे

ऐसा भयानक बदला लिया है। मेरी रोज़ी मारते-मारते बचा। वह तो बचा ही, उस पापी ने मेरी औरत को अपने प्रेम में खाट पकड़वा दी है। अब भोगो बेटे; अब झूलो पालना बच्चू! हा हा हा हा हा !!"

यद्यपि अलियार की फाँसी की आज्ञा सुनकर जल्लाद रामरूप अट्टहास कर उठा, पर मेरा तो कलेजा धक् से होकर रह गया। मुझको ऐसी आशा नहीं थी कि जिस कहानी का आरम्भ, उस दिन जेल के कोने में, अलियार और जल्लाद से मेरे परिचित होने से हुआ था, उसका अन्त ऐसा वीभत्स होगा। मैंने बड़े दुख के साथ, उस दिन यह निश्चय किया कि अब मैं कभी उस रामरूप के सामने न जाऊँगा।

मगर संयोग को कौन टाल सकता है? जिस दिन अलियार को दुनिया के उस पार फेंक देने का निश्चय हो गया था, उससे एक दिन पूर्व मैंने उसको अन्तिम बार पुनः देखा। हाथ में एक हाँड़ी लिए परम उत्तेजित भाव से वह शहर की एक चौमुहानी पर खड़ा था और उसको घेरे हुए लड़कों, युवकों और बेकारों की एक भीड़ खड़ी थी। अजीब-अजीब प्रश्न लोग उस पर बरसा रहे थे और वह उनके रोमाञ्चकारी उत्तर दे रहा था। किसी ने पूछा—"तुम कौन हो भाई?"

"मैं?" वह मुस्कराया—"मैं महापुरुष हूँ। आह! तुम आश्चर्य कर रहे हो कि मैं महापुरुष क्योंकर हो सकता हूँ, क्योंकि मैं तो ख़ानदानी जल्लाद रामरूप हूँ। पर अफ़सोस! तुम नहीं जानते कि प्रत्येक जल्लाद महापुरुष होता है।"

"अच्छा यार" एक ने कहा—"हमने मान लिया कि तुम महापुरुष हो। पर यह तो बताओ कि आज यहाँ इस तरह क्यों खड़े हो? यह तुम्हारे हाथ में जो हाँडी है, इसमें क्या है?"

"यह हाँडी, × × ×" उसने हाँडी का मुँह भीड़ के सामने किया—"इसमें फाँसी की रस्सी है ज़रूर, यह असली नहीं है। असली रस्सी तो दुरुस्त करके आज ही जेल में ऐसे ही एक बरतन में रख आया हूँ। वह रस्सी इससे कहीं सुन्दर, कहीं मज़बूत है। इसको तो केवल अभ्यास के लिए अपने साथ लेता आया हूँ। आज रात भर इन उस्ताद हाथों को फाँसी देने का अभ्यास ज़ोर-शोर से कराऊँगा! क्योंकि इस बार मामूली आदमी को नहीं लटकाना है। इस बार उसको लटकाना है, जिसके झूलते ही कोई आश्चर्य नहीं, जो मेरी औरतिया भी इस दुनिया से कूच कर जाय; क्योंकि वह उस पापी को प्यार करती है।"

किसी ने कहा—ज़रा अपने गले में इस रस्सी को लगाकर बताओ तो रामरूप कि फाँसी की गाँठ कैसे दी जाती है?

"हाँ, हाँ" उसने रस्सी को अपने गले के चारों ओर लपेट कर, गाँठ देना शुरू किया। यह देखो, यह गले का कण्ठा है और यह है मेरी मृत्यु-गाँठ। बस, अब केवल चबूतरे पर खड़ा कर झुला देने की कसर है। जहाँ एक झटका दिया कि बच्चू गए जम-धाम। यह देखो! यह देखो!

अपने गले में उस रस्सी को उसी तरह लपेटे वह उन्मत्त रामरूप हाँडी फेंककर, भीड़ को चीरता हुआ एक ओर बेतहाशा भाग गया!

* * *

दूसरे दिन अलियार को फाँसी देने के लिए जब सशस्त्र पुलिस, मैजिस्ट्रेट, जेल-सुपरिन्टेण्डेण्ट और अन्य अधिकारी एकत्र हुए तो मालूम हुआ कि जल्लाद रामरूप हाज़िर नहीं है!

पुलिस दौड़ी, जेल के वार्डर दौड़े, उसको ढूँढ़ने के लिए। मगर वह मिल न सका। न जाने कहाँ ग़ायब हो गया। अलियार को उस दिन फाँसी नहीं हो सकी।

मगर उसी दिन दोपहर को कुछ लोगों ने रामरूप को शहर के बाहर एक बरगद की डाल में, फाँसी पर टँगे देखा। उसकी गर्दन में वही रस्सी थी, जिसको कुछ घण्टे पूर्व शहर के अनेक लोगों ने उसके हाथ में देखा था। उस समय भी उसकी आँखें खुली, भयानक और नीरस थीं। जीभ मुँह से कोई बारह अङ्गुल बाहर निकल आई थी और उसका दानवी रूप ऐसा रोमाञ्चकारी हो गया था कि बड़े-बड़े हिम्मती तक उसकी ओर देखकर दहल उठते थे!

संस्कृत-साहित्य में प्राणबध

[ले० पण्डित जयदेव जी शर्मा, विद्यालङ्कार, मीमांसा-तीर्थ]

भारतीय प्राचीन साहित्य में मनु, याज्ञवल्क्य आदि महर्षियों के नाम पर बने धर्मशास्त्रों को हम 'क़ानून' के ग्रन्थ मानते हैं। उनकी व्यवस्था अपने-अपने काल में राज्य भर को माननीय रही है। भिन्न-भिन्न कालों में उनके न्यूनाधिक संस्कार अवश्य हुए होंगे, इसमें सन्देह नहीं। परन्तु वर्त्तमान में उपलब्ध श्लोक-बद्ध स्मृति-ग्रन्थों के पूर्व सूत्र-बद्ध धर्म-सूत्र ग्रन्थों की सत्ता अवश्य उपलब्ध होती है; और बहुत सम्भव है कि श्लोक-रूप में धर्मशास्त्रों के बन जाने पर भी सूत्र-रूप धर्मशास्त्रों का पर्याप्त भाग उनमें आ गया हो। वर्त्तमान में जो 'हिन्दू-लॉ' के नाम से क़ानून प्रचलित है, उसका बड़ा आधार याज्ञवल्क्य-स्मृति की प्रसिद्ध टीका मिताक्षरा है। उसमें प्रत्येक प्रकरण में एक अच्छा संग्रह विद्यमान है, परन्तु खेद है कि उसमें भी सूत्रमय धर्मशास्त्रों के प्रमाणों का प्रायः अभाव है। सूत्रमय धर्मशास्त्रों में से वर्त्तमान सुलभ ग्रन्थ वशिष्ट, बोधायन और विष्णु-स्मृति हैं। उनसे उतर कर याज्ञवल्क्य और मनुस्मृति दोनों मनु और याज्ञवल्क्य के नामों पर सङ्कलित हैं। शेष १८-१९ स्मृतियाँ भी अनेक नामों पर हैं, पर उनका दृढ़ प्रमाण और परिमाण उपलब्ध नहीं होता। तथापि उनका सङ्कलन-मात्र होने से उनका भी उपादेय विषय उचित रूप से ले लेना चाहिए। हमारा लेख्य विषय उक्त धर्म-शास्त्रों में विहित 'प्राणबध' है। हम अपने लेख में प्रथम इन स्मार्त्त-ग्रन्थों के प्राणबध-विषयक विधान को स्पष्ट करेंगे और अन्त में धर्म-सूत्रों और ब्राह्मण-ग्रन्थ वेदों के प्रतिपादित विधानों पर प्रकाश डालेंगे। इस लेख में हम प्राणबध के औचित्य और अनौचित्य पर विचार नहीं करते; प्रत्युत यही दिखा देना हमारा कर्त्तव्य है कि कौन-कौन प्राचीन विद्वान् किस-किस प्रकार के अपराधी को प्राणबध का भागी बतलाते हैं। सबसे प्रथम हम मनु-धर्मशास्त्र को उठाते हैं—

वर्तमान मनुस्मृति शब्दान्तर में भृगु-सङ्कलित मनु-धर्मशास्त्र था। भृगुस्मृति में दण्ड के दश स्थान बतलाए हैं—

उपस्थमुदरं जिह्वा हस्तौ पादौ च पञ्चमम्।
चक्षुर्नासा च कर्णौ च धनं देहस्तथैव च॥

—मनु० ८, श्लोक १२५

दशस्थानानि दण्डस्य मनुः स्वायंभुऽब्रवीत।

—मनु० ८, श्लोक १२४

अर्थात्—"मनु ने दण्ड के दश स्थान बतलाए हैं—(१) लिङ्ग (२) पेट (३) जीभ (४) दोनों हाथ (५) दोनों पैर (६) आँख (७) नाक (८) दोनों कान (९) धन और (१०) देह।"

इनमें से धन को छोड़कर शेष सब दण्ड शरीर के भिन्न-भिन्न अङ्गों पर ही पीड़ाजनक हैं। धन-दण्ड का शरीर से सीधा कोई सम्बन्ध नहीं है। परन्तु बध-दण्ड की सीमा कितने अङ्गों तक सीमित है, इसका पूर्व श्लोक से निर्णय नहीं हो सकता। स्वयं भृगु कहते हैं—

वाग्दण्डं प्रथमं कुर्याद्धिग्दण्डं तदनन्तरम्।
तृतीयं धनदण्डं तु बधदण्ड मतः परम्॥

—मनु० ८, श्लोक १२९

अर्थात्—"वाग्दण्ड, धिग्दण्ड, धनदण्ड और सबसे बढ़कर चतुर्थ बध-दण्ड है।"

फलतः हमें यह पता लगता है कि पूर्वोक्त दश स्थानों की अपेक्षा वाग्दण्ड और धिग्दण्ड ये दो दण्ड और भी हैं, जिनको उचित अवसरों पर दिया जा सकता था। परन्तु ये दण्ड हृदय पर साक्षात् पीड़ा उत्पन्न करके भी बधदण्ड के भीतर सीमित नहीं थे। बधदण्ड के स्पष्टीकरण में मन्वर्थ-मुक्तावलीकार कुल्लूक भट्ट ने इसी श्लोक पर लिखा है—"बधदण्डं ताड़नाद्यङ्गच्छेदरूपं तस्य कुर्यात्।" अर्थात्—'बधदण्ड, अर्थात् ताड़नादि द्वारा अङ्गों के काटने का दण्ड दे।' इससे मालूम होता है कि बधदण्ड में दण्ड के दश स्थानों में से एक धनदण्ड को छोड़कर शेष सभी अङ्गों को ताड़न करना, काटना और

देह का सर्वनाश करना भी सम्मिलित था। इसी परिभाषा को लेकर हम इस लेख में बधदण्ड का निदर्शन कराएँगे। शीर्षक में आए "प्राणबध" को हम स्वयं भी केवल देहदण्ड में सीमित समझते हैं। परन्तु शरीर में स्थित अङ्गों का छेदन-भेदन भी प्राण-क्लेशकर ही है, अतः उसको भी प्राणदण्ड ही में सम्मिलित कर लिया जाय तो असङ्गत न होगा।

मनु आदि धर्मशास्त्रों के दण्ड-विधान को देखने से विदित होता है कि दण्ड-विधानकार बड़े ही दयालु थे; वे इस बात को जानते थे कि राजा को दण्ड-प्रदान बड़े विवेक से करना चाहिए।

तस्माद्यम इव स्वामी स्वयं हित्वा प्रिया प्रिये।
वर्त्तेत याम्यया वृत्या जितक्रोधो जितेन्द्रियः॥
—मनु० ८, श्लोक १७३

अर्थात्—"राजा को चाहिए कि वह स्वयं अपने प्रिय और अप्रिय पर विचार न करके, यम के समान क्रोध को जीत कर, जितेन्द्रिय होकर यमराज के समान पक्षपात-शून्य होकर दण्ड-विधान करे।"

अनुबन्धं परिज्ञाय देशकालौ च तत्वतः।
सारापराधौ चालोक्य दण्डं दण्ड्येषुपातयेत्॥
अधर्मदण्डनं लोके यशोघ्नं कीर्त्तिनाशनम्।
अस्वर्ग्यं च परत्रापि तस्मात्तत् परिवर्जयेत्॥
—मनु० ८, श्लोक १२६-१२७

अर्थात्—"अपराधी की बार-बार अपराध करने की इच्छा, देश, काल और अपराधी के बल-बूते तथा अपराध को देखकर दण्ड देना चाहिए। अधर्म या अन्यायपूर्वक दण्ड देने से यश और कीर्त्ति का नाश होता है, परलोक में भी स्वर्ग नहीं प्राप्त होता, अतः उसको त्याग देना चाहिए।"

इन बातों को विचार करके प्राचीन धर्म-शास्त्रकारों ने अर्थ-दण्ड का ही बहुत अधिक विधान किया है। परन्तु प्रजा की मर्यादा-रक्षा करने के लिए वे देह-दण्ड को सर्वथा हटा नहीं गए। उन्होंने शरीर-बध के भी नाना प्रकार के क़ानून प्रचलित किए। उदाहरणार्थ, वाक्पारुष्य (कठोर वाणी के प्रयोग से किसी को कष्ट पहुँचाने) के अपराध में मनु लिखते हैं—

शतं ब्राह्मणमाक्रुश्य क्षत्रियो दण्डमर्हति।
वैश्योऽप्यर्धशतं द्वेवा शूद्रस्तु बधमर्हति॥
—मनु० ८, श्लोक २६७

अर्थात्—"ब्राह्मण के प्रति कठोर गालियाँ देकर क्षत्रिय १०० मुद्राओं के दण्ड का भागी होता है, वैश्य १५०) या २००) का और शूद्र बध का।"

परन्तु यहाँ 'बध' शब्द से क्या दण्ड है, प्राणबध है या केवल ताड़ना मात्र, इसका पता नहीं चलता। इस पर कुल्लूक भट्ट ने 'ताड़नादिरूप' ही लिखा है। परन्तु स्वयं भृगु ने इस विषय को और स्पष्ट किया है—

एक जातिर्द्विजातींस्तु वाचा दारुणया क्षिपन्।
जिह्वायाः प्राप्नुयाच्छेदं जघन्यप्रभवो हि सः॥
—भृगु० ८, श्लोक २७०

अर्थात्—"एकजाति शूद्र द्विजाति ब्राह्मणों को कठोर वाणी से आक्षेप करे तो उसकी जीभ काट दी जाय, क्योंकि वह नीच जाति का है। कुल्लूक के शब्दों में वह शूद्र निकृष्ट अङ्ग चरण से उत्पन्न है।"

जाति-द्वेष-मूलक यह दण्ड हमें बहुत कठोर प्रतीत होता है। इसी प्रकार—

नाम जाति ग्रहं त्वेषामभिद्रोहेण कुर्वतः।
निक्षेप्योऽयोमयः शङ्कुर्ज्वलन्नास्ये दशाङ्गुलः॥
—मनु० ८, श्लोक २७१

अर्थात्—"यदि कोई शूद्र ब्राह्मण आदि के नाम अथवा जाति को अपमानपूर्वक द्वेष से ले, तो उसके गले में लोहे का लाल सुर्ख़ जलता हुआ खूँटा दस अङ्गुल तक डाल दे।"

परन्तु यह दण्ड प्राणबध से कम नहीं है। इतनी यम-यातना सहकर फिर उस जीव का जीता बचना हमें सम्भव प्रतीत नहीं होता! इसी प्रकार—

धर्मोपदेशं दर्पेण विप्राणामस्य कुर्वतः।
तप्तमासेचयेत्तैलं वक्त्रेश्रोत्रे च पार्थिवः॥
—मनु० ८, श्लोक २७२

अर्थात्—"यदि शूद्र घमण्ड से ब्राह्मणों को धर्मोपदेश करे तो उसके गले में और कान में राजा गर्म-गर्म तेल डलवा दे।"

यह जाति-द्वेष का बड़ा विकट रूप है। प्राचीन-काल के धर्मव्याधादि बड़े-बड़े उपदेष्टा नीच-जाति में से हुए, परन्तु महाभारत में उनके लिए किसी दण्ड का उल्लेख नहीं है। दर्पपूर्वक उपदेश का निर्णय करना कठिन है। यदि दर्प ही ऐसा घोर पाप है, तो यह दर्प

ब्राह्मण आदि सभी में दण्ड का कारण होना चाहिए। परन्तु ऐसा नहीं है।

आगे चलकर लिखा है—

येन केनचिदङ्गेन हिंस्याच्चेच्छ्रेष्ठमन्त्यजः।
छेत्तव्यं तत्तदेवास्य तन्मनोरनुशासनम्॥
पाणीमुद्यम्य दण्डं वा पाणीच्छेदन मर्हति।
पादेन प्रहरन् कोपात् पादच्छेदनमर्हति॥
सहासनमभि प्रेप्सुरुत्कृष्टस्यापकृष्टजः।
कट्यां कृताङ्को निर्वास्यः स्फिचंवास्यावकर्त्तयेत्॥
अवनिष्ठीवतो दर्पाद्द्वावोष्ठौ छेदयेन्नृपः।
अवमूत्रयतो मेढ्रमवशर्धयतो गुदम्॥
केशेषु गृह्णतो हस्तौ छेदयेदविचारयन्।
पादयोर्दाढ़िकायां च ग्रीवायां वृषणेषु च॥

—मनु० ८, श्लोक २७९-२८३

अर्थात्—"जिस किसी अङ्ग से अन्त्यज शूद्र श्रेष्ठ द्विज को मारे उसका वही अङ्ग काट डालना चाहिए, यही मनु का उपदेश है।

"हाथ उठाकर या डण्डा उठाकर मारे तो उसका हाथ काट डालना चाहिए, क्रोधपूर्वक पैर से मारे तो पैर काट डालना चाहिए। यदि समान आसन पर बैठना चाहे तो उसकी कमर में दाग़ देकर नगर से निकाल दे या उसके चूतड़ काट दे। यदि शूद्र ऊँची जाति पर थूके तो दोनों होठ काट डाले। उसकी तरफ़ मुँह कर पेशाब करे तो लिङ्ग काट डाले और उसकी ओर गुदा द्वारा वायु विसर्जन करे तो उसकी गुदा चीर दे। उसके बाल पकड़े तो दोनों हाथ बिना विचारे काट दे। इसी प्रकार वह चाहे पैरों पर, दाढ़ी-गर्दन या अण्डकोषों पर भी हाथ फेंके तो भी उसके हाथ काट दे।"

शूद्र-जाति के विषय में इस प्रकार के दण्ड-विधान का अध्ययन करते हुए सचमुच रोमाञ्च हो जाता है। मालूम होता है कि ये विधान न्याय और मनुष्यता को ताक़ पर रखकर बनाए जाते हैं। जिस समय रोमन-राज्य बड़ी उन्नति पर था, उस समय धनाढ्य लोगों के घरों में क्रीत-दासों पर ऐसे अत्याचार बराबर देखने में आते थे। परन्तु ये सब भृगु-सङ्कलित मनुस्मृति में 'दण्ड-पारुष्य' प्रकरण में लिखे गए हैं। हमें ये श्लोक प्रक्षिप्त प्रतीत होते हैं, क्योंकि इस दण्ड-विधान में दण्ड-पारुष्य के क़ानून प्रथम सर्व-सामान्य आने चाहिए। अतः वास्तविक विधान निम्न-लिखित है—

त्वग्भेदकः शतं दण्ड्यो लोहितस्य च दर्शकः।
मांसभेत्ता तु षण्निष्कान्प्रवास्यस्त्वास्थिभेदकः॥

—मनु० ८, श्लोक २८४

अर्थात्—"त्वचा व खाल फाड़ देने वाला और ख़ून निकाल देने वाला १०० पण दण्ड दे, मांस उपटाने वाला ६ निष्क (सुवर्ण की मोहरें) और हड्डी तोड़ने वाला देश से निकाल दिया जाय।" यही सामान्य नियम है, जो मनुष्यतापूर्ण प्रतीत होता है।

चोरों और डाकुओं के दमन करने के लिए मनु ने सूली का निर्देश किया है—

सन्धिंछित्वा तु ये चौर्यं रात्रौ कुर्वन्ति तस्कराः।
तेषां छित्वा नृपो हस्तौ तीक्ष्णे शूले निवेशयेत्॥

—मनु० ९, श्लोक २७६

अर्थात्—"रात के समय जो चोर सेंध लगाकर चोरी करते हैं, राजा उनके दोनों हाथ काटकर तीखे शूल पर चढ़ा दे।"

परन्तु गठकटों के लिए दूसरा ही दण्ड है—

अङ्गुलीर्ग्रन्थिभेदस्य छेदयेत्प्रथमे ग्रहे।
द्वितीये हस्त चरणौ तृतीये बधमर्हति॥

—मनु० ९, श्लोक २७७

अर्थात्—"गाँठ कतरने वाले की पहली बार उँगली काट दे, दूसरी बार उसी अपराध में पकड़े जाने पर दोनों हाथ काट दे और तीसरी बार उसका बध कर देना ही उचित है।"

इसी चोरी के सिलसिले में मनुस्मृतिकार की दृष्टि में बहुत प्रकार के चोर दण्डनीय हैं। जैसे—

न होढेन बिना चौरं घातयेद्धार्मिको नृपः।
सहोढं सोपकरणं घातयेदविचारयन्॥

—मनु० ९, श्लोक २७०

अर्थात्—"यदि अपराधी के पास चोरी के औज़ार और चोरी का माल न निकले तो राजा उसका बध न करे। यदि चोरी का माल और चोरी करने के औज़ार प्राप्त हों तो बिना अपराध पर विशेष विचार किए ही उसका बध करा दे।" और उसके साथ ही —

ग्रामेष्वपि च ये केचिच्चौराणां भक्तदायकाः ।
भाण्डावकाशदाश्चैव सर्वांस्तानपिघातयेत् ॥

—मनु० ६, श्लोक २७१

अर्थात्—"गाँवों और क़स्बों में जो कोई चोरों को चोर जानकर भी अन्न दे, चोरी के सामान दे, घर में आश्रय दे, उन सबका भी राजा बध करा दे।"

चोरों के षड्यन्त्रों में शामिल होने वाले पदाधिकारियों को भी मनु ने चोरों के समान ही दण्ड देने की आज्ञा दी है—

राष्ट्रेषु रक्षाधिकृतान्सामन्तांश्चैव चोदितान् ।
अभ्याघातेषु मध्यस्थान्शिष्याच्चौरानिवद्रुतम् ॥

—मनु० ६, श्लोक २७२

अर्थात्—"जो राष्ट्र में रक्षा के निमित्त पुलिस के अधिकारी, सामन्त लोग हैं, और जो क्रूर लोग हत्याओं के मामले में मध्यस्थ होकर चोरी व डाकाज़नी के लिए चोरों को उकसाते हैं, उनको भी चोरों के समान ही दण्ड देना चाहिए।" इसी प्रकार—

राज्ञः कोषापहर्त्तृंश्च प्रतिकूलेषु च स्थितान् ।
घातयेद् विविधैर्दण्डैररीणां चोपजापकान् ॥

—मनु० ६, श्लोक २७५

अर्थात्—"राजा का ख़ज़ाना चुराने वाले और शत्रुओं से मिलकर उनको राष्ट्र के विरुद्ध भड़काने वाले लोगों को नाना प्रकार के दण्ड दे-देकर मरवा डाले।"

इस श्लोक में आए हुए 'विविध दण्ड' शब्द का अर्थ कुल्लूक भट्ट के मत में हाथ, पैर, जीभ आदि को काटकर तड़पा-तड़पा कर मरवाना है।

चोर को सूली पर चढ़ाकर मरवा डालना, यह एक व्यवस्थित दण्ड है। अब इसी अपराध के समान अन्य कई अपराधों में भी चोर के समान ही दण्ड का विधान किया है। जैसे—

अग्निदान् भक्तिदांश्चैव तथा शस्त्रावकाशदान् ।
संनिधातृंश्च मोषस्य हन्याच्चौरमिवेश्वरः ॥

—मनु० २, श्लोक २७८

अर्थात्—"जो लोग चोरों को अग्नि, अन्न, शस्त्र और निवास-स्थान दें और उनका चुराया माल जमा रक्खें, उनको चोर के समान ही दण्ड दे।" इसके अतिरिक्त—

तडागभेदकं हन्यादप्सु शुद्धवधेन वा ।
यद्वापिप्रतिसंस्कुर्याद्दाप्यस्तूत्तम साहसम् ॥

—मनु० ६, श्लोक २७६

अर्थात्—"जो जलाशय के बाँध को तोड़ दे, उसको जल में डुबाकर मरवा दे, या वैसे ही मरवा दे। यदि वह टूटा बाँध बनवा दे तो उत्तम साहस-दण्ड (एक हज़ार पण) दे।" और—

कोष्ठागारायुधागार देवतागारभेदकान् ।
हस्त्यश्वरथहार्तृंश्च हन्यादेवाविचारयन् ॥

—मनु० १, श्लोक २८०

अर्थात्—"धान्यागार (कोठार), आयुधशाला, देवालय के तोड़ने वाले और हाथी, घोड़े, रथ आदि के चुराने वाले को तो बिना अपराध पर विशेष विचार किए मरवा दे।"

इस विधान को देखकर सन्देह होता है कि क्या सामान्य प्रजा के मन्दिर, कोठार आदि तोड़ने, घोड़ा और रथ के चुराने वाले को भी बध-दण्ड होता था कि नहीं। कुल्लूक भट्ट ने इस स्थान पर 'राजसम्बन्धिधनागारायुधगृह्योर' लिखा है, इससे यहाँ पर सरकारी कोठार, शस्त्रागार ही लिए जायँगे। इसी प्रकार—

अबीजविक्रयी चैव बीजोत्कृष्टं तथैव च ।
मर्यादाभेदकश्चैव विकृतं प्राप्नुयाद्वधम् ॥

—मनु० ६, श्लोक २६१

अर्थात्—"न उगने वाले, निस्सार अनाज बेचने वाले तथा निस्सार धान्य के साथ थोड़ा सा अच्छा धान मिलाकर बेचने वाले और ग्राम, नगर आदि सीमा के तोड़ने वाले के नाक, कान आदि विद्रूप कर दिए जायँ।" और—

सर्वकण्टकपापिष्ठं हेमकारं तु पार्थिवः ।
प्रवर्त्तमानमन्याये छेदयेल्लवशः क्षुरैः ॥

—मनु० ६, श्लोक २६२

अर्थात्—"प्रजा को कष्ट देने वालों में से सबसे अधिक पापी, जो सुनार छल से सोना चुराने का अपराध करे, उसकी देह को छुरे से टुकड़े-टुकड़े करवाकर मरवा डाले।"

ब्राह्मणान् बाधमानं तु कामादवरवर्णजम् ।
हन्याच्चित्रैर्वधोपायैरुद्वेजनकरैर्नृपः ॥

—मनु० ६, श्लोक २४८

अर्थात्—"जान-बूझकर ब्राह्मणों को तङ्ग करने वाले नीच-जाति के पुरुष को चित्रवध के उपायों से तड़पा-तड़पा कर मरवा डाले।" चित्रवध का तात्पर्य यह है कि कभी नाक काट डाली, कभी हाथ, कभी कान, कभी कहीं तराश दिया इत्यादि।

क्रूर शासन कर्तृंश्च प्रकृतीनां च दूषकान्।
स्त्रीबालब्राह्मणघ्नांश्च हन्याद्द्विट्सेविनस्तथा॥

—मनु० ९, श्लोक २३२

अर्थात्—"जाली सरकारी आज्ञाओं, मोहरों को बनाने वाले, प्रजा और मन्त्रियों में फूट डालने वाले, स्त्रियों, बालकों और ब्राह्मणों का घात करने वालों और शत्रु का पक्ष लेने वालों को राजा मरवा दे।" इसी प्रकार—

द्यूतं समाह्वयं चैव यः कुर्यात्कारयेत वा।
तान् सर्वान्घातयेद्राजा शूद्रांश्चद्विजलिङ्गिनः॥

—मनु० ९, श्लोक २२४

अर्थात्—"जो जुआ और होड़बाज़ी करे या करावे, उन सबका राजा बध करा देवे, और उनका भी बध करा दे जो शूद्र होकर द्विजों के चिन्हों को धारण करते हैं।" क्योंकि—

प्रकाशमेत्तत्तास्कर्यं यद्देवन समाह्वयौ।
तयोर्नित्यं प्रतीघाते नृपतिर्यत्नवान् भवेत्॥

—मनु० ९, श्लोक २२२

अर्थात्—"जुआ और होड़बाज़ी, ये दोनों खुली चोरी हैं। इनके नाश करने का सदा यत्न करे।" जुआख़ोरी के साथ-साथ घुड़दौड़ आदि की बाज़ी लगाना समाह्वय कहाता है। इन सबके करने-कराने वालों को मनु की सम्मति में बध कर देना ही उचित दण्ड है; क्योंकि ये प्रजा को खुला लूटते हैं। चोरी, डाकाज़नी, बालहत्या, स्त्री-हत्या, ब्रह्म-हत्यादि अपराधों के अतिरिक्त और भी कई अपराध हैं, जिनमें प्राण-दण्ड के देने का क़ानून था। जैसे—

राजा स्तेनेन गन्तव्यो मुक्त केशेन धावता।
आचक्षाणेन तत्स्तेयमेवंकर्मास्मि शाधिमाम्॥
स्कन्धेनादाय मुसलं लगुडं वा पिरवादिरम्।
शक्तिं चोभयतस्तीक्ष्णामाय सं दण्डमेव वा॥
शासनाद्वा विमोक्षाद्वास्तेनःस्तेयाद्विमुच्यते।
अशासित्वा तु तंराजा स्तेनस्याप्नोति किल्बिषम्॥

—मनु० ८, श्लोक ३१४-३१६

अर्थात्—"चोर अपने बाल खोलकर राजा के पास जाय और अपना अपराध कहे। और कन्धे पर भारी मूसल या खैर का बना हुआ डण्डा, बर्छी या तीक्ष्ण लोहे का छड़ ले जाय और कहे—राजन्, मुझे दण्ड दो। चाहे राजा उसे डण्डे, बर्छे या छड़ से मार दे या अधमरा छोड़ दे। इस प्रकार चोर चोरी के पाप से छूट जाता है और यदि राजा उसे दण्ड न दे तो उसे ही चोर का पाप लगता है। अर्थात् चोर का अपराध राजा को भोगना चाहिए और ऐसे राजा को चोर के समान दण्ड देना चाहिए।"

पुरुषाणां कुलीनानां नारीणां च विशेषतः।
मुख्यानां चैव रत्नानां हरणे वधमर्हति॥

—मनु० ८, श्लोक ३२३

अर्थात्—"कुलीन पुरुषों और विशेषकर नारियों के बहुमूल्य रत्नों के चुरा लेने पर चोर को बध-दण्ड देना चाहिए।" इसके अतिरिक्त आततायी के बध का भी विधान सार्वत्रिक है।

गुरुं वा बालवृद्धौ वा ब्राह्मणं वा बहुश्रुतम्।
आततायिनमायान्तं हन्यादेवाविचारयन्॥

—मनु० ८, श्लोक ३५०

न ततापि वधे दोषो हन्तुर्भवति कश्चन।

—मनु० ८, श्लोक ३५१

अर्थात्—"क्या गुरु, क्या बालक, क्या बूढ़ा, क्या विद्वान्, यदि वह आततायी होकर आता हो तो उसको बिना विचारे ही मार डाले। आततायी के मार डालने में मारने वाले को कोई दोष नहीं है।"

इसी प्रकार 'स्त्री-संग्रहण' (Rape) के व्यभिचार के प्रकरण में भी बध के दण्डों का विधान है; जैसे—

अब्राह्मणः संग्रहणे प्राणान्तं दण्डमर्हति।

—मनु० ८, श्लोक ३५९

अर्थात्—"यदि पर-दारा के उपभोग करने के अपराध में ब्राह्मण से रहित दूसरे वर्ण का कोई पुरुष अपराधी हो, तो उसका प्राण-दण्ड होना चाहिए।" और विशेषकर—

योऽकामां दूषयेत्कन्यां स सद्योवध मर्हति।

—मनु० ८, श्लोक ३६४

अर्थात्—"जो कामना-रहित कन्या का सतीत्व नष्ट करे वह तुरन्त मार डालने योग्य है।" परन्तु—

सकामां दूषयन्स्तुल्यो न वधं प्राप्नुयान्नरः ।

—मनु० ८, श्लोक ३६४

अर्थात्—"कामना-सहित कन्या के सतीत्व-नाशक को बध-दण्ड न हो।" तिस पर यदि स्त्री और पुरुष के वर्णों में भेद हो तो—

उत्तमां सेवमानस्तु जघन्यो वधमर्हति ।

—मनु० ८, श्लोक ३६६

अर्थात्—"यदि उत्तम जाति की स्त्री का निकृष्ट जाति का पुरुष सेवन कर ले, तो उसको प्राणबध का दण्ड होना चाहिए।"

भर्त्तारं लङ्घयेद्यातु स्त्री ज्ञाति गुणदर्पिता ।
तांश्वभिः खादयेद्राजा संस्थाने बहुसंस्थिते ॥

—मनु० ८, श्लोक ३७१

अर्थात्—"जो स्त्री अपने बन्धु-बान्धवों के या अपने रूप आदि गुणों के गर्व में आकर अपने पति को छोड़कर अन्य पुरुष के पास जाय तो राजा उसको भारी भीड़ के सामने कुत्तों से फड़वा डाले।" और—

पुमांसं दाहयेत्पापं शयने तप्त आयसे ।
अभ्यादध्युश्च काष्ठानि तत्र दह्येत पापकृत् ॥

—मनु० ८, श्लोक ३७२

अर्थात्—"व्यभिचारी पुरुष को लोह के तपे सेज पर जलवा दे, फिर काठ चिनकर उनमें भस्म कर डाले।"

उभावपि तु तावेव ब्राह्मण्या गुप्तया सह ।
विप्लुतौ शूद्रवद्दण्ड्यौ दग्धव्यौ वा कटाग्निना ॥

—मनु० ८, श्लोक ३७७

अर्थात्—"यदि क्षत्रिय और वैश्य दोनों सुरक्षित ब्राह्मणी का सतीत्व नष्ट करें तो उनका सर्वस्व हरण किया जाय या उनको चटाई में लपेट कर जला दिया जाय।"

मौण्ड्यं प्राणान्तिको दण्डो ब्राह्मणस्यविधीयते ।
इतरेषांतु वर्णानां दण्डः प्राणान्तिको भवेत् ॥

—मनु० ८, श्लोक ३७९

अर्थात्—"ब्राह्मण को बध के स्थान पर केवल सिर मुड़वाकर छोड़ दिया जाय और अन्य वर्ण के अपराधी को प्राण-दण्ड ही हो।"

याज्ञवल्क्य-स्मृति

मनुस्मृति का वध-प्रकरण पाठकों ने भली प्रकार देख ही लिया। अब हम याज्ञवल्क्य-स्मृति की आलोचना करते हैं। स्तेय-प्रकरण में याज्ञवल्क्य लिखते हैं—

चौरं प्रदाप्या पहृत्तंघातयेद् विविधैर्वधैः ।

—व्यव० २७०

अर्थात्—"चोर से चुराया माल दिलाकर उसको नाना प्रकार के बधों द्वारा मारा जाय।"

बन्दिग्राहांस्तथा वाजिकुञ्जराणां च हारिणः ।
प्रसह्य घातिन पत्नैव शूलानारोपयेन्नरान् ॥

—व्यव० २७३

अर्थात्—"बन्दी पकड़ने वालों को, हाथी और घोड़ों के चोरों को, और बलात्कार से दूसरों की हत्या करने वालों को राजा सूली पर चढ़ा दे।"

विप्रदुष्टां स्त्रियं चैव पुरुषघ्नीमगर्भिणीम् ।
सेतु भेदकारीं चाप्सु शिलां बद्ध्वा प्रवेशयेत् ॥

—व्यव० २७८

अर्थात्—"भ्रूण-हत्या करने वाली, पुरुषघातिनी, बाँध तोड़ने वाली स्त्री को, यदि वह गर्भवती न हो तो, गले में शिला बाँधकर जल में डुबो दे।"

विषाग्निदांपतिगुरुनिजापत्यप्रमापणीम् ।
विकर्ण करनासौष्ठीं कृत्वा गोभिः प्रमापयेत् ॥

—व्यव० २७९

अर्थात्—"विष देने वाली, लोगों के घरों में आग लगाने वाली, अपनी सन्तानों को मार डालने वाली स्त्री के नाक, कान, होंठ काट कर उसको साडों या मरखने बैलों से मरवा डाले।"

क्षेत्रवेश्मवनग्रामविवीत खलदाहकाः ।
राजपत्न्यभिगामी च दग्धव्यास्तु कटाग्निना ॥

—व्यव० २८२

अर्थात्—"खेत, घर, वन, गाँव, गोचर-भूमि और खलिहान आदि में आग लगाने वाले और रानी के साथ सम्भोग करने वाले दुष्ट लोगों को चटाई में लपेटकर आग लगा देनी चाहिए।"

सजातावुत्तमो दण्डः आनुलोम्येतुमध्यमः ।
प्रातिलोम्ये वधः पुन्सो नार्याः कर्णादिकर्त्तनम् ॥

—व्यव० २८६

अर्थात्—"सजाति का पुरुष यदि सतीत्व नाश कर डाले तो उत्तम साहस (१,००० रुपया) जुर्माना हो,

बड़ी जाति का छोटी जाति की स्त्री का सतीत्व हरे तो ५००) रु० जुर्माना हो और छोटी जाति वाला ऊँची जाति का सतीत्व हरे तो प्राण-बध हो। स्त्री हो तो उसके नाक, कान आदि काटने चाहिए।" इसी प्रकार—

अलंकृतां हरकन्यां × × × × ×
× × × × प्रातिलोम्ये वधः स्मृतः॥

—व्यव० २८७

अर्थात्—"छोटी जाति के पुरुष को कन्या के चुरा लेने पर बध का दण्ड हो!" कन्या के सतीत्व हरने पर—

दूषणे तु करच्छेद उत्तमायां वधस्तथा।

—व्यव० २८८

अर्थात्—"औरों के हाथ काटे जायँ और छोटी जाति का प्राणबध ही हो।"

बोधायन-स्मृति

बोधायन ऋषि भी अति प्राचीन हैं। इनकी स्मृति सूत्र-रूप में अभी तक सुप्राप्य है। इन महर्षि की सम्मति में—

भीतोन्मत्तप्रमत्तविसंनाह स्त्रीबालकवृद्ध ब्राह्मणैर्न युद्धयेत। अन्यत्रः आततायिभ्यः। अथाप्युदाहरन्ति। अध्यापकं कुले जातं यो हन्यादाततायिनं। न तेन भ्रणहा सस्यात् मन्युस्तं मन्यु मृच्छति॥

अर्थात्—"राजा, भीत, उन्मत्त, नशे में मस्त पुरुषों, स्त्री, बालक, वृद्ध और ब्राह्मण—इनसे युद्ध न करे। आततायी दुष्टों से अवश्य युद्ध करे; क्योंकि कहा है कि कुलीन अध्यापक भी यदि आततायी हो तो उसको मार देने से पाप नहीं होता। उस पाप को क्रोध दूर कर देता है।"

क्षत्रियादीनां ब्राह्मण वधे वधः सर्वस्व हरणेच।

अर्थात्—"क्षत्रिय आदि यदि ब्राह्मण को मार दें तो उनका सर्वस्व छीनकर बध किया जाय।"

इसके बाद प्रायश्चित्त-प्रकरण प्रश्न २ अध्याय १ में—

गुरुतल्पगस्तप्ते लोहशयने शयीत। सूर्येवाज्वलन्तीं शिलोशयेत्। लिङ्गंवा सवृषणं परिवास्याञ्जला वाधाय। दक्षिणाप्रतीच्योर्दिशमन्तरेण गच्छेदानियतनात्

अर्थात्—"गुरु की सेज पर, गुरु-स्त्री का सतीत्व नष्ट करने वाला तपे लोहे पर सोए, या जलती लोहे की लाट से चिपक जाय, या अपने अण्डकोषों-सहित लिङ्ग को काटकर, हाथ में रखकर दक्षिण-पश्चिम के बीच की दिशा में चला जाय और वहाँ गिरकर मर जाय।"

इसी प्रकरण में चोर का मूसल लेकर राजा के पास जाकर अपने को मरवा लेना मनु के लेखानुसार ही है।

वशिष्ठ-स्मृति

वशिष्ठ-स्मृति में आततायी-प्रकरण में इतना विशेष लिखा है—

अग्निदो गरदश्चैव शस्त्र पाणिर्धनापहः।
क्षेत्रदारहरश्चैव षडेते आततायिनः॥

अर्थात्—"आग लगाने वाला, विष देने वाला, शस्त्र हाथ में लिए हुए, धन का चुराने वाला, खेत और स्त्री का चोर—ये छः आततायी कहलाते हैं। इनको जान से मार डालने में भी पाप नहीं है।"

वीरमित्रोदय

अन्य प्रायः जितनी भी स्मृतियाँ हैं, उनमें सर्वत्र प्रायश्चित्तों ही का विधान किया गया है। प्रायश्चित्तों में भी प्रायः लम्बे-लम्बे कष्ट का ही प्रायश्चित्त है—प्राणबध के प्रायश्चित्त नहीं हैं। इसके अतिरिक्त व्यवहार-निर्णय के अन्य ग्रन्थों में स्फुट श्लोक अनेक विद्वानों के प्राप्त होते हैं। विषय को पूर्ण करने के लिए संक्षेप से उनका भी नीचे उल्लेख किया जाता है।

स्तेय-व्यवहार प्रकरण में वीरमित्र पण्डित के 'वीरमित्रोदय' में बृहस्पति का वचन है—

सन्धिच्छेद कृतो ज्ञात्वा शूलमाग्राहयेत् प्रभुः।
तथा पान्थमुषं वृक्षेऽबालवृद्धावलम्बयेत्॥

अर्थात्—"सेंध लगाने वालों को शूल पर चढ़ा दे, और राहगीरों पर छापा मारने वाले लुटेरों को वृक्ष पर लटका कर फाँसी लगा दे।"

स्त्री और पुरुषों के चुराने वाले के लिए व्यास का वचन है—

स्त्रीहर्त्ता लोहशयने दग्धव्योवैकटाग्निना।
नरहर्तुर्हस्त पादौछित्वा स्थाप्यश्चतुष्पथे॥

अर्थात्—"स्त्रियों को चुराने वाले को चटाई में लपेट कर जला डालना चाहिए, और मनुष्य को चुराने वाले के हाथ-पैर काट कर चौराहे पर बैठा दे।"

गोहर्त्तुर्नासिकां छित्वा बद्ध्वाम्भसिनिमज्जयेत् ।

अर्थात्—"गाय चुराने वाले की नाक काटकर, शिला बाँधकर पानी में डाल दे ।"

नारद ने लिखा है—

सर्वस्वं हरतो नारीं कन्यां तु हरतो वधः ।

अर्थात्—"नारी के चोर का सर्वस्व छीन लिया जाय और कन्या चुराने वाले को प्राण-दण्ड हो ।"

कौटिल्य-अर्थशास्त्र

महाराजा चन्द्रगुप्त के महामान्य, अशोक-राज के प्रतिपालक, महाराज विम्बिसार के अभिभावक, आचार्य विष्णुगुप्त ने जो अर्थशास्त्र संग्रहीत किया है, उसमें प्राणबध के निमित्त कुछ प्रकरण हैं । उनमें से राजनीति की दृष्टि से दाणुकर्मिक और गुप्त-कण्टक-शोधन प्रकरण को छोड़कर शेष राज्य-व्यवस्था के लिए जो क़ानून लिखे हैं, उनका ही हम यहाँ संक्षेप में उल्लेख करते हैं—

१—सर्वाधिकरण रक्षण में 'खनिसार कर्मान्तेभ्यः सारं शस्त्रं वाप हरतः शुद्धवधः।' खानों या बहुमूल्य द्रव्यों के कारख़ानों से बहुमूल्य पदार्थ या रत्न चुराने वाले को शुद्ध प्राण-दण्ड ।

२—'आदशपण मूल्यादति बधः ।' दस पण के मूल्य से अधिक पदार्थ की चोरी करने वाले को बधदण्ड ।

३—'चोराणामभि प्रधर्षणे चित्रोघातः ।' चोरों को शरीर पर चोट करने पर विचित्र बध ।

४—'संरुद्धस्य चैव घातः ।' क़ैद में पड़े हुए पुरुष को किसी क़ैद में आई हुई स्त्री के साथ व्यभिचार करने पर वहीं पर बध ।

५—'बन्धनागारात पलायने सर्वस्वं वधश्च ।' कारागार से भागने पर बध-दण्ड ।

६—एकाङ्गवधनिष्क्रय प्रकरण में—गिरहकट और तीर्थघाती पुरुष का 'चतुर्थे यथा क़ामी वधः ।' चौथी बार के अपराध में जैसे चाहे, बधे ।

७—'मानुषमांसविक्रये वधः ।' मनुष्य का मांस बेचने वाले को बध-दण्ड ।

८—'देवपशुप्रतिमामनुष्यक्षेत्र गृहहिरण्यसुवर्णरत्न-रास्यपहारिणः उत्तमो दण्डः शुद्धवधो वा ।' देव, पशु, प्रतिमा, मनुष्य, खेत, घर, सुवर्ण, रत्न, धान्य आदि के चोर को उत्तम साहस-दण्ड या प्राण-दण्ड ।

इसी प्रकार शुद्ध और चित्र-दण्ड-कल्प प्रकरण में—

१—'कलहेघ्नतः पुरुषस्य चित्रोघातः ।' कलह करते हुए हत्याकारी पुरुष का विचित्र बध ।

२—'सप्त रात्रस्यान्तः मृते शुद्ध वधः ।' यदि किसी ने दूसरे को घायल किया हो और घायल पुरुष ७ दिन के भीतर मर जाय तो इसका भी प्राणबध ।

३—'मदेन हस्त वधः । वधे वधः ।' शराब के नशे में शस्त्र उठाने पर हाथ काट दिया जाय और बध करने पर हत्यारे का भी बध कर दिया जाय ।

४—'प्रसभस्त्रीपुरुषघातकान्, धीसारकनिग्राहकान-वशोषकावस्कन्द कोपवेधकान्, पार्थिवेश्यपरोधकान् राज-हस्त्यश्वरथानां हिंसकान् स्तेनान्वा शूलानारोहयेयुः ।'

५—'पश्चैनान्दहेरपहरेद्वा स तमेव दण्डं लभेत्, साहस मुत्तमंवा ।' अर्थात्—बलात्कार से स्त्री-पुरुषों के घात करने वाले, उनको उकसाने वाले, दूसरों को अन्याय से क़ैद करने वाले, निन्दा करने वाले, डाका डालने वाले, छिपकर वाण शस्त्रादि फेंकने वाले, मकानों पर घेरा डालने वाले, राजा के हाथी-घोड़ों को चुराने वाले, घातकों और चोरों को सूली पर चढ़ा दिया जाय और जो लोग उनके शव का दाह करें या उसे ले जायँ, उनको भी वही दण्ड हो, या उत्तम साहस-दण्ड हो ।

६—'राज्यकामुकमन्तःपुरप्रधर्षक मटव्येऽमित्रोत्साहकं, दुर्गराष्ट्र दण्डकोपकं शिरोहस्तप्रादीपिकं घातयेत् ।'

अर्थात्—जो राजा का राज्य छीनना चाहता हो, राजा के अन्तःपुर का अपमान करता हो, जङ्गल में शत्रुओं को उकसावे, दुर्ग और राष्ट्र की सेना को भड़कावे, उसके सिर-हाथों में आग लगाकर मरवा डाले ।

७—'ब्राह्मणं तमपः प्रवेशयेत ।' ब्राह्मण को पानी में डुबो दे ।

८—'मातृपितृभ्राताचार्यतपस्विघातकं त्वक्छिरः-प्रादीपिकं घातयेत् ।'

अर्थात्—माता, पिता, भाई, आचार्य और संन्यासी के हत्यारे की खाल और सिर जलाकर मरवा डाले ।

९—'यदृच्छाघाते पुंसः पशुयूथ स्तेय च शुद्धवधः ।'

अर्थात्—पुरुष जब अपनी इच्छापूर्वक किसी का घात करे या दूसरे पशु के रेवड़ों को चुरावे तो उसको प्राणदण्ड हो ।

१०—'उदकधारणं सेतुं भिन्दतः स्तत्रैवाप्सु निम-

ज्जनम् ।' जलाशय के बाँध को तोड़ने वाले को जल में डुबो दिया जाय।

११—'विषदायकं पुरुषं स्त्रियञ्च पुरुषघ्नीमपः-प्रवेशयेत् ।' विष देकर मारने वाले पुरुष को और पुरुष की हत्याकारिणी स्त्री को भी पानी में डुबो दिया जाय।

१२—'अगर्भिणीं गर्भिणीं मासावरप्रजातां पतिगुरु प्रजाघातिकां अग्निविषदां सन्धिच्छेदिकां वागोभिःपाटयेत् ।

अर्थात्—जो स्त्री गर्भिणी न हो, या गर्भिणी हो, या सद्यः प्रसूता हो, अगर वह पति या गुरु की हत्या करे या घर में आग लगा दे, सेंध लगावे, और विष दे तो उसे बैलों से मरवा डाले।

१३—'विवीतक्षेत्रखलवेश्मद्रव्यहस्तिवनदीपिकमग्निना दाहयेत् ।'

अर्थात्—चरागाह, खेत, खलिहान, घर, द्रव्य-वन, हस्ति-वन, इनमें आग लगाने वाले को आग से जला दे।

१४—'प्रहरणावर्मस्तेनमनायुधीयमिषुभिर्घातयेत् ।'

अर्थात्—जो सैनिक न होकर शस्त्रों व कवचों को चुरावे, उसको बाणों से बिंधवा कर मरवा डाले।

१५—'मेढ्रफलोपघातिनस्तदेव छेदयेत् । जिव्हानां सोपघातेसंदशवधः ।'

अर्थात्—लिङ्ग और अण्डकोष काटने वाले के लिङ्ग और अण्डकोष काट दिए जायँ। नाक और जीभ काटने वाले के दाँत तोड़ दिए जायँ।

अतिचार-दण्ड प्रकरण में—

माता पित्रोर्भगिनीं मातुलानीमाचार्याणीं स्नुषां दुहितरं भगिनींवाभि चरतो लिङ्गच्छेदनं वधश्च।

अर्थात्—"मौसी, बुआ, चाची, आचार्य-पत्नी, पुत्र-वधू, पुत्री, बहिन—इनसे व्यभिचार करने वाले का लिङ्ग काट दिया जाय और प्राण-दण्ड दिया जाय।"

यदि सकामातदेव लभते।

अर्थात्—"यदि वे कामार्त्त हों तो उनको भी वही दण्ड हो।"

सर्वत्र राजभार्यागमने कुम्भीपाकः।

अर्थात्—"यदि राजा की पत्नी से भोग करे, तो उसे डगची में बन्द करके पका दे।"

वेद में प्राण-दण्ड

वेद भगवान् में दण्ड देने की व्यवस्था की दिशा निर्देश की गई है, जोकि संक्षेप में नीचे लिखी जाती है—

विनः इन्द्र मृधो जहि नीचा यच्छ पृतन्यतः।
अध मङ्ग मया तमो यो अस्मान् अभिदासति॥

—अथर्व० १।२१।२

अर्थात्—"हे इन्द्र! मारने वालों को मार, सेना द्वारा आक्रमण करने वालों को नीचे दबा और जो हमें नाश करे, उसे नीचे अँधेरे में डाल दे।"

यो देवाः कृत्या कृत्वा हरादविदुषो गृहम्।
वत्सोधारुरिव मातरं तं प्रत्यग् उपपद्यताम्।

—अथर्व० ४।१८।२

अर्थात्—"हे विद्वान् अधिकारी पुरुषो! यदि कोई हिंसाकारी प्रयोग करके अनजान आदमी के घर या देह का नाश करे, तो जिस प्रकार दूध पीने वाला बछड़ा गाय के पास जाता है उसी प्रकार उसको भी दण्ड दिया जाय।"

अमाकृत्वा पाप्मानं यस्तेनान्यं जिघांसति।
अश्मानस्तस्यां दग्धायां बहुलाः फटकरिक्रति॥

—अथर्व० ४।१८।३

अर्थात्—"घर के अन्दर ही हानिकारक घातक प्रयोग करके जो दूसरे को मारना चाहता है, उसके (घातक प्रयोग के) फूटने पर बहुत से पत्थर बारूद से स्वयं फटकर उसको लगते हैं।"

अद्या मुरीय यदि यातुधानोऽस्मि
यदि वायुस्त तपः पूरुषस्य।
अधा स वीरैर्दशभिर्वियूयायोमा
मोघंया सुधान इत्याह॥

—अथर्व० ८।३।१५

अर्थात्—"यदि मैं यातुधान (दूसरों को पीड़ा देने वाला) हूँ और यदि मैं पुरुष के जीवन को कष्ट देता हूँ, तो अभी प्राण त्याग दूँ। और वह दशों इन्द्रियों से हीन हो जाए, जो व्यर्थ ही मुझे दूसरे को कष्ट पहुँचाने वाला बतलाता है।"

यो माऽयातु यातुधान इत्याह
यो वा रक्षा शुचिरस्मीत्याह।
इन्द्रस्मं हन्तु महतावधेन
विश्वस्य जन्तोरधम स्पदीष्ट॥

—अथर्व० ८।३।१६

अर्थात्—"जो मुझ पीड़ा न देने वाले को भी यातुधान बतलाता है और जो राक्षस होकर भी अपने को निर्दोष कहता है, इन्द्र राजा उसको भारी शस्त्र से मारे और वह समस्त जन्तुओं से नीचा होकर रहे।"

यो मो रसं दिप्सति पित्वो
अग्ने अश्वानां गवां यस्तनूनां।
रिपुस्तेन स्तेयकृत् दभ्रमेतु
निसहीयतां तन्वा तनाच॥

—अथर्व० ८।३।१०

अर्थात्—"हे अग्ने राजन्! जो हमारी गौवों, घोड़ों और हमारे शरीरों के नाश करने के लिए विष का प्रयोग करके मारना चाहता है, वह हमारा शत्रु स्वयं विनाश को प्राप्त हो और शरीर से और पुत्रों से भी वियुक्त किया जाय।"

वितिष्ठध्वं विक्ष्विच्छत
गृभायत रक्षसः सम्पिनष्टम्।
वयोये भूत्वा पतयन्ति नक्तभिः
येवा रिपो दधिरे देव अध्वरे॥

—अथर्व० ८।३।१८

अर्थात्—"जो लोग रात को बाज़ों के समान प्रजा पर झपटते हैं, जो पापाचारी राष्ट्र और राजा पर पापाचार करते हैं, हे सैनिको! तुम भिन्न-भिन्न स्थानों पर खड़े रहकर पहरा दो, उनको पकड़ो और दण्ड के नीचे ख़ूब पीसो।"

प्रायाजिगातिरवर्गलेव नक्तमयतुद्रुहस्तन्वं गूहमाना।
नवमनन्तमव सापदीष्ट ग्रावायोघ्नन्तु रक्षस उपब्दैः॥

—अथर्व० ८।३।१७

अर्थात्—"जो स्त्री रात के समय उल्लुनी के समान छिपकर दूसरे के शरीर का नाश करती फिरती है, उसे गढ़े में रक्खा जाय, और इसी तरह के राक्षसों को पत्थरों से मार-मार कर मार डाला जाय।"

विषं गवां यातुधाना भरन्ता
या वृश्चन्तामदितयेदुरेवा।

—अथर्व० ८।२।१६

अर्थात्—"जो लोग गउओं के लिए विष का प्रयोग करते हैं, वे दुष्ट प्रजा-पीड़क काट डाले जायँ।"

इन्द्रजहि पुमांसं यातुधानमुत
स्त्रियं मायया शाशमानम्।
विग्रीवासो मूढ़ देवा ऋदन्तु
माते द्रशन् सूर्यमुच्चरन्तम्॥

—अथर्व० २।४।२४

अर्थात्—"हे राजन्! प्रजा-पीड़क पुरुष का और माया से विनाश करने वाली स्त्री का नाश कर। मूढ़ मृत्यु से क्रीड़ा करने वाले लोगों की गर्दनें उड़ा दे। वे सूर्य का मुँह भी देखने न पावें।"

इस प्रकार नाना प्रकार के दण्डों की दिशा-मात्र वेद में दिखाई गई है। इस विषय को और भी विस्तृत करने के लिए बड़े भारी लेख की आवश्यकता है। उपसंहार में हम इतना ही कहना पर्याप्त समझते हैं कि यद्यपि किन्हीं अंशों में प्राचीन शास्त्रकारों के दण्ड अवश्य कठोर प्रतीत होते हैं, परन्तु जिस भूत-दया से प्रेरित होकर संसार भर के शिक्षक महर्षियों ने दण्डों और प्रायश्चित्तों की कल्पना की और लोगों में उनको लोकोपकार के लिए प्रचलित किया, उसका आदर्श उपयोग करके भी उन्होंने दिखला दिया था। वे इस बात का अभिमान कर सकते थे कि—

नमेस्ते नो जनपदे न कदर्यो
नानाहिताग्निर्न स्वैरी स्वैरिणी कुतः।

अर्थात्—"हमारे राज में कोई चोर नहीं, कोई अत्याचारी नहीं, कोई शूद्र नहीं, कोई व्यभिचारी नहीं; फिर व्यभिचारिणी स्त्री कहाँ से हो?"

ईश्वर करे, हमारे देश में फिर इसी प्रकार का स्वराज्य हमें प्राप्त हो।

विप्लव-यज्ञ की आहुतियाँ

कूका-विद्रोह के बलिदान

देखते-देखते पञ्जाब-केशरी रणजीत सिंह अपने प्यारे पञ्जाब को छोड़कर महायात्रा कर गए। उनके आँख मूँदते ही अङ्गरेज़ों की बन आई। दस ही वर्ष के भीतर पञ्जाब का नक़शा भी लाल रङ्ग में रँग दिया गया। अलीपुर और सुबराओं तथा गुजरात और चेलियाँवाला में वीर सिक्ख सैनिकों ने जिस वीरता का परिचय दिया था, उसकी याद आज भी रोमाञ्चित किए बिना नहीं रहती। परन्तु देश का दुर्भाग्य! नेताओं ने सदा धोखा दिया। और आख़िर पञ्जाब भी पराधीनता की बेड़ियों में जकड़ दिया गया।

* * *

१८५७ के दिन आए। समस्त भारत को सङ्गठित किया गया। पञ्जाब की ओर किसी ने विशेष ध्यान नहीं दिया। अभी कल तो अपनी स्वतन्त्रता क़ायम रखने के लिए वीर योद्धाओं ने बढ़-बढ़ कर आत्म-बलिदान किए थे; अभी कल ही तो उन्होंने वह बहादुरी दिखाई थी कि जिसे देखकर शत्रु भी दङ्ग रह गए थे; अपने प्यारे महाराजा की प्रेयसी की दुर्दशा और छोटे महाराजा दिलीपसिंह के साथ घोर अन्याय देखकर वे तड़प उठे थे; कौन आशा कर सकता था कि उसी पञ्जाब में दस वर्ष के भीतर ही इतना परिवर्तन हो जायगा कि वह स्वतन्त्रता के संग्राम में विभीषण का काम करेगा। परन्तु वही हुआ, जो नहीं सोचा था। पञ्जाबी 'वीरों' (!) ने अपने ही भाइयों के उस विराट् आन्दोलन को बुरी तरह तहस-नहस कर डाला और सदा-सर्वदा के लिए पञ्जाब के उज्ज्वल ललाट पर कलङ्क-कालिमा पोत दी।

परन्तु उस कालिमा को धोने के लिए पञ्जाब ने अपना रक्त भी ख़ूब भेंट किया। अनेक वीरों ने रणाङ्गण में, फाँसी के तख़्ते पर या जेल में तिल-तिल कर आत्म-बलि दे दी, और आज तक वह बलि-शृङ्खला चल रही है।

पञ्जाब में सबसे पहले जो बलिदान हुए, वे 'कूका-विद्रोह' के नाम से प्रसिद्ध हैं। कूका-आन्दोलन के नेता श्री० गुरु रामसिंह का जन्म सन् १८२४ ई० में भैणी नगर, ज़िला लुधियाना में हुआ था। वे युवावस्था में महाराजा रणजीतसिंह की सेना में नौकरी करने के लिए भरती हो गए थे। परन्तु अधिकतर ईश्वरोपासना में विलीन रहने के कारण वे अपना कार्य भी ठीक न कर पाते थे। इसी से त्याग-पत्र देकर वे वहाँ से चले आए और गाँव में ही शान्तिपूर्वक भगवद्भजन करने लगे। भक्ति-भाव के कारण आपका नाम बहुत प्रसिद्ध हो गया और लोग दूर-दूर से दर्शनों के लिए आने लगे। आपने समाज की बुराइयों के विरुद्ध विद्रोह खड़ा किया। परन्तु फिर शीघ्र ही यह अनुभव हुआ कि देश की वास्तविक उन्नति राजनैतिक स्वतन्त्रता प्राप्त किए बिना नहीं हो सकती। इसीलिए उनके धार्मिक उपदेशों में राजनैतिक बातों का भी प्रचार होने लगा। कहते हैं कि श्री० रामदास नामी एक साधु ने उनकी प्रसिद्धि की बात सुनी तो उनके पास जाकर कहा—"साहब! यह समय इस तरह वैयक्तिक आनन्द उड़ाने का नहीं। छोड़िए भक्ति-मार्ग को और देश में कर्मशीलता का सञ्चार कर, उसे स्वतन्त्र कीजिए। इन्हीं श्री० रामदास का ज़िक्र सरकारी रेकॉर्ड्ज़ में है। परन्तु फिर एकाएक वे किधर ग़ायब हो गए, यह नहीं जाना जा सका। सरकारी काग़ज़ों में भी कुछ निश्चित रिपोर्ट नहीं है। लोगों का कहना है कि उन्होंने रूस की ओर प्रस्थान कर दिया था। जो हो, गुरु रामसिंह राजनैतिक क्षेत्र में कटिबद्ध होकर उतर आए। उनका धार्मिक सम्प्रदाय अलग बन गया था, जिसके कि वे गुरु समझे जाते थे। वह नामधारी कहलाता था।

उस समय उन्होंने देश में असहयोग का प्रचार किया। शिक्षा, अदालत आदि सभी चीज़ों के बहिष्कार के साथ ही साथ रेल, तार और डाक का भी बहिष्कार कर दिया और डाक का अपना निजी प्रबन्ध कर लिया। यह सब देखकर, सरकार बौखला उठी और उन पर विशेष बन्दिशें लगा दी गईं।

परन्तु गुरु रामसिंह ने कार्य-क्षेत्र को और भी विस्तृत कर दिया। अधिकतर गुप्त रूप से ही कार्य होने लगा।

पञ्जाब प्रान्त को २२ ज़िलों में विभाजित कर २२ अध्यक्ष नियुक्त कर दिए गए, जोकि अपने सङ्गठन को बढ़ाते और दीक्षा देते जाते थे। कुछ दिनों में ही यह राजनैतिक तथा धार्मिक सम्प्रदाय ज़ोर पकड़ गया। परन्तु बाह्य आडम्बर कम हो जाने के कारण सरकार का सन्देह दूर हो गया और सब बन्दिशें हटा दी गईं। यह बात सन् १८६६ की है। बन्दिशें हटते ही उत्साह बढ़ा। लोग उन्मत्त हो उठे। उनके लक्ष्य में और आदर्श में गो-रक्षा का भाव बहुत ज़ोरों से मौजूद था।

१८७१ में कुछ कूके वीर अमृतसर से जा रहे थे। बूचड़ों से मुठभेड़ हो गई। सबको क़त्ल करके वे सीधे भैणी की ओर चल दिए। इधर अमृतसर में सभी प्रतिष्ठित हिन्दू पकड़ लिए गए। गुरु रामसिंह को समाचार मिला। तुरन्त उन लोगों को कोर्ट में जाकर अपना अपराध स्वीकार करने और आत्म-समर्पण करने को लौटा दिया गया। लोगों पर इस बात का बहुत प्रभाव पड़ा। सरकार एक व्यक्ति-विशेष का यह प्रभाव बढ़ता देख न सकी।

सन् १८७२ में १३ जनवरी को भैणी में माघी का मेला होने वाला था। सहस्रों कूके उधर जा रहे थे। रास्ते में जाते हुए एक कूके का एक मुसलमान से मुस्लिम रियासत मालेर कोटला में झगड़ा हो गया। मुसलमानों ने उसे पकड़कर बहुत पीटा और एक गाय उसके पास गिरा कर हलाल कर दी गई। वह क्रुद्ध और मायूस होकर वहाँ से गया और भरे दीवान में अपनी दुख-गाथा कह सुनाई। लोगों में उत्तेजना बढ़ी। सभी ने गुरु रामसिंह से आग्रह किया कि जिस विप्लव की आयोजना इतने दिनों से की जा रही है, वह आज ही आरम्भ कर देना चाहिए। परन्तु पर्याप्त तैयारी न दीखने से गुरु जी उनसे सहमत न हुए। उन्होंने गले में पगड़ी डाल कर उन लोगों से शान्त रहने की प्रार्थना की। बहुत से लोग उनका अनुनय-विनय सुन शान्त हो गए; परन्तु १५० व्यक्ति प्रतिहिंसा की आग से जल उठे। वे शान्त न हो सके, उन्होंने विद्रोह खड़ा करने की घोषणा कर दी। तब गुरु जी ने एक उपाय सोचा। उन्होंने पुलिस को कहला भेजा कि इन उत्तेजित लोगों से मेरा कोई सम्बन्ध नहीं, अतः इनकी किसी कार्यवाही का उत्तरदायित्व मुझ पर न रहेगा। उन्होंने सोचा था कि इससे शेष सङ्गठन बच जायगा तो फिर शीघ्र ही पूरी तैयारी से विप्लव मचा दिया जायगा।

इधर इन लोगों ने मलौध नामक एक क़िले पर आक्रमण कर एक तोप, कुछ तलवारें और घोड़े निकाल लिए। कहा जाता है कि इस क़िले के सरदारों ने विप्लव में साथ देने का वचन दे रक्खा था। उसी भरोसे पर इन लोगों ने उनसे साथ देने का आग्रह किया। परन्तु वे सरदार अपरिपक्व विद्रोह उठता देख, साथ देने का साहस ही न कर पाए। अब इन लोगों ने शस्त्र हासिल करने के ख़्याल से उन्हीं के क़िले पर आक्रमण कर दिया। अगले दिन प्रातःकाल मालेर कोटला शहर पर आक्रमण कर दिया और महल तक में जा घुसे, हालाँकि वहाँ पहले से ही लोग सतर्क किए जा चुके थे और असंख्य सैनिक पहरे पर नियुक्त थे। लड़ाई हुई। इन लोगों ने ख़ज़ाने पर आक्रमण किया। परन्तु विशेष कारणों से इन्हें लौटना पड़ा। पीछा हुआ, ख़ूब लड़ाई हुई। ये लोग बड़ी वीरता से लड़े और अन्त में पटियाला रियासत के सीमान्त-स्थित रड़ नामक गाँव के निकटवर्त्ती जङ्गल में लड़ते हुए ६८ व्यक्ति पकड़े गए। उनमें से ५० को तो अगले दिन लुधियाना के डिप्टी कमिश्नर मि० कॉवन ने मालेर कोटला में तोप से उड़ा दिया। बारी-बारी से सहर्ष जय-नाद करते हुए वे लोग तोप से बँध जाते और एक ही धमाके के शब्द के बाद न जाने वे किधर विलुप्त हो जाते। इस तरह ४९ को तो उड़ा दिया गया, परन्तु पचासवाँ एक तेरह वर्षीय बालक था। उस पर दयालु होकर मिसेज़ कॉवन ने अपने पति से उसे क्षमा करने को कहा। मि० कॉवन ने झुक कर गुरु रामसिंह को गाली बकते-झकते उससे कहा—कि तुम कह दो कि तुम उसके अनुयायी नहीं हो तो छोड़ दिए जाओगे, परन्तु अपने गुरु के प्रति यह घृणित और कुत्सित शब्द बकते सुन उस बालक को ऐसा क्रोध आया कि तड़प कर पहरे वालों के हाथों से निकल गया और मि० कॉवन को दाढ़ी से पकड़ लिया, और न छोड़ा तब तक, जब तक कि उसके दोनों हाथ नहीं काट दिए गए और उसे भी वहीं पर ढेर न कर दिया गया।

शेष सोलह व्यक्ति अगले दिन मलौध में फाँसी पर लटका दिए गए। जिस आनन्द और हर्ष से वे लोग

अपना प्राणोत्सर्ग कर रहे थे, वह देखते ही बनता था। उन लोगों ने, उन निष्फल विद्रोही सैनिकों ने, अपने आदर्श के लिए अपने प्राण दे दिए। और निज रक्त से पञ्जाब के ललाट को और गौरवमय बना दिया।

उधर गुरु रामसिंह जी १८१८ रेज़ूलेशन के अनुसार गिरफ़्तार कर लिए गए और बर्मा में निर्वासित करके भेज दिए गए। वहीं पर १८८५ में जेल में ही आपका देहावसान हो गया।

आज लोग इन हुतात्माओं को भूल चुके हैं, उन्हें मूर्ख और उतावले, पथ-भ्रष्ट तथा आदर्शवादी बतलाते हैं, परन्तु कहाँ है आज वह उत्साह और साहस? कहाँ है वह निर्भीकता और तत्परता? आज कितने हैं, जो उसी प्रकार हँसते हुए फाँसी के तख़्ते पर प्राण दे सकेंगे?

—*निर्भय*

* * *

चापेकर बन्धु

सन् १८९७ का साल था; अभी अन्य पाश्चात्य वस्तुओं की भाँति भारत के गाँव-गाँव में प्लेग का प्रचार न हुआ था। अस्तु। पूना में प्लेग फैलने पर सरकार की ओर से जब लोगों को घर छोड़ कर बाहर चले जाने की आज्ञा हुई तो उनमें बड़ी अशान्ति पैदा हो गई। उधर शिवाजी-जयन्ती तथा गणेश-पूजा आदि उत्सवों के कारण सरकार की वहाँ के हिन्दुओं पर अच्छी निगाह थी। वे दिन आजकल के समान नहीं थे। उस समय तो स्वराज्य तथा सुधार का नाम लेना भी अपराध समझा जाता था! लोगों के मकान न ख़ाली करने पर सरकार को उन्हें दबाने का अच्छा अवसर हाथ आगया। प्लेग-कमिश्नर मि० रेण्ड की ओट लेकर कार्यकर्ताओं द्वारा ख़ूब अत्याचार होने लगे। चारों ओर त्राहि-त्राहि मच गई और सारे महाराष्ट्र में असन्तोष के बादल छा गए।

गवर्नमेण्ट-हाउस पूना में विक्टोरिया का ६० वाँ राज-दरबार बड़े समारोह के साथ मनाया गया। जिस समय मि० रेण्ड अपने एक और मित्र के साथ उत्सव से वापस आ रहे थे, तो एकाएक पिस्तौल की आवाज़ हुई और देखते-देखते रेण्ड महाशय ज़मीन पर आ गिरे। उनके मित्र अभी बच निकलने का मार्ग ही तलाश कर रहे थे कि एक और गोली ने उनका भी काम तमाम कर दिया। चारों ओर हल्ला मच गया और दामोदर चापेकर उसी स्थान पर गिरफ़्तार कर लिए गए। यह घटना २२ जून, १८९७ की है।

अदालत में आप पर, अपने छोटे भाई बालकृष्ण चापेकर तथा एक और साथी के साथ अभियोग चलाया गया। पकड़े जाने पर तीसरा साथी सरकारी गवाह बन गया और सारा भेद खुल गया।

किसी-किसी उपवन में प्रायः सभी फूल एक दूसरे से बढ़कर ही निकलते हैं दो फूल तो देवता के चरणों तक पहुँच चुके थे, अब तीसरे की बारी आई। चापेकर भाइयों में सबसे छोटे ने आकर माँ के चरणों में प्रणाम किया और कहा—"माँ! दो फूल तो रामाँ के काम आ गए, अब मैं भी उन्हीं के चरणों तक पहुँचने की आज्ञा लेने आया हूँ!" उस समय माता के मुख से एक शब्द भी न निकला। उसने बालक के मस्तक पर हाथ फेरते हुए उसका मुख चूम लिया।

एक दिन जब अदालत में चापेकर-बन्धुओं की पेशी हो रही थी, तो उनके तीसरे भाई ने वहीं पर उस सरकारी गवाह को मार दिया। उस समय किसी को इस बात का ध्यान तक न था कि वह छोटा-सा लड़का प्रति-हिंसा की आग से इतना पागल हो उठेगा।

अन्त में उन तीनों भाइयों को एक और साथी के साथ फाँसी दे दी गई।

—*सैनिक*

* * *

श्री० कन्हाईलाल दत्त

तुझे उनसे ख़्वाहिशे दुश्मनी, तेरी आरज़ू भी अजीब है।
वो हैं तख़्त पे तू है ख़ाक पे, वो अमीर हैं तू ग़रीब है॥

× × ×

कन्हाई सचमुच ही विप्लव-युग का कन्हाई था। १८८७ की कृष्णाष्टमी की काली अँधियारी रात में उसने पहले-पहल इस दुनिया की रोशनी देखी थी। उस दैवी ज्योति के आलोक से एक बार फिर भारत के प्राण जगमगा उठे। विपत्तियों के हृदय दहल गए और इतिहास के पृष्ठ ख़ून से तर-बतर हो गए। वह ऐसा प्रकाश था, जिसकी आभा आज तक कम न हुई, प्रत्युत

दिनोंदिन बढ़ती ही चली गई। आज कन्हाई का पार्थिव शरीर हमारे बीच में नहीं है, फिर भी उसका मूर्तिमान् आदर्श बरबस हमारे हृदयों को अपनी ओर आकर्षित कर रहा है। To see him was to love him की बात अक्षरशः उसके बारे में सत्य थी। 'होनहार बिरवान के होत चीकने पात।' अस्तु। बचपन से ही उनके ढङ्ग औरों से निराले थे। पढ़ने-लिखने में वे प्रायः सबसे प्रथम ही रहा करते थे और स्कूल के सभी लड़के उनसे विशेष स्नेह रखते थे। दीन-दुखियों से तो उन्हें कुछ विशेष सहानुभूति थी और एक धनी-मानी के घर जन्म लेकर भी वे प्रायः निर्धन विद्यार्थियों के साथ ही रहा करते थे। आज किसी के लिए किताबें ख़रीदी जा रही हैं, तो कल एक और के लिए कपड़ों का प्रबन्ध हो रहा है, और परसों किसी तीसरे के लिए भोजन की व्यवस्था की जा रही है। सारांश यह कि कन्हाई बड़ा उदार-चरित तथा दयावान् था और देश-सेवा के भाव उस कोमल हृदय में बचपन से ही अङ्कुरित हो उठे थे।

बम्बई और बङ्गाल में शिक्षा पाकर ग्रेजुएट होने के बाद कन्हाई यह कहकर कि नौकरी की तलाश में कलकत्ते जाता हूँ, घर से निकल पड़े। बिदा होते समय उनकी माता ने स्वप्न में भी यह न सोचा था कि उनका प्यारा कन्हैया किसी और ही उद्देश्य को लेकर कलकत्ते जा रहा है।

स्वदेशी-आन्दोलन समाप्त हो चुका था और क्रान्ति का धुआँ छिपे-छिपे बङ्गाल में ज़ोरों के साथ फैल रहा था। आघात पर आघात लगने से बङ्गाल में एक मर्मवेधी आर्तनाद घहरा उठा। घर-बार पर लात मारकर बङ्गाली युवकों ने प्राणों की बाज़ी लगानी शुरू की। अङ्कुर तो उग ही चुका था, अब परिस्थिति अनुकूल पाकर उसने विशाल वृक्ष का रूप धारण कर लिया। माता की ममता, पिता का प्रेम, धन-वैभव का लोभ अथवा मृत्यु का भय अब कन्हाईलाल को अपने कर्त्तव्य से अलग न कर सका। उसने अन्त समय तक पर्वत की भाँति अचल तथा समुद्र की भाँति गम्भीर रहकर अपने कर्त्तव्य का पालन किया। उस समय विप्लव-कार्य को देशव्यापी बनाने के लिए कन्हाईलाल ने जिस संलग्नता के साथ प्राणपण से अथक परिश्रम किया था, वह बिरले ही लोगों में दिखाई देता है।

चन्द्रनगर में विप्लव का केन्द्र स्थापित कर, सन् १९०७ में कन्हाईलाल कलकत्ते आगया। कुछ दिन मानिकतल्ला बाग़ में श्री० उपेन्द्र आदि के पास रहकर उसे चटगाँव के एक कारख़ाने के प्रचार के लिए जाना पड़ा, किन्तु एक अमीर का लड़का आख़िर क़ुली बनकर कब तक छिपा रह सकता था। अस्तु; कुछ ही दिनों बाद उसे फिर वापस आना पड़ा। इस बार मानिकतल्ला न जाकर, उसने एक बम् की फ़ैक्ट्री में अपना अड्डा जमाया। उसे केवल धर्म-चर्चा अच्छी न लगती थी, वह तो काम चाहता था।

मई, सन् १९०८ के आरम्भ में उक्त बाग़ की तलाशी ली गई और गिरफ़्तारियाँ शुरू हो गईं। कन्हाईलाल भी पकड़ कर अलीपुर जेल में लाया गया। जेल में एक ही प्रकृति वाले कितने ही नवयुवकों का काफ़ी जमाव हो गया। काम तो कुछ था नहीं, अतएव कहीं धर्म की चर्चा होने लगी तो कहीं दो-चार ने राजनीति पर बहस शुरू कर दी। नित्य ही विवाद हुआ करता था, किन्तु कन्हाई ने कभी भी उसमें भाग न लिया। सब को तङ्ग करना तथा सोना, यही उसके दो मुख्य काम थे। जिस समय नरेन्द्र गोसाईं के बारे में बात छिड़ती तो कोई कहता कि उसे मृत्यु-दण्ड हो और कोई किसी अन्य प्रकार के दण्ड का विधान तैयार करता; किन्तु उस समय भी कन्हाई ने कभी एक बात भी न कही।

एक दिन अचानक कन्हाई के पेट में बड़े ज़ोरों का दर्द होने लगा और उसे अस्पताल भेज दिया गया। सत्येन्द्रकुमार खाँसी आने के कारण पहले ही से वहीं पर थे। उन्होंने नरेन्द्र से अपने सरकारी गवाह बनने की इच्छा प्रकट की। उन पर विश्वास कर एक दिन नरेन्द्र एक अङ्गरेज़ की संरक्षता में उनसे कुछ सलाह करने आया। अच्छा अवसर हाथ आया देख सत्येन्द्र ने उस पर फ़ायर कर दिया। गोली पैर में लगी, किन्तु नरेन्द्र गिरा नहीं। उसे भागते देख कन्हाई आगे बढ़ा, पर उस अङ्गरेज़ ने उसे पकड़ लिया। कन्हाईलाल ने उस पर भी गोली चलाई और वे महाशय हाथ घायल हो जाने के कारण अलग खड़े होकर चिल्लाने लगे। नरेन्द्र को अस्पताल के बाहर होते देख, कन्हाई ने उसका पीछा किया। फाटक पर पहरेदार ने रिवॉल्वर देखकर स्वयं ही दरवाज़ा खोल दिया और उँगली के इशारे से

यह भी बता दिया कि नरेन्द्र उस ओर गया है। इस बार नरेन्द्र को देखते ही उसकी पिस्तौल दनादन गोलियाँ उगलने लगी। उस समय किसी को भी उसकी उग्र-मूर्ति का सामना करने का साहस न हुआ। जेल के और कर्मचारी तो इधर-उधर छिप गए, किन्तु जेलर साहब मुसीबत में आगए। बेचारा अपने मोटे-ताज़े शरीर के आधे भाग को एक लकड़ी की तिपाई के नीचे छिपा कर पड़ रहा। नरेन्द्र के गिर जाने पर जब उसकी पिस्तौल ख़ाली होगई तो उसे गिरफ़्तार कर लिया गया। अभियोग चलने पर इन दोनों को ही फाँसी की सज़ा हुई। १० नवम्बर, सन् १६०८ तक जिस दिन उन्हें फाँसी दी गई थी, उनका वज़न १६ पाउण्ड बढ़ गया था।

कन्हाई के फाँसी के दिन का वर्णन श्री० मोतीलाल राय ने बड़े ही करुणाजनक शब्दों में किया है, अतएव उसे उन्हीं के शब्दों में पाठकों के सामने प्रस्तुत किए देता हूँ :—

"कन्हाईलाल का शव लेने के लिए हम लोग धीरे-धीरे एक अङ्गरेज़ के पीछे चल दिए। उस समय शोक और दुख से सारा शरीर काँप रहा था। धीरे-धीरे लोहे के फाटक को पार कर हम लोगों ने भीतर प्रवेश किया। सहसा उस व्यक्ति ने उँगली से एक कमरा दिखाया। उसी छोटे कमरे में सिर से पैर तक काले कम्बल से ढँका हुआ कन्हाई का मृत-शरीर पड़ा था। हम लोगों ने उसे आँगन में लाकर रक्खा। किसी को भी ऊपर का कम्बल उतारने का साहस न हुआ। आशु बाबू की आँखों से आँसुओं की झड़ी लग गई। एक-एक कर सभी रोने लगे। उस समय उस गोरे ने कहा—"रोते क्यों हो? जिस देश में ऐसे वीर युवक जन्म लेते हैं, वह देश धन्य है, जन्म लेकर मरना ही होगा; इस प्रकार की मृत्यु मनुष्य कब पाते हैं?" हम लोग विस्मित नेत्रों से उसकी ओर देखने लगे। साहब ने शव बाहर ले जाने को कहा। हमने डरते-डरते कम्बल उतारा। ओह! उस दिव्य स्वरूप का परिचय कराना हमारी शक्ति से परे है। लम्बे-लम्बे बालों ने प्रशस्त ललाट को ढँक लिया था। अधखुली आँखों से उस समय भी अमृत ढलक रहा था। दृढ़-बद्ध ओष्ठ-पुटों में सङ्कल्प की जाग्रत-रेखा फूटी पड़ती थी, फूलों आदि से सजाए जाने पर ऐसा जान पड़ता था, मानो वह एक मधुर हँसी हँस रहा हो।

"उस दिन जेल के बाहर उसके स्वागत के लिए मानव-समुद्र उमड़ आया था। बाहर आते ही 'वन्दे-मातरम्' की आवाज़ के साथ ही फूलों की वर्षा होने लगी। कन्हाई की श्मशान-यात्रा के समय इतना जन-समूह उमड़ आएगा, इसकी मुझे आशा न थी।

"एक छोटी वक्तृता के बाद चिता में आग दे दी गई, और कुछ घण्टों के बाद वहाँ राख के एक ढेर के सिवा और कुछ न रहा। उस समय चिता की एक मुट्ठी भस्म पाने के लिए लोगों में एक प्रकार की छीना-झपटी सी मच गई। मैं भी अस्थि का एक टुकड़ा चाँदी की डिब्बी में रखकर घर वापस आया।

"आधी रात का समय था। ऐसा जान पड़ा कि घर एक प्रकार की दुर्गन्धि से भरा है। मैं भयभीत होकर उठ बैठा। उस समय कन्हाई की विधवा माता का करुण-क्रन्दन हृदय को विदीर्ण करने लगा। मैं घुटने टेक कर बैठ गया और उस वीर-प्रसविनी विधवा की चरण-रज मस्तक में लगा ली, और करुण-स्वर से कहा—'वन्देमातरम्'!"

इसी सम्बन्ध में उपेन्द्र बाबू ने लिखा है :—

"अब उसी पुरानी कहानी का वर्णन करने की इच्छा नहीं होती। आज वे सब बातें मन से अलग हो चुकी हैं। हाँ, केवल कन्हाईलाल के मुख की झलक रह गई है। आज जब चारों ओर से यही सुनाई पड़ता है कि अहिंसा ही परम धर्म है, उस समय चुप होकर सुन लेता हूँ। परन्तु साथ ही साथ कन्हाईलाल की परम शान्त मुख-छवि का स्मरण हो आता है। वे आँखें क्या हत्यारी आँखें थीं? क्या वे अशान्ति या अधार्मिकता की आँखें थीं? अन्तरात्मा कभी साक्षी नहीं देता। हृदय से केवल यही ध्वनि निकलती है कि धर्म का तत्व हिंसा और अहिंसा दोनों के परे है। कन्हाईलाल मर कर भी मरा नहीं है।"

—वंशी

* * *

श्री० सत्येन्द्रकुमार बसु

मुज़फ़्फ़रपुर हत्याकाण्ड ३० अप्रैल, सन् १६०८ ई० को हुआ। इसके होते ही सारे बङ्गाल में तलाशियों और गिरफ़्तारियों की धूम मच गई। कलकत्ते के

प्रायः सभी अड्डों की तलाशियाँ हुईं और २री मई, १९०८ को बहुत से कार्यकर्त्ता गिरफ़्तार कर लिए गए। इन लोगों को अलीपुर जेल में रक्खा गया, और सब पर मुक़दमा चलाया गया। गिरफ़्तारी से इन लोगों में कोई उदास तक नहीं हुआ, क्योंकि इस दिन की प्रतीक्षा बहुत पहले से थी। ख़ूब चहल-पहल और धूम-धाम से इन लोगों के दिन बीत रहे थे कि एकाएक एक दिन मालूम हुआ कि श्रीरामपुर का नरेन्द्र गोसाईं सरकारी गवाह बनने जा रहा है। वह समिति का सारा भेद खोल देगा और इससे आशातीत हानि होगी। अतएव विश्वासघातक को दण्ड देना और समिति की रक्षा करने का कठिन कर्त्तव्य सारे कार्यकर्त्ताओं के सामने उपस्थित हो गया। विश्वास-घातक को दण्ड देकर समिति की रक्षा कौन करे, यही समस्या सबके सामने थी।

श्री० सत्येन्द्रकुमार बसु

जिन दिनों की यह बात है, उन्हीं दिनों मेदिनीपुर से श्रीयुत् सत्येन्द्रकुमार बसु, जिन्हें बिना लाइसेन्स अपने बड़े भाई की बन्दूक़ इस्तेमाल करने के अपराध में २ साल का कठिन कारावास हुआ था, अलीपुर जेल में लाए गए; क्योंकि कलकत्ते के गिरफ़्तार हुए लोगों से इनका घनिष्ट सम्बन्ध पाया गया और इनके ऊपर भी एक और नया मुक़दमा चलाया गया।

स्वदेशी-युग में मेदिनीपुर की समिति की बहुत ख्याति हुई थी। इसने बड़े-बड़े कार्य किए थे। सत्येन्द्र बाबू ही इसके प्रधान संयोजक समझे जाते थे। जब ये मेदिनीपुर से अलीपुर जेल लाए गए, तब इन्हें नरेन्द्र गोसाईं के विश्वासघात की बात बतलाई गई। समिति के नियमानुसार इन्होंने भी विश्वासघातक को प्राण-दण्ड देने की राय दी।

जब अरविन्द बाबू आदि कुछ नेताओं को छोड़, प्रायः सभी नरेन्द्र की हत्या के पक्ष में हो गए, तब निश्चय को कार्यरूप में परिणत करने की सूझी। जेल के अन्दर नरेन्द्र की हत्या कैसे होगी, जब कि उसके साथ बराबर गार्ड रहते हैं और वह अन्य क़ैदियों से बिलकुल अलग रक्खा जाता है। हत्या का भार भी साधारण आदमी नहीं ले सकते थे, क्योंकि इस कार्य के लिए अत्यन्त विश्वस्त और कार्य-कुशल व्यक्ति की आवश्यकता थी। अन्त में सबने मिलकर इस दुसह कार्य का भार इन्हीं सत्येन्द्रकुमार के ऊपर डाला।

कार्य-भार लेकर आप बीमार पड़ गए और अस्पताल पहुँचाए गए। अस्पताल में नरेन्द्र से भेंट हुई। अपने ऊपर उसका विश्वास जमाने के लिए सत्येन्द्र ने उसके सामने अपने को बहुत भयभीत प्रकट किया और कहा कि मैं भी तुम्हारा साथ दूँगा। धीरे-धीरे दोनों मिल कर गवाही की तैयारी करने लगे।

इधर जब तक सत्येन्द्र अस्पताल में थे, बाहरी लोगों के साथ भी पत्र-व्यवहार प्रारम्भ हो गया और अन्त में रिवॉल्वर भी मिल गया। सितम्बर को देवव्रत बाबू आदि के विरुद्ध नरेन्द्र की गवाही होने वाली थी। सत्येन्द्र जानते थे कि नरेन्द्र की गवाही से बहुत से दोषी और निर्दोषी फँस जायँगे, अतः गवाही देने के पहले उसकी हत्या का विचार पक्का कर लिया। कुछ लोगों को इसकी सूचना भी दे दी। सूचना मिलने पर कन्हाईलाल दत्त पेट-दर्द के बहाने अस्पताल पहुँचे और दोनों उत्सुकता से नरेन्द्र की बाट जोहने लगे।

१ली सितम्बर को नित्य के नियमानुसार अपने दो यूरेशियन अङ्ग-रक्षकों के साथ नरेन्द्र सत्येन्द्र के पास अस्पताल में आया और दुतल्ले की सीढ़ी के पास बैठ गया। सत्येन्द्र ने यह समझ कर कि सामने का शिकार क्यों छोड़ूँ, अपने कुर्ते के नीचे हाथ कर नरेन्द्र के ऊपर गोली चलाई। पहली बार केवल आवाज़ होकर ही रह गई, आग नहीं जल सकी। इस पर कुर्ते से हाथ बाहर निकाल कर सत्येन्द्र ने दूसरा फ़ायर किया। दूसरा वार करते देखकर हिगेन बाथम ने, जो नरेन्द्र का अङ्ग-रक्षक था, सत्येन्द्र को पकड़ लिया। सत्येन्द्र ने उस पर भी वार किया। जब उसके हाथ में चोट लगी तब वह इन्हें छोड़ कर अलग जा खड़ा हुआ। इधर यह हो रहा था, उधर नरेन्द्र दुतल्ले से नीचे उतरा। नीचे उतरता देखकर कन्हाईलाल दत्त ने उस पर वार किया। निशाना पैर में लगा, लेकिन फिर नरेन्द्र भागता ही गया। कन्हाई-लाल ने नरेन्द्र का पीछा किया। सत्येन्द्र भी दौड़े और एक क़ैदी से पूछा—'नरेन्द्र किधर गया?' क़ैदी ने धीरे से उँगली का इशारा किया और सत्येन्द्र दौड़ कर कन्हाई के साथ हो गया। दोनों गोली चलाने लगे और नरेन्द्र का काम तमाम हो गया।

दोनों पर मुक़दमा चलाया गया और दोनों को प्राण-दण्ड की सज़ा हुई। कन्हाईलाल दत्त को २०वीं नवम्बर, १९०८ को फाँसी दी गई थी। आपकी मृत-देह को पाकर बङ्गालियों ही ने नहीं, प्रत्युत समस्त भारत-वासियों ने, जो कलकत्ते में उपस्थित थे, महान् उत्सव मनाया। यह देखकर सरकार ने सत्येन्द्र की लाश जनता को नहीं दिया। फाँसी के समय के दृश्य को तत्कालीन दर्शक श्रीयुत कृष्णकुमार मित्र ने इस प्रकार बताया है:—

"मैं उसकी फाँसी के दिन स्वयं जेल में उपस्थित था। यद्यपि नितान्त हृदयहीन फाँसी के दृश्य को मैं स्वयं न देख सका, किन्तु मेरे साथियों ने, जिन्होंने उस दृश्य को देखा था, तथा जेल के अधिकारियों ने, उसकी भूरि-भूरि प्रशंसा की।" श्रीयुत अविनाशचन्द्र राय, जो सत्येन्द्र के पड़ोसी हैं और जिन्होंने उनके दाह-संस्कार का भार लिया था, अपने एक मित्र को पत्र लिखते हुए लिखते हैं:—

"मुझे सन् तारीख़ याद नहीं है। सत्येन्द्र की माँ ने मेरे घर आकर कहा—'सत्येन्द्र का बड़ा भाई ज्ञानू बीमार है, उसके अन्तिम संस्कार के लिए किसे भेजूँ, अब आप ही इस भार को स्वीकार करें। वृद्धा का आदेश मैं टाल नहीं सका। मैं प्रेमतोष बाबू से मिला। उनके प्रयत्न से दाह-संस्कार के लिए बहुत आदमी तैयार हो गए। सत्येन्द्र का चचेरा भाई भी साहस करके हम लोगों के साथ हो लिया। मैजिस्ट्रेट ने हमारे सामने यह शर्तें पेश कीं—(१) जेल के बाहर दाह-क्रिया न हो (२) कोई आडम्बर और उत्सव न मनाया जाय (३) कोई स्मृति-चिन्ह नहीं ले जा सकते (४) जेल-कर्म-चारियों की उपस्थिति में दाह-कर्म होगा (५) केवल १४-१५ आदमी इसमें भाग ले सकेंगे। इस प्रकार की शर्तें पेश करने का कारण कन्हाई की लाश का उत्सव था।

"फाँसी के दिन प्रातःकाल ही हम लोग अलीपुर-जेल के फाटक पर उपस्थित हुए। फाँसी के निर्दय दृश्य को देखने की क्षमता हम लोगों में न थी। फाँसी हो चुकने पर एक अङ्गरेज़ पुलिस-सुपरिन्टेण्डेण्ट आया और हम लोगों से कहा—You can go now. The thing is over. Satyendra died bravely. Kanai was brave, but it seems Satyendra was braver.

अर्थात्—"अब आप लोग जा सकते हैं। फाँसी हो

चुकी। सत्येन्द्र वीरतापूर्वक मरा। कन्हाईलाल बहादुर था, लेकिन मुझे मालूम होता है, सत्येन्द्र उससे भी बहादुर था।"

अनुसन्धान करने पर एक सार्जेण्ट ने कहा:—

"When I went to his cell to get him to the gallows, he was wide awake. When I said "Satyendra be ready." He answered, well I am guite ready and smiled. He walked steadily to the gallows. He mounted it bravely and bore it all cheerfully. A brave lad."

अर्थात्—"जब मैं सत्येन्द्र की काल-कोठरी में फाँसी पर चढ़ने के लिए उन्हें लेने गया तो मैंने देखा, वह प्रसन्न-चित्त है। मैंने कहा—'सत्येन्द्र, तैयार हो जाओ।' उसने उत्तर दिया—'तैयार हूँ।' और मुस्कुरा दिया। फाँसी के तख़्ते पर मस्ती के साथ झूमता हुआ गया और वीरतापूर्वक फाँसी पर चढ़ गया। वह एक बहादुर युवक था।"

"मृत्यु के पूर्व मैं अपनी पत्नी के साथ दो बार उनसे मिला था। दोनों बार वे प्रसन्नता से हम लोगों के साथ स्वदेशी-आन्दोलन की चर्चा करते रहे। उनकी कुछ बातें आज भी याद हैं। उन्होंने कहा था—मेरे और कन्हाई के मरने से क्या हानि है? हमारे-जैसे हज़ारों के मरने पर ही देश का उद्धार होगा। हमारी मृत्यु शोक मनाने लायक़ नहीं, बल्कि हर्ष मनाने लायक़ होगी।"

"एक बार मैंने कहा—'तुम्हारी माँ तुमसे मिलना चाहती है।' उसने कहा—'यदि वे यहाँ आकर रोवें नहीं, तभी मैं उनसे मिल सकता हूँ, अन्यथा नहीं।' वही हुआ। वीर माता ने पुत्र को बलि-वेदी की ओर अग्रसर किया। रोते हुए नहीं, बल्कि हँसते हुए। धन्य है ऐसी माता और ऐसे पुत्र को। नरेन्द्र की हत्या के बारे में पूछने पर उन्होंने हत्या करना स्वीकार किया था। मृत्यु के पश्चात् बङ्गाल के अनेक युवक और युवतियाँ इन दोनों की मूर्त्ति बनाकर पूजते रहे।

"जेल में उन्हें जिस अवस्था में रक्खा गया था, उसे देखकर मेरा हृदय विदीर्ण हो रहा था। उन्हें काल-कोठरी में रक्खा गया था। कोठरी पले हुए बाघ के पिंजड़े के सदृश्य थी। एक तरफ़ सीख़चे थे, दूसरी तरफ़ दीवार। ४ हाथ लम्बी और इतनी ही चौड़ी। सेल में सोना-बैठना, खाना-पीना, पाख़ाना-पेशाब सब काम करना पड़ता था।

"कड़े पहरे के बीच हम लोग उनसे मिलते थे। पुलिस के अतिरिक्त जेल-सुपरिन्टेण्डेण्ट मि० इमर्सन भी सामने रहते थे। दाह के समय आप प्रारम्भ से लेकर अन्त तक उपस्थित रहे और इस महान् वीर की महान् वीर गति को देखते रहे। हम लोग कोई स्मृति-चिह्न अपने साथ नहीं ला सके।"

—*किसान*

* * *

श्री० मदनलाल ढींगरा

देश की स्वतन्त्रता के लिए संसार के एक कोने में बैठ कर अपने सारे अस्तित्व तथा व्यक्तित्व को छिपा कर, प्राण देने वाले इस वीर के बाल्यजीवन की कहानी बहुत-कुछ ढूँढ़-तलाश करने पर भी न मिल सकी। वंश, जन्म तथा निवास-स्थान के सम्बन्ध में केवल इतना ही ज्ञात हुआ है कि अमृतसर ज़िले के किसी पञ्जाबी खत्री के यहाँ उनका जन्म हुआ था और बी० ए० पास करने के बाद वे इङ्गलैण्ड चले गए थे।

इन दिनों इङ्गलैण्ड में सावरकर का बड़ा ज़ोर था। 'इण्डिया-हाउस' द्वारा ज़ोरों से प्रचार हो रहा था कि कन्हाईलाल और सत्येन्द्र की फाँसी के समाचार ने वहाँ और भी उत्तेजना फैला दी। अस्तु; हमारे नायक भी उक्त हाउस के सदस्य बन गए। एक दिन रात के समय सावरकर जी तथा मदनलाल में न जाने बहुत देर तक क्या बात-चीत होती रही। अन्त में सावरकर ने उनसे ज़मीन पर हाथ रखने को कहा। मदनलाल के दोनों हाथ पृथ्वी पर रखते ही सावरकर ने ऊपर से सूवा मार दिया। सूवा उसे छेदकर पार निकल गया और ख़ून की धार बह चली, किन्तु फिर भी उस वीर की आकृति में अन्तर न आया। सावरकर जी ने सूवा दूर फेंक दिया। उस समय दोनों के हृदय प्रेम से गद्गद हो उठे। उनकी आँखों से आँसुओं की धारा बह चली। हाथ फैलाने भर की देर थी। दोनों हृदय एक-दूसरे से मिल गए। आँखों

आँसू पोंछते हुए सावरकर ने मदन को छाती से लगा लिया।

अगले दिन इण्डिया-हाउस (India House) की मीटिङ्ग में मदनलाल न आए। कुछ लोगों ने उन्हें सर करज़न वायली की स्थापित की हुई भारतीय विद्यार्थियों की सभा में जाते देखा था। वायली साहब भारत-मन्त्री के एडीकॉङ्ग थे और भारतीय विद्यार्थियों पर खुफ़िया पुलिस का प्रबन्ध कर उनकी स्वाधीनता को कुचलने के प्रयत्न में लगे रहते थे। मदन के इस आचरण पर इण्डिया-हाउस के विद्यार्थियों में आलोचना शुरू हो गई। किन्तु सावरकर के समझाने पर सब लोग चुप हो गए।

सन् १६०६ की पहली जुलाई का दिन था। सर करज़न इम्पीरियल इन्स्टीट्यूट जहाँगीर हॉल की सभा में किन्हीं दो व्यक्तियों से बातचीत कर रहे थे कि देखते-देखते मदनलाल ने सामने आकर उन पर पिस्तौल का फ़ायर कर दिया। सभा में हाहाकार मच गया और मदनलाल पकड़ कर जेल में बन्द कर दिए गए। चारों ओर से उन पर गालियों की बौछारें पड़ने लगीं, यहाँ तक कि स्वयं पिता ने भी सरकार के पास तार भेजा कि मदनलाल मेरा लड़का नहीं है।

जिस समय इङ्गलैण्ड में विपिन बाबू के सभापतित्व में उनके कार्य के विरोध में सभा हो रही थी और उन पर घृणा का प्रस्ताव सर्व-सम्मति से पास किया जा रहा था तो सावरकर जी उसका विरोध करने खड़े हो गए। इतने में एक अङ्गरेज़ ने क्रोध में आकर यह कहते हुए कि 'Look! how straight the English fist goes' उनके एक घूँसा मार दिया। पास ही में एक भारतीय युवक खड़ा था। उसने यह कह कर कि 'Look! how straight the Indian club goes' उस अङ्गरेज़ के सर पर एक लाठी जमा दी। गड़बड़ हो जाने से सभा विसर्जित हो गई और वह प्रस्ताव पास न हो सका।

अदालत में मदनलाल ने सब बातें मानते हुए कहा:—

"I admit the other day I attempted to shed the English blood as an humble revenge for the in-human hangings and deportations of the Indian Patriotic youth. And in this I have consulted none but with my own conscience. I have conspired with none but with my own Duty.

I believe that the a nation held in bondage with the help of bayonet is in a state of perpetual war. And since the guns were denied me I drew forth my pistol and attacked by surprise.

Being a Hindoo I believe that an insult to my country is an insult to God. For the worship of my country is the worship of Sri Ram and service of my country is the service of Sri Krishna.

What could a poor son in wealth and intellect like me offer to the....×××"

अर्थात्—"मैं मानता हूँ कि मैंने उस दिन एक अङ्गरेज़ की हत्या की, किन्तु वह उन अमानुषिक दण्डों का एक साधारण-सा बदला है, जो भारतीय युवकों को फाँसी और कालेपानी के रूप में दिए गए हैं। मैंने इस कार्य में अपनी अन्तरात्मा के अतिरिक्त और किसी से परामर्श नहीं लिया। एक हिन्दू के नाते मेरा अपना विश्वास है कि मेरे देश के साथ अन्याय करना ईश्वर का अपमान करना है; क्योंकि देश की पूजा श्रीरामचन्द्र की पूजा है और देश की सेवा श्रीकृष्ण की सेवा है।"

इसके बाद नीरव आकाश की ओर देखकर उस भक्त-पुजारी ने कहा:—

×××Mother except my own blood.

The only lesson that India requires today, is how to die and the only way to teach it is by dying ourselves. And therefore I die; and glory to my Martyrdom.

The battle shall continue till both the Nations, English and Hindoos live and their present unnatural relations continue.

My only prayer to God is that may I be return of the same Mother and die for the same cause, till the Mother is freed for the Service of humanity and glory of God. *Bandematram.*

अर्थात—"मुझ-जैसे निर्धन और मूर्ख युवक पुत्र के पास माता की भेंट के लिए अपने रक्त के अतिरिक्त और हो ही क्या सकता है? और इसी से मैं अपने रक्त की श्रद्धाञ्जलि माता के चरणों पर चढ़ा रहा हूँ।

"भारत में इस समय केवल एक ही शिक्षा की आवश्यकता है और वह है, मरना सीखना ; और उसके सिखाने का एकमात्र ढङ्ग स्वयं मरना है ।

"मेरी ईश्वर से यही प्रार्थना है कि मैं बार-बार भारत की ही गोद में जन्म ले उसी के कार्य में प्राण देता रहूँ 'वन्देमातरम् ।"

अन्त को आप वीरतापूर्वक फाँसी के तख़्ते पर खड़े होकर 'वन्देमातरम्' की ध्वनि के साथ १६ अगस्त, सन् १६०६ ई० को अपनी इह-लीला समाप्त कर गए।

—बसन्त

*   *   *

श्री० अमीरचन्द

दिल्ली के मिशन-हाईस्कूल में मास्टर थे। उस समय आप स्वामी रामतीर्थ के भक्त थे, बाद में जब लाला हरदयाल ने अपने विचारों का प्रचार किया, तो आप भी उनसे सहमत हो गए और उसी कार्य का प्रचार करने लगे। आप उर्दू तथा अङ्गरेज़ी के अच्छे लेखक थे। १६०८ में जब हरदयाल भारत से चलने लगे, तो दल का सारा भार आपको ही सौंप गए थे।

आप एक ज़िन्दा-दिल और आज़ादी-परस्त आदमी थे। हँसी में कहा करते थे कि दिल्ली में आकर किसी से भी बन्दर मास्टर का मकान पूछने पर मेरे घर का पता मिल सकेगा।

दिल्ली और लाहौर में बम् फेंकने वालों का पता न चला। चारों ओर तलाशी हो रही थी कि कलकत्ते के राजा बाज़ार में एक मकान की तलाशी होने पर अवधबिहारी का पता निकल आया। ये उन दिनों अमीरचन्द के मकान पर ही रहते थे। शक तो पहले ही से था। अस्तु, तलाशी ली गई और मकान में एक बम् की टोपी मिल गई। इसी तलाशी में लाहौर से लिखा हुआ एक पत्र भी मिला, जिसमें M. S. के हस्ताक्षर थे। पूछने पर पता चला कि वह दीनानाथ का लिखा हुआ था। बहुत से दीनानाथ पकड़ लिए गए। परन्तु बाद में वास्तविक दीनानाथ का भी पता चल गया। उसकी भी तलाशी हुई और गिरफ़्तार होने पर उसी ने सारा भेद खोल दिया।

आप पर Liberty leaflet के लिखने का अपराध लगाया गया। और विशेषकर नीचे लिखी बातें ख़ास तौर पर आपत्तिजनक मानी गईं :—

"We are so many that we can seize and snatch from them their cannons और—

"Reforms will not do, Revolution and general massacre of all the foreigners, especially the English will and alone can serve our purpose".

अदालत से आपको फाँसी की सज़ा सुनाई जाने पर आप हँस दिए। उस समय आपकी अवस्था ५० वर्ष की थी। दिल्ली के बड़े-बड़े आदमियों ने सफ़ाई की गवाही में आपके उच्च चरित्र की बहुत प्रशंसा की थी। उसी पर अपील के फ़ैसले में जज ने लिखा था :—

"It must be born in mind that 'patriots' of Amir Chand's type are often, except in regard to the monomania possessing them, estimable men, and of blameless private life".

श्री० मास्टर अमीरचन्द

अदालत में आप ही के गोद लिए हुए लड़के सुल्तानचन्द ने सरकारी गवाह बनकर आपके विरुद्ध गवाही दी थी। किसी ने ठीक कहा है :—

बाग़बाँ ने आग दी जब आशियाने को मेरे।
जिन पै तकिया था वही पत्ते हवा देने लगे॥

उस दिन मास्टर अमीरचन्द भी सँभल न सके और कोर्ट में ही उनके नेत्रों से झर-झर आँसू गिरने लगे। मनुष्य सब कुछ सहन कर सकता है, परन्तु अपने प्रियजनों का—जिनको हृदय में सबसे ऊँचा स्थान दे रक्खा हो उनका—विश्वासघात सहन करना असम्भव है। आज मास्टर जी जैसा गम्भीर और दृढ़-चित्त व्यक्ति भी

अपने आँसू न रोक सका। उनका वह दत्तक पुत्र आज भी जीवित है और मज़े में जीवन व्यतीत कर रहा है।

मास्टर अमीरचन्द ने पुत्र के विश्वासघात पर भले ही अश्रुपात किया हो, परन्तु मृत्यु-दण्ड सुनकर वे एकदम प्रफुल्लित हो उठे। आप संसार के साधारण व्यक्तियों से बहुत ऊँचे थे। इसका विशेष परिचय उन्होंने सहर्ष फाँसी की रस्सी गले में डाल कर दिया। आज वे इस संसार में नहीं, परन्तु उनका नाम है, सुकृति है, उनका विप्लव है। जब कभी देश स्वतन्त्र होगा, तब उस महापुरुष की लोग क़द्र कर सकेंगे।

—*गौतम*

* * *

श्री० अवधबिहारी

बी० ए० पास करने के बाद आपने लाहौर सेन्ट्रल ट्रेनिङ्ग-कॉलेज से बी० टी० पास किया था। आप एक बुद्धिमान् तथा चतुर युवक थे। जज ने भी फ़ैसले में कहा थाः—

"Avadh Behari is only 25 years of age but he is a highly educated and intelligent man"

श्री० अवधबिहारी

राजाबाज़ार कलकत्ते में पता मिल जाने पर आप अमीरचन्द के मकान पर ही गिरफ़्तार किए गए। उस समय यू० पी० तथा पञ्जाब का नेतृत्व आपके हाथ में था। आपकी सचीन्द्र बाबू ने "बन्दी-जीवन" में मुक्त-कण्ठ से प्रशंसा की है। आप प्रायः निम्न-लिखित पद्य गाया करते थेः—

पहसान नाख़ुदा का उठाए मेरी बला,
किश्ती ख़ुदा पै छोड़ दूँ लङ्गर को तोड़ दूँ!

अदालत से आप पर कुल १३ अपराध लगाए गए। कहा गया कि लाहौर लॉरेन्स गार्डन के बम् की टोपी इन्होंने बसन्तकुमार के साथ मिलकर लगाई थी और उसमें इनका पूरा हाथ था।

आपको फाँसी की सज़ा दी गई। जिस दिन फाँसी होने को थी, उस दिन एक अङ्गरेज़ ने आपसे पूछा—"आपकी आख़िरी ख़्वाहिश क्या है?" आपने उत्तर दिया—"यही कि अङ्गरेज़ी साम्राज्य नष्ट-भ्रष्ट हो जाय!" उसने कहा—"शान्त हूजिए। आज तो शान्तिपूर्वक प्राण दीजिए, अब इन बातों से क्या फ़ायदा?" इस पर आपने जवाब दिया—"आज शान्ति कैसी? मैं तो चाहता हूँ कि आग भड़के, चारों ओर आग भड़के। तुम भी जलो हम भी जलें, और हमारी गुलामी भी जले; और अन्त में भारत कुन्दन बनकर रह जाय।"

फाँसी के समय आपने स्वयं कूद कर रस्सी गले में डाल ली और 'वन्देमातरम्' के साथ हँसते-हँसते विदा हो गए!

—*विद्रोही*

* * *

श्री० भाई बालमुकुन्द

बहुत दिनों की बात है। तब दिल्ली में औरङ्गज़ेब का राज्य था, उन दिनों की धींगामस्ती का क्या कहना है। एक बार हिन्दू-नेता श्री० गुरु तेग़बहादुर बुला भेजे गए। इस्लाम क़ुबूल करने से इन्कार करने पर उन्हें मृत्यु-दण्ड दिया गया था। उन्हीं के साथ उनके परम भक्त श्री० भाई मतिदास जी भी थे। उनको विशेष यातनाओं द्वारा यानी आरे से चीर कर मृत्यु के घाट उतारा गया था। उनका उस समय का साहस तथा गाम्भीर्य देखकर शत्रु तक मुग्ध हो उठे थे। तभी से उनके वंश को भाई की उपाधि दी गई थी।

उसी वैप्लविक वंश ने आज बीसवीं शताब्दी में देश के चरणों पर दो और रत्नों का बलिदान दिया। भाई परमानन्द जी, एम० ए० के नाम से कौन परिचित नहीं? आप ही के चचेरे भाई श्री० बालमुकुन्द जी भी थे।

आपका जन्म चकवाल के पास के एक गाँव (ज़िला

झेलम) पञ्जाब में हुआ था। पहले तो उधर ही शिक्षा पाते रहे, बाद में लाहौर डी० ए० वी० कॉलेज में भरती हुए। बी० ए० पास करने के बाद आपने देश-सेवा का व्रत धारण कर लिया, और लाला लाजपतराय जी के तत्कालीन अछूतोद्धार-आन्दोलन में काम करने लगे और दूर पर्वतों में, जहाँ पर कि अन्धकार का गढ़ है, जाकर अनेक असुविधाओं में भी अपना कार्य बहुत उत्साह तथा साहस से करते रहे। उनके सहकारी उनकी

भाई बालमुकुन्द (विद्यार्थी-जीवन में)

संलग्नता और तत्परता की तारीफ़ आज भी मुक्त-कण्ठ से करते हैं। उधर पञ्जाब में विप्लव-दल का सङ्गठन-कार्य १६०८ में सरदार अजीतसिंह और सूफ़ी अम्बाप्रसाद के १६०७ वाले आन्दोलन के बाद से शुरू हो गया था। १६०६ में बङ्गाल के एक प्लायित वैप्लविक उनके पास पहुँचे। तब एक सङ्गठित दल क़ायम करने का उद्योग होने लगा। उधर १६०८ में श्री० लाला हरदयाल जी, एम० ए० अपनी शिक्षा बीच में ही छोड़ कर इङ्गलैण्ड से लौट आए। उन्होंने एकदम विप्लव का प्रचार शुरू कर दिया था। कुछ ही दिनों में अनेक आदर्शवादी युवक उनके अनुयायी हो गए। इसी बीच में उन्हें भारत छोड़-कर यूरोप जाना पड़ा।

कुछ ही दिनों बाद सूफ़ी अम्बाप्रसाद और सरदार अजीतसिंह भी ईरान जाने पर बाधित हुए। तब यह युवक दिल्ली के प्रणम्य शहीद श्री० मास्टर अमीरचन्द जी से राजनैतिक शिक्षा पाते रहे। इधर १६१० में श्री० रास-बिहारी बसु देहरादून में जङ्गलात के विभाग में नौकरी करने लगे थे और बङ्गाल की ओर से, बङ्गाल से बाहर समस्त उत्तर भारत में विप्लव-दल सङ्गठित करने का भार आप पर ही पड़ा था। आपने लाहौर में सभी वैप्लविक युवकों का पुनर्सङ्गठन किया और एक कार्य-कारिणी समिति नियुक्त की गई। उसमें लाहौर के दल का भार श्री० बालमुकुन्द पर सौंपा गया था। इस दल की ओर से कई बार "लिबर्टी" (Liberty) नामक क्रान्तिकारी पर्चे बाँटे गए थे।

१६१२ में सर माईकेल ओडायर ने पञ्जाब की गवर्नरी की बागडोर अपने हाथ में ली थी। उसी समय उन्हें बताया गया था कि पञ्जाब में एक ज्वालामुखी तैयार हो रहा है, जो किसी भी वक्त पर फट सकता है। वह उसी के लिए तैयार होकर शासन का भार ले ही रहे थे कि दिल्ली में लॉर्ड हार्डिङ्ग तत्कालीन वाइस-राय के जुलूस पर चाँदनी चौक में बम् फेंका गया।

चारों ओर कुहराम मच गया, परन्तु लाख हाथ-पैर मारने पर भी पुलिस बम् फेंकने वाले का पता न लगा सकी। पुलिस बहुत छटपटाई। यह घटना २३ दिसम्बर, १६१२ की है। मई, १६१३ में लाहौर लॉरेन्स गार्डन में पञ्जाब के सभी सिविलियन पदा-धिकारी अङ्गरेज़ एकत्र हुए थे। उन्हीं सबको उड़ा देने के लिए एक बम् वहाँ पर रक्खा गया था। परन्तु उस बम् के फटने से एक हिन्दुस्तानी चपरासी के सिवा और कोई न मर सका। परन्तु उस समय उसका भी कुछ पता न चल पाया। इधर कुछ दिनों से भाई बालमुकुन्द जोधपुर में राजकुमारों को पढ़ाने का कार्य करते थे।

इधर राजाबाज़ार, कलकत्ता की तलाशी में श्री० अवधबिहारी का नाम मिल गया। उनकी तलाशी पर

दीनानाथ का पता मिला। अनेक दीनानाथ पकड़े गए और प्रमाण न मिल सकने के कारण छोड़ दिए गए। परन्तु आख़िर एक दिन वास्तविक दीनानाथ भी धर लिए गए। वह बड़ा चरित्रवान्, घण्टों ईश्वरोपासना में तल्लीन रहने वाला दीनानाथ पकड़े जाने पर ज़ार-ज़ार रोने लगा। उस दिन उसका इतने दिनों का सञ्चित साहस न जाने क्या हुआ! कहते हैं, डिप्टी-सुपरिन्टेण्डेण्ट सरदार सुक्खासिंह की लाल-लाल अङ्गारे की सी दहकती हुई आँखें देखकर दीनानाथ ने काँपते हुए कहा—'लीजिए मैं सब भेद देता हूँ, परन्तु दया कर यह आँखें न दिखाएँ।' सैकड़ों पृष्ठों का वक्तव्य दिया। रत्ती-रत्ती भर की बात खोल दी। जोधपुर से भाई बालमुकुन्द और एम० ए० के विद्यार्थी श्री० बलराज इत्यादि अनेक लोग पकड़े गए। दीनानाथ के वक्तव्य के अनुसार भाई बालमुकुन्द जी के पास उस समय भी दो बम् मौजूद थे। उन्हीं की तलाश में उनके गाँव वाले घर की तलाशी में दो-दो गज़ तक गहरी ज़मीन खोद डाली गई थी। सारी छतें उधेड़ डाली गईं, परन्तु वहाँ कुछ न मिल सका।

अभियोग चला। वे दिन बड़े विचित्र थे। उन दिनों किसी क्रान्तिकारी से सहानुभूति प्रदर्शित करना आग से खिलवाड़ करना था। बड़े-बड़े नेताओं ने अभियुक्तों के सम्बन्धियों को घर पर परामर्श लेने आते देखकर धक्के देकर बाहर निकाल दिया था। ऐसी दशा में कौन किसकी सहायता करता? भाई परमानन्द जी ने ही भाई बालमुकुन्द जी के अभियोग में सब प्रबन्ध किया, परन्तु उस मतवाले सैनिक को यह सब एक नाटक-मात्र जान पड़ता था। उन्होंने अन्त में मृत्यु-दण्ड सुनने पर सहर्ष केवल इतना ही कहा था—"आज मुझे अत्यन्त आनन्द हो रहा है, क्योंकि उसी नगर में जहाँ कि हमारे पूर्व-पुरुष श्री० भाई मतिराम जी ने स्वतन्त्रता के लिए प्राण दिए थे वहीं पर आज मैं भी—माँ के चरणों पर आत्म-समर्पण कर रहा हूँ।" आख़िर उन्हें १९१५ के प्रारम्भ में फाँसी दे दी गई। घर की हालत अजीब थी। बड़ी मुश्किल से कुछ रुपया-पैसा जुटाकर भाई परमानन्द जी ने प्रिवी काउन्सिल के लिए एक वकील को तार दिया था। एक महाशय ने पूछा—"भाई जी! बालमुकुन्द जी के बारे में क्या हो रहा है?" आपने उत्तर दिया—"प्रिवी काउन्सिल में अपील करने की चेष्टा कर रहे हैं।" फिर पूछा गया—"और स्वयं आपका क्या हो रहा है?" उत्तर दिया—"ख़ुद भी तैयार बैठे हैं।" इङ्गलैण्ड से अपील ख़ारिज होने का तार पहुँचते न पहुँचते भाई परमानन्द जी भी धर लिए गए। तब तक १९१५ के विराट् विप्लव का सब प्रयास निष्फल हो चुका था। उसी के फल-स्वरूप उनको गिरफ़्तारी हुई थी।

इधर भाई बालमुकुन्द जी को फाँसी हो गई। उस दिन कहते हैं, उनके आनन्द की सीमा न रही थी। सिपाहियों से पञ्जा छुड़ाकर फाँसी के तख़्ते पर जा खड़े हुए थे। ओह! ऐसा साहस इन वैप्लविकों के अतिरिक्त और कहाँ मिलेगा? मृत्यु के प्रति इतनी उपेक्षा दिखाने का साधारण दुनियादार लोग साहस नहीं कर सकते।

आपके सुन्दर बलिदान को आपकी धर्मपत्नी श्रीमती रामरक्खी ने सती होकर और भी चार चाँद लगा दिए। बात यह थी कि वे उनसे बहुत प्यार करती थीं। विवाह हुए भी अभी बहुत दिन नहीं हुए थे, वे उनसे जेल में मिलने गईं। पूछा—'भोजन कैसा मिलता है?' उत्तर में जेल की बालू मिली रोटी दिखाई गई। घर आकर वैसा ही भोजन तैयार कर खाने लगीं। फिर मिलीं। कहा—'सोते कहाँ पर हैं?' उत्तर मिला—'इस ग्रीष्म-ऋतु में भी अन्धकारमय कोठरी में दो कम्बल ओढ़ कर।' घर आकर वैसा ही रहना शुरू कर दिया। एक दिन बाहर से रोने-धोने का शब्द सुनकर उन्होंने सब कुछ समझ लिया। उठीं; स्नान किया, वस्त्राभूषण पहन कर श्रृङ्गार किया और अपने प्रियतम से मिलने के लिए तैयार होकर घर के अन्दर एक चबूतरे पर बैठ गईं। फिर वे नहीं उठीं। दूर—जहाँ तक स्थूल दृष्टि देख सकती है, जहाँ तक आततायी शासकों का क़ानून-विधान पहुँच सकता है, उससे बहुत दूर—उस पार, जहाँ पर जेल नहीं, फाँसी नहीं, विप्लव नहीं, पराधीनता भी नहीं, केवल प्रेम ही प्रेम है, उसी लोक में वे अपने चिर-प्रियतम श्री० बालमुकुन्द जी से अनन्त-काल तक सहवास का आनन्द उठाने के लिए चली गईं।

—रमेश

* * *

श्री० बसन्तोकुमार विस्वास

आप बङ्गाल के नदिया ज़िला के रहने वाले थे और जिस समय श्री० रासबिहारी जी देहरादून में थे, आप उनके पास हरिदास के नाम से नौकर बनकर रहते रहे। बाद में १९१२ में आप लाहौर की एक डिस्पेन्सरी में कम्पाउण्डर हो गए थे।

उस समय भाई बालमुकुन्द के साथ मिल कर आप पञ्जाब प्रान्त में विप्लव-दल का सङ्गठन करते थे। कहा जाता है कि जब १९१२ में दिल्ली में बम् फटा था तो आप लाहौर से ग़ायब थे।

अवधबिहारी की सहायता से लाहौर-लॉरेन्स गार्डन का बम् भी आप ही का रक्खा हुआ बताया जाता है। बाद में आप दो और भी बम् लाए थे, जो दीनानाथ के कहे अनुसार भाई बालमुकुन्द के पास रक्खे गए थे।

दिसम्बर, १९१३ में आप बङ्गाल चले गए और १९१४ में वहीं से गिरफ़्तार कर लाहौर लाए गए। अदालत से पहले आपको आजन्म कालेपानी की सज़ा मिली थी, किन्तु सर ओडायर को दिल्ली में बम् फेंकने वाले का पता न लगने से बड़ा क्रोध आ रहा था और उसने आपको भी फाँसी की सज़ा दी जाने की अपील की। इसे उसने स्वयं माना है। भला पुलिस की अपील और उस पर सिफ़ारिश सर माईकेल ओडायर की और फिर न मानी जाती? अस्तु, आपको भी बाद में फाँसी की सज़ा सुना दी गई।

आपके बारे में जज ने कहा था :—

"He looked to me a man of some force of character, with none of the familier marks of weakness in his face."

फाँसी के समय आपकी आयु केवल २३ वर्ष की थी।

—*विद्रोही*

* * *

श्री० भाई भागसिंह

अच्छे घराने में जन्म लेकर और ऊँची शिक्षा प्राप्त कर देश तथा जाति की सेवा में जीवन समाप्त कर देने वाले तो संसार में अनेक होते रहे हैं और होते रहेंगे, किन्तु गाँव के एक साधारण से घराने में पैदा होकर और मामूली सी शिक्षा प्राप्त करके भी जिन्होंने अपने कार्यों से मानव-समाज को चकित किया है, ऐसे उदाहरण इतिहास में विरले ही देखने में आते हैं।

हमारे नायक श्री० भाई भागसिंह जी भी ऐसे ही उँगली पर गिने जाने वाले रत्नों में से एक हैं। आपका जन्म लाहौर ज़िले के 'भिक्खीविण्ड' नामक गाँव में सरदार नारायनसिंह जी के घर, सन् १८७८ ई० में हुआ था। आपकी माता का नाम मानकुँवरि था। २० वर्ष की आयु तक आप घर पर ही रहकर खेती-बाड़ी का काम देखते रहे। इसी बीच गुरुमुखी का भी थोड़ा-बहुत ज्ञान प्राप्त कर लिया था। बस शिक्षा के नाते इतने ही को सब कुछ समझना चाहिए। आप बचपन से ही सैनिक स्वभाव के थे। अस्तु, २० वर्ष की अवस्था होने पर फ़ौज में नौकर हो गए। आज़ाद तबीयत के तो मशहूर ही थे, फिर भला किसी की डाट-डपट क्यों सहने लगे? सेना में आज किसी से झगड़ा हो रहा है तो कल किसी को डाट बताई जा रही है। सभी लोग, और विशेष कर अफ़सर लोग, आपसे बहुत तङ्ग रहा करते थे। इन्हीं सब बातों से पाँच साल तक नौकरी करने पर भी आप एक मामूली सिपाही से आगे न बढ़ सके।

बाद में सेना से नौकरी छोड़, घर आए बिना ही आप चीन चले गए और हाँगकाओ पुलिस में भरती हो गए। ढाई साल काम करने के बाद वहाँ भी जमादार से अनबन हो गई और आप शङ्घाई आ गए। यहाँ पर ढाई साल तक म्युनिसिपल पुलिस में काम करने के बाद, आए दिन बहुतेक भारतीयों को अमेरिका की ओर जाते देख आप भी कैनेडा चले गए। बस, यहीं से आपका सार्वजनिक जीवन प्रारम्भ होता है।

विचार तथा स्वभाव मिल जाने पर हृदय मिलते देर नहीं लगती। अस्तु, कैनेडा पहुँचकर भाई बलवन्तसिंह, भाई सुन्दरसिंह, भाई हरिनामसिंह और अर्जुनसिंह से आपकी बहुत घनिष्टता हो गई। इस समय कैनेडा-स्थित भारतीयों पर वहाँ के रहने वाले बड़ा अत्याचार कर रहे थे। यहाँ तक कि बहुत प्रयत्न करने के बाद भी उन्हें कहीं कोई जगह न मिलती थी। उनमें आपस में भी फूट थी। सभी अपनी-अपनी ही सोचा करते। ऐसे विकट समय में उपरोक्त मित्र-मण्डली ने आगे पैर बढ़ाया। प्रारम्भ करने भर की देर थी, कार्य चल

निकला। और जहाँ पहले एक भी गुरुद्वारा न था वहाँ प्रायः सभी स्थानों पर गुरुद्वारे स्थापित हो गए। सभी बिखरी हुई शक्ति को केन्द्रस्थ कर सङ्गठन-कार्य प्रारम्भ कर दिया गया। कैनेडा में भारतीयों को एक भारतीय की तरह जीवन व्यतीत करने तक की स्वतन्त्रता न थी। वे अपने सम्बन्धियों के मृत-शरीर को जला नहीं सकते थे, उन्हें उसकी क़ब्र बनानी पड़ती थी। अस्तु, इन लोगों ने कुछ ज़मीन ख़रीदी और उसमें श्मशान स्थापित किया। इस श्मशान में पहला संस्कार भाई अर्जुनसिंह जी का ही हुआ।

भला इमिग्रेशन वाले भारतीयों की इस उन्नति को

श्री० भाई भागसिंह

कब देख सकते थे? अस्तु, एक ओर तो कैनेडा के भारत-वासियों को हण्डूरास भेजने का प्रयत्न होने लगा और दूसरी ओर एक नया क़ानून गढ़ा गया। इन क़ानून के अनुसार कोई भी नया भारतीय कैनेडा में नहीं उतर सकता था। आपने अपने अन्य मित्रों की सहायता से इसके विरुद्ध आवाज़ उठाई। दो आदमी हण्डूरास की दशा देखने भेजे गए। इन लोगों ने आकर रिपोर्ट दी कि हण्डूरास नरक से भी गया-बीता स्थान है। अपने प्रयास में विफलता देख इमिग्रेशन वालों को इन पर बड़ा क्रोध आया। उधर नए क़ानून के विरुद्ध निश्चय हुआ कि जो लोग कैनेडा में पहले से रह रहे हैं वे भारत जाकर अपना परिवार आदि लेकर फिर वापस आ सकते हैं, किन्तु निश्चय को कार्यरूप में भी तो लाना था। अतः हमारे नायक अपने अन्य दो मित्रों के साथ भारत की ओर चल दिए।

भारत तो आ गए, किन्तु अब परिवार कहाँ से ले जायँ। स्त्री का स्वर्गवास हो चुका था और बाल-बच्चे थे नहीं, अतः आपने एक पेशावर की स्त्री से फिर से ब्याह किया और उसे लेकर वापस चल दिए। हाँगकाँग आकर मालूम हुआ कि कैनेडा जाने के लिए टिकट न मिल सकेगा। बहुत-कुछ प्रयत्न करने पर भी आपको वहाँ पर बहुत समय तक ठहरना पड़ा और यहीं पर आपके पुत्र श्री० जोगेन्द्रसिंह जी का जन्म हुआ। आख़िर बहुत प्रयत्न के बाद वैङ्कोवर पहुँचने पर, बहुत अड़चनों के बाद, आपको जहाज़ से उतरने दिया गया।

अभी तक आप अधिकांशतया धार्मिक कार्यों में ही भाग ले रहे थे, किन्तु इस यात्रा के अनुभव ने आपके विचारों में एक नया परिवर्त्तन पैदा कर दिया। आपको यह विश्वास हो गया कि ग़ुलामों के लिए संसार के किसी भी कोने में स्थान नहीं है और जब तक भारत की परा-धीनता दूर नहीं होती, हमें इसी प्रकार पग-पग पर अड़-चनों का सामना करना पड़ेगा। प्रसङ्गवश इसी बीच अमेरिका से 'ग़दर' अख़बार निकलना प्रारम्भ हुआ। उस समय भागसिंह जी ने जी खोलकर रुपए-पैसे से इस पत्र की सहायता की थी। इतना ही नहीं, वरन् संयुक्त-प्रान्त से निकलने पर भी 'ग़दर' अख़बार तथा उसकी नीति का प्रचार अधिकांशतया कैनेडा में ही हुआ था।

अभी इमिग्रेशन वालों से झगड़ा चल ही रहा था कि कामागाटा मारू जहाज़ कैनेडा आ पहुँचा। इस जहाज़ वालों पर क्या-क्या अत्याचार हुए? किन-किन मुसीबतों का सामना उन लोगों को करना पड़ा? और उन वीरों को सताने के लिए किन-किन घृणित उपायों का प्रयोग किया गया, यह सब तो यहाँ पर नहीं दिया जा सकता, किन्तु जहाँ तक हमारे नायक से इसका सम्बन्ध है, उसका उल्लेख यहाँ पर किए देता हूँ। इमिग्रेशन विभाग वालों ने जब इस जहाज़ को कहीं पर भी ठहरने की आज्ञा न दी तो श्री० भागसिंह जी के प्रबन्ध से एक नया घाट ख़रीदा गया और वहीं पर

उक्त जहाज़ को ठहराया गया। इसी बीच एक दूसरी चाल चली गई। जहाज़ के मालिक को अपनी ओर मिलाकर इस बात पर राज़ी किया गया कि वह जहाज़ का किराया क़िश्त पर न लेकर, एक साथ ही पेशगी ले ले। जहाज़ वाले बड़ी मुसीबत में फँस गए। पास में इतना रुपया तो था नहीं। अभी कुछ सामान भी न बिक पाया था, अतएव करें तो क्या करें? किन्तु भागसिंह जी तथा उनके मित्रों ने मिल कर क़िश्त का रुपया अदा किया और जहाज़ का चार्टर अपने नाम पर लिखवा लिया।

यह सब प्रबन्ध कर चुकने के बाद साउथ ब्रिटिश कोलम्बिया में अपने किन्हीं साथियों से इसी बात पर सलाह करने गए थे कि वहीं पर हरनामसिंह और बलवन्तसिंह जी के साथ आप गिरफ़्तार कर लिए गए, किन्तु बाद में आपको तथा बलवन्तसिंह जी को छोड़ दिया गया। उस समय जहाज़ वापस जाने के लिए तैयार था। बहुत से लोगों के पास खाने तक को रुपया नहीं रह गया था, इसलिए आपने आते ही उन लोगों की सहायता आदि का पूरा प्रबन्ध कर दिया।

जहाज़ की सहायता करने तथा स्वाधीनता का प्रचार करने के कारण आप इमिग्रेशन वालों की आँखों में बुरी तरह खटकने लगे। जोश में आकर कई बार उन लोगों ने कह भी डाला था कि इसे गोली से मरवा कर ही छोड़ेंगे। उस समय आपने इस बात को हँसकर टाल दिया था। और लोगों ने भी इस पर कोई विशेष ध्यान न दिया। उन्होंने सोचा, यह सब कहने की बातें हैं, ऐसा करने के लिए कोई विशेष साहसी पुरुष चाहिए।

एक दिन की बात है कि आप किसी सिक्ख का अन्तिम संस्कार कराकर आए, गुरुद्वारे में दीवान शुरू हुआ और आप गुरु ग्रन्थ साहब का पाठ करने बैठे। सब काम शान्तिपूर्वक समाप्त हो गया और जब आप 'अरदास' के बाद मत्था टेकने के लिए झुके तो पीछे बैठे हुए बेलासिंह ने पिस्तौल चलाया। गोली पीठ को पार करती हुई फेफड़ों में आ रुकी। घातक को पकड़ने के व्यर्थ प्रयास में भाई वतनसिंह भी मारे गए। इनका जीवन अन्यत्र दिया जा रहा है।

भागसिंह जी अस्पताल ले आए गए। ऑपरेशन होने पर भी आप पूर्णतया होश में रहे और बराबर लोगों को उत्साह देते रहे। जिस समय आपका लड़का आपके सामने लाया गया तो आपने कहा—"यह लड़का मेरा नहीं, वरन् क़ौम का है, इसे दरबार में ले जाओ। मेरे पास क्यों लाए हो?" उस समय कितने ही मनुष्य आपके दर्शनों के लिए अस्पताल में मौजूद थे। अन्त में यह कहते हुए कि "मेरी तो इच्छा थी कि आज़ादी की लड़ाई में आमने-सामने दो-चार हाथ करके प्राण देता, किन्तु भाग्य में बिस्तर पर पड़े-पड़े ही मरना लिखा था। ख़ैर, ईश्वर की यही इच्छा थी।" अपनी इह-लीला समाप्त कर गए। मृत्यु के समय आपकी अवस्था ४४ वर्ष की थी।

अन्त में घातक को अदालत ने यह कहने पर छोड़ दिया था कि "मैंने तो सब कुछ इमिग्रेशन विभाग के अध्यक्षों के कहने ही पर किया था। मैं सरकार का एक वफ़ादार नौकर हूँ और यदि मुझे इस समय गिरफ़्तार न किया जाता तो मैं लड़ाई पर जाकर अपनी वफ़ादारी दिखाता" आदि। हाय रे ग़ुलामी!

—नटवर

* * *

श्री० भाई वतनसिंह

वे वास्तव में क्या थे, इस बात को लोगों ने उनकी मृत्यु से पहले कभी भी न समझ पाया था। उनका साधारण सा जीवन था और उन्हें कभी नेता कहलाने का भी सौभाग्य नहीं मिला। किन्तु फिर भी उनका हृदय देश-प्रेम से ख़ाली न था। वे केवल मरना जानते थे और वह भी एक सच्चे वीर की भाँति।

बाल्य-जीवन के सम्बन्ध में केवल इतना ही मालूम है कि आप पटियाला राज्य के 'कुम्बड़वाल' नामक गाँव में पैदा हुए थे और पिता का नाम भाई भगेलसिंह जी था। आप में एक विशेष बात यह थी कि इन्हें भैंस पालने का बड़ा शौक़ था और इसी कारण कैनेडा में भी लोग इन्हें वतनसिंह मइयाँ वाला अर्थात् भैंस-वाला कहा करते थे।

बाइस-तेइस वर्ष की आयु तक घर ही पर रहने के उपरान्त आप सेना में भरती हो गए। उस समय तक आपके जीवन का अधिकांश बर्मा में ही बीता था। फिर पाँच साल के बाद, नौकरी छोड़कर घर वापस चले आए और दस साल तक मकान ही पर रहकर खेती

आदि का काम करते रहे। किन्तु उन्हें तो भारतीयों के सामने एक उदाहरण उपस्थित करना था, अतएव इस प्रकार घर पर कब तक रह सकते थे। घर के कामों से जी उकताने लगा और अन्त में आप हाँगकाँग की ओर चल दिए। यहाँ पर पाँच साल तक जेल-पुलिस में गार्ड का काम करने के बाद आप कैनेडा पहुँचे।

वैङ्कोवर तो पहुँच गए, पर अब जायँ तो किसके पास। एक तो अपरिचित देश, फिर किसी से भी जान-पहचान नहीं। बहुत खोज-ख़बर के बाद गुरुद्वारे का पता चला और आप वहीं जाकर ठहर गए। उस समय किसी को तो क्या, वतनसिंह जी स्वयं भी इस

श्री० वतनसिंह

बात को न जानते थे कि एक दिन इसी गुरुद्वारे में मानव-समाज को वीरता का पाठ पढ़ाकर मुझे अपनी इह-लीला समाप्त करनी पड़ेगी। ख़ैर, कुछ दिन वहाँ ठहरने के बाद आप मुडीपोर्ट के लकड़ी के कारख़ाने में भरती हो गए। इन दिनों भागसिंह जी इसी कारख़ाने में काम करते थे।

स्वाधीनता की लहर अभी ज़ोरों पर न चली थी, इसलिए सिक्ख लोगों का ध्यान विशेषकर आपस में विद्या-प्रचार ही की ओर अधिक था। हमारे नायक भी जब कभी अवकाश पाते तो इन्हीं बातों की चर्चा किया करते।

सन् १९११ ई० में वतनसिंह जी फिर वैङ्कोवर आ गए। राइटपोर्ट पर काम करने के साथ-साथ सत्सङ्ग का अच्छा अवसर हाथ आया देख आपने नित्य ही गुरुद्वारा जाना आरम्भ कर दिया। एक साल तक आप गुरुद्वारा-कमेटी के मेम्बर भी रहे थे। आपकी कार्य-तत्परता से लोग आप को बहुत मानने लगे थे।

इसके बाद वही पुरानी कथा है। वही इमिग्रेशन वालों से झगड़ा, वही अत्याचार, वही आन्दोलन और वही भाई भागसिंह तथा बलवन्तसिंह के मारने का षड्यन्त्र। उस समय लोग सैकड़ों की संख्या में भारत की ओर वापस आ रहे थे। कहते हैं कि यह षड्यन्त्र इसीलिए रचा गया था कि सिक्खों का कोई भी नेता भारत में वापस आकर यहाँ भी उसी प्रकार के विचारों का प्रचार न कर सके। ख़ैर, जो हो, उस दिन जब दीवान में बेलासिंह ने भाई भागसिंह जी पर गोली चलाई तो वतनसिंह जी भी उनके पास में ही बैठे थे। भागसिंह को घायल होते देख, आपने गरज कर घातक को ललकारा। बस अब क्या था, दूसरी गोली बलवन्तसिंह की ओर न जाकर, हमारे नायक के वक्षस्थल में समा गई। वीर का जोश चोट खाकर ही जागता है। आप सिंह की भाँति गरज कर उसकी ओर दौड़े। लो, दूसरी गोली भी सीने के बीच में ही रह गई! किन्तु इससे क्या, वतनसिंह बढ़ते ही चले गए और अन्त को सात गोलियाँ लग चुकने के बाद आपने घातक की गर्दन पकड़ ही तो ली, परन्तु शक्ति अधिक क्षीण हो जाने के कारण बेलासिंह छुड़ाकर भाग गया और आप सदैव के लिए गहरी नींद में सो गए। जिस गुरुद्वारे में अभी थोड़ी देर पहले निस्तब्धता का राज्य था वही अब रणभूमि बन गया। चारों ओर हाहाकार मच गया। अभी एक भाई के विछोह का दुख भूला भी न था कि दो रत्न और छिन गए।

भाई वतनसिंह जी अब नहीं हैं। पर पचास वर्ष की आयु में उन्होंने एक सच्चे वीर की भाँति प्राण देकर जो उदाहरण इतिहास के पृष्ठों में अङ्कित किया है, वह सदैव के लिए अमिट रहेगा।

—चक्रेश

* * *

श्री० मेवासिंह

विपत्ति के आँग । में खेल कर भी जिन लोगों ने सदैव ही पीः रह कर कार्य करने की चेष्टा की है—इसलिए नहीं कि े डरते थे, किन्तु इसलिए कि आगे बढ़ कर वाह-वाही लेने की इच्छा ही कभी उनमें उत्पन्न नहीं हुई—ऐसे लोगों के बाल्यकाल से ही यदि ज्योतिषी लोग यह जता दिया करें कि यह किसी दिन पगले विप्लवी बनकर अपना सर्वस्व लुटा देंगे, किसी दिन ये उन्मत्त होकर 'धरि मृत्यु साथे पञ्जा' नाचते-नाचते फाँसी के तख़्ते पर जा खड़े होंगे, तो शायद उनका जीवन-वृत्तान्त पूरे तौर पर लिखा जा सके। किन्तु वे तो संसार के न जाने किस कोने से अचानक आकर मानव-समाज के चरणों पर एकाएक अपना सर्वस्व लुटाकर चले गए। उस दिन आश्चर्य से लोगों ने उनकी ओर देखा। भक्ति तथा श्रद्धा के फूल भी चढ़ाए। किन्तु फिर भी उनके विद्रोही जीवन की दो-चार घटनाओं को एकत्रित कर प्रकाशित करने की परवा किसी ने भी न की। आज यदि ऐसे आदर्शवादी का जीवन-वृत्तान्त लिखने बैठें तो लिख ही क्या सकते हैं।

अज्ञात विप्लवी हमारे नायक श्री० मेवासिंह का जन्म अमृतसर ज़िले के एक साधारण से गाँव 'लोपोके' में हुआ था। बस, वंश तथा बाल्यजीवन का इतना ही ज्ञान पर्याप्त है। वे साधारण कृषक थे और खेती-बाड़ी करते थे। कैनेडा आदि की ओर आए-दिन अनेकानेक लोगों को जाते देख आप भी वहीं चले गए थे। आपका ईश्वर-भक्ति की ओर विशेष झुकाव था।

कैनेडा में भारतवासियों पर किए गए अत्याचार, अन्याय और घृणित व्यवहार से आपके हृदय को एक विशेष चोट लगी। कामागाटा मारू के सम्बन्ध में जब श्री० भागसिंह जी और बलवन्तसिंह जी किन्हीं अन्य सहकारियों से कुछ मन्त्रणा करने दूर दक्षिण की ओर निकल गए थे और इमिग्रेशन विभाग वालों ने उन्हें पकड़कर 'सुभास' जेल में बन्द कर दिया था तब आप भी उनके साथ थे। परन्तु आपको केवल इतना कहने पर ही कि इधर योंही चले आए थे, छोड़ दिया गया था। बाद में आप गुरु नानक माइनिङ्ग कम्पनी के हिस्सेदार भी बन गए थे।

दीवान हो रहा था। श्री० भागसिंह जी गुरु-ग्रन्थ साहब का पाठ कर रहे थे और श्री० वतनसिंह जी उन्हीं के पास बैठे थे। एकाएक सभा की निस्तब्धता भङ्ग करते हुए एक पिस्तौल की आवाज़ आई और देखते-देखते श्री० भागसिंह जी और श्री० वतनसिंह जी सदा के लिए धराशायी हो गए। देश-द्रोही बेलासिंह के इस घृणित कार्य को देखकर हृदय वेदना से कराह उठा। उन्हें गुरु-ग्रन्थ साहब का पाठ करते समय गोली से मार दिया जाना असह्य हो उठा। अभियोग चलने पर क़ातिल ने बयान किया कि इमिग्रेशन विभाग के अध्यक्षों ने ही मुझे ऐसा करने के लिए कहा था। गुलाम भारत-वासियों की दुर्दशा का रक्त-रञ्जित चित्र देख कर उनकी आँखों में आँसू आ गए। क्योंकि वे पराधीन थे, इस-लिए उन्हें सब जगह घृणा की जाती थी। क्योंकि वे गुलाम थे, इसलिए उन पर सब तरह के अत्याचार ढाए जाते थे और क्योंकि वे परुए दास थे, इसीलिए उनके नेताओं को योंही मरवा दिया गया। इन सब बातों से उनके हृदय पर एक गहरी चोट लगी। उन्होंने अपनी आन्तरिक वेदना को छिपाने के लिए ईश्वर-भजन की ओर विशेष ध्यान देना शुरू कर दिया। परन्तु इस पर भी आपने दो-एक बार बड़े वेदना भरे स्वर से कहा था, "यह अपमानित और पराधीनता का पद-पद पर ठुक-राया जाने वाला जीवन अब असह्य हो उठा है।" उस समय उनके इन वाक्यों पर किसी ने ध्यान भी न दिया था।

वे 'विप्लव-यज्ञ' की प्रगाढ़ रचना के दिन थे। लोगों ने रायफ़ल तथा रिवॉल्वर चलाने का अभ्यास शुरू कर दिया था। कहते हैं, हमारे नायक ने भी एक सौ रुपए की गोलियाँ फूँक डाली थीं। उनकी इस बात पर भी किसी ने कुछ विशेष ध्यान न दिया। एक दिन जाकर अपना फ़ोटो बनवा लाए। यही उनका अपने घर वालों के लिए अन्तिम अमूल्य उपहार था।

उस दिन मुक़दमे की पेशी थी। इमिग्रेशन विभाग के मुख्याधिकारी मि० हॉपकिन्सन (Hopkinson) भी पेश होने आए थे। सब कार्य शान्तिपूर्वक हो रहा था कि एकाएक गोली चली और पूर्व इसके कि फ़ायर करने वाले की ओर कोई ध्यान दे सकता, हॉपकिन्सन सदा के लिए धराशायी हो गए। निशाना अचूक बैठा। वह १००) सफल हो गया। जज लोग कुर्सियों के नीचे जा छिपे

और वकील लोग गिरते-पड़ते बाहर का ओर भाग चले। हॉपकिन्सन को गिरता देख आपने अपना रिवॉल्वर जज की मेज़ पर रख कर उच्च स्वर से कहा—"मैं भागना नहीं चाहता। आप लोग शान्त हूजिए। मैं पागल नहीं हूँ। और किसी पर गोली नहीं चलाऊँगा। मेरा कार्य सफल हो चुका।" इसके बाद पुलिस वालों को पुकार कर चुपचाप आत्म-समर्पण कर दिया। उथल-पुथल में चाहते तो भाग जाते, पर उस वीर विप्लवी की इच्छा अब और जीने की न थी। पतित, पराधीन तथा पददलित भारत में अभी तक प्राणों का कोई अंश शेष है, यही वे आत्म-बलिदान से सिद्ध करना चाहते थे। आज भी वे अपमान का प्रतिकार कर सकते हैं, आज भी वे राष्ट्रीय अपमान का बदला ले सकते हैं, यही जताने के लिए उन्होंने यह सब किया था।

गिरफ़्तारी के बाद बयान लेते समय जब आपसे हॉपकिन्सन को मारने का कारण पूछा गया तो आपने प्रश्न किया—"क्या हॉपकिन्सन सचमुच मर गया?" उत्तर में "हाँ" सुनकर आप बड़े ज़ोरों से हँस दिए। कहा—"आज मुझे वास्तविक आनन्द प्राप्त हुआ है।" पूछने पर आपने कहा—"हॉपकिन्सन को जान-बूझ कर क़त्ल किया है। यह बदला है, देश तथा धर्म के अपमान का; यह बदला है, हमारे दो अमूल्य रत्नों की हत्या का। मैं तो मि० रीड (हॉपकिन्सन के दूसरे साथी) को भी मारने के विचार से आया था, परन्तु वहाँ न होने के कारण वह बच गया।"

हॉपकिन्सन की स्त्री ने अपने पति की हत्या का समाचार सुनकर कहा था कि मैं उस वीर के दर्शन करना चाहती हूँ, जिसने मेरे पति को भरी कचहरी में गोली से मारा है, और इस धैर्य के साथ आत्म-समर्पण किया है।

इस घटना के बाद कैनेडा में भारतीयों को किसी ने घृणित शब्दों से सम्बोधित नहीं किया।

अभियोग चलने पर आपने वीरतापूर्वक सारा अपराध स्वीकार कर लिया। मृत्यु-दण्ड सुनाए जाने के बाद से तो आप पर एक नशा-सा छा गया। आनन्द की सीमा न रही। फाँसी के दिन तक आपका वज़न १३ पाउण्ड बढ़ गया था।

फाँसी के दिन जेल के बाहर तपस्वी के अन्तिम पुण्य-दर्शन के लिए कैनेडा-स्थित प्रवासी भारतीयों का मानव-समुद्र उमड़ आया था। इस समुद्र में गोरे लोगों की संख्या भी कुछ कम न थी। नियमानुसार मरने से पहले पादरी अथवा पुरोहित का मिलना आवश्यक था। अस्तु, भाई मितसिंह जी अन्दर गए। ईश्वर-भजन के बाद आपने अपना अन्तिम सन्देश दिया। शब्द साधारण हैं, किन्तु भाव ऊँचे और देश-भक्ति पूर्ण हैं। आपने कहा:—

"बाहर जाकर सभी भारतवासियों से और विशेषकर राष्ट्रीय कार्यकर्त्ताओं से कह देना कि इस ग़ुलामी, और पराधीनता के अभिशाप से बच निकलने के लिए ज़ोरों से प्रयत्न करें। परन्तु कार्य तभी हो सकेगा, जब उनमें इलाक़ेबन्दी और मज़हबी असहनशीलता बिलकुल न रहे। न माझे, मालवे और दोआबे * के प्रश्न उठें और न हिन्दू, मुस्लिम और सिक्ख विभिन्न मज़हबों के प्रश्न उठें। और जो मुझे प्यार करने वाले सम्बन्धी अथवा मित्र हैं, उनसे तो मेरा विशेष आग्रह है।"

बात करते-करते मितसिंह जी की आँखों में आँसू आ गए। इस पर आप बहुत नाराज़ हुए। आपने कहा—अच्छा मेरा साहस बढ़ाने आए थे, आप ही रोने लगे। ज़रा सोचिए तो सही, फिर हमारी क्या दशा होनी चाहिए। और ऐसी मृत्यु तो कहीं सौभाग्य से प्राप्त होती है, उस पर हर्ष और चाव न दिखाकर, इस तरह शोक करना तो एकदम अनुचित है।

अन्त को वही घड़ी आ गई। ओह! देखो तो वह पगला किस चाव से फाँसी के तख़्ते की ओर बढ़ रहा है। भय और चिन्ता तो उसके पास तक नहीं है। आख़िर यह शब्द गाते हुए "हरि-यश, रे मन! गाय ले जो सङ्गी है तेरा" आप फाँसी के तख़्ते पर जा खड़े हुए। इसके बाद क्या हुआ, सो पाठक स्वयं ही समझ लें। गुरु गोविन्दसिंह का अनुयायी 'सर धर तली' प्रेम की गली में प्रेम खेलने आया था, सर दे गया।

शव के स्वागत के लिए मानव-समुद्र पहले ही से

* दो-आब, सतलज और ब्यास के बीच का इलाक़ा है। मालवा सतलज के पूर्व का (फ़ीरोज़पुर वग़ैरा) प्रदेश है। माझा, रावी और ब्यास के बीच का (लाहौर व अमृतसर) भाग है। सिक्खों में इन इलाक़ों का कुछ झगड़ा बहुत दिनों से चला आता है।

बाहर हिलोरें ले रहा था, अतः बड़ी शान से जुलूस निकाला गया। आज इन्द्र देवता भी अपने पर क़ाबू न रख सके, ख़ूब वर्षा होने लगी। किन्तु जुलूस कम न हुआ। यहाँ तक कि अङ्गरेज़-स्त्रियाँ भी उसका साथ न छोड़ सकीं। अन्तिम संस्कार के बाद एक सप्ताह तक गुरुद्वारे में उत्सव मनाया गया था।

—कोविद

* * *

श्री० काशीराम

आप उन्हीं अज्ञात् सप्तऋषियों में से एक हैं, जिन्हें न्याय-प्रिय सरकार ने फ़ीरोज़पुर ज़िले में एक गाँव के पास मारे जाने वाले थानेदार की हत्या के अपराध में सदा के लिए भारत की गोद से उठा लिया था और अन्त में वास्तविक अपराधी के मिल जाने पर केवल इतना कह कर कि "जो सात मनुष्य पहले फाँसी पर लटकाए गए थे, वे वास्तविक अपराधी न थे और असल अपराधी तो यह है, जिसे हम आज फाँसी दे रहे हैं।" अपने दायित्व से अलग हो गई थी। अस्तु—

Kanshi Ram

श्री० काशीराम

पण्डित काशीराम जी का जन्म अम्बाला ज़िले के 'बड़ी मड़ौली' नामक गाँव में भादों सुदी द्वादशी, सम्वत् १९३८ में श्री० पण्डित गङ्गाराम जी के घर हुआ था। घर वालों ने दश वर्ष की ही अवस्था में आपकी शादी कर दी थी, किन्तु आज़ादी की शराब पीने वालों को स्त्री-बच्चों का मोह रोक कर घर पर नहीं रख सकता। अस्तु, पटियाला से इन्ट्रेन्स पास करने के बाद आप घर से इस प्रकार बाहर हुए कि फिर १९१४ में कुछ घण्टों के लिए ही अपने गाँव में वापस आए। इसी विछोह में आपकी स्त्री का शरीरान्त भी हो गया था।

पढ़ाई समाप्त कर, कुछ दिन तार का काम सीखने के बाद, आप अम्बाला ज़िला-दफ़्तर में ३०) मासिक पर नौकर हो गए। बाद में कुछ दिन दिल्ली में ६०) मासिक पर नौकरी कर, आप हाँगकाँग चले गए और अन्त में अमेरिका जाकर एक बारूद के कारख़ाने में २००) मासिक पर नौकर हो गए। किन्तु बाद में इसे भी गुलामी कहकर छोड़ दिया और एक टापू की सोने की कान का ठेका ले लिया।

Rahmat Ali Shah

श्री० रहमतअली शाह

[आपको काशीराम के साथ ही फाँसी हुई थी। आप उन्हीं सात में से एक हैं, जिन्हें बाद में जज ने स्वयं निर्दोष माना था बहुत खोज करने पर भी आपका जीवन-चरित्र नहीं प्राप्त हुआ।]

इसी बीच अमेरिका से भारत वापस आने की लहर चली और आप भी एक जत्थे के साथ २५ या २६ नवम्बर, सन् १९१४ में भारत आ गए। देश आने पर एक बार फिर उसी स्थान के देखने की इच्छा से, जहाँ की धूल में खेलकर आपका बाल्यकाल बीता था, वे अपने गाँव पहुँचे। यह समाचार बिजली की भाँति सारे गाँव में फैल गया और आपसे मिलने के लिए एक अच्छी भीड़ जमा हो गई। आपने अवसर हाथ आया देख, वहीं पर ग़दर के सम्बन्ध में एक व्याख्यान दे डाला।

कुछ घण्टे मकान पर ठहरने के बाद, यह कह कर कि लाहौर नेशनल बैङ्क में मेरे तीस हज़ार रुपए जमा हैं, उन्हें लेने जाता हूँ, आप फिर घर से बाहर हुए। गाँव वालों के लिए आपका यह अन्तिम पुण्य-दर्शन था। वे फिर लौटकर वहाँ न आए।

लाहौर आने पर कुछ साथियों समेत फ़ीरोज़पुर भेजे गए। वहाँ पुलिस से मुठभेड़ हो गई। गोली चली और थानेदार मारा गया, बाद को जङ्गल में १३ साथियों में से ७ गिरफ़्तार हो गए। कुछ मारे गए और शेष भाग गए। इन सात में से एक हमारे नायक भी थे।

पाँच महीने तक फ़ीरोज़पुर में न्याय-नाटक के बाद आप सातों आदमी तितर-बितर कर दिए गए। किन्तु बाद में यह कह कर कि मिश्री गाँव के पास होने वाले डाके, क़त्ल आदि सभी बातों का उत्तरदायित्व इन्हीं लोगों पर है, सबको फाँसी दे दी गई!

जिनके लिए उन्होंने अपना सर्वस्व कौड़ी के समान लुटा दिया, और जिनके दुखों से कातर हो, रोती हुई वृद्धा माता की इकलौती गोद को सूनी कर उन्होंने संन्यासी का वेष धारण किया था, उन्हीं गाँव वालों ने उनके फाँसी हो जाने पर यह कह कर ख़ुशी मनाई कि सरकार बहादुर ने डाकुओं को फाँसी पर चढ़ाकर हम पर बड़ा एहसान किया। किन्तु विप्लवियों के जीवन में यह तो एक मामूली सी बात है। उनका तो उद्देश्य ही—Unwept, unhonoured and unsung जाना है। संसार उन्हें किस नाम से पुकारता है, इस पर विचार करने का तो अवकाश भी उन्हें नहीं मिलता और न वे कभी इसकी परवा करते हैं। वे संसार के सामने वाहवाही लेने के विचार से तो कभी इस मार्ग पर नहीं आते। वे तो केवल अपने आपको ही सन्तुष्ट देखना चाहते हैं।

पण्डित जी लाहौर-सेन्ट्रल जेल में बन्द थे। पिता ने आकर रोना-पीटना शुरू कर दिया—"बेटा, क्या तुम्हें मेरी इस वृद्धावस्था पर तनिक भी तरस नहीं आता। तुम्हारी माँ तुम्हारे विछोह में अभी से पागल हो गई है। मैंने तो सोचा था कि बड़े होकर तुम कुछ सुख पहुँचाओगे, किन्तु नहीं जानता था कि तुम इतने निर्मोही हो। तुमने हमारी तनिक भी सुध न ली। अब हम शेष जीवन किसके सहारे पर व्यतीत करेंगे।"

तपस्वी ने एक लम्बी साँस ली और कहा—"पूज्यवर, इस व्यर्थ के माया-जाल से क्या होगा? इस संसार में न कोई किसी का पुत्र है और न कोई किसी का पिता। यह सब मन की भावना-मात्र है, अतः इसके लिए व्यर्थ में अपने को दुखी न बनाएँ। रही बात खाने-पीने की, सो जिस सर्व-नियन्ता ने हमें पैदा किया है, उसे हर समय, हर स्थान पर अपने सभी पुत्रों का ध्यान है। मेरे समवयस्क सभी भारतीयों को अपना ही पुत्र समझ कर, एक उसी पर विश्वास कीजिए।"

भाई को आता देखकर आपने कहा—"ख़बरदार, आँखों में आँसू न लाना। मैंने कोई पाप नहीं किया है, और इस प्रकार मरने पर मुझे देश-भक्तों के चरणों में स्थान मिलेगा। मैं इसी को अपना अहोभाग्य समझता हूँ।"

अन्त में घर वालों ने फिर भी न माना और आपकी अपील की, किन्तु उसके निर्णय के पहले ही आप फाँसी पर लटका दिए गए थे।

—बन्दी

* * *

श्री० गन्धासिंह

लाहौर ज़िले के 'कचरमन' नामक गाँव में आपका जन्म हुआ था। उस समय लोग इन्हें भाई भगतसिंह के नाम से पुकारा करते थे। बाद में सिक्ख-धर्म की दीक्षा लेने पर आपका नाम भाई रामसिंह रक्खा गया, किन्तु प्रसिद्ध नाम आपका भाई गन्धासिंह पड़ा। आप छोटी अवस्था में ही अमेरिका चले गए थे। १९१४ और १५ में अमेरिका की ग़दर-पार्टी के आप एक प्रमुख नेता थे। और अन्त में जब पार्टी की ओर से भारत में आकर प्रचार करने की बात निश्चय हुई, तो सबसे पहले आप अपने एक और मित्र को साथ लेकर भारत की ओर चल दिए। आपके भारत आने के कुछ ही दिनों बाद बजबज घाट पर गोली चल गई और बाहर से कलकत्ते का टिकट लेकर आने वाले यात्रियों पर कड़ा पहरा लगा दिया गया। अमेरिका से भारत आने वाले यात्रियों को अपने ही देश में उतरना कठिन ही नहीं, वरन् असम्भव-सा हो उठा। अतः परिस्थिति को बहुत भयानक रूप धारण करते देख, आप अपने मित्र के साथ झट हाँगकाँग आगए और वहाँ से जो भारतीय कलकत्ते के टिकट पर भारत आने की तैयारी कर रहे थे, उनके टिकट बदलवा कर बम्बई और मद्रास के टिकट लेकर जाने को बाध्य किया। १९१४ और १५ में पञ्जाब के अन्तर्गत जो भी थोड़ी-बहुत विप्लव की योजना हो सकी थी, वह

इन्हीं हमारे नायक द्वारा बचाए गए सिक्खों को लेकर ही हुई थी।

हाँगकाँग से वापस आकर गन्धासिंह पूरी ताक़त से इधर-उधर घूम कर विप्लव का प्रचार करने लगे। गर्मी के दिनों में सारे दिन पैदल चलने के बाद भी वे थकते न थे। निराशा तो कभी उनके पास तक नहीं आई। शायद इन सब का कारण यही था कि उन्होंने कार्यक्षेत्र में आने के पूर्व ही मरने का पाठ भली प्रकार सीख लिया था। वे प्रायः कहा करते थे कि अमेरिका से चलते समय कई रातें मन को यही समझाने में बिताई थीं कि वहाँ जाकर फाँसी निश्चय है और जब बार-बार मना करने और समझाने पर भी मन ने अपना निश्चय नहीं छोड़ा तभी यहाँ का टिकट ख़रीदा था। ख़ैर, सारांश यह कि वे उत्साह की एक जीती-जागती प्रतिमूर्त्ति थे और उनमें असीम साहस था।

एक दिन की बात है कि आप अपने दस-पन्द्रह साथियों समेत फ़ीरोज़पुर के 'धलख़ुर्द' नामक गाँव के पास मार्ग में जा रहे थे कि पुलिस ने आ घेरा। सरकार बहादुर ने उन्हें स्वयं अपने हाथों से पाला था और शायद इसी बेहोशी में थानेदार साहब ने आपके एक साथी को गालियाँ देते हुए एक तमाचा लगा दिया। घर पर माँ-बाप ने कभी एक बात भी न कही थी। अस्तु, युवक इस चट को सह न सका और उसकी आँखों में आँसू आगए। एक स्वाधीन देश के जलवायु में पला हुआ और स्वाधीनता के लिए घर-बार पर लात मार कर गली-गली पागलों की भाँति घूमने वाला आत्माभिमानी भला इस अपमान को कब सहन कर सकता था? देखते-देखते गन्धासिंह की गोली का निशाना बन कर थानेदार साहब ज़मीन पर आ गिरे। साथ ही एक ज़ियातदार (तहसील-वसूल करने वाला) भी मारा गया। इस घटना के बाद आपके साथियों के तितर-बितर हो जाने के कारण कुछ आदमियों का जङ्गल में फिर पुलिस के साथ सामना हो गया। ये लोग तो मरने की दीक्षा लेकर ही घरों से बाहर हुए थे, इसलिए दोनों ओर से गोली चलने लगी। अन्त में गोली-बारूद के समाप्त हो जाने पर कुछ लोग तो वहीं पर मारे गए और बाक़ी सात मनुष्य पुलिस के हाथ आ गए। न्याय-नाटक में इन सातों को ही फाँसी का पुरस्कार मिला और १६१४ के शीत-काल के दिनों में वे सातों साथी दूर —बहुत दूर—अपने पिता के पास इस नाटक का हवाला कहने चले गए।

जिस देश पर दीवाने होकर उन्होंने गली-गली की धूल छानी और अन्त में जिसकी वेदी पर अपना सर्वस्व लुटा कर प्राणों तक की आहुति चढ़ा गए उसी देश के रहने वालों ने उनके नाम तो क्या, यह तक न जाना कि वे कब, कहाँ, क्यों और किस देश में विलीन हो गए।

दिन योंही ग़ुलामी में बसर होते हैं सारे।
एक आह तुम जैसों के लिए भी नहीं भरते॥

हमारे नायक श्री० गन्धासिंह को अभी कुछ और दुनिया देखनी थी, अतः इस बार वे पुलिस के हाथ न आए। उन्होंने स्थान-स्थान पर जाकर फिर वही प्रचार-कार्य आरम्भ कर दिया। इस समय पुलिस पर आप का इतना रोब जम गया था कि गिरफ़्तारी का अवसर मिलने पर भी वे लोग आप पर हाथ नहीं डालते थे।

खन्ना के पास एक गाँव में दीवान हो रहा था, वहीं पर ज्ञानी नत्थासिंह नामक एक मास्टर से आपकी मुलाक़ात हुई। यह व्यक्ति लुधियाना ख़ालसा-हाई स्कूल में नौकर था। यह गन्धासिंह को अपने साथ लिवा ले गया। मार्ग में एक स्थान पर बहुत से आदमी खड़े थे। उनके बीच में पहुँचने पर देश-द्रोही नत्थासिंह ने आप को पीछे से पकड़ लिया। इतने में ही और लोग भी आप पर आ टूटे। अनायास कितने ही लोगों के बीच में पड़ जाने के कारण आप कुछ भी न कर सके। उस समय मास्टर ने कहा—"कि अब तुम गिरफ़्तार हो गए?" आप को गाँव लाया गया और हाथ पीछे बाँध कर एक कोठरी में बन्द कर दिया गया।

जिस वीर का नाम सुनकर पञ्जाब की पुलिस काँप उठती थी, जिसकी ओर आँख उठा कर देखने का साहस भी कभी किसी को न हुआ और जिसके आतङ्क से कितनी ही बार स्वयं पुलिस वालों ने उसे हाथ में आता जान कर भी उस पर हाथ नहीं डाला, वही वीर एक अपने ही भाई के विश्वासघात के कारण एक छोटी-सी कोठरी में हाथ बँधे हुए मुँह के बल धूल में लोट रहा है। आज वह पराया बन्दी है, आज़ाद खिलाड़ी नहीं।

रात भर इसी प्रकार पड़े रहने के बाद दूसरे दिन प्रातःकाल पुलिस-कप्तान ने आकर कोठरी का दरवाज़ा खुलवाया। इस रात के रे में जेल के अन्दर अपने

और साथियों से गिरफ़्तारी का हाल बयान करते समय आपने कहा था—"उस रात मेरे हाथ फूल कर जङ्घा के समान हो गए थे और उस कष्ट के सामने फाँसी मुझे बिलकुल आसान जान पड़ती थी।"

आप पर वही—थानेदार के मारने के—अपराध में अभियोग चलाया गया और फाँसी की सज़ा मिली। उस समय जज ने अपने फ़ैसले में लिखा था कि "जो सात आदमी पहले फाँसी पर चढ़ाए गए थे वे वास्तविक अपराधी न थे। असल अपराधी तो यह है जिसे हम आज फाँसी दे रहे हैं।" बलिहारी है ऐसे न्याय की!

फाँसी सुनाई जाने के बाद तो आपकी ख़ुशी का ठिकाना न रहा। उस समय एक अङ्गरेज़ सार्जण्ट ने अपने साथी से कहा था—"आज हमने गन्धासिंह के दर्शन किए हैं। वह बड़ा ख़ुश है और इस प्रकार सर हिला-हिला कर बातें करता है, मानों उस पर एक प्रकार का नशा-सा छाया हुआ है।"

८ मार्च, १६१६ का दिन था। प्रातःकाल के पाँच बजे थे। नहाने के लिए पानी लाने वाले ने कहा—"क्या आपको पता है कि आज फाँसी दी जायगी?" आपने बिलकुल साधारण तौर पर उत्तर दिया—"फाँसी मेरे लिए कोई नई बात नहीं है। मैं जिस दिन अमेरिका से चला था, उसी दिन फाँसी लग चुकी थी।"

फाँसी हो चुकने के बाद एक वार्डर ने कहा था—"मैंने अपनी तीस साल की नौकरी में कुल १२५ आदमियों को अपने ही हाथों फाँसी पर चढ़ाया। उनमें प्रायः सभी तरह के मनुष्य शामिल हैं, किन्तु जो साहस, जो हौसला और जो उत्साह मैंने गन्धासिंह में देखा, वह और किसी में भी न देखा था।" उस समय उनकी बहादुरी से प्रभावित होकर जेल-कर्मचारी भी रो पड़े थे।

—*लक्ष्मण*

* * *

श्री० करतारसिंह

रणचण्डी के उस परम भक्त बाग़ी करतारसिंह की आयु उस समय २० वर्ष की भी न होने पाई थी, जब उन्होंने स्वतन्त्रता देवी की बलि-वेदी पर निज रक्ताञ्जलि भेंट कर दी। आँधी की तरह वे एकाएक कहीं से आए, आग भड़काई, सुसुप्त रणचण्डी को जगाने की चेष्टा की, विप्लव-यज्ञ रचा, और अन्त में स्वयं भी उसी में "स्वाहा" हो गए। वे क्या थे, किस लोक से एकाएक आ गए थे और फिर झट से किधर चले गए, हम कुछ भी समझ न सके। १६ वर्ष की छोटी अवस्था में ही उन्होंने इतने भारी कार्य कर दिए कि सोचने पर आश्चर्य होता है। इतना साहस, इतना आत्म-विश्वास, इतना आत्म-त्याग, इतनी तत्परता, इतनी लगन बहुत कम देखने को मिलेगी। भारतवर्ष में वास्तविक विप्लवी कहे जाने वाले बहुत कम व्यक्ति पैदा हुए हैं। परन्तु उन इने-गिने विप्लवियों में भी श्री० करतारसिंह सर्वतोमुखी हैं। उनकी नस-नस में विप्लव समा गया था। उनके जीवन का एकमात्र आदर्श, उनकी एकमात्र अभिलाषा, एकमात्र आशा जो भी था, यही विप्लव था। इसी के लिए वे जिए और अन्त में इसी के लिए वे मर गए।

श्री० तरुण करतारसिंह

सन् १८६६ में आपका जन्म सराबा नामक गाँव (ज़िला लुधियाना) में हुआ था। आप माता-पिता के एकलौते पुत्र थे। बड़े लाड़-चाव से पालन-पोषण हो रहा था। अभी बिलकुल छोटी अवस्था थी कि पिता का देहान्त हो गया। परन्तु आपके दादा ने बड़े यत्न से आपको पाला। आपके पिता का नाम सरदार मङ्गलसिंह था। आपके एक चचा तो संयुक्त-प्रान्त में पुलिस सब-इन्सपेक्टर थे और दूसरे उड़ीसा के मुहकमा जङ्गलात के किसी ऊँचे पद पर कार्य करते थे। करतारसिंह पहले तो अपने गाँव के ही प्राइमरी स्कूल में पढ़ते रहे, बाद में लुधियाना के ख़ालसा-हाईस्कूल में दाख़िल हुए। पढ़ने-लिखने में बहुत तेज़ नहीं थे, किन्तु कुछ ऐसे बुरे भी न थे। शरारती बहुत थे। हर एक की जान पर छेड़ख़ानी से आफ़त बनाए रहते। आपको सहपाठी

"अफ़लातून" कहा करते थे। सभी लोग आपसे बहुत प्यार करते थे। स्कूल में आपका एक जुदा गुट था। खेलों में आप अगुआ थे। नेतागिरी के सभी गुण आप में विद्यमान थे। नवम् श्रेणी तक वहीं पढ़ कर फिर अपने चचा के पास उड़ीसा चले गए। वहाँ जाकर मैट्रीकुलेशन पास किया, और कॉलेज में पढ़ने लगे। ये वही १६१०-११ के दिन थे। उधर आपको स्कूल-कॉलेज के कोर्स के सङ्कीर्ण दायरे से बाहर की बहुत सी पुस्तकें पढ़ने का सुअवसर मिला। आन्दोलन के दिन थे। उसी वायुमण्डल में रह कर आपके देश तथा स्वातन्त्र्य-प्रेम के भाव और भी प्रबल हो उठे।

अमेरिका जाने की इच्छा हुई। घर वालों ने बहुत हुज्जत नहीं की। आपको अमेरिका भेज दिया गया। सन् १६१२ में आप सान्फ्रान्सिस्को (Soan Fransisco) बन्दर पर पहुँचे। इमिग्रेशन विभाग वालों ने विशेष पूछताछ के लिए आपको रोक लिया।

ऑफ़िसर के पूछने पर आपने कहा—यहाँ पढ़ने के लिए आया हूँ।

ऑफ़िसर ने कहा—क्या हिन्दुस्तान में पढ़ने का स्थान तुम्हें न मिला?

उत्तर दिया—मैं उच्च शिक्षा-प्राप्ति के लिए ही कैलीफ़ोर्निया के विश्वविद्यालय में दाख़िल होने के विचार से आया हूँ।

"और यदि तुम्हें अमेरिका में न उतरने दिया जावे तो?"

इस प्रश्न का उत्तर करतारसिंह ने बहुत सुन्दर दिया। आपने कहा—"तो मैं समझूँगा कि बड़ा भारी अन्याय हुआ। विद्यार्थियों के रास्ते में ऐसी अड़चनें डालने से तो संसार की उन्नति रुक जायगी। कौन जानता है कि मैं ही यहाँ शिक्षा पाकर संसार की भलाई का बड़ा भारी कार्य करने में समर्थ न हो सकूँ। और उतरने की आज्ञा न मिलने पर संसार उससे वञ्चित नहीं रह जायगा?"

ऑफ़िसर महोदय ने इस उत्तर से प्रभावित होकर उतर जाने की आज्ञा दे दी।

स्वतन्त्र देश में जाकर क़दम-क़दम पर आपके सुकोमल हृदय पर आघात लगने लगे। Damn Hindoo और Black Coolie आदि शब्द उन उन्मत्त गोरे अमेरिकनों के मुँह से सुनते ही वे पागल-से हो उठे। उन्हें पद-पद पर देश का अभिमान अखरने लगा। घर याद आने पर पराधीन, ज़ञ्जीरों से जकड़ा हुआ, अपमानित, लुटा हुआ, निःशक्त भारत आँखों के सामने आ जाता। वह कोमल हृदय धीरे-धीरे सख़्त होने लगा। और देश की स्वतन्त्रता के लिए जीवन अर्पण करने का निश्चय धीरे-धीरे दृढ़ होता गया। उस समय के उस भावुक हृदय के वेग को हम क्या समझेंगे?

अब वे चैन से बैठ सकते, यह असम्भव था। न भाई! अब चुपचाप शान्ति से काम न चलेगा। देश कैसे स्वतन्त्र हो, यही एक मुख्य प्रश्न उनके सामने आ गया। और अधिक सोचे बिना ही उन्होंने वहीं भारतीय मज़दूरों का सङ्गठन शुरू कर दिया। उनमें स्वातन्त्र्य प्रेम का भाव जाग्रत करने लगे। हर एक के पास घण्टों बैठ कर समझाना, इस अपमानित पराधीन जीवन से तो मृत्यु हज़ार दर्जे अच्छी है। कार्य आरम्भ होने पर कुछ और लोग भी उनके साथ आ मिले और मई, १६१२ में इन लोगों की एक सभा हुई। कोई ६ सज्जन रहे होंगे। सब ने तन-मन-धन देश की स्वतन्त्रता पर निछावर करने की प्रतिज्ञा की। इधर इन्हीं दिनों पञ्जाब के निर्वासित देशभक्त सरदार भगवानसिंह वहीं पहुँच गए। धड़ाधड़ सभाएँ होने लगीं। उपदेश होने लगे। कार्य होता रहा। क्षेत्र तैयार होता गया।

फिर अपने सम्बाद-पत्र की आवश्यकता अनुभव हुई। 'ग़दर' नामक पत्र निकाला। उसका पहला अङ्क १ली नवम्बर, १६१३ को प्रकाशित हुआ था। उस पत्र के सम्पादकीय विभाग में हमारे नायक करतारसिंह भी थे। आप ज़ोरों से लिखा करते। इसे सम्पादकगण स्वयं ही हैण्ड-प्रेस पर छापते भी थे। करतारसिंह मतवाले विद्रोही युवक थे। हैण्ड-प्रेस चलाते-चलाते थक जाने पर वे पञ्जाबी गीत गाया करते:—

सेवा देश दी जिंदड़ए बड़ी औखो,
गल्ला करनियाँ ढेर सुखल्लियाने।
जिन्हाँ इस सेवा बिच्च पैर पाया,
उन्हाँ लख मुसीबताँ झल्लियाँने॥

अर्थात्—'अरे दिल, देश की सेवा बड़ी मुश्किल है, बातें बनाना बड़ा आसान है। जो लोग इस सेवा-मार्ग पर अग्रसर हुए, उन्हें लाखों विपत्तियाँ झेलनी पड़ीं।'

करतारसिंह उस समय जिस चाव से मिहनत करते थे—कठिन परिश्रम करने पर भी वे जिस तरह हँसते-हँसाते रहते थे, उससे सभी का उत्साह दूना हो जाता था।

भारत को किस तरह स्वतन्त्र करवाना होगा, यह और किसी को पता हो अथवा न हो, किसी ने इसके सोचने में मग़ज़पची की हो अथवा नहीं, पर हमारे नायक ने तो ख़ूब सोच रक्खा था। इसी से तो उसी बीच में आप न्यूयार्क की हवाई जहाज़ों की कम्पनी में भरती हुए और वहाँ दत्तचित्त से हवाई जहाज़ चलाना, मरम्मत करना और बनाना सीखने लगे। शीघ्र ही इस कला में वे दक्ष हो गए। सितम्बर, १९१४ में कामागाटा मारू जहाज़ को नृशंस गोरेशाही के हाथों अकथनीय कष्ट सहन करने के बाद लौटना पड़ा था, तभी हमारे नायक करतारसिंह, कोई एक विप्लवी मि० गुप्ता तथा एक अमेरिकन अनारकिस्ट "जैक" को साथ लेकर हवाई जहाज़ पर जापान आए थे और (Kobe) कोब में बाबा गुरुदत्तसिंह जी से मिल कर सब बातचीत कर गए थे !

युगान्तर-आश्रम सान्फ्रान्सिस्को के ग़दर-प्रेस में "ग़दर" तथा उसके अतिरिक्त "ग़दर दी गूँज" इत्यादि अनेक पुस्तकें छपतीं और बँटती गईं। प्रचार ज़ोरों से होता गया। जोश बढ़ा। फ़रवरी, १९१४ में ही स्टॉकटन की सार्वजनिक सभा में तिरङ्गा झण्डा फहराया गया, तभी स्वतन्त्रता, समानता और भ्रातृत्व के नाम पर शपथें ली गईं। उस सभा के प्रभावशाली वक्ताओं में तरुण करतार भी थे। घोर परिश्रम तथा गाढ़े पसीने की कमाई को देश की स्वतन्त्रता के लिए ख़र्च करने का निश्चय सभी श्रोताओं ने घोषित कर दिया। ऐसे ही दिन बीत रहे थे, एकाएक यूरोप में महाभारत छिड़ने का समाचार मिला। अब क्या था, आनन्द और उत्साह की सीमा न रही। एकाएक सभी गाने लगे:—

चलो चल्लिए देशनूं युद्ध करन।
एहो आख़िरी वचन ते फ़र्मान हो गए॥

अर्थात्—'चलो, देश को युद्ध करने चलें, यही है आख़िरी वचन और फ़र्मान।'

विद्रोही करतार ने देश को लौटने का प्रचार ज़ोरों से किया और फिर स्वयं भी "निपन मारू" जहाज़-द्वारा अमेरिका से चल दिए और १५-१६ सितम्बर, १९१४ को कोलम्बो पहुँच गए। उन दिनों पञ्जाब तक पहुँचते न पहुँचते साधारणतया अमेरिका से आने वाले "भारत-रक्षा क़ानून" की गिरफ़्त में आ जाते थे। बहुत कम आदमी स्वतन्त्र रूप से पहुँच सकते। करतारसिंह सही-सलामत आ पहुँचे। बड़े ज़ोरों से कार्य शुरू हुआ। सङ्गठन की कमी थी, परन्तु जैसे-तैसे वह भी पूरी की गई। दिसम्बर, १९१४ में पिङ्गले—मराठा वीर—भी आ पहुँचा। उसी के प्रयत्न से बनारस-षड्यन्त्र के अभिनेता श्री० सचीन्द्रनाथ सान्याल तथा रासबिहारी पञ्जाब में आए। कार्य सङ्गठित होना शुरू हुआ। करतारसिंह हर जगह, हर समय मौजूद होते। आज मोगा में गुप्त-समिति की मीटिङ्ग है, तो वहाँ पर आप विद्यमान हैं; कल लाहौर के कॉलेजों के विद्यार्थियों में प्रचार हो रहा है। परसों किसी डकैती के लिए शस्त्र लिए जा रहे हैं, अगले दिन फ़ीरोज़पुर-छावनी के सिपाहियों से जोड़-तोड़ हो रहा है। अगले रोज़ कलकत्ते शस्त्रों के लिए जा रहे हैं। कमी का प्रश्न उठने पर आपने एक के यहाँ डकैती का प्रस्ताव किया। डाके का नाम सुनते ही विद्रोही वीर सन्न हो गए, परन्तु आपने कह दिया—"कोई डर नहीं है, भाई परमानन्द भी डकैती से सहमत हैं।" पूछ आने का भार आपको सौंपा गया। अगले दिन बिना मिले ही जाकर कह दिया—"पूछ आया हूँ। वे सहमत हैं।"

विद्रोह की तैयारी में केवल धनाभाव के कारण कुछ देर हो, यह वह सहन नहीं कर सकते थे। उस दिन वे लोग डकैती के लिए शायद रब्बों नामक गाँव में गए थे। करतार अध्यक्ष थे। डकैती हो रही थी। घर में एक अत्यन्त सुन्दर युवती भी थी। उसे देख कर एक पापात्मा का मन विचलित हो गया। उसने लड़की का हाथ पकड़ लिया। उस काम-लोलुप नर-पशु की आकृति देख, लड़की घबड़ा गई और उसने ज़ोर से चीत्कार कर दिया। तुरन्त तरुण करतार रिवॉल्वर ताने उसी स्थान पर आ पहुँचे। उस व्यक्ति के माथे पर पिस्तौल रख कर उसे निशस्त्र कर दिया और फिर क्रुद्ध सिंह की तरह गरज कर कहा—"पामर! तेरा अपराध बहुत भीषण है। इस समय तुम्हें मृत्यु दी जानी चाहिए। परन्तु विशेष परिस्थितियों के कारण तुम्हें क्षमा करने पर बाध्य हूँ। इसलिए तुरन्त इस युवती के पाँव पर सिर रख कर क्षमा-प्रार्थना करो कि हे बहिन! मुझ पापी को क्षमा

करो। और उधर माता के चरण पकड़ कर कहो, माता! मैं इस नीचता के लिए क्षमा चाहता हूँ। यदि ये तुझे क्षमा कर देंगी तो तुझे जीता छोड़ूँगा, वरना अभी गोली से उड़ा दूँगा।" उसने वैसा ही किया। बात कुछ बहुत बढ़ी तो थी ही नहीं। यह देख दोनों स्त्रियों की आँखें भर आईं। माँ ने प्यार से करतारसिंह को सम्बोधित कर कहा—"बेटा! ऐसे धर्मात्मा और सुशील युवक होकर तुम इस भीषण कार्य में किस तरह सम्मिलित हुए हो?" करतारसिंह का भी जी भर आया। कहा—"माँ! रुपए के लोभ से नहीं, अपना सर्वस्व लगा कर ही डाके डालने चले थे। हम अङ्गरेज़ी सरकार के विरुद्ध विद्रोह करने की तैयारी कर रहे हैं। शस्त्र आदि ख़रीदने के लिए रुपया चाहिए। वह कहाँ से लें? माँ! उसी महान् कार्य के लिए आज यह नीच कर्म करने पर हम बाध्य हुए हैं।"

उस समय बड़ा दर्दनाक दृश्य था। माँ ने फिर कहा—"इस लड़की की शादी करनी है। उसके लिए रुपया चाहिए। कुछ देते जाओ तो बेहतर हो।" सभी धन उसके सामने रख दिया गया और कहा गया—"जितना चाहिए, ले लीजिए!" कुछ धन लेकर शेष सभी उसने स्वयं बड़े चाव से करतार की झोली में डाल दिया और आशीर्वाद दिया कि जाओ बेटा, तुम्हें सफलता प्राप्त हो!

डकैती-जैसे भीषण कार्य में सम्मिलित होने पर भी करतारसिंह का हृदय कितना भावुक, कितना पवित्र, कितना महान् था, यह उक्त घटना से स्पष्ट है।

बङ्गाल-दल के संसर्ग में आने से पहले ही आपने शस्त्रों के लिए लाहौर-छावनी की मेगज़ीन पर हमला करने की तैयारी कर ली थी। एक दिन ट्रेन में जाते हुए एक फ़ौजी सिपाही से भेंट हो गई। वह मेगज़ीन का इञ्चार्ज था। उसने चाबियाँ दे देने का वादा किया। २५ नवम्बर को आप कुछेक दुःसाहसी साथियों को लेकर वहाँ जा धमके; परन्तु एकाध दिन पहले उपरोक्त सिपाही के किसी अन्य स्थान को तबादला हो जाने से सारा कार्य बिगड़ गया। परन्तु दिल छोड़ना, घबरा जाना ऐसे विप्लवियों के चरित्र में नहीं होता।

फ़रवरी में विद्रोह की तैयारी थी। पहले सप्ताह आप, पिङ्गले तथा दो-एक अन्य साथियों सहित आगरा, कानपुर, इलाहाबाद, बनारस, लखनऊ तथा मेरठ आदि में गए और विद्रोह के लिए फ़ौजों से जोड़-तोड़ कर आए।

आख़िर वह दिन भी निकट आने लगा, जिसका विचार आते ही इन लोगों के हृदय हर्ष, चाव तथा भय आदि अनेक भावों से धड़कने लगते थे। २१ फ़रवरी, १९१५ समस्त भारत में विद्रोह मचाने का दिन निश्चित हुआ था। तैयारी इसी विचार से हो रही थी। परन्तु ठीक उसी समय उनके विशाल आशा-तरु की जड़ में बैठा एक चूहा उसे काट रहा था। तने के एकदम खोखले हो जाने पर आँधी के एक ही थपेड़े से वह ज़मीन पर गिर जायगा, यह वे नहीं जानते थे। चार-पाँच रोज़ पहले सन्देह हो गया। कृपाल की कृपा से सब गोबर हो जायगा, इसी भय से करतारसिंह ने रासबिहारी से २१ के स्थान पर १९ फ़रवरी को ही विद्रोह खड़ा कर देने को कहा था। वैसा ही हो जाने पर भी कृपालसिंह को भेद मालूम हो गया। उस विराट् विप्लवायोजन में उस एक नर-पिशाच का अस्तित्व कितना भयानक परिणाम का कारण हुआ। रासबिहारी और करतारसिंह भी कोई यथोचित प्रबन्ध कर अपना भेद न छिपा सके, इसका कारण भारत-दुर्भाग्य के अतिरिक्त और क्या हो सकता है?

पागल करतार ५०-६० व्यक्ति लेकर पूर्व निश्चय के अनुसार १९ फ़रवरी को फ़ीरोज़पुर-छावनी में जा पहुँचे। आज—अभी कुछेक घण्टे के बाद रणचण्डी का ताण्डव-नृत्य प्रारम्भ हो जायगा! करतारसिंह अपने तिरङ्गे झण्डे को अभी-अभी भारतभूमि में फहरा देंगे! आज ही और अभी गुरु गोविन्द के अनुयायी करतार तथा उनके सहकारियों में बढ़-चढ़ के मरने-मारने की उत्कण्ठा पैदा हो जायगी।

करतारसिंह छावनी में घुस गए। अपने साथी फ़ौजी हवलदार से मिले। विद्रोह की बात कही। परन्तु कृपाल ने तो पहले ही सब कुछ बिगाड़ रक्खा था। भारतीय सैनिक निःशस्त्र कर दिए गए थे। धड़ाधड़ गिरफ़्तारियाँ हो रही थीं। हवलदार ने साफ़ इन्कार कर दिया। करतारसिंह का आग्रह व्यर्थ हुआ। निराश, हताश लौट आए। सब प्रयत्न, सब परिश्रम, एकदम व्यर्थ हो गया। पञ्जाब में गिरफ़्तारियों का बाज़ार गर्म हो गया। विपत्ति में पड़ते ही अनेक विप्लवी अक़्लमन्द

बनने लगे। उन्हें अपने पुराने आदर्श में भ्रम दीखने लगा। आज वह पकड़ गया, कल वह फूट गया। ऐसी ही दशा में रासू बाबू हताश होकर मुर्दे की नाई लाहौर के एक मकान में पड़े थे। करतारसिंह भी आकर एक और चारपाई पर दूसरी ओर मुँह करके लेट गए। वे एक दूसरे से कुछ बोले नहीं। परन्तु चुप ही चुप में एक दूसरे के हृदय में वे घुस कर सब समझ गए थे। उनकी उस समय की वेदना का अनुमान हम लोग क्या लगा सकेंगे?

दरे तदबीर पर सर फोड़ना शेवा रहा अपना।
वसीले हाथ ही आए न क़िस्मत आज़माई के॥

निश्चय हुआ, सभी पश्चिमी सीमा से उस पार लाँघकर विदेशों में चले जायँ। रासू बाबू कलमा पढ़ने लगे। परन्तु उन्होंने एकाएक निश्चय बदल डाला। वे बनारस चले गए। परन्तु करतारसिंह पश्चिम की ओर चल दिए। वे तीन व्यक्ति थे—श्री० करतारसिंह, श्री० जगतसिंह तथा श्री० हरिनामसिंह टुण्डा, ब्रिटिश-भारत की सीमा से पार निकल गए। शुष्क पहाड़ में जाते-जाते एक रमणीक स्थान आया। छोटी सी सुन्दर नदी बह रही थी। उसी के किनारे बैठ गए। चने खोल कर चबाने लगे। कुछ जल-पान हो चुकने के बाद करतारसिंह गाने लगे :—

"बनी सिर शेराँ दे, की जाणा भज्ज के।"

भावुक करतार कवि भी थे। अमेरिका में उन्होंने यह कविता लिखी थी। मतलब है कि "शेरों के सर पर आ बनी है, अब भाग कर क्या जायँगे?" सुरीली आवाज़ में यही एक पंक्ति गाई थी। झट से रुक गए और बोले—"क्यों जी जगतसिंह, क्या यह कविता दूसरों के लिए ही लिखी गई थी? क्या हम पर इसका कुछ भी दायित्व नहीं? आज हमारे साथी विपत्ति में फँसे पड़े हैं और हम अपना सर छुपाने की चिन्ता में व्यग्र हो रहे हैं?" एक दूसरे की ओर देखा। निश्चय हुआ, भारत लौटकर उन्हें छुड़ाने का प्रयत्न किया जाय, फिर आगे नहीं गए—वहीं से लौट आए। जानते थे, मृत्यु मुँह फाड़े उनकी प्रतीक्षा में खड़ी है। परन्तु इससे क्या होता था? उनकी तो उत्कट इच्छा यही थी कि कहीं कोई घमासान शुरू हो जाय, लड़ते-लड़ते प्राण दे दें। सरगोधा के पास चक नम्बर ५ में गए। फिर से विद्रोह की चर्चा छेड़ दी। वहीं पकड़े गए। ज़ञ्जीरों से जकड़ दिए गए। निर्भीक बन्दी विद्रोही करतारसिंह लाहौर स्टेशन पर लाए गए। पुलिस-कप्तान से कहा—"मि० टॉमकिन, कुछ खाने को तो ला दो!" ओह! कितना मस्तानापन था! उस सुन्दर मूर्त्ति को देख कर शत्रु-मित्र सभी मुग्ध हो जाते थे। गिरफ़्तारी के समय वे बड़े प्रसन्न थे—प्रायः कहा करते थे—"साहस से मर जाने पर मुझे 'बाग़ी' का ख़िताब देना। कोई याद करे तो 'बाग़ी' करतारसिंह कह कर याद करे।"

जेल में बन्द होने पर भी उस अशान्त हृदय को शान्ति न मिली। एक दिन लोहा काटने के यन्त्र मँगवा लिए। ६०-७० अभियुक्तों को इकट्ठा किया। निश्चय हुआ, चार-पाँच के अलावा—जोकि बिलकुल निर्बल तथा निर्दोष थे—सभी लोग उसी रात जेल से भाग निकलें। बाहर से यह समाचार भी आ गया था कि लाहौर-छावनी मेगज़ीन के इञ्चार्ज महाशय सहायता के लिए तैयार हैं। निश्चय हुआ कि ५०-६० व्यक्ति जेल से निकलते ही सीधे लाहौर-छावनी जायँ। उन लोगों की सहायता से मेगज़ीन से हथियार निकाल कर सभी को सशस्त्र कर दिया जाय और उसके बाद फिर से विद्रोह किया जाय। विचार था, जेलें तोड़ कर क़ैदियों को निकाला जावे ताकि वे सभी लोग विप्लव की तैयारी में जुट जायँ। परन्तु करतारसिंह के लिए उस निराशा और विफलता के युग में ऐसी आशा दुराशा मात्र थी। किसी एक साधारण क़ैदी को कुछ भेद मिल गया। सभी [illegible] कोठरियों में बन्द कर दिया गया। बेड़ियाँ पहना दी गईं। तलाशी हुई, सब चीज़ें करतारसिंह की कोठरी में पानी की सुराही रखने वाले स्थान के नीचे खुदे हुए एक छेद में मिल गईं। सब प्रयत्न निष्फल हो गया।

अभियोग चला। उस समय करतारसिंह की आयु केवल साढ़े अठारह वर्ष की थी। सभी अभियुक्तों में से आप छोटी अवस्था के थे। परन्तु जज महोदय लिखते हैं :—

He is one of the most important of these 61 accused; and has the largest dossier of them all. There is practically on Department of this Conspiracy in America, on the voyage, and in India in which this accused has not played his part.

एक दिन आपके बयान देने की बारी आई। आपने सब मान लिया। सब कुछ मानता देख कर जज महोदय लिखने से रुक गए। सारा दिन करतारसिंह बयान देते रहे। मुँह में क़लम दबाए जज देखते रहे, कुछ लिखा नहीं। बाद में इतना ही कहा—"करतारसिंह ! आज तुम्हारे बयान नहीं लिखे गए। तुम सोच-समझ कर बयान दो। तुम जानते हो, तुम्हारे अपने ही बयानों का क्या नतीजा निकल सकता है ?"

देखने वाले बताते हैं, जज के इन शब्दों पर उसने एक मस्तानी अदा से केवल इतना कहा था—"फाँसी ही लगा दोगे न, और क्या ? हम उससे डरते नहीं हैं।"

उस दिन कोर्ट उठ गई। अगले दिन फिर करतारसिंह का बयान शुरू हुआ। जज लोगों की पहले दिन कुछ ऐसी धारणा थी कि करतारसिंह ऐसा बयान भाई परमानन्द के इशारे पर दे रहा है। परन्तु वे वैप्लविक तरुण हृदय के गाम्भीर्य को नहीं समझ पाए थे। करतारसिंह का बयान ज़्यादा ज़ोरदार, ज़्यादा जोशीला तथा पहले दिन की तरह स्वीकृति-सूचक था।

अन्त में आपने कहा—"मेरे अपराध के लिए मुझे या तो आजीवन कारागार का दण्ड मिलेगा, या फाँसी ! परन्तु मैं तो फाँसी को ही श्रेय दूँगा। ताकि शीघ्र ही फिर जन्म लेकर भारत-स्वतन्त्रता युद्ध के लिए तैयार हो जाऊँ। जब तक भारत स्वतन्त्र न होगा, तब तक ऐसे ही बार-बार जन्म धारण कर फाँसी पर लटकता रहूँ, यही अभिलाषा है। और यदि पुनर्जन्म में स्त्री बना तो भी अपने ऐसे विद्रोही पुत्रों को जन्म दूँगा।"

आपकी दृढ़ता ने जज लोगों को भी प्रभावित किया, परन्तु उन्होंने एक उदार शत्रु की तरह आपकी वीरता को वीरता न कह कर ढिठाई के शब्द से याद किया। जज महोदय लिखते हैं :—

He is a young man, no doubt; but he is certainly one of the worst of these conspirators; and is a thoroughly Callous Scoundrel, proud of his exploits, to whom no mercy, whatever, can be or should be shown.

वीर और उदार शत्रु पराजित सैनिक से ऐसा व्यवहार नहीं किया करते। परन्तु यहाँ ऐसा ही हुआ। करतारसिंह को केवल गालियाँ ही मिली हों, सो ही नहीं, मृत्यु-दण्ड भी मिला। उन्हीं को ढूँढ़ते हुए पुलिस वालों के हाथ से पानी पीकर कई बार चम्पत हो जाने वाले वीर करतार आज विद्रोह—बग़ावत—के अपराध में मृत्युदण्ड के भागी बने। आपने वीरतापूर्वक मुस्कराते हुए जज से कहा—"Thank you !"

करतार, तुम्हारे जीवन में कौन ऐसी विशेष घटना हो गई थी, जिससे तुम मृत्यु-देवी के ऐसे उपासक बन गए ? करतारसिंह फाँसी की कोठरी में बन्द हैं। दादा आकर पूछते हैं—करतारसिंह, किन के लिए मर रहे हो ? जो तुम्हें गालियाँ देते हैं ? तुम्हारे मरने से देश का कुछ लाभ हो, सो भी तो नहीं दीखता ?

करतारसिंह ने धीरे से पूछा—पितामह, अमुक व्यक्ति कहाँ है ?"

"प्लेग से मर गया।"

"अमुक कहाँ है ?"

"हैज़े से मर गया।"

"तो क्या आप चाहते थे कि करतारसिंह भी बिस्तर पर महीनों पड़ा रह कर, दर्द से कराहता हुआ, किसी रोग से मरता ! क्या उस मृत्यु से यह मृत्यु अच्छी नहीं ?" दादा चुप हो गए।

आज दुनिया में फिर प्रश्न उठता है, उनके मरने का लाभ क्या हुआ ? वे किस लिए मरे ? उत्तर स्पष्ट है। मरने के लिए मरे। उनका आदर्श ही देश-सेवा में मरना था, इससे अधिक वे कुछ नहीं चाहते थे। मरना भी अज्ञात रहकर चाहते थे ! उनका आदर्श था—Unsung Unhonoured and unwept.

"चमन ज़ारे मुहब्बत में उसी ने बाग़बानी की,
कि जिसने अपनी मिहनत को ही मिहनत का समर जाना।
नहीं होता है मोहताजे नुमायश फ़ैज़ शबनम का,
अँधेरी रात में मोती लुटा जाती है गुलशन में॥"

डेढ़ साल तक मुक़दमा चला। सम्भवतः वह १९१६ का नवम्बर ही था, जबकि उन्हें फाँसी पर लटका दिया गया। वे उस दिन भी सदा की तरह प्रसन्न थे। उनका वज़न १० पाउण्ड बढ़ गया था। "भारतमाता की जय" कहते हुए वे फाँसी के तख़्ते पर चढ़ गए।

—बलवन्त

* * *

श्री० वी० जी० पिङ्गले

फटे हुए माता के अञ्चल को बढ़कर सीने वाले।
तुझे बधाई है ओ पागल मरकर भी जीने वाले॥

पूना के पहाड़ी प्रदेश में श्री० गणेश पिङ्गले के यहाँ जन्म पाकर, अभी उनका बचपन बीतने भी न पाया था कि ग़ुलामी के थपेड़े से वह भावुक हृदय कराह उठा। घर वालों ने इञ्जीनियरिङ्ग की शिक्षा पाने के लिए उन्हें अमेरिका भेज दिया। बस, वहीं पर उन्होंने विप्लव-दल की दीक्षा ली और फिर भारत को वापस आ गए। उस बेचैन हृदय ने अब एक क्षण भी बेकार खोना गवारा न किया। भारत में आने पर घर न जाकर, पिङ्गले सीधे बङ्गाल पहुँचे और वहाँ के क्रान्तिकारियों को पञ्जाब के बलवे की सूचना देकर उनसे सम्बन्ध स्थापित किया। पञ्जाब तथा बङ्गाल के दलों के मिल जाने पर कार्य ज़ोरों से होने लगा। अधिक से अधिक तादाद में बम् बनाने की व्यवस्था की गई और सङ्गठन को काफ़ी विस्तार दिया गया।

रासबिहारी के दल से मिलकर पिङ्गले काशी पहुँचे। दो-तीन दिन वहाँ रहने के बाद कुछ लोगों ने उनसे पञ्जाब जाने का अनुरोध किया। अस्तु, अधिक से अधिक संख्या में बम् भेजने को कह कर पिङ्गले पञ्जाब पहुँचे और एक ही सप्ताह में वहाँ की सारी व्यवस्था जान कर फिर काशी वापस आ गए। इस बार वे रासबिहारी को पञ्जाब ले जाने के लिए ही आए थे, किन्तु कारणवश उनके स्थान पर सचीन्द्रनाथ सान्याल को ही जाना पड़ा। एक साधारण से हिन्दुस्तानी के वेष में सचीन्द्र को साथ लेकर पिङ्गले अमृतसर के एक गुरुद्वारे में पहुँचे। इन्हें पञ्जाबी बोलने का अच्छा अभ्यास था। अस्तु, कुछ दिन वहाँ ठहर कर सङ्गठन को और भी दृढ़ बनाया गया। उस समय पिङ्गले तथा करतारसिंह ही पञ्जाब के आन्दोलन की जान थे। सब ठीक हो जाने पर रासबिहारी भी पञ्जाब आ गए। विप्लव का आयोजन ज़ोरों के साथ होने लगा। सचीन्द्र बाबू को बनारस का भार सौंपा गया। २१ फ़रवरी विप्लव का दिन था। किन्तु अभी तो भारत को कुछ और ठोकरें खानी थीं। अस्तु, लीलामय की इच्छा के विरुद्ध यह काम न हो सका, अर्थात् पुलिस के एक भेदिए ने सारे परिश्रम पर पानी फेर दिया। गिरफ़्तारियाँ शुरू हो जाने पर सारा दल छिन्न-भिन्न हो गया! आज जो जीवन-मरण के साथी थे कल वे ही जेल में तिल-तिल कर प्राण देने लगे।

रासबिहारी के साथ बनारस वापस जाते समय पिङ्गले विप्लव का प्रचार करने के लिए फिर मेरठ-छावनी में घुस पड़े। एक मुसलमान हवलदार ने उन्हें बहुत कुछ आशा दिलाई और उन्हीं के साथ बनारस आया। रासबिहारी ने पिङ्गले को ऐसे समय में सिपाहियों के बीच जाने से बहुतेरा मना किया, किन्तु वे फिर भी निराश न हुए और अन्त में उन्हें भी अनुमति देनी पड़ी। पिङ्गले को दस बड़े-बड़े बम् देकर रवाना किया गया।

रासबिहारी का अनुमान सत्य निकला, हवलदार ने उन्हें मेरठ-छावनी में ही गिरफ़्तार करवा दिया। रौलट

V. G. Pingle

श्री० विष्णुगणेश पिङ्गले

रिपोर्ट में पिङ्गले के पास वाले बॉम्ब्स के बारे में लिखा है:—

One bomb was sufficient to annihilate half a regiment.

रासबिहारी ने बाद में अपनी डायरी के कुछ पृष्ठ देते हुए लिखा था—"यदि मैं जान पाता कि पिङ्गले अब मुझे फिर न मिल सकेगा तो उसके लाख आग्रह करने पर भी उसे अपने पास से जाने न देता। उस सुदृढ़ गोरे शरीर वाले वीर के अभिमान भरे ये शब्द कि 'मैं एक वीर सैनिक की हैसियत से केवल कार्य करना जानता हूँ' अब भी कानों में गूँजते रहते हैं और उसकी तीव्र बुद्धि का परिचय देने वाली वे बड़ी-बड़ी आँखें भुलाने पर भी नहीं भूलतीं।"

अदालत से उन्हें फाँसी की सज़ा मिली। १६

नवम्बर का दिन था। प्रातःकाल और साथियों के साथ लाकर उन्हें फाँसी के तख़्ते के पास खड़ा किया गया! पूछा—"कुछ कहना चाहते हो?" पिङ्गले ने कहा—"दो मिनट की छुट्टी भगवान् से प्रार्थना करने के लिए मिलनी चाहिए।" हथकड़ी खोल दी गई और उन्होंने हाथ जोड़कर कहा :—

"भगवन्! तुम हमारे हृदयों को जानते हो। जिस पवित्र कार्य के लिए आज हम जीवन की बलि चढ़ा रहे हैं, उसकी रक्षा का भार तुम पर है। भारत स्वाधीन हो, यही एक कामना है।"

इसके बाद स्वयं ही फाँसी की रस्सी गले में डाल ली और तख़्ता खिचते ही पहले ही झटके में उनके प्राण-पखेरू उड़ गए।

—वीरेन्द्र

* * *

श्री० जगतसिंह

आपके जन्म, निवास-स्थान आदि का पता तो लग न सका, हाँ, इतना अवश्य मालूम है कि आए दिन बहुत से सिक्खों को अमेरिका जाते देख आप भी वहीं चले गए थे और ग़दर की बात छिड़ने पर देश में स्वाधीनता-समर में दो-दो हाथ करने की लालसा से फिर वापस आ गए थे। इनका शरीर बड़ा सुदृढ़ तथा बलिष्ट था और सिक्खों में भी इनके समान दैत्याकार शरीर वाला और कोई न था।

उस दिन कृपाल की कृपा से विप्लव का सारा प्रयास विफल हो जाने पर एक बार भाग्य-परीक्षा के तौर पर फिर से कार्य आरम्भ किया गया। रासबिहारी के सब साथी तो पकड़े जा चुके थे। पुलिस का आतङ्क अभी उसी भाँति जारी था। प्रत्येक पल पर विपत्ति की सम्भावना थी। अस्तु, किसी काम से जगतसिंह को दो और साथियों के साथ कहीं बाहर रवाना किया गया।

तीन सिक्खों को ताँगे पर जाते देख पुलिस ने आ घेरा और थाने में चलने को मजबूर करने लगे। वे वीर जानते थे कि थाने में जाना मौत के मुँह में जाना है और वहाँ जाकर नाम-धाम का ठीक-ठीक पता वे दे न सकेंगे। अतः अन्तिम बार भाग्य-परीक्षा करने का निश्चय कर इन तीनों ने ही गोली चलाना शुरू कर दिया।

कुछ देर तक गोली चलने के बाद इनमें से एक तो निकल गया और एक पुलिस के हाथ आ गया। तीसरे व्यक्ति जगतसिंह जिस समय पुलिस के हाथ से बचकर एक पाइप पर पानी पीने के बाद हाथ पोछ रहे थे तो पीछे से एक इनसे भी अधिक शक्तिशाली मुसलमान ने आकर इनके दोनों पैर इस मज़बूती से पकड़ लिए कि ये फिर वहाँ से हिल न सके।

श्री० जगतसिंह

ज़मीन पर गिरते ही इन्हें भी गिरफ़्तार कर लिया गया। और लोगों के साथ अभियोग चलने पर इन्हें भी वहीं फाँसी की आज्ञा हुई और इस प्रकार ये भी अपना पार्ट पूरा कर विप्लव-नाटक के एक और दृश्य को समाप्त कर गए।

—सुरेन्द्र

* * *

श्री० बलवन्तसिंह

वे बड़े ईश्वर-भक्त थे। धर्मनिष्ठा के कारण उन्हें सिक्खों में पुरोहित बना दिया गया था। शान्ति के परम उपासक बलवन्त का स्वभाव बड़ा मृदुल था। वे सुमधुर भाषी थे। पहले-पहल वे ईश्वरोपासन की ओर लगे। फिर लोगों को उस ओर लाने की चेष्टा प्रारम्भ की। बाद में लोगों के कष्ट दूर करने के प्रयास में धीरे-धीरे गौराङ्ग महाप्रभुओं से मुठभेड़ होती गई। और अन्त में फाँसी पर मुस्कराते हुए आपने प्राण-त्याग किया।

श्री० बलवन्तसिंह का जन्म गाँव खुर्दपुर ज़िला जालन्धर में १ली आश्विन, संवत् १९३९ विक्रमी शुक्रवार को हुआ था। आपके पिता का नाम सरदार बुद्धसिंह था। परिवार बड़ा धनाढ्य था। पिता को धन के अतिरिक्त

स्वभाव तथा अन्य गुणों के कारण सभी मान तथा आदर की दृष्टि से देखते थे। आपको होश सँभालते ही आदमपुर के मिडिल स्कूल में शिक्षा के लिए दाख़िल करवा दिया। विद्यार्थी-जीवन में ही आपका विवाह हो गया। परन्तु विवाह के बाद शीघ्र ही धर्मपत्नी की मृत्यु हो गई। मिडिल पास किए बिना ही स्कूल छोड़कर वे फ़ौज में जा भरती हुए। पल्टन में आपका सन्त कर्मसिंह जी से संसर्ग हुआ। उनकी सङ्गति से आपका ईश्वर-भजन की ओर झुकाव हो गया। दस साल ज्यों-त्यों नौकरी की, फिर एकाएक नौकरी छोड़ अपने गाँव में रहकर ईश्वरोपासना शुरू कर दी। पल्टन की नौकरी में ही आपका दूसरा विवाह भी हुआ था। गाँव के पास एक गुफा थी। उसी में बन्द रहकर भगवद्भजन में तल्लीन रहने लगे। ग्यारह महीने वहीं रहने के बाद बाहर आते ही सन् १९०५ में कैनेडा जाने का निश्चय कर, उधर ही प्रस्थान कर दिया।

श्री० बलवन्तसिंह

कैनेडा में जाकर आपने अपने दूसरे साथी श्री० भागसिंह जी से, जिन्हें एक देश-द्रोही ने बाद में गोली मार दी थी, मिलकर गुरुद्वारा बनाने का कार्य आरम्भ किया। वैङ्कोवर में ही उनके प्रयत्न से अमेरिका का सब से पहला गुरुद्वारा स्थापित हुआ। उस समय वहाँ गए हुए भारत-वासियों में कोई सङ्गठन न था। उन्हें गोरे लोग तङ्ग किया करते थे, परन्तु हमारे नायक वहाँ गए तो उन्होंने इन सब त्रुटियों को पूरा करने का भरसक प्रयत्न किया।

उस समय वहाँ के प्रवासी हिन्दुओं तथा सिक्खों को मृतक संस्कार करने में बड़ी विपत्ति होती। मुर्दे जलाने की उन्हें आज्ञा न थी। ऐसी अवस्था में बेचारे उन लोगों को अनेकानेक कष्ट सहन करने पड़ते। कई बार उन्हें वर्षा में, बर्फ़ में, शव को जङ्गल में ले जाकर, कुछ लकड़ियाँ इकट्ठी कर, तेल डाल आग लगाकर भागना पड़ता। ऐसी अवस्था में भी कैनेडियन लोगों की गोली का निशाना बनने का डर रहता। श्री० बलवन्तसिंह जी ने यह असुविधा दूर करने का प्रबन्ध लिया। कुछ ज़मीन ख़रीद

की। दाह-संस्कार करने की आज्ञा भी प्राप्त कर ली। गुरुद्वारे में भारतीय मज़दूरों का सङ्गठन भी करने लगे। उनमें सच्चरित्रता तथा ईश्वरोपासना का प्रचार किया करते। गुरुद्वारा बड़े प्रयत्न से बन पाया था, उन सब में आपका परिश्रम ही सबसे अधिक था, अतः सबने मिल कर आपको ही ग्रन्थी बनाना निश्चित किया। पहले तो आपने कुछ इन्कार किया, परन्तु बाद में स्वीकार कर लिया।

सिक्ख लोग बड़े हृष्ट-पुष्ट तथा परिश्रमी होते हैं। उनके कैनेडा में जाने से गोरे मज़दूरों की क़द्र कम हो गई। उधर अङ्गरेज़ मज़दूरों से उनका वेतन भी कहीं कम होता। उनके पहले दल के पहुँचते ही गोरे मज़दूरों ने दङ्गा-फ़िसाद शुरू कर दिया था। परन्तु योद्धा-वीर सिक्ख इन बातों से डरने वाले नहीं थे। इससे गोरे और भी चिढ़ उठे। और उधर गुरुद्वारा बनने से इनका सङ्गठन बढ़ने लगा। नवीन आगन्तुकों को हर प्रकार की सुविधा होने लगी। यह सब देखकर वहाँ की गोरी सरकार ने इनको निकालने के लिए यत्किञ्चित उपाय ढूँढ़ने शुरू किए। इमिग्रेशन विभाग वालों ने भारतीय मज़दूरों को बहुत-कुछ फुसला कर हण्डूरॉस नामक द्वीप में चले जाने पर राज़ी करने का प्रयत्न किया। उस द्वीप की बहुत तारीफ़ की गई। परन्तु भाई बलवन्तसिंह जी ख़ूब समझते थे कि यह सब धोखे की टट्टी है। आपने अपने किसी विश्वस्त सज्जन को वह स्थान देख आने के लिए भेजा। उस सज्जन का नाम था श्री० नागरसिंह। उन्हें वहाँ इमिग्रेशन विभाग वालों ने भारत में पाँच मुरब्बे ज़मीन और पाँच हज़ार डॉलर देने का लोभ देकर इस बात पर राज़ी करना चाहा कि वह भारतवासियों को हण्डूरॉस में आने पर राज़ी कर दें। उन्होंने आते ही सब भेद खोल दिया। इमिग्रेशन विभाग वाले भी खुल खेले। अब खुल्लमखुल्ला युद्ध छिड़ गया। इमिग्रेशन विभाग ने औचित्यानौचित्य का विचार छोड़ दिया। ज्यों-ज्यों मामला बढ़ा त्यों-त्यों श्री० बलवन्तसिंह जी भी आगे बढ़ते गए।

प्रवासी भारतवासियों की इच्छा थी कि वे लोग भारत लौटकर अपने परिवारों को साथ ले जा सकें। बहुत दिनों तक खींचातानी हुई। आख़िर एक सलाह सोची गई। श्री० बलवन्तसिंह, श्री० भागसिंह तथा भाई सुन्दरसिंह जी को भारत लौटकर अपने परिवार लाने के लिए भेजने का प्रस्ताव हुआ। वे तीनों सज्जन भारत को लौट आए।

१९११ में वे फिर सपरिवार रवाना हुए। हाँगकाँग पहुँचकर टिकट न मिलने के कारण रुक जाना पड़ा। वहीं पड़े रहकर वे वैङ्कोवर-गुरुद्वारा वालों से पत्र-व्यवहार द्वारा सलाह करते रहे। आख़िर तीनों सज्जन चल दिए। श्री० सुन्दरसिंह जी तो गए वैङ्कोवर को तथा शेष दोनों सज्जन तीनों परिवारों सहित सान्फ्रान्सिस्को रवाना हुए। भाई सुन्दरसिंह तो वैङ्कोवर पहुँच गए, परन्तु संयुक्त राज्य अमेरिका भी तो आख़िर गोरों का देश था और इधर तो वे ही गुलाम भारतवासी थे, परिवारों सहित उन दोनों सज्जनों को वहाँ उतरने की आज्ञा न मिली। वे फिर हाँगकाँग लौट आए। फिर बहुत दिन बाद बड़े यत्न से परिवारों के लिए वैङ्कोवर के टिकट मिले। वैङ्कोवर में उन दोनों सज्जनों को तो उतरने की आज्ञा मिल गई, परिवारों को उतरने की आज्ञा न मिली। बड़ा झञ्झट बढ़ा। आख़िर परिवारों को उतने दिनों तक उतरने की आज्ञा मिली, जितने दिनों में कि आज्ञा की जा सकती थी कि इमिग्रेशन विभाग के केन्द्रीय कार्यालय ओटावा (Ottava) से अन्तिम आज्ञा आ जायगी। परिवार उतरे तो सही, पर ज़मानत पर। ज़मानत की अवधि पूरी हो जाने के दो दिन बाद इमिग्रेशन विभाग वाले परिवारों को लेने के लिए आए, परन्तु सिक्ख लोग झगड़े के लिए तैयार हो गए। अफ़सर लोग ज़रा गरम हुए, परन्तु वीर योद्धाओं की लाल आँखें देख, अपना-सा मुँह लेकर लौट गए। लाल आँखों के पीछे कौन-सा बल था, कौन सी दृढ़ता थी, और कौन सा निश्चय था जिससे कैनेडा की राजशक्ति और उनका इमिग्रेशन विभाग थर-थर काँप उठे, और उन परिवारों को वहीं रहने दिया गया—यह बातें आज गुलाम भारतवासी नहीं समझ सकते। उनकी कूप-मण्डूकता, उनका सङ्कीर्ण दृष्टि-कोण नहीं समझ सकता कि राष्ट्रों को बनाने में कैसे समय, कैसी घड़ियाँ उपस्थित हुआ करती हैं। स्वतन्त्र भारत अपने स्वातन्त्र्य-संग्राम की इन अद्वितीय घटनाओं को याद किया करेगा। उस समय के इतिहास-लेखक ही इन सब बातों को ख़ूब विस्तार से और वास्तविक रूप में लिख सकने का सुअवसर पा सकेंगे। तब दफ़ा १२४ अ आदि

विकराल दानव गला दबाए, आँखें निकाले उनकी साँस बन्द नहीं किए रहा करेंगे। वे परिवार तो वहीं रह गए, परन्तु शेष भारतीयों के परिवार लाने की समस्या वैसे की वैसी खड़ी रही। दो साल तक निरन्तर झगड़ा किया, परन्तु परिणाम कुछ न निकला। आख़िर तय पाया कि इङ्गलैण्ड की सरकार तथा जनता और भारत सरकार तथा जनता के सामने अपनी माँगें रक्खी जावें और उनकी सहायता से इस उलझन को सुलझाया जाय।

एक डेपूटेशन बनाया गया जो इङ्गलैण्ड भी गया और भारतवर्ष भी। उसके तीन सदस्यों में एक हमारे नायक श्री० बलवन्तसिंह भी थे। इङ्गलैण्ड गए। सभी उच्च अधिकारियों से मिले। कहा गया—"मामला भारत-सरकार द्वारा यहाँ पहुँचना चाहिए।" निराश हो भारत में आए। आन्दोलन शुरू किया। उस समय प्रमुख नेता लाला लाजपतराय जी ने भी सड़ा-सा उत्तर देकर उनसे पीछा छुड़ा लिया था। फिर क्या था? कुछेक सज्जनों की सहायता मिली। सार्वजनिक सभाएँ की गईं। क्रोध था, आवेश था, घायल राष्ट्रीय भाव था, विवशता थी; और थी घोर निराशा। जले दिलों से जो कुछ निकला, कहा और फिर? सर माईकेल ओडायर अपने "India As I Knew it" नामक ग्रन्थ में लिखते हैं :—

—"At this Stage I sent a warning to the delegates that if this continued, I would be compelled to take serious action...............The delegates on this asked for an interview with me. I had a long talk with them and repeated my warning. Two of them were ... and spacious; the manner of the third seemed to be that of a Jangerous revolutionary. They wished to see the Viceroy, and in sending them on to him, I particularly warned him about this man."

यह तीसरे सज्जन, जिन पर हमारे लाट ने इतना कुछ कह डाला है, यह वही हमारे नायक बलवन्त थे। उस भावुक हृदय ने तो गहरे घाव खाए थे। आत्म-सम्मान का भाव बार-बार ठुकराया जा चुका था। उन्होंने धीरे-धीरे निश्चय कर लिया था कि भारत को हर सम्भव उपाय से स्वतन्त्र करवाना ही प्रत्येक भारतवासी का सर्व-प्रथम कर्त्तव्य है। ख़ैर—

डेपूटेशन हताश-निराश हो १९१४ के आरम्भ में वापस लौट गया। इन्हीं दिनों भारतीय विद्रोही श्री० भगवानसिंह तथा श्री० बरकतुल्ला भी अमेरिका पहुँच गए। संयुक्त राज्य अमेरिका में इन दिनों हिन्दुस्थान-एसोसिएशन (Hindusthan Association) का कार्य ज़ोरों पर होने लगा। ग़दर-दल, ग़दर-प्रेस, ग़दर-अख़बार जारी हो गए। परन्तु उपरोक्त डेपूटेशन वाले सज्जनों का उस समय तक उनसे कोई सम्बन्ध न था। किन्तु उनको सर माईकेल ओडायर ने ग़दर-दल के ही प्रतिनिधि लिखा है। अस्तु—

उस समय तक भारतवर्ष के अभियोग अन्य जातियों के सामने नहीं रक्खे गए थे। परन्तु यह डेपूटेशन जापान और चीन के राजनीतिज्ञों से मिलता हुआ ही गया था, और इन्होंने भारत की ओर उन लोगों की सहानुभूति आकृष्ट करने का भरसक प्रयत्न किया था। वैङ्कोवर लौट कर अपने निष्फल प्रयत्न का इतिहास सुनाते हुए श्री० बलवन्तसिंह जी ने एक बड़ी प्रभावशाली वक्तृता दी थी। ऐसी वक्तृताएँ राष्ट्रों के इतिहास में विशेष मान पाती हैं। गहरे मनन के बाद आपको चारों ओर से यही सुनाई देने लगा था, उनके अन्तस्तल से यही एक ध्वनि उठने लगी थी कि "सब रोगों की एकमात्र औषधि भारत की स्वतन्त्रता है।" आपने भाषण में अपना अनुभव तथा गहरे मनन से जो परिणाम निकाला था, सब कह सुनाया।

वह उनकी सफ़ाई, शान्ति, वीरता, गम्भीरता और निर्भीकता को देखकर कहा करते थे कि "बलवन्त-सिंह सिक्खों के पादरी हैं अथवा सेनापति (General), यह निश्चय करना बड़ा कठिन है।" अस्तु—

शीघ्र भविष्य में क्या किया जावे, यह तो कुछ निश्चय करने का अवसर नहीं मिला, कि एक और समस्या सामने आ खड़ी हुई—कामागाटा मारू जहाज़ आ पहुँचा। किनारे पर लगने की आज्ञा ही नहीं मिली, उलटे उन पर अनेक अत्याचार ढाए जाने लगे। जितने दिनों जहाज़ वहाँ रहा, उतने दिन सभी भारतीय दत्त-चित्त हो उसी की सहायता में लगे रहे। नेतृत्व फिर हमारे नायक के हाथ में था। आपने दिन-रात एक कर दिया। इतना परिश्रम और कोई कर पाता अथवा नहीं, सो नहीं कह सकते। किराए के क़िश्त की अदायगी में देर लगवा कर जो अड़चन गोरेशाही डालना

चाहती थी, उसका भार भी आप पर पड़ा। ११ हज़ार डॉलर की आवश्यकता थी। सभा में ११ हज़ार डॉलर के लिए जो अपील आपने की थी, उसमें इतना दर्द और इतना प्रभाव था कि वर्णन नहीं किया जा सकता। ११ हज़ार डॉलर इकट्ठे हो गए। उनकी आर्थिक आवश्यकताएँ पूरी करने के बाद आप और सलाह-मशविरा करने के लिए दक्षिण की ओर बहुत दूर चले गए। अचानक वे अमेरिका की सीमा पर पहुँच गए। गोरी सरकार ने पकड़ लिया। कहा—"अमेरिका से आए हो और चोरी से कैनेडा में प्रविष्ट हुए हो।" यह निराधार दोष भी एक लम्बे झगड़े का कारण हुआ, आख़िर कुछ झगड़े के बाद मामला तय हुआ और आप वैङ्कोवर पहुँचे। कुछ दिन बाद निराश होकर कामागाटा मारू जहाज़ भी लौटने पर विवश हो गया।

कामागाटा मारू के साथ भारत की जितनी आशाएँ सम्बद्ध थीं, सभी एकाएक मटियामेट कर दी गईं। भारत का व्यवसाय की ओर यही तो पहला प्रयत्न था। उसी में भारत-हितकारी शासकों ने पूरी तरह से ऐसा पीसने की कोशिश की कि फिर कोई ऐसी चेष्टा करने का दुःसाहस न कर सके। कैनेडा में जितने दिन जहाज़ ठहरा था, उतने दिन उनके साथ जो अमानुषिक व्यवहार हुए थे उनका रोमाञ्चकारी वर्णन लिखने का यह स्थान नहीं। पर उनकी याद दिल को आग लगा देती है, पागल कर देती है, रुला-रुला जाती है। उन सब का उत्तरदायित्व इमिग्रेशन विभाग के वैङ्कोवर वाले मुख्य अध्यक्ष मि० हॉपकिन्सन पर ही था। ये लोग उन से बहुत नाराज़ थे। परन्तु ज़रा और सुनिए। श्री० बलवन्तसिंह, श्री० भागसिंह ये दो ही सज्जन तो थे, जो पहले दिन से इमिग्रेशन विभाग वालों से वीरतापूर्वक लड़ते चले आए थे। कामागाटा मारू जहाज़ के मामले में भी सभी कार्य इन्हीं दो सज्जनों ने तो किया था। वे इमिग्रेशन विभाग की आँखों के काँटे हो रहे थे। एक देश-द्रोही भाड़े का टट्टू मिल गया। गुरुद्वारे में दीवान हो रहा था। उस विभीषण ने ईश्वर-भजन में तल्लीन श्री० भागसिंह और श्री० बलवन्तसिंह पर पिस्तौल से फ़ायर कर दिए। श्री० भागसिंह जी तो वहीं स्वर्गलोक सिधार गए, परन्तु श्री० बलवन्तसिंह बच गए। गोली उनके न लगकर एक और देशभक्त श्री० वतनसिंह के जा लगी। वे भी वहीं शहीद हो गए। यह हत्यारा उपस्थित लोगों के पञ्जे से बच गया। कैनेडा-सरकार का क़ानून भी उसे कुछ दण्ड न दे सका। वह आज भी जीता है। आज वह पञ्जाब-सरकार का लाड़ला बना हुआ है। उसने यह सब काण्ड क्यों किया और इसमें उसे क्या भलाई दीख पड़ी, यह सब वही जाने!

इसी प्रकार की सरगर्मी से कितने ही महीने गुज़र गए। सन् १९१४ का अन्तिम पक्ष आ गया। महायुद्ध छिड़ चुका था। अमेरिका-स्थित भारतीय सब देश में वापस आने की तैयारी करने लगे। फिर हमारे नायक वहाँ कैसे ठहर सकते थे। सपरिवार प्रस्थान कर दिया। आप शङ्घाई पहुँचे, वहीं आपके घर एक पुत्र भी उत्पन्न हुआ। वहाँ कार्य के सम्बन्ध में आपको अपना घर लौटने का इरादा बदलना पड़ा। परिवार तो श्री० करतारसिंह के साथ भारत को भेज दिया और आप वहीं ठहर गए। वहाँ जो सब कार्य करने को था, करते हुए आप १९१५ में बेङ्कॉक (Bangkok) पहुँचे।

उन दिनों दूर पूर्व में जो विद्रोह के प्रयत्न हो रहे थे, उन्हीं के सङ्गठन तथा नियन्त्रण में आपको कार्य करने के लिए ठहरना पड़ा था। उन सब विफल-आयोजनों का रोमाञ्चकारी इतिहास लिखने का यह स्थान नहीं। सप्ताह भर सिङ्गापुर में जो रणचण्डी का ताण्डव-नृत्य हुआ था, उसमें साम्राज्यवादी जापान तथा फ्रान्स की सर्व-शस्त्र-सुसज्जित सेनाओं की सहायता से अङ्गरेज़ विजयी हुए। भारत का स्वतन्त्रता-प्रयत्न निष्फल हो गया। Eastern Plot ख़त्म होगया। ऐसी ही अवस्था में श्री० बलवन्तसिंह जी बेङ्कॉक पहुँचे थे। दुर्भाग्यवश आप बीमार होगए। दशा नाज़ुक हो गई, अस्पताल जाना पड़ा। नासमझ डॉक्टर ने ऑपरेशन कर डाला और वह भी बिना क्लोरोफ़ार्म सुँघाए ही। आपका कष्ट और निर्बलता बढ़ गई। अभी चलने-फिरने योग्य भी न हुए थे कि अस्पताल वालों ने उन्हें चले जाने को कहा। चलने-फिरने की अयोग्यता की बात पर भी ध्यान नहीं दिया गया। अस्पताल से बाहर निकाल दिया गया। इतना उतावलापन क्यों किया गया, सो भी सुन लीजिए। बाहर पुलिस गिरफ़्तार करने के लिए खड़ी थी। द्वार से बाहर निकलते न निकलते आपको गिरफ़्तार कर लिया गया। वहाँ रहने वाले भारतवासियों के ज़मानत-अमानत के सब

प्रयत्न विफल हो गए। स्याम की स्वतन्त्र सरकार ने श्री० बलवन्तसिंह जी तथा उनके अन्य साथियों को चुपचाप भारत की अङ्गरेज़-सरकार के सुपुर्द कर दिया। सो क्यों? इसका भी एकमात्र कारण यही है कि भारत ग़ुलाम है। ग़ुलाम-जाति के लिए कौन ख़्वाहमख़्वाह की बला सिर पर लेता है। ख़ैर!

श्री० बलवन्तसिंह जी को सिङ्गापुर लाया गया। संसार भर की धमकियाँ तथा लोभ देकर आपको सब भेद कह देने के लिए राज़ी करने के प्रयत्न किए गए, परन्तु उनके पास मौन के सिवा क्या धरा था? आख़िर १९१६ में आपको लाहौर-षड्यन्त्र के दूसरे अभियोग में शामिल किया गया। अपराध वही था, जिसमें निष्फलता होने पर मृत्यु-दण्ड ही मिला करता है। आप पर विद्रोह का दोष लगाया गया। २४ दिन नाटक हुआ। बेलासिंह जैण्ड आदि कई एक गवाह आपके विरुद्ध पेश हुए। नाटक दुःखान्त था। अभियुक्त को साम्राज्य की बलि-वेदी पर क़ुर्बान करने का निश्चय हुआ। मृत्यु-दण्ड सुनते ही देवता सहम गए। इस देवता को मृत्युदण्ड! राक्षसों-दानवों में भीषण अट्टहास मच गया होगा।

कालकोठरी में बन्द हैं, सिक्ख होने पर टोपी नहीं पहन सकते। कम्बल ही सर पर लपेट लिया है। बदनाम करने के लिए किसी ने शरारत की—कम्बल के किसी एक कोने में अफ़ीम बाँध दी और कहा गया कि आप आत्म-हत्या करना चाहते हैं। आपने अत्यन्त शान्ति से उत्तर दिया—"मृत्यु सामने खड़ी है। उसके आलिङ्गन के लिए तैयार हो चुका हूँ। आत्म-हत्या कर मैं मृत्यु-सुन्दरी को कुरूपा नहीं बनाऊँगा। विद्रोह के अपराध में मृत्यु-दण्ड पाने में गर्व अनुभव करता हूँ। फाँसी के तख़्ते पर ही वीरतापूर्वक प्राण दूँगा।" पूछताछ करने पर भेद खुल गया। कुछ नम्बरदार क़ैदियों तथा वार्डर को कुछ सज़ाएँ हुईं। सभी ने आपकी देशभक्ति तथा निर्भीकता की दाद दी।

सन् १९१६ के दिन थे। भारतवर्ष में कालेपानी और फाँसियों का ज़ोर था। समस्त उत्तर भारत में एकाएक खलबली मच गई थी। अन्दर ही अन्दर एक विराट् गुप्त-विप्लव का आयोजन हो गया था, यह भारत की जनता न जानती थी। नेतागण उन लोगों की ओर ताकने तक का साहस न करते थे। बहुत से लोग समझते थे कि सरकार ने योंही देश को भयभीत करने के लिए ऐसे-ऐसे भीषण अभियोग चला दिए हैं। जो भी हो, इस विराट् आयोजन के निष्फल हो जाने पर भी उसकी सुन्दर-स्मृति बाक़ी है। वह सुन्दर है, इसलिए कि आदर्शवादी युवकों के पवित्र रक्त से लिखी गई है। बाक़ी है इसलिए कि क़ुर्बानियाँ कभी व्यर्थ नहीं जाया करतीं। इसी वर्ष में (मार्च) चैत्र की १८ तारीख़ को श्री० बलवन्तसिंह जी की धर्मपत्नी भेंट के लिए गईं। पुस्तकें तथा वस्त्र देकर बताया गया—"कल १७ चैत्र को उन्हें फाँसी दे दी गई।" उनकी धर्मपत्नी कलेजा थाम कर रह गईं।

श्री० बलवन्त की फाँसी के दिन के समाचार बाद में मिले। आपने प्रातःकाल स्नान किया तथा अपने छः और साथियों सहित (जिन्हें उसी दिन फाँसी मिली थी) भारत-माता को अन्तिम नमस्कार किया। भारत-स्वतन्त्रता का गान गाया। हँसते-हँसते फाँसी के तख़्ते पर जा खड़े हुए। फिर क्या हुआ? क्या पूछते हो? वही जल्लाद, वही रस्सी। ओह! वही फाँसी और वही प्राण-त्याग।

आज बलवन्त इस संसार में नहीं, उनका नाम है। उनका देश है, उनका विप्लव है। जब कभी उनकी हार्दिक इच्छा पूरी होगी—भारत स्वतन्त्र होगा—तो वे आनन्द और हर्ष से पुलकित हो उठेंगे।

—मुकुन्द

* * *

डॉक्टर मथुरासिंह

बावजूद सब से अधिक विपत्तियाँ सहन करने के, सब से अधिक गणना में अपने नर-रत्नों के स्वतन्त्रता बलि-वेदी पर बलिदान देने के, आज पञ्जाब राजनैतिक क्षेत्र में फिसड्डी (Politically backward) प्रान्त कहलाता है। बङ्गाल में श्री० खुदीराम बसु फाँसी पर लटके। उन्हें इतना उठाया गया कि आज उनका नाम उस प्रान्त के कोने-कोने में सुनाई देता है। भारतवर्ष के प्रत्येक प्रान्त में उनका नाम सुविख्यात है। परन्तु पञ्जाब में कितने रत्न देश के लिए जीवन-दान दे गए, कितने ही हँसते-हँसते फाँसी पर चढ़ गए, कितने ही लड़ते-लड़ते छाती में गोली खाकर शहीद हो गए, परन्तु उन्हें कौन जानता है? और कहीं की तो बात ही क्या कहें, पञ्जाब

प्रान्त में ही उन्हें कितने लोग जानते हैं? कोई साधारण वैप्लविक योंही फाँसी पर लटक गया हो और उसे लोग योंही भूल गए हों, सो भी तो नहीं। जिन लोगों ने अथक परिश्रम से, अदम्य उत्साह से तथा अतुल साहस से भारतोत्थान के लिए वे-वे यत्न कर दिए थे कि आज उन्हें सुन-सुनकर अवाक् रह जाने के अतिरिक्त और कोई चारा नहीं! यदि ऐसे रत्न किसी और देश में जन्म धारण किए होते तो आज उनकी वाशिङ्गटन, गेरिबाल्डी, तथा विलियम वालीस की भाँति पूजा होती। परन्तु उन्होंने एक अक्षम्य अपराध यह किया था कि वे भारत में पैदा हुए थे। इसी का दण्ड यह कि है आज उनको विस्मृति के अन्धकार में फेंक दिया गया है। न उनके कार्य की चर्चा है, न उनके त्याग की, न उनके बलिदान की ख्याति है, न उनके साहस की। परन्तु ऐसी कृतघ्नता दिखाने वाले देश की उन्नति कैसे होगी?

कट्टर आदर्शवादी डॉक्टर मथुरासिंह जी का स्थान वास्तव में बहुत ऊँचा है। आपका जन्म सन् १८८३ ईसवी में ढुढिचाल नामक गाँव, ज़िला झेलम (पञ्जाब) में हुआ था। आपके पिता का नाम सरदार हरिसिंह था। आपने पहले अपने गाँव में ही शिक्षा पाई तत्पश्चात् आप चकवाल के हाई स्कूल में पढ़ने लगे। आपकी बुद्धि बड़ी तीक्ष्ण थी। आप सदैव अपने सहपाठियों में सबसे अच्छे रहते थे। वहाँ पर मैट्रिक के पास करने बाद आप प्राइवेट तौर पर डॉक्टरी का कार्य सीखने लगे। मेसर्स जगतसिंह एण्ड दर्स की दुकान रावलपिण्डी में आज भी मौजूद है। वहीं पर आपने यह कार्य सीखना शुरू किया। बड़ी चेष्टा से आप सब कार्य करते। तीन-चार वर्ष में ही आप इस कार्य में प्रवीण हो गए। फिर आपने अपनी दुकान अलग खोल दी। वह दुकान नौशेरा छावनी में थी, आज भी वह चल रही है। आप सभी देशों से चिकित्सा सम्बन्धी पत्र-पत्रिकाएँ मँगवाया करते थे। विशेष शिक्षा ग्रहण करने के लिए आपने अमेरिका जाने का विचार किया। दुकान का झञ्झट अभी तय भी न हो पाया था कि आपकी सुपत्नी तथा सुपुत्री का देहान्त हो गया। परन्तु इससे क्या होता था? आपने उधर प्रस्थान कर दिया। १९१३ में आप चले थे। कुछ अधिक धन पास न होने के कारण आपको शङ्घाई में ही रुक जाना पड़ा। वहीं पर आपने चिकित्सा-कार्य शुरू कर दिया, जिसमें आपको बहुत सफलता हुई। परन्तु आपका इरादा कैनेडा जाने का था; आप कुछ और भारतीयों के साथ उधर गए। परन्तु वहाँ पर बहुत दिक़्क़तें पेश आईं। पहले केवल आपको तथा एक और सज्जन को वहाँ उतरने की आज्ञा मिली, दूसरे लोगों को नहीं। इस पर आपने वहाँ उतरना उचित न समझा। परन्तु साथियों के आग्रह करने पर आप उतरे तो सही, परन्तु वहाँ पर इमिग्रेशन विभाग से अन्य साथियों के लिए झगड़ा शुरू कर

डॉक्टर मथुरासिंह

दिया। अभियोग तक चला। परन्तु क़ानून और कोर्ट शक्तिशाली लोगों के लिए होते हैं न कि पराधीन देश वालों के लिए। वहाँ से आपको तथा अन्य भारतीय यात्रियों को वापस लौटा दिया गया। बहाना वही कि कैनेडा में किसी जहाज़ द्वारा सीधे नहीं आए। आप शङ्घाई लौट आए। आकर भारतीय लोगों में अपनी दीन-हीन दशा की मार्मिक कथा सुनाई और श्री० बाबा गुरुदत्तसिंह जी को एक अपना जहाज़ बनाने की सलाह

दी,जो सीधा कैनेडा जावे। इसी सलाह पर बाबा जी ने कामागाटा मारू जहाज़ किराए पर ले लिया और उसका नाम गुरु नानक जहाज़ रक्खा। आपको इधर पञ्जाब आना पड़ा। जहाज़ जल्दी से तैयार हो गया, अतः आप निश्चित दिन पर वहाँ न पहुँच सके। सिङ्गापुर से ३५ के लगभग अन्य साथियों सहित दूसरे जहाज़ से चले, ताकि शङ्घाई तक कामागाटा मारू से मिल कर उस पर सवार हों। हाँगकाँग पहुँचने पर पता चला कि जहाज़ वहाँ से भी चल चुका है। इसलिए आप वहीं पर ठहर गए। अब तक आप भारत-स्वतन्त्रता के लिए जीवन अर्पण करने का निश्चय कर चुके थे।

हाँगकाँग में आपने प्रचार-कार्य शुरू कर दिया। अमेरिका से ग़दर-पार्टी का "ग़दर" अख़बार आता था। आप भी वहीं पर वैसा ही गुप्त अख़बार छपवा कर लोगों में बाँटने लगे। उधर कामागाटा मारू जहाज़ पर जो-जो अत्याचार होने लगे उन सबके समाचार आपको मिल रहे थे। जब मालूम हुआ कि कामागाटा मारू जहाज़ को वापस आना ही पड़ेगा तब आपने बड़े ज़ोरों से प्रचार शुरू किया। उस समय कैण्टन में एक सिक्ख पुलिस-इन्स्पेक्टर महाशय इन सभी आन्दोलनों को दबाने की बहुत चेष्टा कर रहे थे। आपने उनसे मिल कर जो बात-चीत की तो वे महाशय भी इनकी सहायता करने लगे। आप किसी कार्यवश शङ्घाई गए। जाते समय सब से कह गए कि अब कामागाटा मारू जहाज़ में सवार होकर भारत को लौट चलना चाहिए। परन्तु उनका यह निश्चय जान, सरकार ने जहाज़ को शङ्घाई में न ठहरने दिया। उसके दो-एक रोज़ बाद वे सभी लोग दूसरे जहाज़ों द्वारा भारत में लौट आए ; कामागाटा मारू जहाज़ अभी हुगली में ही खड़ा था कि आप लोग कलकत्ते पहुँच गए। वहाँ पर सरकार ने आपको पञ्जाब के टिकट देकर गाड़ी पर चढ़ा दिया। अमृतसर पहुँचते न पहुँचे बजबज की घटना हो गई। सब समाचार मिला। क्रोध से विह्वल-से हो उठे। प्रतिहिंसा की ज्वाला धधक उठी। परन्तु डॉक्टर जी ने अपने अन्य साथियों को समझा-बुझाकर कुछ शान्त किया, और उन्हें प्रचार-कार्य के लिए उद्यत किया तथा स्वयं सङ्गठन कार्य शुरू कर दिया। उधर इस विराट् चेष्टा में आपको बम् बनाने का कार्य सौंपा गया था, आप उसमें थे भी बड़े निपुण। अमेरिका से सैकड़ों मतवाले योद्धा विप्लव-अग्नि भड़काने के लिए आने लगे। झट से सारा प्रबन्ध हो गया। विप्लव-दल का इतना बृहत् सङ्गठन खड़ा हो गया कि समस्त भारत में एक साथ विद्रोह खड़ा कर देने का विचार उठा और तिथि तक निश्चित हो गई। देखते-देखते सब प्रयत्न, सब आयोजन विफल हो गए। कृपाल की नीचता से सब किया-धरा बीच में ही रह गया। इधर-उधर पकड़-धकड़ शुरू हो गई। परन्तु आप पकड़े न गए। एक बार एक सरकारी जासूस द्वारा आप को कहा गया कि यदि वे सरकारी गवाह बन जायँ तो उन्हें क्षमा के साथ ही साथ बहुत भारी पुरस्कार भी दिया जायगा। तब आपने उस प्रस्ताव को बिलकुल उपेक्षा से ठुकरा दिया। फिर एक बार एक ख़ुफ़िया ऑफ़िसर आपके पास तक आ पहुँचा। परन्तु वह ख़ूब जानता था कि डॉक्टर साहब बड़े निर्भीक क्रान्तिकारी हैं। अतः उसे अकेले उनको गिरफ़्तार करने का साहस न हुआ। उलटा वह उनसे कहने लगा कि सरकार ने आपके लिए क्षमा प्रदान की है तथा पुरस्कार देने का वचन दिया है, यही कहने के लिए आया हूँ। आप भी ख़ूब समझते थे कि वह उस समय उन्हें पकड़ने का साहस न कर सकने के कारण ही ऐसी बातें करता था। इसलिए आपने कुछ रज़ामन्दी दिखाई और उससे पीछा छुड़ाकर बच निकले। इस तरह आपने समझा कि अब देश में बचकर रहना एकदम असम्भव है। इसलिए आपने काबुल की ओर प्रस्थान कर दिया। वज़ीराबाद स्टेशन पर पुलिस ने पकड़ लिया, परन्तु वहाँ पर आपने कुछ घूस दे दी और बच निकले। आप कोहाट की ओर रवाना हो गए। पुलिस को भी समाचार मिल गया। कोहाट स्टेशन पर पुलिस का बड़ा भारी दस्ता पहरे पर लगा दिया गया। उसी ट्रेन में बहुत सी पुलिस भी चढ़ा दी गई। मार्ग में एकाएक सब डिब्बों की तलाशी भी ले डाली गई। परन्तु आप न पकड़े जा सके। कुछ दिन वहीं पर ठहरने के पश्चात् आप काबुल जा पहुँचे। वहाँ शीघ्र ही आप बहुत प्रसिद्ध हो गए। आपकी योग्यता देखकर आपको काबुल का चीफ़ मेडीकल ऑफ़िसर नियुक्त कर दिया गया।

भारत के भीतर राज्यक्रान्ति की सब चेष्टा विफल हो चुकी थी तो क्या, बाहर तो अभी बड़े ज़ोरों से

प्रयत्न हो ही रहा था। काबुल में उस समय "भारत की अस्थायी सरकार" (Provisional Government of India) बनी हुई थी, जो जर्मनी कमिटी से सहयोग करती हुई भारत-स्वतन्त्रता के प्रयत्न में लगी हुई थी। उस समय अरब, मिश्र, मैसोपोटेमिया और ईरान आदि सभी प्रदेशों में भारतीय वैप्लविक—जिनमें हिन्दू, मुसलमान, सिक्ख भी सम्मिलित थे—भारत में क्रान्ति करने की चेष्टा कर रहे थे। उसी सब प्रयास में डॉक्टर जी फिर से जुट गए। उसी के सम्बन्ध में आपको जर्मनी जाना पड़ा। कुछ दिनों बाद आप फिर [illegible] आए। ईरान तक तो आपको वहुत बार जाना पड़ा [illegible]र निश्चय हुआ कि अस्थायी सरकार की ओर से एक स्वर्ण-पत्र ज़ार रूस के पास इस आशय का भेजा जाय कि वह भारत-क्रान्ति की सहायता करे। अब की बड़ी शान से प्रस्थान किया गया। कई सेवक तथा सामान से लदे हुए कई ऊँट आपके साथ थे। परन्तु उस समय कोई नीच पुरुष आपकी यात्रा की सब ख़बर अङ्गरेज़-सरकार को दे रहा था, यह वह नहीं जानते थे। ताशक़न्द नगर में आपको गिरफ़्तार कर लिया गया। ईरान में लाकर शिनाख़्त की गई। अभियोग चला। बहुत लोगों ने यत्न किया कि आपको भारत-सरकार के सुपुर्द न किया जाय, परन्तु अब तक अन्य सभी प्रयत्नों में जो निष्फलता हुई थी, अब ही क्यों सफलता होती?

लाहौर में लाए गए। इधर उन दिनों ओडायर-शाही का ज़ोर था। कुछ दिन न्याय-नाटक हुआ। मृत्यु-दण्ड सुनाया गया। आपने अत्यन्त आनन्द प्रदर्शित करते हुए सुना। आपके छोटे भैया मुलाक़ात के लिए गए। आपने पूछा—"क्यों भाई, मेरे मरने की तुम्हें चिन्ता तो नहीं?" बालक ने रो दिया। आपने क्रोध-मिश्रित उत्साह-वर्द्धक स्वर से कहा—"वाह जी! यह समय आनन्द मनाने का है। क्या सिक्ख लोग भी देश के लिए मरते समय रोया करते हैं? मुझे तो अत्यन्त आनन्द है कि मैं भारतीय विप्लव को सफल बनाने के लिए, जो मुझ से हो सका, कर चुका हूँ, मैं बड़ी शान्ति से फाँसी के तख़्ते पर प्राण-त्याग करूँगा।" इस तरह आपने उसका उत्साह बढ़ाया।

फ़िर? फिर २७ मार्च, १९१७ का दिन आ पहुँचा। उस दिन फिर वही नाटक प्रारम्भ हुआ। उस दिन के नाटक में एक ही दृश्य हुआ करता है; और वह भी कुछेक मिनट का। ये पगले लोग न जाने कहाँ से आगए, जिन्हें न मृत्यु का भय था, न जीने की चाह; कार्य-क्षेत्र में हँसे, युद्ध-क्षेत्र में हँसे, फाँसी के तख़्ते पर भी मुस्करा दिए। उनकी महिमा अपरम्पार है।

हों फ़रिश्ते भी फ़िदा जिन पर यह वह इन्सान हैं!

—व्रजेश

* * *

श्री० बन्तासिंह

इस गए-गुज़रे ज़माने में भी, जबकि भारतवासियों का अधःपतन चरम-सीमा को पहुँचा जा रहा है, कुछेक दुःसाहसी वीर ऐसे पैदा हुए, जिन्होंने उस सुन्दर अतीत की मधुर स्मृति को पुनर्जीवित कर दिया। वे लोग कुछ ऐसे निर्मम और निर्भय होकर जीवन बिता गए कि फिर से आशा होने लगी कि इस कायरता के युग में भी ऐसे व्यक्ति जन्म धारण कर सकते हैं, जो देश के लिए अपना अस्तित्व तक मिटा सकते हैं। इसी से तो इस पतित देश के पुनरुत्थान की आशा बँधती है! ऐसे वीर अधिक वैप्लविक समाज या क्रान्तिकारी दलों में ही दीख पड़े।

बङ्गाल के श्री० यतीन्द्रनाथ मुकर्जी और श्री० नलिनी बागची, संयुक्त-प्रान्त के श्री० गेंदालाल दीक्षित, पञ्जाब के करतारसिंह तथा बबर अकाली-शहीद उन्हीं लोगों में गिने जाने लायक़ हैं। श्री० बन्तासिंह जी सगवाल भी ऐसे ही क्रान्तिकारी थे। पञ्जाब पुलिस आपका नाम सुनते ही भय से काँप उठती थी। जिस तरह श्री० यतीन्द्रनाथ मुकर्जी को Terror of Bengal Police कहा जाता था, ठीक वैसे ही आपको Terror of Punjab Police समझा जाता था।

आपका जन्म १८९० ईसवी में सगवाल नामक गाँव, ज़िला जालन्धर में हुआ था। आपके पिता का नाम श्री० बूटासिंह था। पाँच वर्ष की आयु में आप स्कूल में दाख़िल किए गए। पढ़ने में बहुत चतुर थे। सातवीं-आठवीं दोनों श्रेणियाँ एक ही वर्ष में पास कर ली थीं। जब आप जालन्धर के डी० ए० वी० हाई स्कूल में पढ़ते थे, तब यानी १९०४-५ में काँगड़ा में भारी भूकम्प हुआ था, जिससे बहुत हानि हुई थी। आप भी अपने सह-पाठियों का एक गुट लेकर धर्मशाला में पीड़ितों की

सहायता के लिए गए थे। आपकी कार्य कुशलता और तत्परता देखकर सभी आप पर मुग्ध हो गए थे।

उन दिनों में ही आपने अपना एक जत्था सङ्गठित कर लिया था, जिसका नेतृत्व आपके ही हाथ में था। उसका उद्देश्य था, दीन-दुखियों की सहायता करना। इस दल की सहायता से आप लोक-सेवा का बहुत कार्य किया करते थे। स्कूल की शिक्षा समाप्त कर चुकने के बाद आपने विदेश के लिए प्रस्थान किया। पहले पहल आप चीन गए और फिर वहाँ से अमेरिका चले गए।

श्री० बन्तासिंह

अमेरिका-वास का आप पर बहुत प्रभाव हुआ। पद-पद पर अपनी गुलामी का अनुभव होता गया। अस्तु, आपने देश लौटकर देश को स्वतन्त्र करने का इरादा किया।

आपने स्वदेश लौटकर अपने गाँव में एक स्कूल खोला और एक पञ्चायत बनाई। सभी लोग आपका बहुत मान करते थे। इससे आपको ही पञ्चायत का सञ्चालक भी बना दिया गया। गाँव के सब लोग उस पञ्चायत द्वारा किए गए निर्णयों को सहर्ष शिरोधार्य करते थे। एक बार तो यहाँ तक नौबत आगई कि आपने चीफ़-कोर्ट के फ़ैसले तक को बदल डाला और दोनों पक्ष के लोगों ने आपके निर्णय के आगे सहर्ष सर झुका दिया। बात साधारण न थी, अफ़सरों के कानों तक पहुँची। बहुत पेच-ताव खाए, बहुत दाँत कटकटाए। उधर आपका घर अमेरिका से लौटे हुए हिन्दुस्तानियों का केन्द्र भी बना हुआ था। यह रिपोर्ट भी पहुँची। अच्छा अवसर मिला। एक दिन अचानक आपके घर पर पुलिस ने छापा मारा। परन्तु आप घर में नहीं थे। आपके बहुत से काग़ज़ात पुलिस उठाकर ले गई। उनमें आपके लिखे हुए कई-एक ट्रैक्ट भी थे। उन्हें देखकर आप पर वारण्ट निकाला गया। परन्तु आप पकड़े न जा सके। बाद में आपको गिरफ़्तार करवाने के लिए पुरस्कार भी घोषित किया गया था।

एक दिन आप अपने साथी श्री० सज्जनसिंह फ़ीरोज़-पुरी के साथ लाहौर के अनारकली बाज़ार में होने वाली एक गुप्त मीटिङ्ग में सम्मिलित होने के लिए जा रहे थे। अनारकली में जाते-जाते एक सब-इन्स्पेक्टर से मुठभेड़ हो गई। वह आपकी तलाशी लेने का आग्रह करने लगा। आपने बड़े सहज भाव से उसे समझाने की चेष्टा की कि शरीफ़ आदमी इस तरह व्यवहार नहीं किया करते। आप जाइए। हमारी तलाशी लेने का कोई कारण नहीं है। परन्तु वे सब-इन्स्पेक्टर साहब भला कब पीछा छोड़ने वाले थे। जब उसने एक न सुनी, तो आपने कहा—"अच्छा तो ले, तलाशी ही ले ले।" वह तलाशी लेने के लिए जो आगे बढ़ा, तो आपने धीरे से अपना पिस्तौल निकाल, यह कहते हुए, "कि तलाशी न लेते तो अच्छा था, हमारे पास तो यही है, सो ले" उस पर फ़ायर कर दिया। सब-इन्स्पेक्टर तो अपनी धुन में मस्त धराशायी हो गया, परन्तु आप भाग निकले। अभी भागे ही थे कि आपके साथी के पाँव में ठोकर लग गई और वह गिर गया। आपने पिस्तौल के ज़ोर से पुलिस और जन-समूह को पीछे रोके रक्खा और उसे उठाकर खड़ा कर दिया। परन्तु चोट अधिक लगने के कारण वह भाग न सका, इसलिए श्री० बन्तासिंह जी भाग निकले। यह दिन-दोपहर की घटना है।

आप बचकर निकल गए और मियाँमीर स्टेशन पर पहुँचे। वहाँ पर पहले ही से पुलिस प्रतीक्षा में थी। परन्तु आप किसी प्रकार ट्रेन पर सवार हो ही गए। उसी गाड़ी में, उसी डिब्बे में, बहुत से पुलिस के सिपाही सवार हो गए। आपने भी ताड़ लिया। परन्तु अब क्या हो सकता था। अटारी स्टेशन पर जब ट्रेन ठहरने ही वाली थी कि आप ट्रेन से कूद गए। पुलिस वाले हाथ मलते ही रह गए। वहाँ से आप (दोआबे) जालन्धर पहुँचे।

उस समय ग़दर-पार्टी के तत्कालीन प्रमुख कार्यकर्त्ता भाई प्यारासिंह को नङ्गल-कलाँ, ज़िला होशियारपुर के ज़ैलदार चन्दासिंह ने पकड़वा दिया था। आपने मिल-कर फ़ैसला किया कि अब इन देश-द्रोहियों को दण्ड देना चाहिए। आपने भाई बूटासिंह और भाई जिवन्दसिंह को साथ लिया और चन्दासिंह को उसके घर में जाकर मार डाला। तत्पश्चात् आप अपने कार्य में जुटे रहे। उसी सिलसिले में आपने अमृतसर ज़िले में एक पुल भी डाईनामेट से उड़ा दिया था।

उसके बाद भी पुलिस से कई बार मुठभेड़ हुई, परन्तु आपका कुछ ऐसा रोब छा गया था कि आपको देखते ही पुलिस वाले अपना-अपना सिर छुपाने की चिन्ता में नौ-दो ग्यारह हो जाते। एक बार पुलिस के घुड़सवारों ने आपका पीछा किया। आप साठ मील तक उनके आगे-आगे भागते चले गए। पाठकों को यह बात कुछ अस्वाभाविक मालूम होगी, परन्तु उन्हें यह ध्यान रखना चाहिए कि ये अमेरिका की ग़दर-पार्टी के कार्यकर्त्ता बड़े विचित्र थे। पञ्जाबी जाटों के शरीर बहुत सुन्दर तथा सुदृढ़ होते हैं, और फिर ये लोग तो अमेरिका से ख़ास तौर पर दौड़ने का अभ्यास करके आए थे। उनमें भी श्री० बन्तासिंह बड़े सुदृढ़ तथा शक्ति-शाली थे। बङ्गाल के प्रसिद्ध वैप्लविक श्री० नलिनी बागची भी गोहाटी में जब पुलिस से दो-दो हाथ कर के बच गए थे, तो वे भी एक बार ही ८० मील तक चले थे। दुस्साहसी लोगों के लिए कुछ भी असम्भव नहीं। उस दिन आपके पाँव छलनी हो गए, तबीयत ख़राब हो गई, अतः आप अपने घर चले गए और बहुत दिनों तक वहीं विश्राम किया।

आपको कुछ ऐसा विश्वास-सा हो गया था कि वे किसी अपने सम्बन्धी के विश्वासघात से ही पकड़े जायँगे। परन्तु स्वास्थ्य के अधिक बिगड़ जाने के कारण आप कुछ कर न सके! लाहौर-षड्यन्त्र का मुख्य केस उन दिनों चल रहा था। दूसरे बड़े भारी केस के लिए चारों ओर धर-पकड़ हो रही थी। दल का सब प्रबन्ध तहस-नहस हो चुका था। ऐसी अवस्था में आत्म-निर्भरता के अतिरिक्त और कोई सहारा शेष न था। इसीलिए आप को रुग्णावस्था में अपने ही घर जाना पड़ा। बहुत दिनों तक वहीं सुरक्षित रहे। परन्तु बाद में एक सम्बन्धी उन्हें आग्रह करके अपने घर ले गया, ताकि उनकी चिकित्सा कुछ और तनदेही से की जा सके। वे उसका आग्रह टाल न सके। वहाँ पर जाकर टिकने के बाद शीघ्र ही उसी रिश्तेदार ने पुलिस को बुला लिया। होशियारपुर के सुपरिन्टेण्डेण्ट बड़ी भारी संख्या में सशस्त्र सैनिकों को लेकर वहाँ पहुँचे।

पुलिस ने चारों ओर से घेर लिया। उस छोटी कोठरी का द्वार खोलते ही सामने पुलिस खड़ी देखकर आप खिलखिला कर हँस पड़े और अपने सम्बन्धी से कहने लगे—"भाई! पुलिस को बुलाना था, तो मुझे एकदम निशस्त्र क्यों कर दिया था? पिस्तौल-रिवॉल्वर नहीं तो एक लाठी या डण्डा ही रहने देते। एक वीर सैनिक की भाँति लड़ता-लड़ता प्राण तो दे सकता।"

इस पर पुलिस-अध्यक्ष ने कहा—"वाह जनाब! बड़े वीर बने फिरते हो। हम लोग क्या सभी कायर और बुज़दिल ही हैं?"

आपने मुस्करा कर कहा—"बहुत ख़ूब! इस समय मुझे निशस्त्र एक कोठरी में बन्द देख कर आप लोग गिरफ़्तार करने के लिए आगे बढ़ने का साहस कर रहे हैं। ज़रा बाहर निकल जाने दो तो फिर देखूँ कौन पकड़ सकता है?"

उस वीर सैनिक की यह इच्छा भी, कि सैनिक की भाँति लड़ता हुआ प्राण दे, पूर्ण न हुई। आप गिरफ़्तार करके होशियारपुर लाए गए। वहाँ डिप्टी-कमिश्नर की अदा-लत में पेश किए गए। कोई एक घण्टा तक डिप्टी-कमिश्नर से बातचीत होती रही। वह आपकी योग्यता और वीरता तथा धीरता देखकर मुग्ध-सा हो गया। इधर आपकी गिरफ़्तारी की ख़बर दोआबे भर में आग की तरह फैल गई। लोग सैकड़ों की संख्या में आपके दर्शनों के लिए जमा होने लगे। कचहरी का हाता खचा-

खच भर गया था। आप जब बाहर निकले तो लोग दर्शनों के लिए टूट पड़े। ऐसी दशा में आपने उन भाइयों से कुछ कहे बिना आगे न जा सके। आपने डिप्टी-कमिश्नर से कुछ कहने की आज्ञा माँगी। वे इन्कार न कर सके। आपने उस उमड़ते हुए जन-समुद्र को शान्त होने के लिए कह कर एक छोटा सा भाषण दिया और कहा :—

"प्यारे भाइयो! आज हमें इस तरह बेड़ियों और ज़ञ्जीरों से कसा हुआ देखकर आप लोग निराश न हों। हमारी निश्चित मृत्यु सामने देखकर आप लोग घबराएँ नहीं। हमें पूर्ण विश्वास है कि हमारे बलिदान व्यर्थ न जावेंगे। वह दिन शीघ्र आ रहा है, जबकि भारत पूर्णतया स्वतन्त्र हो जाएगा और अकड़बाज़ गोरे लोग आपके पाँव पर गिरेंगे ××× आप सब लोगों को स्वतन्त्रता की बलि-वेदी पर प्राण देने के लिए तैयार हो जाना चाहिए।"

आपको वहाँ से लाहौर ले आए। श्री० बलवन्त-सिंह जी के साथ ही आप पर भी अभियोग चला। यों तो सदैव ग़ुलाम देशों में न्याय-नाटक हुआ करता है, पर उन दिनों पञ्जाब में ओडायरशाही की तूती बोलती थी। ग़ज़ब का न्याय था, कोई अपील भी न हो सकती थी। कुछ ही दिनों में सब कुछ हो चुका। आपको मृत्यु-दण्ड सुनाया गया। आपने प्रसन्नतापूर्वक कहा—"हे परमात्मा! तुझे कोटिशः धन्यवाद है, जो तूने मुझे देश-सेवा में जीवन बलिदान करने का सुअवसर प्रदान किया है।" फाँसी का हुक्म सुनकर आपको असीम आनन्द हुआ, और उस दिन से फाँसी लगने के दिन तक आपका ११ पाउण्ड वज़न बढ़ गया था।

आख़िर एक दिन आपको प्रातःकाल उसी फाँसी के तख़्ते पर ला खड़ा किया गया। आप उस समय सदा की तरह प्रसन्न-चित्त थे। तख़्ता खिंचा। रस्सी में गला फँसाया ही जा चुका था। एकाध झटके से प्राण निकल गए और इस तरह पञ्जाब का एक और नर-रत्न भारत-स्वतन्त्रता की बलि-वेदी पर प्राणोत्सर्ग कर गया!!

—*गिरीश*

* * *

श्री० रङ्गासिंह

सन् १९१४-१५ में भारत की स्वाधीनता के व्यर्थ-प्रयास में लाहौर-सेन्ट्रल जेल की बलि-वेदी पर अपने नश्वर शरीर की आहुति देने वाले सैकड़ों नर-रत्नों में से आप भी एक थे। जालन्धर ज़िले के 'खुर्दपुर' नामक गाँव में श्री० गुरुदत्तसिंह जी के घर सन् १८८९ के लगभग आपका जन्म हुआ था। कुछ दिन स्कूल में विद्याध्ययन करने के बाद आपने सैनिक शिक्षा पाने की इच्छा से फ़ौज में नौकरी कर ली। ३० नम्बर के रिसाले में २३ वर्ष की आयु तक नौकरी करने के बाद, सन् १९०८ में आप अमेरिका चले गए।

इसके बाद वही पुरानी कथा है। ग़दर-पार्टी बनी, अख़बार निकला, प्रचार हुआ और आपके विचारों ने पलटा खाया। सन् १९१४ में, जबकि बहुत से सिक्ख अमेरिका से भारत को वापस आ रहे थे, तो आप भी युद्ध में अङ्गरेज़ों से दो-दो हाथ करने की लालसा से देश को वापस चले आए।

६ वर्ष तक बाहर रहने के बाद, २१ दिसम्बर, सन् १९१४ को आपने फिर भारत की भूमि पर पैर रक्खा और लगभग एक मास तक मकान पर ठहरकर घर का सारा प्रबन्ध आदि ठीक किया और फिर गाँव-गाँव जा-कर ग़दर का प्रचार-कार्य करने लगे।

कहते हैं कि जब १९ फ़रवरी के विप्लव की बात खुल गई और बहुत से नेता गिरफ़्तार कर लाहौर-सेन्ट्रल जेल में बन्द कर दिए गए थे तो जेल पर हमला कर उन्हें छुड़ाने के लिए कपूरथला-राज्य की मैगज़ीन लूट कर अस्त्र-शस्त्र लेने की बात निश्चय की गई थी। उस समय अगुआ लोगों में रङ्गासिंह भी थे। बाद को पर्याप्त शक्ति के न होने के कारण निश्चय किया गया कि पहले बाला के पुल पर तैनात किए गए पुलिस के आदमियों को मार कर उनकी बन्दूकें आदि छीन ली जायँ और फिर उनको लेकर मैगज़ीन पर हमला किया जाय। अस्तु,

एकत्रित मनुष्यों में से कुछ को इस काम के लिए चुना गया, जिनमें हमारे नायक भी थे। जब सिपाहियों को चौकन्ना देखकर उस समय उन पर हमला स्थगित कर दिया गया तो आप बहुत नाराज़ हुए। आपने कहा—"यदि इसी प्रकार अपनी शक्ति को कम समझकर हम हर एक काम को छोड़ते रहेंगे, तो कुछ भी न हो सकेगा।

हमें तो इन्हीं थोड़े-बहुत आदमियों को लेकर सामना करना है।" बाद में इसी पुल पर हमला कर ये लोग चार आदमियों को मारकर उनकी बन्दूकें आदि छीन ले गए थे।

अन्त में जब २६ जून, सन् १६१५ की रात को आप एक शरबत वाले की दूकान पर सो रहे थे तो पुलिस ने भेद मिल जाने पर अचानक हमला कर दिया। गिरफ़्तार हो जाने पर आप पर सरकार के विरुद्ध षड्यन्त्र करने के अपराध में अभियोग चला और अदालत से फाँसी की सज़ा मिली। इस प्रकार लाहौर-सेन्ट्रल जेल के वियोगान्त नाटक के एक और दृश्य के बाद उस पर सदा के लिए पर्दा पड़ गया।

—घनश्याम

* * *

श्री० वीरसिंह

आपका जन्म बहोवाल, ज़िला होशियारपुर में हुआ था। आपके पिता का नाम सरदार बूटासिंह था। आप सन् १६०६ में कैनेडा चले गए थे। अस्तु—

एक तो स्वाधीन देश, फिर आन्दोलन की तेज़ी अस्तु, आप भी इस लहर से ख़ाली न रहे। विचार-प्रवाह तो चल ही चुका था। इन्हीं दिनों कामागाटा मारू की घटना, डेपूटेशन की असफलता तथा युद्ध के छिड़ जाने के कारण चारों ओर से ग़दर की ही आवाज़ सुनाई देने लगी। गाढ़ी कमाई के रुपए को ग़दर के काम में देकर लोगों ने भारत की ओर आना प्रारम्भ कर दिया। उस समय शायद ही कोई ऐसा बचा हो जिसने इस कार्य में भाग न लिया हो। प्रायः सभी जगह यही सुनने में आता था कि चलो, देश चलकर आज़ादी के लिए युद्ध करें। अस्तु, इन्हीं सब बातों से प्रभावित होकर आप भी भारत वापस आए। और इधर-उधर घूमकर ग़दर का प्रचार शुरू कर दिया।

६ जून, सन् १६१५ का दिन था। आप चिट्टी गाँव में एक कुएँ पर स्नान कर रहे थे कि पुलिस ने आ घेरा। गिरफ़्तार कर आप लाहौर लाए गए और दूसरे केस में १०० आदमियों के साथ आप पर अभियोग चलाया गया। आप पर मैगज़ीन पर हमला करने तथा डाके डालने का अपराध लगाकर मौत की सज़ा दी गई।

उक्त १०० अभियुक्तों में से आपके अतिरिक्त पाँच को फाँसी और ४२ को आजन्म कालेपानी का दण्ड दिया गया था; साथ ही उनकी सारी सम्पत्ति भी ज़ब्त कर ली गई। भारत के स्वतन्त्रता-इतिहास में लाहौर-सेन्ट्रल जेल का भी एक विशेष स्थान रहेगा।

—यादव

* * *

श्री० उत्तमसिंह

अपने ही हाथों विप्लव-यज्ञ रचकर अन्त में उस पर अपनी ही आहुति देने वाले अनेक मस्त पागलों में से उत्तमसिंह भी एक थे। लुधियाना ज़िले के हंस नामक गाँव में आपका जन्म हुआ था। आपके पिता का नाम श्री० जीतसिंह था। आपका दूसरा नाम श्री० राघोसिंह भी था।

कहाँ और कितनी शिक्षा पाने के बाद, किस आयु तक देश में रहकर, आप कब अमेरिका चले गए थे, इन सभी बातों का अनुसन्धान अभी तक किया ही न गया। हाँ, इतना अवश्य पता चला है कि अमेरिका में ग़दर-पार्टी के आप एक अच्छे कार्यकर्त्ता थे, और उसी पार्टी के निश्चयानुसार सन् १६१४ के दिसम्बर मास में अपने कुछ और साथियों के साथ आप भारत में ग़दर का प्रचार करने के उद्देश्य से वापस आ गए थे। आते समय भी मार्ग में सेनाओं के अन्दर तथा अन्य भारतीयों में ग़दर का प्रचार करते आए थे।

स्मरणीय करतारसिंह से आपकी पहले ही से जान-पहचान थी। भारत में आकर गन्धासिंह, बूटासिंह, अर्जुनसिंह, पिङ्गले आदि से भी आप मिले और बहुत ज़ोरों से कार्य आरम्भ कर दिया।

इन पागलों के पागलपन में भी एक स्फूर्ति है। उसमें भी एक नवीनता की झलक है। अस्तु, इसी नवीन उत्साह से प्रेरित होकर उस दिन जब १६ फ़रवरी, सन् १६१५ को केवल ५० आदमियों को साथ लेकर तरुण करतार ने ब्रिटिश-भारत की सब से मज़बूत छावनी फ़ीरोज़पुर पर हमला करने का साहस किया था, तो आप भी उनके साथ थे। परिस्थिति प्रतिकूल हो जाने से उन्हें उस दिन सफलता भले ही न मिली हो, किन्तु उनका साहस, उनका उत्साह, उनकी लगन और

आत्म-विश्वास आदि का अनुमान इस बात से पूरी तौर पर किया जा सकता है।

१६ फ़रवरी के विराट् आयोजन के विफल हो जाने पर चारों ओर धर-पकड़ शुरू हो गई। उत्तमसिंह के नाम भी वारण्ट जारी किया गया, किन्तु उस समय आप पुलिस के हाथ न आ सके। अपने प्रगाढ़ परिश्रम से बनाए हुए भवन को इस प्रकार नष्ट होते देख, वे हताश न हुए। उस समय कुछ-एक को छोड़कर, प्रायः सभी नेता गिरफ़्तार हो चुके थे, अतः आपने उन्हें जेल से निकालने की इच्छा से नए सिरे से अस्त्र-शस्त्र संग्रह करना आरम्भ कर दिया। पहले कपूरथला-राज्य के मैगज़ीन को लूटने का विचार था, किन्तु बाद में बाला के पुल पर तैनात ७५० कारतूस समेत १५ सिपाहियों की पन्द्रहों रायफ़लें, केवल ८-७ पिस्तौलधारी विप्लवियों ने छीन ली थीं। इस कार्य के सङ्गठन में भी उत्तमसिंह का ही अधिक हाथ था। आप बम् बनाना भी जानते थे और एक बार और कुछ न मिलने पर आपने पीतल के लोटों से ही बम् बनाने का काम लिया था।

अभी जेल पर हमला करने की आयोजना हो ही रही थी कि १६ सितम्बर, सन् १६१५ को, जब आप एक और साथी के साथ फ़रीदपुर-राज्य के माना-बघवाना नामक गाँव के पास एक साधू की कुटिया में ठहरे थे, गिरफ़्तार कर लिए गए। उस समय आपने कहा:—"मुझे दुख है तो केवल इस बात का कि मेरे हाथ में कोई रिवॉल्वर या पिस्तौल आदि न थी।" पकड़े जाने पर दोनों ने एक साथ ही राष्ट्रीय गीत गाने शुरू कर दिए। लाहौर के तीसरे षड्यन्त्र में अदालत से आपको फाँसी की सज़ा मिली और कुछ दिनों के बाद उस विराट् यज्ञ की एक और आहुति समाप्त हो गई।

* * *

डॉक्टर अरुड़सिंह

देश-प्रेम में मतवाले होकर जलती हुई शमा को पहली ही लपट पर एक मस्त परवाने की भाँति वे अपना सब कुछ स्वाहा कर गए। उनके लिए तो—

ज़िन्दगी नाक़िस थी आख़िर,
कर लिया मदफ़न पसन्द।
सुना था यह, राहते-कामिल,
इसी मञ्ज़िल में है॥

डॉक्टर साहब का जन्म जालन्धर ज़िले के सगवाल नामक गाँव में हुआ था। शहीद भाई बन्तासिंह भी इसी गाँव के थे और ये दोनों एक ही साथ काम किया करते थे। इन में खोज-ख़बर करने का एक विशेष गुण था। प्रायः थाने में जाकर वहाँ के भी भेद ले आया करते थे। चालीस कोस चलने पर भी आप थकते न थे। इनकी काली, भरी हुई, दाढ़ी तथा मोटी आँखें देखकर

डॉक्टर अरुड़सिंह

प्रायः सभी लोग डर जाया करते थे। किन्तु आप स्वभाव के बड़े सरल तथा भावुक थे। आपका रहन-सहन बिलकुल सादा था। आप पञ्जाब से बाहर रहकर काम करना पसन्द नहीं करते थे। यहाँ तक कि जिन दिनों पुलिस बुरी तरह आपकी तलाश कर रही थी तब भी आप पञ्जाब में ही गाँव-गाँव घूमकर प्रचार करते रहे और कई बार पुलिस के हाथ आकर भी निकल गए। आप नित्य ही प्रातःकाल प्रार्थना किया करते थे कि हे प्रभु! मेरी मृत्यु गोली लगकर या फाँसी पर लटककर एक वीर की भाँति हो।

एक अमेरिकन से आपका बहुत घनिष्ट सम्बन्ध था। उन्हें आप अपना गुरु कहा करते थे। एक बार पता लगा कि वे लाहौर की सेन्ट्रल जेल में गिरफ़्तार कर रक्खे गए हैं। बस, पुलिस की कड़ी निगाह होते

Kehar Singh

श्री० केहरसिंह

[लाहौर के तीसरे षड्यन्त्र में आपको फाँसी दी गई। आपका जीवन-चरित्र बहुत प्रयत्न करने पर भी न प्राप्त हो सका]

हुए भी, आप वहाँ जा पहुँचे और जेल के अन्दर जाकर उनसे मिले और सारा भेद लेकर वापस चले आए। एक ओर तो स्थान-स्थान पर आपके फ़ोटो लगे हैं और गिरफ़्तारी पर इनाम बढ़ा जा रहा है, उधर दूसरी ओर आप सरकार से जेल-जैसी जगह पर जाकर वहीं का सारा भेद ले रहे हैं!

जब लाहौर-जेल में आपका आना-जाना काफ़ी बढ़ चुका था तो किसी एक भेदिए ने पुलिस को इस बात का पता दे दिया। एक दिन जेल के दरवाज़े पर खड़े थे कि एक पुलिस-अफ़सर ने सवाल किया—

"तुम कौन हो?"

"मैं अरुड़सिंह हूँ"

"कौन अरुड़सिंह?"

"जिसको ढूँढ़ते-ढूँढ़ते तुम थक गए हो!"

अफ़सर को विश्वास न हुआ और वह घूमकर चल दिया। उस समय आपके दिल में न जाने क्या आई कि फिर उसे बुलाकर स्वयं अपने को गिरफ़्तार करवा दिया।

अभियोग चलने पर आपने सब बातें स्वीकार कर लीं। पुलिस-अफ़सर सुक्खासिंह ने जब आप से कोई चुभने वाली बात कही तब आपने डपटकर कहा—"कायर! तेरे जैसों को मैं बटेर समझता रहा हूँ। यदि चाहता तो एक पल में गर्दन मरोड़कर छुटकारा पा जाता, किन्तु कायरों के ख़ून से हाथ रँगना मैं पाप समझता हूँ।" एक और अवसर पर थानेदार के यह पूछने पर कि क्या तुम मुझे और भी कभी मिले थे? आपने उत्तर दिया—"मिलना तो क्या, तुम्हारे सारे कामों की रिपोर्ट मेरी डायरी में दर्ज है।" अन्त में अदालत से आप को फाँसी की सज़ा मिली। जेल में आप और साथियों को कहानियाँ सुनाया करते थे और फाँसी के दिन तक काफ़ी मोटे हो गए थे।

बेफ़िक्री तथा मस्तानेपने के तो आप साक्षात् अवतार थे। जिस मौत का नाम सुनकर लोग काँप उठते हैं उसी को सामने देखकर भी आपके मस्तानेपन में अन्तर न आया। जिस दिन प्रातःकाल आपको फाँसी लगनी थी उस दिन आप एक गहरी नींद में सो रहे थे। अफ़सर ने आकर जगाया। कहा—चलो, तुम्हें फाँसी दी जायगी

Jiwan Singh

श्री० जीवनसिंह

[लाहौर के तीसरे षड्यन्त्र में आपको भी फाँसी दी गई। आपका जीवन-चरित्र बहुत प्रयत्न करने पर भी न प्राप्त हो सका]

आपने खड़े होकर ऊँचे स्वर से "वन्देमातरम्" की ध्वनि की और हँसते हुए फाँसी के तख़्ते की ओर चल दिए।

इसके बाद वही फाँसी का तख़्ता, वही जल्लाद, वही रस्सी और वही अन्तिम झटका, और बस × × ×

—पथिक

* * *

बाबू हरिनामसिंह

रवि बाबू ने गुरु गोविन्दसिंह के समय के सिक्खों पर एक कविता लिखी थी। उसमें आपने कहा था—"जिन लोगों ने किसी का क़र्ज़ नहीं उठा रक्खा और मृत्यु जिनके चरणों की दासी है, ऐसे निर्भय और निर्मम सिक्ख उठे हैं।"

इन्हीं निर्भय और निर्मम नर-रत्नों में से हमारे नायक हरिनामसिंह भी हैं। आपका जन्म ज़िला होशियारपुर के साहरी नामक गाँव में हुआ था। पिता का नाम श्री० लाभसिंह था। पढ़ने-लिखने में आप बड़े चतुर थे, किन्तु हाई क्लास में पहुँचते ही एकदम स्कूल छोड़कर सेना में जा भरती हुए। वहाँ पर आपका अलग जत्था था, जिसमें शब्द-कीर्तन हुआ करता था। साधारणतया आप कहा करते थे—"हमारा भी क्या जीवन है? हम इतने पतित हो गए हैं कि दस या ग्यारह रुपए के लिए मारे-मारे फिरते हैं और अपनी तथा दूसरी गुलाम जातियों की ज़ञ्जीरें जकड़ने में सहायता करते हैं। इस नौकरी से तो भूखों मरना अच्छा है और इस जीवन से तो मृत्यु अच्छी है। इत्यादि।" आपके एक-दो मित्र हँसकर पूछते—"क्यों जी, अगर आपका ऐसा मनोभाव है तो नौकरी छोड़-क्यों नहीं देते?" तो आप मुस्कराकर उत्तर देते—"जानते तो हो कि रुपए के लिए नौकरी नहीं करता हूँ। घर में सम्पत्ति है, वहीं रहकर आराम से गुज़र सकती है। परन्तु × × ×"

भला ऐसे विचारों का युवक कब तक नौकरी कर सकता था। डेढ़ वर्ष के बाद नौकरी छोड़कर घर चले आए। सेना में श्री० बलवन्तसिंह जी से आपका बहुत स्नेह था। विचार भी एक ही जैसे थे और नौकरी भी एक ही साथ छोड़ी।

कुछ दिन घर रहने के बाद आप बर्मा पहुँचे और फिर वहाँ से हाँगकाँग जाकर ट्राम-कम्पनी में नौकर हो गए। वहाँ पर बहुत से भारतीय, जो कैनेडा और अमेरिका जाने के लिए घर से आते थे, उन्हें इमिग्रेशन विभाग वाले निराश कर घर लौटा देते। उन बेचारों के पास खाने तक को कुछ न बचता था। उस समय हरिनामसिंह जी अपने पास से सहायता देकर उनका ढाढ़स बँधाते थे।

धीरे-धीरे उन्हें पता चला कि अमेरिका में लोग बड़े मज़े में रहते हैं और वहाँ के वायुमण्डल में रहकर साधारण से साधारण भारतीय भी भारत को स्वतन्त्र करवाने की चिन्ता करने लगता है। अस्तु, स्वतन्त्रता-पाठ सीखने का उपयुक्त स्थान समझकर आपने हाँगकाँग-स्थित भारतीयों को अमेरिका जाने के लिए प्रोत्साहित करना शुरू कर दिया। आवश्यकता पड़ने पर आप उनकी सहायता भी कर देते थे।

अन्त में १ली दिसम्बर, सन् १९०७ को, जबकि आपकी आयु बीस वर्ष से कम ही थी, आपने भी अमेरिका के लिए प्रस्थान किया। वहाँ पहुँचकर एक वर्ष तक विक्टोरिया नगर में रहने के बाद, भारतवर्ष में स्कूल आदि शिक्षा-कार्य में व्यय करने के लिए, धन एकत्रित कर भेजने लगे।

१ली जनवरी, सन् १९०८ को आप कैनेडा से संयुक्त-प्रदेश चले गए और वहाँ सीएटल नगर के एक स्कूल में पढ़ने लगे। तीन वर्ष बड़े यत्न से विद्योपार्जन होता रहा। इन्हीं दिनों कैनेडा-स्थित भारतीयों ने डेढ़ लाख रुपए की पूँजी से एक इण्डियन ट्रेडिङ्ग कम्पनी खोली और सुविधा के लिए एक अङ्गरेज़ मैनेजर भी रख लिया। कम्पनी के हिस्सेदारों में हमारे नायक भी थे। कार्य ख़ूब चल निकला। कम्पनी की एकदम ऐसी उन्नति गोरे पूँजीदारों से देखी न गई। उन्होंने उस अङ्गरेज़ को अपनी तरफ़ मिला लिया और उसने बेईमानी प्रारम्भ कर दी। हरिनामसिंह उसकी चालाकी ताड़ गए और उस पर देख-रेख रखने लगे। झगड़ा बढ़ने पर वे गोरे लोगों की आँखों में बेतरह खटकने लगे। आपको फँसाने की चेष्टा होने लगी। परन्तु आपके एक अङ्गरेज़-मित्र रैमिसबर्ग (Ramisburg), जोकि वहाँ मैजिस्ट्रेट थे, यह हालत देख उन्हें अपने साथ ले गए। यह महाशय संयुक्त-प्रदेश के रहने वाले थे और इन्हीं के यहाँ रहकर आपने तीन वर्ष तक शिक्षा पाई थी।

कुछ दिन बाद आप फिर कैनेडा चले गए और वहाँ से एक "दि हिन्दुस्तान" (The Hindustan) नामक अङ्गरेज़ी पत्र निकालना शुरू कर दिया। आप बड़े ओजस्वी लेखक थे। कैनेडावासी भारतीयों पर आपका विशेष प्रभाव था। सरकार को यह अच्छा न लगा और उन पर बम् बनाने और सिखाने, विद्रोह-प्रचार आदि

दोष लगाकर ४८ घण्टे के अन्दर कैनेडा से निकल जाने की आज्ञा दी गई। बड़ी विकट परिस्थिति थी। तुरन्त रैमिस्बर्ग को तार दिया गया। उन्होंने कैनेडा-सरकार को तार दिया कि उन्हें निर्वासित न किया जाय, मैं उन्हें साथ ले आने के लिए आ रहा हूँ। और अपना प्राइवेट वोट लेकर उन्हें साथ ही ले आए। कुछ दिन के बाद आपको फिर कैनेडा जाने की आज्ञा मिल

बाबू हरनाम सिंह

गई। २० मार्च, १९११ से आप संयुक्त-प्रदेश में बर्कले यूनिवर्सिटी में पढ़ने लगे। ग़दर अख़बार में भी आप हर तरह से सहायता करते थे।

इधर दो सज्जन भाई गुरुदत्तसिंह और भाई दलीपसिंह एक बम्-केस में पकड़े गए उधर कामगाटा मारू जहाज़ बन्दरगाह पर आ पहुँचा। हरिनामसिंह अपने अन्य साथियों सहित बाबा गुरुदत्तसिंह तथा अन्य यात्रियों से सलाह करने गए और वहीं पकड़े गए। शेष साथी तो छोड़ दिए गए, पर आपको न छोड़ा गया। इन्हें फिर देश-निकाले की आज्ञा हुई। कुछ दिन के झगड़े के बाद यह जानकर कि इस बार कोई सफलता न होगी, आप भारत की ओर आने वाले एक जहाज़ पर सवार हो गए। और चीन, जापान तथा स्याम आदि में ग़दर-पार्टी का कार्य करते हुए आप बर्मा पहुँचे। यह १९१५ के दिन थे। सिङ्गापुर के विद्रोह-दमन के बाद बहुत से ग़दर-नेता बर्मा पहुँच गए थे। इरादा था कि अक्टूबर, १९१५ में बकरीद के दिन विद्रोह खड़ा किया जाय और बकरों की जगह गोरे शासकों की क़ुर्बानी दी जाय, परन्तु बाद में २५ दिसम्बर का दिन निश्चित किया गया। इन्हीं सब चेष्टाओं में दिन-रात जुटे रहकर वे घोर परिश्रम कर रहे थे कि एक दिन आप एकाएक माण्डले में गिरफ़्तार कर लिए गए। अभियोग चला और आप को मृत्यु-दण्ड दिया गया। अभी जेल ही में बन्द थे और फाँसी नहीं दी गई थी कि आप जेल से भाग गए। किन्तु शीघ्र ही पकड़कर फाँसी पर लटका दिए गए।

आपके आग्रह से आपकी धर्म-पत्नी ने आप ही के छोटे भाई से विवाह कर लिया था। बाबू हरिनामसिंह बड़े स्वतन्त्र-प्रकृति और दृढ़-चित्त के आदमी थे। आप साधारणतया "हिन्दी हैं हम वतन है हिन्दोस्ताँ हमारा" और "मरना भला है उसका जो अपने लिए जिए।" आदि पद्य गाते रहते थे।

श्री० भागसिंह, श्री० हरिनामसिंह और श्री० बलवन्तसिंह इन तीनों सज्जनों में अगाध प्रेम था। तीनों का रहन-सहन, खान-पान और काम-काज एक साथ ही होता था। उस समय ग़दर-आन्दोलन के ये तीनों ही प्राण थे। एक-एक कर उन तीनों ने ही भारत को स्वतन्त्र करवाने के लिए बारी-बारी से आत्म-दान दे दिया। देश के लिए वे जिए और देश ही के लिए वे मर भी गए। प्रेम का कितना सुन्दर दृष्टान्त है?

—अज्ञात

* * *

श्री० सोहनलाल पाठक

सन् १६१४ की बात है। अमेरिका की ग़दर-पार्टी की ओर से प्रायः सभी देशों में ग़दर-प्रचार के लिए आदमी भेजे जा रहे थे। अस्तु, पाठक जी भी इसी पार्टी की ओर से बर्मा में प्रचार-कार्य करने के लिए भेजे गए। सन् १६१५ के आरम्भ में ही आप बैङ्कॉक आए और कुछ दिन वहाँ पर ग़दर का कार्य करने के बाद रंगून आ पहुँचे। यहाँ पर सङ्गठित रूप से अपना केन्द्र बना कर सोहनलाल ने उस दिन की व्यर्थ आशा से, जबकि सारे भारत में एक साथ ही एक बार फिर रणचण्डी का ताण्डव-नृत्य प्रारम्भ हो जायगा, सेनाओं में विप्लव का प्रचार-कार्य ज़ोरों के साथ आरम्भ कर दिया।

२१ फ़रवरी आई और निकल गई। भेद खुल जाने से उस दिन बलवा न हो सका और चारों ओर धर-पकड़ होने लगी। किन्तु विप्लवियों के जीवन में यह कोई नई बात न थी। उनका तो जीवन ही असफलताओं का जीवन है। वे तो "कर्मण्येवाधिकारस्ते" का ही पाठ लेकर इस क्षेत्र में आए थे। अस्तु, सोहनलाल इतने पर भी हताश न हुए। उन्होंने नए उत्साह से फिर विप्लव की आयोजना आरम्भ कर दी।

एक दिन अगस्त, १६१४ में, जबकि वे मेमियो के तोपख़ाने में ग़दर का प्रचार कर रहे थे, एक जमादार ने उन्हें गिरफ़्तार करवा दिया। तीन पिस्तौलें तथा २७० कारतूसें पास होते हुए भी न जाने सोहनलाल ने उस समय उनका प्रयोग क्यों नहीं किया।

पाठक जी जेल में बन्द थे। अधिकारियों के आने पर और क़ैदियों ने तो झुक-झुक कर सलाम करना प्रारम्भ कर दिया, किन्तु आप की मस्ती कुछ और ही ढङ्ग की थी। बोले—"जब मैं अङ्गरेज़ों को, राज्य को, अन्यायी और अत्याचारी मानता हूँ, तो उनकी जेल के नियम ही क्यों मानूँ।"

अधिकारियों के आने पर खड़ा होना भी शायद उनके प्रोग्राम के बाहर था। हाँ, एक बात अवश्य थी, वे कभी किसी के साथ असभ्यता का व्यवहार न करते थे। यदि कोई उनसे खड़े होकर बात करता तो आप भी इससे खड़े होकर ही बात करते थे। एक बार बर्मा के लॉर्ड महोदय जेल देखने आए। जेलर ने सोहनलाल से प्रार्थना की कि उनके आने पर खड़े होकर स्वागत कर लेना। जब आप इस पर राज़ी न हुए तो जेलर ने एक और चाल चली। जिस समय लॉर्ड महोदय जेल में आए तो जेलर पहले ही से पाठक जी के पास जाकर खड़े-खड़े उनसे बातें करने लगा। आप भी खड़े होकर उससे बातें करने लगे और लॉर्ड के आने पर उन्हें फिर से खड़ा होना न पड़ा। अपनी दो घण्टे की बातचीत में लॉर्ड ने आपसे बहुतेरा अनुरोध किया कि तुम माफ़ी माँगकर प्राण-दण्ड से बरी हो जाओ, किन्तु आपने एक न मानी।

अन्त में फाँसी के दिन एक अङ्गरेज़-मैजिस्ट्रेट ने आकर फिर आपसे माफ़ी माँग लेने का अनुरोध किया।

श्री० सोहनलाल पाठक

मृत्यु मुँह फैलाए सामने खड़ी है। फाँसी का तख़्ता तथा रस्सी का फन्दा ठीक हो चुका है। ऐसे समय में जेल के सभी कर्मचारी सोहनलाल की मुँह की ओर देखकर उत्तर की प्रतीक्षा करने लगे। थोड़ी देर की निस्तब्धता के बाद उस पागल पुजारी ने मुस्कराते हुए कहा :—

"क्षमा माँगनी हो तो अङ्गरेज़ मुझसे क्षमा माँगें। मैंने कोई अपराध नहीं किया। असली अपराधी तो वे ही हैं। हाँ, यदि मुझे बिलकुल ही छोड़ने का वचन दो तो तुम्हारी बात पर विचार कर सकता हूँ।"

उत्तर मिला—यह तो अधिकार से बाहर की बात है।

"तो फिर अब देर क्यों करते हो? तुम अपना कर्त्तव्य पूरा करो और मुझे अपना कर्त्तव्य करने दो"

देखते-देखते तख़्ता खिंचा और रस्सी के झटके के साथ ही यह दृश्य भी समाप्त हो गया।

—सुबोध

* * *

देशभक्त सूफ़ी अम्बाप्रसाद

आज भारतवर्ष में कितने लोग उनका नाम जानते हैं? कितने उनकी स्मृति में शोकातुर होकर आँसू बहाते हैं? कृतघ्न भारत ने कितने ही ऐसे रत्न खो दिए और क्षण भर के लिए भी दुख अनुभव न किया।

वे सच्चे देशभक्त थे, उनके हृदय में देश के लिए दर्द था। वे भारत की प्रतिष्ठा देखना चाहते थे, भारत को उन्नति के शिखर पर पहुँचाना चाहते थे। तो भी आज भारत के बहुत कम लोग उनका नाम जानते हैं। उनकी क़दर भी की, तो ईरान ने! आज वहाँ 'आक़ा सूफ़ी' का नाम सर्व-प्रिय हो रहा है।

सूफ़ी जी का जन्म १८५८ ई० में मुरादाबाद में हुआ था। आपका दाहिना हाथ जन्म से ही कटा था। आप हँसी में कहा करते थे—"अरे भाई! हमने सत्तावन में अङ्गरेज़ों के विरुद्ध युद्ध किया। हाथ कट गया! मृत्यु हो गई। पुनर्जन्म हुआ। हाथ कटे का कटा आ गया!"

आपने मुरादाबाद, बरेली और जालन्धर आदि कई शहरों में शिक्षा पाई। एफ़० ए० पास करने के पश्चात् आपने वकालत पढ़ी, परन्तु की नहीं। आप उर्दू के प्रभावशाली लेखक थे। आपने यही काम सँभाला।

सन् १८९० ई० में आपने मुरादाबाद से 'जाम्युल-इलूम' नामक उर्दू साप्ताहिक पत्र निकाला। इसका प्रत्येक शब्द इनकी आन्तरिक अवस्था का परिचय देता था। वे हास्यरस के प्रसिद्ध लेखक थे। परन्तु उनमें गम्भीरता भी कम न थी। वे हिन्दू-मुस्लिम एकता के कट्टर पक्षपाती थे और शासकों की कड़ी आलोचना किया करते थे।

सन् १८९७ में आपको राजद्रोह के अपराध में डेढ़ वर्ष का कारागार मिला। जब ९९ में छूटकर आए तो यू० पी० के कुछ छोटे-छोटे राज्यों पर अङ्गरेज़ लोग हस्तक्षेप कर रहे थे। सूफ़ी जी ने वहाँ के अफ़सरों तथा रेज़िडेण्टों का ख़ूब भण्डाफोड़ किया। आप पर मिथ्या दोषारोपण का अभियोग चलाया गया और सारी जायदाद ज़ब्त कर, छः साल का कारागार दिया गया। जेल में उन्हें अकथनीय कष्ट सहन करने पड़े, परन्तु वे कभी विचलित नहीं हुए।

सूफ़ी जी जेल में बीमार पड़े। एक ग़लीज़ कोठरी में बन्द थे। उन्हें औषधि नहीं दी जाती थी। यहाँ तक कि पानी आदि का भी ठीक प्रबन्ध न था। जेलर आता और हँसता हुआ प्रश्न करता—"सूफ़ी, अभी तक तुम ज़िन्दा हो?" ख़ैर! ज्यों-त्यों कर जेल कटी और १९०६ के अन्त में आप बाहर आए।

सूफ़ी जी का निज़ाम-हैदराबाद से घनिष्ट सम्बन्ध था। जेल से छूटते ही आप वहाँ गए। निज़ाम ने उनके लिए एक अच्छा सा मकान बनवाया। मकान बन जाने पर उन्होंने सूफ़ी जी से कहा—"आपके लिए मकान तैयार हो गया है" आपने उत्तर दिया—"हम भी तैयार हो गए हैं।" आपने वस्त्र आदि उठाए और पञ्जाब की ओर चल दिए। वहाँ जाकर आप 'हिन्दुस्तान' अख़बार में कार्य करने लगे। सुनते हैं, आपकी चतुरता, वाक्-पटुता और समझदारी देखकर सरकार की ओर से १०००) मासिक जासूस-विभाग से पेश किए गए थे, परन्तु आपने उनकी अपेक्षा जेल और दरिद्रता को ही श्रेष्ठ समझा। बाद को 'हिन्दुस्तान' सम्पादक से भी आपकी न बनी और आपने वहाँ से भी त्याग-पत्र दे दिया।

उन्हीं दिनों सरदार अजीतसिंह ने 'भारत माता-सोसाइटी' की नींव डाली और पञ्जाब के 'न्यूकॉलोनी बिल' के विरुद्ध आन्दोलन आरम्भ कर दिया। सूफ़ी जी का भी मेल उनसे बढ़ने लगा। उधर वे भी इनकी ओर आकर्षित होने लगे।

सन् १९०७ में पञ्जाब में फिर धर-पकड़ आरम्भ हुई, तो सरदार अजीतसिंह के भाई सरदार किशनसिंह और भारत माता-सोसाइटी के मन्त्री महता आनन्दकिशोर सूफ़ी जी के साथ नैपाल चल दिए। वहाँ नैपाल रोड के गवर्नर श्री० जङ्गबहादुर जी से आपका परिचय हो गया। वे इनसे बहुत अच्छी तरह पेश आए। बाद को श्री० जङ्गबहादुर जी सूफ़ी जी को आश्रय देने के कारण ही पदच्युत किए गए। उनकी सम्पत्ति भी ज़ब्त कर ली गई। ख़ैर, सूफ़ी जी वहाँ पकड़े गए और लाहौर लाए गए। लाला पिण्डीदास जी के पत्र 'इण्डिया' में प्रकाशित आपके लेखों के सम्बन्ध में ही आप पर अभियोग चलाया

गया। परन्तु निर्दोष सिद्ध होने पर बाद में आपको छोड़ दिया गया।

तत्पश्चात् सरदार अजीतसिंह भी छूट कर आ गए। और सन् १९०८ में 'भारतमाता बुक-सोसाइटी' की नींव डाली गई। इसका अधिकतर कार्य सूफ़ी जी ही किया करते थे। आपने 'बाग़ी मसीह' या 'विद्रोही ईसा' नामक एक पुस्तक प्रकाशित करवाई जो बाद को ज़ब्त कर ली गई।

इसी वर्ष लोकमान्य तिलक पर अभियोग चलाया गया और उन्हें भी ६ वर्ष का कारागार मिला। तब 'देश-भक्त मण्डल' के सभी सदस्य साधु बन कर पर्वतों की ओर यात्रा करने के लिए निकल पड़े। पर्वतों के ऊपर जा रहे थे। एक भक्त भी साथ आया। साधु बैठे तो उस भक्त ने सूफ़ी जी के चरणों पर शीश नवा कर नमस्कार किया। बड़ा जैण्टलमैन था। ख़ूब सूट-बूट पहने था। सूफ़ी जी के चरणों पर शीश रक्खा और पूछने लगा—"बाबा जी, आप कहाँ रहते हैं ?"

सूफ़ी जी ने कठोर स्वर में उत्तर दिया—रहते हैं तुम्हारे सिर में !

"साधु जी, आप नाराज़ क्यों हो गए ?"

"अरे बेवकूफ़ ! तूने मुझे क्यों नमस्कार किया ? इतने और साधु भी तो थे। इनको प्रणाम क्यों न किया ?"

"मैं आपको ही बड़ा साधु समझा था।"

"अच्छा ख़ैर ! जाओ, खाने-पीने की वस्तुएँ लाओ।"

वह कुछ देर पीछे अच्छे-अच्छे पदार्थ लेकर आया। खा-पीकर सूफ़ी जी ने उसे फिर बुलाया और कहने लगे—"क्यों बे, हमारा पीछा छोड़ेगा या नहीं ?"

"भला मैं आपसे क्या कहता हूँ जी ?"

"चालाकी को छोड़। आया है जासूसी करने ! जा-जा अपने बाप से कह देना कि सूफ़ी पहाड़ में ग़दर करने जा रहे हैं।"

वह चरणों पर गिर पड़ा—"हुज़ूर, पेट की ख़ातिर सब कुछ करना पड़ता है।"

आपने सन् १९०९ में 'पेशवा' अख़बार निकाला। उन्हीं दिनों बङ्गाल में क्रान्तिकारी आन्दोलन ने ज़ोर पकड़ा। सरकार को चिन्ता हुई कि कहीं यह आग पञ्जाब को भी दहन न कर डाले। अस्तु, दमन-चक्र चलना आरम्भ हुआ। तब सूफ़ी जी, सरदार अजीतसिंह और ज़्याउलहक़ ईरान चले गए। वहाँ पहुँच कर ज़्याउलहक़ की सलाह बदल गई। उसने चाहा इन्हें पकड़वा दूँ तो कुछ इनाम भी मिलेगा और सज़ा भी न होगी। परन्तु सूफ़ी जी ताड़ गए। उन्होंने उसे आगे भेज दिया। वह वहाँ रिपोर्ट करने गया; स्वयं ही पकड़ा गया और यह दोनों बच निकले।

ईरान में वे कैसे रहे, क्या हुआ, यह बातें तो किसी अवसर पर ही खुलेंगी; परन्तु जो कुछ सुनने में आया, उसी का उल्लेख इस स्थान पर किया जाता है। ईरान में अङ्गरेज़ों ने उनकी बहुत खोज की और उन्हें कई प्रकार के कष्ट सहन करने पड़े। कहा जाता है कि वे एक स्थान पर घेर लिए गए। वहाँ से निकलना असम्भव-सा हो गया। वहीं व्यापारियों का एक क़ाफ़िला ठहरा हुआ था। ऊँटों पर बहुत से सन्दूक़ लदे थे। उनमें वस्त्र आदि भरे थे। एक ऊँट के दोनों सन्दूक़ों में सूफ़ी जी तथा अजीतसिंह को बन्द किया गया और वहाँ से बचा कर निकाला गया।

फिर किसी अमीर के घर ठहरे। पता चल गया और वह घर घेर लिया गया। उसी समय उन दोनों को बुरक़ा पहना, ज़नाने में बिठा दिया गया। सब तलाशी ली गई और अन्त में स्त्रियों की भी तलाशी ली जाने लगी। एक-दो स्त्रियों के बुरक़े उठाए भी गए, परन्तु मुसलमान लोग लड़ने-मरने को तैयार हो गए और फिर अन्य किसी स्त्री का बुरक़ा नहीं उतारने दिया गया। इस तरह ये दोनों वहाँ से भी बचे।

पीछे उन्होंने वहाँ से 'आबेहयात' नामक पत्र निकाला और राष्ट्रीय आन्दोलन में भी भाग लेने लगे। सरदार साहब के टर्की चले जाने पर वहाँ का सारा कार्य इन्हीं के सर आ पड़ा और फिर ये वहाँ पर 'आक़ा सूफ़ी' के नाम से प्रसिद्ध हुए।

सन् १९१५ में जिस समय ईरान में अङ्गरेज़ों ने बिलकुल प्रभुत्व जमाना चाहा तो फिर कुछ उथल-पुथल मची थी। शीराज़ पर घेरा डाला गया। उस समय सूफ़ी जी ने बाएँ हाथ से रिवॉल्वर चला कर मुक़ाबला किया था, परन्तु अन्त में आप अङ्गरेज़ों के हाथ आ गए। उन्हें कोर्ट मार्शल किया गया। फ़ैसला हुआ, कल गोली से उड़ा दिए जाओगे। सूफ़ी कोठरी में बन्द थे। प्रातःसमय

देखा। वे समाधि की अवस्था में थे, परन्तु उनके प्राण-पखेरू उड़ चुके थे। उनके जनाज़े के साथ असंख्य ईरानी गए और उन्होंने बहुत शोक मनाया। कई दिन तक नगर में उदासी-सी छाई रही। सूफ़ी जी की क़ब्र बनाई गई। अभी तक हर वर्ष उनकी क़ब्र पर उत्सव मनाया जाता है। लोग उनका नाम सुनते ही श्रद्धा से सर झुका लेते हैं। वे पैर से भी लेखनी पकड़ कर अच्छी तरह लिख सकते थे। उस दिन एक महाशय कह रहे थे कि मुझे उन्होंने पैर से ही लिख कर एक नुस्ख़ा दिया था।

एक और विचित्र कहानी उनके मित्रों ने सुनाई थी। पता नहीं वह कहाँ तक सच है, परन्तु बहुत सम्भव है वह सच हो। कहते हैं कि जब भोपाल या किसी और स्टेट में रेज़िडेण्ट कुछ ख़राबी कर रहे थे और उसके हड़प करने की चिन्ता में थे तो वहाँ का भेद प्रकाशित करने के लिए 'अमृत बाज़ार पत्रिका' की ओर से सूफ़ी जी वहाँ भेजे गए। यह बात १८९० के लगभग की है।

एक पागल-सा मनुष्य रेज़िडेण्ट के बैरे के पास नौकरी की खोज में आया और अन्त में केवल भोजन पर ही रख लिया गया। वह पागल बर्तन साफ़ करता तो मिट्टी में लथपथ हो जाता। मुँह पर मिट्टी पोत लेता। वह सौदा ख़रीदने में बड़ा चतुर था। अस्तु, चीज़ें ख़रीदने उसे ही भेजा जाता था।

उधर 'अमृत बाज़ार पत्रिका' में रेज़िडेण्ट के विरुद्ध धड़ाधड़ लेख निकलने लगे। अन्त को वह इतना बदनाम हुआ कि पदच्युत कर दिया गया। जिस समय वह स्टेट से बाहर पहुँच गया तो एक जङ्कशन पर एक काला-सा मनुष्य हैट लगाए पतलून-बूट पहने उसकी ओर आया। उसे देखकर रेज़िडेण्ट चकित-सा रह गया। यह तो वही है जो मेरे बर्तन साफ़ किया करता था। आज पागल नहीं है। उसने आते ही अङ्गरेज़ी में बातचीत शुरू की। उसे देख वह काँपने लगा। अन्त में उसने कहा—तुम्हें इनाम तो दिया जा चुका है, अब तुम मेरे पास क्यों आए हो?

"आपने कहा था, जो मनुष्य उस गुप्त चर को, जिसने कि आपका भेद खोला है, पकड़वाए, उसे आप कुछ इनाम देंगे।"

"हाँ, कहा तो था। क्या तुमने उसे पकड़ा?"

"हाँ, हाँ! इनाम दीजिए। वह मैं स्वयं ही हूँ।"

वह थरथर काँपने लगा। बोला—"यदि राज्य के अन्दर ही मुझे तेरा पता चल जाता तो बोटी-बोटी उड़वा देता।" ख़ैर, उसने इन्हें एक सोने की घड़ी दी और कहा—"यदि तुम स्वीकार करो तो जासूस-विभाग से १०००) मासिक वेतन दिलवा सकता हूँ।" परन्तु सूफ़ी जी ने कहा—"अगर वेतन ही लेना होता तो तुम्हारे बर्तन क्यों साफ़ करता?"

आज सूफ़ी जी इस लोक में नहीं हैं। पर ऐसे देश-भक्त का स्मरण भी स्फूर्तिदायक होता है। भगवान् उनकी आत्मा को चिर-शान्ति दें।

—अज्ञात

* * *

भाई रामसिंह

पिण्ड तुलेताँ, ज़िला जालन्धर में आपका जन्म हुआ था। आपके पिता का नाम श्री० जीवन-सिंह था। छोटी उमर में ही १९०७ या आठ में आप कैनेडा चले गए थे। यहाँ पर इन्हें व्योपार आदि में अच्छी सफलता हुई और ये वहाँ के भारतवासियों में सबसे अधिक धनवान् गिने जाने लगे। किन्तु इतने पर भी आपका स्वभाव बड़ा सरल था और ये अपने धन को देश तथा जाति का धन कहा करते थे। दान देने में आप बड़े सिद्ध-हस्त थे। दीवान के लङ्गर आदि का ख़र्च इन्हीं के रुपए से चला करता था।

सन् १९१४ में कैनेडा-स्थित भारतीयों को बहुत सी कठिनाइयों का सामना करना पड़ा। कामागाटा मारू की घटना, व्यापार का मन्द पड़ जाना, गुरुद्वारे में दो नेताओं का मारा जाना आदि बातों ने परिस्थिति को एकदम बदल दिया। ग़ुलामी की अधिक ठोकरें न सह सकने के कारण लोग देश की ओर वापस आने लगे। रामसिंह जी भी इसी विचार से कैनेडा से यूनाईटेड स्टेट्स आए। यहाँ आने पर लोगों ने भारत न आकर आपसे वहीं ठहर कर कार्य करने का आग्रह किया।

उन दिनों ग़दर-पार्टी का कार्य-भार पं० राम-चन्द्र नामक व्यक्ति के हाथ में था। इन्होंने नियमों आदि को एक ओर रख, पार्टी पर अपना ही व्यक्तित्व जमा रक्खा था। सारा काम इन्हीं की इच्छा-मात्र पर निर्भर था। इनको सदा यही चिन्ता रहती कि कोई अच्छा

काम करने वाला अमेरिका में न ठहरने पाए। अस्तु, इसी विचार से रामसिंह को भी वहाँ से निकालने की आपने एक चाल चली। एक जूते में एक काग़ज़ सीकर रामसिंह को देते हुए कहा—"इसे भारत में अमुक व्यक्ति के पास ले जाना है। यह इतना ज़रूरी है कि आपके सिवा और किसी पर विश्वास नहीं किया जा सकता।" अस्तु, आप भारत चल दिए। आते समय मनिल्ला में कुछ और पुराने कार्यकर्त्ताओं से भेंट हुई। उन्होंने रामचन्द्र का असली स्वरूप बताकर यह भी कहा कि इस समय भारत जाना मृत्यु के मुँह में जाना है। बूट खोलने पर

भाई रामसिंह

उसमें साधारण छपे काग़ज़ के सिवा और कुछ न निकला। अस्तु आप चीन-जापान होते हुए फिर अमेरिका वापस चले गए।

इस समय रामचन्द्र तथा अन्य लोगों में काफ़ी झगड़ा बढ़ गया था। बहुत कुछ प्रयत्न करने के बाद भी झगड़ा मिटने की कोई आशा न देख, आपने सन् १९१६ में कैलिफ़ोर्निया के सैक्रोमेण्ट नामक शहर में एक मीटिङ्ग की और नए अधिकारी चुनकर पार्टी का काम आरम्भ कर दिया। रामचन्द्र ने इसे अनियमित कहकर एक और सभा बुलाई, किन्तु इसने भी उसी रामसिंह वाली कमेटी को ही सर्वोपरि मानकर उसमें तीन आदमी और बढ़ा दिए। और यह भी निश्चय किया कि ७ दिन के अन्दर ही पुराने लोग इस नई कमेटी को सारे काम का चार्ज दे दें और यदि ऐसा न हो तो कमेटी बलपूर्वक सब चीज़ों पर अधिकार कर ले। किन्तु इतने पर भी चार्ज न मिला। प्रेस पर अधिकार करते समय वे लोग पुलिस को बुला लाए। पुलिस के आने पर रामसिंह ने सब हाल बयान किया, आख़िर वह एक स्वाधीन देश की पुलिस थी। अस्तु, उन लोगों ने स्वयं ताला तोड़कर प्रेस पर नई कमेटी का अधिकार करा दिया।

इसके बाद चारों ओर घूम-घूम कर आपने सङ्गठन का कार्य भी समाप्त किया। उस समय लोगों ने आप को सेन्ट्रल-कमेटी का प्रधान बनाना चाहा, किन्तु यह कहकर कि मैंने ही इसे बनाया है, और मैं ही इसका मुखिया बन बैठूँ, यह ठीक नहीं; आपने उक्त पद को स्वीकार न किया। किन्तु फिर भी आपका सारा समय इसी कार्य में व्यतीत होता रहा।

इसी बीच अमेरिका ने भी महायुद्ध में भाग लेने का एलान कर दिया और साथ ही ग़दर-पार्टी के ख़ास-ख़ास कार्यकर्त्ताओं को भी गिरफ़्तार कर लिया गया। कहा गया था कि इन लोगों के कारण ही ब्रिटिश के प्रति अमेरिका की निष्पक्षता में अन्तर आ गया था। ख़ैर, जो भी हो, रामसिंह जी इसी अपराध में गिरफ़्तार हुए। कुछ ही दिनों बाद पं० रामचन्द्र भी पकड़े गए। उस समय आपने पण्डित जी से कहा कि बाहर हमारा जो भी मतभेद रहा हो, यहाँ पर हमें एक साथ मिलकर ही चलना ठीक होगा। किन्तु वे इस पर राज़ी न हुए और अन्त में यही बात अधिक ज़ोर पकड़ गई। अभियोग चलने पर समाचार-पत्रों ने इस बात को लेकर कि रामचन्द्र की पार्टी ने ऐसा कहा और दूसरी पार्टी ने ऐसा कहा, ख़ूब लेख आदि लिखना आरम्भ कर दिया। पार्टी की बदनामी होते देख, रामसिंह ने एक बार फिर प्रयत्न किया कि पार्टीबन्दी दूर हो जाय और सब लोगों का अभियोग एक ही साथ चले, किन्तु इस बार भी सफलता न हुई।

केस जूरी को सौंपा गया और जिस समय जज लोग दोपहर को खाना खाने गए तो रामसिंह ने अदालत में ही रिवॉल्वर निकालकर रामचन्द्र पर फ़ायर कर दिया।

जिस समय रामचन्द्र को गिरता देख आपने हाथ नीचा कर लिया था, सामने बैठे हुए कोतवाल ने रामसिंह पर गोली चला दी। इस प्रकार अमेरिका की बीच अदालत में होने वाले एक और शहीदी अभिनय का दृश्य समाप्त हुआ।

इस बात की तह में कुछ भी रहा हो, किन्तु यह तो मानना ही पड़ेगा कि रामसिंह ने यह काम ग़दर-पार्टी की बदनामी न सह सकने के कारण ही किया था।

—भानु

श्री० भानसिंह

फाँसी पर चढ़कर प्राण देने वाले विप्लवी यदि देश के लिए गौरव की वस्तु हैं, तो उन लोगों का महत्व भी किसी तरह कम नहीं, जो आततायियों द्वारा निरन्तर अकथनीय यातनाएँ सहन करते हुए, तिल-तिल कर प्राण देते हैं। उनका नाम जन-साधारण नहीं जान पाते, उनका गुप्त-कार्य ही महत्वपूर्ण होता है और उन्हीं का बलिदान अधिक महिमामय हुआ करता है।

ऐसे ही हमारे नायक श्री० भानसिंह भी थे। आपका जन्म 'सुनेत' नामक गाँव, ज़िला लुधियाना में हुआ था। पहले आप एक रिसाले में भरती हुए थे, किन्तु बाद में नौकरी छोड़कर अमेरिका चले गए थे। कैलीफ़ोर्निया में रहकर, सन् १९११ के सभी राजनैतिक कार्यों में आप बढ़-चढ़ कर भाग लेने लगे थे।

शेष वही पुरानी कथा है। ग़दर दल बना, ग़दर अख़बार निकला, सङ्गठन हुआ और अन्त में महायुद्ध के छिड़ते ही लोग देश को लौटने लगे। सबसे प्रथम कोरिया तथा तोशामारू जहाज़ आ गए थे। उन्हीं में आप भी चल दिए। आते ही इमिग्रैन्ट्स ऑर्डिनेन्स (Imigrants Ordinance) के शिकार बन गए। मार्ग में आप ग़दर का प्रचार करते आए थे। अस्तु—

२९ अक्टूबर, १९१४ को आप कलकत्ते पहुँचते ही पकड़ लिए गए। नवम्बर के अन्त तक मॉण्टगुमरी-जेल में बन्द रक्खे जाने के बाद एक दिन आप छोड़ दिए गए। इस पर कुछ साथी आप पर सन्देह करने लगे, किन्तु आपने अपनी तत्परता से फिर सब पर अपना विश्वास जमा लिया। कार्य जारी रहा और अन्त में बना-बनाया खेल बिगड़ गया। विप्लव-आयोजन के विफल होते ही चारों ओर गिरफ़्तारियों का बाज़ार गर्म हो उठा। हमारे नायक पर डकैती अथवा हत्या का कोई दोष सिद्ध न होने पर भी, उन्हें आजन्म कालेपानी का दण्ड मिला।

आप अन्दमान लाए गए। यहाँ के जेलर तथा अन्य अधिकारियों को अपनी हृदय-हीनता पर विशेष गर्व था और परिणाम-स्वरूप क़ैदियों और अधिकारियों में सदैव ही झगड़ा चला करता था। एक बार कोई उत्सव था। उस दिन मिठाई बँटी। राजनैतिक क़ैदियों को भी पेश की गई। कुछेक सज्जन मिठाई खा आए। श्री० भानसिंह जी ने उन्हें आड़े-हाथों लिया, बहुत नाराज़ हुए। विप्लव-पन्थियों के गम्भीर प्रेम के कारण ही वे इस प्रकार अपने सहकारियों पर क्रुद्ध हुए थे और उन्होंने चुपचाप सब सहार लिया था। सभी ने क्षमा चाही। इस बात का पता अधिकारियों को लगा। आपको किसी अधिकारी ने कोई गाली दे दी। आप यह सहार न सके। उस दिन कोठरी में बन्द होने के कारण सब कुछ चुपचाप सहना पड़ा। अगले दिन से आपने काम करने से इन्कार कर दिया। इस पर जेलर ने ६ महीने के लिए डण्डा-बेड़ी पहनाकर काल-कोठरी में बन्द कर दिया। साथ ही आधी ख़ुराक की सज़ा भी दे दी। आधी ख़ुराक वाले को पानी भी पर्याप्त नहीं दिया जाता था। उस ग्रीष्म जल-वायु वाले द्वीप में यह दण्ड कितना असह्य होता है, यह हम लोग क्या अनुभव करेंगे?

न जाने किस नशे में मस्त होकर ये विप्लवी इन सब अकथनीय कष्टों को हँसी-ख़ुशी सहार लेते हैं। किस उच्च भावना से इस योग्य हो पाते हैं कि अपने जीवन का कोई आराम भी उन्हें प्रलोभित कर पथ-भ्रष्ट नहीं कर पाता। ४० वर्ष से अधिक आयु वाले भानसिंह उस ग्रीष्म-ऋतु में अल्प आहार और अल्प जल के दण्ड को भी हँसी-ख़ुशी से सहार गए। उस वीर को प्रेम का नशा पागल बनाए रहता था। एक दिन आपने गाना शुरू कर दिया—"मित्र प्यारे नू[1] हाल मुरीदाँ दा[2] कहना!" जेलर ने चुप रहने की आज्ञा दी। परन्तु ईश्वर-भजन से भी वञ्चित करने का अधिकार उसे किसने दिया? भानसिंह अब उसकी आज्ञाएँ क्यों मानने लगे! उन्होंने अपना

१—को २—का

अलाप जारी रक्खा। आप दूसरी मञ्ज़िल की कोठरी में बन्द थे। अब उन्हें तीसरी मञ्ज़िल की कोठरी में बन्द किया गया। कोठरी क्या थी, एक ख़ासा तङ्ग सन्दूक़ था। ढाई वर्ग फ़ीट की कोठरी ही क्या हो सकती है? किन्तु अलाप फिर भी बन्द न हुआ। निर्दय अधिकारियों ने इस बार आपको बुरी तरह पीटा। हड्डियाँ तोड़ डालीं। परन्तु इससे क्या होता था? राजनैतिक क़ैदियों के साथ किए जाने वाले यह अमानुषिक अत्याचार उनके लिए असह्य थे और उन्हीं के हाथों प्राण त्याग कर वे एक प्रभावशाली आन्दोलन खड़ा करना चाहते थे।

गान का शब्द बन्द न होता देख, अधिकारी फिर मारने गए। इस बार शेष दल को भी पता चल गया। रोटी खाने का समय था। सभी उस कोठरी की ओर भागे। परन्तु बारकों के द्वार बन्द कर दिए गए और भीतर उस नर-रत्न को बुरी तरह पीटा गया। आज वह शेर पिञ्जर में बन्द था, ज़ञ्जीरों से जकड़ा हुआ था। सब सहन करना पड़ा। जो वीर बड़े उत्साह से देश के स्वातन्त्र्य-संग्राम में भाग लेने के विचार से आया था, वही आज निष्फल हो, बन्दी बनकर, इस तरह पिट रहा था! उस समय उनके हृदय पर क्या गुज़रती होगी, यह हम लोग क्या समझेंगे? अन्त में उन्हें वही आधी ख़ुराक, काल-कोठरी और डण्डा-बेड़ी की सज़ा मिली। अन्य क़ैदियों ने भी कार्य छोड़ दिया और उन्हें भी वही सज़ा दी गई।

भानसिंह जी को बुरी तरह पीटा गया था। दशा नाज़ुक हो गई थी। मुँह में पानी न जाता था। बचने की कुछ भी आशा न थी। जेल के अन्दर उनकी मृत्यु न हो, इसलिए उन्हें बाहर के अस्पताल में भेज दिया गया, वहाँ कुछेक दिन के बाद श्री० भानसिंह जी अपनी जीवन-यात्रा समाप्त कर दूर अपने 'मित्र प्यारे' के पास 'मरीदाँ दा हाल' कहने चले गए।

—धनेप

* * *

श्री० यतीन्द्रनाथ मुकर्जी

बङ्गाल के पवना नामक स्थान में एक बङ्गाली ब्राह्मण-परिवार में उनका जन्म हुआ था। बाल्यकाल से ही शारीरिक व्यायाम, दौड़-धूप तथा कुश्ती आदि की ओर उनकी विशेष रुचि थी। घोड़े की सवारी भी वे अच्छी तरह जानते थे। उनका एक अपना घोड़ा था जिसे वे बहुत प्यार करते थे। उनके जीवन की अनेक घटनाओं के साथ इस घोड़े का भी बहुत सम्बन्ध है।

पढ़ने-लिखने की ओर आपकी कुछ अधिक रुचि न थी। अस्तु, मैट्रिक पास करने के बाद कुछ दिन कॉलेज में पढ़कर उन्होंने ३०) मासिक पर एक ऑफ़िस में नौकरी कर ली। सेनानायक के प्रायः सभी गुण उनमें विद्यमान थे। उनको देखकर ऐसा जान पड़ता था मानो भगवान् ने उन्हें मनुष्यों का नेता बनाकर ही यहाँ भेजा था। उनका शरीर बहुत सुन्दर तथा सुडौल था और वे स्वभाव से ही बड़े निर्भीक थे।

जिस समय पूर्व बङ्गाल की अनुशीलन समिति और चन्द्रनगर का रासबिहारी का दल मिलकर भारत में विप्लव की आयोजना कर रहा था, ठीक उसी समय बङ्गाल के एक दूसरे कोने में यतीन्द्रनाथ की अध्यक्षता में एक और दल भी काम कर रहा था। उस समय इस दल का उपरोक्त दोनों दलों से कोई सम्बन्ध न था।

पञ्जाब में २१ फ़रवरी, १९१५ को विप्लव होने की बात सुनकर आप बनारस आए और रासबिहारी से मिले। उस समय रासबिहारी के पास धन की कमी थी। आपने इस कमी को पूरा करने का भार अपने सिर लिया। कहते हैं कि एक ही महीने में उन्होंने इतना रुपया एकत्रित कर लिया था जिससे कई वर्ष तक ग़दर का कार्य निर्विघ्न रूप से चल सकता था।

एक दिन आप कलकत्ते के एक मकान में अपने कुछ और साथियों के साथ ठहरे हुए थे कि एक व्यक्ति ने, जिस पर ये लोग सन्देह करते थे, उन्हें पहचान लिया। अस्तु, एक युवक ने उसके गोली मार दी। इस घटना के कारण सब को मकान छोड़कर भागना पड़ा। जिस व्यक्ति के गोली लगी थी उसने अपने मरते समय के इज़हार (Dying Declaration) में यतीन्द्र को ही अपनी हत्या का अपराधी बतलाया। एक तो योंही पुलिस बुरी तौर से आपकी तलाश में थी, तिस पर इस घटना ने रही-सही कमी को भी पूरी कर दी। यतीन्द्र के सिर फाँसी का परवाना लटकने लगा।

परिस्थिति भयानक होते देख उनके साथियों ने उनसे विदेश चले जाने का आग्रह किया। उस समय उस भावुक

वीर ने करुणा-भरे स्वर में कहा—"भाई ! हम लोग जीवन-मरण में एक दूसरे का साथ देने की शपथ लेकर ही घरों से बाहर हुए थे। अस्तु, बाक़ी साथियों को विपत्ति के मुख में छोड़कर मैं अकेला विदेश न जा सकूँगा। वहाँ जाकर सुखपूर्वक दिन व्यतीत करने की अपेक्षा मुझे तुम लोगों के साथ भूख-प्यास से तड़प-तड़प कर मरने में ही विशेष आनन्द है। कलकत्ते में अब और अधिक ठहरना निरापद न जानकर, बालेश्वर के निकट एक स्थान पर नया केन्द्र स्थापित किया गया और यतीन्द्र चार आदमियों के साथ वहीं पर रहकर विप्लव का कार्य करने लगे।

इसी बीच कलकत्ते में कुछ और धर-पकड़ हुई और यतीन्द्र के इस नए स्थान का पता भी पुलिस को लग गया। जिस समय यतीन्द्र को इस बात का पता लगा तो उनके दो साथी बारह मील दूर एक जङ्गल में थे। यदि वे चाहते तो उस समय अपने प्राणों की रक्षा कर सकते थे, किन्तु असाध्य साधन ही उनके जीवन का व्रत था। अस्तु, दो और साथियों सहित उन दोनों को लेने के लिए चल दिए। अँधेरी रात में पहाड़ों के ऊँचे-नीचे रास्ते से होकर बारह मील जङ्गल में जाकर फिर वापस आना उन्हीं के साहस की बात थी।

पुलिस वालों ने गाँवों में चारों ओर कह रक्खा था कि जङ्गल में कुछ भयानक डाकुओं का एक दल छिपा है और उसके पकड़वाने में उन्हें सहायता करनी पड़ेगी। मार्ग में भी स्थान-स्थान पर पुलिस की चौकियाँ बिठला दी गई थीं।

यतीन्द्र को अपने साथियों तक पहुँचते न पहुँचते दिन निकल आया और वे बस्ती के बीच से होकर बालेश्वर की ओर चल दिए। दिन-रात चलते रहने के कारण दो दिन से कुछ भी खाने को न मिला था, तिस पर ग्रीष्म की दोपहरी और भी परेशान कर रही थी। मार्ग में एक नदी के किनारे पहुँचकर मल्लाह से कुछ चावल पका देने को कहा। किन्तु हिन्दू-धर्म का पोषक, ब्राह्मण-भक्त माँझी ब्राह्मण को अपने हाथ का भात खिलाकर अपने लिए नरक का द्वार खोलने पर किसी भाँति भी राज़ी न हुआ। उसके निकट ब्राह्मण की प्राण-रक्षा का कोई भी मूल्य न था।

यतीन्द्र के इस ओर आने का समाचार भी पुलिस से छिपा न रहा। जिस समय वे एक गाँव से दूसरे गाँव में भागते फिर रहे थे तो एक दिन सन्ध्या समय बालेश्वर के पास जङ्गल में अपने चारों साथियों सहित घिर गए। युद्ध का सारा सामान साथ लेकर ज़िला-मैजिस्ट्रेट तथा पुलिस-सुपरिन्टेण्डेण्ट जङ्गल के दोनों ओर से सर्चलाइट छोड़ते हुए उनका पीछा करने लगे। इस लुका-छिपी में सारी रात समाप्त होगई। प्रातःकाल होने पर बचने की कोई भी सम्भावना न देख, उन लोगों ने सामने-सामने लड़कर प्राण देना ही ठीक समझा।

निश्चय करने भर की देर थी। एक ओर युद्ध के सारे सामान से सुसज्जित हज़ार से भी अधिक गाँव वाले तथा पुलिस के लोग थे और दूसरी ओर थे भूख, प्यास, अनिद्रा और मार्ग के थकान से परेशान केवल पाँच विप्लवी! दोनों ओर से गोली चलने लगी। वायुमण्डल बारूद के धुएँ से भर गया। ये लोग ऊँची-नीची ज़मीन पर लेटकर गोलियाँ चलाने लगे। किन्तु भूख-प्यास से व्याकुल पाँच विप्लवी कब तक पुलिस का सामना कर सकते थे। प्रायः सभी लोग घायल हो चुके थे कि एक गोली ने चित्तप्रिय को सदा के लिए धराशायी बना दिया। यतीन्द्र भी बुरी तरह घायल हो चुके थे। गोलियाँ भी समाप्त होने पर थीं। अस्तु, अपने जीने की और अधिक आशा न देख, उन्होंने आग्रह कर शेष तीनों साथियों से आत्म-समर्पण करा दिया।

यतीन्द्र अवसन्न होकर गिर पड़े। प्यास से उनका गला सूखने लगा। ख़ून से तर-बतर बालक मनोरञ्जन पास में पड़ा था। यतीन्द्र के क्षीण स्वर से "पानी" का शब्द सुनकर मनोरञ्जन पास के सरोवर से चादर भिगोने चल दिया। यह देखकर पुलिस-अफ़सर की आँखों में भी आँसू आगए। उसने मनोरञ्जन से बैठने के लिए कहा और स्वयं अपनी टोपी में पानी लाकर यतीन्द्र के मुख में डालने लगा। बाद में कटक के अस्पताल में पहुँचकर रणचण्डी के परम उपासक वीर यतीन्द्र ने भी अपने प्राण त्याग दिए। उस समय पुलिस-कमिश्नर मि० टेगार्ट ने कहा था :—

"Though I had to do my duty, but I have a great respect for him. He was the only Bengali who gave his life while fighting face to face with the police."

यह घटना ९ सितम्बर १९१५ की है।

अन्त में मनोरञ्जन तथा नीरेन्द्र को भी फाँसी की सज़ा हुई और ज्योतिष को आजन्म कारागार का दण्ड दिया गया। बाद में जेल के कष्टों से वे पागल हो गए और कुछ दिन बहरमपुर के पागलख़ाने में रहने के बाद वे भी अपने उन्हीं चारों साथियों के पास चले गए।

—एक युवक

* * *

श्री० नलिनी वाक्च्य

पञ्जाब का विराट् विप्लवायोजन विफल हो जाने के बाद भी विप्लवी एकदम निराश नहीं हुए। जो लोग उस समय की धर-पकड़ से बच गए थे, उन्होंने फिर नए सिरे से उस महान् यज्ञ की आयोजना प्रारम्भ कर दी। बिहार में सङ्गठन की कमी थी। अस्तु, बीरभूमि के श्री० नलिनी वाक्च्य को भागलपुर के कॉलेज में पढ़ने के लिए भेजा गया। यहाँ आकर नलिनी एक पूरा बिहारी बन गया। सर के लम्बे-लम्बे बाल कटाकर उन्होंने टोपी पहननी शुरू कर दी। एक मोटे कपड़े का कुर्ता तथा फेंटदार धोती बाँधकर वे उस कॉलेज में अपने दिन बिताने लगे! इतना सब करने पर भी आप पुलिस की निगाह से बच न सके और विवश हो, उन्हें कॉलेज छोड़कर फिर बङ्गाल वापस जाना पड़ा। सन् १९१७ के दिन थे। बङ्गाल में उस समय भी चारों ओर धर-पकड़ जारी थी। अस्तु, यहाँ पर भी अधिक समय तक उनका ठहरना न हो सका। परिस्थिति अधिक भयानक होते देख, कुछ दिनों के लिए कार्य को स्थगित कर, चुने-चुने कार्यकर्त्ताओं को किसी सुरक्षित स्थान पर रख देने की बात निश्चित की गई। नलिनी अपने चार साथियों को साथ लेकर गोहाटी में एक किराए के मकान में रहने लगे। सोते समय रिवॉल्वर भरकर तकिए के नीचे रख लेते और बारी-बारी एक आदमी खिड़की में बैठकर पहरा दिया करता।

अभी अधिक दिन न बीते थे कि किसी ने पुलिस को पता दे दिया कि अमुक मकान में कुछ बङ्गाली-युवक रह रहे हैं। बस, दूसरे ही दिन प्रातःकाल मकान घेर लिया गया। पहरे वाले युवक ने चुपके से और साथियों को जगा दिया, और सब लोग नीचे आकर पुलिस पर गोलियाँ बरसाने लगे। पुलिस को इस प्रकार के आक्रमण का लेशमात्र भी ध्यान न था। अस्तु, सब के सब तितर-बितर हो गए और ये लोग भागकर पास की पहाड़ी पर जा पहुँचे।

तीसरे पहर का समय था। एकदम हज़ारों सशस्त्र सिपाहियों से पहाड़ी घिर गई। एक बार फिर बन्दूक़ तथा पिस्तौलों की आवाज़ से आकाश गूँज उठा। किन्तु इतनी सेना के सामने ये इने-गिने युवक कब तक ठहर सकते थे। अस्तु, दो को छोड़कर शेष सभी वहीं पर मारे गए। बचे हुए दोनों युवक किसी प्रकार आँख बचाकर निकल गए।

सात दिन पहाड़ी पर बिना खाए-पिए घूमते रहने से नलिनी के अङ्ग शिथिल होने लगे थे कि इसी बीच एक पहाड़ी कीड़ा भी इनके चिपक गया। नलिनी वहाँ से पैदल ही फिर बिहार पहुँचे; किन्तु वहाँ पर पहले ही से आपकी तलाश हो रही थी। अस्तु, बिहार से भी आप को भागना पड़ा।

बङ्गाल में हावड़ा-स्टेशन पर पहुँचकर आपको कोई भी साथी न मिला। शरीर बिलकुल कमज़ोर हो चुका था। दो सप्ताह से खाना तो क्या, अन्न के दर्शन भी न हो पाए थे। पहाड़ी कीड़ा अब भी उसी भाँति चिपका था। अस्तु, उसके विष के कारण आपको ज्वर भी आने लगा। पास में भरा हुआ रिवॉल्वर है। चलने की शक्ति नहीं। पैसे के नाते बिलकुल सफ़ाया है। अब करें तो क्या करें? निराश हो, नलिनी क़िले के मैदान में एक वृक्ष के नीचे पड़ रहा।

दो दिन इसी प्रकार और बीत जाने पर प्रसङ्गवश उनका एक साथी उधर से आ निकला। विष के अधिक फैल जाने से उनके अब चेचक भी निकल आई थी। साथी उनकी यह दशा देखकर रो पड़ा। घर पर उठा तो ले गया, किन्तु अब इलाज कैसे हो। नलिनी को बाहर ले जाना मौत को निमन्त्रण देना था। अस्तु, साथी ने उनके शरीर पर हल्दी मिलाकर मट्ठे की मालिश करनी शुरू कर दी और छाछ ही उन्हें पीने को देने लगा।

भगवान् की लीला बड़ी विचित्र है! नलिनी इसी से चङ्गा होने लगा। और जिस दिन दोनों ने एक साथ बैठकर भोजन किया तो उसी साथी के शब्दों में उसके आनन्द की सीमा न रही। स्वस्थ हो जाने पर दोनों फिर काम पर निकले। संयोगवश घर से बाहर होते ही उक्त साथी गिरफ़्तार हो गया।

हमारे नायक ने हावड़ा में एक मकान किराए पर लिया और उसी में तारिणी मजूमदार के साथ रहने लगे। अभी चैन से बैठने भी न पाए थे कि फिर पुलिस के घेरे में आगए। दोनों साथियों ने बाहर आकर फिर सामना करना शुरू कर दिया। कुछ देर तक दोनों ओर से गोली चलने के बाद तारिणी वीर गति को प्राप्त हुआ। नलिनी के भी गोली लग चुकी थी, किन्तु उसके अरमान अभी पूरे नहीं हुए थे। अफ़सर ने सामने आकर कहा—"आत्म-समर्पण कर दो" उत्तर में नलिनी के रिवॉल्वर की गोली से साहब की टोपी नीचे जा गिरी। इस बार एक धड़ाके की आवाज़ के साथ ही नलिनी भी ज़मीन पर आ गिरा।

वीर के गिरते ही उसे गिरफ़्तार कर लिया गया। पास में ही घोड़ा-गाड़ी खड़ी थी, नलिनी झूमता हुआ उसी में सवार हो गया।

अस्पताल के कमरे में नलिनी एक खाट पर पड़ा है। चारों ओर पुलिस-अफ़सरों का जमाव है।

"नाम क्या है? कहाँ के रहने वाले हो? पिता क्या करते हैं? तुम्हें मरने से पहले अन्तिम बयान (Dying Declaration) देना होगा।" आदि बातों के कहे जाने पर वीर ने धीरे से कहा:—

"Dont' disturb me please. Let me die peacefully."

अर्थात्—"तङ्ग न करो, कृपा कर मुझे शान्ति से मरने दो।"

Unhonoured, unsung और unwept जाने का कितना ज्वलन्त उदाहरण है। जीवन भर सङ्कटों के साथ खेलकर अन्त समय भी उसकी यही इच्छा है कि कोई उसे न जाने कि वह कौन था और कैसे मर गया। अपने मूल्य को छिपाकर Unknown and unlamented ही वह जाना चाहता था। अस्तु, १५ जून, १९१८ को माँ का एक और पागल पुजारी उसकी गोद से सदा के लिए छिन गया।

—*सूर्यनाथ*

* * *

श्री० ऊधमसिंह

अमृतसर ज़िले के कसैल नामक गाँव में ऊधमसिंह का जन्म हुआ था। विप्लव-पन्थी प्रायः जीवन के अन्तिम समय में ही संसार के सामने आते हैं। अस्तु, ऊधमसिंह के बाल्यकाल की बातें जानी न जा सकीं। केवल इतना ही पता है कि व्यवसाय के सम्बन्ध में वे अमेरिका चले गए थे और वहीं पर जब "ग़दर" अख़बार द्वारा भारत के स्वाधीनता-युद्ध की घोषणा की गई तो आप भी उसी में शामिल हो गए। सन् १९१४ में महा-युद्ध के छिड़ते ही अमेरिका-निवासी भारतीयों ने देश को वापस आना शुरू कर दिया। एक दिन अमेरिका के आने वाले एक जहाज़ के भारतीय तट पर लगते ही उसके ३५० भारतीय यात्रियों में से सब के सब गिरफ़्तार कर लिए गए। भारत में जन्म लेकर वहीं के अन्न-जल से पले हुए इन कतिपय भारतीयों को अपने ही देश की स्वच्छन्द जलवायु से वञ्चित कर, सरकार ने पञ्जाब की विभिन्न जेलों में घुट-घुट कर प्राण देने के लिए बन्द कर दिया। इन ३५० यात्रियों में हमारे नायक ऊधमसिंह भी थे।

सन् १९१५ के अप्रैल मास में पञ्जाब में विराट् विप्लवायोजन के विफल हो जाने पर लाहौर-प्रथम षड्यन्त्र के नाम से अभियोग चलाया गया। आख़िर न्याय ही तो ठहरा। जो ऊधमसिंह भारत की भूमि पर पैर रखने के पहले ही गिरफ़्तार कर लिए गए थे, उन्हें भी इस मामले में घसीट कर लाया गया। अदालत से आजन्म कालेपानी का दण्ड मिलने पर कुछ साल तक अन्दमान-जेल में रखने के बाद, १९२१ के अन्त में आप को मद्रास की वेलारी-जेल लाया गया। पञ्जाब के अन्य राजनैतिक क़ैदियों से अलग एक दूसरे अहाते की सुनसान कोठरी में अकेले रहकर ऊधमसिंह जीवन के दिन बिता रहे थे कि एक दिन जब प्रातःकाल अधिकारियों ने आकर उनकी कोठरी में देखा तो ऊधमसिंह ग़ायब थे। चारों ओर खोज-ख़बर होने लगी, किन्तु बहुत कुछ दौड़-धूप के बाद भी न तो किसी को ऊधमसिंह ही का पता लगा और न कोई यह समझ सका कि कोठरी का ताला ज्यों का त्यों बन्द रहने पर भी वे पुलिस की कड़ी निगरानी से कब, कैसे और किधर से निकल गए।

ऊधमसिंह जेल से निकलकर काबुल पहुँचे, किन्तु किसी कवि के कथनानुसार "बुरी होती है लौ लगी दिल की" अस्तु, उन्हें वहाँ चैन न आया और वे फिर भारत आ गए और कुछ दिन काम करने के बाद फिर वापस चले गए। इधर पुलिस को भी आपके बिना चैन न था। ज़ोरों के साथ तलाश होने लगी और नोटिस भी निकाल

गया। कई बार मौत के मुँह में आकर सकुशल निकल जाने के बाद एक दिन जब आप फिर भारत आ रहे थे, तो सरहद पर उन्हें गोली मार दी गई और वे फिर देश को वापस न आ सके। गोली किसने मारी, यह आज तक एक राज़ की बात है।

—पञ्चम

* * *

पं० गेंदालाल दीक्षित

तीस नवम्बर, सन् १८८८ ई० को आगरा ज़िले की "बाह" तहसील के "मई" ग्राम में पं० गेंदालाल का जन्म हुआ। अभी आप तीन ही वर्ष के थे कि आपकी माता का देहान्त हो गया। आपके पिता का नाम पं० भोलानाथ जी दीक्षित है। हिन्दी मिडिल पास करने के बाद कुछ दिनों तक आप इटावे के हाई स्कूल में पढ़ते रहे। फिर आगरा चले गए और वहीं से मैट्रिकुलेशन पास किया। इच्छा होते भी आप और आगे न पढ़ सके और औरैया में डी० ए० वी० पाठशाला के अध्यापक हो गए।

बङ्ग-भङ्ग के दिन थे। स्वदेशी-आन्दोलन चल रहा था। आप लोकमान्य तिलक के भक्त तो थे ही, इधर महाराष्ट्र में भी शिवाजी के उत्सव मनाने का आन्दोलन चल खड़ा हुआ। समय की लहर से प्रभावित होकर हमारे नायक ने भी "शिवाजी-समिति" नाम की एक संस्था स्थापित की। इसका उद्देश्य नवयुवकों में स्वदेश के प्रति प्रेम तथा भक्ति के भाव उत्पन्न करना था। कुछ दिनों तक तो पुस्तकों तथा समाचार-पत्रों द्वारा ही प्रचार-कार्य होता रहा, किन्तु बाद में बङ्गाली युवकों को प्राणों की किञ्चन्मात्र भी चिन्ता न करते हुए, बम् तथा रिवॉल्वर का प्रयोग करते देख पं० गेंदालाल ने भी उसी नीति के अनुसरण करने का निश्चय किया। बाद में उस नीति के अनुसार कार्य करने के लिए उपयुक्त साधन न मिल सके, अतएव आपने शिवाजी के मार्ग का अनुसरण करने का निश्चय किया।

कार्य आरम्भ करने पर आपको यू० पी० के शिक्षित समुदाय से बड़ी निराशा हुई। किस की आशाओं पर कार्य आरम्भ होगा, यही चिन्ता उन्हें दिन-रात घेरे रहती थी। बहुत कुछ विचार करने पर ध्यान आया कि देश में एक ऐसा भी दल है जिसमें अब भी वीरता के कुछ चिन्ह पाए जाते हैं। पाठक डरें नहीं, यह डाकुओं का दल था। इन लोगों के पास बहुधा अच्छे-अच्छे अस्त्र-शस्त्र भी होते हैं। देश का सभ्य समाज इन लोगों से इसलिए घृणा करता है कि ये लोग जीवन-निर्वाह तथा दुरेच्छा-पूर्ति के लिए ही डाके डालते तथा चोरी करते हैं। जो हो, पं० गेंदालाल जी ने इन्हीं लोगों के सङ्गठित करने का निश्चय किया। उनका विचार था कि इन लोगों का संग्रह कर अमीरों को लूटकर धन एकत्रित किया जाय, जिसके द्वारा शिक्षा का प्रचार हो और उस दल के लोगों को भी सदाचार की शिक्षा दी जावे ताकि वे ग़रीब तथा निर्बलों पर अत्याचार न कर सकें और इसी प्रकार धन एकत्रित कर अस्त्र-शस्त्र का संग्रह कर गवर्नमेण्ट को भयभीत करते रहें।

कुछ दिनों तक इसी प्रकार कार्य होता रहा। समिति के बहुत से सदस्य बन गए, किन्तु वे सब अशिक्षित थे। पण्डित जी को इससे कुछ शान्ति न मिली। आप कुछ अध्ययन करने के लिए बम्बई गए। वहाँ से लौटने पर आपको कुछ ऐसे युवक मिले जिनसे आपको आशा बँधी कि संयुक्त-प्रान्त में भी बङ्गाल की भाँति राजद्रोही समिति की नींव डाली जा सकती है। आप बहुत से नवयुवकों से मिले। उन्हें अस्त्र-शस्त्र दे उनका प्रयोग भी सिखाया। इन्हीं दिनों पण्डित जी की एक युवक से भेंट हुई। आप भी पुलिस के अत्याचारों से व्यथित होकर घर से निकल पड़े थे। आपने एक प्रसिद्ध धनुर्धर से शिक्षा प्राप्त की थी। इनके मिलने से समिति का कार्य ज़ोरों से चलने लगा। इन महाशय का नाम सुविधा के लिए हम "ब्रह्मचारी जी" धरे देते हैं। इन्होंने चम्बल तथा यमुना के बीहड़ों में रहने वाले डाकुओं का सङ्गठन किया और ग्वालियर-राज्य में निवास करने लगे। थोड़े ही दिनों में इनके पास एक बहुत बड़ा दल हो गया और धन भी ख़ूब एकत्रित किया गया।

इसी बीच गेंदालाल जी ने भी अपने कार्य को कुछ-कुछ विस्तार दिया। बहुत से शिक्षित युवक भी दल में सम्मिलित हो चुके थे। कुछ कार्य भी किया गया। किन्तु धन की कमी ने बाधा उपस्थित कर दी। ब्रह्मचारी जी का दल बहुत सा धन एकत्रित कर चुका था। अस्तु, पण्डित जी ने उनसे मिलकर धन लाने का निश्चय किया। इस निश्चय के पूर्व ही "मातृवेदी" नामक संस्था का सङ्गठन किया जा चुका था। यही संस्था आगे चलकर मैन-

पुरी-षड्यन्त्र के नाम से प्रसिद्ध हुई। उक्त संस्था के कार्य-कर्त्ता भी चुने जा चुके थे।

मातृवेदी का सङ्गठन करने के बाद आप ब्रह्मचारी जी से मिलने ग्वालियर गए। उस समय ब्रह्मचारी जी के दल को गिरफ़्तार करने के पूरे प्रयत्न हो रहे थे। दल के एक व्यक्ति हिन्दूसिंह को प्रलोभन दिया गया कि यदि वह किसी भाँति इस दल को गिरफ़्तार करा दे तो उसे राज्य की ओर से इनाम भी मिलेगा और जायदाद भी दी जावेगी। वह राज़ी हो गया और दल को पकड़-वाने का षड्यन्त्र रचा गया।

डाका डालने का एक स्थान निश्चय किया गया। निवास-स्थान से जगह इतनी दूरी थी कि पहुँचने में दो दिन लगें और एक पड़ाव जङ्गल में देना पड़े। उस समय दल में केवल ८० मनुष्य थे। जब एक रात चलकर सब थक गए और भूख भी लगी तो राज्य के भेदिए ने ले जाकर सब को निश्चित जङ्गल में ठहरा दिया और स्वयं अपने किसी सम्बन्धी के यहाँ भोजन लेने गया। सब सामान पहले ही से ठीक था। थोड़ी देर में गर्मा-गरम पूड़ियाँ आ गईं। आज कुछ होना ही ऐसा था कि जो ब्रह्मचारी जी कभी किसी के यहाँ का भोजन न करते थे, उन्होंने भी विश्वासघाती के आग्रह करने पर पूड़ियाँ ले लीं। खाते ही ज़बान ऐंठने लगी। उसी समय विश्वास-घाती ने पानी लेने के बहाने वहाँ से चल दिया। पूड़ियों में इतना ज़हर मिला था कि पेट में पहुँचते ही अपना असर दिखाया। ब्रह्मचारी जी ने सब को पूड़ियाँ न खाने का आदेश कर विश्वासघाती पर गोली चलाई, किन्तु विष की हलाहलता के कारण निशाना ख़ाली गया। बन्दूक़ की आवाज़ होते ही अन्य साथी सँभल भी न पाए थे कि चारों ओर से सैकड़ों बन्दूक़ों की आवाज़ें सुनाई दीं। जङ्गल में ५०० सवार छिपे खड़े थे। दोनों ओर से ख़ूब गोली चली। जब तक इन लोगों में कुछ भी होश रहा, बराबर गोली चलाते रहे। ब्रह्मचारी जी के यों तो हाथ-पैरों में कई एक गोलियाँ लग चुकी थीं, किन्तु अन्त में एक गोली से हाथ बिलकुल घायल हो गया और बन्दूक़ हाथ से गिर गई। पं० गेंदालाल के भी कई एक छर्रे लगे थे। एक छर्रा उनकी बाँईं आँख में लगा, जिसके कारण वह आँख जाती रही। उस समय दल के लगभग ३५ मनुष्य खेत रहे।

पं० गेंदालाल जी, ब्रह्मचारी जी तथा उनके अन्य साथी पकड़कर ग्वालियर के क़िले में बन्द किए गए। गिरफ़्तारी का समाचार सुनकर "मातृवेदी" के कुछ सदस्य क़िले में जाकर महल देखने के बहाने से पण्डित जी से मिले। सब हाल जानकर निश्चय किया गया कि जैसे भी हो, पण्डित जी को छुड़ाया जाय। नेता की गिरफ़्तारी से शिक्षित युवकों के हृदयों पर बड़ा प्रभाव पड़ा। वे दूने उत्साह से काम करने लगे। कार्य ने अच्छा विस्तार पाया। शक्ति का भी सङ्गठन हो गया था, किन्तु कई असावधानियों के कारण मामला खुल गया और गिरफ़्तारियाँ शुरू हो गईं। मामला बहुत बढ़ गया और मैनपुरी-षड्यन्त्र के नाम से कोर्ट में अभियोग चला।

सरकारी गवाह सोमदेव ने पं० गेंदालाल को इस षड्यन्त्र का नेता बताते हुए ग्वालियर में उनके गिरफ़्तार होने का हाल कह सुनाया। अस्तु, आप ग्वालियर से मैनपुरी लाए गए। क़िले में बन्द रहने तथा अच्छा भोजन न मिलने के कारण आपका स्वास्थ्य बहुत बिगड़ गया था। आप इतने दुर्बल हो गए थे कि स्टेशन से मैनपुरी-जेल तक जाने में (केवल एक मील में) आठ जगह बैठना पड़ा। आपको तपेदिक़ का रोग हो गया था। जेल पहुँचकर आपको सारा हाल मालूम पड़ा।

आपने पुलिस वालों से कहा कि तुम लोगों ने इन बच्चों को क्यों गिरफ़्तार किया है। बङ्गाल तथा बम्बई के विद्रोहियों में से बहुतों के साथ मेरा सम्बन्ध है। मैं बहुतों को गिरफ़्तार करवा सकता हूँ, इत्यादि। दिखावे के लिए दो-चार नाम भी बता दिए। पुलिस वालों को निश्चय हो गया कि क़िले के कष्टों के कारण यह सारा हाल खोल देगा। अब क्या था, पण्डित जी सरकारी गवाह समझे जाने लगे। उन्हें जेल से निकाल कर सरकारी गवाहों के साथ रख दिया गया। आधी रात के समय जब पहरा बदला गया तो कमरे में अँधेरा था। लालटेन जलाने पर मालूम पड़ा कि पं० गेंदालाल एक और सरकारी गवाह रामनारायण के साथ ग़ायब हैं। बहुत कुछ प्रयत्न करने पर भी कुछ फल न हुआ और उनमें से कोई भी बाद को पुलिस के हाथ न आया।

पं० गेंदालाल रामनारायण के साथ भागकर कोटा पहुँचे। वहाँ आपके एक सम्बन्धी थे, उन्होंने आपकी

बड़ी सहायता की। किन्तु आपकी वहाँ भी बड़ी तलाश हो रही थी, अतएव उस जगह अधिक दिन न ठहर सके। कोटा से विदा होने के पूर्व एक विशेष घटना और घटी। रामनारायण का मस्तिष्क फिर बिगड़ गया। उसके दिल में जाने क्या आई कि पण्डित जी के भाई ने जो रुपए तथा कपड़े दिए थे उन्हें ले, कुछ बहाना बता, आपको एक कोठरी में बन्द कर भाग गया। पण्डित जी उस कोठरी में तीन दिन तक बन्द रहे। रोग का ज़ोर, निर्बलता, फिर एक कोठरी में तीन दिन तक बिना अन्न-जल बन्द रहना, यह पण्डित जी का ही साहस था। अन्त में व्यथित हो, किसी से कोठरी की ज़ञ्जीर खुलवाई और पैदल ही वहाँ से चल दिए। जो व्यक्ति एक मील चलने में आठ बार बैठा हो, वह किस प्रकार इस अवस्था में पैदल सफ़र कर सकता है? एक पैसा भी पास न था, किन्तु फिर भी जैसे-तैसे आगरा पहुँचे। आगरा में दो-एक मित्रों ने कुछ सहायता दी। उस समय पण्डित जी की हालत बहुत ख़राब हो रही थी। रोग ने साङ्घातिक रूप धारण कर लिया था। कोई भी ऐसा न था, जिसके यहाँ एक दिन भी ठहर सकते। सब मित्रों पर आपत्ति आई हुई थी। अस्तु—

कहीं भी ठहरने का स्थान न मिलने पर विवश हो, आप घर चले गए। घर वालों को पुलिस ने बुरी तरह सता रक्खा था। आपको देखकर सब बड़े भयभीत हुए। सोचा, पुलिस को बुलाकर आपको गिरफ़्तार करा दिया जाय। इस पर आपने अपने पिता को बहुत कुछ समझाया और कहा—"आप घबड़ाइए नहीं, मैं बहुत शीघ्र आपके यहाँ से चला जाऊँगा।" अन्त में दो-तीन दिन बाद आपको घर त्यागना पड़ा। उस समय आपको दस क़दम चलने पर भी मूर्च्छा आ जाती थी। आपने दिल्ली जाकर जीवन-निर्वाह के लिए एक प्याऊ पर नौकरी कर ली। स्वास्थ्य दिनोंदिन बिगड़ रहा था। अस्तु, अपनी अवस्था का परिचय देते हुए आपने अपने एक निकट आत्मीय को पत्र लिखा। पत्र पाते ही वह सज्जन आपकी पत्नी को साथ लेकर देहली आ गए।

बहुत कुछ प्रयत्न करने पर भी अवस्था दिनोंदिन ख़राब होती गई और आपको घड़ी-घड़ी पर मूर्च्छा आने लगी। आपकी स्त्री फूट-फूट कर रोने लगी। उस समय का हृदय-विदारक दृश्य आपके आत्मीय से न देखा गया। वह चुपचाप बाहर आकर रोने लगा। पण्डित जी को जब होश आया तो आपने आत्मीय को सान्त्वना देते हुए कहा—"तुम रोते क्यों हो? देश की सेवा में मेरा यह हाल हुआ है। दुखिया भारत की स्थिति देखकर मेरी यह अवस्था हो गई है। तुम लोग दुख मत करो। यदि देश-सेवा हेतु मेरे प्राण चले गए तो मैंने अपना कर्त्तव्य पालन किया। यदि तुम लोग भी इस कार्य में सहायता करोगे तो मेरी आत्मा को शान्ति मिलेगी।" फिर पत्नी को सम्बोधन कर पूछा—तुम क्यों रोती हो?

पत्नी ने रोते हुए उत्तर दिया—मेरा इस संसार में कौन है?

पण्डित जी एक ठण्ढी साँस ले, मुस्कराकर कहने लगे—"आज लाखों विधवाओं का कौन है? लाखों अनाथों का कौन है? २२ करोड़ भूखे किसानों का कौन है? दासता की बेड़ियों में जकड़ी हुई भारत-माता का कौन है? जो इन सबका मालिक है, वही तुम्हारा भी। तुम अपने आपको परम सौभाग्यवती समझना, यदि मेरे प्राण इसी प्रकार देश-प्रेम की लगन में निकल जावें और मैं शत्रुओं के हाथ न आऊँ। मुझे दुख है तो केवल इतना ही कि मैं अत्याचारियों को अत्याचार का बदला न दे सका, मन की मन में ही रह गई। मेरा यह शरीर नष्ट हो जायगा, किन्तु मेरी आत्मा इन्हीं भावों को लेकर फिर दूसरा शरीर धारण करेगी। अब की बार नवीन शक्तियों के साथ जन्म ले, शत्रुओं का नाश करूँगा।" उस समय उनके मुख पर एक दिव्य ज्योति का प्रकाश-सा छा गया था। आप फिर कहने लगे—रहा खाने-पीने का, सो तुम्हारे पिता जीवित हैं। तुम्हारे भाई हैं, मेरे कुटुम्बी हैं; और फिर मेरे मित्र हैं जो तुम्हें अपनी माता समझ, तुम्हारा आदर करेंगे। तुम किसी बात की चिन्ता न करो। मुझे केवल यही दुख है कि अन्तिम समय किसी मित्र से न मिल सका।"

इसके बाद आपको फिर बेहोशी आ गई। अवस्था भयङ्कर हो गई थी। आत्मीय ने सोचा, यदि यहीं पर प्राण निकल गए तो मृतक संस्कार करना भी कठिन हो जायगा। और यदि पुलिस को पता चल गया तो और भी विपत्ति आएगी। अस्तु, उन्हें सरकारी अस्पताल में भरती करा, उनकी स्त्री को यथास्थान पहुँचा आए। जब

लौटकर आए तो देखा, पण्डित जी चुपचाप बिस्तर पर पड़े थे। अब पं० गेंदालाल दीक्षित इस संसार में नहीं थे, केवल उनका शरीर पड़ा था। उस समय दिन के दो बजे थे और दिसम्बर, सन् १९२० की २१ वीं तारीख़ थी।

जिस देश के लिए सर्वस्व त्यागा, सारे कष्ट सहे, और अन्त में प्राण तक दे दिए, उस देश में किसी ने यह भी न जाना कि पण्डित गेंदालाल कहाँ विलीन हो गए! किन्तु जब स्वतन्त्र भारतवर्ष का इतिहास लिखा जायगा, उस समय देशवासियों को आपकी याद आएगी, और आपका नाम स्वर्णाक्षरों में लिखा जायगा।

—(काकोरी के शहीद) रामप्रसाद 'बिस्मिल'

* * *

श्री० ख़ुशीराम

सन् १९१९ का वर्ष भी भारत के इतिहास में अमर रहेगा। युद्ध के पुरस्कार में रौलट ऐक्ट पाने पर देश में एक विराट् आन्दोलन उठ खड़ा हुआ, जिसके परिणाम में जलियान-वाला और मार्शल लॉ तक की नौबत आ गई। उस समय लोग बहुत त्रस्त हो उठे थे। एकाएक ऐसी कठोरता उन पर होगी, यह वे न जानते थे। परन्तु उस त्रस्त समय में भी हमारे नायक श्री० ख़ुशीराम जी जैसे वीर अपनी जान पर खेलकर अपना नाम अमर कर गए।

आप एक निर्धन परिवार में २७ श्रावण, सम्बत् १९५७ में पैदा हुए थे। पिता का नाम लाला भगवानदास था। जाति के अरोड़ा थे। जन्म के थोड़े ही दिनों बाद पिता का देहान्त हो गया था। आपका जन्म-स्थान पिण्डी-सैदपुर, ज़िला झेलम था। पिता की मृत्यु के बाद लाहौर नवाकोट के अनाथालय में आपका पालन-पोषण हुआ। आपका शरीर बहुत सुन्दर तथा सुदृढ़ था। बहुत शक्तिशाली थे। जन्म पर जन्म-पत्री लिखने वाले पण्डित ने कहा था, यह बालक हाथी की तरह बलवान् होगा और इसका नाम अमर हो जायगा। उस समय आपका नाम भीमसेन रक्खा गया था, परन्तु बाद में "ख़ुशीराम" नाम से ही वे प्रसिद्ध हुए।

आप डी० ए० वी० कॉलेज, लाहौर के विद्यार्थी थे। १९१९ में १९ वर्ष की आयु में शास्त्री की परीक्षा देकर छुट्टियों का उपभोग करने जम्बू चले गए थे। इधर ३० मार्च के बाद ६ अप्रैल को समस्त भारत में हड़ताल की बात थी। अस्तु, आप उधर न ठहर, तुरन्त लाहौर आगए

श्री० ख़ुशीराम

और कॉलेज-विद्यार्थियों के जुलूसों का नेतृत्व अपने हाथ में ले लिया।

१२ अप्रैल को लाहौर की बादशाही मस्जिद में एक विराट् सभा हुई। असंख्य लोगों का जमाव था, व्याख्यान हुए और ख़ूब जोश बढ़ा। सभा विसर्जित हुई और लोग शहर की ओर जुलूस की शक्ल में चल दिए। झण्डा हमारे नायक के हाथ में था। कोई एक फ़र्लाङ्ग के अन्तर पर ही हीरामण्डी बाज़ार है। यहीं से वे नगर में घुसना चाहते थे। आगे फ़ौज खड़ी थी। उस समय सेना की अध्यक्षता नवाब मोहम्मदअली (बरकत-

अली) के हाथ में थी। आज्ञा हुई, सब लोग बिखर जाओ। जुलूस न निकलने दिया जायगा। जुलूस के नेता श्री० ख़ुशीराम ने कहा—"जुलूस निकलेगा और ज़रूर निकलेगा; और जायगा भी इसी मार्ग से।" नवाब ने आकाश में गोली चलवाई। लोग डर के मारे इधर-उधर भागने लगे, तब सिंह की तरह गरजकर ख़ुशीराम ने कहा, "भागकर ख़ाहमख़ाह कायर क्यों बनते हो? मरना तो एक ही दिन है, फिर वीरों की तरह क्यों न मरो। बड़ी लज्जा की बात है कि आज गीदड़ों की तरह भागकर जान बचाने की फ़िक्र में उठते-पड़ते भाग रहे हो। तुम लोगों को शर्म आनी चाहिए। आदि-आदि।" लोग रुक गए। नवाब ने फिर कहा—"जुलूस मुन्तशिर कर दो!" ख़ुशीराम उसी तरह गरजकर बोले—"न, यह न होगा। हमारा जुलूस इसी तरह चलेगा।" वे आगे बढ़े और उधर से गोली चली। अब की गोली हवा में न गई। सीधी ख़ुशीराम की छाती में आ रही। एक गोली लगी, ख़ुशीराम दो क़दम आगे बढ़े। एक और लगी, वे और आगे बढ़े। इस तरह एक-एक करके सात गोलियाँ छाती में समा गईं, परन्तु वह वीर उसी तरह आगे बढ़ता चला गया। आठवीं गोली माथे में दाईं ओर और नवीं बाईं ओर लगी। अब सँभलना मुश्किल हो गया और वे अनन्त निद्रा में सो गए और फिर न उठे।

उस दिन उनके शव के साथ लोगों का समुद्र ही उमड़ आया था। तत्कालीन समाचार-पत्रों की रिपोर्ट थी कि उन लोगों की संख्या पचास हज़ार से भी अधिक थी।

ख़ुशीराम अमरत्व प्राप्त कर गए, वे आज इस संसार में नहीं हैं, परन्तु उनका नाम, कार्य और साहस आज भी जीवित है।

—एक दर्शक

* * *

श्री० गोपीमोहन साहा

तरुण तपस्वी आ, तेरा,
कुटिया में नव स्वागत होगा।
दोषी, तेरे चरणों पर—
फिर मेरा मस्तक नत होगा॥

सब प्रकार के उपायों में असफल हो जाने पर क्रान्तिकारी दल को छिन्न-भिन्न करने के लिए बङ्गाल-सरकार ने ऑर्डिनेन्स की शरण ली थी। मनमानी गिरफ़्तारियाँ होने लगीं। जिसको चाहा, पकड़कर अनिश्चित समय के लिए जेल में फेंक दिया। न कोई सुबूत की आवश्यकता थी और न अदालत में जज के सामने लाने का कोई काम था। इतना ही नहीं, जेल में बेचारे निरपराध युवकों पर अत्याचारों की भी कमी न थी। कहीं-कहीं पर एक प्रकार से हद ही कर दी गई। उन दिनों बङ्गाल में मि० टेगार्ट का ही राज्य था। अस्तु, वे लोगों की आँखों में काँटे की भाँति खटकने लगे।

क्रान्तिकारी दल प्रायः मृतप्राय-सा हो चुका था। एक-एक कर सभी कार्यकर्त्ता पकड़े जा चुके थे। चारों ओर से यही सुनाई पड़ने लगा कि क्रान्तिकारी दल समाप्त हो गया। किन्तु उस दिन एक बालक को अङ्गरेज़ की हत्या करने के बाद वीरतापूर्वक अदालत में अपना अपराध स्वीकार करते देख, सारा देश आश्चर्य से चौंक पड़ा। लोगों ने उसकी ओर श्रद्धा-भरी निगाह से देखा। किसी ने कहा वह मस्त था, पागल था, दीवाना था; किसी ने कहा उसे देश-प्रेम की लगन थी और उसके हृदय में थी प्रतिहिंसा की आग। एक ने उसे हत्यारा, घातक और पापी के नाम से सम्बोधित किया तो दूसरे ने उसके काम में निस्वार्थ देश-सेवा की झलक देखी। किन्तु उस पागल ने फाँसी के तख़्ते पर खड़े होकर बड़ी शान से, उच्च स्वर में केवल इतना ही कहा कि—"मैं तो टेगार्ट को मारने आया था। निर्दोष डे साहब के मारे जाने का मुझे हृदय से दुख है।"

विद्यार्थी जीवन में ही गोपीमोहन क्रान्तिकारी दल के सदस्य बन गए थे। मि० टेगार्ट के पिछले कारनामे तथा उस समय के किए गए अत्याचारों से उसके हृदय में प्रतिहिंसा की आग सुलग उठी। धीरे-धीरे उसका स्वभाव भी बदलने लगा। जो मोहन, मोहन बनकर पहले सबको हँसाया करता था, उसने अब मानों एकदम मौन-व्रत धारण कर लिया। उसकी चञ्चलता गम्भीरता में परिणत हो गई। अब वह एकान्त में बैठकर न जाने घण्टों तक क्या सोचा करता था।

देखने वाले बतलाते हैं कि कुछ दिनों बाद उसकी अशान्ति इतनी बढ़ गई कि वह बात करते-करते टेगार्ट का नाम लेकर चिल्ला पड़ने लगा। एक दिन तो रात में सोते-सोते टेगार्ट को ललकार कर उठ बैठा। उसके बाद

वह एक प्रकार से पागल-सा हो गया। सोते-जागते हर समय उसे टेगार्ट का ही ध्यान रहने लगा।

मन ही मन न जाने क्या निश्चित कर, एक दिन वह टेगार्ट के बँगले के सामने जाकर घूमने लगा। कुछ देर बाद उस बँगले से एक अङ्गरेज़ महोदय के बाहर निकलते ही पिस्तौल की आवाज़ आई और वे महाशय ज़मीन पर आ गिरे। क्रोध के आवेश में बालक ने पिस्तौल की सभी गोलियाँ एक-एक कर उन्हीं पर समाप्त कर दीं। किन्तु यह क्या? यह तो टेगार्ट नहीं हैं। मोहन ने पिस्तौल ज़मीन पर पटक दी और पुलिस ने बढ़कर उसे ज़ञ्जीरों से जकड़ लिया।

अभियोग चलने पर उसने सब बातें मान लीं। अस्तु, × × × की हत्या के अपराध में उसे फाँसी की सज़ा हुई। उस समय मोहन के भोले मुख पर अहङ्कार-मिश्रित गर्व की जो एक रेखा दिखलाई पड़ी थी वह उसी प्रकार के कुछेक मनुष्यों में ही देखने को मिलती है।

गोपीमोहन को गए आज पाँच वर्ष हो गए, इसी प्रकार और भी कितने ही वर्ष बीत जायँगे। इस समय भारत उनके पार्थिव शरीर को भले ही भुला दे, किन्तु उनके उस भयानक कार्य के पीछे जो महान् आदर्श छिपा था उसे भुलाने का सामर्थ्य उसमें कभी भी न हो सकेगा।

—*भवभूति*

* * *

बोमेली-युद्ध के चार शहीद

प्रसिद्ध बबर अकाली-आन्दोलन के, मौत के साथ खिलवाड़ करने वाले अनेक नर-रत्नों में से श्री० कर्मसिंह जी, श्री० उदयसिंह जी, श्री० बिशनसिंह जी और श्री० महेन्द्रसिंह जी भी हैं। कार्यक्षेत्र में पैर बढ़ाने के बाद इन्होंने फिर कभी पीछे फिरकर देखने की इच्छा तक नहीं की। प्यारे देश को ठोकरों पर ठोकरें लगते देख, वे अपने आपको सँभाल न सके। कैनेडा में भारतीयों के प्रति किए गए अत्याचार, कामागाटा मारू की घटना, बजबज का हत्याकाण्ड, जलियान-वाला का हृदय-विदारक दृश्य, मार्शल लॉ और गुरु के बाग़ में निहत्थों पर डण्डेबाज़ी आदि बातें वे और अधिक सहार न सके। उस समय परतन्त्रता-पाश को तोड़-फेंकने के लिए अधीर होकर उन्होंने जिस मार्ग का अनुसरण किया था, प्रस्तुत कहानी उसी का एक प्रतिबिम्ब-मात्र है।

उपरोक्त चार वीरों में से श्री० कर्मसिंह दौलतपुर के, उदयसिंह रामगढ़ झुगियाँ के, बिशनसिंह मझत के और श्री० महेन्द्रसिंह पिण्डोरी गङ्गासिंह के रहने वाले थे। जिस समय किशनसिंह गर्गज्ज ने बबर अकाली आन्दोलन की नींव डाली, तो इन चारों ने ही शान्तिमय असहयोग-आन्दोलन को छोड़, उसमें भाग लेना प्रारम्भ कर दिया। बहादुरी में चारों ही एक-दूसरे से बढ़कर थे और ये लोग सदैव ही कठिन तथा मुश्किल काम को ही पसन्द करते थे। कुछ दिनों के बाद कर्मसिंह तथा उदयसिंह मुख्य कार्यकर्त्ताओं में गिने जाने लगे।

अकाली-मत की दीक्षा लेने के बाद कर्मसिंह जी ने गाँव-गाँव घूमकर व्याख्यान देना प्रारम्भ किए। आप दीवानों में जाकर लोगों को समझाते कि हम पर आए-दिन जो भी अत्याचार ढाए जा रहे हैं, उन सब का मूल कारण हमारी अपनी ही कमज़ोरी है और जब तक हम अपने पैरों खड़े होकर ग़ुलामी को दूर नहीं करते, तब तक इसी भाँति ठोकरें खाते रहेंगे, इत्यादि। कुछ ही दिन काम कर पाए थे कि गिरफ़्तारी के सामान होने लगे। वारण्ट निकलने पर आप फ़रार हो गए और कार्य करते रहने पर भी अन्त समय तक पुलिस के हाथ न आए।

कर्मसिंह निरे सिपाही हों, सो बात न थी, वे एक अच्छे वक्ता थे और गाना भी जानते थे। "बबर अकाली" नामक पत्र का सम्पादन भी इन्हीं के द्वारा होता था। एक मस्त प्रेमी की भाँति उन्हें यदि किसी बात की चिन्ता थी, तो अपने काम की। वे रात-दिन काम कर के भी थकते न थे। आज किसी दीवान में व्याख्यान दिया जा रहा है, तो कल विश्वासघाती को दण्ड देने का विधान हो रहा; है और परसों रुपया लेकर हथियार ख़रीदने के लिए कहीं दूर जाने की तैयारी हो रही है!

इधर पुलिस भी आपके लिए बहुत बेचैन थी। जगह-जगह पर पुलिस के आदमी तैनात किए गए, इनाम भी बढ़ा गया, मगर वे फिर भी हाथ न आए।

उदयसिंह जी से आपका बहुत घनिष्ट सम्बन्ध था। अधिकतर वे दोनों एक ही साथ रहा करते थे। फ़रार भी

दोनों साथ ही साथ हुए थे और अन्तिम समय में भी दोनों ने साथ ही साथ लड़कर प्राण दिए। प्रेम तथा मैत्री का कैसा ज्वलन्त उदाहरण है ?

पुलिस को बबर अकालियों के सम्बन्ध में भेद देने के अपराध में उदयसिंह ने १४ फ़रवरी, १९२३ को हैयतपुर के दीवान को मार दिया। आपका कहना था कि मैं दुश्मन को छोड़ सकता हूँ, किन्तु घर के भेदिए को नहीं छोड़ सकता। इसके बाद २७ मार्च, सन् १९२३ को उसी अपराध में आप दोनों साथियों ने कुछ और साथियों को लेकर बड्बलपुर के हज़ारासिंह का बध किया। इसके अतिरिक्त और भी कई-एक देश-द्रोहियों को उनके अपराध का दण्ड इन लोगों ने दिया था। दण्ड का विधान केवल मौन ही न था। अपराध कम होने पर उसकी सम्पत्ति लेकर या नाक-कान काटकर भी छोड़ दिया जाता था।

एक दिन जब ये चारों वीर कपूरथला-राज्य के बोमेली गाँव के पास से होकर जा रहे थे, तो किसी भेदिए ने पुलिस-सुपरिन्टेण्डेण्ट मिस्टर स्मिथ को इस बात का पता दे दिया। बस, उसी क्षण फ़ौज के कुछ पैदल सिपाही और कुछ सवार लेकर उन्होंने इनका पीछा किया। एडिशनल-पुलिस के सब-इन्स्पेक्टर फ़तेह ख़ाँ को भी पचास आदमी लेकर दूसरी ओर से भेजा गया। मि० स्मिथ को पीछा करते देख, इन लोगों ने चौंता साहब के गुरुद्वारे में, जो पास ही में था, पनाह लेने का निश्चय किया। किन्तु पीछे से गोली चल रही थी, अतः ये लोग शत्रुओं का मुक़ाबला करते हुए गुरुद्वारे की ओर हटने लगे। अभी तक फ़तेह ख़ाँ के आदमी एक ओर छिपे खड़े थे, किन्तु गोली चलने की आवाज़ सुनकर वे लोग भी बाहर आ गए। गुरुद्वारे के चारों ओर एक नाला था, ये चारों वीर स्मिथ की सशस्त्र सेना का वीरतापूर्वक सामना करते हुए इस नाले के पास पहुँच गए और पानी में घुसे ही थे कि पीछे से कुछ दूर पर खड़े हुए फ़तेह ख़ाँ के आदमियों ने भी गोली बरसानी शुरू कर दी। एक ओर तो अस्त्र-शस्त्र से सजी हुई फ़ौज और दूसरी ओर चार आदमी—और वे भी दो सेनाओं के बीच में! भला वे कब तक सामना कर सकते थे। अस्तु, कुछ देर इसी प्रकार सामना करने के बाद उदयसिंह और महेन्द्रसिंह गोली खाकर पानी में ही गिर गए।

कर्मसिंह किसी भाँति नाले को पार कर गए और दूसरे किनारे से रान तक पानी में खड़े होकर शत्रुओं पर गोली चलाने लगे। फ़तेह ख़ाँ ने दूसरे किनारे से पुकारकर कहा—"आत्म-समर्पण कर दो!" परन्तु उस वीर ने तो मरने और मारने की शपथ खाई थी। उसने 'न' कहते हुए फ़तेह ख़ाँ पर गोली चलाई। दुर्भाग्यवश निशाना ख़ाली गया और दूसरे क्षण वह वीर भी मत्थे पर गोली खाकर सदैव के लिए उसी पानी में गिर गया।

जिस समय कर्मसिंह ने नाले की दूसरी ओर से सेना के सभी लोगों का ध्यान अपनी ओर आकर्षित कर रक्खा था, उस समय विशनसिंह जी, जो अभी नाले के इसी किनारे पर थे, अवसर पाकर पास की नरकुल की झाड़ी में छिप गए। नरकुल के हिलने पर सन्देह हो गया और दो आदमी वहाँ देखने के लिए भेजे गए। उनके पास आते ही 'सत् श्री अकाल' के नाद के साथ ही विशनसिंह ने उन पर हमला कर दिया और तलवार के पहले ही हाथ में एक को बुरी तरह घायल कर दिया। दूसरे के कुछ दूर हट जाने पर जब आप नाले को पार करने का प्रयत्न कर रहे थे, तो उस दूसरे सिपाही ने उन पर गोली चला दी और इस प्रकार आप भी अपने तीन और साथियों की भाँति उसी नाले में गिर गए।

यह घटना पहली सितम्बर, सन् १९२३ की है।

—मधुसेन

* * *

श्री० धन्नासिंह

पञ्जाब के बड्बलपुर नामक एक गाँव में उनका बाल्यकाल बीता था। वे शरीर से बहुत बलिष्ठ तथा सुन्दर थे। साहस तथा उत्साह तो उनकी नस-नस में भरा था और भय स्वयं उनसे भय खाता था। गुरु के बाग़ में अकालियों पर किए गए अत्याचारों को देखकर आप शान्तिमय आन्दोलन के विरोधी हो गए। इन्हीं दिनों आप ही जैसे विचार वाले कुछ और उन्मत्त वीर भी देश को परतन्त्रता-पाश से छुड़ाने की उधेड़-बुन में किसी दूसरे मार्ग की आयोजना कर रहे थे। बस, बबर अकाली-आन्दोलन की नींव पड़ी और आपने भी उसी में भाग लेना प्रारम्भ कर दिया।

प्रचार-कार्य तथा सङ्गठन के साथ ही विश्वासघातियों

को दण्ड देने में भी आपने कुछ कम भाग नहीं लिया। पुलिस के साथ मिलकर जिस समय पटवारी अर्जुनसिंह अकालियों को हर तरह से नुक़सान पहुँचा रहा था उस समय उसके मारने के दोनों प्रयासों में आपका काफ़ी हाथ था। बाद में १० फ़रवरी, १९२३ को अपने तीन और साथियों को लेकर आपने रानी-थाने के विशनसिंह नामक ज़ैलदार को पुलिस का भेदिया होने के कारण मार दिया। इस काम में आपके साथ फाँसी पाने वाले श्री० सन्तसिंह भी थे। बाद में एक नोटिस द्वारा इस बात का एलान भी किया गया था कि विशनसिंह केवल 'सुधार' के लिए मारा गया है।

श्री० बन्तासिंह धामियाँ द्वारा मारे जाने वाले 'बूटा' लम्बरदार की हत्या में भी आप शामिल थे। कहते हैं कि इस लम्बरदार ने कितने ही निर्दोष अकाली वीरों को योंही पुलिस के जाल में फँसा दिया था और इसी कारण उसमें 'सुधार' की आवश्यकता समझ इन लोगों ने यह काम किया था।

इसके कुछ ही दिनों बाद १९ मार्च, १९२३ को तीन और साथियों को साथ लेकर मिस्त्री लाभसिंह नामक व्यक्ति का 'सुधार' किया। और फिर २७ मार्च, १९२३ को बड्बलपुर गाँव के 'हाज़ारा' नामक व्यक्ति को, जिसने कि पुलिस को आपके बारे में बहुत सी बातों का पता दे रक्खा था, जा मारा। इस हत्या के बारे में 'बबर अकाली' नामक पर्चे में इस प्रकार लिखा गया था—"इनाम × × आज २७ मार्च को बड्बलपुर के हाज़ारासिंह को ज़मीन के तीन स्क्वेयरस् अर्थात् तीन गोलियाँ दी गईं।"

इसी प्रकार विश्वासघातियों तथा देश-द्रोहियों को उनके अपराध का पुरस्कार देते और आन्दोलन का प्रचार करते दिन बीत रहे थे कि एक दिन २५ अक्टूबर, १९२३ को आप पुलिस के घेरे में आ गए। आज तक भारत में जितने भी विप्लव के प्रयास हुए हैं, प्रायः उन सभी की असफलता का कारण अपने भाइयों का विश्वासघात ही रहा है। अस्तु, आप ज्वालासिंह नामक एक दूसरे व्यक्ति के पास बालक दलीपा की गिरफ़्तारी के बारे में पूछ-ताछ करने गए। उन्हें क्या पता था कि दलीपसिंह पर इन्हीं ज्वालासिंह की ही कृपा हुई है। ज्वालासिंह ने धन्नासिंह को एक ऊख के खेत में बिठला दिया और स्वयं किसी बहाने से जाकर पुलिस-सब-इन्स्पेक्टर गुलज़ारासिंह को सूचना दे दी कि धन्नासिंह अमुक स्थान पर मौजूद है। इस पर दोनों ने होशियारपुर जाकर पुलिस-सुपरिन्टेण्डेण्ट मिस्टर हार्टन को इस बात की सूचना दी। सुनते ही हार्टन ने ज्वालासिंह से धन्नासिंह को होशियारपुर के मननहाना नामक गाँव के कर्मसिंह के चौबारे में लाकर ठहराने को कहा। ज्वालासिंह ने ऐसा ही किया। दूसरे दिन रात को ये दोनों ही कर्मसिंह के यहाँ बैलों के बाड़े में चारपाइयों पर सो रहे। आधी-रात का समय था, ज्वालासिंह पुलिस को आता देख भाग गया। पुलिस बाड़े की ओर बढ़ी ही थी कि धन्नासिंह भी उठकर उसी ओर को चलते बने, जिधर ज्वालासिंह गया था। पुलिस वालों ने, जिन्होंने कि पहले व्यक्ति को जान-बूझकर निकल जाने दिया था, आपको चारों ओर से घेर लिया। इस समय वे कुल मिलाकर ४० व्यक्ति थे। घिर जाने पर आप अभी अपना रिवॉल्वर निकाल ही रहे थे कि पुलिस-सब-इन्स्पेक्टर गुलज़ारासिंह ने आप पर लाठी चला दी। अचानक इस प्रहार को बचाने के व्यर्थ-प्रयास में धन्नासिंह जी अपने को सँभाल न सके और ज़मीन पर गिर गए। अब क्या था? तुरन्त ही लोग आप पर टूट पड़े और बहुत मुश्किल के बाद आपके पकड़ने में समर्थ हुए। हथकड़ी पड़ जाने के बाद भी आपने कई बार अपना हाथ छुड़ाने का प्रयत्न किया था। अस्तु, आपको एक स्थान पर बिठलाकर दो-तीन पुलिस के आदमियों ने हथकड़ी की ज़ञ्जीर पकड़ ली और दोनों हाथ ऊपर को उठाए रक्खे गए। डर बड़ी चीज़ है। अस्तु, इस पर भी सन्तोष न होने पर एक व्यक्ति ने पीछे से आपकी दोनों कलाइयाँ भी पकड़ लीं।

समय की भी क्या ही विलक्षण गति है! जो धन्नासिंह अभी कुछ घण्टे पहले एक राष्ट्र-निर्माण का स्वप्न देख रहे थे, वही धन्नासिंह, हाँ वही अब अपराधी बन, अपने भाग्य के निबटारे के लिए दूसरे के मुँह की ओर देखेंगे! तो क्या धन्नासिंह गिरफ़्तार हो गए? नहीं, भला यह भी कभी सम्भव है! उन्होंने तो मरने की शपथ खाई थी, न कि गिरफ़्तार होने की। अस्तु, जिस समय आपको पुलिस वाले पकड़े खड़े थे, तो एकदम आपने एक ऐसा झटका मारा कि हाथ नीचे आ गया और साथ ही कमर के पास छिपे हुए बम् में कोहनी की एक ऐसी चोट दी कि एकदम धड़ाका हो गया।

देखते-देखते चारों ओर भगदड़ पड़ गई और जहाँ पर धन्नासिंह जी बैठे थे वहाँ पर ख़ून, मांस और हड्डियों के एक ढेर के सिवा कुछ भी बाक़ी न बचा। साथ ही पुलिस के भी ५ आदमी तो जान से मारे गए और तीन बहुत बुरी तरह घायल हुए, जिनमें से मि० हार्टन और एक कॉन्सटेबिल अस्पताल में बाद को मर गए और इस प्रकार उस वीर खिलाड़ी ने अपनी इहलीला समाप्त की।

—चतुरानन

* * *

श्री० बन्तासिंह धामियाँ

बबर अकाली-आन्दोलन की मुख्य तथा रोमाञ्चकारी घटनाओं में से सुप्रसिद्ध "मुण्डेर-युद्ध" भी है। तीन बबर अकाली-वीर एक मकान में घिर गए थे और घण्टों तक असंख्य सशस्त्र सैनिकों से युद्ध करते हुए दो ने तो वहीं प्राण दे दिए और तीसरा व्यक्ति इतने मुश्किल घेरे से भी साफ़ बचकर निकल गया। उनका नाम श्री० वर्यामसिंह था। मरने वाले थे श्री० बन्तासिंह धामियाँ और श्री० ज्वालासिंह कोटला।

श्री० बन्तासिंह जी धमियाँ कलाँ के रहने वाले थे। वहीं सन् १६०० के लगभग आपका जन्म हुआ था। बचपन से ही आपका स्वभाव बड़ा चञ्चल था। खेल-कूद में आप बहुत चतुर थे। गाँव के स्कूल में आप पढ़ने के लिए बिठलाए गए। चार-पाँच वर्ष तक वहीं पढ़े। फिर कुछ दिन घर-बार के काम-काज में लगे रहे। बाद में आप फ़ौज में नौकर हो गए और तीन वर्ष तक ५५ नं० सिक्ख-पल्टन में काम करते रहे। वहाँ पर भी आप खेल-कूद में सबसे बढ़-चढ़ कर थे। दौड़ने में तो आप एक ही थे। उन्हीं दिनों कुछेक लोगों के संसर्ग से आप डाके आदि में योग देने लगे। परन्तु कुछ अधिक दिनों तक उस मार्ग पर नहीं चले थे कि बबर अकाली-आन्दोलन उठ खड़ा हुआ। दौलतपुर के श्री० कर्मसिंह, रामगढ़ के श्री० उदयसिंह आदि बबर अकालियों की साहसपूर्ण घोषणाएँ पढ़कर आप बहुत प्रभावित हुए। और उनमें ही जा शामिल हुए।

वे भली प्रकार समझ गए थे कि अपने पुराने पापों का प्रायश्चित्त केवल निज प्राणोत्सर्ग करने से ही हो सकेगा। वे अपनी उस कालिमा को निज रक्त से धोने के प्रयत्न में व्यग्र होकर कार्य-क्षेत्र में अग्रसर हुए थे। इस मार्ग में आकर भी उन्हें दो-एक डकैतियों में योग देना पड़ा था, परन्तु आपका स्वभाव एकदम बदल गया था। सन् १६२३ की दूसरी या तीसरी मार्च को जमशेर नामक स्थान के स्टेशन-मास्टर के घर डकैती हुई थी। उस समय नेतृत्व इन्हीं के हाथ में था। कहते हैं कि किसी एक नीच व्यक्ति ने एक स्त्री पर कुछ हाथ बढ़ाने की चेष्टा की थी। उधर उस स्त्री को श्री० बन्तासिंह ने दूर खड़े होकर कहा—"माता! अपने आभूषण उतारकर स्वयं ही दे दो। हम आपको नहीं छुएँगे।" तब उसने रोकर दूसरे व्यक्ति की नीचतापूर्ण चेष्टा की कथा सुना, बड़े व्यङ्ग और वेदना-भरी आवाज़ में कहा—"अब इतना महात्मापन दिखाने से क्या होगा?"

बन्तासिंह यह सुनकर आग-बबूला हो गए। गड़ासा लेकर उस नीच पर चला दिया। गर्दन कट ही तो गई होती, परन्तु एक दूसरे व्यक्ति ने बीच ही में हाथ रोक दिया। और सब लोगों ने बहुत अनुनय-विनय के बाद उनका क्रोध शान्त किया। उन्होंने कहा—"ऐसे नीच व्यक्ति हमारी स्वराज्य-योजना को योंही बदनाम कर देंगे। पहले ही विवश हो डकैती करनी पड़ती है तिस पर भी यह अन्धेर! इस तरह हम कर ही क्या सकेंगे?" इसी से समझा जा सकता है कि वैप्लविक बनने पर उनके स्वभाव में कितना अन्तर आ गया था।

फिर वे बबर अकाली-दल के प्रोग्राम के अनुसार काम करते रहे और कई-एक देशघातकों को मृत्यु-दण्ड दिया। ११-१२ मार्च को पुलिस के ख़ुशामदी नम्बरदार बूटा को, जोकि राष्ट्रीय आन्दोलन को कुचलने में सरकार की विशेष सहायता किया करता था, उसके घर पर आक्रमण कर उसे मार दिया। इसी प्रकार उन दिनों यह सभी कार्य होता रहा। उधर पुलिस आप लोगों को पकड़ने के लिए दोआबे भर में ठोकरें खा रही थी। आपको पकड़वाने के लिए बहुत बड़ा इनाम भी घोषित कर दिया गया था। परन्तु आपको पकड़ना कोई आसान काम न था। एक दिन एक छोटे से जङ्गल में कुछ घुड़सवार सिपाहियों से आपकी भेंट हो गई। वे लोग इन्हीं बबर अकाली-वीरों को मारने या पकड़ने पर नियुक्त किए गए थे। आपने उन्हें अकेले ही ललकारा। सभी तुरन्त भाग गए" अजी

हम न तो आपको गिरफ़्तार करने में राज़ी हैं और न मारने में ही, क्योंकि आप ही लोगों की बदौलत हम लोंगों की भी क़द्र हो रही है और तिगुनी-चौगुनी तनख़्वाहें मिल रही हैं।" आपके साहस के बारे में ऐसी बहुत सी बातें सुनी जाती हैं। कहा जाता है कि एक दिन एक छावनी में अकेले ही घुसकर रिसाले के पहरेदार की घोड़ी और रायफ़ल छीनकर ले गए थे। अस्तु--

श्री० बन्तासिंह धामियाँ

इसी तरह बहुत दिनों तक पुलिस के साथ आँख-मिचौनी होने के बाद अन्त में १२ दिसम्बर, १९२३ को आप पुलिस के घेरे में आ गए। बात दरअसल यह थी कि शाम-चुरासी गाँव, जो जालन्धर से १०-१२ मील की दूरी पर है, का एक व्यक्ति जगतसिंह सन्देह में पकड़ा गया। पुलिस उसके विरुद्ध कुछ प्रमाण न पा सकी, इसलिए उसे धमकाकर और इस बात पर राज़ी कर के, कि वह बबर अकालियों की गिरफ़्तारी में सहायता करे, छोड़ दिया गया। उस कम्बख़्त ने अकालियों से दोस्ती गाँठ ली। कुछ दिन पुलिस की हवालात में रह आने के कारण उसे अपनी वीरता और गम्भीरता की डींगें मारने का बहुत अवसर मिल गया था। परन्तु वह तो था निरा नर-पशु। उसने एक दिन बन्तासिंह, ज्वालासिंह और वर्याम-सिंह को अपने घर पर टिका दिया और स्वयं पुलिस को सूचना भेज दी। कुछ घण्टे दिन रहते ही सेना ने गाँव को घेर लिया।

जब इन लोगों ने जाना कि शत्रुओं ने गाँव का घेरा डाल लिया है तो वे तुरन्त एक चौबारे में जा चढ़े। वे चाहते थे मरना, परन्तु वीरतापूर्वक लड़-लड़ कर। वह सांग्रामिक दृष्टि से ऐसा सुन्दर स्थान था कि उन तीन आदमियों ने ही घण्टों पुलिस का नाकों दम किए रक्खा। दोनों ओर से ख़ूब गोली चली। सैनिक लोगों की मैशीनगनें और रायफ़लें सब व्यर्थ हुई जाती थीं। सामने मकान की छत पर मैशीनगन रखकर चलाई गई। परन्तु कुछ प्रभाव न हुआ।

दया के अवतार गौराङ्ग महाप्रभुओं ने तब अद्वितीय दया-भाव दिखाया। पम्प से मकान पर तेल डालकर आग लगा दी गई। उधर श्री० ज्वालासिंह जी के गोली लग गई। वे बुरी तरह घायल हो गए। उसी समय श्री० बन्तासिंह जी मकान से निकलने की कोशिश करने लगे। उनके भी गोली लगी और वे भी घायल होकर वहीं गिर गए। उस समय उनमें इतनी शक्ति भी न रही थी कि खिड़की के पास जाकर शत्रु पर गोली चला पाते। आपने वेदना-भरी आवाज़ में कहा--"वर्याम-सिंह ! तुम तो जाओ। भाई, देखो बच सको तो बच जाओ। फिर कभी इनसे हमारा बदला लेना। परन्तु एक अन्तिम प्रार्थना हमारी भी है। यह लो रिवॉल्वर, एक गोली सिर पर या छाती में मार दो। अब जीते जी शत्रुओं के हाथ में बन्दी बनने की इच्छा नहीं होती। तड़प-तड़प कर शत्रुओं के हाथ में तिल-तिल कर मरने से एक ही बार अन्त कर जाओ जी।" वर्यामसिंह के प्यारे, दुख-सुख के पुराने साथी बन्तासिंह आज घायल हुए आँखों के सामने तड़प रहे हैं। अन्तिम इच्छा भी प्रकट की है।

कौन किसी मित्र की अन्तिम इच्छा पूरी करने में झेंपेगा? परन्तु ओह! कितनी कठिन और कितनी भयङ्कर है वह इच्छा? अपने प्रियजन को अपने ही हाथों गोली से मारना कोई सुगम कार्य नहीं। परन्तु यह भी तो नहीं देखा जा सकता कि शत्रु उन्हें शान्तिपूर्वक मरने भी न दें और अन्त तक उन्हें बयान आदि के लिए तङ्ग करें। तब श्री० वर्यामसिंह जी ने रिवॉल्वर भरकर बन्तासिंह के हाथों में पकड़वाते हुए, रुँधे हुए गले से विदा माँगते हुए, कहा—"भाई! आज तक न जाने कितनी हत्याएँ कर डालीं। कितनी ही बार निःशङ्क भाव से लोगों पर गोलियाँ चला दीं। परन्तु अपने ही साथी, सहोदर से भी प्यारे साथी, पर भी गोली चलानी पड़ेगी, यह कभी भी न सोचा था। न, हम से यह न होगा। यह लो रिवॉल्वर, जब ज़रूरत समझना, अपने हाथ से ही गोली मार लेना।" आँखों से आँसू बह रहे हैं। साथी मर रहा है। सामने अपनी मौत नृत्य कर रही है। बाहर दनादन गोली बरस रही है। वर्यामसिंह एक बार फिर बन्तासिंह के सिर को छाती से लगाकर विदा हुए। वह वीर उस घेरे से सहज ही में निकल गया। हाथ में रिवॉल्वर था। एक दो सिपाहियों ने पकड़ने की कोशिश की। उन पर गोली चला, घायल कर वहीं गिरा दिया। फिर उन "वीर सैनिकों" को उनका पीछा करने का साहस नहीं हुआ।

उधर मकान धायँ-धायँ करने लगा। और गोली भी बराबर चलती रही। कौन कह सकता है कि बन्तासिंह के प्राण-पखेरू गोली के घाव से गए अथवा उस आग में जलकर। उस समय उनकी आयु २२-२३ वर्ष से अधिक न थी।

—सेनापति

* * *

श्री० वर्यामसिंह धुग्गा

श्री० वर्यामसिंह जी का जन्म धुग्गा नामक गाँव, ज़िला होशियारपुर में लगभग १८९२ या ९३ में हुआ था। आप बड़े सुदृढ़ और शक्तिशाली व्यक्ति थे। शरीर गठा हुआ और मज़बूत था। आप भी सेना में भरती हो गए थे। बहुत दिनों तक वहीं पर सैनिक शिक्षा पाकर नौकरी की थी। उस दौरान में एक दिन किसी घरेलू शत्रु से बदला लेने के लिए सायङ्काल की हाज़िरी देकर आप चले गए। बीस मील की दूरी पर भागे हुए गए। उस व्यक्ति को क़त्ल कर अपना नाम घोषित कर

श्री० वर्यामसिंह जी

सुबह की हाज़िरी तक पलटन में फिर आ गए। इसलिए आपके विरुद्ध उधर कुछ भी न हो सका। भला फ़ौज के रजिस्टर भी झूठे हो सकते हैं? बाद में आप डकैत बन गए। दोआबे में आप बड़े प्रसिद्ध डकैत थे। आपके नाम की धाक चारों ओर फैली हुई थी।

परन्तु बबर अकाली-जत्थे के बनते ही आप उसमें शामिल हो गए और श्री० बन्तासिंह जी के साथ मिलकर सारे काम में योग देते रहे।

उस दिन १२ दिसम्बर, सन् १९२३ को जब बन्तासिंह मुण्डेर नामक गाँव के घेरे में आ गए थे तो आप भी उनके साथ थे। परन्तु मकान में आग लगने पर आप साहस कर घेरे में से भाग निकले थे। आपको देखते ही सिपाहियों के प्राण खुश्क होने लगते थे।

इसके बाद आप दूर लायलपुर के ज़िले में चले गए। उधर एक सम्बन्धी के घर ठहरे हुए थे। बचपन से उसी सम्बन्धी ने आपका पालन-पोषण किया था। परन्तु लोभ और स्वार्थ मनुष्य की मनुष्यता तक का नाश कर देता है। वर्यामसिंह जी से कहा गया—"हथियार गाँव से बाहर खेतों में रख दीजिए ताकि किसी को सन्देह न हो सके।" गाँव में ले गए, भोजन आदि कराया। रात अँधेरी थी। भोजन करते ही कहा—"जाता हूँ, शस्त्र दूर छोड़कर दिल में न जाने क्या होने लगता है।" लौटकर शस्त्रों वाले स्थान को चल दिए। परन्तु सेना तो पहले से ही वह स्थान घेरे हुए थी। पुलिस-सुपरिन्टेण्डेण्ट मि० डी० गेल महाशय पहले सैनिक अफ़सर रह चुके थे। बड़े साहसी और वीर थे। उनका इरादा उन्हें जीवित गिरफ़्तार करवाने का था। परन्तु उस वीर ने तो इरादा कर रक्खा था लड़कर मरने का। चारों ओर से घेरे हुए सेना धीरे-धीरे आगे बढ़ रही थी। आप भी सब ताड़ गए। एक स्थान पर खड़े हो, सोचने लगे कि किया जावे तो क्या? मि० डी० गेल ने ज़ोर से कहा—"वर्यामसिंह, आत्म-समर्पण कर दो।" वर्यामसिंह ने उत्तर दिया—"अरे! हिम्मत है तो एक बार शस्त्र ले लेने दो, फिर दो-दो हाथ हो ही जायँ।" परन्तु यह राजपूती शान की बातें वहाँ कहाँ? मि० डी० गेल ने आपको पीछे से पकड़ लिया। दोनों हाथ क़ाबू में आ गए। अपनी कृपाण निकालकर वर्यामसिंह ने उसके बाज़ुओं को बुरी तरह घायल कर उसे पृथ्वी पर गिरा दिया। शशकों में उस समय वह सिंह घिरा खड़ा था। शत्रु जीवित गिरफ़्तार किया चाहते थे, किन्तु आपकी कृपाण देख सब जी मसोसकर रह जाते थे। कई बार दो-चार सिपाही आगे बढ़े, किन्तु घायल होकर पीछे हटने पर बाध्य होना पड़ा।

आख़िर मि० डी० गेल ने उन पर गोली चलाने की आज्ञा दे दी। चारों ओर से गोलियों की बाढ़ शुरू हो गई। इस प्रकार छाती पर गोलियाँ खाकर वह वीर स्वर्गधाम सिधार गया।

उनका शव लायलपुर ले जाया गया। सहस्रों नर-नारी दर्शन करने के लिए वहाँ जमा हो गए थे। यह घटना ८ जून, १९२४ की है।

— भूषण

* * *

श्री० किशनसिंह गर्गज्ज

आप जालन्धर ज़िले के वारिङ्ग नामक गाँव के रहने वाले थे। पिता का नाम श्री० फ़तेहसिंह था। कुछ समय तक स्कूल में शिक्षा पाने के बाद सेना में भरती हो गए और फिर मार्च, १९२१ तक ३५ नम्बर सिक्ख-रिसाले में हवलदार के पद पर काम करते रहे।

जलियाँ वाले बाग़ की घटना के बाद देश में असहयोग की सर्व-व्यापी लहर चली और उसी से प्रभावित होकर आपने भी नौकरी से त्याग-पत्र दे दिया। आपने गिरफ़्तार होने पर लिखित बयान में कहा था—"जब मैं फ़ौज में नौकरी कर रहा था, तभी सरदार अजीतसिंह की नज़रबन्दी, दिल्ली के रक़ाबगञ्ज के गुरुद्वारे की दीवार के तोड़े जाने, बजबज में निर्दोष यात्रियों पर गोली चलाने, रौलट-ऐक्ट और जलियाँवाले बाग़ की दुर्घटना और मार्शल-लॉ आदि बातों के कारण मेरे हृदय में घृणा उत्पन्न हो गई थी और अन्त में गुलामी के बोझ को और अधिक न सह सकने के कारण मैंने सरकार की नौकरी छोड़कर राष्ट्रीय आन्दोलन में भाग लिया।"

अभी पिछले घाव भरने भी न पाए थे कि एक और गहरी चोट से प्राण छटपटा उठे। २० फ़रवरी, १९२१ की ननकाना साहब की दुर्घटना के बाद आपने अकाली दल में भाग लेना आरम्भ कर दिया और अप्रैल में उक्त दल के मन्त्री चुने गए। किन्तु इस प्रकार चुपचाप पुलिस के हाथों मार खाना आपको अच्छा न लगा और उन्होंने गुप्त सङ्गठन की आयोजना प्रारम्भ कर दी।

अभी कार्य आरम्भ ही हुआ था कि दो व्यक्तियों की असावधानी से कुछ भेद खुल गया। ६ आदमी तो गिरफ़्तार किए गए, किन्तु आप अपने चार और साथियों

के साथ फ़रार हो गए। कुछ दिन मालवा में जिन्द-राज्य के मस्तुअना नामक स्थान पर रहकर आप १९२१ की सर्दियों में फिर दोआब वापस आ गए। आते ही आपने "चक्रवर्ती-दल" जो बाद को "बबर अकाली-दल" के नाम से प्रसिद्ध हुआ, के बनाने की घोषणा की और गाँव-गाँव जाकर व्याख्यान देने आरम्भ कर दिए। किशनसिंह एक अच्छे वक्ता थे। अस्तु, लोगों पर इनकी बातों का अच्छा प्रभाव पड़ा। कहते हैं कि गिरफ़्तारी के समय तक आप ने कुल ३२७ व्याख्यान भिन्न-भिन्न स्थानों पर दिए थे।

जिस समय कपूरथला-राज्य तथा जालन्धर ज़िले के अन्तर्गत किशनसिंह जी अपने कार्य को विस्तार दे रहे थे, ठीक उसी समय होशियारपुर ज़िले में दौलतपुर के कर्मसिंह तथा उदयसिंह जी, जो कि बाद में बोमेली के पास पुलिस के साथ लड़ते हुए मारे गए, उसी प्रकार

श्री० किशनसिंह गर्गज्ज

के विचारों का प्रचार कर रहे थे। अन्त में इन दोनों पार्टियों के मिल जाने पर कार्य और भी ज़ोरों पर होने लगा। बम्, रिवॉल्वर तथा बन्दूक़ों का संग्रह किया गया और स्थान-स्थान पर केन्द्र स्थापित हुए। उनका विचार था कि इस प्रकार पर्याप्त शक्ति के हो जाने पर सेनाओं की सहायता से १८५७ की भाँति ग़दर द्वारा भारत को आज़ाद किया जाय। ये लोग घर के भेदियों को कभी न छोड़ते थे।

"बबर अकाली" लोग भेदियों के बध करने को उनका "सुधार" करना कहते थे। अस्तु, बहुतों का "सुधार" करने और कार्य को काफ़ी विस्तार दे चुकने के बाद अन्त में भेद खुल गया और गिरफ़्तारियाँ शुरू हो गईं। किशनसिंह भी गिरफ़्तार कर, लाहौर लाए गए। अभियोग चलने पर आपने सब बातें मान लीं और कहा—"मैं सरकार का कट्टर शत्रु था और इसी से जिस तरह भी हो, अङ्गरेज़ों को भारत से निकाल-बाहर करने की इच्छा से ही यह सब कुछ किया था।" अदालत से आपको फाँसी की सज़ा मिली और एक दिन लाहौर Central Jail में वे भी उसी पूर्व परिचित रस्सी से लटका दिए गए।

—सोहन

* * *

श्री० सन्तासिंह

आप लुधियाना ज़िले के 'हरयों ख़ुर्द' नामक गाँव के रहने वाले थे। पिता का नाम सूबासिंह था। सन्तासिंह के बाल्य-जीवन तथा शिक्षा आदि के सम्बन्ध में किसी विशेष बात का पता नहीं। हाँ, १९२० की फ़रवरी मास में आप ५४ नं० सिक्ख-रिसाले में भरती हुए और दो साल तक नौकरी करने के बाद २६ जनवरी, १९२२ को वहाँ से त्याग-पत्र दे दिया। फ़ौज में नौकरी करने से पहले आप ख़ालसा-हाईस्कूल, लुधियाना में क्लर्क का काम भी कर चुके थे।

नौकरी छोड़ने के बाद अकालियों के त्याग तथा दृढ़ता से प्रभावित हो आपने भी उसमें भाग लेना प्रारम्भ कर दिया और कुछ ही दिनों में अपनी चतुरता तथा कार्य-संलग्नता के कारण आन्दोलन के एक प्रमुख नेताओं में से गिने जाने लगे। फ़ैसला सुनाते हुए जज ने आपके बारे में कहा था—"अकालियों के कुछेक कार्यों को छोड़कर इस अभियुक्त ने प्रायः सभी में भाग लिया है और इस षड्यन्त्र की आयोजना में किशनसिंह और कर्मसिंह के बाद इसी का अधिक हाथ था।"

उद्देश्य की प्राप्ति में बाधा पहुँचाते देख, आपने बिशनसिंह ज़ैलदार को अकेले ही जाकर मार दिया था। इसके अतिरिक्त बूटा, लाभसिंह, हज़ारासिंह, राला और दित्तू, सूबेदार गैंडासिंह और नौगल शर्मा के नम्बरदार आदि देश-द्रोहियों को उनके अपराध का दण्ड देने में भी आप सम्मिलित थे।

अन्त में अपने ही एक सम्बन्धी के विश्वासघात से आप एक दिन गिरफ़्तार हो गए। अदालत से कुछ सवाल किए जाने पर आपने कहा—"इस सरकार से

मुझे किसी प्रकार के भी न्याय की आशा नहीं। अस्तु, मैं एक भी सवाल का जवाब देना नहीं चाहता।"

अन्त में आपने स्वयं ही सब अपराधों को स्वीकार कर लिया। उन्होंने कहा—"यद्यपि मैं इस बात को भली-भाँति जानता हूँ कि मेरे अपराध स्वीकार करने से मेरा केस और भी बिगड़ जायगा, किन्तु फिर भी मैंने जो कुछ किया, वह अच्छे के लिए ही किया था। अस्तु, मैं उसमें से एक बात को भी छिपाना नहीं चाहता।"

अदालत से आपको फाँसी की सज़ा मिली। और २७ फ़रवरी, १९२६ को लाहौर-सेन्ट्रल जेल में अपने और पाँच साथियों सहित आप भी तख़्ते पर झूल गए।

—*वीरसिंह*

* * *

श्री० दलीपसिंह

तरुण दलीप! कायरता के उस युग में भारत के सोए हुए पामर प्राणों में स्फूर्ति फूंक कर एकाएक तुम किस अन्तरिक्ष में विलीन हो गए? १७ वर्ष की छोटी अवस्था में किस नशे से उन्मत्त होकर तुमने वे सब काम किए थे? वह कार्य-कुशलता, वह साहस, वह उत्साह और वह लगन तुमने इतनी जल्द कहाँ से पा ली थी? यह सब बातें शायद बहुत-कुछ सर मारने के बाद भी आज के हम कायरों की समझ में न आ सकेंगी!

धमियाँ कलाँ ज़िला, होशियारपुर में श्री० लाभसिंह जी के घर उस वीर का जन्म हुआ था। कुछ बड़े होने पर स्कूल बिठलाए जाने के बाद से ही बालक ने अपनी कुशलता का परिचय देना प्रारम्भ कर दिया। दलीप पढ़ने-लिखने में बहुत अच्छे न होने पर भी अपने साथियों में सर्व-प्रिय थे। उनसे अपनी इच्छानुसार काम ले लेना तो इनका बाएँ हाथ का काम था।

सन् १९२२ के दिन थे। अभी लड़कपन के खेल छूटने भी न पाए थे कि उस कोमल हृदय ने एक गहरी चोट खाई। ननकाना साहब की दुर्घटना तथा अकालियों पर किए गए अत्याचारों ने उस भावुक हृदय को एकदम बेचैन कर दिया। बस मार्च, १९२३ में लाड़-प्यार से पाले गए उस बालक दलीप ने घर-बार पर लात मारकर अकाली-मत की दीक्षा ग्रहण की।

इसके बाद आपने क्या-क्या किया, उसके बारे में अदालत में फ़ैसला सुनाते समय आपके सम्बन्ध में कहे गए जज के शब्द ही यहाँ पर दे देना उचित समझता हूँ। जज ने फ़ैसले के समय कहा था:—

"This accused, young as he is, appears to have established a record for himself second only to that of Santa Singh accused, as to the offences in which he has been concerned in connection with this conspiracy. He is implicated in the murders of Buta Lumberdar, Labh Singh Mistri, Hazara Singh of Baibalpur, Ralla and Dittu of Kaulgarh, Ata Mohammad Patwari, in the 2nd and 3rd attempts on Labh Singh of Dhadda Fateh Singh, and in the murderous attack on Bishan Singh of Sandhara."

इसी प्रकार कार्य करते हुए एक दिन सन्तासिंह के साथ 'कन्दी' नामक स्थान पर कुछ पर्चे बाँटने जा रहे थे कि एकाएक पुलिस ने घेर लिया। १२ अक्टूबर, १९२३ को तरुण दलीप ज़ञ्जीरों में बाँधकर मुल्तान-जेल लाए गए। बालक समझकर लोगों ने चाहा कि डरवाकर कुछ बातें मालूम कर ली जायँ, किन्तु आशाओं पर पानी फिरता देख, उनके क्रोध का ठिकाना न रहा। भला एक छोटे से लड़के की गुस्ताख़ी वे लोग क्यों सहने लगे। बस मार पड़ने लगी। कभी-कभी बीच-बीच में कुछ लालच भी दिया गया, पर अन्त में उसी एक ख़ामोशी के सिवा और कुछ हाथ न आया।

कहते हैं कि श्री० दलीपसिंह देखने में बहुत भोले तथा सुन्दर थे। आयु तो थी केवल १७ वर्ष की ही। आपकी बाल्यावस्था तथा भोलेपन पर मि० टैप (Tapp) सेशन जज मुग्ध-से हो गए थे। वे नहीं चाहते थे कि उन्हें फाँसी की सज़ा दी जाय। परन्तु सभी गवाहों की गवाही आपके विरुद्ध सुनकर आप बहुत झुँझलाते थे और येन-केन-प्रकारेण यही चेष्टा करते थे कि दलीपसिंह के विरुद्ध कुछ न लिखें। कई दिन तक यही खींचातानी चली, आख़िर एक दिन श्री० दलीपसिंह हाथ बाँधकर जज महोदय के सामने जाकर खड़े हो गए और कहा—"आपकी इस कृपा-दृष्टि के लिए मैं बहुत-बहुत धन्यवाद देता हूँ, परन्तु कृपाकर पहले मेरा वक्तव्य लिख लीजिए। मैंने यह सभी कुछ किया है और अगर आज छूट जाऊँ तो फिर यही सब करूँगा। परन्तु आप मुझे जीवित रखने के लिए

क्यों लालायित हो रहे हैं ? मैं तो फाँसी पर लटककर प्राण दिया चाहता हूँ। उसका कारण यह है कि मुझे ईश्वर की कृपा से जो यह मानव-देह जैसा दुर्लभ पदार्थ मिला है इसे अभी तक मैंने किसी तरह भी अपवित्र नहीं किया है। और चाहता हूँ कि आज इसी तरह पवित्र देह 'माँ' के चरणों में भेंट कर दूँ। कौन कह सकता है, कुछ दिन और जीता रहा तो यह पावित्र्य क़ायम रहे अथवा नहीं ; और फिर इस बलिदान का सारा महत्त्व और सौन्दर्य ही जाता रहे।"

जज हैरान होकर उनके मुँह की ओर ताकता रह गया। अस्तु फ़ैसला सुनाए जाने पर उन्हें फाँसी का दण्ड मिला।

२७ फ़रवरी, १९२६ का दिन था, भुवन-भास्कर की पहली ही लाल किरण के साथ भगवान् ने उस युवक संन्यासी के पवित्र जीवन पर अपनी छाप लगा दी।

खूँ के हरफ़ों से लिखा जाएगा तेरा वाक़या।
मुझको भूलेगी न यह पुरग़म कहानी हाय हाय॥

—कपिल

* * *

श्री० नन्दसिंह

आपका जन्म सन् १८९५ ई० में जालन्धर ज़िले के घुड़ियाल नामक गाँव में हुआ था। आपके पिता का नाम गङ्गासिंह जी था। छोटी ही उमर में माता-पिता का देहान्त हो जाने के कारण आपने रावलपिण्डी में अपने बड़े भाई के पास परवरिश पाई। ये बचपन से ही बड़े फुर्तीले थे और खेल-कूद की ओर अधिक रुचि थी। १५ वर्ष की ही आयु में शादी हो जाने के बाद आप कुछ समय तक मकान पर ही बढ़ई का काम करते रहे, और फिर बसरा चले गए।

ननकाना साहब की घटना के बाद अकाली-आन्दोलन ने ज़ोर पकड़ा और आप भी उसी में भाग लेने की इच्छा से देश को वापस आ गए। उस समय गुरु के बाग़ के सत्याग्रह में उन्हें भी छः महीने की सज़ा भुगतनी पड़ी थी। जेल में मार भी अच्छी खानी पड़ी। अस्तु, यहीं से आपके विचारों में परिवर्त्तन होना आरम्भ हो गया। उस नौजवान आत्माभिमानी ने देखा कि इस प्रकार निर्दय पुलिस वालों के डण्डे खाने से काम न चलेगा। अस्तु, जेल से बाहर आते ही आप किशनसिंह के बबर अकाली दल में सम्मिलित हो गए। उन्होंने अब मार खाने की बात को छोड़कर मरने और मारने की शपथ ली।

सत्याग्रह में सज़ा होने पर आपके भाई ने माफ़ी माँग कर छूट आने की सलाह दी। कहा—"बड़े भाई का शरीरान्त हो चुका है। लड़के की शादी करनी है। अस्तु, यदि ऐसी अवस्था में आप भी जेल चले गए तो कुछ भी न

श्री० नन्दसिंह

हो सकेगा।" इस पर आपने उत्तर दिया—"यदि बड़े भाई के बिना शादी हो सकती है, तो मेरे बिना भी हो सकती है। इन शादी-जैसे घरेलू मामलों के लिए मैं क़ौम का काम रोकना नहीं चाहता।"

बबर अकाली-आन्दोलन में भाग लेने के बाद से गाँव का सूबेदार गेंदासिंह आपको बहुत तङ्ग करने लगा। वह इनकी सभी बातों की सूचना पुलिस में दे देता। अस्तु; एक दिन आपने जाकर उसे मार दिया।

पुलिस ११ दिन तक गाँव वालों को तङ्ग करती रही, तब आपने उन लोगों से कहा—"जो कुछ किया है मैंने किया है। तुम लोग व्यर्थ में इन लोगों को क्यों तङ्ग करते हो?"

आपको गिरफ़्तार कर मुक़दमा चलाया गया और फाँसी की सज़ा हुई। सज़ा सुनाई जाने के बाद आपने घर वालों से कहा—"तुम लोग मेरी फ़िक्र न करना। मैं किसी बुरी मौत से नहीं मर रहा हूँ। मुझे इस बात की ख़ुशी है कि मेरे प्राण देश के काम के लिए जा रहे हैं। मैंने इमारत की नींव डाल दी। अब यह देश का फ़र्ज़ है कि यदि वह आज़ाद होना चाहता है तो उस नींव पर मकान बनाकर खड़ा करे।" आपने यह भी कहा था कि मरने के बाद हम सब को एक ही चिता पर जलाना और राख को रावी में डाल देना।

अन्त में २७ फ़रवरी, सन् १९२६ को लाहौर सेन्ट्रल जेल में और पाँच साथियों के साथ आपको फाँसी दे दी गई और उनके सम्बन्धियों ने उनकी इच्छानुसार सब का एक ही चिता पर अन्तिम संस्कार किया।

—नटनाथ

* * *

श्री० कर्मसिंह

आपके पिता का नाम श्री०भगवानदास था। क़ौम के सुनार थे और जालन्धर ज़िले के मनको नामक गाँव में आपका घर था। बचपन अधिकतर खेल-कूद में बीता और घर के निर्धन होते हुए भी आपकी तबीयत दुनियावी कामों में कम लगती थी। छुटपन से ही ये बहुत चञ्चल थे और कभी किसी की कड़ी बात न सहते थे।

असहयोग-आन्दोलन के दिनों में आपने स्वतन्त्रता का पाठ सीखा और किशनसिंह के बबर अकाली-दल बनने पर आप उसमें शामिल हो गए।

गेंदासिंह सूबेदार के मारे जाने में आप भी शामिल थे। इसके बाद कुछ दिनों तक प्रचार-कार्य करते रहने के बाद आप १२ मई, १९२३ को गिरफ़्तार हो गए।

अभियोग चलने पर आपने कहा—"अदालत की सारी कार्यवाही एक नाटक के समान है और जज लोग पुलिस के हाथ में खिलौने के समान हैं। अस्तु, मैं किसी प्रकार का बयान अथवा सफ़ाई आदि देना नहीं चाहता।" जेल में बयान लेने के लिए आपके साथ कड़ा व्यवहार भी किया गया और इस बात पर बाध्य किया गया कि वे सारा हाल पुलिस को बता दें। किन्तु आपने किसी भी बात का उत्तर देने से इन्कार कर दिया।

अदालत ने आपको फाँसी की सज़ा दी और २७ फ़रवरी, सन् १९२६ को लाहौर सेन्ट्रल-जेल में पाँच और साथियों के साथ आपको फाँसी दे दी गई।

—प्रभात

* * *

श्री० रामप्रसाद 'बिस्मिल'

मालिक तेरी रज़ा रहे और तू ही तू रहे।
बाक़ी न मैं रहूँ न मेरी आरज़ू रहे॥

पराधीनता के इस युग में दिव्य आलोक को धारण कर न जाने वे कहाँ से आए, अपने कल्पना-राज्य में स्वर्ग-लोक की बीथियों का निर्माण किया और अन्त में विश्व को आभा की एक झलक दिखाकर अपने प्यारे मालिक के पास चले गए। उस दिन विश्व ने विमुग्ध नेत्रों से उनकी ओर देखा, श्रद्धा और भक्ति के फूल भी चढ़ाए। उस दिन, जब उस मोहिनी मूर्त्ति की मद-भरी आँखें सदा के लिए बन्द हो गई थीं, तो उनकी एक झलक मात्र के लिए जन-समूह पागल-सा हो उठा था। धनिकों ने रुपए लुटाए, मेवे वालों ने मेवा से सत्कार किया, माताओं और बहिनों ने छतों पर से फूलों की वर्षा की और जनता ने 'वन्देमातरम्' के उच्च निनाद के साथ उसका स्वागत किया। उस प्यारे के उस दिन वाले निराले वेष को देखकर माताएँ रो पड़ीं, वृद्ध सिसकियाँ लेने लगे, युवकों के तरुण हृदय प्रतिहिंसा की आग से जल उठे और बालक झुक-झुक कर प्रणाम करने लगे।

मैनपुरी ज़िले के किसी गाँव में सन् १९०० के लग-भग आपका जन्म हुआ था, किन्तु बाद में आपके पिता पं० मुरलीधर जी सपरिवार शाहजहाँपुर में आकर रहने लगे और अन्त तक यही स्थान हमारे चरित्र-नायक का लीला-क्षेत्र रहा। अस्तु, उर्दू की शिक्षा पाने के बाद माता-पिता ने स्थानीय अङ्गरेज़ी स्कूल में भर्ती करा दिया था। उन दिनों आपका जीवन कुछ विशेष अच्छा न था। किन्तु इसी बीच में आर्यसमाज के प्रसिद्ध स्वामी सोमदेव से आपका परिचय हो गया। बस, यहीं से जीवन ने पलटा खाया और वे स्वामी जी के साथ-साथ आर्य-समाज के भी भक्त बन गए। आप स्वामी जी को गुरु

कहा करते थे। यह भी कहा था कि देश-सेवा के भाव पहले-पहल आपको स्वामी जी से ही मिले थे। अस्तु—

सन् १९१५ के विराट् विप्लवायोजन में विफल हो जाने के बाद भी क्रान्तिकारी लोग एकदम निराश न हुए, वरन् उन्होंने मैनपुरी को केन्द्र बनाकर फिर से कार्य आरम्भ कर दिया। श्री० गेंदालाल दीक्षित की अध्यक्षता में बहुत दिनों तक काम होते रहने के बाद अन्त को इसका भी भेद खुल गया और फिर गिरफ़्तारियों का बाज़ार गर्म हो उठा। दल के बहुत से लोगों के पकड़े जाने पर भी मुख्य कार्यकर्त्ताओं में से कोई भी हाथ न आ सका। उस समय आप अङ्गरेज़ी की दसवीं कक्षा में थे। ज़ोरों से धर-पकड़ होते देख, अपनी गिरफ़्तारी का हाल सुनकर आप फ़रार हो गए।

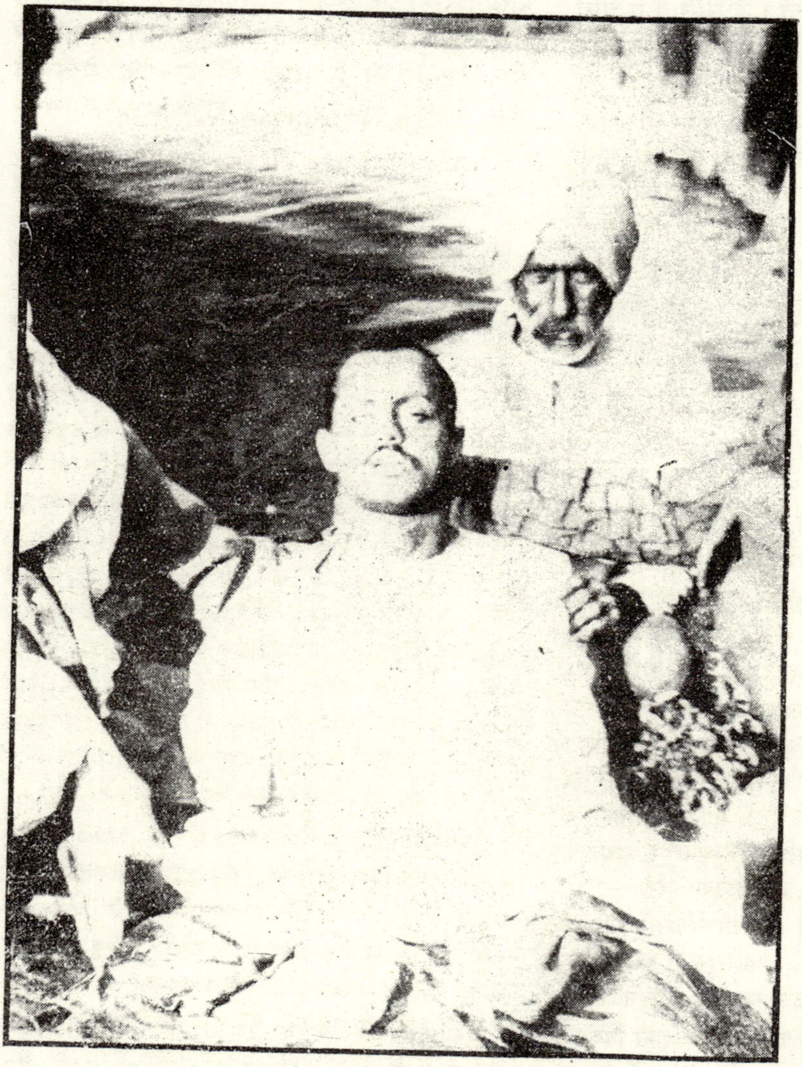

श्री० रामप्रसाद 'बिस्मिल'

मैनपुरी-विप्लव-दल के नेता श्री० गेंदालाल के ग्वालियर में गिरफ़्तार हो जाने पर, उन्हें जेल से छुड़ाने के विचार से आपने १९ वर्ष की अवस्था में अपने साथ के पन्द्रह और विद्यार्थियों को लेकर पहली डकैती की थी। इस पहले ही प्रयास में उन्होंने जिस दृढ़ता तथा साहस से काम लिया था, उसे देखकर यही कहना पड़ता है कि वे स्वभाव से ही मनुष्यों के नेता थे।

प्रायः सभी अनुभवी सदस्य पकड़े जा चुके थे। अस्तु, स्कूल के पन्द्रह विद्यार्थियों को लेकर ही आप अपने निश्चय पर चल दिए। पिता से कहा—"मेरे एक मित्र की शादी है, वे गाड़ी ले जाना चाहते हैं। गाड़ीवान उन्हीं का रहेगा और मुझे भी उसमें जाना पड़ेगा।" सरल स्वभाव पिता ने गाड़ी दे दी। उन्हें क्या पता कि यह कैसी शादी है। सन्ध्या-समय प्रस्थान कर, कुछ रात बीतने पर, एक स्थान पर गाड़ी रोक दी गई। निश्चित स्थान वहाँ से १० मील की दूरी

पर था। एक आदमी को गाड़ी पर छोड़, शेष सभी साथी पैदल ही चल दिए। किन्तु उस दिन अँधेरे में मार्ग भूल जाने से वह गाँव न मिला। निराश हो, सब के सब गाड़ी के पास वापस आए। दूसरे दिन थोड़े ही प्रयास के बाद वह स्थान मिल गया। अँधेरी रात में चारों ओर निस्तब्धता का राज्य था। निद्रा के मोहक जाल में सारा संसार बेसुध सोया पड़ा था। तीन लड़कों को मकान की छत पर चढ़ने की आज्ञा हुई। लाड़-प्यार से पाले गए स्कूल के उन लड़कों ने काहे को कभी ऐसे भयानक कार्य में भाग लिया था? देर करते देख कप्तान ने ज़ोर से कहा—"यदि ऐसा ही था तो चले ही क्यों थे?" इस बार साहस कर वे लोग मकान की छत पर चढ़ गए। आज्ञा हुई—"अन्दर कूदकर दरवाज़ा खोल दो।" किन्तु यह काम तो और भी कठिन था। कप्तान ने फिर कहा—"जल्दी करो, देर करने से विपद की सम्भावना है।" इसी प्रकार तीन बार कहने पर भी कोई नीचे न उतर सका। वे लोग इधर-उधर देख ही रहे थे कि एक ज़ोर की आवाज़ के साथ बन्दूक़ की गोली से एक का साफ़ा नीचे आ गिरा। इस बार तीनों बिना कुछ सोचे-विचारे मकान में कूद पड़े और अन्दर से मकान का दरवाज़ा खोल दिया। सब लोगों को यथास्थान खड़ा कर स्वयं छत पर से आदेश देने लगे। डकैती समाप्त भी न हो पाई थी कि गाँव में ख़बर होगई और चारों ओर से ईंटें चलने लगीं। यह देखकर लड़के घबड़ा गए। आपने पुकार कर कहा—"तुम लोग अपना काम करते रहो, यदि कोई भी काम से हटा तो मेरी गोली का निशाना बनेगा।" एक ने नीचे से पुकार कर कहा—"कप्तान, ईंटों के कारण कुछ करते नहीं बनता।" आपने जिस ओर से ईंटें आ रही थीं, उधर जाकर कहा—"ईंटें बन्द कर दो, अन्यथा गोली से मारे जाओगे।" इतने में एक ईंट आँख पर आकर लगी, देखते-देखते कपड़े ख़ून से तर हो गए। उस समय उस साहसी वीर ने आँख की कुछ भी परवा न कर गोली चलाना शुरू कर दिया। दो ही फ़ायरों के बाद ईंटें बन्द हो गईं। इधर डकैती भी समाप्त हो चुकी थी। अस्तु, सब लोग वापस चल दिए। पहले दिन के थके तो थे ही, आधी दूर चलकर ही प्रायः सब लोग बैठने लगे। बहुत कुछ साहस बँधाने पर उठकर चले ही थे कि एक विद्यार्थी बेहोश होकर गिर गया। कुछ देर बाद होश आने पर उसने कहा—"मुझमें अब चलने की शक्ति नहीं है। तुम लोग मेरे लिए अपने आपको सङ्कट में क्यों फँसाते हो। मेरा सर काट-कर लेते जाओ। अभी कुछ रात शेष है, तुम लोग आसानी से पहुँच सकते हो। सर काट लेने पर मुझे कोई भी पहचान न सकेगा और इस प्रकार तुम सब लोग बच सकोगे।" साथी की इस बात से सबकी आँखों में आँसू आगए। चोट लगने के कारण उस समय हमारे नायक की आँख से काफ़ी ख़ून निकल चुका था, किन्तु फिर भी और लोगों से आगे चलने को कहकर आपने उसे अपनी पीठ पर उठाया और ज्यों-त्यों कर चल दिए। जिस स्थान पर गाड़ी खड़ी थी, उसके थोड़ी दूर रह जाने पर आपने उस विद्यार्थी को एक वृक्ष के नीचे लिटा दिया, और स्वयं गाड़ी के पास जाकर जो एक व्यक्ति उसकी निगरानी के लिए रह गया था उसे साथी को लेने के लिए भेजा। मकान में पिता के पूछने पर कह दिया—"बैल बिगड़ गए, गाड़ी उलट गई और मेरे चोट आगई।"

जिस समय फ़रार होकर आप एक स्थान से दूसरे स्थान पर भागते फिर रहे थे, उस समय की कथा भी बड़ी करुणाजनक है। उस बीच में कई बार आपको मौत का सामना करना पड़ा था। कुछ दिन तो पास में पैसा न रह जाने के कारण आपने घास तथा पत्तियाँ खाकर ही अपने जीवन का निर्वाह किया था। नैपाल, आगरा तथा राजपूताना आदि स्थानों में घूमते रहने के बाद एक दिन अख़बार में देखा कि Royal Proclamation (सरकारी एलान) में आप पर से भी वारण्ट हटा लिया गया है। बस, आप घर वापस आगए और रेशम के सूत का एक कारख़ाना खोलकर कुछ दिन तक आप घर का-काम-काज देखते रहे। किन्तु जिस हृदय में एक बार आग लग चुकी, उसे फिर चैन कहाँ? अस्तु, फिर से दल का सङ्गठन प्रारम्भ कर दिया।

एक बार किसी स्टेशन पर जा रहे थे। कुली बॉक्स लेकर पीछे-पीछे चल रहा था कि ठोकर खाकर गिर पड़ा। बहुत सी कारतूसों के साथ कई एक रिवॉल्वर्स बॉक्स में से निकल कर प्लेटफ़ॉर्म पर गिर पड़े। कुली पर एक सूट-बूटधारी साहब बहादुर द्वारा बुरी तौर मार पड़ती देख, पास खड़े हुए दारोग़ा साहब को दया आगई।

कुली को क्षमा करने की प्रार्थना कर, बेचारे स्वयं ही सारा सामान बॉक्स के अन्दर भरने लगे। उस दिन यदि आप तनिक भी डर जाते और इस बुद्धिमानी से काम न लेते तो निश्चय ही गिरफ़्तार हो गए थे।

माताओं के लिए भी उस भावुक हृदय में कम श्रद्धा न थी। उनके तनिक भी अपमान को देखकर वह पागल-सा हो उठता था। एक समय की बात है। पेशेवर डाकुओं के एक सरदार ने आपके पास आकर अपने आपको क्रान्तिकारी दल का सदस्य बतलाया और उसके द्वारा की जाने वाली डकैतियों में सहयोग देने की प्रार्थना की। निश्चय हुआ कि पहली डकैती में हमारे नायक केवल दर्शक की भाँति ही रहेंगे और उनके कार्य-सञ्चालन का ढङ्ग देखकर उसी के अनुसार अपना निश्चय करेंगे। स्थान और दिन नियत होने पर डकैती वाले गाँव में पहुँचे। मकान देखकर आपने कहा—"इस झोपड़ी में क्या मिलेगा? आप लोग व्यर्थ ही इन ग़रीबों को तङ्ग करने आए हैं।" यह बात सुनकर सब लोग हँस पड़े। एक ने कहा—"आप शहर के रहने वाले हैं, गाँव का हाल क्या जानें? यहाँ ऐसे ही मकानों में रुपया रहता है।" ख़ैर, अन्दर घुसने पर सब लोग अपनी मनमानी करने लगे। मकान में उस समय पुरुष न थे। उन लोगों ने स्त्रियों को बुरी तरह तङ्ग करना शुरू कर दिया। मना करने पर फिर वही जवाब मिला—"तुम क्या जानो?" अधिक अत्याचार होते देख, आपने एक से थोड़ी देर के लिए बन्दूक़ तथा कुछ कारतूस माँग लिए और कूदकर छत पर आगए। वहाँ से पुकार कर कहा—"ख़बरदार, यदि किसी ने भी स्त्रियों की ओर आँख उठाई तो गोली का निशाना बनेगा।" कुछ देर तो काम ठीक तौर से होता रहा, किन्तु बाद में एक दुष्ट ने फिर किसी स्त्री का हाथ पकड़कर रुपया पूछने के बहाने कोठरी की ओर खींचा। इस बार नायक ने ज़बान से कुछ भी न कहकर उस पर फ़ायर कर दिया। छर्रों के पैर में लगते ही वह तो रोता-चिल्लाता अलग जा गिरा और बाक़ी लोगों के होश गुम हो गए। आपने ऊँची आवाज़ से कहा—"जो कुछ मिला हो उसे लेकर बाहर आओ।" कोई मिठाई की भेली सर पर लादकर और कोई घी का बर्तन हाथ में लटकाए बाहर निकला। जिसे कुछ भी न मिला उसने फटे-पुराने कपड़े ही बाँध लिए, यह तमाशा देखकर उस सौम्य-सुन्दर मूर्त्ति ने उस समय जो उग्र रूप धारण किया था उसका वर्णन करना मेरी लेखनी की शक्ति के परे है। बन्दूक़ सीधी कर सब सामान वहीं पर रखवा दिया और सरदार की ओर देखकर कहा—"पामर! यदि भविष्य में तूने फिर कभी अपनी स्वार्थ-सिद्धि के नाम पर क्रान्तिकारियों को कलङ्कित करने का साहस किया तो अच्छा न होगा। जा, आज तुझे क्षमा करता हूँ।" उस समय सरदार सहित दल के सभी लोग डर के मारे काँप रहे थे। इस डकैती में केवल साढ़े चौदह आने पैसे इन लोगों के हाथ लगे थे!!

एक दिन ६ अगस्त, सन् १६२५ ई० को सन्ध्या के आठ बजे ८ नम्बर की गाड़ी हरदोई से लखनऊ जा रही थी। एकाएक काकोरी तथा आलमनगर के बीच ५२ नम्बर के खम्भे के पास गाड़ी खड़ी हो गई। कुछ लोगों ने पुकार कर मुसाफ़िरों से कह दिया कि हम केवल सरकारी ख़ज़ाना लूटने ही आए हैं। गार्ड से चाभी लेकर तिजोरी बाहर निकाली गई। इसी बीच में एक व्यक्ति नीचे उतरा और गोली से घायल होकर गिर गया। लगभग पौन घण्टा के बाद लूटने वाले चले गए। इस बार क़रीब दस हज़ार रुपया इन लोगों के हाथ लगा।

२५ सितम्बर से गिरफ़्तारियाँ आरम्भ हो गईं और उसी में हमारे नायक भी पकड़े गए। डेढ़ साल तक अभियोग चलने के बाद आपको फाँसी की सज़ा हुई। बहुत कुछ प्रयत्न किया गया, किन्तु फाँसी की सज़ा कम न हुई और १६ दिसम्बर, सन् १६२७ ई० को गोरखपुर में आपको फाँसी की रस्सी से लटका दिया गया।

इन पंक्तियों के लेखक ने उन्हें प्रथम तथा अन्तिम बार मृत्यु के केवल एक दिन पहले फाँसी की कोठरी में देखा था और उनका यह सब हाल जाना था। उस सौम्य-मूर्ति की वह मस्तानी अदा आज भी भूली नहीं है। जब कभी किसी को उनका नाम लेते सुनता हूँ तो एकदम उस प्यारे का वही स्वरूप आँखों के सामने नाचने लगता है। लोगों को उन्हें गालियाँ देते देख, हृदय कह उठता है—"क्या वह डाकू का स्वरूप था?" अन्तस्तल में छिपकर न जाने कौन बार-बार यही प्रश्न करने लगता है—"क्या वे हत्यारे की आँखें थी?" भाई! दुनिया के सभ्य लोग कुछ भी क्यों न कहें, किन्तु मैं तो उसी दिन से उनका पुजारी हूँ।

उस दिन माँ को देखकर उस भक्त पुजारी की आँखों में आँसू आ गए। उस समय उस जननी ने हृदय को पत्थर से दबाकर जो उत्तर दिया था, वह भी भूला नहीं है। वह एक स्वर्गीय दृश्य था, और उसे देखकर जेल-कर्मचारी भी दङ्ग रह गए थे। माता ने कहा—"मैं तो समझती थी, तुमने अपने पर विजय पाई है, किन्तु यहाँ तो तुम्हारी कुछ और ही दशा है। जीवन-पर्यन्त देश के लिए आँसू बहाकर अब अन्तिम समय तुम मेरे लिए रोने बैठे हो। इस कायरता से अब क्या होगा? तुम्हें वीर की भाँति हँसते हुए प्राण देते देखकर मैं अपने आपको धन्य समझूँगी। मुझे गर्व है कि इस गए-बीते ज़माने में मेरा पुत्र देश की वेदी पर प्राण दे रहा है। मेरा काम तुम्हें पालकर बड़ा करना था, इसके बाद तुम देश की चीज़ थे और उसी के काम आ गए। मुझे इसमें तनिक भी दुख नहीं है।" उत्तर में उसने कहा—"माँ! तुम तो मेरे हृदय को भली-भाँति जानती हो। क्या तुम समझती हो कि मैं तुम्हारे लिए रो रहा हूँ अथवा इस लिए रो रहा हूँ कि मुझे कल फाँसी हो जायगी? यदि ऐसा है तो मैं कहूँगा कि तुमने जननी होकर भी मुझे समझ न पाया, मुझे अपनी मृत्यु का तनिक भी दुख नहीं है। हाँ, यदि घी को आग के पास लाया जायगा तो उसका पिघलना स्वाभाविक है। बस, उसी प्राकृतिक सम्बन्ध से दो-चार आँसू आ गए। आपको मैं विश्वास दिलाता हूँ कि मैं अपनी मृत्यु से बहुत सन्तुष्ट हूँ।"

मैं एक ओर बैठकर विमुग्ध नेत्रों से उस छवि का स्वाद ले रहा था कि किसी ने कहा—"समय हो गया।" बाहर आकर दूसरे दिन सुना कि उन्हें फाँसी दे दी गई। उसी समय यह भी सुना कि तख़्ते पर खड़े होकर उस प्रेम-पुजारी ने अपने आपको गिरधारी के चरणों में समर्पित करते हुए कहा था:—

मालिक तेरी रज़ा रहे और तू ही तू रहे।
बाक़ी न मैं रहूँ न मेरी आरज़ू रहे॥

और अन्त में यह कहते हुए—

अब न पिछले वलवले हैं और न अरमानों की भीड़,
एक मिट जाने की हसरत, बस दिले-बिस्मिल में है।

वह वीर जहाँ से आया था वहीं को चला गया।

—प्रभात

* * *

श्री० राजेन्द्रनाथ लहरी

इस ग़ुलामी में तो हमको न ख़ुशी आई नज़र,
ख़ुश रहो अहले-वतन हम तो सफ़र करते हैं

× × ×

बनारस प्रारम्भ से ही संयुक्त-प्रान्त में षड्यन्त्रों का केन्द्र रहा है। हमारे नायक भी यहीं के रहने वाले थे। बनारस-हिन्दू-विश्वविद्यालय में बी० एस्-सी० क्लास

ہم سر دار جو بصد شوق گذر کرتے ہیں
اونچا سر قوم کا ہو نذر یہ سر کرتے ہیں
شوکہ جائے نہ کہیں پودا یہ آزادی کا
خون سے اپنے اسے اسلئے تر کرتے ہیں
"شری راجیندر ناتھ لہری" KIRTI

श्री० राजेन्द्रनाथ लहरी

में पढ़ते हुए आप विप्लव का कार्य करते थे। कॉलेज में केवल नाममात्र के लिए ही पढ़ते थे। उनका अधिक समय दल के काम में इधर-उधर घूमने में ही व्यतीत

होता था। उनका शरीर बहुत सुडौल था और दौड़ने का भी अच्छा अभ्यास था।

आप दल की ओर से बम् बनाने की विद्या सीखने के लिए बङ्गाल भेजे गए थे और वहीं दक्षिणेश्वर के एक मकान में गिरफ़्तार किए गए। गिरफ़्तारी के समय मकान से बम् बनाने का कुछ सामान भी पुलिस के हाथ लगा। वहीं पर अभियोग चला और कुछ अन्य साथियों के साथ आपको सज़ा हो गई।

इधर काकोरी के मामले में सरकारी गवाह बनारसीदास ने आपको सूबे का सङ्गठनकर्ता (Provincial Organiser) बतलाया, अतः आपको बङ्गाल से लखनऊ लाया गया। साथ के आदमियों के दूसरी ओर मिल जाने से सारा भेद खुल गया और आपको अदालत से फाँसी की सज़ा हुई।

अदालत से निकलने पर बाहर खड़ी हुई जनता को देखकर आपने अपने और साथियों के साथ मिलकर गाया :—

दरो-दीवार पे हसरत से नज़र करते हैं।
ख़ुश रहो अहले-वतन हम तो सफ़र करते हैं॥

इसके बाद वही अख़बारों वाली पुरानी कथा है। अपील हुई, डेपुटेशन गया, दौड़-धूप की गई, किन्तु केवल मन को सन्तोष देने के लिए। सरकार को वे मुट्ठी भर हड्डियाँ इतनी भयङ्कर जान पड़ीं कि उसने किसी भी बात पर ध्यान न देकर १७ दिसम्बर, १९२७ को गोंडा-जेल में उन्हें रस्सी से लटका ही तो दिया।

अपील अस्वीकार हो जाने पर आपने अपनी बड़ी बहिन को जो पत्र लिखा था, उसका सारांश यह था—"बहिन, आपने बचपन से मुझे पुत्र की भाँति पाला और बड़ा किया। आपकी गोद में खेलकर मुझे माता का अभाव तनिक भी व्याकुल न कर सका। यह आपकी ही बातों का प्रभाव था, जिसने आगे चलकर मुझे देश के लिए पागल बना दिया। मुझे हर्ष है कि आपकी शिक्षा तथा प्यार व्यर्थ नहीं गया। मुझे यह भी आशा है कि आप मेरे मरने पर दुखित न होकर हर्ष प्रकट करेंगी।"

फाँसी के दिन आपने प्रातःकाल उठकर स्नान किया और फिर गीता का पाठ करने लगे। निश्चित समय पर कोठरी खोली गई और आप प्रसन्नतापूर्वक स्वयं ही फाँसी-घर की ओर चल दिए। रस्सी को चूमकर अपने हाथ से ही उसे गले में पहन लिया, "वन्देमातरम्" के उच्च निनाद के साथ ही तख़्ता खिंचा और वह रत्न दस हाथ गहरे गढ़े में झूलने लगा।

—सन्तोष

* * *

श्री० रोशनसिंह

ज़िन्दगी ज़िन्दा-दिली को तू जान ऐ रोशन,
यों तो कितने ही हुए और फ़ना होते हैं।

× × ×

असंख्य गोपियों के बीच विलासिता का जीवन व्यतीत करने पर भी आज संसार कृष्ण को योगिराज के नाम से सम्बोधित करता है। यह सब इसीलिए न, कि उनकी उस विलासिता ने कभी भी उनके कर्त्तव्य-पालन में बाधा उपस्थित नहीं की और उन्होंने आवश्यकता के समय अपने को उन सब बातों से इस प्रकार अलग कर लिया, मानों सदा से उदासीन ही रहे हों अथवा दूसरे शब्दों में हम यह भी कह सकते हैं कि उन्होंने मन पर विजय प्राप्त कर, अपनी इन्द्रियों को वश में कर लिया था।

पाठको! ग़ुलामी के इस युग में आज हम ऐसे ही एक कृष्ण को लेकर आपके सामने उपस्थित हो रहे हैं। पर्याप्त सम्पत्ति तथा ज़मींदारी के होते हुए भी वह वैरागी था। दो-दो स्त्रियों के रहते हुए भी वह निर्मम था और लाड़-प्यार से पाले जाकर विलासिता के आँगन में खेलकर भी वह लिप्सा-हीन था। अपने साथियों में वह सबसे बलवान् था और उत्साह का तो उसमें स्रोत ही बहा करता था। साधारण-सी शिक्षा पाकर भी उसके हृदय में जलन थी, To do and die का तो वह मूर्त्तिमान् अवतार था। उसके निकट Why का सवाल ही कभी नहीं आया।

उस दिन ९ अगस्त, सन् १९२५ को, जब काकोरी तथा आलमनगर के बीच गाड़ी रोक कर सरकारी ख़ज़ाना लूट लिया गया था तो उसी के सम्बन्ध में आप भी गिरफ़्तार कर लखनऊ लाए गए। जेल में आकर आपने एकदम मौन धारण कर लिया। उस दिन से उन्होंने आवश्यकता से अधिक बोलने का प्रयत्न न किया। वे हिन्दी तथा मराठी भाषा अच्छी तरह जानते थे, अतः

उसी के समाचार-पत्र पढ़ना और अपने में ही मस्त रहना उनका नित्य का प्रोग्राम हो गया। डेढ़ साल तक अभियोग चलने के बाद आपको फाँसी की सज़ा हुई।

वकील ने कहा—"आपकी अपील कर दी गई।" उत्तर मिला—"कोई बात नहीं।" इसी प्रकार एक दिन

श्री रोशनसिंह

सुपरिन्टेण्डेण्ट ने आकर कहा—रोशनसिंह, तुम्हारी [illegible] ख़ारिज हो गई!" उस समय भी वही पूर्व [illegible]चित उत्तर मिला—"कोई बात नहीं।" फाँसी के [illegible] दिन पहले परिवार वालों से मुलाक़ात की और [illegible]हें उत्साह देते हुए कहा—'तुम लोग मेरे लिए चिन्ता न करना। भगवान् को अपने सभी पुत्रों का ध्यान है।"

१९ दिसम्बर, १९२७ का दिन था। प्रातःकाल उठकर स्नान किया, साफ़ कपड़े पहने और मूँछों को ठीक कर फाँसी के तख़्ते की ओर चल दिए। स्वागत के लिए कुछ लोग जेल के बाहर पहुँच गए थे। कुछ देर बाद जेल के अन्दर से गाने की आवाज़ सुनाई दी। सब लोग मन्त्र-विमुग्ध होकर सुनते रहे। गाना समाप्त होने पर "वन्देमातरम्" की आधी आवाज़ आकर रह गई। लोगों ने कहा—"फाँसी हो गई।"

आपको इलाहाबाद में फाँसी हुई थी। कुछ लोगों ने अन्तिम संस्कार किया और भस्म को मत्थे में लगाकर वापस चले आए। तब से आज तक उस वीर का नाम-मात्र शेष है।

—रूपचन्द्र

* * *

श्री० अशफ़ाक़ुल्ला ख़ाँ

तङ्ग आकर ज़ालिमों के,
ज़ुल्म और बेदाद से।
चल दिए सूए-अदम,
ज़िन्दाँने फ़ैज़ाबाद से॥

× × ×

कट्टर मुसलमान के घर जन्म लेकर भी वह मुसलमान न था। उसके कल्पना-राज्य में हिन्दू-मुसलमानों का भेद-भाव न था। वह तो प्रेम का पुजारी था और अन्त तक प्रेम का ही गीत गाते हुए यहाँ से [illegible]-

गुरु

चला गया। दुनिया के सभ्य-समाज ने उसे डाकू तथा हत्यारे के नाम से सम्बोधित किया। मुसलमानों के समझदार मुल्लाओं ने उसे काफ़िर कहकर पुकारा और कुछ सहानुभूति रखने वालों ने कहा—वह एक जल्दबाज़ तथा अधीर आदर्शवादी युवक था।

शाहजहाँपुर के एक धनी-मानी मुसलमान-परिवार में अशफ़ाक़ का जन्म हुआ था और वहीं के अङ्गरेज़ी स्कूल में नाइन्थ क्लास तक आपने शिक्षा पाई थी।

Royal Proclamation (सरकारी एलान) के अनुसार जब श्री० रामप्रसाद जी फिर वापस आ गए तो आपने उनके पास आना-जाना प्रारम्भ कर दिया। उस समय उन्होंने आप पर विश्वास न किया और दूर ही रहने का प्रयत्न करते रहे। किन्तु आप तो उनके साहस तथा वीरता के कार्यों को सुनकर पहले ही से उन पर जी-जान से मुग्ध हो चुके थे। अतः लाख अलग रहने पर भी अन्त में आपकी ही विजय हुई और कुछ ही दिनों में आप 'बिस्मिल' के दाहिने हाथ बन गए। रामप्रसाद जी कट्टर आर्यसमाजी होकर भी अशफ़ाक़ को प्राणों से भी अधिक प्यार करते थे। कभी-कभी इन दोनों का खाना-पीना भी एक साथ ही हो जाता था। वे एक दूसरे को राम तथा कृष्ण के नाम से पुकारा करते थे। आपको हृदय की धड़कन की बीमारी थी, अतएव कभी-कभी उसका दौरा होने पर घण्टों बका करते थे।

एक समय की बात है। आपको बीमारी के कारण दौरा आ गया। उस समय आप राम का नाम लेकर चिल्लाने लगे। माता-पिता ने बहुतेरा समझाया कि ख़ुदा को याद करो, यह राम-राम क्या बक रहे हो? किन्तु आप तो राम के दीवाने थे, अतः ख़ुदा की दाल कैसे गल सकती थी। सबों ने कहा—"यह तो काफ़िर हो गया।" किन्तु इतने ही में एक पड़ोसी आ गया। वह इस राम के राज़ को जानता था, अतएव जाकर रामप्रसाद को बुला लाया। उनको देखकर आपने कहा—"राम, तुम आ गए?" थोड़ी देर में दौरा समाप्त हो गया। उस समय घर वालों को अशफ़ाक़ के राम का पता चला।

अशफ़ाक़ के हृदय में धर्मान्धता लेशमात्र के लिए भी न थी। उनके निकट मन्दिर तथा मस्जिद में कोई भेद-

श्री० अशफ़ाक़ुल्ला ख़ाँ

भाव न था। उस दिन जब शाहजहाँपुर में हिन्दू-मुसलमानों में झगड़ा हो रहा था तो आप आर्य-मन्दिर में 'बिस्मिल' जी के पास ही बैठे थे। मुस

के एक दल को समाज-मन्दिर पर हमला करने आते देख आप पिस्तौल लेकर बाहर आ गए और कहा—"मुसलमानो, मैं एक कट्टर मुसलमान हूँ, किन्तु फिर भी मुझे इस मन्दिर की एक-एक ईंट प्राणों से अधिक प्यारी है। मेरे निकट इसमें तथा मस्जिद में भेद-भाव नहीं है। यदि तुम्हें मज़हब के नाम पर झगड़ा ही करना है, तो बाज़ार में जाकर लड़ो। यदि किसी ने भी इस पवित्र स्थान की ओर आँख उठाई तो गोली का निशाना बनेगा।" यह देखकर किसी ने भी आगे बढ़ने का साहस न किया और वापस चले गए।

काकोरी की डकैती के बाद जब चारों ओर धर-पकड़ शुरू हो गई तो आप फ़रार हो गए। इस समय कुछ लोगों ने कहा था कि अशफ़ाक़ का छिपकर रहना बिलकुल ही असम्भव है। उनका राजकुमारों जैसा ठाठ कहीं भी न छिप सकेगा, और जो कोई भी उन्हें देखेगा, उसी की निगाह उन पर अटक जायगी। हुआ भी ऐसा ही। आप दिल्ली के एक होटल में ठहरे थे। वहीं से गिरफ़्तार कर लखनऊ लाए गए और काकोरी के दूसरे मुक़दमे में आपको फाँसी की सज़ा हुई।

माफ़ी माँगने को कहे जाने पर आपने कहा—"ख़ुदावन्द-करीम के सिवा और किसी से माफ़ी की प्रार्थना करना मैं हराम समझता हूँ।" किन्तु बाद में रामप्रसाद जी के अधिक बाध्य करने पर आपने माफ़ी की अपील की थी, जो बाद में मञ्ज़ूर न हो सकी।

१७ दिसम्बर, १९२७ को फाँसी के पास जाकर तख़्ते का बोसा लिया और फिर क़ुरान की आयतें पढ़ते हुए रस्सी से झूल गए।

जिस समय आपका शव फ़ैज़ाबाद से शाहजहाँपुर ले जाया जा रहा था, तो लखनऊ-स्टेशन पर सैकड़ों मनुष्यों की भीड़ जमा थी। एक अङ्गरेज़ी अख़बार के सम्बाददाता ने लिखा था :—

"The public of Lucknow thronged at the station to see the last remains of their beloved Ashfaqa and the old men were weep'ng as if they have lost the'r own son"

अर्थात्—"लखनऊ की जनता अपने प्यारे अशफ़ाक़ के अन्तिम पुण्य-दर्शनों के लिए बेचैन होकर उमड़ आई थी और वृद्ध लोग इस प्रकार रो रहे थे, मानों उनका अपना ही पुत्र खो गया हो!"

—श्रीकृष्ण

फाँसी के तख़्ते से

[रचयिता—श्री० शोभाराम जी 'धेनुसेवक']

(१)

देश-दृष्टि में, माता के चरणों का मैं अनुरागी था।
देश-द्रोहियों के विचार से, मैं केवल दुर्भागी था॥
माता पर मरने वालों की, नज़रों में मैं त्यागी था।
निरङ्कुशों के लिए अगर मैं, कुछ था तो बस बाग़ी था॥

(२)

माता के बन्धन तोड़ूँगा, रखता था नित ध्यान यही।
अथवा मातृ-मान पर मर जाऊँगा, था अभिमान यही॥
चाह रहा था मैं जीवन में, फाँसी का वरदान यही।
जन्मूँगा फिर भी भारत में, होना उर में भान यही॥

(३)

देश-प्रेम के मतवाले कब, झुके फाँसियों के भय से।
कौन शक्तियाँ हटा सकी हैं, उन वीरों को निश्चय से॥
हो जाता है शक्तिहीन जब, शासन अतिशय अविनय से।
लखता है जग बलिदानों की, पूर्ण विजय तब विस्मय से॥

(४)

बीर शहीदों के शोणित से, राष्ट्र-महल निर्माण हुए।
उत्पीड़क बन राजकुलों के, भाग्य-दीप निर्वाण हुए॥
माता के चरणों पर अर्पित, जिन देशों के प्राण हुए।
रहे न पल भर पराधीन फिर, प्राप्त उन्हें कल्याण हुए॥

(५)

जाता हूँ, दो मातृ यही वर 'भारत में फिर जन्म धरूँ।
एक नहीं, तेरी स्वतन्त्रता पर जननी सौ बार मरूँ'॥